# CÓMO CONQUISTAMOS EL RÍO DE LA PLATA

# CÓMO CONQUISTAMOS EL RÍO DE LA PLATA

Leonardo Vallerino

Vallerino, Leonardo

Cómo conquistamos el Río de la Plata / Leonardo Vallerino. – 1a ed. – Ciudad Autónoma de Buenos Aires: Turmalina, 2018. 468 p.; 20 x 13 cm.

ISBN 978-987-3872-09-9

1. Literatura Argentina. 2. Conquista del Río de La Plata. 3. Novelas de Aventuras. I. Título.
CDD A863



ISBN: 9789873872099



Compaginado desde TeseoPress (www.teseopress.com)

*A Ana Paula, el amor de mi vida*

# Índice

# Nota del autor

En esta novela histórica se narran hechos verídicos ocurridos entre enero y marzo de 1814 en el Río de la Plata. Para ello, el autor ha consultado los informes de los oficiales que lucharon en los combates y el análisis posterior realizado por algunos historiadores. Asimismo, los barcos que integran las flotas, las maniobras de las batallas y los lugares en que ocurren las acciones son reales.

La mayoría de los personajes que intervienen en esta obra son los verdaderos protagonistas de la historia y han sido retratados tal como existieron. La biografía de Guillermo Brown ha permitido describir al prócer de la mejor manera posible, pero además el autor agregó ciertos detalles con el propósito de humanizar su imagen, endurecida por tantos años de heroísmo. Lo único que escapa al rigor histórico es la aseveración de que el almirante formó parte de la armada británica años antes de mudarse a Buenos Aires. Si bien existen documentos que mencionan a un tal William Brown como tripulante de un barco de la Royal Navy, no se puede afirmar ni negar que se trate de la misma persona.

A lo largo del libro el lector encontrará diferentes próceres dialogando entre sí o con otros personajes. El autor trató de ser lo más respetuoso posible con sus dichos de manera de comunicar los pensamientos, decisiones, sentimientos y expresiones que pudieron haber tenido en el contexto real, permitiéndoles también defenderse de algunos hechos que la historia pudiera recriminarles.

En cuanto a los personajes de ficción, muchos de ellos reciben nombres de tripulantes que figuraron en los roles de los barcos, respetándose en la mayoría de los casos las funciones que desempeñaban a bordo. Lamentablemente no se encontró mayor información acerca de cómo eran, por lo que ahí termina la veracidad de sus descripciones.

El resto de los actores son completamente ficticios pero no por eso menos importantes. Con su existencia reducida a estas páginas, su misión es facilitarnos la tarea de revivir en nuestra imaginación lo que ocurrió hace doscientos años.

# Agradecimientos

13

Quiero aprovechar este espacio para agradecer a Javier Delestal por sus consejos sobre diferentes aspectos de la publicación y del título.

A su vez, agradezco especialmente a Fernando Miele y a Gimena Soberón por la corrección de las frases en italiano y a Chloé por la corrección de las frases en francés.

# Conversión de unidades

15

Para mantener el realismo se han utilizado las unidades de medida de la época. Abajo se describen las equivalencias con el sistema internacional:

1 pulgada = 25,4 cm
1 pie = 0,3048 m
1 yarda = 0,9144 m
1 braza = 1,8288 m
1 cable = 182,88 m
1 milla = 1,6093 km
1 milla náutica = 1,8520 km
1 libra = 0,4536 kg

# Mapa donde se desarrolla la acción

# 1

# 1812. Los rebeldes

**18 de noviembre**

Hacía apenas una hora que el bergantín Industria había zarpado y desde su cubierta todavía se podía ver el puerto de Sacramento. La costa brillaba con la luz anaranjada del amanecer y se combinaba con las aguas marrones del inmenso Río de la Plata. A diferencia de los días anteriores, el cielo se encontraba diáfano, las nubes habían desaparecido y con ellas la incesante lluvia.

Aunque era temprano, la tripulación del Industria ya se encontraba realizando las actividades de rutina. Una brigada de marineros se encargaba de vaciar la *sentina* para asegurar la estabilidad del barco mientras otra frotaba las cubiertas con piedra arenisca, dejándolas relucientes. A *popa*, el piloto miraba la carta de navegación y se mostraba preocupado por el viento del sudoeste. Temía que éste hiciera bajar el nivel del río, volviéndolo aún más peligroso de lo que era. Ajeno a todo aquello, el vigía oteaba el horizonte sentado en las *crucetas* del *palo mayor*.

Alexander Boss apareció por la *escotilla* de *proa* y miró alrededor con aire experto. Era un hombre robusto de pelo oscuro y ojos marrones, con cuarenta años de edad y veintiocho de servicio naval. Como timonel del capitán su tarea a bordo del Industria consistía en dirigir el *bote* del comandante, pero como éste le tenía mucha confianza, también supervisaba la estiba de mercancías que el bergantín despachaba de un puerto a otro. En ese momento había terminado de embalar correctamente los cueros de Sacramento y se dirigía al *pasamanos* cuando un grito del vigía lo detuvo ahí donde estaba.

—¡Cubierta! ¡*Velas* en el horizonte!

—¿Por dónde? —preguntó el piloto mirando hacia arriba.

—¡Por la *aleta* de *babor*!

Boss apuró el paso, atravesó todo a lo largo la cubierta y llegó hasta la puerta de la cabina principal. Tocó respetuosamente y esperó a que le respondieran desde adentro, entonces ingresó agachándose para no golpear su cabeza con los *baos* del techo.

—¡Capitán, hay velas al sudeste!

—¡Alexander, estaba por mandarte a llamar! —El timonel miró por un instante al hombre alto y rubio que se encontraba al otro lado de la mesa y descubrió sus verdaderos sentimientos. Detrás de una expresión de calma y control, su amigo de tantos años ocultaba la preocupación que le generaba el reciente avistamiento. Sus ojos celestes abandonaron la lectura y se posaron por fin en el rostro de Alexander, confirmando las sospechas del timonel.

—¿Tomaste las medidas necesarias para que los cueros no se estropeen?

—¡Por supuesto, señor! ¡El cargamento está en orden! —respondió el marino manteniendo la formalidad naval.

—Bien, subiré a cubierta en un momento. Mientras tanto, informa al piloto que no se deje engañar por este condenado viento pampierou. —Arrastró la última palabra con un fuerte acento británico y se avergonzó de su pronunciación.

—¡Pampero, sí! —respondió Alexander en español para después continuar hablando en inglés, la lengua que usaban para comunicarse entre ellos—: Aye aye, sir![1] —Entonces se llevó el nudillo del dedo índice derecho a la frente en señal de saludo y abandonó la cabina.

---

[1]   ¡Sí, sí, señor! (jerga marinera inglesa).

El capitán lo vio salir y recordó cuando llegaron a Buenos Aires luego de ese largo viaje desde Inglaterra, dos años y medio atrás. En ese momento ninguno de los dos hablaba la lengua local pero ahora su amigo parecía un experto mientras él seguía chapuceando penosamente el español.

—Hay cosas que nunca cambian —se dijo.

Cuando volvió a encontrarse en la soledad de su cabina recordó el grito del vigía y suspiró lentamente. Esa vela que habían avistado podía ser de la armada española acechándolos nuevamente. No sería la primera vez que los godos[2] le quisieran cobrar un chantaje para permitirle la libre navegación, ya había ocurrido en el pasado. Se presentaban con sus potentes barcos de guerra haciendo disparos de advertencia y abordaban en nombre de la corona española, impidiendo cualquier tipo de escape. En esas situaciones era fácil adivinar el descontento, la ansiedad y el temor que invadían a su tripulación, avasallada de aquella forma. Él en cambio estaba acostumbrado a soportar ese tipo de dominación, pues la había vivido primero con los ingleses cuando arrasaron el pueblo de su infancia en Irlanda. Después con los franceses, que creyéndolo inglés lo habían llevado a prisión durante las interminables guerras entre ambos países. Por último, no hacía mucho que los portugueses le habían decomisado un barco con todo el cargamento, poniendo como pretexto que le faltaban ciertos papeles para la actividad que realizaba. El capitán hacía muchos años que ejercía el comercio y nunca había oído hablar de esos documentos, ni en el Brasil ni en ningún otro puerto. Obviamente eran excusas para robarle su tan preciada mercancía.

Salió de su cabina y llegó al *alcázar*. Apuntó con su *catalejo* hacia el lugar señalado por Boss y allí estaban, dos bergantines en los que creyó reconocer al Hiena y al Cisne.

---

2  Forma despectiva que utilizaban los criollos nacidos en América para referirse a los españoles que se oponían al proceso de independencia.

En sus *cangrejas* ondeaban al viento sus pabellones, rojos y amarillos. En sus costados lucían largas filas de *cañones* negros, como dientes diabólicos.

—¡Señor Keaton!

—Señor...

—Coloque un sondador a proa, si es tan amable. Que nos avise si la profundidad es menor a tres brazas.

—A la orden, capitán.

—¿Dónde está Boss?

—Aquí, capitán...

—Oculte el cargamento, por favor. Luego usted y dos hombres carguen con *metralla* el cañón giratorio de popa y aguarden mis instrucciones.

—¡Sí, señor!

—Y llame al piloto, por favor.

Con el viento flojo del sudoeste, un solo cañoncito giratorio y una tripulación mercante no tenía muchas chances de salir victorioso. Además, sus hombres no estaban acostumbrados a los peligros de la guerra y en cambio los españoles eran la fuerza naval más importante del Río de la Plata. Aun así el comandante sonrió complacido, pensando que los godos se tendrían que ganar con esfuerzo el cargamento que querían robarle.

—Capitán, me mandó a llamar...

—Sí, señor García. ¿Tenemos algún banco de arena por aquí?

—Pues... Sí, señor. Tenemos el de Playa Honda, a media milla al noroeste.

—¿Profundidad?

—Por la carta, estimo que no mayor a dos brazas.

—Muy bien, ponga rumbo al banco por favor.

—¿Señor?

—Estamos prácticamente descargados, señor García, necesitamos menos fondo que ellos. Los españoles están fuertemente tripulados, llevan cañones y muchas balas. Son más pesados y están más hundidos en el agua. Si logramos atraerlos al banco podrían quedar *varados* donde nosotros flotaríamos. —Al notar la preocupación en los ojos de su fiel piloto, agregó—: Nos intentan abordar de todos modos, señor García. No perdemos nada tratando de hacerlos varar. Asegúrese de anclar apenas el sondador cante menos de dos brazas... —Hizo una pausa y su expresión se endureció—. ¡Pongamos rumbo noroeste de una buena vez!

—¡Noroeste! ¡Sí, señor!

Los españoles seguían acercándose, ya se podían ver con claridad los *cascos* de los barcos y sus cubiertas abarrotadas de hombres. Sus velas habían sido orientadas para tomar mejor el viento, en cambio el Industria navegaba con la *arboladura* configurada para alcanzar unos pocos nudos de velocidad. De pronto, el llamado del contramaestre reactivó a la tripulación, que dejando cubos de agua y cepillos por doquier, se aprestó a subir a las *vergas* y tirar de los *cabos* para establecer el nuevo rumbo.

—¡Hombres a las *brazas*! ¡Cargar la *mayor*!

El capitán miraba con sumo placer cómo se llevaba a cabo la operación, esperando que se hiciera con la perfección de siempre. Las órdenes se daban y todos sabían qué hacer, lo que demostraba mucha pericia. Sin embargo, la mirada del comandante se ensombreció al pensar que no tenían el temple para soportar el fuego de un cañón enemigo. La disciplina era lo primero en fallar ante el peligro, ya lo había visto antes, muchos años atrás.

—Un, dos, tres... ¡Amarrar!

Con el nuevo rumbo fijado, en poco tiempo estarían navegando sobre el banco de arena que salvaría o terminaría de complicar el día del Industria. El viento aún era flojo y los barcos españoles seguían aproximándose, ahora directo por popa, uno a continuación del otro. Para entonces los marineros ya habían terminado de fregar las cubiertas y tuvieron un momento de respiro para ver lo que estaba sucediendo.

—¡Por la marca, cuatro! —cantaba el sondador.

—Venimos bien —le decía el piloto a su ayudante. Quince minutos después el Industria ya estaba al alcance de los cañones españoles.

—¡Marca tres y medio! —Todos miraban al hombre de proa, *sonda* en mano, y luego a los barcos por popa. Boss y otros dos marinos cargaron el cañón giratorio mientras esperaban que de un momento a otro los españoles dispararan. Entonces apareció humo blanco en la proa del Hiena, luego se oyó un estampido y una bala se hundió en la estela del Industria. Si el capitán largaba todas las velas tal vez podría mantener el bergantín fuera del alcance de los cañones, pero en caso de *encallar* el daño sería tremendo.

—¡Marca tres y un cuarto! —Otro disparo del Hiena y otra bala, que más afortunada que la anterior, se hundió en la base del cañón giratorio y lo dejó fuera de servicio. Boss y sus hombres apenas sufrieron rasguños pero sus orgullos estaban muy heridos. Hubo silencio por algunos segundos y entonces se oyó otro grito del sondador.

—¡Marca uno y tres cuartos! —Los presentes se quedaron sin aliento, si el bergantín continuaba avanzando encallaría en el banco de arena.

—¡Largar el *ancla*! —rugió el capitán—. ¡*Timón* a *barlovento*! ¡Vamos, rápido!

El Industria se puso en contra del viento, perdió la poca velocidad que llevaba y quedó anclado. En cubierta hubo un suspiro de alivio general, el bergantín estaba a salvo pero el juego había terminado. El Hiena, tras haber dado una *guiñada*, les mostraba ahora sus ocho cañones de doce libras apuntando directo hacia ellos. Mientras tanto, el Cisne se colocaba a barlovento del bergantín en caso de que también debiera atacarlo.

—¡Mercante Industria, prepárense para el abordaje! —gritó el comandante español a través de una bocina—. ¡Si intentan escapar abriremos fuego!

El mensaje se repitió dos veces más y luego un bote de remos fue bajado del Hiena. En esa situación de gran nerviosismo el capitán habló con la tripulación para renovar su seguridad.

—¡Hombres del Industria, todos a popa! —Aguardó un momento a que se reunieran en torno a la rueda del timón y prosiguió—: ¡Estamos a punto de ser abordados por los españoles y como no existe ningún derecho que avale su proceder no puedo garantizarles que todo irá bien! ¡Pero si hacen lo que se les dice y no ofrecen resistencia, nada malo puede esperarles! ¡Que el primer insulto provenga de ellos, seamos pacientes, pues con la violencia no haremos más que empeorar nuestra situación!

Minutos después el bote del Hiena se enganchó al bergantín y por el *portalón* de entrada apareció la figura de un teniente español, seguido de varios hombres e infantes de marina. El oficial avanzó hasta el alcázar y se dirigió directamente al capitán del Industria.

—Es un mal día para trucos, señor... —Miró al comandante con aire burlón—. Soy el teniente de navío Luis Boza, del bergantín Hiena de la Real Armada Española. Tengo órdenes de revisar su cargamento.

El capitán miró con interés al hombre que tenía enfrente, de estatura mediana, tez blanca y pelo oscuro. La actitud del español le parecía sobreactuada, en un intento por demostrar autoridad donde no la había.

—Revíselo, teniente. Le aseguro que no encontrará nada en la bodega —respondió tranquilamente el comandante—. Descargamos todo en Colonia del Sacramento.

—Tanto mejor, tomaremos el dinero de la venta. Ustedes venden armas a esos vulgares hombres de José Rondeau, malditos sean. —Miró alrededor con la cara desencajada y escupió en la cubierta reluciente, causando la antipatía de las brigadas de lampaceros—. Nosotros nos beneficiaremos con sus ganancias.

—Se equivoca, teniente. No transportamos armas...

—Yo nunca me equivoco, capitán. Ya verá usted cómo tengo razón. —Dio media vuelta y gritó—: ¡Sargento Ramírez! ¡Revise el bergantín y expropie todos los bienes de valor que haya a bordo!

El sargento obedeció de inmediato, pero cuando intentó dirigirse a la escotilla de popa se sorprendió al encontrar un grupo del Industria cortándole el paso. Pese a las órdenes del capitán, los marineros habían tomado cuchillos de la cocina y esperaban furiosos al pie de la escalera. Pronto se desató una pequeña lucha entre los infantes de Ramírez y los hombres del bergantín, quienes al no estar entrenados ni disciplinados para la guerra fueron reducidos rápidamente por los españoles. Ante las miradas impotentes de los vencidos, el sargento bajó a la bodega y volvió con un cofre lleno de monedas. Boza, que se había mantenido al margen hasta ese momento, sonrió complacido al ver lo que Ramírez traía en sus manos.

—¡Señor! —llamó uno de los infantes al teniente—. También encontramos un cargamento de cueros detrás de un mamparo. —Boza frunció el ceño, se dirigió al capitán del Industria y lo golpeó en la cara con un revés de la mano. Éste se limitó a mirarlo hacia abajo, dada sus estaturas, manteniéndose impasible—. ¿Con que estaban descargados, eh? —Un marinero corpulento salió de entre los hombres y tomó del cuello al español, lo levantó en el aire y lo empujó hacia atrás. Era Alexander Boss.

—¡No toque de nuevo a mi capitán o tendré que matarle! —le dijo mientras veía cómo el teniente aterrizaba sobre la cubierta. Boza inmediatamente se incorporó hecho una furia—. ¡Maldito! ¡Detengan a este loco! ¡Encadenen a todos los que ofrecieron resistencia! —Luego miró al capitán—. ¡Nos llevaremos esta escoria a Montevideo y veremos lo que ocurre con ellos! ¡Sargento, mande esta mierda a los botes y vigílelos bien o lo haré fusilar! —Luego se dirigió a un grupo de infantes que estaban cargando el cofre y las mercancías—: ¡Rápido con esas monedas, cuidado con esos cueros!

—Se marcha rápido, teniente. No es más que un pirata huyendo con su botín —dijo el capitán avanzando hacia él con los puños apretados de ira.
—Nos volveremos a encontrar, señor. Este es un río grande pero no hay lugar donde esconderse —le respondió tranquilamente Boza—. ¡Vamos, sargento! ¡A mover el culo, cabrones!

El capitán pudo ver cómo bajaban a sus hombres por la fuerza, humillados y heridos, y se maldijo por no disponer del cañón giratorio. En ese momento podría haber hecho estragos con la metralla. —¡No ganaríamos nada! —pensó después—. ¡La respuesta de los godos sería mucho peor!

Con gran tristeza observó a los hombres que marchaban maniatados y distinguió el rostro de Boss entre los demás. Su timonel lo miró y le sonrió, en ese momento él supo que no todo estaba perdido—. ¡Hasta pronto, amigo! —le dijo y Alexander desapareció de su vista. Los del Hiena abandonaron el bergantín y se alejaron sin detenerse en ayudar al Cisne, que finalmente había encallado y estaba *escorado*. En esa posición no podía disparar los cañones de *estribor* y ya no era una amenaza para el Industria.
—¡Levar el ancla! ¡Ponga rumbo a Buenos Aires a toda vela, señor García! ¡Cuidado de no varar ahora!

Esta vez el comandante no se detuvo a ver la maniobra, estaba desilusionado de su tripulación por no seguir sus órdenes. Lo que sospechaba se había confirmado, esos hombres no estaban preparados para soportar el peligro ni para luchar. Eran mercantes y su inexperiencia le había costado la libertad a su timonel y a otros tantos. Le habían fallado al Industria, pero a fin de cuentas no eran los únicos. Él también había permitido que los españoles se fueran con las manos llenas como tantos otros en el pasado. Ahora se preguntaba si había hecho todo lo posible por proteger su barco, si era cierto que no ofrecer resistencia conducía al mal menor. A largo plazo su pasividad lo volvería un blanco fácil para cualquiera que quisiera aprovecharse.

—¡La próxima vez las cosas van a ser muy diferentes! —se dijo—. ¡Como que me llamo Guillermo Brown!

## 19 de noviembre

A bordo del Hiena los prisioneros del Industria tuvieron que soportar un viaje de catorce horas en condiciones inhumanas. El calor húmedo del encierro, la luz tenue del farol de la galería y los gemidos ahogados de los heridos hacían que el tiempo se detuviese. Para colmo no habían recibido atención médica, ni siquiera un sorbo de agua y Boss sabía que si esta situación continuaba muchos de sus compañeros fallecerían. Buscó con la mirada al pobre que había recibido un balazo en el abdomen y lo encontró postrado en un rincón de la celda. Alexander se detuvo a contemplarlo unos instantes y notó que Juan Manuel aún respiraba, pero sin los cuidados necesarios moriría pronto. En el rostro del timonel se dibujó la incertidumbre, dudaba que a esas horas el cirujano del Hiena se dignara atenderlo. Observó al resto de sus compañeros que dormitaban contra las rejas de la prisión y envidió su tranquilidad. Él no se rendiría tan pronto ni daría una imagen tan indigna como la que mostraban ellos.

Unos minutos más tarde, los pasos precipitados de los marinos españoles en cubierta y los pitidos del contramaestre rompieron por fin la monotonía. El Hiena estaba llegando a puerto y se preparaba para *amarrar*.

—¡Eh, manga de perezosos! ¡Despiértense! —gritó Alexander mirándolos con desprecio—. ¡No parecen marineros rebeldes, como ellos nos llaman, sino un manojo de vagabundos sin oficio!

—¡Shh, silencio Boss! ¡Vas a fastidiar a los godos!

—¡Estúpido, son ellos los que vendrán a molestarnos en cualquier momento! ¿No ves que estamos amarrando en Montevideo? —Al notar que ninguno le hacía caso alzó la voz con mayor irritación—: ¡Despiértense y pónganse de pie aquellos que puedan! ¡Que nos encuentren feroces y no dormidos como malditas gacelas!

Enseguida varios de sus compañeros se incorporaron y se desperezaron ruidosamente, cumpliendo a regañadientes las órdenes del amigo del capitán. Se arreglaron las coletas para lucir más respetables y se rascaron la sangre seca que tenían sobre la piel, en la cara y en la ropa. Alexander se dio cuenta que los hombres sanos eran sólo un tercio del total y se sintió responsable por los que continuaron postrados.

—¡Ya nos paramos! —dijo uno malhumorado—. ¿Ahora qué?

—¡Esperaremos a que pase alguien!

—¡Maldición, Boss! —se quejó otro—. ¿Y si no viene nadie?

—¡No pueden dejarnos aquí para siempre!

El barco amarró y transcurrió toda una hora sin que nadie acudiera a la prisión. Durante ese tiempo el timonel aprovechó para recorrer con su vista cada rincón de la celda y estudiar las rejas barrote tras barrote, buscando algún punto vulnerable por donde escapar, pero fue en vano. Mientras tanto sus compañeros habían empezado a gritar sin obtener respuesta, el barco parecía abandonado y sin guardias en cubierta. Los únicos sonidos que podían escucharse además de sus propias voces eran los chillidos de las ratas y el crujido de las *cuadernas*.

La desesperación empezó a invadir a Alexander, preguntándose qué haría el capitán en una situación así. Entonces recordó una conversación que había tenido con él poco tiempo atrás en la Posada de los Tres Reyes, donde Brown se hospedaba transitoriamente. Durante ese almuerzo William le había contado cómo logró escapar de dos prisiones distintas, en Francia. La primera vez se había fugado de Metz vestido de guardia francés. Al principio todo iba bien, pero cuando pasó cerca de un molino llamó la atención de un soldado que custodiaba el lugar. Atraído por las ropas desaliñadas y desprolijas del capitán, éste se le acercó para preguntarle si necesitaba ayuda. Como William no pudo responder en el idioma de Napoleón, todo el engaño se había venido abajo. Alexander olvidó sus penas al recordar la sonrisa del capitán mientras se lo contaba—: Decidí correr con todas mis fuerzas cuando detrás del molino apareció un peón, garrote en mano. ¡Créeme, Alexander, es lo último que recuerdo de aquella vez! ¡El bastardo me desmayó de un golpe!

Un golpe, eso creyó oír el timonel mientras estaba absorto recordando. Entonces agudizó el oído y entre los gritos de sus compañeros logró captar sollozos. En ese momento se dio cuenta que había alguien llorando de dolor en las sombras.

—¿Estás bien, compañero? —El vozarrón de Boss retumbó por toda la cubierta inferior. Los rebeldes se asomaron en silencio hasta donde las rejas permitían pero no pudieron ver nada. En ese momento un chico de unos doce años apareció frente a ellos con los ojos llenos de lágrimas. Sus ropas sucias y rotas le daban un aspecto penoso, y mientras lo veían acercarse sintieron lástima de él.

—¿Te caíste, muchacho?

—Sí... Sólo fue un tropiezo, estoy bien —repitió la endeble figura de cinco pies de estatura, limpiándose los ojos y la nariz con los puños de su remera. Adoptó luego una expresión más digna y mirando a los ojos a Alexander le respondió duramente—: ¡Estoy bien! ¿Dónde se ha visto que un hijo de España necesite ayuda o consuelo de un manojo de rebeldes? —Luego se relajó—. Pero, gracias por preguntar...

—¡Eh, grumete! ¿Quién te has creído que eres? ¿El godo Vigodet? —le gritó uno de los prisioneros, echándose a reír.

—¡Ya basta, deja en paz al chico! —ordenó Boss—. Mira, hay muchos heridos en esta prisión y algunos están muy graves. Necesitamos atención médica, pero primero bastaría con un trago de agua. ¿Podrías conseguirnos un poco? —El chico miró a Alexander sin querer comprometerse—. Por favor, es lo mínimo que puedes hacer por estos prisioneros...

—Está bien… —respondió a regañadientes el muchacho—. Iré a buscar agua, ya regreso…

Los ánimos mejoraron al instante pero Alexander seguía preocupado, tenía que conseguir atención para los heridos lo más pronto posible. El grumete volvió al rato arrastrando un barril de agua y le fue pasando una cazuela a cada uno, que él iba rellenando. Primero bebieron los más débiles con ayuda del resto y después los hombres sanos, que aún se encontraban de pie.

—¿Cómo te llamas?

—Santiago Villalba…

—Te estamos muy agradecidos, Santiago, pero ahora necesitamos un último favor. —Alexander pensó que esta vez sería más difícil que el chico los ayudara—. Debes convencer al cirujano del Hiena para que atienda a mis compañeros.

—¡No puedo hacer eso!

—¿Por qué no?

—Porque se supone que no estoy aquí, debería estar en tierra. Si alguien se entera de que abordé sin permiso…

En ese momento, un murmullo que llegaba desde la escalera se fue haciendo cada vez más claro hasta convertirse en una conversación.

—Me alegro de verlo recuperado de su enfermedad, capitán. En su ausencia hemos tratado de seguir sus órdenes lo mejor que pudimos, señor. Si usted supiera lo difícil que fue darles alcance… —Era la voz del teniente Boza, Alexander lo supo inmediatamente. Bajaba las escaleras con el capitán del Hiena, que había estado ausente de su barco.

—En ningún momento dudé de sus habilidades, teniente. Sabía que no volvería con las manos vacías. —El capitán tosió unos instantes y luego continuó hablando, su voz era muy débil—. Estos prisioneros harán que por fin me pueda librar del coronel Juárez. Siempre me pide hombres para construir cuarteles y empedrar calles, pero nunca dispongo de marinos para darle.

—Algunos están heridos pero el resto servirá para esos trabajos forzados —Cuando los dos hombres terminaron de bajar la escalera el teniente vio a Santiago y se sorprendió—. ¿Qué demonios significa esto?

El grumete salió corriendo tan asustado que tropezó con el barril de agua y cayó a cubierta. Boza, que había comprendido muy bien lo que estaba sucediendo, tomó su *pistola* del cinturón y le apuntó al grumete. El capitán no ocultó su asombro mientras contemplaba la escena.

—¡Maldito perro, compartirás el mismo destino que tus amigos rebeldes!

—¡Alto teniente, espere un poco! —El comandante bajó el arma en manos de Boza—. ¿Qué estabas haciendo exactamente, muchacho? —El chico, rojo de vergüenza, tartamudeó un par de veces antes de contestar—: Le di agua a los prisioneros, señor.

—¿Bajo las órdenes de quién? —insistió el capitán.

—De nadie, me compadecí de estos infelices.

—Qué extraño, esperaba que el grumete estuviera cumpliendo sus órdenes, teniente. —Boza se puso incómodo ante las palabras de su superior. El capitán continuó hablando débilmente mientras observaba preocupado a los prisioneros—: Veo que están muy maltrechos, heridos... ¿Ya los ha visto el cirujano?

—¡No, señor! ¡No merecen ningún trato especial!

—¡No son tratos especiales, son las atenciones mínimas en tiempos de guerra! —El capitán enfrentó un ataque de tos y prosiguió—: ¡Grumete, vaya a tierra y busque a cualquier cirujano de la armada que encuentre! ¡Dígale que el capitán Arellanos requiere sus servicios, pronto!

—¡Sí, señor! ¡Iré enseguida! —Con toda la dureza que su debilidad le permitía, el comandante miró a Boza y le espetó—: ¡Teniente, acompáñeme a mi cabina, deseo tener unas palabras con usted!

—¡Capitán! —llamó Alexander con su voz de trueno, éste se detuvo y lo miró—. ¡Le agradezco mucho sus atenciones! —Arellanos estuvo a punto de responder cuando el teniente alzó su voz en un rugido—: ¡No le hable al capitán, pedazo de mierda!

Santiago volvió al poco tiempo y enseguida la guardia de infantes abrió las rejas para permitir la entrada del cirujano. Éste fue directamente al fondo de la prisión mientras Boss lo seguía con la mirada, adivinando a quién atendería primero.

—¡Muerto! —dijo el cirujano. Juan Manuel ya no respiraba, su palidez cadavérica no era otra cosa que el rostro de la muerte.

—Llegaron tarde, compañero —pensó con tristeza el timonel. Miró al grumete y lo encontró asustado, era apenas un niño indefenso y su presencia contrastaba con la escena de la prisión, los heridos y el cadáver.

—¡Muchacho, ven aquí! —El chico se acercó y Boss le preguntó en voz baja—: ¿No tenías órdenes de desembarcar?

—Así es, el teniente Boza nos licenció a todos. Ahora la guardia del puerto se hará cargo del Hiena.

—¿Entonces para qué volviste a bordo?

—Mi abuelo está muy débil y enfermo, necesitaba robar algunas provisiones de la despensa para darle de comer. La vida en Montevideo es difícil, el bloqueo que los tuyos hacen por tierra no permite que ingrese agua ni alimentos. La gente pasa hambre y se debilita hasta enfermar. ¡Maldito Rondeau!

—Al parecer las cosas están difíciles para ambos. Hasta ayer era el timonel de un barco mercante y ahora mírame, soy un prisionero. Lo único que puedo hacer desde mi humilde posición es aconsejarte. Aléjate de esta vida naval, terminarás muerto por la bala de un cañón una explosión o lo que sea.

—¡Un amigo murió así como usted dice, señor!

—¡No me digas "señor", no soy un oficial! ¡Me llamo Alexander! ¡Hazme caso, vete a casa!

—¡Me iré, Alexander, pero volveré mañana! ¡Necesito comida para mi abuelo!

Boss lo vio irse y suspiró—. Te miro y veo al niño que fui... —pensó.

---

—¡Es un maldito ultraje, señor White! —Guillermo iba de un lado a otro de la sala, como si se encontrara en una *fragata* de guerra imaginaria.

—Tranquilo, capitán Brown, cálmese... —Guillermo Porter White, su socio en el negocio de la marina mercante se hallaba sentado, pluma en mano, haciendo un balance.

—¡Me abordaron, me saquearon y se llevaron a muchos hombres valiosos! ¡Y yo aquí perdiendo el tiempo con usted, hablando de ganancias monetarias!

—¡Pérdidas es todo lo que tenemos! —A medida que la pluma de White escribía en el papel, Brown se ponía de peor humor.

—¡Debemos hacer algo por mis hombres, señor White!

—Los puestos pueden volver a ocuparse, capitán. Dotaremos al Industria de nuevos marinos.

—¡Quiero mis hombres, comenzando por mi timonel! —El comerciante lo miró sorprendido, Brown continuó—: ¿No se da cuenta? ¡Si dejamos las cosas como están, nos seguirán robando! ¡Debemos defendernos, no nos tienen que amedrentar! —Al fin había logrado poner nervioso a su socio, que dejó la pluma en el tintero con brusquedad.

—¿Y qué propone, capitán? ¿Armar al Industria con cañones de doce libras, reclutar artilleros e ir al encuentro de los dons[3]? —Guillermo Brown se quedó silencioso y esbozó una sonrisa, mientras visualizaba algo en su mente—. ¡Es una locura, ni siquiera lo piense! —añadió White previendo la respuesta de su socio—. No contamos con una fuerza

---

[3] Forma en la que los ingleses llamaban a los españoles debido al vocablo "Don" que usaban éstos como expresión de respeto, cortesía o distinción social.

naval que pueda enfrentarse al poder español en el Río de la Plata, ni mucho menos a toda la armada española. Por la fuerza sólo conseguiremos perder lo poco que hemos logrado, apenas doscientos hombres sitiando Montevideo y un general luchando en el norte, ese tal Belgrano. —El comerciante se quedó en silencio, recobró su postura y tomó la pluma nuevamente—. Si usted quiere vengarse de los españoles, hay algunos hombres que comparten sus deseos. Pero hay que actuar de manera astuta, con sigilo y diligencia.

—Quisiera hablar con esos caballeros, si fuera usted tan amable de organizar una cita.

—Por el momento haré de su intermediario, si no le molesta. —La pluma volvió al papel—. Cuénteme una vez más, por favor, de qué lo acusaba ese teniente... ¿Cuál era su apellido?

—El teniente Boza, maldito bastardo, me acusaba de vender armas a los hombres de Rondeau. Eso es algo que nunca he hecho.

—Aún no, pero podría hacerlo. —White tapó el tintero y lo guardó en un cajón. Brown suspiró, quizás había pasado demasiado tiempo en la marina mercante, lejos de los peligros de la guerra—. Capitán, si quiere vengarse lo mejor es dejar los prejuicios a un lado. Hace tiempo que vengo hablando con estos caballeros que le comenté y acordamos despachar un cargamento de *mosquetes*. No quise decirle nada hasta no estar completamente seguro de que aceptará; ahora sé que lo hará. El Industria llevará armas a los hombres de José Rondeau para que puedan mantener sitiada la ciudadela. —Brown había escuchado rumores sobre ese hombre. Se encargaba de bloquear por tierra Montevideo, bajo las órdenes de Manuel de Sarratea y del Triunvirato de Buenos Aires. Sabía también que muchos mercantes se beneficiaban con el contrabando de armas en el Río de la Plata, lo que explicaba la rabia del teniente Boza. Aun así, Brown no se consideraba un mercenario ni un contrabandista ni mucho menos un pirata. Si esta empresa lo hacía rico o lo arruinaba estaba más allá de sus motivaciones personales, porque ahora veía claro cuál era su deber. La obligación que tenía para con la tierra que lo había aceptado era luchar para que su oficio de mercante pudiera ser ejercido con libertad. Sin temor a ser detenido, hundido o robado como ocurría ahora. White continuó—: También es necesario que investigue los movimientos de las fuerzas españolas en este río. Tener esa información es más peligroso para ellos que reunir mil cañones.

—Lo dudo, una *andanada* de treinta y siete cañones es un espectáculo aterrador —agregó el capitán, pensativo—. Supongo que no soy el primero al que le habla de esta empresa.

—Algunos de mis comandantes ya comenzaron a transportar armamento y hacen muy bien su trabajo. Estoy seguro de que usted podría realizarlo aún mejor que ellos, capitán Brown.

—¿Me ha creído siempre con aptitudes para el contrabando? ¿Para el espionaje, tal vez?

—Las personas son como los barcos, señor. Hay unos más veleros que otros y la diferencia no está sólo en la forma, el tamaño o la arboladura. La madera es un elemento clave, y para decirlo de una manera que lo entienda, usted es como el roble americano. —Dicho esto, White permaneció en silencio mientras Brown digería sus palabras. Entonces pensó que el capitán estaba ofendido por su ofrecimiento y comprendió que eran de especies distintas. Él, en cambio, sabía que en los negocios y en la guerra todo era válido. Sonrió mientras recordaba las operaciones fraudulentas que había realizado en la Isla de Francia, junto con el teniente Popham de la British East India Company[4]—. Lo siento, al verlo tan enojado con los españoles creí que podía confiarle esta tarea. No pensé que fuera en contra de sus principios. —El capitán recordó lo que había sentido en su cabina luego de que los españoles se alejaran de su barco.

---

4   Compañía Británica de las Indias Orientales (inglés).

—Es importante dejar en claro que no busco ningún beneficio que no sea justicia y libertad de comercio. Explicado ese punto, estoy deseoso de comenzar con los preparativos, señor White. —Su socio se apuró en darle la mano.

—¡No sabe cuánto me alegra oír eso, capitán Brown!

## 20 de noviembre

—¡Arriba todo el mundo! ¡Despiértense, maldita escoria rebelde! —El sargento Ramírez no estaba de humor aquel día. O tal vez nunca lo estaba, pensó Boss, que fue sacado de un sueño maravilloso por el golpe de las macanas contra los barrotes de la prisión. Se puso de pie y miró alrededor. Los infantes rodeaban la celda como un cuerpo compacto y sus fusiles ya tenían caladas las *bayonetas*—. ¡A éste déjenlo aparte! —remarcó Ramírez mirando a Alexander—. ¡Saquen a los otros! ¡A empedrar calles, pedazos de mierda! ¡Desearán no haber nacido, perros! —Cuando Boss quedó solo, el sargento y dos infantes echaron mano de él—. ¡Vamos capullo, que no tenemos todo el día!

—¿Qué sucede? ¿A dónde me llevan? —preguntó el timonel mientras forcejeaba con los guardias.

—¡Silencio! ¡A callar, joputa! —Lo condujeron por la escotilla principal hasta la cubierta superior, donde le ataron las manos detrás de la espalda.

—¡Espero que el calabozo del cabildo te siente bien! —le dijo el sargento riéndose, mientras se alejaba hacia la popa—. ¡Y de paso, dale las gracias al capitán Taylor por regalarnos el Hiena! —agregó mientras los marineros presentes rompían en carcajadas.

De modo que el capitán Taylor, el antiguo comandante del Hiena, se encontraba preso en Montevideo. Alexander conocía bien los hechos acontecidos a mediados de ese mismo año. El "queche" Hiena, como se lo conocía al bergantín por tener su palo mayor de menor altura que el *trinquete*, había sido adquirido por las Provincias Unidas y armado en guerra. Se le colocaron en total veinte cañones de calibres nueve, doce y dieciocho libras. Además se le había dado por capitán a Thomas Taylor, un experto y aguerrido navegante. Este nuevo barco de guerra poseía la característica de ser muy veloz, lo cual le había permitido evadir en reiteradas oportunidades los bloqueos de las naves españolas a Buenos Aires. Así lograba llevar municiones y pertrechos a los ejércitos que sitiaban Montevideo. No había barco español que pudiera darle caza, lo cual le había hecho ganar muchos enemigos en el Río de la Plata.

Habiendo partido en esa última ocasión hacia el Río Negro, se desataron fuertes temporales que obligaron al Hiena a buscar abrigo en la bahía de San Blas. Entonces no tardó en ser visto por un explorador de Carmen de Patagones, pueblo que en secreto había sido tomado por hombres contrarios a Buenos Aires. Haciéndose pasar ante la tripulación por un gaucho que buscaba unos bueyes, el explorador averiguó de qué barco se trataba y qué armamento tenía. Dada su urgencia, el capitán Taylor le contó que el Hiena necesitaba leña para los fogones y enseguida el explorador le propuso guiarlo hasta donde podrían conseguirla. Al día siguiente Taylor bajó a tierra dejando al mando del bergantín a su teniente, el señor Robinson. Allí lo estaban esperando el explorador y sus amigos para guiarlo hasta la leña, pero una vez fuera de la vista del bergantín lo arrestaron. Lo pusieron al corriente del golpe que habían dado en Carmen de Patagones y le hicieron firmar una nota, donde pedía a Robinson que hiciera bajar a cuarenta hombres para ayudarlo con la leña. Al rato repitieron el engaño, solicitando que más tripulantes bajaran a tierra con diversos propósitos, como hacer agua o carnear y salar bueyes. Cuando ya no quedaban más de cincuenta y seis marinos en el barco, tres hombres de Patagones abordaron el Hiena con la excusa de llevar jamón y acometieron contra la tripulación. Atacaron con tal ferocidad que los del Hiena se refugiaron bajo las escotillas y cada vez que algún marino se asomaba ellos abrían fuego. En esta situación los hombres de Taylor no tardaron en rendirse, entregando la nave a manos españolas. Así, con el queche Hiena en su poder, navegaron hasta Montevideo donde fueron recibidos como héroes por el propio comandante general Vigodet.

Esa era la triste historia del Hiena, de la que ahora se reían el sargento y sus hombres mientras cantaban a coro:

> El Queche, el famoso Queche,
> Blanco de sus atenciones
> Donde lo ha llevado Taylor
> A ponerlo en escabeche,
> Y por más que se aprovechen
> Los de las Provincias Unidas
> De la plata macuquina
> Que al pueblo tiene robada,
> No ha de comprar otra armada
> Ni puede tener Marina.[5]

—Ríen y cantan, pero estos bestias no habrían podido tomar ni siquiera un esquife —pensó Alexander comparando la astucia de los hombres de Patagones con la torpeza de los presentes. Aun así no dijo nada y siguió avanzando mientras los dos infantes lo guiaban por la planchada. Lo llevaron por la calle de la iglesia Matriz y poco a poco se fueron alejando del mercado del puerto, donde había amarrado el Hiena.

Lo primero que Boss notó mientras caminaba por Montevideo fue la fuerte presencia militar y supuso que se debía al nuevo bloqueo que había comenzado un mes atrás. Del otro lado del muro, el ejército revolucionario del general Sarratea y del coronel Rondeau sitiaba el bastión español por segunda vez. Los godos, por su parte, no dudaban en chocar sus espadas y disparar sus armas a toda hora y en cualquier lugar en donde se pudiera iniciar un combate. El bloqueo impedía el transporte fluido de mercaderías, aunque como el río estaba en manos de los godos, lo que no

---

5   Cita textual de las coplas originales.

podía llevarse por tierra se hacía por agua. Eso explicaba que el sitio anterior hubiese durado tanto tiempo, sin lograr que Montevideo cayera al fin en manos de las Provincias Unidas. Sin embargo había faltantes, escaseaban el agua y la comida, algo que Boss sabía desde hacía mucho tiempo.

Así mismo, se sorprendió al ver la cantidad de enfermos y mendigos que rondaban las cercanías de la Plaza Mayor. En Sacramento había escuchado hablar de un franciscano que daba alimento y asilo a cientos de necesitados, lo habían apodado el "Ángel Protector de la Indigencia". Mientras caminaba se le ocurrió que ese fray, Juan Ascalza, no andaría muy lejos de allí.

Los guardias que lo escoltaban seguían paseándolo por Montevideo y Alexander aprovechó para observar cada uno de los detalles del bastión español. Esa información le sería útil a su capitán, que no se quedaría de brazos cruzados después de lo ocurrido en el Industria. De manera que su deber inmediato era escapar antes de ser encerrado en un calabozo, donde fugarse podría resultar poco menos que imposible. En ese momento volvió a recordar la conversación en la Posada de los Tres Reyes, cuando Brown le contó sobre su segundo escape—: Al despertar del golpe que me habían dado, noté que me estaban llevando de vuelta a la cárcel en un carro húmedo y apestoso. Creí que volvería a Metz, pero mis enemigos pensaron en una prisión más segura y me enviaron a Verdún. Al poco tiempo de haber llegado tenía un nuevo plan de escape. —Los ojos del capitán habían brillado con entusiasmo—. ¡Fíjate en esto, Alexander! ¡Con la cuchara con la que comía las raciones diarias empecé un agujero en el piso, debajo de la cama! No sabía bien a dónde me llevaría mi túnel, pero continué. Al mes había logrado comunicarme con un prisionero vecino, el coronel Crutchley, del ejército británico. ¡Juntos decidimos empezar otro túnel y así logramos escapar! —William había terminado la frase con un dejo de nostalgia. Para un hombre de su valor, las aventuras eran tan necesarias como respirar.

Alexander creía que los días de su capitán en la marina mercante estaban tocando a su fin y por esa razón debía unírsele cuanto antes. Si el timonel era apresado junto a Thomas Taylor no tardarían en escapar juntos, pero era mejor evitar esa situación extrema. La voz de su recuerdo se desvaneció.

—¡Eh! ¿Te haces el sordo? —Boss se dio cuenta de que uno de los guardias le estaba hablando.

—¿Qué pasa?

—¡Nos detenemos un momento, parece que el grumete quiere darnos alcance! ¿No lo ves?

En efecto, Santiago se acercaba corriendo con una nota en la mano, gritando para ser oído por encima del ruido de la calle. Cuando por fin llegó donde lo esperaban trató de hablar pero el resuello se lo impidió. Se limitó a entregar el papel con tanta torpeza que se le cayó al suelo. El guardia más próximo a Alexander se agachó para recoger la nota—. ¡Pero mira que pendejo atolondrado! —dijo. En ese momento Boss aprovechó que sus piernas estaban libres y golpeó con la rodilla la cara del soldado, desmayándolo en el acto. Luego se le tiró encima al otro, pero después de forcejear unos instantes el timonel perdió sus fuerzas y quedó inmóvil contra el suelo. Cuando Alexander ya se veía perdido, Santiago apareció con un adoquín de una calle a medio empedrar y golpeó en la cabeza al soldado, dejándolo inconsciente. Luego el grumete sacó un cuchillo de su cinturón y cortó las ataduras de las muñecas del timonel.

—¡Gracias, Santiago! ¿Qué decía la nota?

—¿La nota? —preguntó el chico, levantándola del suelo y entregándosela—. ¡Es un pedazo de papel doblado con un sello! ¡La tiré a propósito para ayudarte a escapar!

—¡Nuevamente te lo agradezco!

—¡Aún estamos en peligro! —continuó agitado el grumete—. ¡El teniente Boza me está buscando por todas partes!

—¿Qué pasó? ¿Qué hiciste?

—¡Al parecer sabe que robé la despensa! —El muchacho hablaba rápido y se veía tenso. Alexander sabía que la condena por robo sería la muerte—. ¡Debemos encontrar a mi abuelo!

—¿Estás loco? ¡Tu abuelo sabe dónde ir si no vuelves! ¡Debemos escapar ahora mismo!

Se largaron a correr sin rumbo fijo, hasta que divisaron un caballo atado a una carreta. Así como llegaron, soltaron el animal y lo montaron. Su dueño, que vigilaba desde adentro de un negocio, salió a la calle gritando sin poder hacer nada. Atravesaron las calles de la ciudadela a todo galope mientras algunos soldados les disparaban y otros comenzaban a perseguirlos. Una bala rozó el hombro del muchacho que casi se cayó del caballo, pero Boss lo agarró con una mano y lo volvió a sentar con fuerza. Cruzaron la puerta de la ciudad con un enjambre de españoles detrás y enseguida divisaron al ejército sitiador. Los hombres de las Provincias Unidas se alarmaron, pero luego comprendieron que los fugitivos debían ser aliados escapando de los godos. Por este motivo les permitieron el paso al mismo tiempo que con su presencia ahuyentaban a los perseguidores. Cuando el timonel y el grumete estuvieron a pocas yardas, saludaron a los hombres de Rondeau—: ¡Muchas gracias, en nombre del bergantín Industria!

—¡El paso es suyo y que viva la revolución! —gritó un teniente.

—¡Qué viva! —respondió Boss alegremente.

Continuaron a toda velocidad hacia el norte y los gritos de júbilo de sus protectores se perdieron a la distancia. Poco tiempo después rodearon unos molinos y respiraron aliviados. Estaban a salvo, Colonia del Sacramento los esperaba.

# 2

# 1814. Apresar, hundir o quemar

## 3 de enero

Buenos Aires,
28 de diciembre de 1813

Don Guillermo P. White:

Me comunico con usted para informarle que el Gobierno ha aprobado un proyecto de armamento naval. Éste se ha concebido con el objeto de destruir las fuerzas marítimas de Montevideo, bloquear aquella plaza y hacerla rendirse. Se me ha nombrado para que lo realice, utilizando todo cuanto yo crea necesario.

Inmediatamente averigüé los medios que tiene el Estado para llevarla a cabo, y llegué a la conclusión de que faltan hombres, buques, jarcias, cables y lonas. Tampoco hay existencias de artillería, pólvora, ni siquiera fusiles.

Si no fuera porque cuento con usted y con los recursos de su genio, conocimientos y actividad, me hubiese echado para atrás.

Por esto, he creído indispensable nombrarlo para que se encargue de comprar y reunir todo lo que nos permita poner una fuerza en el río que nos asegure el éxito.

Debemos actuar con celeridad y sigilo, porque el gobierno de Montevideo podría destruir el armamento en sus principios. También podrían enviar una fragata de guerra desde España, que nos desbarataría todo el proyecto.

Para llevar adelante su tarea, le ruego que haga usted cuanto le sea posible para conseguir lo que se necesita, sin detenerse en los precios. Si alguna mezquindad nos retrasara el armamento, todo podría perderse.

Yo no me dirigiría en estos términos si no fuese porque estoy convencido de que hará un buen uso de los fondos del Estado y que conoce el apuro en que se halla el tesoro público. Las cuentas que deberá usted rendir acreditarán la justicia que le ha hecho a mi confianza.

Si se consigue el objeto de esta empresa, habremos hecho el servicio más importante al país, y el Gobierno se lo compensará a usted generosamente.

Dios lo guarde muchos años.

Juan Larrea, Ministro de Hacienda[6]

White dobló la carta y la guardó en su chaqueta. Miró a su amigo esperando una opinión pero el capitán Benjamín Franklin Seaver no atinó a decir nada. El silencio se perpetuaba dejando oír el viento que acariciaba las cortinas.

—¿Y bien?

—¿Y bien qué? —preguntó con aspereza el capitán.

—Después de tantos meses luchando contra los españoles, más como espías que como soldados, este es el momento de armar una flota.

—¿Te fías de ese caballero Larrea?

—Ese hombre fue el que movió los hilos más profundos del Gobierno. Si no fuera por él seguiríamos oteando el horizonte, a la espera de que el Rey de España nos envíe sus navíos de guerra. Larrea es un patriota lleno de recursos, formó parte del segundo triunvirato y además es un comerciante como yo.

—¿Un hombre tan dinámico tardaría dos años y medio en decidir armar una flota? Porque el segundo triunvirato lleva ese tiempo en el poder y he escuchado quejas de los marinos de estas aguas. Dicen que se enfrentan a los españoles en botes de madera podrida…

—¿Pero es que no sabes nada? ¡Larrea asumió como ministro de Hacienda hace apenas un mes!

---

6   Cita contextual de la carta del ministro Juan Larrea a Guillermo White del 28 de diciembre de 1813.

—Eso es algo que desconocía. —Seaver hizo una pausa calculada y prosiguió—: Supongo que estoy en el lugar indicado para ponerme al tanto de la situación de Buenos Aires, sobre todo ahora que tengo mucho tiempo libre.

—Si estás sin empleo puedo encargarte algún viaje mercante, siempre se necesita transportar algo en este río.

—Estoy sin empleo y también sin barco. —El capitán sonrió—. Perdí la Admiral Stofford.

—¿Perdiste tu *goleta*? ¡Demonios! ¿Cómo pudo ocurrirte eso? —preguntó White, golpeando la mesa con el puño.

—Zarpamos de Rio de Janeiro con destino al Río de la Plata, Río Grande y Cabo de Buena Esperanza. Como bien sabes, si navegas con bandera británica puedes tener problemas con los corsarios españoles, de manera que hice pasar mi goleta por un barco portugués. Tuve que conseguir un pasaporte de esa nacionalidad y tomar algunos tripulantes portugueses para hacer más creíble el engaño. Una vez puesto ese disfraz, embarcamos pasajeros en Montevideo y nos dirigimos a Río Grande. Allí esperábamos cargar unos caballos y burros sementales para llevar al Cabo de Buena Esperanza, pero nos quedamos con poco viento. No sirvió de mucho silbar ni rascar los *estayes*.

—Ustedes los marinos son muy supersticiosos, mi querido amigo.

—Y tú eres un escéptico —aseguró Seaver moviendo un dedo—. No recuerdo cuánto tiempo silbamos pero debe haber sido un buen rato, porque cuando el viento volvió lo hizo con mucha fuerza. Al soplar por donde no lo esperábamos ocasionó que se rompiera el *botalón* de la cangreja. Navegamos así un par de días, pero ya nos resultaba muy difícil mantener el rumbo con esas ráfagas del noreste soplando sobre nosotros. Me di cuenta que el tiempo no iba a cambiar y decidí que sería prudente tocar en Maldonado para arreglar el botalón. Consulté con los pasajeros dónde querían esperar mientras se realizaran las reparaciones y todos me dijeron que su deseo era bajar a tierra, de manera que los acompañé en el bote. Imagina mi sorpresa cuando ya en la playa, veo mi goleta izando las velas y poniendo rumbo para pasar entre la Punta del Este y la isla Gorriti. ¡Enseguida me di cuenta que se la estaban llevando a Montevideo!

—¿La robaron? —preguntó extrañado el banquero.

—¡Sí! —Seaver se puso rojo de ira—. ¡Portugueses perversos, han sido la causa de todo eso!

—¿Y qué hiciste?

—Di aviso a las autoridades locales y luego tomé prestado un caballo para ir a la ciudadela. Cuando llegué a la altura del ejército sitiador vi mi goleta muy cerca de la playa, completamente desarbolada.

—Y supongo que has pedido intervención directa del comandante naval inglés en esa zona.

—Por supuesto, como súbdito del rey de Inglaterra me correspondía ese derecho. De paso le escribí una carta al capitán Bowles de la HMS[7] Aquilon, pero aún no obtengo respuestas. —El capitán volvió a hacer silencio, parecía que esperaba algo.

—Por lo que veo, pasarás un largo tiempo sin tu barco.

—¡Eres muy perspicaz! —Seaver sonrió complacido—. ¡Debe ser algo común en nosotros, los americanos! —Luego se puso serio mientras miraba a los ojos a su compatriota y amigo—. ¡Quiero el mando, Guillermo!

—¡Lo sabía! —exclamó White golpeando la mesa por segunda vez—. ¿El mando de qué, Benjamín, de una *balsa*?

—Rió—. Porque hoy lo único que puedo ofrecerte es eso, una balsa sin timón ni remos. —Buscó un papel en el cajón de su escritorio y cuando lo encontró se lo mostró a Seaver—. Mira, yo también investigué las existencias del almacén de artillería como hizo Larrea y esto es lo que encontré. —El capitán se inclinó para leer mejor.

—"Nueve toneladas de pólvora… Treinta cañones de todos los calibres…" ¿Cuántos hay de dieciocho libras?

---

7 Sigas en inglés del término "His/Her Majesty's Ship", significa que es un barco de la armada inglesa.

—No recuerdo pero sé que hay uno de treinta y dos, aunque la mayoría es de cuatro y de seis. Están herrumbrados y en muy malas condiciones, incluso hay uno doblado. —Seaver siguió leyendo.

—"Dos *cureñas*... Pocas balas de calibres que no corresponden a los cañones existentes..." ¡Pura basura!

—Es lo que te estoy diciendo, me sentiría afortunado si tuviera una balsa. Y ahí no termina el problema, amigo mío. No eres el único interesado en comandar la nueva flota. El capitán Guillermo Brown es un buen candidato y hay un tal Estanislao Courrande que aspira a ese puesto también.

—¿El franchute? ¡Le ha hecho mucho daño al comercio británico en estas aguas!

—Desde que ganaron la batalla de Trafalgar los marineros británicos son los favoritos de todos. No creo que Courrande llegue muy lejos, pero Brown es otra historia. Habrá una votación muy pronto y se elegirá al nuevo comandante de la flota.

—¡Debes votar por mí, Guillermo! ¡Hazlo por nuestros años de amistad, por nuestra querida América! —White suspiró indeciso—. ¡Te prometo que me someteré a lo que decida la junta!

—¡Es lo menos que puedes hacer! —Ambos se quedaron pensativos hasta que el comerciante agregó en tono conciliador, bajando sus ojos al suelo—. Está bien, Benjamín... Está bien... Pero para poder postularte tendrás que ganar un poco de fama.

—¡Estoy de acuerdo! ¿Qué tengo que hacer?

—Hay una herida que los españoles nos hicieron hace un tiempo, muy profunda y dolorosa. Sigue abierta y no para de sangrar. —Seaver prestó la mayor atención a las palabras de su amigo—. Dime, Benjamín. ¿Escuchaste hablar del queche Hiena?

## 9 de enero

La noche transcurría tranquila y calurosa en La Arenisca. El viento sostenido del norte y la luz de la luna se combinaban para aumentar la sensación de agobio y pesadez. En la playa había más de ochenta hombres y sin embargo apenas se oía un murmullo o algunos pasos sobre la arena. Los sonidos se superponían al del oleaje del río, con el que tenían que competir para existir.

El capitán Benjamín Seaver se encontraba sentado sobre una roca, apartado del resto. Miraba hacia el sudoeste, donde el horizonte estaba interrumpido por el archipiélago de Hornos, y pensaba. Repasaba en su mente la ubicación de las tres islas, la mayor se encontraba más próxima a la costa y la menor en el medio de las otras dos. También sabía que en el lado oculto de cada una de ellas se encontraba fondeado un barco español, pues esa misma tarde los había visto al sur del archipiélago. La flotilla enemiga se componía de un bergantín, que para su satisfacción era el famoso queche Hiena, y dos *faluchos* llamados San Luis y San Martín. No se había sorprendido de encontrarlos ahí, pero verlos lo aliviaba de sus dudas. Mientras espiaban a los godos se habían mantenido toda la tarde ocultos entre los árboles de la costa, soportando el calor propio de los primeros días de enero. Una vez pasada la hora del ocaso habían vuelto a los botes y entonces ordenó que avanzaran hacia La Arenisca. Ésta era una playa que se encontraba más al norte y le proporcionaba un excelente punto de ataque. Desde allí las islas le servían de escudo para ocultar sus intenciones, interponiéndose entre sus enemigos y él.

Su reloj marcaba la una de la mañana, se acercaba el momento de atacar y aún no había tomado una decisión. Los españoles habían fondeado con las islas a barlovento para poder zarpar inmediatamente ante un peligro. Otra ventaja que tenía el enemigo era la luz de la luna, que les permitía divisar cualquier barco que se acercara por el sur. Seaver sonrió para sus adentros, por el sur ninguna embarcación a vela podría acercárseles pues era imposible que pudiera navegar en contra del viento. Así, la opción obvia parecía ser la de atacar por el norte y seguramente los godos también la consideraban para defenderse. En su mente él sabía que para sus botes era más importante la corriente que el viento y ésta se movía de norte a sur, ideal para sus propósitos. Además los remos le daban mayor libertad de propulsión para despistar al enemigo.

Se puso de pie y sus hombres se prepararon. Esperaban que les hablara, que les dijera cuál sería el plan de acción pero no fue así. A su lado, el comandante del Bote N° 2 y ex condestable Samuel Spiro fumaba tranquilamente su pipa y tosía, de a ratos. Miró a Seaver y comprendió que no le caía muy bien al americano. Benjamín no estaba acostumbrado a coordinar un grupo tan grande y esto lo volvía desconfiado con aquellos hombres a quienes no conocía. Pero sobre todo no se hallaba muy a gusto con Ferrer, uno de los comandantes que le había recomendado su amigo White.

—Atacaremos por ambos lados —dijo de pronto Seaver.

—¿Al mismo tiempo? —preguntó Samuel.

—No, no al mismo tiempo. El bote que ataque por el sur será visto primero, quiero que se encuentre lejos del alcance de los cañones enemigos. Al menos hasta que otro grupo se acerque desde el norte, sin ser visto.

—Pero estaríamos dividiendo las fuerzas, nos faltarían hombres para abordar.

—Sólo uno de nuestros botes irá por el sur, eso desviará la atención de los dons mientras el resto de nosotros avanza por el norte. Llame a los demás comandantes para que se acerquen.

Enseguida aparecieron Teodoro Spiro, hermano de Samuel y comandante del Bote N° 1, Nicolás Jorge y Miguel Ferrer, este último del lanchón Nuestra señora del Carmen. Más rezagado y con una actitud reservada los seguía el subteniente Gervasio Espinosa, del ejército.

—¡Señores! —comenzó a decir Seaver—. Como ustedes saben, detrás de esas islas se encuentra el queche Hiena. Debemos recuperarlo y para ello haremos lo siguiente. —Los presentes lo miraron con atención, Benjamín prosiguió—: ¡Señor Jorge!

—¡Señor!

—Abordará de inmediato su bote, bogará con rumbo sur hasta rebasar la primera de las islas de Hornos y entonces pondrá proa al sudoeste. Cuando estime que se encuentra fuera del alcance de los cañones del San Martín pondrá rumbo oeste. Asegúrese de que los faluchos lo vean y se interesen por sus intenciones, eso hará que nos dejen solos con nuestro objetivo. Cuando el plan sea un éxito podremos respaldarlo con los cañones de nuestra presa.

—¡Sí, señor!

—Señor Ferrer, su bote es el más grande. Embarcará al subteniente Espinosa y a sus soldados y se dirigirá al extremo oriental de la isla más alejada. Ahí aguardará hasta que el resto de nosotros esté en posición. Cuando crea que los españoles han visto a Jorge por el sur, se acercará al queche por la popa y lo abordará.

—¿No sería mejor atacar los dos faluchos primero y con ellos en nuestro poder capturar el Hiena?

—De ninguna manera, no perderemos el tiempo con dos barquitos cuando el bergantín es la embarcación más veloz y potente.

—Pero con los faluchos…

—¡A ver si lo entiende, Ferrer, nuestro objetivo es el queche Hiena! —El comandante del Nuestra Señora del Carmen afirmó con la cabeza y se guardó sus palabras, Seaver prosiguió—: Usted Jorge podrá acercarse al enemigo sólo después de oír el ataque del señor Ferrer.

—¡Sí, comandante!

—En cuanto a nosotros, caballeros —dijo mirando a los hermanos Spiro—, iremos por delante de Ferrer. Nos dirigiremos al extremo occidental de la isla más alejada y cuando escuchemos su ataque abordaremos al queche Hiena por la proa. ¿Queda el plan perfectamente entendido?

—¡Sí, señor! —repitieron todos.

—La velocidad y el factor sorpresa lo son todo. El primer ataque debe ser lo más silencioso posible, señor Ferrer. No se preocupe por nosotros que cuando usted y sus hombres comiencen a atacar nos daremos cuenta. Los remos deberán ir envueltos en tela para no hacer ruido al golpear el agua, usen sus chaquetas o camisas. Los mosquetes irán cargados desde aquí, pero avisen a sus hombres que no los amartillen hasta que no se encuentren abordando. No quiero disparos por error, los nervios pueden traicionar a cualquiera y esa sería la perdición para todos nosotros.

Una vez terminada la reunión cada uno de los comandantes se dispuso a navegar. Ultimaron detalles y Jorge fue el primero en partir. Luego lo hicieron Samuel, Teodoro y Seaver, y por último Ferrer. Los botes se hallaban al máximo de su capacidad, alrededor de diecisiete hombres en cada uno con sus mosquetes, sables de abordaje y picas.

Eran casi las dos de la mañana cuando el lanchón de Ferrer llegó al sitio que le habían asignado. El comandante, al ver que el capitán Seaver y los hermanos Spiro estaban por llegar al otro extremo de la isla, *viró* su proa al sur y se detuvo casi delante del San Luis. De pronto sobre la cubierta del falucho enemigo se oyeron algunos pitidos. Los infantes que se encontraban sobre la *banda* de estribor se dirigieron a toda prisa a babor, al parecer habían visto el bote de Jorge. Los españoles dejaron desatendido el costado próximo al lanchón y Ferrer se vio tentado por esta oportunidad única. Ordenó a sus hombres que bogaran con todas sus fuerzas hacia la banda de estribor del falucho y al llegar lanzaron cabos y escalaron el casco. Ya en cubierta Ferrer se dirigió a la otra banda para tomar desprevenidos a los vigías y en ese momento algunos de sus hombres rompieron en gritos de júbilo—. ¡Silencio, malditos estúpidos! —les espetó, pero ya era tarde. Los vítores se habían contagiado y todos festejaban, aunque nadie sabía bien por qué. Había sido tan grande la tensión previa al abordaje que los hombres, sin la disciplina necesaria en toda operación militar, festejaban haber abordado y seguir con vida.

En ese momento el capitán Seaver se encontraba en posición, aguardando el ataque de Ferrer. Al oír el griterío se dirigió con sus botes a la proa del queche y grande fue su sorpresa cuando advirtió que el lanchón se había dirigido al falucho San Luis.

—¡Maldición! ¡Estúpido Ferrer! ¡Te haré pasar por las armas, condenado hijo de perra! —exclamó—. ¡Todos den media vuelta, remar hacia el San Luis por el lado norte de la isla! ¡Rápido!

Cuando unos minutos después treparon a la cubierta del falucho, Seaver hizo callar a golpes a todo aquel que seguía vitoreando y agrupó a sus hombres cerca del timón. Los españoles, acorralados contra el pasamanos de babor, dispararon sus armas y arremetieron con sus bayonetas, pero eran muy pocos. No estaban preparados para el ataque y tampoco tenían espacio para combatir. Algunos se refugiaron debajo de las escotillas, donde los hombres de Samuel Spiro penetraron al instante y los redujeron—. ¡Busquen al comandante español! —gritó Seaver—. ¡Si no quiere que haya más bajas en su bando, que rinda la nave! —El pabellón rojo y amarillo que flameaba en la popa fue arrancado por los infantes del subteniente Espinosa. Luego el piloto José Moreno rindió sus armas y entonces todos supieron que el San Luis había sido tomado.

—¡Arrojen los muertos al río y despejen la cubierta! —ordenó el capitán Seaver—. ¡Tiren arena donde haya sangre, que es condenadamente resbalosa! —Luego miró a Spiro con su cara transfigurada por el furor de la batalla —¡Quiero hombres a las brazas y en las vergas! ¡Mover el cabrestante y levar el ancla!

—¡A la orden, señor!

—¡Señor Espinoza!

—¡Señor!

—¡Agrupe a sus hombres y ponga tres buenos tiradores en la cofa! ¡El resto que se preparen para abordar! —Se dirigió al timón, tomó las cabillas entre sus manos y puso rumbo al Hiena, pero un grito desde el *tope* le hizo cambiar sus planes.

—¡Cubierta! ¡El queche Hiena se hace a la vela! ¡Nos aventaja cada vez más!

—¡Maldición! ¡Tope! ¿Hay señales del señor Jorge?

—¡Sí, señor! ¡Está bogando hacia nosotros y el San Martín lo está persiguiendo!

—¡Muy bien, pondremos rumbo al otro falucho! ¡Viraremos en redondo!

El San Luis viró su popa y tomó el viento por la amura de babor rumbo al San Martín, que se encontraba media milla adelante navegando hacia ellos. Casi tropezaron con el bote de Jorge, que al descubrir sus intenciones trató de bogar paralelo en la misma dirección. La situación de la nave enemiga era difícil, parecía no estar navegando bien y los hombres de Seaver se le acercaban a toda velocidad. Por fin el enemigo estuvo al alcance del cañón de proa del San Luis, que hizo fuego con metralla sobre la cubierta del San Martín. Los tiradores de Espinoza también abrieron fuego de mosquetes, compitiendo los pequeños perdigones con las esquirlas feroces de la artillería. El *cazador* de proa disparó una vez más y el San Luis se abordó con el San Martín en una confusión de cabos y *rezones*. Mientras tanto, Jorge y sus hombres se aproximaban por la aleta de estribor con sus armas de abordaje fuertemente asidas en sus manos.

La cubierta del falucho era un matadero, la metralla había cumplido con su deber y la sangre corría por los imbornales como un río de desgracia. Diez hombres se encontraban sin vida, el resto fue fácilmente apresado y rendido el barco. Seaver recorrió con tristeza la escena desafortunada que se mostraba ante sus ojos. El comandante del San Martín se encontraba entre las bajas, había sido un alférez de navío pero ahora estaba muerto.

Finalmente los faluchos eran presas de guerra de las Provincias Unidas y a bordo reinó la calma por unos segundos. Luego los pocos hombres que conocían su oficio se pusieron a empalmar cabos, a remendar algunas velas agujereadas durante la batalla y a limpiar la cubierta. Benjamín presenciaba todo esto con tristeza, su tan preciado queche Hiena había escapado y era imposible darle caza dadas sus cualidades veleras.

—¡Señor Spiro! ¿Dónde está usted?

—¡Aquí arriba, señor! ¡Reparando la vela de proa!

—¡Baje, por favor! —Cuando Samuel estuvo a su lado Benjamín lo llevó a popa y le habló de manera áspera—. ¡Quiero que tome el mando del San Luis y que se lleve con usted al comandante Ferrer en calidad de detenido! ¡Enciérrelo en alguna cabina y póngalo al tanto de mi decisión! ¡Por el momento no quiero verlo!

—¡Se hará como ordena, capitán!

Una hora y media más tarde los faluchos ya se encontraban al abrigo de las baterías de Colonia del Sacramento. Habían ingresado al fondeadero con la bandera española en posición vertical como habían acordado con el capitán Vicente Lima, encargado de recibirlos. Aunque en tierra los felicitaron por las capturas, los comandantes sentían un amargo disgusto al pensar en el Hiena y en cómo había logrado huir. Ferrer fue puesto en una habitación custodiada, apartado del resto de los comandantes.

Seaver aprovechó las primeras luces de ese día para dirigirse al despacho del puerto y escribir allí los informes correspondientes de su ataque. Terminado el resumen, tomó un papel nuevo y le dirigió a su amigo White una carta que expresaba la angustia que sentía. Necesitaba desahogarse.

Colonia del Sacramento,<br>domingo 9 de enero de 1814

Estimado amigo, Guillermo P. White:

Durante las primeras horas de este día en que te escribo, nos encontrábamos los comandantes que delegaste y yo en la misión de tomar el queche Hiena. Éste se hallaba fondeado al sur del archipiélago de Hornos, escoltado por los faluchos San Luis y San Martín. A las dos de la mañana, el lanchón de Miguel Ferrer abordó la cubierta del San Luis en lugar de cumplir con su deber de atacar por la popa al queche Hiena. Lo acompañaban el subteniente Gervasio Espinosa y sus hombres, a quienes debo disculpar de ser partícipes de este error porque cumplían órdenes. A poco de realizado el abordaje, los hombres del comandante Ferrer rompieron en vítores que pusieron sobre aviso primero a nosotros y luego al Hiena, huyendo éste y siendo imposible capturarlo. Luego de una serie de actos valientes, logramos hacernos con el San Luis y con el San Martín. Sin embargo, el sentimiento de un lamentable fracaso me invade, como una furia que por momentos amenaza con hacerme explotar. El golpe de mano que me proponía ha fracasado por completo, debido a la desobediencia del miserable que según usted debía serme muy útil. El queche y demás buques entre Montevideo y Martín García podrían haber sido tomados en cuarenta y ocho horas, si mis órdenes se hubieran obedecido estrictamente. En cambio, solo fueron capturados dos faluchos.

Por fortuna, la mayoría de las bajas fueron para el bando enemigo, de las cuales la que más lamento es la del alférez de navío Manuel Bañuelos, comandante del San Martín. En lo que respecta a la acción, debo reconocer el excelente comportamiento de los comandantes Spiro, de Nicolás Jorge y del subteniente Espinosa. Los cuatro obraron según mis expectativas.

Dios te guarde muchos años, amigo mío.

Benjamín Franklin Seaver[8]

---

8  Adaptación de la carta del capitán Seaver a Guillermo White del 9 de enero de 1814.

## 11 de enero

Era de madrugada y solamente la guardia interrumpía el silencio con sus pasos sigilosos, con las campanadas cada media hora y su cantito de "¡Todo bien!". Bajo la cubierta, el espacio había sido aprovechado al máximo para que cerca de diez hombres pudieran descansar en hamacas de tela, tan pegadas unas de otras que parecían formar un enorme lienzo meciéndose con el barco. Algunos roncaban, otros respiraban fuerte pero todos parecían dormir ahí abajo, todos menos un joven.

No hacía mucho tiempo que tripulaba la Hope y tampoco tenía suficiente experiencia en la vida marinera. Se podía decir que aprendía rápido, eso era cierto, pero también debía mucho a su amigo Alexander y al capitán, que le tenían paciencia y aprecio. Hasta ese momento conocía los cabos y las maniobras de las vergas, pero todavía no podía superar su miedo a las alturas. Cada vez que le ordenaban subir por los *flechastes* hasta el tope, se ponía pálido y las fuerzas le fallaban. Sin embargo, no podía quejarse de la vida que llevaba, lo único que le preocupaba y le quitaba el sueño era su abuelo. Había tenido que dejarlo en Montevideo cuando se vio obligado a huir a toda prisa para salvar su vida, hacía más de un año, y desde entonces no había sabido nada de él. Por momentos temía que hubiese muerto pues era un hombre mayor y enfermo—. No puede esperarse otra cosa —pensaba, mientras daba vueltas en su hamaca, ajeno a los otros que lo rodeaban.

El capitán Brown se encontraba a popa vestido de pantalón azul y camisa blanca gastada. Sus zapatos no desentonaban, pues estaban tan viejos que daba pena verlos. Encaramado sobre el estay del palo mayor oteaba el horizonte con su catalejo, creía haber visto un destello media hora atrás. Una y otra vez escrutaba lentamente la oscuridad con mucha calma y paciencia, pero no podía levantar el velo de las tinieblas para confirmar sus temores. Era posible que en algún lugar por la aleta de estribor hubiese un barco y era preferible que él lo viera primero antes que el otro lo reconociera. Estuvo así otros diez minutos y bajó a cubierta. Se dirigió al timonel con la intención de darle instrucciones y recordó que el hombre no entendía una palabra de español ni de inglés. La explicación le llevaría muchos ademanes y no había suficiente luz para eso, tampoco estaba de humor para algo semejante. Inmediatamente deseó que Boss estuviera despierto, pero su amigo había bajado a descansar apenas tres horas antes, luego de una jornada larga de trabajo, y no sería humano despertarlo. Quería ir a proa a revisar las *escotas* de los *foques*, pero resistió la tentación y se acercó a Di Calia, que fumaba su pipa mientras mantenía el rumbo.

—¿Podría dejarme un momento?... Un, eh... A moment... Damn![9] —El italiano se lo quedó mirando y aspiró fuerte la pipa, luego se hizo a un lado y le cedió su lugar en el timón. El capitán no sabía cuál de los dos idiomas había entendido el piloto, pero esperaba que hubiese sido el español. Tomó las cabillas de la rueda y sintió la vibración de la arboladura directo en sus manos. La Hope era un barco muy velero, navegaba bien de *bolina* aunque tenía tendencia a *derivar* cuando el viento era de popa, como en ese momento. Corrigió un poco el rumbo sin perder de vista el *compás* y se sintió satisfecho—. Di Calia, manténgala así por favor... Que la mantenga... Keep it steady! —Con gran frustración pensó—: ¡Este barco es la torre de babel! —Afortunadamente el italiano tenía mucha experiencia y se había dado cuenta de lo que su capitán quería que hiciera. Un momento después Brown estaba en la proa, regañando al contramaestre Richard Brook por la manera en que habían amarrado las velas. Al volver a popa se percató de que el cielo estaba aclarando y al sonar las campanadas de la guardia de mañana oyó al vigía exclamar desde lo alto—: ¡Barco a la vista!

—¿Por dónde, Elsey?

—¡Por la aleta de estribor!

---

9  Un momento... ¡Maldición! (inglés).

—¡Lo sabía! Di Calia, two points off the larboard bow! —Brown le gritó al piloto mientras le mostraba dos dedos levantados de su mano izquierda, luego probó también en español—: ¡Dos puntos a babor! —Como el hombre no fue capaz de comprenderlo, el ayudante se apresuró en tomar su lugar mientras Di Calia se retiraba murmurando malhumorado—: Non posso capire![10]

—¡Capitán! —La voz provenía nuevamente del tope—. ¡Es una *corbeta*! ¡Vaya, una corbeta de cuatro palos, es la primera vez que veo algo así! —El comandante se apresuró en llegar junto al vigía y al mirar por su telescopio comprendió que la vista había engañado a su compañero. No era una corbeta de cuatro palos, muy poco comunes en el Río de la Plata, sino dos bergantines. Forzando un poco sus ojos logró darse cuenta que el segundo era un falucho y sabía bien a qué país pertenecía.

—¡Es el Fama! ¡Tenemos a los dons a popa, muchachos!

Enseguida aparecieron los otros marinos, que habiendo quitado las hamacas de la cubierta inferior fueron a ocupar sus puestos. Las tareas diarias se superpusieron con otras que eran necesarias para enfrentar la difícil situación. El capitán Brown había fijado el rumbo de tal manera que la goleta recibiera el viento por la aleta de babor, de este modo la Hope obtenía la mayor velocidad y el bergantín que acompañaba al Fama estaría en desventaja. Este barco resultó ser el Cisne, que con sus doce mortíferos cañones de cuatro libras era mejor dejar atrás. El falucho, en cambio, era capaz de alcanzar la Hope siguiendo su estela. Enseguida copió la maniobra ordenada por Brown y se colocó directamente por popa para iniciar la persecución.

—¡Alvares! ¡Quiero que mueva el cañón de la aleta de babor y que lo coloque a popa, si es tan amable!

---

[10]  ¡No logro entenderle! (italiano).

—¡Capitán! ¡El Fama hace señales al Cisne!... ¡Enemigo al sudeste! —Alexander había subido al tope con el telescopio de Brown y estaba ayudando al vigía a comunicar la escena que veían.

—¿Estás seguro, Boss? ¿Han desplegado todas las velas los dons?

—¡Muy seguro, capitán! ¡El Fama tiene sus tres velas desplegadas y portando! ¡El Cisne sólo lleva foques, *juanetes* y cangreja!

—¡Está preparado para atacar, diría yo! —exclamó el comandante—. ¡A prisa con ese cañón! ¡Smith, Guevara, ayuden a Alvares con eso!

Los tres marinos de diferentes nacionalidades se esforzaban por ponerse de acuerdo pero el idioma no era la única complicación. Silverio Alvares era un campesino de la región de Río Grande Do Sul, no conocía el oficio marinero ni tampoco parecía importarle. Francisco Guevara era un desertor del ejército español y Robert Smith había sido comerciante hasta que quedó en banca rota. Trataban de montar un cañón en la popa de la Hope sin saber por dónde empezar. Uno tiraba de los cabos de la cureña y los otros empujaban con los *espeques*.

—¡Boss, baja de ahí y ayuda a estos tres con el cañón! —Una pieza de artillería suelta podía rodar sin control por la cubierta, y si se desmontaba era probable que la agujereara y atravesara el fondo de la embarcación—. ¡Sólo tardaríamos un minuto en hundirnos y no habría nada que pudiera hacerse! —pensó el capitán.

Cuando Brown estuvo satisfecho con el rumbo, las velas y el cañón a popa, le pidió a Alexander que lo prepare para disparar y se fue a su cabina. En ella encontró a su primer oficial, el teniente Guillermo Clay, un hombre de estatura baja, delgado y rubio, que por lo general gozaba de buen humor. Se encontraba mirando la carta de navegación mientras marcaba con su dedo índice un punto.

—Estamos aquí, capitán, a casi tres millas náuticas al sudoeste del puerto de Conchillas. Dumont me ayudó con la corredera, navegamos a dos nudos rumbo sudeste con un viento flojo. —Brown miró a Clay y éste asintió—. Vamos directo a Colonia del Sacramento, pero a esta velocidad nos llevará diez horas llegar. ¿Podremos mantenernos alejados de los españoles durante ese tiempo?

—Pasaremos muy cerca de la costa y eso reducirá nuestro viento, señor Clay. Tendremos que tomar el paso del archipiélago de Hornos que es la ruta más directa —dijo pensando que a su vez era la más peligrosa.

—El Fama tiene un solo cañón giratorio de muy bajo calibre y dos lanzapedreros, no puede con nuestros cañones de cuatro libras.

—El problema no es el Fama, el Cisne navega directo al sur y debe estar haciendo cuatro nudos ahora. Si adivinó nuestras intenciones de refugiarnos en Colonia, recemos para que se retrase, porque a la altura de nuestro destino podría virar al este, llegando al mismo punto que nosotros.

—¿Y cómo podemos evitarlo?

—¡Hay que llegar antes! Transcriba los datos al diario de navegación y luego acompáñeme a la *santabárbara*. Quiero saber si están preparando los cartuchos de pólvora para el cazador de popa.

Mientras tanto a proa un grupo de marineros trataba de ajustar las velas. No era una operación sencilla y el contramaestre la supervisaba con mucho celo.

—¡Tiren con más fuerza, hay que tensar ese foque! ¡Vamos muchacho, para hoy!

—Estoy tirando lo mejor que puedo, Brook, pero se me despellejan las manos.

—¡No me repliques y trabaja, pendejo insolente!

Santiago sentía que el cabo le quemaba la palma de las manos, el dolor era tan fuerte que no pudo resistirlo y lo soltó. Afortunadamente Dumont, un grumete de su misma edad, tomó la escota justo a tiempo y logró retenerla hasta que Villalba estuvo en condiciones de tirar nuevamente.

Brook ajustó el cabo en una *cornamusa* y pareció satisfecho con el trabajo. Esperaba que esta vez el capitán estuviera orgulloso del tensado de la vela.

—¡Gracias, amigo! ¡Te debo una! —le dijo Santiago a Dumont tendiéndole la mano, pero cuando el otro se la estrechó, se arrepintió de habérsela dado. Un ardor intenso le recorrió el brazo y todo el cuerpo, haciéndole gritar de dolor.

—Lo siento, mon ami[11] —dijo el otro con acento francés—. No quise hacerte daño. —Luego se apartaron a un lado para darle paso al capitán y al primer oficial, que traían unos cuantos cartuchos de pólvora y balas.

—¡Villalba y Dumont, vengan aquí! —Brown se detuvo junto al cañón de popa, donde Alexander ya estaba esperándolo—. Cuando el falucho se ponga a nuestro alcance, Boss abrirá fuego y lo mantendrá hasta que el enemigo deje de perseguirnos. Quiero que se queden con él, lo asistan y aprendan cómo se carga y dispara el cañón.

—¡Sí, señor! —respondieron ambos, entonces la instrucción comenzó—. Presten atención, lo primero es introducir por la boca del cañón el cartucho de pólvora y para ello se utiliza este instrumento que es un atacador. —El objeto en cuestión era un palo de unos ocho pies de largo con una maza de madera cilíndrica en una de sus puntas—. Luego se coloca la bala y un taco de madera o estopa para que el conjunto no se mueva. ¿Ven que el cañón tiene un agujero aquí detrás? Se le llama "oído", lo que haremos será introducir este punzón allí para agujerear el cartucho que acabamos de colocar adentro. Ahora voy a verter un poco de la pólvora que tengo en este cuerno en el oído del cañón. Un poco más, así está bien.

—¿Eso es todo? Parece fácil —dijo Santiago tomando el atacador.

---

11  Amigo mío (francés).

—Por el momento sí, esperaremos que el español se ponga al alcance. Nuestro radio de disparo es alrededor de una milla náutica, una buena distancia para este tipo de juego. Si queremos mayor precisión debemos dejar que se acerque más, pero eso no pasará hoy.

—¿Y todos estos otros atacadores, Monsieur[12]? —preguntó Dumont.

—Reciben otros nombres y se utilizan para otras cosas. Por ejemplo, tenemos el rascador que es aquél que tiene varios fierros retorcidos en la punta. Sirve para retirar la carga del cañón si se lo quiere guardar sin disparar. Luego está el que tiene esa esponja en su extremo, que se introduce en agua y se coloca dentro del cañón para refrescarlo después de hacer fuego. De esta manera se apagan aquellas ascuas que puedan haber quedado encendidas. Si se coloca un nuevo cartucho de pólvora y hay fuego en el interior éste explotará inmediatamente, provocando que se accidente alguien. A propósito… Smith, a bucket of water, if you please![13]

—Aye aye![14]

—¿Y ese de allá es un cepillo?

—Así es Santiago, limpia el ánima del cañón antes de volver a usarlo. No se preocupen si se olvidan algo, hoy es un buen día para aprender y practicar.

—¡Boss! ¡El Fama entró en rango de fuego! —El grito del vigía activó al timonel, que tomó de un balde con arena la mecha retardada y les advirtió a los grumetes—. Y otra cosa, no importa lo que suceda, nunca se coloquen detrás del cañón. —Acto seguido arrimó la mecha en el oído de su mortífera arma y de pronto una fuerte detonación asustó a los dos muchachos. De la boca salió humo blanco mientras el cañón retrocedía con violencia, hasta que los palanquines lo detuvieron. La bala no fue vista pero sí el lugar donde cayó, justo en el agua delante de la proa del Fama.

---

12  Señor (francés).
13  ¡Smith, un balde de agua, si es tan amable! (inglés).
14  Sí, sí (jerga marinera inglesa)

—¡Quedó corta, probemos de nuevo! —Mojó la esponja en el balde con agua que le había traído Smith, refrescó el cañón y pasó el cepillo. Luego colocó un nuevo cartucho de pólvora, la bala, la estopa y presionó con el atacador. Enseguida tiró de los palanquines hasta que el cañón estuvo adelante nuevamente, corrigió la elevación del arma y apoyó la mecha en el oído. Finalmente, volvió a disparar—. ¡La próxima dará en el blanco muchachos! —exclamó Alexander sabiendo que todo el barco seguía sus disparos. Smith y Guevara se sumaron al timonel, uno refrescando el ánima, el otro buscando balas en las *chilleras* próximas. Aquí y allá los hombres se movían alrededor del cañón, actuando cada vez más como auténticos artilleros y puliendo su técnica. Los grumetes iban a la santabárbara, ponían cartuchos de pólvora en las cartucheras cilíndricas de cuero y los traían por la cubierta al grito de "¡Paso a la pólvora!". Boss al verlos se detuvo un momento y sintió un escalofrío, él también había sido lo que en la armada británica se conocía como "Powder monkey"[15]. Algunos sufrían accidentes con su mortífera carga, pero alguien debía transportarla y los niños eran veloces y ágiles.

Al cuarto disparo la bala de cuatro libras dio en la proa del Fama, haciendo volar astillas de madera. La Hope dio tres vivas, los artilleros sonrieron sin detener su labor y el orgullo se apoderó de todos. El capitán, que seguía la escena desde su puesto al lado del timón, no pudo ocultar su alegría—. ¡Sigues siendo el mismo buen marino, Alexander Boss! —pensó recordando otros tiempos, grabados a fuego en su memoria.

Llegó el mediodía y la goleta continuó navegando hacia el sudeste a dos nudos mientras la costa se veía claramente por el *través* de babor. Adelante y todavía invisible, el puerto de Colonia del Sacramento estaría dispuesto a proteger

---

15  Mono de la pólvora: así llamaban los ingleses a los grumetes que se encargaban de llevar la pólvora a los cañones. Por lo general eran niños de ocho o nueve años.

cualquier barco porteño que se encontrara en apuros, como la Hope. En cambio, mucho más al sur, los españoles de Montevideo harían lo imposible por reconquistar Buenos Aires, Colonia y los territorios rebeldes. Sin embargo en la práctica esta guerra estaba lejos de mantener una continuidad, se sucedía en pequeños y aislados enfrentamientos como la toma de un barco, el cañoneo de una ciudad o el bloqueo de otra. A lo largo del tiempo no parecía haber progresos notables de un bando sobre su oponente, ni tampoco era clara la estrategia que seguía cada uno. Aquellos hombres que el 25 de mayo de 1810 habían creído que era posible la revolución se estaban dando cuenta que se les acababa el tiempo. España estaba despertando del tirano Napoleón y pronto podría acelerar mortalmente la cadencia del combate. Montevideo ya había sido reforzada con soldados y si no se daban prisa serían aplastados por el león.

Al oeste, detrás de la línea del horizonte, Buenos Aires buscaba una solución de la mano de Larrea y White. Sus miradas estaban puestas en crear una flota, una pequeña primera armada para una república naciente. Por el momento los brazos de esa nueva nación eran goletas como la Hope y faluchos como los recién capturados por el capitán Seaver. Pronto comandarían fragatas y bergantines, esa era su esperanza.

—Hope is the word, Mr Clay![16] —dijo el capitán a su primer oficial y su voz fue atenuada por el sonido agudo del viento al atravesar los tensos cabos de la goleta. Luego la racha se apaciguó y le dio un respiro a los *mástiles* y a los tripulantes, que permanecían atentos por si algún cabo se cortaba. Entretanto, como si fuese la percusión de aquél enorme violín, el cañón de cuatro libras de Boss seguía disparando para mantener lejos al Fama. Éste a veces viraba medio grado para esquivar la siguiente bala o reducía trapo para salir del radio de fuego de la goleta. Del Cisne no había rastros pero por la proa podían ya divisarse las peligrosas islas de

---

16  ¡"Esperanza" es la palabra, señor Clay! (inglés).

Hornos como una temible barrera de roca. Detrás de ellas los esperaba Colonia del Sacramento, el refugio temporario de una embarcación que lentamente se iba haciendo más guerrera y temeraria.

—¡Atentos gavieros, vamos a virar! —dijo Brown—. ¡*Filar* esas escotas! ¡Timón a estribor un grado, Ferreira! —El *bauprés* de la Hope apuntó directamente al primer canal entre las islas de Hornos—. ¡Manténgala ahí!

—¡Cubierta! ¡Vela por la *amura* de estribor! ¡Es el Cisne, capitán!

—¡Maldición! —Sus temores se habían confirmado—. ¡Atentos artilleros, dejen el cazador de popa! ¡Preparen los cañones de estribor! ¡Necesito otros cuatro hombres, rápido!

Mientras Boss se quedaba con el primer cañón de estribor y les decía a Smith, Guevara y Dumont que se encarguen del segundo, recibió tres nuevos hombres a quienes instruir, envió el cuarto a la pieza de Smith y le pidió a Santiago que se sumara con él. Así repartidos prepararon la batería y aguardaron, ya que estaban por pasar entre las islas y por un momento dejarían de ver al Cisne. El Fama finalmente abandonó la persecución virando al oeste para asistir al bergantín.

Durante los siguientes diez minutos perdieron contacto visual con el Cisne, la espera resultó ser muy larga y el silencio era total. Cuando por fin las islas quedaron atrás el español se encontraba muy cerca de ellos, ya había virado a estribor y les mostraba la batería de su otra banda. De pronto las seis bocas se llenaron de humo, se oyó un terrible estampido y una lluvia de balas rasas se dirigieron a la Hope. Cinco de ellas pasaron por encima de sus velas pero una tocó la punta del palo de proa y la partió. El puño de *driza* de la *trinquete* se desprendió y la vela cayó a cubierta.

—¡Todos los hombres, quitar los escombros! ¡Amarrar esa vela! —Cuando el orden de la cubierta se restableció las brigadas volvieron a los cañones. Brown se situó al costado de la batería con su sable en la mano, lo levantó y mirando a Boss gritó—: ¡Fuego! —Su sable había descendido, para entonces los dos cañones de estribor de la Hope habían disparado y retrocedido. Las dos balas habían dado en la *gavia* de proa del enemigo causándole dos agujeros a la vela. Sin pensar en su reciente éxito los ocho hombres recargaron sus cañones y volvieron a disparar, un segundo después el Cisne hizo fuego nuevamente. Esta vez sus balas dieron de lleno en las *regalas* de la goleta creando una confusión de astillas que volaban aquí y allá. En ese momento se oyó un sonido parecido a un trueno y vieron el casco del Cisne averiarse en el través de babor. El fuerte de Colonia había disparado con una bala de dieciocho libras, haciendo que los españoles se lo pensaran dos veces antes de seguir con su ataque. El bergantín viró en redondo al oeste y se alejó seguido por el Fama, cuya proa se veía seriamente dañada por los disparos de la Hope.

—¡Volverán! —exclamó Brown mirando a sus artilleros—. ¡Pero no hoy! —Suspiró, vio a Clay detrás de él y le sonrió—. La cubierta es toda suya, señor Clay. Iré a cambiarme, un hombre debe lucir respetable de vez en cuando. —El primer oficial lo saludó con la cabeza y comenzó a dar las órdenes para anclar.

—¡Ferreira! ¡Todo a babor, *orzar*! ¡*Cazar* esas escotas, gavieros! ¡Preparados para *fondear*! ¡Boss, tenga listo el bote por favor! ¡Atentos con el ancla!

Una vez fondeados en las proximidades de Colonia, Brown y Clay descendieron al bote timoneado por Boss y se dirigieron a tierra. El capitán había dado órdenes al contramaestre de comenzar las reparaciones del palo trinquete y sabía que sus hombres harían un buen trabajo. Todos se habían vuelto un poco más sabios y ahora compartían un idioma común, el de la guerra—. Aún les falta mucho —pensó Alexander mientras hacía virar el bote—. Pero el capitán los lleva a buen puerto.

---

Hacía una hora que Boss y la tripulación del bote habían vuelto a la Hope mientras Brown y su primer oficial permanecían en tierra. Estaban invitados a una cena con el teniente coronel de la guarnición de Colonia Blas José Pico y volverían en un bote local. Al parecer tenían mucho de qué hablar y el capitán prefería que sus hombres terminaran de reparar el palo de proa, comieran y descansaran un poco.

Alexander respiró profundo y se relajó, estaba apoyado en la *borda* fumando su pipa y oyendo el ruido que las olas provocaban en el casco. Las reparaciones habían cesado por fin y en cualquier momento el cocinero anunciaría el rancho, momento en el que la tripulación se reunía en la cubierta inferior para comer. Estaba cansado, hambriento y preocupado. Pensaba en los últimos días, en el afán con que la goleta había buscado al queche Hiena sin haberlo encontrado. También pensaba en la constancia de su amigo William, a quien notaba enérgico y ansioso, cada día más. El timonel conocía las dificultades a las que se enfrentaban, nada menos que a una guerra con una de las armadas más poderosas del mundo. Mientras tanto, ellos luchaban con tripulaciones inexpertas y heterogéneas, barcos pequeños y viejos que antes habían sido mercantes. También faltaba un líder general, un hombre de mar y guerra que supiera dirigirlos a todos. Encontrar ese tipo de persona en el Río de la Plata era muy difícil. Había escuchado hablar de un yankee con suficientes agallas para ocupar ese puesto. Por desgracia este capitán había fracasado en capturar al Hiena teniéndolo en sus narices, lo que hacía suponer que se buscara a otro candidato. Alexander pensaba que el capitán Brown era el hombre indicado, aunque el triunvirato tal vez no fuera de su misma opinión. Todavía no había encontrado al queche y la necesidad actual de buscar refugio en Colonia no ayudaba a la reputación de su amigo. El timonel estaba seguro que William sufriría una gran decepción de no ser elegido comandante de la flota.

La campana sonó y Boss se dirigió bajo cubierta. Al llegar ayudó a sus compañeros a colocar las tablas que harían de mesas y tomó asiento, frente a un plato de madera cuadrado lleno de guiso caliente. Se sirvió vino y algunas piezas de pan llenas de gorgojos, que muchos de ellos preferían golpear en la mesa antes de comer y que él comía a oscuras, para no ver lo que ingería.

Casi no se conocían entre ellos y la barrera del idioma se interponía en cualquier conversación que se quisiera generar. Sin embargo, cuando ya estaban por terminar la silenciosa y breve cena, el grumete Dumont comenzó a hablar.

—Je viens du Havre, une ville maritime française. Bien que je ne m'en souvienne pas car je suis arrivé ici très jeune[17]—El vino había hecho que dejara escapar su lengua natal sin que nadie lograra comprenderlo. Entonces les tradujo sus palabras y continuó hablando con su marcado acento—. Desearía volver a mi tierra alguna vez, cuando acaben las guerras.

—¡Puede ser que pasen muchos años! —dijo Brook—. Ese cretino de Napoleón cambió Europa para siempre. Si alguna vez vuelves ya nada será como antes.

—¡Nada es como antes, ni allá ni aquí! —exclamó Guevara—. Como buen soldado siempre le fui fiel a mi rey Fernando y eso era motivo de orgullo y satisfacción, pero luego el gobierno cambió y tuve que esconderme para no ser fusilado por rebelde. Ahora rompí con España y me importa un carajo quién sea el rey, podemos vivir muy bien sin él.

—¡Sí, es cierto! —exclamaron todos, mirándose como cómplices y sonriendo.

—Yo desearía saber qué es de la vida de mi abuelo —les dijo Santiago—. Tuve que dejarlo en Montevideo, solo y enfermo, porque me buscaban los españoles.

---

17 Soy de El Havre, un pueblo marítimo francés. Aunque no lo recuerdo porque llegué aquí muy joven (francés).

—Hace años que no voy a Montevideo por la misma causa —les contó Elsey Miller, el vigía—. Antes solía ir a vender pieles pero ahora las cosas están muy turbias, tanto para ir navegando como a caballo.

—¿A caballo? —preguntó Brook, riendo a carcajadas—. ¿Cruzando el río Uruguay al norte?

—¡Nada de eso! ¡Cruzando el Río de la Plata!

—¡Imposible! —Todos los presentes estallaron en risas mientras Elsey pedía silencio para poder explicarse—. ¡Cuando sopla el pampero el río tiende a bajar! ¿Es cierto o estoy mintiendo, Ferreira?

—¡Lo que Elsey dice es cierto! —afirmó el ayudante del piloto respaldando al vigía.

—¡Pero no baja tanto como para que se pueda cruzar a caballo, es la barbaridad más grande que escuché en mi vida! —Brook negó con la cabeza y se disponía abandonar aquella conversación cuando Alvares habló por primera vez.

—Eu tenho uma coisa para dizer, aconteceu na quarta-feira 30 de maio de 1792, nunca vou esquecer[18] —dijo el brasilero lentamente para que todos pudieran entender y continuó hablando en su propia versión del español para facilitarles la comprensión—. Eu estaba na punta de San Isidro com dois amigos que hice allí em Buenos Aires, muy buena gente que conocí trabalhando. Hacía poucos días que soplaba o pampero, las aguas habían bajado tanto que a lo largo de muitas milhas podía verse la terra descubierta. Francisco Antonio de Herrero le apostó meu otro amigo Tomás Balenzátegui que él chegaría antes a Colonia, porque su cavalo era mais rápido. Tomás, que era mais razonador, le dijo que sería impossível cabalgar por esas terras blandas, insistía en que eram cerca de treinta milhas y a noite los sorprendería em breve. Francisco me hizo la mesma pro-puesta y eu hubiese aceptado de bom grado de no ser por-que no tenía cavalo. Cuando le pedí a préstamo el cavalo a

---

18  Yo tengo algo que decirles, ocurrió el miércoles 30 de mayo de 1792, nunca lo olvidaré (portugués)

Tomás éste lo pensó melhor y terminó aceptando o desafío. Montaron y a una señal que hice comenzarom a galopar, salpicando barro em todas partes, as pernas de sus cavalos se hundían en la terra un pie de profundidade.

—¡Vamos, ahora vas a decirme que corriste detrás de ellos y ganaste la carrera!

—¡No senhor, me quedé mirándolos hasta que se convirtieron en pontos y os perdí de vista! —Alvares suspiró—. Eu fui todo el caminho al rancho pensando que debería haber parado ese absurdo, mais por outra parte sentía envidia porque eu mesmo quería viver esa aventura. —Los marineros de la Hope habían quedado encantados con el relato del brasilero y se quedaron en silencio. Santiago aprovechó la pausa para preguntar si había vuelto a ver a sus amigos—. ¡Claro que sí! —respondió Alvares—. ¡Dois días depois volvieron, os dois montaban um único animal porque el outro se había quebrado uma perna y tuvieron que sacrificarlo! No chegaron a Colonia mais estuvieron muito cerca de lograrlo, hasta que en un momento o vento cambió, as aguas comenzaron a subir y tuverom que buscar refugio en un islote que encontrarom cerca. Al día seguiente uma barca que pasó por ahí los transportó al muelle de Quilmes, desde donde pudieron retornar com seguridade.

—¡Ya lo decía yo, es totalmente posible ir a Colonia a caballo desde la otra orilla!

—¡Vamos Elsey, los amigos de Alvares no lo lograron y casi mueren en el intento! —El vigía se quedó callado un momento mientras el resto imaginaba cómo sería viajar a través de un río seco a toda velocidad. Seguramente verían viejos barcos hundidos en el barro, anclas y cañones, incluso tesoros. Las islas serían pequeños barrancos con arbustos y hierbas encima y el sol haría brillar el suelo húmedo, convirtiendo los charcos en espejos marrones.

—Algo así como Moisés cruzando el Mar Rojo —dijo uno y todos sonrieron.

—¡Pues yo prefiero navegar! —exclamó Santiago—. No sé mucho de caballos y difícilmente tenga uno más adelante.

—Si en algún momento debes escapar como hicimos en Montevideo, más te vale saber de qué se trata, amigo. —El vozarrón de Alexander le devolvió la seriedad al grupo. El timonel no tenía intención de poner la nota grave, era el efecto que causaba en sus compañeros por ser el más allegado al capitán. Dumont, el más simpático y elocuente del grupo, se animó a integrar al timonel.

—Monsieur Boss, sería agradable para nosotros conocer alguna anécdota suya, si no le molesta, mon ami.

—Está bien, grumete, pero no me digas "Monsieur" ni "señor", no soy un oficial. —El pequeño francés se ruborizó aunque comprendió que Boss no era antipático sino muy modesto—. Mi historia ocurre allá por el año 1802, mi padre y yo manteníamos un campo en las afueras de Dover. Como el invierno anterior había sido muy crudo, perdimos una gran parte de la cosecha y tuvimos que endeudarnos para hacer frente a los gastos hasta la primavera siguiente. El hombre que nos prestó el dinero, sin embargo, pareció arrepentirse antes de que nosotros lográramos saldar la primera cuota del pago y nos hizo arrestar. Al menos tuvo compasión por mi padre que ya entonces era viejo, poniéndome sólo a mí en prisión. Estuve un mes sin saber del mundo exterior hasta que me visitó la leva. Eran unos infantes de marina vestidos con su habitual atuendo rojo seguidos por un teniente de navío, con su uniforme azul y solapas blancas. Yo había servido durante muchos años en la Armada Real Británica y pensé que ese tiempo había quedado en el pasado. Me equivoqué, en un país donde la guerra parecía no tener fin era preciso reclutar hombres sanos y fuertes todo el tiempo. Me pusieron un grillete y me llevaron junto a otros cinco desdichados hasta la ciudad, donde nos estaban esperando los marinos del HMS Cerbere. Era un gun-brig como le llamábamos nosotros, es decir, un bergantín redondo.

—¿Era parecido a nuestra goleta? —interrumpió Santiago.

—Pues… Sí, el casco era parecido aunque la arboladura era muy diferente. Y en cuanto a su batería, el Cerbere tenía dos cañones de seis libras por banda más otros tres de veinticuatro, uno a proa y dos a popa. Se podría decir que era la suma entre la Hope y el Fama que nos persiguió hoy. También tenía otras diferencias… —Boss pensaba que todo era muy distinto en una armada constituida, tanto lo bueno como lo malo, pero se guardó sus pensamientos para no herir el orgullo de sus compañeros—. Bah, en realidad eran bastante similares… —mintió—. Subimos a bordo vestidos como lo que éramos, campesinos caídos en desgracia, aunque por fortuna yo sabía del mar y sus costumbres.

—¿Qué edad tenían los otros detenidos? —preguntó Brook.

—Entre veinticinco y treinta años, eran grandes para convertirse en buenos marinos. En fin, nos formaron a popa del barco y el comandante preguntó si entre nosotros había alguien con experiencia. Me adelanté, le dije que había navegado desde chico y le nombré algunos de los capitanes y barcos en los que había servido. Al resto le preguntó si conocía la baraja inglesa y por supuesto todos respondieron que sí, lo cual lo dejó muy satisfecho. Sacó de un bolsillo un mazo de cartas y fue colocando los naipes uno tras otro en los cabos del bergantín. "Sé que no son marinos y no tenemos tiempo para enseñarles, esto les ayudará a cumplir sus funciones", dijo. Luego se explicó: "Cada vez que el contramaestre necesite que tiren de un cabo les dirá el nombre de la carta que está en él, por ejemplo, el as de corazones es la escota del foque. Si tienen alguna duda hablen con su compañero", y me señaló. Era sorprendente lo simple de ese sistema, jugué muchas veces a las cartas pero nunca imaginé que sirvieran para navegar.

—¡Tuvo una gran idea ese capitaine! —dijo Dumont.

—¡Así es, compañero! —Alexander los miró y prosiguió—. Ya me había maravillado su genio, tiempo después me sorprendió su coraje y generosidad. Cuando logré recobrar mi práctica con los mosquetes y volví a ser hábil con las pistolas me eligió para que lo acompañara en una incursión a la costa enemiga.

—¿Ustedes dos solos? —preguntó Santiago.

—El comandante quiso ir en persona y como yo era su mejor tirador me escogió para que lo acompañara. Tocamos tierra cerca de Calais —dijo mirando a Dumont— y recorrimos dos millas a pie hasta el puerto. Tomamos nota de los navíos fondeados y al regresar fuimos vistos por la caballería enemiga. Nos atrincheramos detrás de unas lomas de tierra y disparamos desde esa posición, logrando herir a dos de los tres atacantes. El otro nos sorprendió por detrás y cuando alcancé a verlo ya era tarde, me disparó en un hombro quedando yo inmóvil del dolor. El capitán enfrentó al atacante con mi bayoneta y lo derribó de su caballo, luego lo desmayó de un golpe. Me cargó hasta el animal y nos condujo hasta nuestro bote, donde me desvanecí. Siempre lamentaré no haberlo podido ayudar a remar de vuelta al Cerbere, mi comandante tuvo que hacerlo solo. Al despertar me encontraba en la enfermería del barco con el hombro vendado y un gran dolor en todo el brazo, pero estaba a salvo.

—¡Otro en su lugar te habría abandonado para salvarse! —dijo Elsey—. ¿Le agradeciste el haberte rescatado?

—¡Se lo agradezco todos los días! —dijo Boss—. ¡Ese hombre es el capitán Brown! —Se hizo silencio, la respuesta de Alexander había sorprendido a todos—. ¡Quería compartir con ustedes estas historias de mar que traigo conmigo y que demuestran la humanidad del comandante!

—¡Por el capitán Brown! —propuso uno alzando su taza de estaño llena de vino. Todos lo imitaron brindado por el comandante, orgullosos de formar parte de su tripulación.

—¿Ibas a decir algo, Di Calia? —preguntó Brook al italiano, al ver que el hombre miraba a todos con su rostro siempre serio.

—La mia storia non è così interessante come quella di Boss![19] —dijo, haciendo reír a toda la cubierta inferior de la Hope.

------

En tierra los invitados del teniente coronel Pico estaban sentados a la mesa comiendo frutos secos y tomando un exquisito clarete. La cena había sido un éxito y la sobremesa permitía un espacio más propicio para conversar. Como era la costumbre el anfitrión se ubicaba en la cabecera, a su derecha se encontraba el capitán de Dragones de la Patria Vicente Lima y al lado de éste su primer teniente Pedro Orona. A la izquierda de Pico el capitán Brown luchaba con una nuez que no quería partirse, la golpeó dos veces contra la mesa pero solamente la tercera vez logró abrirla. Una de las mitades salió volando y aterrizó al lado de la copa del teniente Clay, próximo a él.

—¡Dicen que nuestros barcos parecen cáscaras de nuez! —le dijo Guillermo a su primer oficial con picardía—. ¡Si son como éstas lo puedo tomar como un cumplido! —El comentario hizo sonreír a Blas Pico que se encontraba hablando de caballos con el capitán Lima.

—Aprovecho su analogía, capitán Brown, para preguntarle sobre la flotilla que está organizando usted en Buenos Aires.

—Yo no estoy organizando ninguna flotilla, señor. El general Alvear, el ministro Larrea y el comerciante White son los responsables de esa tarea—. Clay lo miró sorprendido por aquella respuesta, pero no dijo nada, Brown prosiguió—: Sin embargo conozco algo del tema y puedo contarles algunos detalles. Sé que hay una goleta que será artillada con un cañón de proa de veinticuatro libras y varias carronadas, Juliet es su nombre. Luego está la cañonera Carmen con un único largo de dieciocho libras y el recientemente capturado falucho San Luis. Si tenemos suerte contaremos

------

[19] Mi historia no es tan interesante como la de Boss (italiano).

también con dos bergantines e incluso una fragata, aunque soy de la opinión que es preferible usar barcos de poco calado.

—Parece saber mucho para no estar involucrado —dijo riendo Lima—. Entonces según su experiencia es mejor una flotilla de barcos pequeños.

—Así es. El Río de la Plata tiene muy poca profundidad, sobre todo en las zonas donde podría haber algún conflicto. Mi opinión es que los barcos de poco calado son más convenientes que las fragatas. Éstas requieren más fondo, sobre todo si están bien artilladas —explicó Guillermo—. Es posible que mi primer teniente opine diferente —agregó para abrir la charla.

—Coincido con mi capitán —dijo Clay—. Los barcos de gran porte como los *navíos de línea* y las fragatas pueden ser muy efectivos en el mar, donde hay suficiente fondo para ellos. En cambio en este río, donde la profundidad media es algo menor a las seis brazas, hasta las naves más pequeñas varan si la marea está baja.

—Romarate debe pensar igual que ustedes, caballeros. —Las palabras del teniente Orona causaron un efecto profundo en los presentes. Obviamente todos conocían o habían escuchado hablar del valiente capitán de navío, español de sangre y de corazón. Era el principal adversario de los marinos revolucionarios y un experto en el arte de la guerra naval. Tres años atrás había vencido al bravo Azopardo en el combate de San Nicolás, dejando a las Provincias Unidas temerosas de intentar otra acción semejante. Orona continuó hablando—: El Belén, su buque insignia, y los otros tres que siempre lo acompañan son barcos de poco calado. Bergantines y *balandras*.

—Sabemos que hace dos meses estos cuatro barcos de guerra escoltaron setecientos soldados y tres cañones a bordo de quince transportes —dijo con voz grave Vicente Lima, poniendo acento en las cantidades que iba nombrando—. Y eso no es todo —agregó—. Ese demonio español de Vigodet pensó que los enfermos de Montevideo hacían vulnerable la ciudadela ante un posible ataque de los nuestros y decidió mudarlos lejos.

—Los desembarcaron en la isla Martín García —explicó Orona—. Luego el capitán Domingo Loaces puso la mitad de su guarnición a levantar chozas y hospitales para los enfermos. Al resto de sus hombres les ordenó saquear las estancias próximas al río Uruguay en busca de caballos para los soldados y vacas para usar de alimento.

—¡Por fortuna ahuyentamos a esos forajidos! —exclamó orgulloso el teniente coronel Pico—. ¡La mayoría escapó pero pudimos tomar algunos prisioneros que nos confesaron que Loaces planeaba recuperar Colonia!

—En mi opinión nuestra mejor defensa es una ofensiva a la isla —agregó Lima—. Martín García es vulnerable a un ataque, capitán Brown. Ya los ha sufrido otras veces. ¿Qué me dicen del asalto que efectuó en la isla nuestro capitán José Caparrós? ¡Fue hace tan solo seis meses!

—¡Caparrós es un temerario! —exclamó Pico sirviéndose más vino—. Al abrigo de la noche se las ingenió para desembarcar en Martín García con dieciocho hombres. Los godos se refugiaron pensando que se trataba de miles de soldados y lo dejaron hacer —dijo entre risas—. Se llevó una balandra española, tres cañones y armas.

—¡Podríamos repetir ese asalto! —propuso Orona muy animado—. ¡Yo mismo me pongo a su disposición, caballeros!

—¡Aguarden un momento! —La voz de Brown cortó en seco el entusiasmo de todos—. ¿El refuerzo inútil del litoral no les enseñó a no tomar decisiones apresuradas? —Posó su seria mirada sobre Pico—. ¡Esos prisioneros que les confesaron el plan de tomar Colonia también les dijeron que Romarate no remontaría el río Paraná, como ustedes se apuraron en creer! ¡La Patria ya se había puesto en gastos que resultaron estériles, reforzando Santa Fe y Entre Ríos con miles de hombres y cañones! ¡Mientras tanto, el enemigo se encontraba bien lejos, custodiando el río Uruguay y la isla Martín García!

—¡El capitán Brown tiene razón! —dijo Lima—. ¡Cometer esos errores les da una chance a los godos!

—Lo siento, me dejé llevar por mis impulsos —admitió Orona—. Conozco la reputación de Romarate y la guerra que él nos trae requiere de un análisis profundo—. Entonces miró con afecto a Brown—. Sólo espero que cuando nos necesite no dude en avisarnos, capitán Brown.

—Lo haré —respondió suavizando la voz—. Y ya que me ofrecen su ayuda voy a abusar de su generosidad, caballeros. Me veo obligado a pedirles algunos hombres.

—¡Los que quiera! —ofreció el capitán Lima.

—Si son tan amables de facilitarme veinte soldados y la lancha se los agradecería.

—Pondré a su disposición el Caballo Negro —dijo Pico, sabiendo que Brown se refería a ese bote. Hizo un gesto a su sirviente que enseguida le trajo papel, pluma y tinta—. Escribiré una nota para el fuerte solicitando que reúnan a los soldados y tengan lista la pequeña embarcación.

—Les agradezco mucho. Pienso que con este refuerzo de hombres es posible abordar al Cisne antes de que vuelva a atacarnos.

—Si me permite, capitán, no creo que ese plan haya sido debidamente analizado —le dijo sonriendo Orona.

—Lo fue, teniente. Los hombres que pido son Dragones de la Patria, soldados que considero a la altura de las circunstancias. —Pedro Orona agradeció el cumplido con la cabeza antes de preguntar—: ¿Y una vez capturado el Cisne cuál es el siguiente paso?

—No lo sé, puede ser Martín García, Montevideo o incluso Cádiz —dijo en broma Guillermo—. Por el momento la flota no está lista y todavía no logré capturar el barco que realmente estoy buscando.

—¿Se trata del Belén? —preguntó Pico—. ¿O el Cisne, quizás? —El capitán Brown negó con la cabeza y bebió un poco de clarete antes de contestar.

—¡No, busco al queche Hiena! —Se puso de pie notando la sorpresa que causó su respuesta en los presentes—. De manera que deberán disculparnos, pero es necesario que mi primer oficial y yo volvamos a la goleta. Les agradezco la cena y la compañía, caballeros. Zarpamos mañana con las primeras luces.

Después de que los hombres de la Hope abandonaron el comedor, el teniente Orona tomó la palabra.

—El capitán Brown niega estar armando la flota, pero no sólo habló de la goleta Juliet y de la cañonera Carmen sino que también nombró dos bergantines y una fragata.

—La misma información que recibimos de Buenos Aires —afirmó Vicente Lima—. No entiendo cómo puede estar al tanto de esos detalles si no asiste a White ni a Larrea.

—No lo sé, pero ese hombre no sólo sabe de barcos y cómo navegarlos. También entiende de estrategia, tal vez mejor que nosotros —dijo Blas Pico—. Quiera Dios que por el bien de la Patria esté detrás del armamento y sea nombrado comandante de la flota. Espero mucho de su valor e inteligencia. —Sus compañeros de armas asintieron en silencio, apuraron sus tragos y se retiraron, dejando al teniente coronel solo con sus pensamientos.

A cien yardas del comedor, el teniente Clay se rindió a su curiosidad y le preguntó por fin al capitán—: ¿Señor, por qué en la cena fingió no estar asistiendo a White en los detalles técnicos de la nueva flota?

—¡Nadie debe saberlo! —le respondió Brown con voz amable pero firme. El teniente se sorprendió y quiso replicar, pero el capitán le clavó sus ojos celestes mientras repetía—: ¡Nadie, Clay! —Entonces el oficial creyó encontrar una explicación y asintió en silencio, pensando que era una pena que aquel hombre tuviera que esconder sus virtudes para poder cumplir con su deber.

## 12 de enero

Eran las seis de la mañana y el repentino pitido del contramaestre tuvo diferentes significados, según quién lo escuchase. Para la goleta Hope era la libertad, desprenderse del fondo pedregoso de Colonia del Sacramento para comenzar a moverse. Al principio lo haría con duda y reticencia pero luego se impulsaría con mayor brío, hacia el destino que su timonel le impusiera. Los hombres del *cabrestante* lo interpretaban como la orden de empujar las varas de madera de aquel gran molino, donde se enrollaba la cadena del ancla a medida que ésta iba ascendiendo. Para los gavieros significaba cazar las escotas de las velas y bracear las vergas para que el viento le cediera impulso al casco a través de la arboladura. El capitán sabía que detrás de ese sonido agudo existía una nueva oportunidad de hostigar al enemigo o el desafío de mantenerse a flote si los papeles se invertían, si los cazadores se convertían en presas. Sin embargo, para el nuevo grupo de marineros que habían embarcado, aquel pitido era simplemente otro de los tantos rituales que se hacían en un barco. No se daban cuenta de que también era una orden para ellos, que deberían estar con los hombres de la Hope tirando con fuerza de un cabo o empujando el cabrestante. La mayoría miraba con aire taciturno el accionar de sus compañeros, a la espera de que se los nombrara con algún adjetivo poco amable para ponerse en movimiento.

Guillermo Brown se encontraba a popa mirando la escena que se desarrollaba en la cubierta de la goleta. Una cosa eran los diez hombres de tropa, que sentados en un rincón limpiaban y preparaban sus armas para entrar en combate, y otra muy distinta eran esos nuevos marineros que desconocían su oficio. Si había algo que le irritaba era la vagancia y la desobediencia, por eso no dudó en llamar al contramaestre.

—¡Brook!

—¡Señor!

—¡No dude en aplicar el látigo si alguno desconoce cuál es su deber a bordo de mi barco!

—¡Sí, señor!

Brook había comprendido perfectamente lo que su capitán le ordenaba e inmediatamente tomó un cabo y comenzó a golpear en los tobillos a aquellos que se encontraban parados en medio de la cubierta. Primero se oía el sonido del látigo cortando el aire, luego se escuchaba un grito, queja o insulto y por último el vozarrón del contramaestre ordenando la tarea que se debía hacer. Todos entendieron enseguida que estaban allí para ayudarse entre ellos, que ninguno gozaba del beneficio de la holgazanería y que su comandante era un hombre que no se andaba con vueltas.

—¡Mucho mejor, Brook! ¡A éstos los vamos a sacar buenos!

Cuando Brown estuvo satisfecho con las maniobras de la Hope dio media vuelta y miró hacia la costa. Allí pudo ver el poderoso fuerte de Colonia en su totalidad, cuya protección abandonaba en busca de los godos. A su derecha, el bote Caballo Negro ya había desplegado su única vela y lo seguía con mucha lentitud. A bordo estaban los otros diez hombres de tropa y algunos tripulantes que le había conseguido Blas Pico, todos a sus órdenes.

A pesar de que las cosas marchaban bien y que ahora tenía mejores chances para enfrentarse al Cisne, el capitán no se sentía feliz sino embotado. Las cuatro horas que había dormido eran demasiado descanso para lo que estaba acostumbrado desde que había emprendido esta guerra. Además había notado algo extraño en la Hope esa mañana, sentía que sus hombres se mostraban corteses y pacientes con él, algo que nunca hubiese esperado. —¡Tal vez la persecución de ayer les hace pensar que hemos sido derrotados! —pensaba Brown con disgusto—. ¡Es posible que crean que debimos luchar, pero eso no era sensato! ¡Las fuerzas españolas eran muy superiores! —Mientras le daba vueltas al asunto caminaba de una banda a la otra, esquivando el botalón de la cangreja con cada ir y venir.

A unos pasos delante de él se encontraba Manuel Ferreira con sus manos en las cabillas del timón, su vista puesta en las velas de proa y en el compás. Mientras el grumete Dumont oficiaba de su ayudante observaba con un ojo la carta de navegación y con el otro vigilaba al capitán. Entonces le dijo al marino con aire preocupado: —Manuel, le commandant[20] parece pensar…

—Debe tener mucho de qué ocuparse, es lógico que esté inquieto.

—Oui[21], debe ser eso…

Al rato lo vieron llamar a Boss y entrar en su cabina.

—Commander?[22]

—Cierra la puerta, Alexander, y siéntate, por favor.

—¿Qué sucede, capitán?

—El hecho de que sea tu superior no debe afectar nuestra amistad, por eso puedes negarte a responder lo que te voy a preguntar. Además sé que no te gusta hablar de ninguno de mis hombres en mi presencia.

—Como siempre seré sincero contigo, William, pero no dejaré de ser leal con mis compañeros.

—Bien, el asunto es que… —El capitán hizo una pausa para ordenar sus ideas pero al no encontrar las palabras estalló hecho una furia— ¡Demonios, tú sabes que a veces uno puede atacar y apostar al éxito poniendo en riesgo a la tripulación y al barco, pero hacer lo mismo sabiendo que no hay manera de ganar es temerario y estúpido!

—¿Estás hablándome de valor?

—¡Así es, mi querido amigo! ¡Ayer la Hope no se refugió en Colonia por falta de valor!

—¡Ya lo sé, William!

—¿Lo sabe la tripulación?

—¡Por supuesto que lo sabe! ¿A qué viene tanta preocupación? —William se serenó.

---

20  Comandante (francés).
21  Sí (francés).
22  Comandante (inglés).

—Verás, desde que volví a bordo me tratan con compasión, como si me creyeran derrotado o angustiado. Deben creerme un cobarde.

—¡Ah, es eso! —Brown lo fulminó con la mirada—. ¡Puedo asegurarte que no hay nada distinto en la tripulación! —El timonel suspiró y tragó saliva—. ¡Bien, tal vez una pequeña cosa!

—Habla…

—Anoche comimos, charlamos y salió a la luz el pasado de cada uno. Tuve mi turno y les conté sobre nuestro HMS Cerbere.

—¡Ah, ya veo! —El capitán se puso serio y negó con la cabeza—. ¿Qué opinan de mí ahora? ¿Soy otro de esos misters[23] que pretenden asegurarle al Rey de Inglaterra un puerto para comerciar en América del Sur? —Brown se puso de pie y miró con reproche a su amigo, yendo con su mente a otro evento del pasado—. ¿También les contarás que con el capitán Donnolly a bordo del querido HMS Diadem atacamos la costa de Buenos Aires? ¡Te aclaro que en ese momento la ciudad era española! —Alexander recordó el navío de sesenta y cuatro cañones y aquellos tiempos convulsionados ocho años atrás. En esa oportunidad, el barco en el que servían fue llamado a servicio para invadir la capital del virreinato español.

—¡Podría contárselos! ¿Qué mal haría? —Brown se sorprendió al oír aquellas palabras y estaba por replicar cuando Boss se apresuró en continuar—: ¡Ahora ellos saben que su líder es un hombre que creció bajo el fuego de los cañones, en guerras mucho más sangrientas que ésta! ¡Mírate, estás en esta tierra extranjera por voluntad propia, combatiendo por la libertad sin obedecer las órdenes de nadie! —Alexander vio que su amigo asentía pensativo y se animó a continuar—. ¡Esa escuela de ayer te dio las herramientas que necesitas hoy! —William se miró las manos y luego se sentó, nervioso.

---

23  Místeres (inglés).

—¡Maldición, Alexander, somos súbditos británicos! ¿Crees que si el capitán Bowles supiera que estamos aquí nos dejaría tripular esta goleta? ¡Ahora Gran Bretaña y España son aliadas en una guerra contra Francia, allá en Europa! ¡Debemos mantener nuestra nacionalidad en secreto!

—Bowles está en la zona, lo sé, pero no se encuentra bajo la cubierta de la Hope y los hombres no saldrán a gritar nuestro secreto.

—Siempre he sido un hombre ambicioso. Esa virtud que al mismo tiempo es un defecto me llevó a la marina mercante, donde pude hacer lo que me gusta por dinero. Ahora me empuja a luchar para defender ese oficio que se ve amenazado por un tirano y no quiero que nada se interponga.

—El capitán se serenó y miró al timonel con afecto, luego prosiguió—: Sobre todo ese pasado que deseo dejar atrás.

—¿Recuerdas aquellas noches de domingo que los marineros aprovechaban para cantar y bailar sobre la cubierta?

—El capitán asintió—. Nuestros enemigos eran más numerosos y poderosos, nos rodeaba un inmenso océano azul y éramos más jóvenes e inexpertos. Tú eras apenas un comandante, ignorado por los grandes capitanes y almirantes, y yo mitad granjero y mitad marino. Aun así no le temíamos a nada, poníamos rumbo al mismísimo infierno y el viento siempre soplaba hinchando nuestras velas. ¿Por qué ahora tiene que ser tan diferente? —El silencio sorprendió al capitán sin saber qué decir, se restregó los ojos cansados y se acomodó en su asiento.

—Supongo que esto es distinto, Alexander. Tengo el presentimiento de que debo hacerme cargo porque de otra forma todo estará perdido. Date cuenta de que esta guerra no es sólo contra los dons, luchamos para seguir siendo quienes somos, amigo mío.

—Pues entonces, mi querido William, si realmente luchas para defender quien eres no niegues el pasado. —Boss se puso de pie y se dirigió a la puerta. Miró a su capitán y le sonrió—. ¡Anoche no brindamos por la Patria ni por la libertad! ¡Lo hicimos por ti! —Alexander abandonó la cabina y Brown recordó lo bien que se habían comportado los hombres bajo el fuego enemigo. No creía ser un capitán excepcional y por eso se avergonzó de la importancia que le daban—: ¿Por qué brindaron por mí si el mérito era de ellos?

Boss salió a cubierta y chocó con Clay que se dirigía a la popa con la *corredera* en la mano. Al verlo, el primer oficial le pidió que fuera a buscar el cronómetro y lo ayudara a medir la velocidad de la goleta. En lo alto del tope, Elsey Miller oteaba el vasto horizonte con su catalejo acompañado por el grumete Villalba que le daba charla mientras trataban de dar con algún avistamiento. Cualquier cosa que pudiera significar una amenaza para la Hope rompería la monotonía. A proa, Brook revisaba los *obenques* del trinquete, a su entender el cabo de estribor estaba un poco flojo y por eso el palo se veía torcido si se lo miraba de frente. Llamó a Santiago y éste bajó de inmediato, lamentando que su nombre fuese tan fácil de recordar para el contramaestre. Cerca de Brook se había arrodillado Smith con la intención de revisar las ruedas de los cañones. Había una que parecía ovalada y a pesar de su inexperiencia sabía que eso no era bueno. Se puso en pie para preguntarle a Alvares si él veía lo mismo, pero recordó que el brasilero era difícil de entender y prefirió ir a buscar a Boss. Esquivó algunos soldados, se sujetó de un cabo para no caer con un bandazo que dio la Hope y llegó junto al timonel, que conversaba animado con el señor Clay.

—¡Dos nudos con muy poco velamen desplegado, señor! ¡Increíble!

—¡Si no fuera porque medimos tres veces no lo creería, Boss!

—Disculpe, señor. Quería preguntarle si el timonel puede ayudarme a inspeccionar una de las ruedas de los cañones —interrumpió Smith.

—Por supuesto, nosotros terminamos —respondió el teniente.

—¡Echemos un vistazo! —Alexander se arremangó alegremente—. ¡Con su permiso, señor!

Clay tomó los instrumentos y fue directo a ver al comandante. Éste se encontraba sentado mirando la carta de navegación y calculando el avance del barco.

—¡Dos nudos, capitán!

—Sí, los oí a ti y a Boss. Si mantenemos el rumbo oeste para la tarde estaríamos a la mitad del estuario.

—El viento es favorable, tenemos poco de qué quejarnos excepto por esos hombres de tierra adentro que se sumaron esta mañana.

—Debemos instruirlos para que den lo mejor de sí en el abordaje. Somos en total veinticuatro, encárguese de formar cuatro grupos de seis y póngase a la cabeza del primero, yo mandaré el segundo, Boss el tercero y Brook el último. Si se presenta la oportunidad de abordar al enemigo, usted como primer teniente quedará en la Hope con sus cinco hombres, elija los que puedan gobernar bien el barco. No olvide que el responsable de los soldados es el sargento Nuevas.

—¡Muy bien!

—Y dígale al contramaestre que quiero que los hombres le quiten el óxido a las balas rasas, revisen las armas de mano y afilen los sables.

—Me encargaré de eso y de que armen al menos tres rezones con cabos, señor.

Media hora después la tripulación fue llamada a popa. Enseguida los hombres se reunieron en torno al palo mayor mientras aguardaban lo que el capitán Brown tenía para decirles.

—Marineros y soldados de la Hope, como ya deben saber estamos haciendo un crucero por estas aguas. Eso significa que tenemos el deber de perseguir y abordar cualquier barco enemigo que veamos, siempre que no supere nuestras fuerzas. Esta goleta navega bien y tiene un buen armamento pero no es una fragata de guerra. Además, muchos de ustedes no son expertos en este oficio, por lo que evitaré tomar riesgos innecesarios. El primer oficial los dividirá de la manera más conveniente para formar los grupos de abordaje. Señor Clay, son todos suyos.

—A medida que los vaya llamando agrúpense del otro lado del cabrestante. Mis hombres serán los grumetes Dumont y Villalba, Ferreira, Miller y Smith. Se quedarán conmigo en la Hope gobernándola y artillando algún cañón de ser necesario. —Cuando los recién nombrados pasaron al otro lado de la cubierta el teniente prosiguió—: Con el capitán Brown irán Alvares, Guevara, Di Calia, Figueroa y Martínez. —Así fue nombrando a los demás grupos mientras Boss anotaba en un papel la conformación de los equipos—. El encargado de la infantería es el sargento Ramón Nuevas. ¿Alguna duda? —Al notar que nadie tenía nada que decir, Clay les ordenó que continuaran con sus tareas.

El buen tiempo no sólo era responsable de que la Hope avanzara a buen ritmo sino que también había animado a todos. Al mediodía los marineros que no estaban de guardia se reunieron y comieron el rancho mientras conversaban en armonía con los recién llegados. Era evidente que los nuevos no conocían la disciplina del comandante y se entusiasmaron con la idea de tirar líneas de pesca en la popa de la goleta para probar si había pique. Sus compañeros, más experimentados y con mejor juicio, les dijeron que el capitán no les permitiría hacer una cosa así. Corrió el grog[24] y la sobremesa se extendió más que de costumbre hasta que el contramaestre los devolvió al trabajo entre gritos y golpes de bastón en los tobillos.

Los marinos más expertos se pusieron a quitarle el óxido a las balas de cañón, lo que se lograba golpeando con un martillo las superficies herrumbradas hasta dejarlas limpias. Si había alguna con forma ovalada se desechaba de inmediato, porque podía quedar atascada en el ánima del cañón y hacerlo explotar. Luego revisaron las pistolas, afilaron los

---

[24] Licor a base de ron que solían tomar los marineros.

alfanjes con una piedra circular que se hacía girar con un pedal y le ataron cabos a los rezones, más conocidos como ganchos de abordaje.

A la una y media de la tarde el capitán salió a cubierta y observó la configuración de las velas. Notó que el viento había aflojado pero al menos conservaba la misma dirección. Entonces miró hacia el tope y preguntó si había alguna señal de un barco o algo que se le pareciera. Elsey, que seguía allí arriba, le respondió que no veía nada que le llamara la atención. Brown asintió y se dirigió al ayudante del piloto.

—¡Ferreira! ¡Orce dos puntos, si es tan amable! ¡Rumbo noroeste!

—¡Noroeste! ¡A la orden, señor! —Manuel movió lentamente las cabillas de la rueda mientras miraba el compás y las velas de proa.

—¡Ceñir al viento, reubicar esas escotas! —le dijo Brown a los gavieros al ver que los foques comenzaban a gualdrapear.

—¡Sí, señor! —Con el nuevo rumbo la goleta navegó amurada a estribor y ya no le fue posible conservar los dos nudos de velocidad que había sostenido hasta entonces.

El capitán permaneció en cubierta para ver cómo se realizaban las tareas y de paso vigilar la posición del Caballo Negro. Parecía disfrutar de la soleada tarde y de la brisa que jugaba con su camisa desabrochada.

A eso de las cinco se oyó la voz triunfante del vigía que por fin había detectado algo en el horizonte—: ¡Cubierta! ¡Un objeto extraño!

—¿Por dónde? —preguntó Brown.

—¡Un punto al norte! ¡Dos millas más o menos! —exclamó Elsey Miller.

El comandante prefirió no alterar el rumbo y enviar el bote a investigar. Cuando dos horas después volvió los marinos le comunicaron que se trataba de un enorme árbol flotando de costado. De los godos no había señales, era como si se los hubiese tragado el río.

Al caer la noche, Santiago tomó la primera guardia junto con otros cinco tripulantes. Su misión era asegurarse que desde el bauprés hasta los primeros cañones todo marchara bien. Si divisaba botes en las inmediaciones del río, si un cabo se desprendía o se rasgaba una vela era su deber informarlo enseguida. Para eso tenía que permanecer atento, y contrario a lo que solía suceder, su enemigo no era el sueño sino el majestuoso paisaje que le mostraba la luz de la luna. Le resultaba difícil no admirar el hermoso río plateado y cuando se permitió hacerlo fue invadido por la nostalgia. Entonces pensó que esa misma agua alcanzaría las costas de Montevideo, donde su abuelo estaría sobreviviendo a duras penas, si es que aún seguía con vida. En ese momento sus ojos se volvieron brillantes y llegó a la dolorosa conclusión de que no lo volvería a ver.

Santiago creyó oír pasos y al mirar a popa divisó una figura humana avanzando hacia él, pero no fue hasta que estuvo cerca que identificó al capitán. Como siempre, se asombró de que Guillermo estuviera en todas partes a todas horas, era la actitud que más admiraba de su superior. Estar al mando era una tarea difícil y por eso él nunca sería comandante, de eso estaba seguro.

—¿Todo en orden, grumete?

—¡Sin novedad, señor!

—Me alegra oír eso. —El capitán se acercó y agregó en voz baja—: Sin embargo, se nota a la distancia que no estás atento a tu trabajo.

—¡Lo siento, capitán! ¡Me distraje pensando en mi abuelo, pero no volverá a ocurrir!

—Mira, no sé nada en particular sobre él, pero me comentaron que los españoles han llevado a los enfermos a la isla Martín García.

—¿Martín García, señor? —preguntó sorprendido el chico.

—Así es, un afloramiento rocoso en la desembocadura de los ríos Uruguay y Paraná. Allí los dons levantaron un hospital y chozas para los desafortunados, a quienes atienden y dan alimento. —Santiago se quedó pensativo un momento y su rostro se volvió a entristecer.

—¿Tendremos que atacar esa isla española en algún momento?

—Es posible, la ubicación de Martín García es clave para controlar el Río de la Plata. —El grumete lo miró y el capitán entendió su malestar inmediatamente—. Sé cómo te sientes porque yo también me vi forzado a separarme de mi familia, pero el deber suele implicar ciertos sacrificios. La Patria necesita nuestro esfuerzo, muchacho.

—¡Me concentraré más en mis tareas, capitán!

—¡Muy bien! ¡Si me llegan nuevas noticias te las haré saber!

—¡Gracias, señor!

Santiago vio al comandante alejarse y se sintió en deuda con él. Su porte le daba un toque distinguido y distante, una expresión de autoridad donde la risa, el llanto y las emociones parecían no tener lugar. Sin embargo, el hombre que llevaba esas charreteras tenía sentimientos: se enojaba ante una injusticia, se entristecía cuando no conseguía dar con el barco que buscaba y se preocupaba por aconsejar a sus marineros. Tal vez fuese por los valores religiosos que su tío le había inculcado, pero a Guillermo Brown le resultaba difícil ocultar su personalidad debajo del rol de comandante. Esto, que podría pensarse como un defecto, hacía que sus hombres lo respetaran todavía más.

Después de escuchar las palabras del capitán, Santiago se dio cuenta que mientras siguiera perteneciendo al bando revolucionario no podría volver con su abuelo. Los motivos eran claros, las exigencias del servicio lo obligaban a estar a bordo de la Hope y además el anciano era un profundo realista. Unos pasos más adelante, Guillermo reflexionó sobre la misma situación.

—Santiago tendrá que elegir entre su libertad y su familia —pensó amargamente.

## 13 de enero

A eso de la una de la mañana la goleta Hope ancló en Colonia del Sacramento y el Caballo Negro amarró en el muelle. No fue más que una visita corta para recargar víveres porque a las seis volvieron a salir, tal como el día anterior. El capitán Brown había dispuesto que el bote los siguiera por la aleta de estribor y ordenó al timonel poner rumbo al noroeste. El viento se mantenía del este impulsando la goleta casi a dos nudos y si lograban mantener esa velocidad podrían barrer la costa de la Banda Oriental en las próximas diez horas.

Unas horas más tarde sirvieron el desayuno en la cabina y el capitán se sentó a comer acompañado por Clay y Boss.

—Este café sabe mejor que el de ayer —dijo el teniente tomando otro sorbo de su taza y quemándose de pronto—. ¡Diablos, está ardiendo!

—Me alegro que le guste, señor. El secreto es hacerlo bien caliente.

—Ya veo, Boss, pero dígale a Ritchard que no se entusiasme o terminará fundiendo la taza.

—Caballeros, esa infusión es veneno, deberían tomar té como yo. —El capitán les hablaba mientras leía el diario de navegación—. Ya bastantes emociones tenemos a bordo de la Hope como para buscarnos líos con el estómago.

—Debe ser el primer capitán que conozco que prefiere el té al café —dijo Boss.

—El menú ideal para mí sería el falucho Fama como entrada, de plato principal el bergantín Cisne a la vinagreta y de postre el queche Hiena —siguió diciendo Brown tranquilamente con la nariz metida en el libro—. Con eso me sentiría satisfecho.

—Pide demasiado, comandante —respondió Clay mientras limpiaba sus manos grasientas en un pañuelo—. Este tocino es un buen comienzo.

—El rumbo que seguimos nos lleva directamente a Martín García. —Brown al fin había dejado el diario a un costado y bebía a sorbos su Earl Grey—. ¿Pero saben lo que pasaría si esta pequeña goleta se acercara demasiado? ¡Seríamos aplastados por los barcos de Romarate y las baterías de la costa!

—Esos dons pueden ser unas bestias, pero Romarate es todo un marino. Basta con leer los informes de San Nicolás de los Arroyos para comprender que es un enemigo temible —dijo el teniente.

—Me impresiona su lealtad, es más español que los nacidos en la península —agregó el timonel.

—Eso es cierto, Boss. Romarate no nació en España pero lucha por el rey como pocos.

—La disciplina es uno de los grandes méritos de nuestro oponente y para equipararlo debemos enseñarle a la tripulación a actuar con profesionalismo. Clay, encárguese de medir la posición de la Hope, sólo para mantener la práctica.

—Muy bien, capitán. Tomaré el cronómetro y buscaré el sextante. ¿Me ayudarás, Boss?

—¡Por supuesto, teniente!

—Muéstrenles a los grumetes para que aprendan el procedimiento —dijo el capitán.

—Tenemos suerte con la tripulación, señor. —Clay hablaba entre bocados y tenía la costumbre de limpiarse la boca constantemente, Boss lo miró y entendió por qué no le crecía el bigote—. Esos chicos son atentos y gentiles.

—Villalba está un poco distraído —añadió Brown—. Es un joven muy capaz, pero aún no sabe de qué lado está su lealtad. —Alexander había entendido perfectamente a qué se refería el capitán, Clay en cambio pensó que lo decía por la nacionalidad del chico.

—Está entre nosotros, no tiene alternativa —afirmó dejando a un lado el pañuelo. Enseguida el timonel apuró su taza y juntos salieron de la cabina del comandante, mientras éste retomaba el diario y volvía a leer el párrafo en el que se contaba la persecución del Fama y del Cisne. Hasta el té le estaba cayendo pesado.

Cuando faltaban quince minutos para el mediodía el primer oficial y los dos grumetes se dirigieron a popa y se ubicaron al lado de la bitácora. El teniente sacó el sextante de su estuche, se paró firmemente en la cubierta y lo tomó en sus manos colocándolo lo más vertical que pudo.

—¿Saben de qué se trata? —preguntó.

—Con el sextante se puede medir la altura del sol, teniente —respondió Dumont.

—¡Muy bien! ¿Y a qué hora el sol alcanza su mayor elevación en el cielo?

—A las doce del mediodía, señor —dijo Santiago.

—¡Así es, tengo suerte de tener grumetes tan bien instruidos! —exclamó Clay—. Ahora bien, con esa altura podemos conocer la latitud donde nos encontramos, que es lo que queremos saber. Medimos la elevación con el sextante y el ángulo obtenido lo buscamos en estas tablas —dijo señalando unos papeles que había apoyado en la bitácora.

—¿Qué es la latitud? —preguntó Santiago.

—La latitud es la ubicación de nuestro barco respecto del ecuador, que es la línea que va por la cintura del planeta.

—El teniente temía estar mareando a los chicos con tanta información—. Comenzaré por mostrarles este instrumento, el sextante tiene una mira por donde uno observa dos mitades de imagen. La de la izquierda corresponde al punto donde lo apuntamos, en nuestro caso debe ser el horizonte. La de la derecha proviene de un espejo móvil que al principio también haremos coincidir con el horizonte, de esta forma vemos lo mismo en las dos partes de la imagen. ¿Me siguen hasta aquí?

—¡Sí, señor! —respondieron los muchachos.

—Ahora moveremos esta pieza de aquí abajo llamada "tambor" hasta que en la mitad derecha logremos situar la imagen del sol, que quedará por encima del horizonte de la parte izquierda. Como todavía no es mediodía, el astro seguirá subiendo y nosotros continuaremos regulando el sextante para que se siga cumpliendo esa condición. En el instante en el que el astro deje de subir diremos que son las doce, pondremos el reloj de a bordo con esa hora y leeremos el valor que indica nuestro instrumento. Luego tomaremos las tablas y... Denme un segundo. —Sin apenas moverse dijo con voz fuerte—: ¡Boss, es mediodía! —El timonel, que al verlos midiendo la altura del sol ya se encontraba junto al reloj de a bordo, lo dio vuelta.

—¡Mediodía, señor! —Y si hubiesen tenido la costumbre de tocar la campana lo hubiesen hecho, como en todas las armadas del mundo. Clay meció el sextante a derecha e izquierda, trabó el dispositivo de bloqueo y leyó el valor. Lo anotó en un papel y buscó en las tablas—. Por lo que indica nuestra medición estamos en los 34 grados, 21 minutos, 18 segundos sur. —El teniente miró alrededor y palpó sus bolsillos—. ¿Buscaba esto, teniente? —le preguntó Alexander acercándose—. ¡Lo puse en cero cuando usted cantó el mediodía!

—¡Bien hecho, Boss! —Clay continuó con su explicación—. Ya tenemos la latitud y ahora calcularemos la longitud para completar nuestra ubicación. La longitud nos da la distancia en grados entre el meridiano en que nos encontramos y el de Greenwich, que es nuestra referencia.

—¿Qué es un meridiano? —preguntó Dumont.

—Los meridianos son líneas imaginarias que van de un polo a otro del planeta, son como las divisiones entre un gajo y otro de una naranja

—Ah, ya entiendo... —Los muchachos asentían con la cabeza tratando de comprender tantos conceptos nuevos.

—El timonel puso a funcionar este cronómetro en el momento en que canté mediodía, de manera que marca nuestra hora. Pero aquí tengo otro con la hora de Greenwich. Razonemos esto: si la tierra se divide en 360 grados de longitud y un día tiene 24 horas, dos puntos del planeta con 3 horas de diferencia distan 45 grados de longitud. ¿Están de acuerdo?

—360 divididos entre 24 son 15, multiplico por 3 y da 45 —respondió tranquilamente Dumont para sorpresa de Santiago.

—Villalba, dime qué hora marca el cronómetro patrón.

—Las 4 horas, 2 minutos y 22 segundos.

—Bien, esa es la hora en Greenwich, allí es de tarde de manera que en vez de las 4 diremos las 16 horas. Nuestro reloj marca las 12 horas, 10 minutos y 10 segundos. ¿Cuál es la diferencia entre ambos tiempos, Dumont?

—Son... 3 horas, 52 minutos y 12 segundos.

—¡Perfecto! Habíamos dicho que 3 horas correspondían a 45 grados de longitud, con lo cual para saber a cuántos grados equivale la diferencia que acabamos de calcular sólo basta con hacer una regla de tres.

—58 grados, 30 minutos... —fue diciendo Dumont mientras hacía números en su cabeza.

—No puede ser, esa coordenada pertenece a tierra firme —aseguró el primer oficial—. Serían 58 grados 3 minutos y cero segundos de longitud oeste —corrigió Clay—. Hemos terminado, anotemos nuestra posición en este papel. —Y así lo hizo—: 34° 21′ 18″ S, 58° 03′00″ O. Ahora ubiquémoslo en la carta. —El teniente y los dos grumetes marcaron un punto casi a mitad de camino entre Colonia y Martín García. Casi con exactitud allí se encontraba la goleta Hope.

A tan solo cien yardas por la aleta de estribor se encontraba el bote Caballo Negro, ex ballenero que luego había servido de escolta a la balandra Amistad y a la goleta Unión, ambas propiedad de Guillermo Brown. Esos barcos habían obtenido la patente de corso en marzo de 1813, al mismo tiempo que la goleta Hope, y también se encargaban de hostigar al enemigo siempre que les fuera posible. Como el bote había conocido varios combates se suponía que sus hombres estaban fogueados en el arte de la guerra, pero desafortunadamente sólo quedaban tres marinos de la tripulación original, el resto había sido reemplazado por los diez soldados de Colonia.

Era una embarcación pequeña y a bordo no quedaba espacio para mucho, pero aun así los tripulantes se encontraban en plena actividad. Los soldados preparaban sus mosquetes y afilaban sus cuchillos y sables por si se presentaba alguna batalla mientras los tres marinos se turnaban para llevar el timón, orientar la única vela de cangrejo y otear el horizonte. El río era grande y hasta ahora sólo habían encontrado un árbol flotando, pero ellos sabían que tarde o temprano los godos aparecerían y más les valía estar preparados.

Desde esa distancia tenían el privilegio de poder admirar las bellas formas de la goleta Hope, sus velas blancas orientadas al viento y su popa ligeramente hundida en el agua. El velamen brillando bajo el sol generaba una imagen perfecta con el contraste marrón del río y su delicadeza era comparable a los pétalos de una rosa blanca. Como esa flor, sus dos cañones por banda la volvían peligrosa, como espinas descansando en el tallo leñoso que era su casco.

De pronto de uno de esos largos de cuatro libras salió humo y la detonación que sorprendió a los hombres del Caballo Negro los puso en alerta. La Hope había disparado una salva por su costado de barlovento, lo que en su propio código significaba que el enemigo había sido visto. En ese espacio tan estrecho los soldados no tenían otra cosa que hacer más que cargar sus armas y aguardar, mientras los marinos mantenían fijos los ojos en la popa de la goleta a la espera de instrucciones.

A bordo del barco todos se habían dirigido a sus puestos y esperaban que Miller y Boss les dieran mayor información desde el tope. Por su parte, el capitán miraba la carta apoyado en la bitácora y hacía cálculos en silencio. Lo único que sabía hasta el momento era que se trataba de dos embarcaciones por la amura de babor.

—¡Cubierta! —gritó Alexander—. ¡Una goleta y una balandra!

—¿Qué poder de fuego le calculas, Boss?

—¡La goleta debe estar artillada como nosotros en el mejor caso! ¡La balandra puede ser que tenga algún cañón giratorio, capitán!

—¡Mantenga el rumbo, Ferreira! ¡Cortaremos la trayectoria de la goleta cuando nos encontremos a media milla de distancia! —El capitán fue a la proa y miró el primer cañón de babor—. ¡Brook! ¡Colóquelo en colisa si es tan amable, luego prepare la batería de estribor!

Como el capitán no pretendía utilizar la batería de babor, colocaría un cañón en la proa de la Hope y lo usaría para comenzar a disparar inmediatamente. El viento era del este y el enemigo se vería forzado a virar de tal manera que la Hope, al seguir su movimiento, le mostraría la batería de estribor. Tomó la bocina y se dirigió a popa para comunicarse con el Caballo Negro.

—¡Ah, los del bote! —gritó el capitán—. ¡Mantengan el curso! ¡Nos haremos cargo de la goleta, aborden directamente a la balandra! ¡Repito, aborden directamente a la balandra! —Los del bote hicieron flamear una bandera roja en señal de entendimiento y continuaron con sus preparativos.

Los barcos españoles no distaban más de una milla cuando el cañón de proa de la Hope disparó su primera bala del día. Por la dirección que llevaba el proyectil se adivinaba la pericia del artillero, que no era otro que Boss. El disparo dio en el agua muy cerca de la proa de la goleta enemiga, que al parecer se trataba de la Nuestra Señora del Carmen, que contrario a los que todos pensaron continuó navegando sin tocar el timón. El siguiente disparo pasó muy por arriba del bauprés y cayó cerca de la banda de estribor, el tercero impactó justo en el bote que llevaba el enemigo sobre la cubierta, destrozándolo. Recién entonces la goleta enemiga pareció pensar mejor su estrategia y viró a estribor, con rumbo al oeste. Enseguida la Hope realizó su viraje por proa a babor, con un curso convergente al enemigo. Ni bien terminaron la maniobra la batería de estribor disparó creando dos agujeros en la vela de popa española. La intención del capitán Brown era desarbolarla y cuando se quedara sin propulsión, abordarla.

—¡Sargento Nuevas! ¡Ponga dos buenos tiradores en cada *cofa* y prepare el resto de sus hombres para abordar por estribor!

—¡A la orden, capitán!

—¡Boss, Smith, la siguiente descarga que sea de metralla!

—Aye aye, captain!

Brown miró a popa y vio al Caballo Negro cortar su estela y acercarse cada vez más a la balandra identificada como San José y Ánimas, que parecía querer virar como su compañera y no poder hacerlo. Un momento después sintió una explosión y dos balas rasas españolas impactaron contra el casco de la Hope, por encima de la línea de flotación. Brown sabía que debía acercarse más rápido.

—¡Ferreira! ¡Un grado a estribor!

La Hope obedeció enseguida y la distancia entre los barcos se fue haciendo cada vez más pequeña hasta que casi se podían tocar estirando el brazo. Los cañones seguían disparando, tanto de un lado como del otro y sus efectos a esa distancia eran devastadores. Desde la cubierta de la goleta patriota podían verse los rostros del enemigo, hombres corriendo y gritando con sus caras enrojecidas por la actividad, el calor y el miedo. Enseguida ambos cascos rozaron entre ellos y no tardaron en volar los ganchos de abordaje, que se enredaron en el velamen español y mantuvieron juntas las dos embarcaciones. El capitán fue el primero en cruzar a la cubierta enemiga seguido de su grupo y de los seis soldados de Nuevas. Los otros cuatro disparaban desde las cofas, manteniendo el equilibrio allí arriba y apuntando sus armas a cualquier español que se moviera. Otro rezón voló por la popa, era Boss que abandonando la batería se disponía a atacar, alfanje en una mano y pistola en el cinturón. Lo seguían los marineros de su división luciendo igual de feroces, sus rostros desencajados por la furia del combate. Ya sólo quedaba Clay y sus hombres en la Hope,

Brook ayudaba a Boss en la popa y Nuevas a Brown en la proa. Gritos, disparos, humo y confusión. A veces ni siquiera bastaba con la faja blanca que llevaban los aliados en su brazo derecho para distinguir entre amigos y enemigos.

De pronto y para alivio de todos, el ataque cesó y las armas españolas cayeron a cubierta con estridentes sonidos metálicos. Nuevas había arrancado el pabellón español y la nave se había rendido. Los ojos se posaron inmediatamente sobre el Caballo Negro y la San Juan y Ánimas, que todavía no habían podido hacer contacto. Se oían disparos provenientes del bote y estallidos del *lanzapedrero* de la balandra, como si ambas embarcaciones estuviesen charlando sus términos. Fue una situación que no duró mucho, al ver la San Juan y Ánimas que su goleta protectora se había rendido, soltó las escotas de su vela y se dejó alcanzar por el bote patriota. Una vez abordada se respetaron las vidas de sus ocupantes, quienes fueron tomados como prisioneros de guerra.

Los tres marinos amarraron el Caballo Negro a la popa de la San Juan y Ánimas y llevaron la balandra cerca de las goletas, todavía unidas por sus costados. El capitán ordenó que encerraran a los prisioneros bajo la cubierta de la Hope y destinó a Clay para que asumiera el mando de la Nuestra Señora del Carmen. Envió a Dumont junto con Ferreira para sumar tripulantes a la balandra, que fue comandada por los hombres del bote, y luego se acercó al pasamanos donde Santiago se encontraba mirando las presas en silencio.

—¡Dos magníficos transportes! —exclamó Brown.

—¿Llevaban leña a Martín García? —preguntó el grumete.

—Sí, pero ahora esa madera irá a Colonia, donde es muy necesaria para las tropas. —Santiago suspiró y bajó la vista.

—También lo era para los enfermos de la isla, capitán.

—El chico se alejó murmurando—: ¿Ganaremos la guerra molestando a un puñado de viejos indefensos? —Brown se dio vuelta dispuesto a replicar cuando una mano sobre su hombro lo detuvo.

—Tenle paciencia al chico, ya resolverá sus dudas —le dijo Alexander.

—Es que temo que elija el bando equivocado. Amigos o enemigos, no hay más opciones en una guerra —dijo Brown tocando una pequeña cicatriz en su cara.

## 18 de enero

Era bueno volver a navegar habiendo dejado a los prisioneros en Colonia del Sacramento el día anterior. Los guardias de infantería podían relajarse y todos se encontraban más calmos y con mejor humor, aunque cansados por las fatigas de los últimos viajes.

Después del reconocimiento del 13 de enero habían hecho otra navegación del 15 al 17, pero había sido infructuosa y no valía la pena recordarla. Las condiciones para navegar habían mantenido a los marinos en las vergas, soltando y aferrando velas, braceando y corrigiendo el rumbo mientras la cubierta era azotada por lenguas de agua marrón. Todavía el tiempo no parecía querer cambiar, el cielo permanecía cubierto por nubes espesas que lloviznaban y hacían desaparecer el horizonte. A pesar de esto, la Hope había soltado amarras con un viento moderado del sudeste y llevaba varias horas navegando alrededor de una cortina blanca que impedía ver. El comandante se encontraba preocupado por esta situación ya que no era posible ver más allá de media milla a la redonda.

—Si este tiempo persiste deberíamos virar en redondo y volver a Colonia, capitán —dijo Clay—. No hay razón para arriesgarnos de esta forma.

—Encontrar una presa es difícil con un día así —afirmó Brown—. Pero debemos continuar con nuestra búsqueda. La perseverancia nos llevará al éxito, Clay.

Guillermo se puso de pie y dio media vuelta para mirar por las ventanas de popa. Había hecho eso mismo cada diez minutos y el paisaje no parecía cambiar, era como si la goleta estuviera anclada en un mismo lugar. Miró su reloj y descubrió que llevaban más de cinco horas navegando, la velocidad de la Hope era buena y era probable que se encontraran más allá de la mitad del río.

—Podríamos cambiar el rumbo, tal vez eso nos traiga más suerte —comentó el capitán—. Pase la voz al piloto. Que ponga rumbo sudeste, por favor.

—¡Sí, señor!

El primer oficial se apresuró en subir a la cubierta donde encontró a Manuel Ferreira con la vista clavada en las velas de proa y en el compás, sosteniendo las cabillas de la rueda del timón con expresión desafiante.

—Este condenado viento me preocupa, señor —acotó el timonel con pesadez—. Hace derivar mucho la goleta...

—No tema, Ferreira. Haremos un cambio, rumbo sudeste con el viento por la popa, órdenes del capitán.

—Muy bien, señor—. Clay tomó la bocina y elevó la voz.

—¡Preparados para virar! ¡Timón a barlovento! ¡Bracear esas vergas, compañeros!

La goleta comenzó a escorarse a estribor, al principio muy lentamente pero cada vez más rápido y mientras lo hacía su popa viraba hacia donde venía el viento. Cuando las velas comenzaron a hincharse cada vez más Clay volvió a gritar.

—¡Tirar de esas escotas! ¡Amurar esas velas a babor!

Esto estabilizó la Hope y el viraje continuó hasta que la proa apuntó a Buenos Aires, que se encontraba a unas 34 millas. Una vez establecido el nuevo rumbo los hombres aferraron las escotas y tomaron un respiro.

—¡Ahora se puso más fácil, señor! —exclamó Manuel—. ¡Con este viento por la popa estaremos en Buenos Aires en tan solo ocho horas!

—No vamos allí, Ferreira. El capitán busca a los dons, de manera que intentará otro cambio antes de decidir que es mejor regresar.

—¡Sí, señor!

Clay también extrañaba la capital de las Provincias Unidas, pero la Hope buscaba a los españoles y era difícil que los encontrara allí. Los godos se mostraban más cómodos navegando cerca de Sacramento y de Martín García, como indicaba su reciente ataque al buque británico El Galeote, al que incendiaron hasta la línea de flotación. Esta acción podría parecer extraña entre dos naciones que se mantenían unidas contra Napoleón, pero eso era en Europa, en el Río de la Plata su relación era muy distinta. La ruptura de los porteños con España en 1810 les permitió comerciar con Inglaterra, dado que antes lo tenían prohibido. Como los británicos buscaban nuevos mercados en Sudamérica, la revolución de mayo había sido beneficiosa para todas las partes excepto para los españoles, de ahí su descontento. Clay todavía pensaba en esto cuando ingresó a la cabina del capitán totalmente empapado por la lluvia.

Media hora después del cambio de rumbo el vigía creyó ver una figura en el agua, a tan solo media milla por el través de estribor. Como sus ojos estaban cansados, parpadeó y lo intentó de nuevo y allí seguía estando, era el casco de un barco.

—¡Cubierta! ¡Barco por el través de estribor!

—¡Maldición! —exclamó Boss, dio media vuelta para avisarle al capitán y se sorprendió al ver que ya estaba en cubierta.

—¿Qué se ve desde ahí arriba? —preguntó Brown.

—¡Un barco! ¡Por Dios, es el Belén! —Se oyeron murmullos que enseguida fueron callados por Brook—. ¡Creo que hemos sido vistos!

—¡El Belén de Romarate! —dijo para sí el comandante, luego preguntó en voz alta—. ¿Qué puerto tenemos más cerca, Ferreira?

—¡Ensenada de Barragán a nueve millas al sur, señor!

—¡Viraremos, señor Clay!

—¡Preparados para virar! —exclamó el primer oficial—. ¡A darse prisa!

Nuevamente los gavieros corrieron a las vergas mientras otro grupo tomaba las escotas y las brazas. El viento quería rolar al noreste y el piloto sostenía el timón mientras la goleta daba bandazos con cada soplo indeciso. El Belén parecía haber visto a la Hope mucho antes que fuera reconocido por la goleta, de manera que ya estaba listo para la persecución. Desde el tope se escuchó de nuevo la voz estridente, más sorprendida que antes.

—¡El Belén lleva una bandera de señales!

—¡Sube al tope, Boss! ¡Rápido! —ordenó Brown.

—¡Cubierta! —Era el vozarrón del timonel—. ¡El Belén hace la señal de "Enemigo a la vista"!

—¡Es para otro barco, tiene un compañero! —dijo Clay.

—¡El bergantín no está solo, capitán! —se oyó decir Boss—. ¡Lo acompaña una goleta, posiblemente sea la Americana!

—¡La Americana no es una goleta! —exclamó el capitán mirando a Clay—. ¡Tiene que tratarse de la Invencible! —Luego con más calma agregó—: Tiene sólo dos cañones de ocho libras, no me preocupa tanto como el Belén.

—¿Qué hacemos ahora? —preguntó en voz baja el primer oficial.

—¡Alejarnos tanto como sea posible! —dijo con firmeza el capitán—. ¡Estábamos buscando al Hiena y nos encontramos con el Belén de Romarate! ¡Esta situación me causa blue devils![25]

—¡Sí, ese hombre tiene con qué atacar!

Como respuesta se oyó uno de los cañones de proa del Belén y el zumbido que provocó la bala al pasar por encima de sus cabezas.

—¡Parece que esta vez llueve metal!

—¡Mantenga el curso, Ferreira! —respondió secamente Clay.

---

[25] Blue devils: expresión inglesa muy usada por Guillermo Brown para denotar sentimiento de depresión

—¡Quiero todos los cabos tensos y las vergas braceadas! —ordenó Brown a Clay—. ¡Ferreira, manténgala así!

—¡Sí, señor!

Al poco tiempo el Belén ya se encontraba siguiendo la estela de la Hope, disparando por proa con el largo de doce. Los estampidos sonaban a intervalos regulares y las balas iban cayendo cada vez más bajas hasta que una rompió un farol de babor de la goleta. Por la aleta del Belén podía divisarse la figura borrosa de la Invencible, navegando con todas sus velas cuadras y los foques. Cada tanto el viento se encalmaba en la zona que atravesaba la Hope, haciendo que sus enemigos estuvieran a punto de alcanzarla, pero luego les tocaba a los españoles la racha de calma y ahí volvían a separarse. En la goleta patriota no restaba más que esperar, la corredera indicaba cuatro nudos y parecía que sus perseguidores habían conseguido la misma velocidad, puesto que la distancia se conservaba.

Dos horas después continuaban navegando de la misma forma y según los cálculos del piloto todavía faltaba media hora más para arribar a Ensenada. La tensión a bordo era tan grande que había enmudecido a todos, algunos marineros se acercaban a los estayes y los rascaban para tener suerte, otros silbaban para que el viento se mantuviese favorable. El capitán era el único que se mostraba impasible, caminaba tranquilamente por la cubierta y se detenía de a ratos para observar al enemigo. Boss lo miró por un instante y su ánimo se serenó, le resultaba evidente que todo marchaba bien y que esta vez el enemigo tampoco podría darles caza. Si algunas veces el timonel pecaba de ingenuo era en momentos como ese, en los que confundía a Brown con un dios todopoderoso, como Neptuno.

Cuando estuvieron casi frente a la Ensenada de Barragán el Belén dio una guiñada y disparó una andanada con su costado de babor. Esta vez no fueron balas rasas lo que salió por las bocas de los cañones sino metralla y la puntería fue tan certera que un marino que se encontraba en la arboladura cayó a cubierta, convertido en restos sanguinolentos.

El efecto de esa imagen fue inmediato, los hombres se tiraron al suelo temerosos de convertirse en el próximo blanco de las descargas españolas. El capitán enseguida se dirigió a la proa y en el camino les fue ordenando que se levantaran, ayudado por el timonel y el primer oficial.

—¡De pie! ¡Siempre hay que estar parados en cubierta! —insistía Brown.

—¡Vamos, Alvares! ¡No complique más las cosas! —gritaba Clay al portugués—. ¡Todos arriba, malditos sean!

—¿Es usted cobarde o estúpido, compañero? —les decía Alexander—. ¡Debemos navegar esta goleta o moriremos todos juntos!

El susto pasó y muy despacio los hombres recobraron la seguridad, entonces otra descarga alcanzó la cubierta de la Hope pero esta vez no hirió a nadie. La imposibilidad de responder al fuego enemigo les hacía sentir impotencia pero por fortuna el puerto ya estaba a la vista y en diez minutos estarían bajo su protección.

—¡Hoy tuvimos mucha suerte, capitán! —le confesó el primer oficial a Brown—. ¡Temí que hubiese un motín a bordo!

—Quédese tranquilo, señor Clay —respondió Brown con una sonrisa—. Los hombres aguantan lo que soportan los oficiales.

Aun así, cuando la Hope ingresó al abrigo del puerto y los enemigos se marcharon, el capitán se alivió profundamente. Habían estado muy cerca del desastre, él lo sabía, pero jamás se hubiese permitido demostrarlo. Entonces más tranquilo dio media vuelta y de pronto su mirada se cruzó con la de Boss—. ¡Perdón por ponerlos en riesgo! —decían sus ojos azules, pero el timonel no fue capaz de leer el mensaje.

—¡Gracias por salvar nuestro barco! —expresaba la mirada de Alexander, sin saber que su respuesta había sido de lo más incoherente.

## 20 de enero

José Eugenio García de Culta sabía que había llegado la hora de actuar y por su mente pasó la vez que se preparó para robar la estancia de don Tomás García. No eran parientes como muchos creían, por eso aquél encuentro desafortunado terminó con Eugenio detenido por el mismo propietario y su gente. Cosas inexplicables del destino, como ésta que iba a emprender ahora, que con un dejo de nobleza y deber no dejaba de ser el arrebato de una posesión ajena. El ahora capitán de infantería, compañero de armas de Rondeau y de los sitiadores de Montevideo, sentía que esta vez la suerte no lo acompañaría y terminaría nuevamente preso. Miró a un lado y vio a José Caparrós, su primer teniente y hombre de confianza, y supo que envidiaba su tranquilidad. Navegaban ellos y su gente tres lanchones dispuestos para una tarea diferente de la acostumbrada, tomar un barco español fondeado en Montevideo. Para colmo de males esta corbeta era la más rápida del río y había escapado de muchos ataques anteriores, como el del bravo capitán Seaver, por ejemplo. Corbeta o queche, nunca entendería la diferencia. —Los marinos inventan palabras para sentirse importantes —pensó.

El sombrío Caserío de los Negros se veía silencioso a lo lejos. Los esclavos que provenían de las Filipinas eran confinados allí en cuarentena antes de ser vendidos, si es que no morían antes de sarna, viruela u otras pestes. —A estas horas deben estar durmiendo, hacinados y malolientes, los pobres diablos —pensó con tristeza Culta y se aferró a la regala. La noche estaba tranquila, no habría testigos hasta el momento del ataque. Luego todos se darían cuenta y Eugenio esperaba que fuera tarde para ellos, que ni la vela mejor orientada ni el buque más veloz pudieran echarles mano. El queche volvería a ser de los patriotas, el entusiasmo se renovaría en los extenuados corazones y por fin tendrían fuerzas para expulsar de la región a los godos, de una vez y para siempre. —¡José, hacia el sur! ¡Permanezcan cerca!

—¡Sí, capitán!

Los remos acariciaban suavemente el agua marrón mientras los tres lanchones se deslizaban hacia el puerto de Montevideo. La luna nueva sería al día siguiente, la oscuridad era absoluta y avanzaban a ciegas mientras el timonel los guiaba, compás en mano.

Pasaron los minutos y el puerto se perfilaba por la proa, a escasas doscientas yardas de los botes.

—¡Capitán! —El susurro proveniente de estribor puso en alerta a Culta—. ¡Hay un barco por este lado! —Eugenio enfocó la vista. Estuvo un rato tratando de captar la figura, algún objeto que rompiera la negrura de la noche y entonces creyó ver algo. Era un barco, sí, pero no podía precisar su tamaño. Si no hacían ruido y mantenían el rumbo pronto lo dejarían atrás, no había razón para preocuparse.

—¡Manténganse así!

En ese momento se oyó una voz encima de ellos, era el grito de un vigía rompiendo la quietud, augurando lo peor para los patriotas: —¡Paloma! ¡Todos a cubierta! —La campana del barco comenzó a sonar y las pisadas apresuradas de los marinos en cubierta se oían claramente desde los lanchones. Culta les hizo la señal general de que preparen las armas y cuando se vio el primer disparo de fusil desde la corbeta los hombres de Eugenio supieron adónde apuntar.

Todo sucedió demasiado rápido, de pronto eran atacados a tiros de pistola desde la Paloma. Cada tanto sonaban algunos cañones giratorios cargados de metralla y lo poco que podían ver en esa oscuridad eran compañeros cayendo por la borda, atravesados de lado a lado por proyectiles invisibles. El hombre que había llamado a Culta para avisarle de la corbeta dio un repentino grito y se desvaneció sobre el resto, su cabeza había sido abierta por un perdigón y la sangre le corría por el rostro.

—¡Remen con todas sus fuerzas! ¡Directo hacia adelante! —gritó Eugenio.

—¡Más allá está el condenado queche, compañeros! —repetía Caparrós con el mismo tono de voz.— ¡Los que no remen que disparen al enemigo!

No hacía falta repetírselos, los hombres hacían todo lo que podían para devolver el fuego nutrido que recibían de los godos. Tenían experiencia y puntería, venderían caras sus vidas.

———————

—¿Qué demonios pasa allí? —preguntó el jefe de bahía don Miguel de Iriarte. Se encontraba hablando en la cabina de la Flora con su comandante cuando oyó disparos y gritos, e inmediatamente había subido a cubierta. Estaba sorprendido, la corbeta Paloma descargaba su furia contra tres lanchones y no quiso perder más tiempo. Enseguida se dejó caer en la lancha de la cañonera San Ramón, donde algunos hombres lo estaban esperando—. ¡Llévenme a su barco, rápido! —Una vez cerca le gritó al comandante—: ¡Don Martín de Asas, persiga y ataque a esos botes!

—¿Cómo dice, señor? —El alférez de navío bajaba de la arboladura con su telescopio de noche bajo el brazo y no había podido oír lo que Miguel de Iriarte le gritaba.

—¡Qué los ataque, maldita sea!

—¡Sí, señor!

Martín de Asas comenzó a dar órdenes que el jefe de bahía no pudo escuchar, de pie sobre la lancha era imposible que prestara atención a otra cosa que no fuese el ataque. Tenía deseos de correr sobre el agua y lo habría hecho de haber sido posible.

—¡Ahora llévenme con la obusera! ¡Vamos cabrones, muevan esos remos! —El mensaje fue el mismo para don Tomás Ruíz, solo que dicho con mayor aspereza y premura. Cuando Miguel de Iriarte tuvo un momento para contemplar la escena, los rebeldes estaban abordando el bergantín Joven Francisco, bajo el fuego de popa de la Paloma, del costado de estribor del Cisne y de los cañones del fuerte San José—. ¡Maldición, van a cortar el cable! ¡Proa al bergantín, vamos!

Culta había logrado llegar al timón del bergantín y lo movía de un lado a otro para ver si respondía. Se preguntaba dónde diablos estaría el queche Hiena, puesto que no era este barco. Habían fallado el ataque pero aún había esperanzas, se propuso no demostrar su frustración a los hombres y se concentró en escapar de ese infierno de balas y estruendos.

—¡Suelten esas velas, estúpidos! —La velocidad era escasa, el cable recién había sido cortado y la corriente amenazaba con llevar el barco de popa contra el muelle—. ¡Que venga el piloto!

—¡Señor, este no es el queche Hiena! —gritó un cabo desde un penol. Inmediatamente los tripulantes lo miraron con cara de espanto.

—¡Baje inmediatamente, pedazo de escoria! ¡Señor Páez, lleve a este hombre abajo, por insolente!

—¿Qué sucede, señor? —Era Caparrós con una expresión furiosa en su rostro, producto de la batalla.

—¡Llame al piloto, rápido! —dijo Culta, luego tomó del brazo a su teniente y le espetó—: ¡Maldición José, me importa un carajo que esta mierda de barco no sea el queche Hiena, es nuestro escape y lo sacaremos de este fondeadero, aunque tengamos que remolcarlo con las pelotas!

—¡Sí, señor! —José se alejó unos pasos, esquivó un cuerpo que cayó de la arboladura y empujó al piloto hacia el timón—. ¡Sáquenos de aquí! —le dijo Caparrós, luego mirando hacia la proa gritó—: ¡Vamos, muchachos! ¡El queche ya es nuestro, llevémoslo a casa!

El grito de ánimo que dieron los hombres de Culta por encima del atronador rugido de los cañones llegó a oídos de Miguel de Iriarte, que ya se encontraba cerca de la presa. El Joven Francisco había logrado ponerse en movimiento y rebasar al Cisne, pero a cien yardas por detrás se acercaban la cañonera San Ramón y la obusera, una a cada lado de su aleta. Cada tanto lanzaban una bala a la arboladura del bergantín para destruir su propulsión y recapturarlo. Mientras tanto la Paloma hacía un fuego intenso, al que se quería unir el verdadero queche Hiena por el través de estribor. La noche cerrada se había vuelto día, las detonaciones de los costados de los barcos unidas a las bengalas del puerto llamando a todas las naves iluminaban las tinieblas.

—¡Demonios, capitán! ¡Es hora de rendirnos! —El piloto temblaba de pies a cabeza y sus manos sudorosas patinaban sobre las cabillas del timón. Estaba pálido y miraba hacia arriba con terror cada vez que una bala de cañón pasaba rozando las velas. Caparrós tomó su pistola y la puso sobre la espalda del hombre.

—¡No hay cobardes a bordo de este barco! ¡Usted navegue esta cosa, nosotros lo protegeremos! —Luego apuntó hacia un español que se asomaba desde una *porta* de proa de la Paloma, le disparó y lo vio caer al agua. En ese momento el piloto soltó el timón y empujó a Caparrós a un lado.

—¡Pues si no hay cobardes a bordo de este barco, no sé qué carajo hago aquí! —Cuando José logró incorporarse vio al hombre saltar por la borda, dejando un remolino de espuma cerrándose sobre él. Luego más allá resurgió, nadando hacia la orilla.

—¡Maldito bastardo! —El teniente del ejército no sabía nada de navegación, pero se apresuró a tomar el timón. Entonces sintió el viento fresco sobre su mejilla derecha y se dio cuenta que el bergantín viraba a la izquierda. Movió la rueda hacia un lado y el rumbo empeoró mientras la cañonera que los perseguía parecía disfrutar su triunfo acercándose cada vez más. Puso su peso sobre las cabillas y trató de virar hacia el otro lado, las velas comenzaron a vibrar y la velocidad se redujo—. ¡Alguien ayúdeme con este condenado timón! ¡Lo estoy perdiendo!

Culta y otro hombre se acercaron pero no pudieron hacer nada, el bergantín tenía vida propia y hacía lo que él quería. Para entonces la obusera y la cañonera estaban próximas al abordaje, sus tripulantes se preparaban para lanzar los cabos y saltar a la cubierta del Joven Francisco.

¡Aquí todo el mundo! —gritó Culta desde la popa. Sintió una bala rozar su oreja y se agachó cuando otra pasó por encima de su cabeza—. ¡Disparen a esos locos!

Tanto Martín de Asas como Tomás Ruíz se encontraban en la proa de sus respectivos barcos cuando los patriotas concentraron el fuego sobre ellos y ambos reaccionaron de la misma forma. Se acercaron todavía más a la popa del bergantín, en un esfuerzo supremo por alcanzarlo, trepar su casco y abordarlo. Cuando los fusiles patriotas volvieron a disparar, una bala atravesó los dos muslos del primero, en tanto que el segundo fue alcanzado por un tiro de esmeril. Caídos sus comandantes y viendo la fiereza de los rebeldes de Culta, las tripulaciones desistieron de su propósito y dejaron paso a la sumaca Gálvez y al lugre San Carlos, que también querían participar de la contienda.

—¡Este es el momento! —gritó Culta—. ¡Abandonen el barco, aprisa! ¡A los lanchones, vamos!

Enseguida lograron desengancharse del Joven Francisco, pero entonces la lancha del San Ramón se les acercó, cortándoles el paso. Miguel de Iriarte, con una enorme sonrisa en su rostro, dio la orden de apuntar a los rebeldes y cuando éstos comprendieron que estaban perdidos se rindieron.

Sigilosamente se acercaron la Gálvez y el San Carlos, el fuerte dejó de disparar y se hizo nuevamente el silencio, aunque no la oscuridad. El nuevo día ahuyentaba la noche y las esperanzas de los ahora cuarenta y tres prisioneros. Caparrós miró a Culta y también sonrió, muy a su pesar.

—¡Al menos lo intentamos, señor! —Eugenio, que desde el principio había tenido un mal presentimiento sobre esa noche, miró a Miguel de Iriarte que se les aproximaba.

—¡Capitán español, haga callar a este hombre, por favor!

—¡Al contrario, hablen caballeros! —les dijo risueño el godo—. ¡Díganme dónde puedo encontrar hombres con su arrojo y valentía!

## 22 de enero

La Hope había amarrado en Buenos Aires dos días atrás y su tripulación estaba de licencia. Boss se encontraba caminando por las tabernas del bañado de Santa Lucía, muy cerca del Puerto de los Tachos donde habían dejado la goleta. Era una noche agradable, pues el calor húmedo del enero porteño se equilibraba con la brisa suave proveniente del sudoeste. Todos los hombres de mar estarían allí, algunos todavía sobrios aunque la mayoría pasados de copas.

El timonel sabía que los marineros eran propensos a los abusos, hacían todo en demasía al punto de malgastar un botín de tres años en menos de una semana. Lejos de juzgar a sus compañeros, esta forma de vida le resultaba simpática y por eso también disfrutaba acompañándolos en sus juergas. Él no solía tomar partido en ellas, simplemente los veía emborracharse hasta la médula mientras su vaso se vaciaba muy lentamente.

Alexander era lo suficientemente inteligente como para disfrutar de los placeres mundanos sin exagerar. Le gustaba fumar su pipa en los momentos de descanso, tomar licores fuertes con moderación y visitar de vez en cuando a las damiselas del puerto. No era un hombre atractivo y por un chelín tampoco necesitaba serlo.

Decidió entrar en La Botavara, una de las tabernas más agradables de la zona y donde pensó que estarían sus compañeros de barco. No se equivocó, apenas cruzó la puerta vio sentado en la barra a Elsey Miller tomando una ginebra. Al ver su mirada extraviada comprendió que no sería una buena compañía para él y siguió avanzando. En una mesa retirada estaban Francisco Guevara y Manuel Ferreira jugando una partida de dados. No quiso interrumpirlos, el juego era por dinero y en el rostro de los hombres había codicia y ansiedad. A un costado y absorto en el juego, Santiago Villalba los observaba y hacía preguntas, tratando de aprender las reglas. Se alegró de que el muchacho ocupara su tiempo de esa manera y no estuviera vaciando una botella, algo que ya a su edad se veía con frecuencia. Decidió apartarse y buscar una mesa donde no hubiese tanta luz, quería fumar su pipa tranquilo.

Dos veces le ofrecieron sexo y las dos veces declinó la invitación con sus mejores modales. Ninguna de ellas era Dana, su predilecta, y esa noche no estaba de humor para otra persona. Al rato pidió una jarra de cerveza y bebió tranquilamente, tamborileando con los dedos al ritmo de la guitarra. Iba por la mitad cuando vio entrar raudamente una figura bien conocida, y aunque había poca luz enseguida supo que era su amigo. Cuando estuvo a unos pasos de distancia pudo distinguirlo bien, en su rostro había tristeza y nerviosismo.

—¡Capitán!

—Alexander, imaginé que te encontraría aquí…

La taberna se había detenido ante la palabra "capitán", todos miraron al recién llegado con asombro. Sus compañeros de barco ocultaron sus rostros y el resto sintió un dejo de vergüenza. Brown, al notar el efecto que causaba su presencia en el lugar, tomó asiento rápidamente restándole importancia a las miradas curiosas. Enseguida el ambiente volvió a la normalidad.

—¿Deseas tomar algo? —se apresuró en ofrecer el timonel notando la ansiedad de Guillermo.

—Una jarra de cerveza, por favor —dijo el irlandés.

—¡Carlos! ¡Otra cerveza! —exclamó Alexander al mesero, quien en un parpadeo despachó el pedido. El capitán le dio dos sorbos a la bebida y miró a su amigo.

—¡Acabo de tomar una decisión muy dolorosa! —hizo una pausa para buscar las palabras adecuadas y prosiguió—. ¡Estoy seguro de haber hecho lo correcto, pero siento que una parte de mí ha muerto!

—No comprendo bien… —dijo Boss—. Cuéntame desde el principio. —El capitán suspiró y se serenó.

—Conoces mi historia y la de Elizabeth mejor que nadie, Alexander. Escapamos de Europa porque la guerra me impedía comerciar y ganar dinero para vivir. —El timonel asintió mientras bebía de su jarra—. Llegamos aquí donde encontré un lugar para ganar mi sustento, pero no duró mucho y los problemas volvieron.

—El mundo entero pareciera estar en guerra, William. —El capitán asintió y tomó unos sorbos más, la cerveza empezaba a relajarlo.

—Eliza se enteró de la victoria con la Nuestra Señora del Carmen y la San Juan y Ánimas. —El timonel se puso serio—. Por supuesto también llegaron a sus oídos las persecuciones de los españoles y nuestra búsqueda de refugio en puertos aliados. En fin, supo de todas las dificultades que tuvimos.

—Eso iba a pasar tarde o temprano. —Boss trató de mostrarse conciliador.

—¡Sí, pero ocurrió ahora! —Brown dejó la jarra casi vacía sobre la mesa y continuó—: Ella me dice que realizó ese largo viaje con la esperanza de que tuviéramos seguridad y prosperidad en esta tierra. Para eso abandonó la comodidad de Inglaterra, donde toda su familia la protegía y trajo a nuestros pequeños, Elisa y Guillermo. Nunca imaginó que me involucraría tanto en las actividades de corso y en el armado de la flota.

—La esperanza que tenía de una vida mejor en Buenos Aires se está yendo al fondo. —El timonel hizo un movimiento con la mano como de un barco que se hunde.

—Me lo dijo entre lágrimas y me partió el corazón. Lo peor de este asunto es que tiene razón —masculló Brown—. Dijo que temía por mi vida, que un día de estos quedaría viuda y sola con los pequeños, en esta tierra desconocida.

—Siempre dije que las esposas no debían saber cómo son los combates navales en realidad. Para ellas debieran ser dos o tres balas cruzando el aire y unos pocos rasguños sin sangre. —El capitán asintió.

—Debido a todo esto, tomé la decisión de distanciarme.

—Será doloroso, William, pero lo mejor es que ella vuelva a Inglaterra.

—Todo lo contrario, Alexander. Me separo del corso y de la flota…

—¿Qué cosa? —El timonel casi se cae de espaldas en su silla de la sorpresa.

—¡Acabo de escribir un aviso al ministro Larrea! ¡Dejo toda esta locura!

—¡Maldición! —Boss se había puesto rojo—. ¡Lo siento, amigo, pero es una noticia muy fuerte! ¡Una parte de mí se está muriendo ahora mismo! —exclamó. La taberna quedó silenciosa nuevamente, la última frase de Boss se había escuchado hasta en la otra punta.

—Ven, vamos afuera —dijo tranquilamente Brown.

Bajo la mirada atenta de todos, el capitán dejó una moneda en la mesa y luego cruzaron la puerta de entrada. La brisa fresca de la noche los serenó y se quedaron un rato en silencio observando el bañado. El timonel fue el primero en hablar.

—William, al menos quédate armando la flota. No hay peligro en esa actividad, sabes que no muchos pueden reemplazarte.

—El aviso ya fue enviado, mi amigo. Este juego terminó para mí. —El timonel bufó, luego asintió con la cabeza—. Vine a darte la noticia para que lo sepas de antemano. A la tripulación se lo diré mañana en cubierta, no será un gran cambio para ellos.

—Has tomado una decisión dolorosa, pero confías en que es la correcta. Yo soy un marino y sigo a mi comandante. Volvamos al comercio mientras aún se pueda y veamos qué pasa. Tal vez los dons no sean tan malos y decidan dejarnos algo.

—¡Tal vez! —Brown intentó sonreír pero la mueca murió en la tristeza de su semblante—. ¡Tal vez no sean tan malos! —repitió recordando al teniente Boza.

Se separaron con una inclinación de cabeza. El capitán tomó rumbo al Paso de la Canoa y el timonel volvió a entrar en La Botavara. Se sentó en la misma mesa y pidió algo más fuerte.

—¡Carlos! ¡Trae el ron!

—¿Qué festejas, maese Boss?

—¡Sólo tráelo, maldita sea! —gruñó—. ¡Y deja la botella! —Luego se dijo para sí con tristeza—: Si los cañones de la Hope son enmudecidos, si el barco se vuelve un mercante rechoncho y los tripulantes unos cobardes inútiles, no hay motivo para que su timonel no se vuelva un cerdo ebrio.

---

Buenos Aires,
22 de enero de 1814

Excelentísimo Sr Ministro de Hacienda, Juan Larrea:

Por medio de la presente, comunico a usted mi decisión de declinar el placer de servir al Gobierno en la causa patriota. Se ha esparcido la noticia que me califica como "hombre de pelea", lo que al llegar a oídos de mi mujer le ha causado un avanzado estado de gravidez. Esto me ha forzado a adoptar esta decisión por así exigirlo la paz y las lágrimas de mi familia. Hay en Buenos Aires otros hombres como yo, tanto o más capaces, que pueden continuar mi trabajo. Me comprometo a indemnizar al Gobierno por todos los gastos que cause esta decisión que tomo.

Su más humilde servidor.

Guillermo Brown[26]

Cuando Larrea leyó el aviso al día siguiente, sus ojos no dieron crédito. Trató de imaginar qué clase de hombre pone a su familia por sobre su deber. —Solamente un civil podría desconocer el terrible efecto de abandonar a la Patria en este momento de necesidad —se dijo. Y que él supiera, el capitán Brown había sido militar, o al menos eso había oído al pasar.

---

26 Adaptación de la carta del almirante Brown al ministro Juan Larrea del 22 de enero de 1814.

Más sereno, resolvió hablar con el capitán para exponer el problema desde todos los puntos de vista. No hacía falta que tomara el mando de la flota si no era su deseo, pero al menos debía ayudar en el Puerto de los Tachos. No sería un "hombre de pelea", como él decía, si sólo se dedicaba a pertrechar los barcos para que pudieran combatir. Así su esposa no tendría nada que temer y Guillermo Brown quedaría en tierra, sano y salvo. Otro en su lugar ganaría sus batallas y figuraría en los anales de la historia, por siempre.

# 3

# Reclutas y voluntarios

## 12 de febrero

El valiente ataque llevado a cabo por el rebelde Eugenio Culta y su segundo José Caparrós dio que hablar en Montevideo. Por fortuna para los españoles sus responsables habían sido atrapados y las bajas sufridas por los realistas habían sido muy pocas. Esto levantaba la moral del ejército sitiado, aunque la victoria se viera opacada por la pérdida de Martín de Asas y Tomás Ruíz, que habían muerto de sus heridas.

La imperiosa necesidad de asignar comandantes a los barcos huérfanos hizo que enseguida se les diera nombramiento a dos oficiales que encabezaban la lista de ascensos, uno de ellos era el teniente Luis Boza. Resultaba igual de importante completar las tripulaciones realistas con hombres sanos y jóvenes, pero el problema radicaba en la dificultad de reclutarlos. Para eso el gobierno de Vigodet había decidido pegar panfletos en la calle y en las tabernas donde se los tentaba con una recompensa:

> Invitamos a todos los hombres de mar que deseen participar de la expedición que se está preparando, cuya finalidad es destruir con gran atrevimiento los aprestos navales de los rebeldes de Buenos Aires.
>
> También se ofrece un premio en dinero como incentivo a aquellos que demuestren mayor esfuerzo en el ataque, que pagará el vecino Jaime Illia.

Esperamos que el pueblo se sume a esta convocatoria sin dudarlo, enlistándose los hombres que lo deseen y cooperando los que puedan.[27]

Luis Boza se alegró al leer el panfleto, pues sabía que se avecinaban nuevos tiempos donde oficiales como él gozarían de mayor prestigio, después de tantos años mendigando un ascenso. Parecía que al fin la armada española dejaría de lado los combates pequeños, sin valor ni gloria y se jugaría a todo o nada. Los rebeldes conocerían la verdadera guerra, esa que tantas veces habían hecho a ingleses y franceses por igual.

El nuevo comandante pensaba en esto cuando al cruzar por una de las calles tropezó con una piedra suelta y cayó de manos al suelo. Tres prisioneros que se encontraban empedrando el camino se apuraron en ayudarlo.

—¿Son del bergantín Industria? —preguntó Boza con enojo.

—No, señor. Somos hombres del capitán Culta —respondió uno de ellos.

—¡Ah, los soldados rebeldes! —Se sacudió el polvo de las rodillas y comenzó a alejarse mientras les gritaba—: ¡Hoy dejaré pasar este accidente! ¡Sin saberlo me han hecho un favor, estúpidos!

Aún después de un año y medio no había podido olvidar al Industria ni a sus petulantes marinos, sobre todo recordaba en detalle al enorme timonel y a su capitán, el rubio de ojos celestes. Se tocó instintivamente el bolsillo y sonrió codicioso pensando en la enorme cantidad de dinero que les había sacado. ¿Qué estarían comerciando ahora? ¿Seguirían en el negocio o habrían cambiado de rubro? Entonces se puso serio y con odio en sus ojos se prometió que la derrota les llegaría tarde o temprano. Cuando la flota española venciera a los rebeldes ellos no tendrían oportunidad y él estaría en ese río para cazarlos otra vez.

---

[27] Cita contextual del panfleto que se exhibía en varios sitios de la ciudad de Montevideo el 12 de febrero de 1814.

Al llegar al muelle tomó un bote hacia el Belén, escaló el casco y llegó a cubierta donde Miguel De la Sierra lo estaba esperando. Luego de los saludos de rigor el comandante del puerto lo invitó a la cámara del capitán Romarate, quien gentilmente la había cedido para esta reunión.

—¡Tome asiento, por favor! —comenzó diciendo De la Sierra haciendo lo mismo al otro lado del escritorio—. ¡Que nadie lo engañe diciéndole que éstos son tiempos difíciles para la armada!

—Hemos tenido momentos peores, señor —respondió Boza con nerviosismo.

—¡Siempre son tiempos difíciles, teniente! ¡Cuando no es Inglaterra son las colonias o Francia! —suspiró—. ¡Y el costo en vidas es enorme, perdemos buenos oficiales todos los días! —Entonces lo miró a los ojos poco convencido—. Estoy en aprietos, Vigodet invita al pueblo a sumarse a una expedición y no tengo suficientes comandantes para tomar el mando de los barcos. —Bufó cansadamente—. ¿Se siente capaz de asumir semejante responsabilidad, señor Boza?

—Capitán, creí que usted estaba seguro que...

—No tuve mucho tiempo para meditarlo —lo interrumpió—. Asas y Ruíz eran buenos comandantes, señor Boza. Excelentes, diría yo. Y no se ofenda, pero su reputación no es la mejor. —De la Sierra abrió un cuaderno y leyó—: "Maltrato a su propia tripulación... A prisioneros... Con cierta tendencia a resistirse a las órdenes de sus superiores...". Su legajo no es muy alentador.

—Le aseguro que estaré a la altura de las circunstancias —prometió con voz dudosa el todavía teniente de navío.

—¡Eso espero! —De la Sierra se serenó, no había otra cosa que pudiera hacer—. De acuerdo, comandante —dijo para felicidad del postulante—. Tomará el mando de la cañonera San Ramón. —Boza se sintió el hombre más dichoso del mundo, conocía el pequeño barco y siempre le había gustado su andar. Apenas logró balbucear algunas palabras de agradecimiento con su voz entrecortada.

—Le... Le estoy sumamente agradecido, señor...

—¡No es un regalo ni una recompensa, deberá demostrar sus aptitudes como comandante!

—¡Sí, señor! —respondió felizmente sin tomar en cuenta las palabras del capitán para luego despedirse rápidamente antes que De la Sierra se arrepintiera.

Había alcanzado el sueño de toda una vida en la armada y estaba seguro de que no defraudaría al comandante del puerto. —¡Pronto me felicitarán, cuando los rebeldes caigan a mis pies! —pensó. Al subir al bote del puerto ordenó bogar hacia la San Ramón, estaba emocionado—. ¡Mi barco! —dijo para sí—. ¡Qué raro suena eso!

———————

Mientras tanto, en la otra rivera, el señor White discutía con un marino por el armamento de uno de los barcos de la flota. El hombre vestido con pantalones de jersey, camisa, chaqueta, gorro y zapatos de hebilla, no podía ocultar la autoridad de sus conocimientos.

—¡Usted es muy importante para el armado de la flota, eso no lo niego! —le repetía White—. ¡Pero estamos gastando demasiado dinero en la Juliet!

—¡Dos cañones de seis libras no son suficientes! ¡Deberían ser al menos cuatro!

—¡Ya agregamos el largo de veinticuatro libras en colisa!

—¡Si lo que pretende es ahorrar, lo único que conseguirá es perder el barco entero! ¡Ármelo bien y la Juliet podrá volver a puerto! —Sus ojos celestes brillaron ante una idea—. ¡Tal vez hasta con una presa! —Había alimentado la codicia del comerciante.

—Pero los costos… —White se interrumpió y consideró la última frase. El hombre que tenía adelante era muy astuto. Lucía como un simple peón pero en el puerto nadie sabía más que él—. Está bien —aceptó con desgano.

El marino se quitó el gorro por un momento y se acomodó los cabellos rubios. Hizo un gesto con la mano y White sintió que el piso tembló por un instante. Un enorme marinero había saltado desde un bote hasta el muelle.

—¡Alexander, ve al almacén y fíjate cómo puedes mover hasta la Juliet esos largos de seis!

—¡Ya los están trayendo, señor! —Brown sonrió y White se puso serio.

—¿Entonces iba a colocarlos sin mi consentimiento?

—Sabía que diría que sí, señor White.

El contador se alejó con las manos en los bolsillos, no había nada que él pudiera hacer para detener a Brown. De pronto recordó que ese hombre sólo armaría la flota, no la comandaría, y esto lo tranquilizó. Sería más fácil ayudar a su amigo Benjamín Seaver con el irlandés lejos de aquel asunto.

—¿A dónde va con tanta prisa el señor White? —le preguntó Santiago a Boss, adujando un cabo como un verdadero marino.

—Sabe Dios, compañero… ¡Vamos, tenemos mucho que hacer en la arboladura! ¡Preparemos la Juliet para volar sobre el agua!

Brown dio media vuelta y se detuvo a mirar la fragata británica anclada a doscientas yardas de allí. Era la HMS Nereus del capitán de navío Peter Heywood, una hermosa nave de treinta y dos cañones, líneas muy armoniosas y casco esbelto. Por un momento recordó al caballero, a quien había conocido muchos años atrás en las escaleras de Whitehall, el palacio del almirantazgo inglés. Fue solo un momento en que cruzaron palabra, mientras Brown ingresaba para hablar sobre el estado del HMS Cerbere y Heywood salía de una entrevista con Lord Hood.

—Espero que no venga a pedir un barco, comandante —había dicho Heywood con desilusión.

—Nada de eso, señor. Mi bergantín está siendo reparado y el almirante desea darme nuevas órdenes —contestó Guillermo con la debida deferencia a un capitán de navío.

—¡Es usted afortunado! ¡Peter Heywood es mi nombre!

—¡William Brown! ¡Es un placer, señor!

—Si va a ver al almirante Hood le recomiendo prudencia, señor Brown. No está de humor el día de hoy.

—Lo tendré en mente, señor.

—Tenga usted buenos días, comandante.

—Buenos días a usted, capitán.

Guillermo aún recordaba esos ojos claros y tristes. Peter Heywood no había vuelto a ser el mismo luego del motín del Bounty, donde él tomó parte. Brown se había informado mucho al respecto porque siempre le habían causado curiosidad los motines y sus motivos. En 1787 el HMAV Bounty, un barco mercante de tres palos reformado para la armada británica, partió del estuario del Támesis bajo las órdenes del teniente William Bligh. Su destino era Tahití y sus órdenes eran recolectar plantines del árbol del pan para llevarlos a Jamaica. Con el fruto de este árbol, parecido a la miga de pan si se lo cocía, se pensaba alimentar a los esclavos de las plantaciones en vez de darles bananas, cuyo precio estaba en alza.

Bligh estaba obsesionado con circunnavegar el globo y decidió navegar a Tahití a través del Cabo de Hornos, un pasaje al sur de Tierra del Fuego donde las tempestades son muy frecuentes. Trataron de atravesar el cabo durante un mes sin lograrlo cuando finalmente el cansancio y los malos tratos sufridos por la tripulación pusieron sus ánimos en contra del comandante. Desistiendo Bligh de sus deseos, dieron media vuelta y navegaron a Tahití por la ruta del Cabo de Buena Esperanza, arribando a destino fuera de temporada. Por esta razón, tuvieron que esperar cinco largos meses para que los plantines pudieran ser transplantados. Mientras tanto los hombres pasaron el tiempo en la isla, rodeados de hermosas mujeres, comida en abundancia y otros placeres. Cuando por fin el trabajo se completó y sólo restaba llevar el cargamento a Jamaica, la tripulación no quería abandonar ese paraíso. No les fue difícil hacer cómplice de sus ideas de rebelión al primer oficial, Fletcher Christian, quien después de que el capitán lo tomara de punto decidió unírseles. El motín se llevó a cabo en alta mar pocos días después de levar anclas, resolviéndose que Bligh y sus seguidores bajaran a la lancha del Bounty. Los amotinados, entre ellos un guardiamarina de diecisiete años llamado Peter Heywood, se quedarían a bordo de la nave. Christian tomó el control y prometió a su gente encontrarles un hogar en Tahití, pero al llegar los tahitianos les prohibieron establecerse en sus tierras por temor a futuras represalias británicas. Solamente pudieron permanecer los hombres que quisieron esperar el siguiente barco a Inglaterra y el arrepentido Heywood era uno de ellos. Christian y su gente continuaron navegando la Bounty buscando la isla Pitcairn a lo largo del paralelo 25° sur. No pasaron muchos días y dieron con ella, el nuevo hogar de aquellos hombres y sus mujeres tahitianas.

Mientras tanto Bligh y su gente navegaron en la lancha durante cuarenta y tres días a lo largo de tres mil quinientas millas náuticas hasta llegar a Kupang. Habían sido abandonados por los amotinados con comida y agua sólo para cinco días, un sextante, brújula y herramientas. Durante ese tiempo apenas si tocaron tierra una vez y con un desenlace fatal para uno de ellos, pues las islas que iban encontrando en su camino estaban repletas de caníbales. Luego de una travesía tan difícil que los puso a prueba cientos de veces no se podía esperar que todos lograran llegar a Kupang. Y de los que arribaron, algunos estaban tan débiles que sucumbieron allí, aunque éste no fue el caso de Bligh que logró retornar a Londres meses después.

Tanto el comandante como Peter Heywood y los otros amotinados tuvieron que enfrentar un consejo de guerra en Inglaterra. Bligh fue absuelto por haber cumplido con su deber en todo momento y por mostrar un ejemplar arte de navegación en su viaje en lancha. Heywood fue condenado junto con los otros a morir en la horca. Sin embargo, como era heredero a una enorme fortuna y contaba con un apellido conocido, había obtenido el perdón del rey apenas tres semanas antes de ser ejecutado.

Brown continuaba admirando la bella HMS Nereus cuando de pronto fue alcanzado por un reflejo de sol de algún objeto de la fragata. Como no debía ser visto ni reconocido dio media vuelta y siguió con la inspección de la goleta. El capitán Heywood, que en ese momento se encontraba inspeccionando con su catalejo la pequeña Juliet, apuntó por un instante el telescopio hacia el hombre vestido de azul gastado y sonrió para sus adentros. —La vida está llena de rebeldes —pensó—. Hoy son los grandes hombres del momento, mañana cambian los colores de su corazón y son perseguidos, torturados, muertos. A la larga esa idea absurda que tanto defendían se vuelve natural y los convierte en héroes, pioneros de una moderna forma de pensar. —Bajó el catalejo y suspiró—. ¡William Brown! ¿Quién soy yo para detenerte?

## 17 de febrero

El aire dentro del cabildo de Montevideo era pesado y los ánimos no se encontraban mucho mejor. El capitán Loaces había vuelto de la isla Martín García luego de haber pasado los últimos dos meses reforzando la costa con baterías, construyendo hospitales y tiendas de campaña para los enfermos. Sin embargo, todo el trabajo de esos días se había visto opacado por la inesperada noticia de que en Buenos Aires se estaba preparando una flota. Esto hizo que se descartaran los planes de apoderarse de Colonia del Sacramento y se suspendieran los trabajos en Martín García. Vigodet les ordenó a él y a Romarate que volvieran a Montevideo lo antes posible y apenas el barco amarró en el muelle su presencia fue reclamada para una reunión.

—Usted ya me había comentado con anterioridad que al navegar por las cercanías de Colonia notó una fuerte actividad militar. ¿Es así? —preguntó Jacinto de Romarate a Domingo Loaces.

—Así es, capitán. Tal parece que Vicente Lima se prepara para sumar sus fuerzas a las de Buenos Aires. No pudimos acercarnos demasiado pues el fuerte y las baterías nos lo impidieron, pero el vigía pudo ver algunos barcos amarrados. Es casi seguro que los están armando en guerra. —Loaces hablaba con nerviosismo, sentía profundamente no haber podido tomar Colonia en un ataque rápido y exitoso.

—¡Lo mismo vimos nosotros cuando navegamos la zona hace unos días! —agregó Romarate—. ¡Es necesario que tomemos medidas urgentes!

—Lo más probable es que Blas Pico supiera del ataque que usted y sus hombres pretendían realizar. —Gaspar Vigodet se veía cansado y hastiado—. Ya sabe, esos soldados suyos que cayeron prisioneros y contaron todo.

—Es probable, excelencia. Desde que llegamos a la zona a fines del año pasado hemos sido atormentados por el general Alvear, sus espías y los hacendados que se defendían de nuestros ataques. Seguramente en Colonia estaban preparados para repelernos o para atacarnos primero.

—Estaban alerta —afirmó Romarate—. Usted se llevó cuatrocientas cabezas de ganado de unas tierras al norte de la isla para alimentar a la gente en Martín García y eso tuvo su precio.

—¿Qué sugiere, capitán Romarate? —preguntó Vigodet, pasando por alto la última declaración del marino y sabiendo que Loaces no lo había hecho tan mal después de todo.

—Algunos de nuestros barcos pueden zarpar inmediatamente, excelencia. Propongo acercarnos a Colonia y ver si podemos entablar combate. Si no es así, podemos reagruparnos y dirigirnos directamente a Buenos Aires, a destruir la flota que están armando. —Vigodet asintió y volvió a posar sus ojos sobre el capitán Loaces.

—¿Hay algo más que quiera decir?

—No, excelencia. Solamente agradecer el esfuerzo que mis hombres han hecho en la isla, gracias a eso los enfermos se encuentran bien atendidos y protegidos. Como dijo el capitán Romarate, nos aprovisionamos de ganado y leña y hostilizamos al enemigo, aunque lamento no haber podido coronar nuestra expedición con la toma de Colonia del Sacramento. Dejamos en Martín García al alférez José Benito de Azcuénaga, al mando de un lanchón y cincuenta soldados.

—Hicieron lo correcto, caballeros —dijo Vigodet en voz baja—. Por lo pronto, los barcos que puedan partir esta noche lo harán y el resto se les unirá más adelante, lo antes posible. Por supuesto, está al mando de la flota, comodoro Romarate. Tome todos los recursos que necesite y hostilice a los rebeldes tanto como pueda. Ahora déjenme solo, debo escribir algunas órdenes para el puerto y la guardia.

Romarate se puso de pie y fue al encuentro de Loaces. Juntos se dirigieron al muelle, donde se les unió el comandante Miguel de Iriarte para organizar la partida de esa misma noche.

—¿Comandante Ignacio Reguera? —preguntó Romarate.

—El bergantín Belén y sus hombres están listos para hacerse a la vela, comodoro.

—Bien, anótelo alférez. —Miguel del Castillo tomaba nota en un papel, pluma en mano, mientras el comodoro consultaba el estado de los barcos a los capitanes de su escuadra.

—¿Alférez Miguel de Quesada?

—El bergantín Aránzazu necesita renovar la aguada y un barril de cecina, si es posible. Estará listo para zarpar por la noche, señor.

—¡Señor Iriarte! ¿Es posible aprovisionar al Aránzazu? —preguntó el comodoro.

—Alférez, cuente con el agua y no se hable más del asunto. La cecina se las debo a todos ustedes, de modo que ya basta con ese tema. —Romarate se puso serio y miró fijamente al jefe de bahía—. ¿No hay barriles de carne? ¿Ni uno solo?

—Habrá, pero no esta noche, señor.

—Encárguese del asunto, señor Iriarte. Necesito que esa cecina llegue a más tardar con los barcos que partan después.

—¡Sí, señor! —Miguel de Iriarte notó la aspereza en la voz del comodoro y no agregó nada más.

—Hasta aquí llevamos cinco barcos que partirán esta noche —dijo Romarate leyendo la lista—. Gálvez, Lima, Murciana, Belén, Aranzazú... ¿San Ramón?

—Soy el comandante Luis Boza de la San Ramón, comodoro. Mi barco se encuentra listo para zarpar.

—Muy bien, anótelo alférez, ya son seis. El resto se nos unirá en las cercanías de las islas de Hornos tan pronto como sea posible. Serían... A ver... El San Carlos, queche Hiena, Tortuga y el lanchón de Castro, cuatro en total. ¿Estamos de acuerdo?

—¡Sí, señor! —repitieron todos al unísono.

—Bien, yo iré en el Belén. Tenga la amabilidad de izar mi gallardete, si es tan amable, capitán Reguera.

—¡A la orden, comodoro!

Entonces todos se apresuraron a ultimar detalles para zarpar. Cuando Luis Boza tuvo todo listo, decidió reunir a la tripulación alrededor del palo mayor para dedicarle unas palabras.

—La patria —comenzó diciendo emocionado a los cansados marineros— los necesita más que nunca. —Hizo una pausa calculada y continuó en tono ceremonioso—. La patria lo es todo, nuestros seres queridos, nuestros amigos, nuestro hogar... Por supuesto la tierra es la patria también. Y hoy en nuestra tierra encontramos rebeldes que desprecian a nuestro rey, a nuestro gobierno y lo que somos. Pretenden quedarse con lo nuestro y eso no debemos permitirlo. Hoy a la noche zarpamos para ponerle fin a tanta locura y que Dios nos guíe hacia la victoria.

Y así, el hombre que no creía en Dios, que hacía poco había abordado barcos mercantes para robar su cargamento, que no tenía amigos y que desobedecía siempre que podía las órdenes de sus superiores, representantes de la autoridad del rey, bajó complacido hacia su cámara creyéndose el mejor comandante de la Tierra.

En el silencio de la tarde que se hacía noche, uno de los mejores comandantes de la Tierra, Jacinto de Romarate, tenía los labios apretados. Había una flota allá afuera que se preparaba para batirse contra ellos y el no saber qué rostro adoptaría el enemigo lo dejaba callado. Los barcos rebeldes eran pequeños, antiguos mercantes armados en guerra con cuanto cañón oxidado encontraron. Había también una fragata que tendría problemas para navegar en aguas poco profundas y tripulaciones de gauchos y granjeros. Pero los oficiales eran otra cosa, estaban hechos de buena madera y provenían de naciones bélicas como Francia, Inglaterra, Estados Unidos y Portugal. Le parecía raro a esas alturas no haber escuchado el nombre de su igual del lado contrario, pero pronto lo averiguaría. En cuanto a ellos no debían esperar un minuto más, en cualquier momento el enemigo podría sorprenderlos en su propio fondeadero, lo cual sería terrible. Esa noche zarpaban hacia el mismo destino de siempre, un camino que podían recorrer con los ojos cerrados y que sin embargo navegarían como por primera vez, pues les esperaba lo desconocido. Todo esto tenía preocupado al comodoro de tan potente escuadra, de manera que cuando a bordo del Belén el comandante Reguera le ofreció un vaso de vino, Romarate se limitó a apartarlo con su mano para luego subir a cubierta.

Cuando se hicieron las nueve de la noche el comodoro supo que todas sus naves se encontraban listas para zarpar. El viento soplaba del norte y la oscuridad era plena pues no habría luna.

—¡Capitán!

—¡Señor! —dijo Reguera que lo había seguido a cubierta.

—¡Que den la señal de partida! ¡Soltar amarras y navegar con rumbo noroeste, con el viento por la amura!

—¡Sí, señor! ¡Señor López! ¡Que preparen una salva en el cañón de estribor y que suelten amarras!

—¡A la orden, capitán!

—¡Señor Medina! ¡Poner rumbo noroeste, con el viento a dos puntos por la amura de estribor!

No habían pasado ni dos minutos cuando el cañón de proa disparó y su estruendo reverberó en toda la bahía. Un instante más tarde el atronador cañón del fuerte disparaba otra salva, en señal de respuesta.

—¡Señor, una señal luminosa en el asta de bandera del fuerte! —El vigía se demoró unos segundos y luego agregó—: ¡Significa "Buen viaje"!

—¡Enterado! —dijo Ignacio Reguera y añadió—: ¡Déjelo así!—. No quería dar respuesta a algo tan trivial.

Una vez agrupada la escuadra, Romarate bajó y se retiró a su cámara. —Las aventuras más peligrosas siempre comienzan con los mejores deseos —pensó antes de ponerse a escribir en el libro de bitácora.

## 18 de febrero

—¡Oye, Manuel! ¿Qué son esos puntos en el horizonte? —preguntó el soldado Gómez mirando por su telescopio hacia el sudoeste. En su otra mano tenía una jarra de hojalata llena de vino hasta el borde.

—¡Dame, déjame ver! —El cabo Gutiérrez tomó el catalejo y exclamó—: ¡Son los malditos godos! ¡Cuatro naves, si no cuento el doble, se unirán a las otras seis!

—¡Están por todas partes! —gritó el soldado y tomó un sorbo—. ¡Aguarda, Manuel, pueden ser barcos patriotas también!

—¡No me llames "Manuel"! —El cabo miró a su compañero y amigo de toda la vida con fastidio, pero al mojar sus labios en el vino su expresión cambió—: ¿Barcos patriotas? ¿Eres estúpido o qué? —Rio a carcajadas y se limpió la boca con la manga de su chaleco.

—¡Es una posibilidad, Manuel!

—¡Que me dejes de decir "Manuel"! —Apuró un trago y señaló la botella—. ¡Esa mierda de vino se te está subiendo a la cabeza!

—Te serviré otro poco… —El soldado derramó la mitad del vino afuera de la jarra de su amigo mientras éste se había puesto serio y miraba más allá del fuerte, al horizonte.

—¿Tres barquitos y un bergantín contra aquellas respetables naves? —Suspiró por el esfuerzo de hablar y prosiguió—: ¡Es más fácil creer que son aliados a que son idiotas!

—¡Entonces demos la alarma! —El soldado amagó con ponerse de pie y cayó contra la sólida roca del fuerte.

—¿Y de qué nos serviría dar la alarma? ¡Colonia está tan atenta que nadie pudo dormir anoche con las seis naves a la vista!

—¿Sabes? ¡Tienes razón, amigo! —Gómez vació la botella en su jarra—. ¡Por eso eres cabo y yo un simple soldado, Manuel! —El cabo le lanzó una mirada furibunda. Sigiloso como siempre, el teniente de Dragones de la Patria Pedro Orona se acercó por detrás y sorprendió a los hombres.

—¿Qué demonios pasa aquí? —preguntó de golpe. Manuel se puso de pie tan rápido que se mareó y se tomó rápidamente de la pared del fuerte. Su compañero cayó a los pies del teniente, que aprovechó la ocasión para pisarle una de sus manos—. ¡Bebiendo en servicio! ¡Mírense, son la escoria de este fuerte!

—Señor, no estábamos… —El cabo miró el charco de vino y cerró la boca.

—¡Retírense de mi vista, estúpidos! —Daba pena verlos caminar, por eso Orona dejó de mirarlos y tomó el telescopio. Aquellas naves se sumarían a las que habían fondeado en las islas de Hornos. —¡Si los españoles piensan atacarnos han perdido el factor sorpresa! —pensó con esperanzas.

Caía la tarde y los barcos comenzaron a desaparecer debajo del velo de las tinieblas. Los faroles se encendieron en la Colonia del Sacramento y no tardó en escucharse la guitarra afinada de algún soldado cantando:

Si a la libertad, oh pueblo
prefieres el sucumbir,
ya tu destrucción preveo
infeliz Montevideo, infeliz.

> La peste, el hambre y el hierro
> tu soberbia han de abatir
> y serás triste trofeo
> infeliz Montevideo, infeliz.

> Sirviendo a duros tiranos
> que te pisan la cerviz,
> gozas de esclava el empleo,
> infeliz Montevideo, infeliz[28].

Orona se ocultó detrás de un ceibo y sus ojos se humedecieron al oír aquellos versos, cantados por primera vez al cálido viento de la noche, algún tiempo atrás. En aquella ocasión la música iba en dirección a Montevideo y las balas en sentido contrario, hacia el ejército sitiador de la ciudadela. Era imposible que los años se hubieran sucedido unos a otros y el bastión español no cayera nunca. Los esfuerzos patriotas se malgastaban y la libertad que tanto deseaban huía de ellos, como si no la merecieran.

> Godos miserables
> salgan del corral
> que aquí los patriotas
> los van a marcar.
> Oliendo a fariña
> sarnosos están
> y godas y godos
> flacos por demás.
> En vano en Artigas
> ellos confiarán;
> también a este potro
> sabremos domar.
> Ya verán la escuadra
> gritarles de atrás
> y allí como ratas
> todos morirán[29].

---

28 Cita textual de las coplas originales.
29 Cita textual de las coplas originales.

Orona sonrió en su amargura. —¡La escuadra! —pensó. Entonces el hombre vino a su mente, ingenioso y valiente. Lejos de creer en los rumores de que no comandaría la flota, se preguntaba dónde estaría él y su escuadra ahora—. ¡Colonia podría dormirse esta noche y despertar siendo española! —Siguió pensando—. ¿Dónde está Guillermo Brown ahora?

———

—Siempre me gustó este lugar —le confesó Alexander a Santiago. Estaban los dos sentados en un descansillo del muelle, en el Puerto de los Tachos, oyendo el murmullo del río que lamía la tierra con cada ola—. Por más que intente ingresar tierra adentro llevo el mar en las venas. Soy como los sapos, puedo estar lejos del agua pero por poco tiempo.
—El chico rio y perdió su mirada en la oscuridad. El horizonte no podía verse y la noche invitaba a imaginar lo que estaba fuera de su vista.
—¿Puedo preguntarte algo? —consultó con timidez el grumete.
—¡Dime, muchacho!
—¿Cuándo decidiste dejar de ser inglés?
—¡Nunca dejaré de ser inglés! —respondió sin dudar el timonel—. Como habrás notado hablo mal el español, me encanta el pudding con pasas después de cenar y siento antipatía por los franceses. Extraño Dover, el olor de la campiña en primavera y la lluvia finita que cala los huesos en invierno. No, nunca dejaré de ser inglés…
—Sin embargo abandonaste tu patria. —Al instante Santiago se arrepintió de haberlo dicho de esa manera—. Lo siento…
—Está bien, no es más que la pura verdad. Puede que siempre sea inglés pero eso no significa que no consiga estar a gusto en otro país. Buenos Aires me enseñó muchas cosas que difícilmente Dover me hubiese enseñado. Cuando llegamos aquí con el capitán Brown a bordo de la Belmond traíamos esperanzas, sueños que en Europa no podrían haberse hecho realidad. Trabajamos duro para conseguir

lo que tenemos y desgraciadamente nos vimos envueltos en un conflicto que nos afecta directamente. De manera que no estamos peleando esta guerra porque odiamos a los españoles, lo hacemos para defender nuestra libertad y nuestros sueños.

—¡Entonces yo nunca dejaré de ser español! —dijo el muchacho como si se hubiese sacado un peso de encima—. Aunque ahora no pueda volver a mi patria por haber robado en la armada, sé que algún día lo haré. Si no es derrotada por las Provincias Unidas —agregó por lo bajo.

—Aun así España seguirá estando por allá —dijo el timonel apuntando al noreste—. A 5130 millas náuticas de aquí. Y si de allí continúas al norte unas 378 llegas a Inglaterra, donde yo también volveré algún día. —Alexander miró a Santiago de forma significativa y él captó el mensaje—. Pero hoy estoy en Buenos Aires, apoyando al bando que defiende mis sueños. ¿Dónde estás hoy, Santiago?

—A veces en Montevideo, a veces en Martín García. El resto del tiempo entre Colonia y aquí. —El grumete frunció los labios con desagrado— En Buenos Aires. —Alexander se ensombreció por un momento. Ya había visto ese mismo desarraigo en otros, destinados a luchar en contra de su propia gente por un vuelco del destino. No había mucho que él pudiera aconsejarle al muchacho, era un asunto muy privado que debía resolver solo—. ¿Dije algo malo? ¡Te has quedado callado! —exclamó con extrañeza el chico.

—Lo siento, me pareció ver algo en el horizonte —mintió Alexander—. Vayamos a la *Hércules*, quizás ahí encontremos todavía al capitán.

No tuvieron que caminar mucho, apenas ciento cincuenta yardas para llegar a la fragata *Hércules*, nave insignia del futuro comandante de la flota. Era un barco de buen porte, con trescientas cincuenta toneladas de *desplazamiento*, ciento veinticuatro pies de *envergadura* y veinte pies de *manga* en su parte más ancha. Con un *calado* medio de una braza y un quinto, esperaban que no tuviera problemas navegando por el poco profundo Río de la Plata. Recientemente la habían terminado de artillar con treinta cañones en total: cuatro de veinticuatro libras, ocho de dieciocho, doce de ocho y seis de seis libras. Además contaba con seis lanzapedreros distribuidos a lo largo de los costados.

Al verla se estremecieron de lo majestuosa que resultaba al lado de las pequeñas goletas del puerto. Estaban por subir por la planchada cuando apareció el capitán Brown desde el otro extremo, bajó rápidamente e hizo pie en el muelle. Se les aproximó con su habitual cara de preocupación cuando estaba en puerto.

—¡Maldición, Alexander! ¡No encuentro ningún carpintero que quiera echarle mano a la Hércules!

—¿Ya preguntó en La Maestranza?

—Sí, vengo de ese arsenal. En fin, ya es tarde, basta por hoy… —Luego lo pensó nuevamente y prosiguió—: Tal vez pueda hablar de nuevo con White, espero que se encuentre en su despacho a esta hora.

—Como usted dice, capitán, es un poco tarde. Ya sabe lo difícil que es caminar de noche por esta ciudad, con las calles embarradas como están.

—Bien, supongo que tienes razón. Me voy a casa, nos veremos mañana antes del alba.

—Aye aye, captain!

—Before the dawn![30] —remarcó el capitán y se retiró, saludando a Santiago con un movimiento de su cabeza.

—¿Qué sucede? —preguntó el grumete sin haber entendido lo que hablaron los dos hombres en su lengua materna.

—El capitán está ansioso, molesto, cansado… ¡Todo eso y más!

—¿Entonces mañana al alba nuevamente? —La voz resignada del grumete se perdió con la brisa del río.

—¡Veo que ya vas entendiendo! —dijo el timonel con una sonrisa.

---

30  Antes del alba (inglés).

Guillermo había decidido vivir apenas a mil yardas hacia el norte del Puerto de los Tachos para estar en contacto con el principal ambiente náutico de la ciudad, donde incluso antes de la flota patriota ya se descargaban y reparaban los barcos mercantes. No obstante, el camino a su casa no era tan fácil como parecía, sobre todo de noche y a pie, razón por la cual solía montar su caballo y cubrir la distancia en menos de cinco minutos. El capitán era un experto jinete y le gustaba cabalgar a gran velocidad, pero esa noche prefirió caminar y aprovechar el momento para pensar.

Mientras avanzaba por el camino franqueado por sauces, perdía su mirada entre los bañados de la Vuelta de Rocha. El suelo allí era cenagoso, creando un ambiente insalubre que no había impedido a la gente instalar algunas barracas, casas e incluso tabernas como La Botavara. Al pasar por el frente del bar vio unos marinos mercantes en la puerta, saciando su sed con vino de mala calidad. El capitán nunca había tenido estómago para el alcohol, de vez en cuando bebía una cerveza que al día siguiente lamentaba haber tomado. Además, la vida en el mar le había enseñado que cuando el alcohol se volvía vicio se cobraba más vidas marineras que el propio mar en tempestad. Como comandante había tenido que lamentar demasiados buenos hombres inutilizados por el ron, sin hacer ningún esfuerzo podía recordar a más de cien.

Cuando se dispuso a cruzar el Paso de la Canoa, puente que salvaba las orillas del riachuelo, le llamó la atención una pareja que se acercaba en dirección contraria y que parecía interesada en su presencia.

—¡Es el capitán Brown! —dijo el hombre mientras lo señalaba con la cabeza.

—¿Quién? —preguntó la mujer, que lo miraba sin disimulo.

—¡El que se enfrentó a los godos! —repitió con insistencia el primero.

—¡Ha de estar loco, el pobre! —La mujer rio y luego miró al suelo, evitando la dura mirada de Guillermo.

—¡Buenas noches! —El acento británico no les desagradó tanto como su tono furibundo.

—¡Buenas noches para usted! —repitió el hombre tocando su sombrero. Luego miró a su esposa y casi en un susurro agregó—: ¡Sus ideas rebeldes nos van a matar a todos!

El capitán siguió avanzando, al principio enfurecido y luego desalentado. No era la primera vez que la gente susurraba al verlo. El pueblo ya no confiaba en los planes navales del gobierno desde que el mismo Romarate había vencido a Azopardo en el combate de San Nicolás de los Arroyos. Con más calma tomó aire y suspiró, a su izquierda ya podía ver sus tierras y a la derecha el campo de su vecino, el señor Brittain.

—¡Las mujeres son más difíciles de convencer! —se dijo recordando a la señora en el puente y convirtiendo su rostro en otro más familiar—. ¡Mi Eliza es de la misma especie!

Había acordado con Larrea y luego con su mujer continuar con el armado de la flota y esto se había convertido en una de sus prioridades. Todas las noches Guillermo volvía tarde a su casa mientras Eliza lo esperaba angustiada. Al verlo cruzar la puerta estallaba en llanto y cada lágrima valía para él lo que un disparo bajo la línea de flotación.

—¡Es devastador! —volvió a pensar—. ¡Los hombres no estamos preparados para esta clase de combates!

Después de las dificultades que había atravesado buscando a los godos, los bordos y los disparos, Guillermo Brown había dejado todo de lado por un pedido de su mujer. Lo cierto era que ahora, con la flota casi lista para zarpar y la hermosa fragata Hércules como trofeo del próximo comandante, cumplir con su palabra era cada día más difícil. Su trabajo estaba llegando a su fin y la inacción posterior lo aterrorizaba. Las últimas noches no había podido dormir, pensando en la tierra que ataría sus pies mientras su flota se deslizaba por el río, cubierta de gloria y disparando al enemigo —Hace un rato estaba enojado por no encontrar un carpintero para la Hércules —pensaba ya muy cerca de su hogar—. Ahora entiendo que lo que realmente me molesta es otra cosa. ¿Cuándo le voy a poder decir a Eliza mis sentimientos? ¿Morirá también la única mitad de mi ser que aún conservo con vida?

Tocó la puerta de "La quinta del inglés", como la llamaban sus vecinos, y enseguida Elizabeth Chitty abrió. —¡Sus ojos son otras de las razones por las que me quedaría por siempre en casa! —siguió pensando.

—¡Es tarde, mandé a los niños a la cama! —le dijo ella secamente.

—¿Cenaron?

—Cenamos hace un rato, sí… —Tomó su brazo y lo obligó a que la mire a los ojos—. ¡No debo hacerlo! —protestó él para sus adentros, pero ya era tarde. Ambos se miraron con ternura, como algunos años atrás en la vieja Inglaterra.

—¡La flota está casi lista! —gruñó apartando su mirada, luego respiró profundo y prosiguió—: ¡Necesitan un comandante! —Ella soltó el aire de sus pulmones muy lentamente. Hacía unos días que presentía lo inevitable y ya podía ver la sombra de la guerra cernirse sobre su marido. Enseguida desvió el tema.

—¡Ven a comer, la sopa lleva horas en el fuego! —Guillermo se sentó, tomó valor de donde pudo y lo intentó de nuevo.

—¡Quisiera estar al mando! —dijo y la cuchara se soltó de las manos de Eliza haciendo el mismo ruido que hace un rezón cuando se engancha en el barco enemigo. Luego se oyeron sollozos, mientras crispaba sus manos sobre el rostro. No era lo mismo para ella que para las esposas de los capitanes de guerra, acostumbradas a las prolongadas ausencias, las heridas y las bajas. A sus ojos Guillermo era un hombre sereno y bondadoso, que siempre se encontraba a la espera de cariño. Se secó las lágrimas y lo miró de nuevo, ahí estaba el otro hombre: enérgico, maduro y tenaz, hablando de una flota de guerra que él mismo había ayudado a construir. Sintió cómo su guardia iba cediendo rodeada como estaba por dos personas distintas en el cuerpo de una sola. Sus sentimientos se confundían y su juicio ya no podía exponer una razón valedera para no dejarlo ser.

—¿Has pensado en tus hijos? —La última bala pasó por encima sin dañar velas ni cabos.

—Pienso en ellos todo el tiempo cuando lucho por la Patria donde viven. Se merecen un país libre donde puedan ejercer su profesión sin temor a que les arrebaten los sueños.

—¿Qué haré si te pasa algo? —Sus cañones apuntaron más abajo.

—Eres una mujer valiente Elizabeth y no estás sola en Buenos Aires. Sabes que mi hermano siempre te ayudará en todo lo que necesites. Por mi parte siento que la única forma de volver a estar completo es comandando la flota. —La bandera de Eliza cayó a cubierta y sus armas se rindieron.

—¡Está bien! —dijo ella lentamente—. ¡Después de todo, lo más probable es que elijan al americano!

—¿Seaver? —El orgullo de Guillermo lo picó como una avispa—. ¡Mejor comamos! —Superando su angustia logró sonreír para sus adentros, la mujer que tanto amaba había encendido la mecha de su santabárbara.

## 19 de febrero

El viento había rolado al noreste y se había mantenido de ese cuadrante desde que el sol había decidido acariciar los topes de la escuadra española. Los barcos habían terminado de reunirse durante el ocaso y ahora el nuevo día era incapaz de distinguir a los recién llegados del resto.

Mientras las tripulaciones se preparaban para las tareas de rutina, los oficiales estaban atentos al buque insignia, a la espera de que sus banderas de señales subieran por el mástil y les comunicaran nuevas órdenes. No tuvieron que esperar mucho, a eso de las seis y media de la mañana la escuadra supo que debían levar anclas y poner rumbo a Buenos Aires.

—No vale la pena desperdiciar el tiempo aquí —había dicho el comodoro Romarate al capitán Reguera—. Perdimos el factor sorpresa y Colonia está en pie de guerra. Vayamos donde podamos sacar ventaja de nuestro poder de fuego.

Reguera se había limitado a escuchar y asentir, estaba de acuerdo con su comodoro excepto por aquello de sacar ventaja de su poder de fuego. El comandante sabía que sus naves eran bajas y que sus balas podrían herir el fuerte directo en su centro. No como el pobre Lord Clive, hundido allí mismo cincuenta y un años antes, a quien su altura y su porte no le habían permitido defenderse.

—¡Todos al cabrestante! —se oía en los barcos de la flota española—. ¡Levar anclas!

—¡Gavieros a la arboladura, rápido!

—¡Mover esas brazas, orientar mejor esa vela!

—¡Rumbo oeste! ¡Viento por la aleta de estribor!

Lentamente la escuadra iba saliendo de su quietud y las popas se iban alineando con el sol naciente. Romarate se encontraba en la cubierta del Belén mirando absorto las maniobras para luego perder su vista más allá de la proa, donde la delgada línea de la costa podía llegar a verse con un poco de persistencia e imaginación.

—¡Indique a la Gálvez que le dé más espacio a la San Ramón!

—¡Sí, comodoro! —El guardiamarina de las señales buscó en el cajón las banderas indicadas y las fue atando al cabo de las señales. Luego las izó y unos instantes después subió por el mástil de la Gálvez la señal de "Enterado". La sumaca viró el timón ligeramente a estribor y la San Ramón desplegó la última vela que le quedaba, acelerando su paso.

—¡Señor López! ¡Tome la corredera y mida la velocidad, por favor!

—¡Sí, comodoro! —Unos minutos después llegaba la respuesta—: ¡Cuatro nudos, señor, con su permiso!

—¡Señor Reguera, llevamos demasiada velocidad! ¡A este paso dejaremos la escuadra atrás!

—¡Sí, señor! —Ignacio acostumbraba navegar con Romarate y sabía perfectamente lo que debía hacer—. ¡Señor Hernández! ¡Filar esas escotas!

—¡Sí, capitán!

Así se mantuvieron navegando toda la mañana, con un viento que de a ratos variaba su intensidad, obligando a la flota a hacer pequeños cambios en su velamen para mantenerse unida. A veces había que esperar a los barcos más pequeños y otras veces debían corregir el rumbo para que la corriente no los hiciera derivar demasiado hacia el sur. Al mediodía los marinos comieron el rancho y una hora después almorzaron los oficiales, mientras los ociosos permanecieron en cubierta para disfrutar del buen tiempo. Les animaba ver cómo se acercaba la costa de Buenos Aires por la proa, sin saber exactamente qué encontrarían allí.

Cerca de la una y media el comodoro, que hacía rato iba y venía de una banda a la otra del Belén con impaciencia, llamó al capitán Reguera.

—¡Comandante, informe al queche Hiena que se acerque a la costa y dé cuenta de los barcos fondeados allí! ¡Que la flota se ponga a la capa inmediatamente!

—¡A la orden, comodoro! —Se dirigió a popa y le comunicó al guardiamarina de las señales—: ¡Al queche: "Dirigirse a la costa y reconocer al enemigo"! —Al ver que el muchacho titubeaba con el libro en la mano le indicó—: ¡Bandera número tres seguida de romeo, foxtrot y zulú! ¡Y aprenda las señales, por el amor de Dios! —El muchacho se ruborizó como un tomate y se apresuró a izar las banderas, antes de que su comandante lo reprendiera nuevamente.

Al instante el Hiena, que navegaba solamente con la mayor y un foque, desplegó las otras velas de proa y la cangreja, dejando atrás al convoy con una rapidez natural en su andar. El resto de la flota se apresuró en virar a barlovento para detenerse, a la espera de que el queche volviera con las noticias. Luego apareció en el Belén la señal de "Reunión a bordo con los comandantes", que generó revuelo en los timoneles de los barcos, compitiendo unos con otros para ser los primeros en reunir a las tripulaciones de los botes, bajarlos por el costado y llegar al bergantín.

Cuando por fin el queche Hiena volvió con su reconocimiento y su comandante se unió en el buque insignia, Romarate lo miró expectante aguardando su informe.

—¡Señores, fondeada por proa tenemos toda una escuadra! —Tomás Quijano sacó un papel del bolsillo y leyó—: ¡Una fragata, una corbeta, un bergantín, dos goletas, una balandra y un falucho! ¡Calculamos un aproximado de ochenta cañones de todos los calibres! —Los comandantes digerían este número y se imaginaban los barcos, asombrados por el hallazgo. No esperaban que los rebeldes tuvieran una flota tan vasta en tan poco tiempo. Batirlos sería un gran desafío—. ¡También es probable que otros barcos de menor porte intenten asistirlos en un combate! —continuó.

—He oído hablar de una goleta mercante armada en guerra, la Hope si no me equivoco —dijo Miguel de Quesada, del Aránzazu—. Su dueño la capitaneó durante la toma de la San Juan y Ánimas. Estoy seguro de que ahora les prestará ayuda.

—¿Los ingleses siguen allí? —preguntó Romarate.

—¡Sí, comodoro! ¡Avistamos la HMS Nereus!

—¡Sus informes sobre la flota rebelde parecían exagerados cuando llegaron a Montevideo, pero aquí la tinta y el papel se han transformado en madera y velas! —dijo Pascual de Cañizo, de la Gálvez.

—¡Y sobre todo en cañones! —replicó Quesada.

—¡No podemos saber si los ingleses prestarán ayuda a los rebeldes llegado el momento! —dijo Boza con nerviosismo.

—Los cañones de la Nereus están tapados y amarrados —explicó Reguera—. Los británicos no pueden abrir fuego contra nosotros, pero sí divulgar información y espiarnos.

—No olvidemos que estamos en aguas rebeldes. El enemigo puede conseguir fácilmente repuestos en caso de romper palos o velas, en cambio nosotros nos encontramos a un día de navegación de Montevideo —añadió Cañizo.

—¡He oído suficiente, caballeros! —interrumpió Romarate con la voz nublada por la decepción—. ¡Evidentemente el enemigo nos supera y las condiciones no nos favorecen! —Todos estuvieron de acuerdo excepto el comandante Boza, que en su intento por demostrarse absurdamente valiente fue acallado por el comodoro y sus experimentados compañeros. Romarate prosiguió—: Cuando partimos de Montevideo su excelencia Vigodet estaba al tanto de los informes británicos, no tardará en enviarnos refuerzos a un pedido nuestro. Por lo pronto, volveremos sobre nuestros pasos hasta Colonia del Sacramento y luego remontaremos el río. Fondearemos en el canal del infierno, al este de Martín García, donde estaremos a salvo mientras aguardamos nuevas órdenes.

Los comandantes abandonaron rápidamente el Belén y Reguera volvió a pensar en la frase que había dicho Romarate esa mañana: —Vayamos donde podamos sacar ventaja de nuestro poder de fuego. —Parecía que Buenos Aires tampoco era el lugar indicado y el inmenso río se iba haciendo cada vez más pequeño para ellos. El comodoro, en cambio, recordó la noche que levaron anclas de Montevideo. Lo desconocido estaba corriendo el velo de su discreción y ahora sabían que la victoria sería muy difícil.

---

A eso de las dos de la tarde la locura había invadido Buenos Aires y el Puerto de los Tachos no podía ser la excepción. Tanto la gente que caminaba cerca de la rivera como las nuevas tripulaciones de la flota pudieron ver claramente al queche Hiena, el barco enemigo más rápido del Plata, acercándose a la costa. Detrás de él había fondeado el resto de la escuadra española, augurando que la rebeldía tenía sus horas contadas.

Unos corrían buscando refugio, otros gritaban o rezaban en voz alta. Las mujeres y los niños lloraban, los hombres no sabían qué hacer. Algunos revivieron el bombardeo que ese mismo enemigo había descargado sobre Buenos

Aires y el recuerdo les borró la valentía. Sobre las cubiertas patriotas, los recién llegados miraban con asombro y desconcierto la amenaza que provenía del este. Todos temían a los godos.

—¿Qué es eso? —preguntó en tono compadrito Rosendo López, uno de los nuevos reclutas de la goleta Juliet.

—¡Son los españoles! —le respondió un marino alto y musculoso—. ¿Es que no sabes nada? —Rosendo le clavó la mirada.

—¡Mira, compadre, te voy a explicar una cosa que te va a salvar el pellejo! ¡A Rosendo se lo respeta en la tierra y en el agua! ¿Tamos en claro? ¡Y cuando Rosendo pregunta se le contesta bien, y no como un maldito bruto estúpido! —El marino amagó con dar media vuelta y entonces giró y golpeó al compadrito en su nariz, haciéndola sangrar. Mientras éste se recuperaba lo agarró de los pelos de la nuca poniendo su cara frente a la de él—. ¡La próxima vez que me digas algo así, pedazo de mierda, te clavo un alfanje en la panza y te lanzo por la borda! —Rosendo asintió levemente y cayó de bruces cuando fue soltado. Enseguida se acercaron varios paisanos de tierra adentro que ayudaron al compadrito a levantarse, pues les daba pena verlo así.

—¡Se nos echan encima los godo y yo abombao[31]! ¡Son como el malo[32], canejo[33]! —dijo Anselmo, un curtidor de cueros, mirando nervioso a todos lados.

—¡Nos están amolando[34], aparcero[35]! —gritó otro—. ¡Si empieza el entrevero[36] me escondo donde sea, despeluzao[37] como estoy! —La flota patriota se estaba volviendo un hervidero de hombres gritando y corriendo de aquí para allá. Los comandantes y los oficiales no eran ajenos a la tensión

---

31 Abombado: aturdido.
32 El diablo.
33 Carajo.
34 Fastidiando.
35 Compañero, amigo.
36 Pelea, generalmente con cuchillo.
37 Despeluzado: Temblando de miedo.

que se vivía, pero por el momento no tenían el control de la situación—. ¡Déjenlos gritar todo lo que quieran, pero que no deserten! —había dicho Brown, máxima autoridad de la flota en ese momento. A bordo de la Juliet el compadrito, el curtidor y los demás paisanos seguían alarmados.

—¡Rosendo se va de aquí! ¡A Rosendo nadie la va a decir qué hacer ni dónde meterse!

—¡Yo lo acompaño, aparcero! —gruñó enérgico Anselmo, siguiendo los pasos de Rosendo—. Los otros los miraron pero prefirieron esperar.

El marinero que había golpeado al compadrito lo vio acercarse rápidamente hacia la borda y corrió hacia él, sujetándolo por la ropa desde atrás. Rosendo sacó un afilado cuchillo del cinturón y dio media vuelta para enfrentarlo.

—¡Estúpido, te estoy salvando la vida! —vociferó el marinero.

—¡Rosendo quiere irse y Rosendo se va, compadre! —gritó más fuerte blandiendo la hoja de su puñal de lado a lado.

El marinero dejó que Rosendo se abalanzara sobre él y en el último momento se apartó. El compadrito siguió de largo, tropezando contra una barra del cabrestante y cayendo a cubierta. Cuando se levantó vio que su arma había volado lejos y sintió que lo tomaban por el cuello. Mientras tanto, Anselmo había aprovechado la confusión para escapar, saltando por encima del pasamanos hacia el agua.

—¡Ahora te voy a mostrar lo que te esperaba de no haber intervenido yo! —le dijo el marinero con furia, llevando a Rosendo a la fuerza hacia donde el curtidor había saltado.

Enseguida un grupo de tiradores se acercaron a la banda de estribor al grito de "¡Desertor!" y comenzaron a dispararle a Anselmo, que iba nadando hacia el muelle. Por momentos el curtidor sumergía todo el cuerpo en el agua marrón, desapareciendo de la vista de sus captores, pero enseguida resurgía su cabeza y las balas volvían a volar alrededor de él. Era raro que un paisano supiera nadar y para todos fue una sorpresa verlo llegar al muelle y encaramarse sobre él a toda prisa. Sin embargo no duró mucho su libertad, apenas salió del agua se volvió un blanco fácil y una nueva descarga de fusiles terminó con su huida. Anselmo cayó muerto sobre el muelle y por un momento todo el griterío y las corridas se detuvieron, haciéndose un silencio respetuoso.

—¿Ahora lo ves, idiota? —le dijo el marinero a Rosendo, soltándolo por fin. El compadrito sin decir palabra se alejó rengueando, tomó su puñal y lo volvió a enfundar en su cinturón.

Él y todos los nuevos habían presenciado la más terrible de las escenas, donde por un momento los amigos se volvían verdugos. La necesidad de reclutas para tripular los barcos de guerra llevaba a todas las armadas del mundo a mostrarse inflexibles en sus propósitos, obligando a los hombres saludables a luchar por su país, en guerras donde a veces el objetivo no era muy claro. Al menos en este caso se perseguía la independencia del tirano. Otro gobierno lo reemplazaría, malo o bueno, pero propio.

Después de ver lo que había ocurrido con Anselmo algunos aceptaron enseguida esta condición de prisioneros, pero a otros les fue más difícil hacerse a la idea. Al instante comenzó un nuevo levantamiento, más verbal y no tan trágico como el anterior. Al ver Guillermo que la revuelta podría empeorar, llamó a sus hombres de confianza.

—¡Ya hemos perdido a un hombre por toda esta locura! ¡Debemos detener esto ahora o fracasaremos para siempre!

En ese momento el revuelo en la flota se había intensificado. Se oían los gritos de los paisanos diciendo que ellos no lucharían contra los españoles, que nadie podría obligarlos. Luego empezaron a empujar para escapar y entonces los marinos experimentados, los infantes y los oficiales los rodearon y mostraron sus armas. Luego comenzaron a separar a los más revoltosos del resto, tironeándolos afuera del círculo y encadenándolos de inmediato. En las cubiertas de la flota no había quien no se encontrara dando o recibiendo algún empujón. Brown había bajado de la Hércules y recorría el muelle rápidamente, dando órdenes aquí y allá a los buques fondeados. Pronto se calmó al ver que el orden y la disciplina resurgían en sus hombres, en parte aliviados al notar que el queche Hiena se alejaba. En la Hércules las cosas no eran muy diferentes de los otros barcos del muelle.

—¿Qué barajo[38] hacé aquí, gurí[39]? —le dijo un baqueano a un grumete que se había sumado al tumulto—. ¡No ere un paisano, parece un godo bombero[40]!

—¿Y si lo fuera, qué? —le respondió el chico para luego gritar—: ¡Escuchen todos! ¡Esta guerra es una locura! ¡Volvamos a casa! —Los demás lo oían y se envalentonaban aún más—. ¡Jamás debimos pensar que era posible! ¡Los godos son muy poderosos, seremos derrotados!

En ese momento la mano férrea de un marino lo tomó del chaleco y lo empujó del otro lado de los infantes de marina.

—¿Qué demonios estás haciendo? —Boss estaba rojo de ira.

—Alexander, yo... Los españoles... —Santiago no sabía qué decirle a su compañero, no había suficientes palabras en el mundo para mentir cuando la verdad era tan evidente.

—¡Después de tantos combates juntos, meses enteros navegando por la misma causa! ¿Te atreves a ponerte al nivel de estos campesinos ignorantes?

—¡Esta gente no sabe pelear, tiene miedo y desea escapar!

—¡No tienen qué temer! ¡Enseñaremos a los que no sepan, ayudaremos a los que no puedan! ¡Somos marinos de esta gran nación y el capitán confía en nosotros! —Cuando Alexander nombró a Brown el alma del muchacho se fue al piso.

—¡Lo siento! —se limitó a decir el grumete apartándose del timonel. Pasó por entre los infantes que trataban de contener el levantamiento y volvió a sumarse a los paisanos,

---

38 Carajo.
39 Chico, niño.
40 Espía.

esta vez sin abrir la boca. Boss en cambio dio media vuelta y se dirigió a dos revoltosos para reducirlos y separarlos del resto de los amotinados.

Unos minutos después la rebelión se sofocó por completo, con la rapidez con la que termina un enorme incendio. Las tripulaciones habían quedado tristes e impotentes y los calabozos repletos de agitadores. A la tarde de ese día los infantes se encargaron de los prisioneros, atándolos por las muñecas a enjaretados abiertos. La orden que dieron los comandantes de cada barco fue la misma, instruida por Guillermo Brown. El irlandés temía que los oficiales tomaran represalias con la tripulación ordenando castigos exagerados, por eso se apuró en imponer la misma condena para todos. Consistía en una cantidad de azotes acostumbrada y aceptada socialmente como advertencia.

—¡Por haber alterado el orden y la disciplina a bordo de un barco de la Patria, se condena a los prisioneros a recibir una docena de azotes!

El castigo fue ejemplar, todos fueron obligados a presenciar esa escena en silencio, muy común a bordo de los barcos de guerra después de un levantamiento. Los alaridos de dolor de los condenados les hacían comprender que era mejor morir por una bala española que ser lastimado de esa forma vergonzosa frente a sus compañeros. Muchos aprenderían la lección, sólo unos pocos la tomarían como una afrenta distanciándolos aún más de la causa patriota, como Santiago Villalba. Al ver el tratamiento que les daban a los revoltosos, el grumete se acercó al timonel con las muñecas juntas.

—¡Vengo a que me des mis latigazos! —dijo seriamente—. ¡Si no me crees un amotinado, al menos considérame español y por lo tanto enemigo!

—No le damos latigazos a los enemigos, eso sería un crimen de guerra —dijo Alexander con aire resuelto—. Ve con los demás en cubierta, te sentirás más a gusto. —Y se marchó con paso triste, dándole la espalda.

## 25 de Febrero

Un hombre bien parecido se aproximaba al cabildo de Buenos Aires a todo galope, tenía su uniforme azul y las charreteras doradas cubiertas de polvo. El gentío de la calle, al verlo avanzar a gran velocidad, se apartaba de su camino y luego lo seguía con la mirada llena de curiosidad. Era evidente que se trataba de un general, pero ninguno logró recordar su nombre en ese momento.

Fue cosa de un segundo que el viajero desmontó, dejó su caballo a un ordenanza e ingresó al distinguido palacio con paso seguro. Ningún guardia se atrevió a detenerlo, todo lo contrario, le hacían reverencias dando taconazos con las botas. Tocó respetuosamente una puerta y otro hombre, aún más ilustre y mayor que él, le abrió. Al instante la expresión de su rostro cambió al verlo.

—¡Sobrino! —exclamó el director supremo de las Provincias Unidas, don Gervasio Posadas.

—¡Querido tío! —dijo el recién llegado. Se adelantó y lo abrazó con sumo afecto, luego se separó y lo estudió de hito en hito con preocupación. Lo encontraba avejentado y apenado—. ¡Estaba cerca cuando supe las noticias! ¡Quise venir lo más rápido que pude, aunque temo haber llegado tarde!

—¿Tarde? —El director miró a su sobrino con la misma atención que el otro y le respondió—: ¡Ven, pasa y cierra la puerta! —Tomó asiento detrás de su enorme escritorio y continuó con tono severo—. ¡Nunca debí haberte escuchado!

—¡Vamos, no fue mi idea solamente! ¡Aunque sigo sosteniendo que es nuestra mejor opción! —El sobrino se acomodó en un hermoso sillón—. ¿No irás a rendirte ahora?

—¡No tengo alternativa! —El viejo miró al general Alvear y por un momento sintió celos de su seguridad y arrojo. Luego desechó sus sentimientos, entre ellos había treinta y dos años de diferencia. A él le sobraba experiencia y temple, algo que su sobrino descubriría más adelante—. ¡Los españoles están afuera, acechando nuestra pequeña flota!

—¡Tío, los españoles reconocieron nuestras fuerzas y huyeron asustados! ¿Por qué otra razón no nos atacaron en balizas, como habría hecho cualquier flota poderosa?

—¿Por la presencia del capitán Heywood? —Posadas agregó sarcasmo a su voz—. ¡Tal vez porque caería el sol y no querían dejar su tarea a medio hacer! ¿Quién lo puede asegurar con certeza? ¡Podrían estar sobre nosotros mañana mismo! —Tomó un sorbo de agua de un vaso que descansaba en su escritorio y pareció serenarse.

—¡Lo único seguro es que se han ido! ¡Lo que nos corresponde es ultimar pronto las tareas y levar anclas a su encuentro! ¡Es ahora o nunca!

—Eso venimos diciendo desde hace casi tres largos meses... —Posadas suspiró cambiando de tema—. ¿Cómo están las cosas en el litoral?

—Ya sabes que Loaces se retiró de la zona y su pillaje ya no nos incomoda. —Alvear sonrió complacido—. Su ausencia es el resultado de las noticias inglesas sobre nuestra pequeña y naciente flota, que vuelan intencionalmente de puerto en puerto. Los godos están sorprendidos, no les demos tiempo a reaccionar.

—Mis asesores piensan distinto, sobrino...

—¿Ese montón de chupatintas? ¿Saben ellos lo que es un campo de batalla o un combate naval? —Alvear se acercó a su tío y apoyó su mano derecha sobre el hombro izquierdo del director—. ¡Cualquiera aconseja cuando las consecuencias recaen sobre otro!

—¡Ellos conocen la opinión pública, algo importantísimo para manejar una nación! ¡El pueblo no espera una victoria con esos barcos! ¡No después de haber visto las naves de Romarate rozando nuestro puerto con su orgullo y seguridad!

—¡Se equivocan! —aseguró el general con su acostumbrada altivez—. ¡Claro que no me sorprende la falta de fe que tienen en nuestro proyecto, si ni siquiera nosotros fuimos capaces de asignar un comandante a la escuadra!

—¡Y ahora el levantamiento, tripulaciones descontentas que se suman al sentimiento general del pueblo!

—¡El pueblo quiere ser libre y la libertad tiene su precio! —Alvear miró al director—. ¡También para ti lo tiene!

—Posadas se quedó mudo y miró hacia abajo, pensativo. Alvear continuó hablando—: La isla Martín García debe estar en nuestro poder, es la antesala de los dos ríos más importantes para el comercio, el Paraná y el Uruguay. Solamente de esa manera nos aseguraremos la libre navegación al litoral. —El general se sirvió un vaso de agua y se volvió a sentar—. También será un gran golpe para los españoles que deberán refugiarse en Montevideo, su único bastión en pie. Allí podremos retarlos y vencerlos en un único combate sin malgastar muchos esfuerzos.

—¡Si cierro los ojos puedo imaginar que Larrea es quien me está hablando! ¡Qué plan absurdo!

—¡Larrea y yo lo fraguamos! —Alvear rio—. ¡Estoy de acuerdo en que es absurdo, ninguno de nosotros es un marino experimentado! —Posadas sonrió creyendo que por una vez había vencido con las palabras a su elocuente sobrino—. ¡Por eso te pido, tío, que le demos un comandante a la flota! ¡Alguien que pueda convertir estas absurdas ideas en hechos concretos! —El director se ensombreció, la oratoria de Alvear aún sonaba en el eco de su despacho cuando supo que debía hacerle caso una vez más. Nunca se había sentido a la altura de las circunstancias y necesitaba consejo de hombres temerarios.

—¡Está bien! ¡El martes será la reunión con los altos mandos para decidir un comandante de nuestra flota!

—¿El martes? —La impaciencia de Alvear era un fuego abrasador—. ¡Hoy es viernes!

—Daremos tiempo a que todos los avisos lleguen a sus destinatarios para que no falte nadie. Quiero escuchar sus opiniones y tomar una decisión conjunta, sobrino—. Alvear había sacado su tajada, de nada servía presionar por detalles de menor importancia. Después de todo, él confiaba en que Romarate no volvería a aparecer por el puerto. No había nada que temer.

—Está bien, estoy de acuerdo —dijo por fin el general—. Esto dará tiempo al señor White y al capitán Brown a terminar los aprestos navales. ¡A propósito! —exclamó Alvear como recordando algo—. ¿Es cierto que Brown sofocó el levantamiento en el Puerto de los Tachos?

—No estoy familiarizado con los detalles, lo siento —dijo con pena Posadas, como un alumno que no hubiese estudiado sus lecciones.

—Habrá que interesarse más en ese hombre, sé de buena fuente que es muy valioso para la flota —El general agradeció que Larrea lo informara sobre el marino—. Yo te ayudaré, tío. Así tu trabajo se aliviana un poco.

—¡Gracias, querido sobrino! —Posadas sintió alivio y duda a la vez—. ¿Será que me estoy volviendo demasiado viejo o que nunca serviré para este puesto? —pensó amargamente.

# 4

# El comandante de la flota

## 1 de marzo

—¡Señores, silencio por favor! —El director Posadas presidía la reunión con el ceño fruncido, a su lado el general Alvear lo miraba entre risueño y complacido. Al ver su alegría el viejo se irritó aún más—. ¡Silencio! ¡Parecen un corro de viejas gritonas! —Larrea se sorprendió por la sinceridad del director, a quien nunca había visto tan alterado. Codeó a White para que deje de hablar con Nicolás Rodríguez Peña, presidente del Consejo de Estado.

—¡Así está mejor! ¡Estamos aquí reunidos para determinar quién será el comandante de nuestra flota! ¡Es una decisión impostergable dados los últimos sucesos con los españoles! ¡Como saben, los godos se han acercado hasta balizas para reconocer nuestras fuerzas navales! —Posadas los miró de hito en hito y se relajó un poco—. Tal parece que encontraron algo que no los complació mucho, puesto que enseguida corrieron a guarecerse del otro lado del río. Sin embargo y como me ha hecho observar el general Alvear, nuestra lentitud en materia de consenso puede ser letal para los esfuerzos de la Patria. Debemos poner la nueva escuadra en manos de un marino intrépido, valiente y audaz, que no se ande con vueltas pero que siga el plan al pie de la letra. Buscamos un caballero que se subordine a esta junta, que sepa cumplir órdenes pero con absoluta libertad de maniobra para coordinar estos siete barcos... —El director miró al ministro de hacienda—. ¿Me haría el favor de enumerarlos, señor Larrea?

—¡Por supuesto, su excelencia! ¡Se trata de una fragata, la Hércules, buque insignia de quien sea elegido para comandar la flota! ¡Luego tenemos las goletas Fortuna y Juliet, la corbeta Zephir, el bergantín Nancy, la balandra Carmen y el falucho San Luis!

—¡El falucho San Luis! —exclamó White—. ¿Es el mismo que capturó el capitán Seaver en las inmediaciones de Colonia? —preguntó con voz exagerada.

—¡Sí, ése! —expresó Larrea sorprendido—. ¡Hablamos ayer mismo de esta acción de guerra, señor White!

—¡Lo siento, lo había olvidado! —mintió el comerciante.

—¿Seaver es uno de los candidatos? —preguntó Posadas con mucho interés—. ¿En qué otras acciones se ha destacado?

—¡Ha perseguido a los españoles como ningún otro en este último tiempo! —exclamó White.

—¡Coincido con el señor White sólo en parte! —se apuró en decir Larrea—. ¡El capitán Seaver se enfrentó con valentía a los godos cuando tuvo la oportunidad, pero lamento decir a esta junta que no realizó otras acciones trascendentes y falló en la toma del queche Hiena! —El comerciante musitó algo inaudible para el resto, negando con la cabeza.

—¿Hay alguien que haya luchado con más afán o mayor fortuna? —preguntó el director, e inmediatamente la voz del ministro le respondió.

—El capitán Brown capturó barcos de transporte con rumbo a Martín García cargados de madera y otros bienes. También espió a los godos de cala en cala, alcanzó armas a los sitiadores de Montevideo y está ayudando en los detalles técnicos del armado de la flota. Además, posee cierta animosidad personal hacia el enemigo.

—¡Es el caballero que pasa día y noche en el Puerto de los Tachos! —agregó Alvear, ayudando a su amigo Larrea.

—Si no fui mal informado, creo que el caballero en cuestión había declinado la oferta de ponerse al frente de la flota. —Rodríguez Peña se sacudió en el asiento—. ¿Alguien puede decirme si esto es verdad? —White asintió con la cabeza, Larrea suspiró.

—Hace unos días hablé con él y se mostró más dispuesto que nunca.

—¿Cómo podemos confiar en que su decisión sea definitiva y que no abandone la causa en la mitad de la lucha? —White vio el efecto de su pregunta en el director Posadas y supo que estaba ganando.

—¡Resolvió sus problemas domésticos y ya se encuentra listo para zarpar, si esta junta lo elige! —El ministro de Hacienda estaba acalorado—. ¡De nosotros depende!

—¡Me basta con que sea un hombre comprometido con la causa! —dijo el presidente del Consejo de Estado. El comerciante lo miró con la boca abierta y recuperó su compostura para hablar una vez más.

—¡Comprometido, tal vez, pero nunca dio con el Hiena aunque supuestamente lo buscó día y noche!

—¿De qué nacionalidad es Brown? —consultó Alvear conociendo la respuesta.

—¡Es irlandés, general! —El comerciante se había apresurado en responder—. ¡Pertenece a un pueblo que se rebeló contra sus propios vecinos! ¡Gente de poco fiar, si me permite la opinión! —Larrea lo miró con desagrado.

—¡Lo cual es idéntico a lo que tratamos de hacer aquí! ¡Bien por él! —dijo Alvear sonriendo. Rodríguez Peña palmeó las manos en señal de aprobación.

—¡Es súbdito británico! —agregó el ministro, sabiendo que sería un comentario positivo dentro de ese recinto—. ¡Pasó un tiempo como comandante de la Armada Inglesa hace algunos años, o eso se dice por lo bajo! —Miró a White y le espetó—: ¡Irlanda lleva siglos soportando abusos, buscan su independencia de la misma manera que nosotros buscamos la nuestra!

—¡Muy interesante! —Posadas miró a Alvear y prosiguió—: ¿Y Seaver?

—¡Seaver es un americano respetable, su excelencia! —dijo el comerciante.

—No tome a mal mis palabras, señor White, pero la nacionalidad lo define todo. Como están las cosas, en el mar pesa más un británico que un estadounidense, sin ofender.

—¡No hay ofensa! —Larrea sonrió para sus adentros, White continuó—: ¡Hay un candidato más, ahora que recuerdo!

—¿Estanislao Currande? —El presidente de Consejo de Estado parecía saber de quién se trataba—. Ayudó a armar la flota que sucumbió en el combate de San Nicolás, hace unos años. Prestó un gran servicio, pero su oportunidad ya pasó.

—¡Combatió el comercio inglés en estas aguas con valentía! —protestó White.

—¡Por eso! —Posadas se había contagiado de la tensión del comerciante—. ¡Los ingleses nos están prestando su ayuda, aunque no abiertamente, claro! ¡Sería una ofensa para ellos saber que el hombre que los persiguió con tanta insistencia está de nuestro lado! ¡Además, la mayoría de los marinos que se enlistaron son de habla inglesa, necesitamos alguien que la domine naturalmente!

—Caballeros, no creo que Currande se mueva por un sentimiento de nacionalismo. —Larrea había acertado nuevamente—. En esa materia el capitán Brown es el mejor candidato que nos podría representar, en mi humilde opinión.

—¡Ha demostrado tener un carácter bondadoso, conciliador y entusiasta por la revolución! —dijo Alvear con su acostumbrado toque que no admitía réplica—. ¡Supo aplacar los ánimos del levantamiento con mano dura pero justa, imponiendo la ley pero comprendiendo la situación de los hombres!

—¡Creo que ya escuchamos bastante! —exclamó Posadas con voz cansada—. ¡Votemos! ¿Por el capitán Seaver? —White miró a su alrededor pero se abstuvo de levantar la mano, nunca le había gustado perder—. ¿Por el capitán Brown? —Larrea no ocultó su complacencia al añadir su voto, luego miró sorprendido a White en igual actitud. Posadas estuvo a punto de decir algo pero apretó los labios y se contuvo—. ¿Por el capitán Currande? —Silencio—. ¡Muy bien, tal parece que tenemos un comandante! —Como respuesta al resultado obtenido, White se apuró en hablar a favor de su amigo. Jugaría su última carta.

—¡Su excelencia, en toda escuadra se necesita un segundo al mando, por si el comandante es herido o se ve imposibilitado de cumplir con su deber! —Posadas, que era un hombre por demás precavido, aceptó la sugerencia. Después de todo, los billetes provenían del comerciante.

—¡Eso convierte al capitán Seaver en el segundo al mando!
—El director quería terminar con aquello lo antes posible, White sonrió y pareció satisfecho—. ¡Si no hay otro comentario, me complace informar que el capitán Brown es el nuevo Comandante de la Marina del Estado, bajo el título oficial de Teniente Coronel del Ejército! ¡Que Dios lo guíe y lo ayude en la tarea que le espera por delante! —Luego mirando a White agregó—: ¡El capitán Seaver también se titulará Teniente Coronel del Ejército, bajo las órdenes del capitán Brown! —A un gesto del director el letrado, que aguardaba en un rincón de la sala, se acercó de inmediato—. ¡Venga, hagamos el acta correspondiente y luego redactemos los oficios para comunicar a esos caballeros la resolución de esta junta!

Aquel martes 1° de marzo de 1814, el hombre que había tenido que huir de su país sumido en la pobreza, perdiendo luego a su padre a temprana edad y quedando solo en otro continente; aprendiz de un oficio que le permitió ganarse la vida hasta caer prisionero de ingleses, luego de franceses, atropellado por portugueses y españoles y ayudante de una colonia con deseos de independencia, se convirtió en la guía naval de la primera escuadra patriota que se viera en el Río de la Plata. De capitán a almirante[41] las posibilidades eran

---

41 Como el título oficial de Guillermo Brown lo nombraba Teniente Coronel del Ejército con el agregado de ser Comandante de la Marina del Estado, se lo puede considerar un Almirante, el mayor escalafón de una armada. Si bien el término Comodoro hace mención a la mayor autoridad sobre una flota, se trata de un título temporal que se le da a un capitán mientras se mantenga al mando de la misma.

mayores, ahora podría luchar contra los españoles con la enorme fuerza de que disponía. Era tiempo de retarlos a un duelo a muerte donde vendería cara su vida y la de sus compañeros de armas, en favor de la libertad. Guillermo Brown nunca había imaginado semejante vuelco del destino, que le proporcionaba las herramientas para cobrar su revancha frente a los ventajeros de siempre.

Tampoco su fiel amigo y timonel Alexander Boss había pensado que un día tripularían la fragata Hércules. No es que el marinero desconfiara de las aptitudes de Brown, simplemente la sorpresa fue tan grande que cuando se enteró no pudo hacer otra cosa que afilar su alfanje alegremente. La dicha era por partida doble, ya que ese mismo día los marineros de segunda Francisco Guevara y Silverio Alvares, el vigía Elsey Miller, el marinero de primera Robert Smith, el ayudante de piloto Manuel Ferreira, el contramaestre Richard Brook y el piloto Billar Di Calia pusieron su firma junto al libro de tripulación, pasando a formar parte de la dotación de la fragata. Hacía rato que habían decidido que si el capitán Brown era nombrado comandante de la flota lo seguirían de la Hope a la Hércules.

En tierra la noticia se había esparcido rápidamente y enseguida el pueblo quiso saber de los movimientos del almirante y de la flota. La gente se interesó mucho en las opciones y posibilidades que tenían frente a los godos mientras el escepticismo continuaba pero en menor medida. Ahora había un dejo de fe y esperanza en el ambiente.

En cubierta Smith, Elsey y Brook comenzaron a cantar "Spanish ladies", sonriendo entre ellos y mirando a Boss para que se les sumara. Enseguida todos los marinos de a bordo que conocían la letra se pusieron a cantarla, recordando cada puerto que habían visitado y cada mujer que habían dejado en ellos. "Farewell and adieu, to you spanish ladies![42]" decía el primer verso y cuando Santiago Villalba escuchó aquello, sabiendo que la canción hablaba de

---

42  ¡Adiós (inglés) y adiós (francés), a ustedes señoras españolas!

mujeres españolas, prefirió dirigirse a la cofa del mesana. Allí los vozarrones eran atenuados por el viento fresquito de marzo, el mismo que enfrió un poco su enojo y aclaró su mente. Cuando las dudas del grumete se fueron disipando, entendió que permanecer a bordo del buque insignia sería una afrenta diaria para él.

Desde la Nancy también hubo un momento de melodía aquella tarde. Una guitarra sonó al viento y varias voces repitieron a coro la canción que se entonaba.

> El cielito de la patria
> hemos de cantar, paisano,
> porque cantando el cielito,
> se inflama nuestro entusiasmo.
>
> Cielito, cielo y más cielo
> cielito del corazón
> que el cielo siempre proteja,
> a nuestra hermosa Nación[43].

A pocas yardas de distancia, el capitán Benjamín Seaver había tomado conocimiento de la resolución de la junta por medio de un oficio que le había llegado a la Juliet unas horas antes. Ahora más calmo lo tomó de la mesa y lo volvió a leer.

> En este despacho dirigido a usted y a los oficiales de la goleta Juliet que comanda, debo transmitirle que el Director Supremo ha conferido el mando de todos los buques armados al teniente coronel Guillermo Brown. Se espera que usted haga cuanto corresponda para que esta resolución tenga cumplimiento.

---

43  Cita textual de las coplas originales.

Cuando terminó de leer la nota por segunda vez no pudo menos que exclamar—: ¡Maldición White, creí que teníamos un acuerdo!— Se rascó la cabeza y prosiguió enojado—: ¡Brown será el comandante de la flota pero no conoce a Seaver! ¡Y por Dios que lo conocerá!

A mil yardas del puerto, Elizabeth Chitty miraba a través de una de las ventanas de la casa. Su esposo estaba a bordo de la fragata, trabajando contrarreloj para poder dar la vela lo antes posible, y cada segundo que pasaba lo sentía más y más lejos. Era inmune a la opinión pública que todavía hablaba de derrotas, sus esperanzas se alimentaban de la confianza que tenía en su marido, que volvería al hogar sano y salvo. Ella sabía que faltaban hombres para completar las dotaciones y sobraban charlatanes faltos de valor. Estos seres le generaban repugnancia, porque no respetaban a los que ofrecerían su vida al sacrificio de la libertad. —¡Libertad! —dijo pensando en el sufrimiento y la sangre que se derramaría para alcanzarla. Algún día ese nuevo país austral se independizaría y crecería, y para entonces los charlatanes se habrían multiplicado. En cambio los valientes habrían muerto sin otro premio que su nombre en una lista de bajas, con suerte y si eran reconocidos.

—¡Se llama William Brown! —dijo a la brisa—. ¡Y volverá para ver crecer a sus hijos!


## 3 de marzo

El teniente coronel y comodoro Seaver se encontraba sentado a la mesa de su cabina leyendo una nota procedente de la fragata Hércules. Su expresión era fácil de adivinar, estaba irritado por el aviso del nuevo almirante.

Al capitán Seaver, de la goleta Juliet:

Por la presente, se le ordena que prepare la goleta de su mando para salir fuera del puerto tan pronto como la marea permita a la flota dar la vela. El objetivo es atacar al enemigo que se encuentra al oeste del banco chico. Para ello recibirá un libro de señales de la fragata Hércules, a las que dará exacto cumplimiento en nombre de la Patria y en el de todos los que desean el triunfo de su causa. Encarezco a usted la mayor decisión y pericia en el manejo de su buque contra el enemigo común.

La Hércules, al mando del capitán Elias Smith, es la que izará mi insignia hasta nueva orden y de acuerdo con las que acaba de recibir se le considerará subordinado, mientras yo dirija la presente fuerza en el río. Ningún barco de la Patria podrá abandonar este puerto antes que la Hércules, bajo ningún pretexto.

Deseando a usted el mejor éxito y gloria como compañero de armas, soy su sincero y obsecuente servidor.

Llegado a este punto el comodoro se puso de pie y dio un par de vueltas alrededor de la cabina para serenarse —"… se le considerará subordinado, mientras yo dirija la presente fuerza en el río." —Volvió a repetir con énfasis—. ¡Maldita sea mi suerte! —dijo en voz baja. Aguardó unos instantes, tomó asiento y leyó la posdata.

Como los marineros por instinto están siempre dispuestos a cometer depredaciones con las presas y tripulación enemiga, se espera que como hombres de corazón eviten en lo posible una práctica tan atroz. Así mostrarán que debe ejercitarse la generosidad con el vencido…[44]

Estas últimas palabras le cayeron en gracia al comodoro, que sintiendo un dejo de simpatía por el almirante, sonrió—. ¡No se le escapa nada, hasta nos dice cómo tratar a

---

[44] Cita contextual de la nota del almirante Brown al comodoro Seaver del 3 de marzo de 1814.

los prisioneros! —pensó— ¡Me agrada su estilo, pero siendo fiel al mío declinaré su oferta!—. Tomó una hoja en blanco, la pluma y le dio forma a la respuesta.

> El Sr Benjamín Seaver saluda al capitán William Brown y le previene que ignora completamente que él o la goleta Juliet estén agregados al resto de la escuadra, como para autorizarle a dirigirle la nota precedente.[45]

Unos momentos después el almirante leyó la respuesta y golpeó con fuerza la mesa. —¡Maldición, Seaver! —dijo indignado—. ¡Es imposible que no sepa que estoy al mando de la flota! —Todos a bordo de la Hércules oyeron el descontento de su comandante supremo y se pusieron a andar en puntas de pies, no fuera cosa que alguno cargara con la culpa.

—Tenga cuidado, Pérez —dijo con disimulo Alexander al nuevo carpintero que acababa de abordar—. El almirante no está de humor y temo que si sella mal las juntas de la sentina lo eche de su barco lo mismo que se dispara una bala. —El recién llegado lo miró con suspicacia y se puso a caminar directamente hacia la escotilla principal, cajón de herramientas en mano.

—No se preocupe, Boss. Haré un buen trabajo—. Sonrió y luego lo asaltó una idea—: ¡Pero, por si fallo, le diré que me han echado de barcos mucho mejores que éste!

—¡Usted sabrá, compañero! —gruñó el timonel y estaba por dejarlo a su merced cuando una voz familiar se hizo escuchar desde el alcázar.

—¡Pérez, supongo! —El timonel y el carpintero se detuvieron en la cubierta, de alguna manera el almirante había salido de su cabina sin que se dieran cuenta.

—¡El mismo, señor!

---

[45] Cita contextual de la nota del comodoro Seaver al almirante Brown del 3 de marzo de 1814.

—¡Vaya directo a sus quehaceres, ya bastante retraso nos ha causado su condenado almacén!

—¡Sí, señor! —Pérez miró a Boss con molestia y el timonel le volvió a susurrar—: ¡Le dije! —Brown fijó su vista en Alexander—. ¡Cuando haya terminado de cotorrear, agradeceré que mi timonel suba a la arboladura y ayude al contramaestre! —El carpintero se apresuró en bajar y Boss miró al almirante—. Aye aye, sir!

Brown dio unos pasos y se dirigió a su cabina, un minuto después mandó llamar al capitán Smith, a cargo de los quehaceres diarios de la Hércules.

—¡Señor Smith, siéntese por favor! —le dijo en tono preocupado. Buscó unos papeles y tomó asiento él también—. No sé cuánto tiempo estaré al mando de la flota, pero le aseguro que si las cosas siguen así continuaré mi lucha al margen de estos hombres. —El capitán estuvo a punto de abrir su boca y Brown se apresuró en agregar—: Mi deber por ahora es asegurarme que todo esté listo para zarpar y por eso quería consultarle por el libro de señales.

—¡Ya está listo para ser repartido a los demás barcos de la flota, tal como usted lo ordenó, señor!

—¡Excelente! —Las buenas noticias no parecían alegrar al almirante—. ¡En el medio de un combate la única manera de comunicar las órdenes es a través de una combinación de banderas de señales, como usted sabe bien!

—¡Los dons pelean con gran estrategia y orden! —dijo Smith—. ¡Debemos estar a su altura!

—¡Así es! —Brown tomó una hoja y repasó con su mirada la lista de tareas pendientes—. ¿Cómo se encuentran los trabajos en la arboladura?

—Brook piensa que hoy tendrá listo el trabajo. Lo ayuda Boss, parece tener gran pericia ese hombre. —El almirante asintió.

—Ahora que el carpintero del almacén se dignó venir, no lo dejaremos bajar hasta que haya terminado de calafatear hasta la última junta.

—¡Así se hará, señor!

—¿Las provisiones? ¿La ropa de las dotaciones?

—Mandé un bote a buscar ropa y provisiones esta mañana, señor, pero aún no ha vuelto.

—¡Bien! —El almirante bajó la vista, estaba cansado—. ¡No quiero entretenerlo por más tiempo, señor Smith!

—¡Regresaré a cubierta, señor!

—Si es tan amable llame a Boss a mi cabina, por favor.

Cuando el timonel ingresó a ese cuarto espacioso y sagrado le costó reconocer a su amigo en el hombre encorvado que se encontraba allí.

—Cierra la puerta, Alexander.

—¿En qué puedo ayudarle, señor?

—¡Sé que recién te traté mal y lo siento! —El timonel se relajó—. ¡Los pequeños mundos individuales que formaban esta escuadra comienzan a unirse unos con otros para formar un todo mucho más grande, y en el medio hay malos entendidos y discordia entre oficiales! ¡Unos quieren mayor gloria, otros luchan por ser reconocidos! ¡En el medio tenemos tripulaciones de griegos, franceses, paisanos!

—¡Irlandeses, ingleses! —Brown asintió lentamente captando el mensaje de su timonel.

—¡Ven, toma asiento, amigo! —Le indicó la silla con su mano y Alexander se acomodó—. ¡Conocíamos todos los riesgos excepto que habría dos almirantes!

—¿Cómo es eso?

—El capitán Seaver, que fuera candidato para comandar esta flota, me desconoce como oficial supremo y quiere hacer sus propias reglas. Piensa que su goleta no forma parte de la escuadra y que no hay razón para obedecerme.

—Escuché por ahí que a bordo de la Nancy hubo otro malentendido —dijo Boss recalcando la frase "por ahí" que Brown conocía muy bien. El timonel le daría toda la información que supiera, pero no le diría cómo la obtuvo—. El capitán Leech dio algunas órdenes en el bergantín que fueron desobedecidas porque el capitán Rusell dijo estar al mando de ese barco. Ahora los dos caballeros se disputan la nave, con todo el mal que genera esa confusión para sus subordinados.

—Dos capitanes para un mismo barco, dos almirantes para una misma escuadra. No te acomodes mucho en la fragata, Alexander. Si esto continua le dejaré el mando a Seaver y seguiremos la lucha por nuestra cuenta—. Entonces ambos se pusieron de pie, había mucho por hacer aún—. ¿Cuándo piensas que la arboladura quedará lista?

—¿Conmigo ahí arriba? —rio Boss—. ¡Antes del atardecer!

—¡Perfecto!

Ese día transcurrió entre despachos de mercaderías, reparaciones y peleas internas. Para cuando cayó la noche había dos cosas que estaban muy claras en la mente del almirante: la Hércules tenía todas las velas listas y él pondría a disposición del ministro su nombramiento, para que la junta le asegure el mando absoluto de la flota o acepte su renuncia.

Para esa misma hora el timonel se encontraba en la proa de la fragata fumando su pipa. Por el rabillo del ojo divisó una figura que se le acercaba, entonces giró la cabeza y vio al grumete justo cuando él también lo reconoció. Enseguida el muchacho cambió su rumbo, esquivó a dos paisanos que charlaban animados y se dirigió tan a popa como pudo. La situación empezaba a desagradarle a Alexander, que sentía el sufrimiento del chico sin poder hacer otra cosa que protegerlo a la distancia.

—¡Llegado el momento lo ayudaré a desertar, aunque arriesgue mi propio cuello! —pensó—. ¡Si él decide ser español, no hay razón para interponerse en su destino!

## 4 de marzo

El ministro de Hacienda Juan Larrea rompió el lacre del aviso que le enviaba el almirante Brown y tembló de pies a cabeza. Estaba seguro que esa carta no auguraba nada bueno, el marino debía estar volviéndose loco con tantos preparativos y responsabilidades. Comenzó a leer la nota con cierta reticencia, parando solamente para darle sorbos a su copa con oporto.

Buenos Aires,
4 de marzo de 1814

Sr Juan Larrea:

Como usted recordará, en un aviso que yo le envié anteriormente decliné el mando de la escuadra. A partir de entonces no debe usted ignorar cómo se puso en ejecución un plan para reemplazarme por otro individuo, que le presentó un caballero muy activo en todos los sentidos. Sin embargo me convencieron, haciéndome creer que mis servicios eran muy importantes, para que me presente como postulante en la comandancia de la flota. Ahora para sorpresa mía aparece otro capitán que niega mi autoridad suprema sobre la escuadra. Le ruego que me diga si al designarse los oficiales que integrarían la flota se le dio al señor Seaver el rango de almirante. Estoy seguro de que no fue así, porque de lo contrario yo me habría retirado del servicio.

Al enviar ayer una nota a todos los comandantes de este puerto, el señor Seaver la respondió con desagrado, lo cual es lógico teniendo él igual jerarquía que la mía.

Para que nuestra causa patriota prospere, permítame decirle que estos nombramientos hechos de tal manera por el señor White, muy activo en todo menos en lo que debería serlo, no son correctos. Su lentitud es la principal causa de demora de la escuadra, llevando ya 15 días de atraso.

Por esta razón, el Gobierno deberá decidir entre confiar el mando al señor Seaver o exonerarlo del servicio, porque un comandante con igual jerarquía que la mía, como pretende el señor White, no es posible en un servicio naval de calidad.

Además, retengo mi nombramiento mientras se me comunica la resolución de Su Excelencia, al que le pido que ponga al tanto de este incidente.

Su muy obsecuente servidor.

Guillermo Brown[46]

—¡Maldición, White! —exclamó Larrea—. ¡Pones la Patria en juego para ayudar a uno de tus amigos!

Por el momento el ministro no diría nada al director Posadas ni a nadie. En la reunión que habían tenido, él había defendido a Brown diciendo que podían confiar en que no abandonaría la causa en la mitad de la lucha. Estas idas y vueltas no ayudarían al almirante, tuviera razón o no. Por otro lado, recordaba claramente que Posadas había dado la misma jerarquía a Seaver que a Brown pero había aclarado, además, que el primero sería un subordinado del segundo. No había nada más que hablar, le escribiría una nota al almirante confirmando su nombramiento, único en toda la flota y supremo ante todos los demás.

## 8 de marzo

Las naves patriotas estaban todavía en puerto, con sus jarcias mojadas por el rocío de la noche, cuando lentamente fue llegando el nuevo día. Entre los barcos que nerviosamente se hamacaban con el oleaje, había tres que pronto se verían libres de navegar hacia oriente, en busca del sol de marzo.

Eran aproximadamente las seis y media de la mañana cuando el almirante, en su puesto de la fragata Hércules, llamó al capitán Smith.

---

46 Cita contextual de la carta del almirante Brown al ministro Larrea del 4 de marzo de 1814.

—¡Señor Smith! —El irlandés se erguía en toda su estatura en el lado de barlovento del alcázar, donde le correspondía estar por su rango—. ¡Señal al Nancy y a la Zephir! ¡Levar anclas! ¡Hagamos lo propio nosotros, si es tan amable!

—¡A la orden, señor!

El viento se había mantenido toda la noche del oeste y con las primeras luces del alba había rolado al sudoeste, con lo cual los barcos se prepararon para recibirlo por la aleta de estribor. Enseguida los hombres fueron llamados al cabrestante para cobrar las anclas, los gavieros desplegaron todo el velamen y los hombres a las brazas se encargaron de que las velas tomaran todo el viento posible. Por la proa no había otra cosa que el enemigo, el desafío y la guerra. A popa algunos brazos levantados agitaban pañuelos para despedir a los valientes. La libertad vendría con la victoria, la derrota esfumaría la fe de todos, pero en ese momento los marinos sólo pensaban en el deber. Sabían que tenían mucho más para ganar que para perder.

Una vez que las anclas se libraron del fondo cenagoso del Puerto de los Tachos, las maniobras se completaron con más aciertos que errores y los tres barcos comenzaron a surcar las aguas marrones con decisión. La fragata Hércules iba a la cabeza con el gallardete apuntando hacia el noreste, al igual que la bandera blanca con una cruz azul que pendía del tope del trinquete. Era la insignia del almirante y sus colores resaltaban sobre la gama cobriza que iba tomando la mañana. Desde la fragata se podía ver claramente al capitán del bergantín Nancy, Richard Leech, agarrándose con una mano a un obenque y con la otra acomodándose el sombrero. Así de cerca navegaban estos dos buques. La corbeta Zephir, en cambio, se mantenía a una distancia prudente. Su comandante James King se encontraba cerca del bauprés, inspeccionando el estado de las bombas que pronto usarían para vaciar la sentina.

El viento soplaba con cierta regularidad y las naves se mecían tranquilamente. Derivaban muy poco y hacían avante con pesadez y torpeza debido al peso de los cañones.

Boss había notado esto desde el primer momento y sabía que les traería problemas, dado que el río había bajado con el pampero. Aunque, por otro lado, se alegraba de tener tantas bocas de fuego que los defendieran de los posibles ataques españoles. En opinión de Alexander, la artillería compensaría la tripulación de paisanos inexpertos que aún no estaban preparados para un eventual peligro a bordo. En esas ocasiones cada hombre debía saber qué puesto ocupar, desde atender un determinado cañón, situarse en algún lugar de la arboladura, ir bajo la cubierta junto al cirujano o llevar la pólvora de la santabárbara. Para lograr este entrenamiento el almirante había ordenado a los capitanes que instruyan lo más posible a sus hombres, pero ahora no había suficiente tiempo para que los paisanos aprendieran porque ese mismo día esperaba avistar a los godos.

Lentamente el sol ascendía el cielo y Buenos Aires iba quedando atrás. Sus olores y sonidos ya eran parte del pasado, solamente la espuma blanca y el agua marrón eran la única realidad que los envolvía. Como no era posible navegar en línea recta a Martín García por el riesgo de tocar en los bajos, tendrían que dar un rodeo pasando primero por Colonia. La navegación les llevaría alrededor de once horas, y otras tantas que pasarían aguardando al resto de la flota. Una vez reunidos, remontarían el río con rumbo nornoroeste, donde esperaban dar con los españoles.

En la Nancy el teniente Enrique James midió la velocidad con la corredera e informó dos nudos y medio. Todos se mostraron satisfechos ya que los tres barcos del convoy eran capaces de alcanzar esa velocidad sobradamente, sin la necesidad de forzar velas ni de dejar atrás a nadie.

—¿Qué opina de los puños de la mayor, señor Harding? —preguntó Richard Leech a su primer oficial.

—¡Podemos aflojarlos un poco, capitán! —respondió con seguridad el teniente—. ¡Apenas perderemos velocidad y forzaremos mucho menos la verga! —El capitán se alegró de obtener la respuesta que estaba buscando.

—¡Proceda con ese cambio, si es tan amable!

Desde la Hércules, el timonel del almirante vio satisfecho cómo se efectuó la maniobra a bordo de la Nancy. Tenía su chaqueta desabrochada y el viento la hacía bailar, lo que le causaba una sensación agradable. Su amigo, el hombre más poderoso de la flota, hurgaba con su telescopio un punto más allá del través de babor. Tenía la esperanza de avistar el tope de algún barco de la escuadra de Romarate, pero por el momento sólo veía el horizonte vacío. En lo alto del palo mayor Elsey Miller realizaba el mismo ejercicio con iguales resultados.

Avanzaron sin novedad durante varias horas y pasado el mediodía Boss calculó que se encontraban a mitad de camino, así se lo hizo saber al almirante. Brown, que desde el pasamanos de babor miraba interesado al noroeste, no respondió. Tenía en sus ojos el mismo fuego que el timonel conocía muy bien. Desde la cofa del mesana Santiago también observaba a su comandante. No conocía en persona a Romarate, pero estaba seguro de que el almirante Brown estaba a su altura y la batalla sería digna de ver.

Las tres naves se dejaban llevar por el viento, obedientes a sus timones parecían desear llegar a destino sin complicar a los marineros con cambios en la arboladura o en el rumbo. Acaso conocían el propósito del viaje y entendían que el futuro de una nación dependía de sus viejos maderos. Era un momento mágico, todos disfrutaban al máximo de la paz antes de que ésta se acabara. Se aferraban a la sensación de plenitud antes del dolor, antes de los gritos y de la guerra, de la que no todos volverían.

La tierra por proa se hizo bien visible, con Colonia del Sacramento por delante y la desembocadura del San Juan a unos grados por la amura de babor. El almirante había dado ya sus órdenes al capitán y ahora era Smith quien las vociferaba al teniente. Éste a su vez, las gritaba a la tripulación ayudado por el contramaestre.

—¡Timón dos puntos a babor! ¡Bracear esas vergas!

———————

—¡Oye, Manuel! ¡Otra vez los godos en el horizonte! —El soldado Gómez estaba sobrio esta vez, así y todo parecía no entender bien la escena que se desarrollaba adelante.

—¡A ver, presta el telescopio! —El cabo lo enfocó al oeste y vio los tres barcos que se acercaban. El de la vanguardia era una fragata, esto le generó cierta sorpresa puesto que no era el tipo de buque que se acostumbraba utilizar en esas aguas. Los otros dos lo seguían de cerca, con cautela para no estorbarse entre ellos. De pronto el cabo pudo ver hombres subiendo a los palos y cambiando las velas, y entonces los tres viraron hacia la derecha de la imagen, mostrando sus costados fuertemente armados—. ¡Doblaron!—gritó el cabo como si su compañero estuviera allí lejos, con los barcos.

—¡No grites, Manuel! —le dijo el soldado palmeando su hombro.

—¡Estate quieto, estúpido!

—¿Son los godos o no?

—¡Si me mueves no puedo enfocar la imagen! —El cabo aguardó un instante y luego habló con duda—. Veo unas banderitas de colores, no sé de qué país serán.

—¡Es la flota de la Patria! —dijo una voz grave detrás de ellos. Era el teniente Orona, otra vez cayendo sobre ellos por sorpresa—. ¡Esas banderitas de colores son banderas de señales, cabo! ¡No tienen nada que ver con la nacionalidad del barco!

—¿Y cómo supo que son naves patriotas, señor?

—¿Ve la bandera adelante del primer barco? —El cabo aguzó su vista a través del telescopio y al rato respondió—: ¿El paño blanco con la cruz azul?

—¡Sí!

—¡La veo, teniente!

—¡Son los colores del almirante Brown, cabo! —Como los dos soldados se le quedaron mirando inexpresivos, continuó—: ¡El comandante de la flota patriota!

—¡No sabía que había una flota patriota, teniente! —El cabo estaba confundido—. ¡Se dirigen hacia los godos!

—¡Habrá batalla! ¡Al fin lucharemos en el agua contra esos demonios!

—¿Está seguro, teniente? —preguntó Gómez.

—Por ahora son sólo una avanzada de tres barcos, pero vendrán más. Los españoles se las verán negras. —Orona los dejó solos, estaba feliz por el rumbo que iban tomando los acontecimientos esa mañana.

—¡Habrá batalla, Manuel! —exclamó el soldado Gómez.

—¡No me digas "Manuel"! —le respondió el otro, golpeándolo con el telescopio en la cabeza.

---

Luego de virar se acercaron más al arroyo San Juan, que ya se veía claramente por estribor. El almirante Brown sabía que Romarate se encontraba al oeste del Banco Chico, aislado de la escuadra de Montevideo. Sus intenciones eran obligar al comodoro español a refugiarse sobre Martín García e interceptar su retiro.

Unos minutos más tarde el vigía rompió la serenidad de aquella tarde maravillosa con el avistamiento más importante de toda la jornada.

—¡Cubierta! ¡Dos!... ¡No, tres barcos por el través de babor! —gritó Elsey.

—¡Les daremos caza! —bramó el almirante—. ¡Señor Smith, que den la señal de persecución!

—¡Señal a la Nancy y a la Zephir: "Perseguir enemigo por el través de babor"! —El capitán vio cómo ascendían las banderas de señales por el cabo y luego agregó—: ¡Timón a babor!

—¡Que preparen los cazadores de proa! —Brown había avanzado por la cubierta hasta el trinquete y miraba con satisfacción los topes de los barcos enemigos, que ya se veían adelante—. ¡Boss, reúne a la guarnición! ¡Vamos!

Hubo confusión entre los campesinos, que no sabían a dónde dirigirse ni qué hacer. A la vista de los españoles más de uno se vio falto de valor, con su mente nublada por el miedo. Los marineros experimentados no les dieron tiempo para pensar en desdichas, los empujaron aquí y allá para que ocuparan sus puestos—. ¡Eh, compañero, te vengo pisando los talones! —decían los más cautos, mientras otros eran más agresivos y les gritaban lo que le harían a sus madres si no se apuraban. Por fin los cañones fueron liberados, quitados los tapabocas y preparados para disparar. El aire se llenó del olor acre de las mechas retardadas humeando, listas para disparar esos enormes monstruos oscuros y pesados. En la Nancy y en la Zephir imitaban su rumbo y sus movimientos, la torpeza de sus tripulaciones era idéntica.

El almirante estaba seguro de la potencia de su pequeña flota y decidió actuar sin esperar a la flotilla de Seaver, que pronto estaría con ellos. Su deseo de perseguir a los godos hasta el mismísimo infierno tenía una complicación, el sol estaba bajando y pronto no habría luz para dirigir un combate.

—Es un río muy engañoso para navegar de noche, sin balizas y con tantos bancos de arena alrededor —le sugirió Smith con toda la razón del mundo.

—Lo sé —se limitó a decir el irlandés, amargamente—. Aguas arriba hay mucho camino para que los dons escapen, pero sigue siendo un callejón sin salida y tarde o temprano tendrán que batirse. —Las naves españolas aún no estaban a tiro de la Hércules y era posible que no lo estuvieran hasta después de la caída del sol. Para entonces sería imposible presentar batalla.

Boss miró el orbe dorado tocando el agua y se lamentó de que el día terminara allí mismo, dirigió sus enceguecidos ojos a Smith y éste asintió con la cabeza. El cañón largo de veinticuatro libras estaba en su máxima elevación y cuando el timonel lo cebó su carga cobró vida. El estallido sorprendió tanto a los barcos patriotas como a los enemigos y su sonido de guerra llegó hasta el Puerto de Conchillas, a dos millas náuticas por estribor. La bala rasa cayó rozando las naves españolas y declaró las intenciones de Brown, por si quedaba alguna duda. Entonces el fulgor del sol desapareció bajo las aguas del Río de la Plata y pronto fue difícil ver de una punta a la otra del barco.

—¡Señor Smith! ¡Volvamos a la desembocadura del San Juan! —dijo el almirante.

—¡Sí, señor!

—¡Avise a nuestras naves con el código de linternas y deje una a popa para que puedan seguirnos! —Luego se retiró a su cámara.

—¡Boss, que aseguren esos cañones! —Smith lucía cansado—. ¡Han hecho su trabajo el día de hoy!

—Aye, captain!

Los tres faroles ascendieron al penol de la verga de mesana. Había dos arriba y uno abajo en el medio, formando un triángulo que simbolizaba la señal "Foxtrot". La "F" de "Follow me"[47].

Esa fue una noche despejada y oscura, hasta que la luna en cuarto menguante les sirvió al menos para mantener la vista en el resto de la flota. Las guardias se cumplieron como siempre pero pocos durmieron, entre esos afortunados no estaban los antiguos tripulantes de la Hope. En medio de la noche, una triste melodía de guitarra que salía de la corbeta Zephir se arremolinó entre los tres barcos de la flota como si fuera el dulce olor de las flores en primavera. El culpable de este ambiente nostálgico era el comisario Thomas Oxley, que sentado sobre una chillera se puso a practicar una canción que venía armando hacía rato. Mientras rascaba las cuerdas y cambiaba los acordes, susurraba por lo bajo las coplas tal como las recordaba. Practicó alrededor de una hora pero la letra no lo convencía, entonces decidió pasar a un ritmo más alegre, que pudo completar con una rima:

Los barcos, uno tras otro,
a los godos han de buscar,

---

47  En el alfabeto náutico, la letra F recibe el nombre de "Foxtrot". Para el código representaba la acción de "Síganme" o "Follow me" en inglés.

y al bravo de Romarate,
finalmente han de matar

Luego se dio cuenta que la humedad del aire estaba desafinando su instrumento, guardó la guitarra bajo cubierta y tomó el pífano. Ya estaba por soplarlo cuando recordó las recomendaciones de su capitán, James King—: ¡Si tocas la guitarra bajito y no soplas ese condenado pífano, puedes practicar toda la noche con mi autorización! —Enseguida guardó ese otro instrumento y volvió a cubierta pensando en el resto de sus palabras—: ¡Si llego a escuchar el chirrido de esa flauta te pasaré por debajo de la quilla! —De nuevo al aire libre recordó la última copla y sonrió. Se prometió seguir componiendo la canción otro día, para ver qué podía salir de todo aquello.

## 9 de marzo

Thomas Ritchard desconocía muchas cosas del mar y de la navegación. Su posición en el barco era de las más bajas, aunque ésta le permitía interactuar con los capitanes y mantenerse al corriente de la situación. Era el mayordomo de a bordo y su misión consistía en cepillar la chaqueta del almirante, lustrar sus zapatos, servirle las comidas y mantener la limpieza de la cámara. No era una tarea fácil, pero se consolaba al ver al cocinero Peter Brown luchando contra el vaivén del barco, evitando que se cayera el almuerzo del comandante—. Siempre hay trabajos peores —le dijo Ritchard—. ¡Vamos, que el almirante está impaciente el día de hoy! —Apurar a Peter le producía un dolor casi físico, pues se compadecía de sus esfuerzos. Sin embargo ese día el horno no estaba para bollos.
—¿Y qué parece que hago, pedazo de estúpido? —le respondió malhumorado el cocinero.
—¡Por cómo sostienes ese condenado pan pareciera que estás jugando al cricket!

Por fin el almuerzo entró humeante en la cabina. Elías Smith sonrió complacido al verlo y acercó su plato, William sin embargo apenas si lo notó. Estaba mirando por el ventanal de popa hacia el sudoeste.

—¡Seaver y sus malditas reparaciones de último momento! —exclamó Brown. Smith se apresuró en tragar el huevo revuelto y se quemó.

—¡Demonios!

—¿Terminar de calafatear las juntas? ¡Puras excusas!

—¡Almirante, ambos sabemos que el San Luis no estaba en las mejores condiciones cuando zarpamos!

—¡Hablamos de un falucho, Smith! ¡Los faluchos nunca están en condiciones para nada! —El capitán no estaba de acuerdo con su almirante, pero no dijo una palabra y continuó comiendo—. ¡Seamos honestos! —siguió Brown tomando asiento—. ¡Seaver quiere el control de la flota y subordinarse a mis órdenes es un insulto para él! —Hubo una pausa y luego del primer bocado William se serenó—. ¡Lo siento! ¡Puedo tener desacuerdos con Seaver, pero no debo olvidar que es el segundo de la flota y tu superior!

—Relájese, almirante. Ya verá que los barcos de Seaver se nos unirán pronto.

—¡Eso espero! —El plato de Smith ya estaba vacío y el de Brown apenas había sido tocado.

—Entonces los dons se encuentran refugiados en la isla Martín García, donde tendrán apoyo de las baterías de tierra.

—¡Eso me temo! —Brown suspiró—. No pueden presentarnos batalla en aguas abiertas, lo que quedó en evidencia ayer cuando huyeron a toda prisa ante nuestro disparo. —El almirante dirigió la vista hacia el ventanal nuevamente—. ¡Si el resto de nuestra flota estuviera aquí ya estaríamos combatiendo!

Unos minutos después el grito del vigía terminó con la agonía de Brown—: ¡Velas! ¡Por el través de babor!

Los pies no le alcanzaron al almirante para llegar a cubierta, en su carrera tropezó con la silla, la mesa y la puerta de la cámara. La comida había terminado en el suelo y el único que había reparado en esto había sido Ritchard. El sirviente, en una actitud sumisa muy propia de él, la levantó y al incorporarse notó la aguda mirada de Peter.

—¿Qué pasa?

—Siempre hay trabajos peores —le dijo sonriente el cocinero. Ritchard lo fulminó con la mirada y cruzó la puerta de la cámara con total dignidad en sus movimientos.

Ya en cubierta, el almirante oteaba el horizonte con impaciencia—. ¿Son ellos? —preguntó como si todos supieran de su angustiosa espera.

—¡Cuatro barcos, señor! ¡La Juliet a proa de la flota!

Pudo ver el gallardete de Seaver ondeando en el mástil de la goleta y sus velas desplegadas, era una imagen digna de ser inmortalizada. Las tripulaciones vitorearon ante sus aguerridos compañeros, gritando y agitando los brazos con lo que tuvieran en sus manos. A Brown le volvió el alma al cuerpo, sonrió y saludó con su cabeza a Smith. Boss se sintió aliviado, ahora ya nada los detendría.

A las dos de la tarde la campana sonó y se dio la orden de levar anclas y navegar con rumbo noroeste, directo a Martín García. El convoy completo se llenó de velas blancas que se hinchaban regularmente con las rachas de viento. Pronto la desembocadura del arroyo San Juan fue rebasada y continuaron navegando así por espacio de cinco millas náuticas, donde echaron el ancla a eso de las cinco de la tarde.

Desde esta nueva posición Romarate podía ver la parte superior de las naves patriotas a través de su telescopio, pues había apenas nueve millas náuticas entre ambos contendientes. Su catalejo no dejaba de observar los topes, imaginando por su arboladura el poder de fuego de cada barco rebelde. Los marineros patriotas fueron llamados a sus puestos y pronto los cañones de Brown asomaron por estribor, listos para defender la flota en caso de un ataque del enemigo. En cambio los españoles iban y venían con los preparativos de su defensa. El tiempo de su soberanía indiscutible estaba terminando, por primera vez se los desafiaba a pelear o ser vencidos.

Dos horas después el sol se ponía nuevamente, postergando una vez más el encuentro y aumentando la tensión entre los bandos.

—¡Maldición! ¡Pasaré otra noche sin dormir! —le dijo Boss al almirante en su cabina.

—¡Yo también! —Brown miró la jarra de su amigo y se sorprendió, creyendo que era alcohol—. ¿Es ron?

—No, es agua con jugo de limón —dijo seriamente el timonel—. Hace poco me embriagué como nunca y descubrí que no sirvo para enfrentar la resaca.

—¡Tienes suerte! ¡Yo ni siquiera resisto la quemazón del líquido bajando por el gañote! —dijo riendo el almirante—. Alexander asintió bebiendo un poco más. William volvió sus ojos a la carta de navegación que había sobre su escritorio y puso el dedo índice sobre la costa este de la isla.

—Es posible que los españoles acoderen[48] sus naves contra la costa o entre sí, de esa manera los convertirán en plataformas flotantes de artillería.

—Con eso eliminarán el vaivén de la cubierta y sus disparos serán más precisos —afirmó Boss.

—Pero por otro lado no podrán escapar si las cosas salen mal. Estarán atados entre ellos, sin posibilidad de una acción rápida. —El almirante permaneció pensativo unos instantes para luego mandar al timonel a que llame a los oficiales de la fragata y a los comandantes de la flota. Una vez todos en la cámara les explicó su idea de ataque.

—Compañeros de armas, los mandé llamar para compartir con ustedes mi plan de ataque, que emprenderemos mañana apenas salga el sol. Como sabemos, las naves de Romarate se encuentran sobre la costa occidental de la isla, aunque no conocemos su posición exacta. Lo que haría un excelente

---

48 Sujetar con un cabo grueso un barco fondeado para mantener su dirección.

marino como el comodoro español sería unir sus naves más pesadas entre sí o contra el muelle, para fijarlas y disparar con total estabilidad. Nosotros nos dirigiremos directamente a ellos, con la Juliet adelante para guiarnos por el canal. —Seaver asintió—. Deseo que a la vista de la isla las cañoneras Carmen, Fortuna y San Luis tomen el canal del infierno, navegando lejos de la costa oriental de Martín García y virando luego a babor, tomando al enemigo por su retaguardia.

—Será un paso difícil —explicó el comandante de la Carmen, Samuel Spiro—. Si la marea está baja y el viento es muy fuerte tendríamos problemas con las maniobras y podríamos tocar con las rocas del fondo.

—Eso está claro —expresó Brown—. El plan no es enteramente rígido, si el viento y la marea no acompañan es probable que deban hacer un largo rodeo al oeste, evitando los bancos y virando a estribor. Pero en principio tomaremos la otra opción. —El griego Spiro confiaba plenamente en su almirante y aprobó la decisión con un gesto afirmativo—. Los demás, continuaremos avanzando hasta que entremos al alcance de los cañones españoles, allí comenzaremos a disparar con nuestros cazadores de proa. Una vez que la Juliet, la Hércules, la Zephir y la Nancy estén dentro del radio de fuego, presentarán una a una su banda de estribor, disparando a discreción. Otra cosa —agregó el irlandés con su mirada ensombrecida—. Ningún barco se ha de rendir bajo mi mando. Antes prefiero que se hunda con todas sus almas dentro. —Los únicos que asintieron con determinación fueron Spiro y el comodoro Seaver. Esto sorprendió al almirante, que no tenía la mejor imagen de su segundo al mando.

Una vez que las órdenes de Brown se comprendieron y las dudas fueron evacuadas, todos los comandantes se retiraron excepto el capitán Smith.

—¡Es un plan simple! —dijo en confianza el almirante—. ¡No quiero obligar a la escuadra a tomar demasiadas acciones de navegación con estas tripulaciones inexpertas! ¡Prefiero que nos concentremos en el manejo de los cañones, que es lo más importante!

—¡Puede haber contratiempos, como la dirección del viento o el hecho de que el enemigo venga a nosotros! —dijo alarmado el capitán.

—Los españoles no son tontos, no van a abandonar la protección de la isla, aunque concuerdo en lo del viento. Podremos atacar siempre que éste no provenga del norte o sea muy fuerte y del oeste. Si se presenta el pampero, tendremos que revisar todo el plan antes de levar.

Así permanecieron conversando sobre la batalla durante más de media hora, para luego continuar cada uno con lo suyo sin dejar de pensar en la dura jornada que les esperaba al día siguiente.

En cubierta cerca del castillo de proa, Santiago miraba las aguas marrones que rodeaban la roda de la Hércules. Se imaginaba saltando por la borda y nadando hacia la isla, aunque no sabía qué distancia debería cubrir hasta alcanzarla ni qué rumbo tomar. Ante la imposibilidad de conocer estos detalles, dada la oscuridad de la noche y su incapacidad para calcular a ojo las millas náuticas, se abstuvo de cometer una locura—. Ya llegará el momento—pensó seriamente. Sin embargo, nada ni nadie le prohibía quedarse en ese rincón del barco, soñando. Elsey pasó junto a él llevando el telescopio de noche bajo el brazo y más adelante escuchó que Boss se detuvo a conversar con el vigía.

—¡Elsey Miller! —exclamó el timonel—. ¿Subes al tope del mayor?

—¡Sí, compañero! —respondió con simpatía el marino—. ¡Ser los ojos de la fragata tiene sus desventajas, como sabrás!

—¡Así es! —respondió Boss con la voz más alta de lo habitual—. ¡Sobre todo ahora que nos encontramos a nueve millas al sudeste de la isla!

—¡Nueve millas! —repitió el grumete para sus adentros mientras continuaba oyendo la conversación a sus espaldas—. ¡Aun robando un bote y remando rápido tardaría diez horas en llegar!

—¡Debo abrir mis ojos como nunca y permanecer bien despierto, Boss! —agregó Elsey trepando por los flechastes hacia su puesto.

—¡Buena suerte! —le deseó el timonel, luego miró al grumete y se puso a silbar bajito—. ¡Mejor que esta noche te quedes quietecito, pequeño español! —pensó.

# 5

# El Combate de Martín García

**10 de marzo**

Había sido una noche silenciosa y el día amanecía claro y tranquilo. Con las primeras luces, los patriotas pudieron observar el gallardete de la fragata Hércules moviéndose sin ganas, impulsado por un viento flojo del este sudeste. Era una buena y una mala noticia, todo en uno. Por un lado la dirección alentaba el combate, dado que los godos se encontraban al oeste de la isla y por consiguiente, a sotavento de la flota revolucionaria. Los hombres de Brown podrían avanzar y maniobrar tanto como quisieran y no tendrían el peligro de acercarse demasiado a la costa. Por otro lado, cuando el viento se mostraba indeciso era capaz de rolar hacia otra dirección en cualquier momento. Este cambio inesperado podía costar la victoria, como ya había ocurrido otras veces a lo largo de la historia.

El almirante ya se encontraba en la cubierta observando los otros barcos de la flota. Cuando la luz del sol fue suficiente para poder guiarse en ese río engañoso, miró al teniente Stacy y le habló con una voz grave que no reconoció como propia.

—Señor Stacy, a la flota: "En línea de combate, rumbo oeste noroeste".

—¡Sí, señor! —El teniente informó a Villalba la señal que había que izar para que la escuadra la viera. El grumete asintió con desgano y fue desplegando las banderas una por una. Brown vio que a su lado se encontraba el capitán.

—¡Señor Smith! ¡Que leven anclas!

—¡A la orden, almirante!

Los hombres subieron a las vergas y mientras el cabrestante cobraba la cadena del ancla la Hércules y sus compañeros se pusieron en movimiento, viento en popa. Las velas no se hinchaban tanto como Brown deseaba y en esta situación supo que situarse a tiro de cañón del enemigo les llevaría unas siete horas. La escuadra estaría avanzando a poco más de un nudo de velocidad con ese viento flojo.

A los diez minutos de marcha la Juliet los fue rebasando por el costado de estribor y cuando estuvo a su misma altura, las tripulaciones de ambos barcos se saludaron gritando hurras y "¡Viva la Patria!". Brown y Seaver se observaron un momento y luego se saludaron, tocándose los sombreros. Así se dieron valor y compartieron ese momento único en la historia, del que ellos eran testigos y protagonistas. Luego la goleta, con todas sus velas de cuchillo desplegadas y brillando al viento, se fue posicionando lentamente por delante de la Hércules. Brown asintió complacido, el comodoro Seaver se estaba luciendo y cumplía sus órdenes con precisión y pericia. Era necesario que la Juliet encabezara la fila porque su piloto conocía aquellas aguas como la palma de su mano.

Boss subió rápidamente al tope y saludó a Elsey Miller. Luego miró a proa para ver cómo desde la Juliet se bajaba un bote con dos marinos a bordo. Los hombres remaron hasta colocarse a proa de la goleta y una vez allí comenzaron a sondear la profundidad del canal, para evitar que la flota cayera presa de los fondos arenosos. La cantinela comenzó pronto, la plomada se dejaba caer y se medía la cantidad de brazas de profundidad que tenía el río en esa parte. El timonel dio media vuelta y vio por la estela de la fragata la sucesión de navíos en fila. El orgullo lo invadió de golpe, ahí estaba el trabajo y el sacrificio que habían hecho todos ellos para cumplir el sueño de la libertad. Cuadernas, lonas, cabos, palos, hierro y pólvora. Todo estaba a su vista, hasta lo invisible. Huesos, músculos, valentía y corazón, los ingredientes que el almirante había podido reunir en tan poco tiempo, con el dinero del comerciante White, las artimañas políticas del general Alvear y del ministro Juan Larrea. Uno tras otro los barcos navegaban en una procesión; la corbeta Zephir seguía a la fragata Hércules, luego el bergantín Nancy, la goleta Fortuna, la balandra Carmen y el falucho San Luis, en ese orden.

Por el momento las tripulaciones se mostraban tranquilas y las cubiertas ya estaban dispuestas de la mejor manera para el combate. Los cabos estaban adujados prolijamente, las barras del cabrestante habían sido quitadas y acomodadas. Todos los cañones estaban cargados y ya asomaban sus bocas abiertas por las portas de ambas bandas. Sus espeques se encontraban a mano, al igual que las mechas retardadas, los baldes con agua y los accesorios de carga. Las chilleras estaban repletas de balas y en la santabárbara había varios cartuchos de pólvora preparados de antemano para la acción.

Los soldados tenían sus mosquetes listos para disparar y algunos miraban ansiosos a las cofas, esperando el momento de trepar por la arboladura para situarse allí y generar el mejor disparo hacia el enemigo. Los paisanos ayudaban con la navegación del barco lo mejor que podían, se mostraban tensos y nerviosos pero al menos ponían su mejor voluntad.

El piloto Billar Di Calia llevaba con pericia la Hércules directo a la popa de la Juliet, que había acortado vela para mantenerse cerca del resto de la flota. A su lado el ayudante Manuel Ferreira miraba el timón, los foques, el compás y la carta, para luego volver al principio, repitiendo esta secuencia sin cesar. Solamente se interrumpió un momento para observar una bandada de pájaros en formación que pasó de derecha a izquierda en el cielo y que muchos consideraron de buen augurio. Santiago Villalba no les prestó atención, su vista estaba más allá de la amura de estribor, hacia esa costa desconocida que tanto deseaba pisar. Su decisión estaba tan firme como el rumbo de la escuadra, cumpliría sus órdenes hasta que pudiera escapar. No deseaba participar de una guerra en contra del pueblo del que provenía, de su propia gente, de su familia.

Ese era el principio del fin, pensaba Guillermo Brown tranquilamente. Toda su vida lo había conducido a este momento, ahora lo terminaba de comprender. En su interior lo invadió la felicidad, había logrado todo lo que se había propuesto y si había un precio que pagar, estaba seguro que podría afrontarlo con una sonrisa en sus labios. Alexander lo miró y entendió lo que su amigo estaba pensando. Una racha fuerte de viento jugó con las solapas de la chaqueta azul y oro de Brown y amenazó con hacer volar su sombrero, que él se apresuró en calar sobre su cabeza. Boss captó esa imagen y se sintió varios años más joven, en otro barco, en otras aguas, en otra guerra. Aquel hombre había sido siempre el mismo, pero su amigo había vuelto en todo su esplendor.

—¡El almirante luce como los mil diablos! —le dijo Robert Smith al timonel.

—¡Todos nosotros! —exclamó Boss—. ¡Llevamos el traje de la guerra y la locura en nuestros ojos, compañero!

—¿Faltará mucho? —preguntó el comisario Juan Douglas—. ¡No soporto esta impaciencia!

—Disfruta de esta calma, yo sé lo que te digo. —Alexander se encogió de hombros—. Pronto comeremos el rancho y después de eso no habrá descanso.

Los mamparos habían sido retirados de las cubiertas inferiores y ahora la mirada podía ir de una punta a la otra del barco. Los coyes de la tripulación y las cámaras de los oficiales ya no estaban, en su lugar se había delimitado una zona a popa con cortinas de lona, donde se alojaba el cirujano Bernardo Campbell. Una mesa de madera hacía las veces de banco de operaciones, tapizada con una sábana vieja cubierta de manchas de sangre resecas por el tiempo. Los utensilios del cirujano descansaban a un costado, algunos oxidados y sucios, otros viejos, pero todos con el mejor filo que Campbell les había podido sacar. Daba impresión verlos, el serrucho y la sierra, el trépano y el cuchillo, brillaban con un destello ocre, triste. Sus ayudantes habían salido de la bañera, como se le llamaba a ese rincón del barco, para ir a buscar cubos de agua y arena. Agua para limpiar las heridas y refrescar las frentes de los que cayeran, arena para que la sangre que se chorrearía al piso no los hiciera resbalar.

El capellán Martín Martínez se encontraba sobre la cubierta principal, bien a proa. En su fascinación por la escena que se desarrollaba frente a sus ojos había olvidado que unos pasos más adelante los hombres se aliviaban de sus necesidades. Hacía rato que se encontraba allí y los marinos ya lo miraban mal, deseando que se fuera de una vez.

—¡Señor Martínez! —llamó el capitán Elías Smith—. ¡Si es tan amable de venir a popa un momento!

Para felicidad de muchos, el capellán de la escuadra se dirigió hacia el alcázar y los agobiados marineros pudieron acudir al llamado de la naturaleza.

—¿Decía usted, capitán? —Martínez no se había enterado de nada.

—¡Dios lo bendiga, padre! —le dijo Smith con profundo respeto—. ¡Por favor, entone en silencio una oración para que el cielo nos proteja!

—¡El padre nuestro es la cura de todos los males, señor! —dijo orgulloso el capellán, juntando sus manos y entregándose a la plegaria.

Brown miró risueño a su capitán y éste le devolvió la sonrisa. Luego conversó con el teniente Stacy sobre el rumbo y la velocidad que llevaban y al advertir que eran las doce del mediodía, mandó llamar al cocinero.

—¡Villalba! ¡Pase la voz a Peter, si es tan amable! —El grumete bajó lentamente a la cocina y comunicó el mensaje—: ¡Peter, a cubierta a ver al capitán! —Apenas subió, Elías dio la orden tan esperada a bordo—: ¡Sirva el rancho! ¡Luego apague los fogones y suba a cubierta!

—¡A la orden, señor!

La tripulación se dispuso a comer un guiso de carne acompañado de aguardiente rebajada con agua que les supo un manjar. Muchos sabían que podría ser su última comida y la disfrutaron en silencio, sumidos en pensamientos y recuerdos.

La isla Martín García ya podía divisarse claramente por la amura de estribor y más a la derecha se podía ver el canal del infierno, separándola de la Banda Oriental. Por babor algunos islotes se perfilaban en el horizonte, a una milla de distancia. En ese momento las banderas de señales treparon rápidamente el mástil de la Hércules y anunciaron a la Fortuna, a la Carmen y al San Luís que la fase dos del plan había comenzado.

Inmediatamente los tres barcos que navegaban en la retaguardia viraron al norte, tomando el viento por la aleta de estribor. La maniobra no había sido del todo limpia y era evidente que el falucho había quedado más al este que el resto de los barcos, pero esto era un detalle sin importancia. Era ya la una de la tarde y la Hércules junto con las demás naves podían ver claramente por proa a los barcos españoles, acoderados de este a oeste sobre la línea del muelle. Formaban una pared infranqueable de cuatro barcos bien artillados, entre los que se contaban el Belén de Romarate, el bergantín Aránzazu, la sumaca Gálvez y la cañonera Lima, en ese orden de batalla.

—¡Capitán! —gritó nuevamente Miller—. ¡Detrás hay otros barcos, pueden verse claramente los topes!

—¿Cuántos son? —preguntó Smith.

—¡Al menos otros cuatro, señor!

—¿De qué clase? —preguntó el almirante. Al notar que Elsey dudaba pidió a Boss que lo acompañe en el tope—. ¿Qué tipo de barcos, Boss?

—¡No logro identificarlos, señor! —se oyó decir avergonzado el timonel. Por mucho que esforzaba la vista no podía verlos con claridad. Un instante después le resultó obvio que se trataba de embarcaciones pequeñas, aunque no por eso menos peligrosas—. ¡Balandras y cañoneras, señor! —respondió por fin Alexander—. ¡Y un cañón de seis libras en la costa!

—¡Maldición! —murmuró el almirante—. ¡Capitán! ¡Dé la orden de zafarrancho de combate!

—¡Enseguida, almirante! —Era lo que Smith venía esperando hacía rato—. ¡Señor Stacy! ¡Zafarrancho de combate!

—¡A la orden, capitán! —Stacy miró al contramaestre y exclamó—: ¡Señor Brook, llame a los hombres a zafarrancho de combate, si es tan amable! —El contramaestre sacó a relucir su silbato plateado y silbó una nota aguda y larga, dos o tres veces. Entonces apareció en cubierta un cabo de infantería con un redoblante y comenzó a tocar la llamada, para que todos sepan lo que había que hacer.

Los hombres se apresuraron a cubrir sus puestos de batalla, asignados de antemano. A los paisanos tuvieron que ayudarlos a no confundirse de posición, pues ya bastante desordenada estaba la cubierta con los marinos corriendo de aquí para allá. El almirante y el capitán se miraron desconcertados, nunca habían visto tanta confusión en ese ejercicio. Se cruzaron de brazos y se mantuvieron pacientes, mientras Brook los iba ordenando con el látigo en la mano. El dolor en los tobillos hacía que cada quien encontrara su lugar en la cubierta, o al menos eso creía el contramaestre. Al ras del agua llegaba el sonido del redoblante de la Juliet y de la Zephir, que como las demás estaban teniendo sus propios problemas con el llamado a todos los hombres.

Un momento después las cubiertas retornaron a la normalidad, con cada marino en su puesto, en silencio y atento. Entonces sin poder esperar más, las banderas de señales treparon nuevamente y en código expresaron: "Abrir fuego". La costa oeste de la isla podía verse paralela al costado de estribor de la flota, a escasas ciento sesenta yardas. El cañón de tierra, el muelle y los navíos españoles eran como una barrera que se oponía al avance de la escuadra y la desafiaban a combatir.

Por su posición, la primera en abrir fuego fue la Juliet, que lanzó una terrible andanada desde su costado de estribor hacia la escuadra de Romarate. Las balas rasas de dieciocho, doce y seis libras silbaron y se estrellaron muy cerca del enemigo.

—¡Seaver, te estás ganando los galones! —pensó Brown con satisfacción.

Entonces los godos respondieron con una descarga terrible de artillería y de mosquetes que se concentró en la goleta, haciéndola temblar de *quilla* a *perilla*. Las cuatro naves de Romarate lanzaron sus andanadas directamente hacia la Juliet, que debió realizar una guiñada para poder defenderse apropiadamente. Era una situación despareja, las velas de la goleta enseguida se hicieron jirones y el casco fue agujereado aquí y allá sobre la línea de flotación. Los españoles habían elevado sus cañones para ganar alcance, razón por la cual disparaban alto.

—¡Señor Brook! —gritó el almirante Brown desde su puesto—. ¡Que desplieguen más velas! ¡Bracear esas vergas! —Guillermo comprendió que debía ir en auxilio de la Juliet. Todavía se encontraba fuera del alcance del enemigo y no tenía otra manera de ayudar como no fuera acercándose más rápido—. ¡Di Calia, Ferreira, timón al Belén! —repitió—: ¡Timón al Belén! —Como Smith viera el desconcierto del piloto y su ayudante, envió a Boss a indicarles el camino—. ¡El Belén es el primer barco a estribor, compañero! —gritó el timonel.

—¡Señor Stacy! ¡Que preparen las armas de abordaje por si las necesitamos! —Por un momento Brown deseó abordar al Belén y hacer rendir la capitana. Luego lo meditó un poco, sería un movimiento demasiado arriesgado.

La Hércules ingresó al área de alcance de las baterías enemigas. Allí la esperaba la Juliet en un estado lastimoso, su velocidad se había reducido por los daños en su arboladura. Enseguida el fuego de los españoles se repartió entre el casco maltratado de la goleta y el nuevo blanco disponible que ofrecía la fragata. La batería de tierra hizo fuego y hubo un gran impacto en el casco que derribó a varios tripulantes a cubierta. Las astillas volaron en pedazos, como proyectiles afilados y mortales buscando clavarse en la carne de algún desdichado. Otra bala atravesó de lado a lado al teniente Robert Stacy, quien en un intento por ayudar al piloto Di Calia en el timón, se había interpuesto en su trayectoria. Ferreira se asió con todas sus fuerzas a las cabillas del timón notando que Di Calia lo abandonaba, tirándose al suelo en una mueca de dolor. Su brazo derecho había sido alcanzado por una astilla del tamaño de un alfanje y a su alrededor rápidamente la cubierta se tiñó de sangre.

En ese momento el comisario John Douglas, que había visto el suceso desde el combés, corrió a popa y llevó en brazos al italiano hacia la bañera, cubierta abajo. La Hércules había soportado la descarga de la artillería con entereza y ahora llegaron los perdigones de la infantería española, que como un enjambre de abejas letales se clavaron en la madera y en la carne por igual. Fue entonces que Manuel Ferreira murió de un balazo en el cuello, soltando lentamente las cabillas del timón y dejando la fragata a la deriva.

Boss en la proa apuntaba y disparaba sin cesar el largo de veinticuatro en colisa, con sus ayudantes Silverio Alvares, Elsey Miller y tres paisanos que habían vencido el miedo de los primeros instantes.

—¡Otra bala! —rugía el timonel—. ¡La estopa, el atacador! ¡Vamos! —Cuando tomó el espeque y corrigió la mira del cañón, notó que la puntería se iba a estribor.

Miró desconcertado al bauprés y notó que el barco estaba desviándose de su curso, hacia la costa. Se volvió hacia la popa y le pareció ver la rueda del timón abandonada a su suerte. Entonces comprendió lo que había sucedido y enseguida salió corriendo hacia la popa, cuando un golpe seco lo tiró hacia un costado. Logró sujetarse de los obenques estando cerca de caer al agua y al levantarse notó que la cubierta estaba inclinada. Para entonces el capitán Smith había tomado el timón nuevamente, pero ya no respondía, el barco había varado. Boss volvió a su puesto en el cañón y lo disparó, entonces vio salir astillas del costado del Belén y quedó sorprendido, estaba seguro de haberle apuntado al Aranzazú. El viraje involuntario y ahora la cubierta escorada hicieron que el timonel tuviera que corregir la puntería de su arma antes de volver a usarla.

—¡Mover esos cañones a las amuras, rápido! —dijo el almirante, sabiendo que habían quedado con la proa mirando hacia el enemigo, sin posibilidad de defenderse con sus costados.

—¡Hemos encallado, arriar las velas! —gritaba a su vez Elías Smith

Una nueva descarga de artillería española los alcanzó en la arboladura, cortando cabos y quebrando vergas, que caían a cubierta como una lluvia de escombros. Las redes de combate no pudieron protegerlos de algunas piezas, que cayeron sobre algunos hombres fracturando sus huesos y abriendo sus cabezas, como le sucedió al sargento Ramón Nuevas. Abajo el cirujano Campbell y sus ayudantes ya tenían más trabajo del que podían atender.

El almirante miró a proa y vio a la Juliet virando a babor con sus pocas velas sanas. Su intención era escapar del radio de fuego enemigo y ponerse a salvo.

—¡Maldición, Seaver! —pensó Brown—. ¡No nos abandones ahora!

A bordo de la Juliet el capitán Richard Baxter gritaba órdenes para que sus hombres tiraran por la borda los escombros. Después del feroz ataque que soportaron, la cubierta estaba plagada de fragmentos de lona, cabos y motones. Aquí y allá los cuerpos se sumaban al desorden, obstaculizando el libre andar de los marineros.

—¡Tú, levanta ese cadáver y tíralo por la borda! —le dijo Baxter al compadrito—. ¡Vamos!

—¡Rosendo no sabe por dónde empezar, capitán!

Antes de que las cosas empeoraran, el marinero que había salvado al compadre de desertar y terminar fusilado se acercó para ayudarlo.

—¡Vamos, hombre! ¡A la cuenta de tres!

Tomaron el cadáver por las manos y las piernas y lo arrojaron al río. Rosendo se creyó enfermo, sentía asco y miedo. Aquello era el infierno.

—¿Aquél otro también?

—¡Ese no! —exclamó el marinero—. ¡Son los restos del comodoro! ¡Los llevarán abajo para darles sepultura después!

Rosendo no entendió la diferencia, no sabía de quién se trataba pero al ver el uniforme comprobó que había sido alguien importante. En ese momento algunos de los cañones de la Juliet habían logrado disparar y los españoles respondieron casi en el mismo instante. La nueva descarga enemiga aflojó las pocas cuadernas que quedaban firmes y la goleta viró ligeramente a estribor —¡Señor Landguist!—exclamó el capitán a su primer oficial—. ¡Proa a babor! ¡Terminemos con esto de una buena vez!

—¿Capitán? ¿Abandonamos? —Landguist estaba perplejo por la orden recibida. Desde las cofas pudo oír algunos mosquetes disparando a los godos y comprendió que eso tampoco duraría mucho. La respuesta era obvia y se oyó contestar—: ¡A la orden, señor!

—¿Qué demonios pasa, compadre? —preguntó Rosendo al marinero, viendo a su capitán gritar y notando el nuevo rumbo que tomaba la embarcación. Era evidente que las cosas no andaban bien.

—¡Abandonamos la lucha!

—¡Qué alivio! —exclamó el compadre.

—¿Eres estúpido o qué? —El marinero lo empujó hacia el través de babor y le señaló un barco de tres palos, escorado y varado cerca de la costa. Disparaba con tres cañones en la proa y resistía como podía las balas enemigas—. ¡La fragata del almirante necesita nuestra ayuda y nosotros estamos escapando!

—¿Y por qué nos vamos, compadre? —El marinero bufó y se encogió de hombros.

—¡No lo sé! ¡Esto nunca pasaría de estar vivo el comodoro! —Como Rosendo lo miró sin comprender, repitió—: ¡El comodoro! —Señaló con su brazo estirado hacia el cuerpo que yacía contra un costado—: ¡Benjamín Seaver! —El compadrito no sabía quién había sido ese sujeto ni tampoco supo si envidiar la suerte del difunto o alegrarse por escapar de aquella pesadilla.

Elías Smith había soltado el timón de la Hércules porque ya no tenía sentido sujetarlo. La nave no se movía, las velas habían sido arriadas por los gavieros y ahora lo único en lo que se ocupaban los marineros era en disparar los cañones lo más rápido posible y tapar los boquetes debajo de la línea de flotación. Mientras tanto la tropa de fusileros seguía disparando sus mosquetes desde las cofas.

Miró a proa y vio a la Juliet abandonando la escuadra, dio media vuelta y detrás de ellos divisó la castigada Zephir, con algunas troneras unificadas por los impactos de las balas enemigas. Sus cañones de cubierta desmontados y los imbornales manchados de sangre hablaban por sí solos.

Entonces vio más atrás a la Nancy y exclamó—: ¡Almirante, la Nancy no ha sufrido muchos daños! ¡Puede ayudarnos a zafar de la varadura! ¡Tal vez logre remolcarnos fuera del banco!

Las banderas de señales subieron lentamente solicitando a la Nancy ayuda, pero el bergantín, lejos de responder o de acercarse, siguió el ejemplo de la Juliet y viró a babor. Un minuto después la Zephir también dejaba el combate.

—¡Nos abandonan, almirante! —decía desconsolado Elías Smith—. ¡Ahoy, Nancy! ¡Ahoy!

—¡No vendrán! —le espetó Brown a la cara sin poderse contener más—. ¡No vendrán, Smith! —le repitió tomándolo por un brazo y entonces el capitán se serenó. Una nueva descarga de los godos hizo trepidar el casco de la fragata, Guillermo perdió el equilibrio y cayó a cubierta, entonces vio con desesperación cómo una bala golpeaba el palo de mesana y rebotando alcanzaba al capitán Elías Smith. Un segundo después no quedaba nada de él, sólo sus restos sanguinolentos.

—¡Alexander Boss! —gritó Brown incorporándose y corriendo a proa para borrar esas imágenes de su mente—. ¡Alinear esos cañones y disparar a las naves enemigas!

—Aye aye, sir!

—¡Señales en el Belén, señor! —gritó Miller mirando a proa desde el largo de veinticuatro libras—. ¡Hay confusión entre los españoles!

—¡Nuestras cañoneras llegaron! —dijo con esperanza el almirante. Efectivamente la Fortuna, la Carmen y el San Luis habían doblado el extremo norte de la isla y ahora se acercaban a los godos por la retaguardia, tomándolos por sorpresa. Ante tal descubrimiento, Romarate había avisado a sus buques de reserva para que se ocupen de las naves patriotas.

La batalla se estaba intensificando del otro lado de la línea enemiga. Las españolas Americana, Murciana y Perla defendían bien su posición mientras la cañonera San Ramón del comandante Luis Boza atacaba a distancia aprovechando su largo alcance.

—¡Almirante! —rugió Boss—. ¡Van a trasladar el cañón de la isla justo enfrente nuestro!

—¡Que lo hagan! —respondió Brown—. ¡Apunten una de nuestras piezas hacia ellos y mantengan un fuego nutrido, muchachos!

Efectivamente el cañón enemigo fue trasladado y desde su nueva posición tuvo un mejor ángulo para destrozar la fragata Hércules, prisionera del banco de Santa Ana. La mayoría de los disparos impactaban ahora bajo la línea de flotación, en un lugar que la nave insignia dejaba al descubierto debido a su pronunciada escora. Los cañones de proa seguían respondiendo con tesón al fuego español, los artilleros no tenían un respiro para descansar. Por momentos hundían sus cabezas y mojaban sus cuerpos en el agua que utilizaban para refrescar los cañones. Se habían desnudado de la cintura para arriba, atando un pañuelo alrededor de su cabeza para que el sudor no les molestara los ojos. Sus caras estaban oscurecidas por el carbón de la pólvora y sus ojos enrojecidos por la acidez del humo con azufre. Ya no podían distinguir el silbido de las balas de mosquete que zumbaban alrededor de ellos, pues sus oídos estaban aturdidos por el incesante tronido del cañón. Cada tanto un perdigón español incrementaba la cuenta del carnicero mientras los heridos se amontonaban bajo la cubierta, deseosos de descanso y atenciones. Muchos otros, inconscientes, ignoraban dónde estaban o qué les esperaba. La respuesta a esta lluvia de balas era responsabilidad del capitán de infantería de marina Jaime Martí de Jaume. Corriendo de aquí para allá mirando arriba, daba órdenes a sus infantes y los proveía de pólvora y municiones, cuidando que no se agotaran nunca.

—¡Contramaestre Brook! —gritó Brown—. ¡Llamen a Brook! —Tímidamente se acercó Robert Smith—. ¡Richard Brook ha caído, señor! ¡La metralla de la Gálvez lo alcanzó!

—¡Santo cielo! —murmuró el almirante—. ¡Robert, baje a la santabárbara y asegúrese de que estén llenando más cartuchos de pólvora!

—Aye, sir!

El casco de la Hércules ya no podía seguir aguantando tantos disparos, sus costados se encontraban resquebrajados como un árbol viejo y reseco. Aun así seguía haciendo fuego de manera activa, en una defensa estoica que no podría durar eternamente. Por fortuna, la tarde se iba terminando y el sol comenzó a ocultarse en el oeste, tras casi siete horas de pelea continua.

Las cañoneras patriotas también estaban muy maltratadas, aunque ahora se habían agrupado más cerca de la Hércules y formaban un grupo compacto, capaz de enfrentar también a la Lima y a la Gálvez. Con su presencia habían evitado que la retaguardia española se echara sobre la Hércules para dispararle a quemarropa, lo que habría sido fatal para la fragata. Los barcos que habían abandonado la lucha se mantenían entre Martín García y el arroyo San Juan, navegando sin ton ni son mientras oían a lo lejos los gritos desgarradores del buque insignia, debatiéndose entre la vida y la muerte.

A veintiséis millas náuticas al sur sudoeste de allí, el pueblo de Buenos Aires había subido a sus terrazas y miraba desconcertado hacia el horizonte. Oían el tronido de los cañones sin saber cómo iban ocurriendo los hechos de la batalla. Se mantuvieron expectantes hasta que el sol se puso y los sonidos se extinguieron, entonces la noticia se esparció como el fuego en un campo reseco. La Hércules había sido hundida por los godos y el resto de la escuadra patriota apresada. El silencio nunca había sido tan callado, los corazones porteños estaban tan despedazados como el casco de la fragata, sobre todo el de Elizabeth Chitty, que no pudo contener su llanto desconsolado. Seguramente su esposo habría muerto, ya no había una ofrenda superior que hacerle a la libertad de esos lejanos parajes, donde el destino la había arrastrado.

Larrea al enterarse escribió presuroso una nota al almirante para que le comentara qué había sucedido y en qué estado se encontraba la escuadra. Lo carcomía la ansiedad, si era verdad la noticia que había escuchado todo había terminado apenas empezar.

---

El capitán de navío Jacinto de Romarate, comodoro de la flota española, había pasado el día anterior disponiendo sus cuatro buques principales acoderados de este a oeste, siguiendo la línea del muelle. No había sido una tarea sencilla, hubo que amarrarlos con un cabo grueso, difícil de manipular, y tenderlo desde la popa de una nave a la proa de la siguiente. Luego acomodarlo sobre cubierta de tal manera que no obstaculizara el movimiento de la tripulación.

Así habían quedado sus navíos mirando hacia la isla, presentando su banda de estribor al sur, lugar por el cual esperaban a los rebeldes. También había ordenado a los capitanes de las balandras Murciana y Americana y de las cañoneras Perla y San Ramón que se apuesten detrás de esa línea de batalla, dado que su poder de fuego era reducido, pero su alcance era varias veces el de los buques más grandes.

El comandante Boza se había quejado de esto, pensando que permanecer en la retaguardia era una ofensa a su persona, pero enseguida le hicieron ver que su barco sólo era útil disparando a la distancia porque esa era la función de las cañoneras. Con dificultad lo entendió, aunque para entonces los demás capitanes dejaron de hablarle y se alejaban de él cuando lo veían. El comodoro sabía que había personas como Boza en todos los barcos de la armada y por fortuna no todos llegaban a comandantes. Por otro lado también había hombres como el alférez del Regimiento del Fijo, José de Azcuénaga, capaces de convertir un puñado de pueblerinos en una milicia férrea. Tras reunir a los hombres sanos de la isla y darles una pequeña instrucción y armas, éstos ya estaban listos para combatir a los rebeldes, agradeciendo tomar parte en la defensa de su querida España. Los que no estaban gravemente enfermos o eran de edad avanzada, se ofrecieron para cargar a los heridos hasta la enfermería o para llevar pólvora y balas hacia las tropas de tierra. En este último grupo se encontraba Carlos Villalba, un anciano de Montevideo que había logrado recuperarse de su debilidad y hambruna, y que ahora estaba deseoso de ayudar.

El capitán Loaces también había estado muy activo el día anterior a la batalla, pasando revista a las tropas y supervisando la instalación del cañón de la isla al pie del muelle. Era un largo de seis libras, que si era bien apuntado y disparado con cadencia sumaría alguna ayuda a las baterías flotantes que formaban los navíos de Romarate.

A bordo de las cuatro naves mayores los preparativos eran los de rutina. Todos estaban ansiosos por disparar y sólo unos pocos se preguntaban cuánto tiempo permanecerían haciendo fuego. La pólvora y las balas eran un bien preciado en aquellas aguas, rodeados como estaban de rebeldes a los dos lados del río e interceptado su camino de regreso a Montevideo. Por fortuna las tripulaciones no eran tan heterogéneas como las del enemigo, aunque podían contarse grandes grupos de paisanos y gente de la ciudadela, también algunos borrachines y convictos liberados a último momento. Los habían distribuido de tal manera que aprendieran un poco de todo y prestaran su fuerza cuando se necesitara, no los querían para gobernar el barco ni para dibujar estrategias.

Apenas salió el sol ese 10 de marzo, los topes de los barcos enemigos se hicieron visibles en la lente del telescopio de Romarate. Enseguida vieron las velas desplegarse y al rato los cascos ya estaban alineados uno a continuación del otro. El ojo experimentado del comodoro pudo notar desaciertos en algunas de las maniobras, pero esto lejos de tranquilizarlo le hizo pensar en el valor que tenía un hombre que peleaba por su libertad en contraste con aquél que lo hacía por costumbre o por dinero. Muy pocos luchaban con pasión, eso era evidente en la armada española.

El viento era del este sudeste y los rebeldes lo tomaban por la popa, avanzando lentamente debido a lo flojo de la brisa. A lo lejos ya podían distinguirse las filas de cañones oscuros a cada banda, aunque el marino sabía que dispararían con el costado de estribor, porque lógicamente era la única manera de mantenerse lejos de tierra y evitar encallar. Su posición estaba a sotavento, no le agradaba mucho pero al menos podría salvar cierta distancia de la costa. Además aquellos bancos de arena que surgían del agua no representaban una amenaza para él, que permanecía quieto en un lugar, en cambio los rebeldes debían moverse y llegar hasta sus aguas, evitándolos.

La tensión iba en aumento, aguardar un ataque era una lección de templanza que no todos lograban aprender. Por suerte, la monotonía se rompió a la una de la tarde cuando la formación enemiga se quebró en dos. La mitad de la vanguardia siguió avanzando con su mismo rumbo y la retaguardia viró a estribor y se alejó hacia el norte. El alférez Azcuénaga temió un desembarco por el otro lado de la isla y se acercó con un destacamento, luego vio que las cañoneras enemigas navegaban muy al este de la costa y se tranquilizó. El paso por esas aguas era muy difícil, el fondo era rocoso y la profundidad escasa, no tardarían en tener problemas.

Unos minutos más tarde la vanguardia rebelde estaba frente a ellos, había rebasado el extremo sur de la isla y se acercaba sin pausa directamente a la mitad de la flota acoderada.

—¡Señor, el enemigo se encuentra a tiro de cañón! —informó el vigía del Belén.

—¡Preparen todas las armas, pero no disparen! —ordenó Romarate—. ¡Aguardemos que ellos abran fuego!

En las cubiertas de artillería del Belén, del Aranzazú y de la Gálvez los marineros mantenían sus ojos fijos en la goleta enemiga que iba a proa. En sus manos tenían la mecha retardada haciendo un leve siseo, lista para hundirse en el ojo del cañón y hacerlo disparar. De pronto la Juliet les presentó ligeramente su costado de estribor y disparó una andanada. Sin aguardar un segundo más, los barcos españoles le respondieron todos juntos, sumando sus mortíferas explosiones a la del cañón de la isla, cuyo humo ya se veía alejándose de su boca.

El casco rebelde tembló al recibir todo ese metal junto, pero al cabo de unos minutos volvió a disparar. En las cofas sus infantes respondían a los hombres de Azcuénaga y de Loaces, apostados en la orilla, disparando sus mosquetes una y otra vez.

—¡Carguen metralla! —gritó Romarate—. Sus órdenes se pasaban de un barco al otro utilizando la bocina, dado lo cerca que se encontraban.

Cuando las bocas españolas volvieron a disparar, aquellos perdigones de metal alcanzaron la cubierta de la goleta, barriendo al enemigo al instante.

La fragata había apurado su paso y también había entrado en el área de fuego español. Enseguida los espeques apuntaron algunos cañones hacia ella, sin olvidarse tampoco de la desafortunada Juliet. Las baterías disparaban sin parar hacia un barco y hacia el otro, poniendo mayor empeño en la Hércules porque era más grande y estaba más sana. Varias andanadas de metralla hicieron perder el control a la nave insignia de los rebeldes, que virando ligeramente a estribor chocó contra un banco y se detuvo con la proa directamente a Romarate. En ese momento desde su cañón de veinticuatro libras salió humo y la bala no tardó en alcanzar al Belén, arrancándole astillas y continuando su carrera desmontando una pieza y matando varios hombres.

—¡Ordenar la batería! ¡Apuntar directo a la fragata! —Ignacio Reguera, comandante del Belén, había dado la orden pensando que sería la que a su comodoro le hubiese gustado impartir, de no encontrarse tirado en la cubierta tratando de levantarse. Cuando se incorporó asintió con la mirada, contento de tener oficiales como Reguera.

Para entonces el tercer barco rebelde había entrado en sus aguas. La Zephir fue recibida con más cañoneo, tanto de la línea de defensa como de la retaguardia española, que tan fervientemente combatía. En tierra los infantes se habían apostado mejor y disparaban, asistidos con municiones y pólvora que les proveía la gente de la isla. Carlos Villalba había tenido que echarse a tierra varias veces, oyendo los perdigones de Buenos Aires silbando sobre su cabeza.

Entonces sucedió lo inesperado, al menos para Romarate, hombre de honor e inmensa valentía. La goleta rebelde y las dos naves de la retarguardia viraron a babor en sucesión, dejando a la inerte fragata a merced de ellos.

—¡Concentrar el fuego sobre la fragata! —gritó con todas sus fuerzas, aunque por dentro sintió lástima de aquellos infelices. Hasta en las grandes batallas como la de Trafalgar sucedían estas traiciones, esta cobardía que costaba aún más vidas valientes.

La Hércules se debatía contra ellos como un animal herido haciendo fuego con sus tres cañones de proa y sus mosquetes, hasta que las fuerzas volvieron a emparejarse. Enseguida Romarate vio al valiente Azcuénaga ordenar el movimiento del cañón de tierra justo enfrente de la fragata, lo que le causó a su gente varias heridas y dificultades hasta que pudieron trasladarlo y emplazarlo en su nueva ubicación. Entonces desvió su vista y divisó los tres barcos rebeldes virando por el norte, que se sumaban a la batalla luego de sobrevivir al canal del infierno.

—¡Señal a la retaguardia! —ordenó el comodoro—. ¡Atacar enemigo al norte!

Las cuatro naves españolas cesaron el fuego a la Hércules y se concentraron en obedecer a su comandante supremo. Luis Boza, al mando de la San Ramón, se preguntó si entre toda esa calaña recién llegada estaría el capitán rubio y su amigo, el enorme timonel. Sonrió para sus adentros y deseó que así fuera. Entonces decidió que estos enemigos recién salidos de su memoria estarían en la goleta Fortuna y hacia allí ordenó que dispararan.

—¡Fuego sobre la goleta! —gritó blandiendo el alfanje en el aire—. ¡Más rápido, maldición!

Lo que él no sabía era que estos personajes de sus recuerdos se encontraban al otro lado de la línea española, en esa hermosa fragata que lentamente se iba convirtiendo en una montaña de escombros. Boza nunca habría adivinado que el capitán rubio, como él lo recordaba, era el igual a Romarate en el otro bando y que su timonel era quien estaba abriendo agujeros en el Belén y en el Aranzazú. De saberlo se habría muerto de la envidia.

El fuego continuó desde ambos bandos con la misma intensidad hasta que el sol decidió ponerse. Entonces, como si los contendientes se hubiesen puesto de acuerdo, todos dejaron de disparar. Esta no era una opción para Romarate, que sabiendo la escasa pólvora y municiones con que contaba después del combate, decidió detener el fuego antes que malgastar sus provisiones en la oscuridad de la noche.

Sus esfuerzos se concentraron en tapar los boquetes más importantes de los barcos, despejar las cubiertas de cadáveres y escombros y sanar a los heridos en la enfermería de la isla. Unas horas después el alférez Azcuénaga se acercó a Romarate y le habló con aire resuelto, pero con la deferencia debida al comodoro de la flota.

—¡Comodoro, vengo a pedirle un favor! —Se notaba cansado y nervioso, su cara estaba enrojecida por la actividad y oscurecida por la pólvora.

—¡Hable alférez! —respondió Romarate, con más compostura y presencia.

—¿Sería tan amable de prestarme un cañón de la batería que no usa el Belén? —El comodoro se relajó.

—¡Por supuesto! ¿Cómo piensa llevarlo a tierra?

—¡Mis hombres lo trasladarán y lo ubicarán junto al otro, enfrente de la fragata! —El comodoro asintió con la cabeza—. ¡Además levantaremos un parapeto para resguardar la isla de las descargas del enemigo!

—¡Escoja el que guste, alférez! ¡Lo felicito por su estrategia!

—¡Gracias, señor! ¡Con su permiso! —Tocó su sombrero con la mano y se alejó presuroso.

---

En la oscuridad de esa noche triste, la Hércules descansaba sobre el banco de Santa Ana con cien agujeros en su casco y cincuenta muertos yaciendo en la cubierta superior o al lado de la enfermería. Los marinos con experiencia se ocupaban en mover las bombas para vaciar la sentina llena de agua y ayudar al carpintero a taponar los agujeros abiertos debajo de la línea de flotación. Esto se hacía con planchas de plomo que aseguraban a mazazos y con cueros negros si el boquete era pequeño, lo que empezaba a darle a la fragata un aspecto oscuro. Al sonido del martillo se sumaban el de las voces bajo las cubiertas, toses, aullidos de dolor y los estertores de los heridos. Bernardo Campbell y sus ayudantes continuaban su labor sin pausa, cosiendo, sangrando, colocando paños fríos o ayudando a separar una extremidad del cuerpo de algún infeliz. En medio de esos sonidos desagradables, tan conocidos por los oficiales experimentados, pasó inadvertido para casi todos un chapuzón a proa y el posterior chapoteo. Alexander, que había subido a la verga de trinquete para inspeccionar el estado de esa vela, miró hacia abajo y logró ver claramente lo que estaba sucediendo. El cuerpo de un muchacho braceaba en el agua, con gran exageración en sus movimientos. Al principio el timonel creyó que se estaría ahogando, pero luego lo vio avanzar lentamente hacia la costa mientras el ruido de sus brazadas se fue extinguiendo con la distancia. Pronto lo perdió de vista—: ¡Buena suerte, muchacho! —murmuró el timonel—. ¡Ojalá puedas reunirte con tu abuelo!

En ese momento, ajeno a todo aquello, el almirante estaba en su desordenada cabina hablando con el segundo teniente.

—Señor Gibson, seré breve dadas las circunstancias. —Brown estaba parado dando la espalda a los ventanales de popa y lo miraba seriamente—. El capitán Smith y el primer oficial Stacy se encuentran entre los caídos, como usted habrá notado. Es norma en los barcos de guerra que el siguiente oficial en el escalafón sea ascendido para ocupar los cargos vacantes. Su nombramiento, sin embargo, es provisorio y tendrá que ser confirmado cuando volvamos a Buenos Aires. —El irlandés lo miró y recordó cuando lo nombraron comandante de la HMS Cerbere—. ¡Felicidades, capitán en funciones!

—¡Gracias, señor! —exclamó Gibson con una mueca feliz en su rostro.

—¡Lo que me trae a sus órdenes, señor! —continuó con seriedad Brown—. Durante la noche tenemos que achicar toda el agua de la sentina, taponar todas las vías de agua y asegurarnos que la arboladura pueda desplegar al menos una vela.

—¡Muy bien, señor!

—Quiero que el primer oficial... —El almirante calló haciendo memoria—. Dígale al señor Mac Dougall que se ponga al frente de un grupo para mover la popa a cabo y ancla. La Hércules debe quedar con su banda de babor mirando al enemigo y los cañones de ese costado listos para disparar, antes que salga el sol. Puede llevarse a mi timonel, él sabrá cómo virar la popa.

—¡Entendido, almirante! —El capitán estaba por retirarse cuando Brown volvió a hablar—: ¡Y que despejen la cubierta, hay casi cien hombres desparramados en ella! ¡Debemos ubicar a los heridos en sitios cómodos!

—¡Así se hará, señor!

Apenas Gibson abandonó la cabina llamó a Mac Dougall y juntos organizaron a los hombres y se encargaron de que las órdenes del almirante se fueran cumpliendo. Boss, al notar la puerta entreabierta, golpeó respetuosamente y luego se asomó.

—¿Me buscaba, almirante? —Era la forma que empleaba para acercarse a su amigo y conversar, al menos un minuto.

—¡Alexander! ¡Pasa y cierra la puerta! —Una vez que el timonel estuvo dentro William tomó asiento y lo invitó a sentarse—. Escucha, debemos virar la popa para que la Hércules pueda presentar su banda de babor. Ve con Mac Dougall y enséñale cómo se hace. Luego vuelve aquí, tenemos trabajo que hacer.

—¡Sí, señor! —Boss estaba poniéndose de pie cuando su amigo lo retuvo con un gesto.

—¿Estás bien?

—¡Como siempre, William! —respondió sobresaltado el timonel.

—¿Santiago estuvo contigo durante la batalla? —Una sombra oscureció los ojos de Alexander.

—No, ayudó con las banderas de señales, luego trabajó de powder monkey hasta que cayó la noche.

—¡Vigílalo si puedes! —dijo Brown—. ¡Tú sabes a lo que me refiero! —Boss asintió mirando al piso, aunque le costara era necesario ocultarle los hechos a su amigo. El hombretón no tenía fuerzas para negarle el destino a un chico de catorce años.

---

El cable del ancla había sido desenrollado desde el cabrestante, que ya tenía todas sus barras colocadas. Pasaba luego por el *escobén* de popa y se sumergía en el agua marrón del Río de la Plata hasta que más adelante volvía a salir, terminando en el ojal del ancla que llevaban en el bote. Mac Dougall, Boss y otros dos marineros remaban en línea recta alejándose de la fragata, hasta que a unas ciento cincuenta yardas decidieron arrojar el ancla. Luego abrieron la tapa de la linterna sorda y la cerraron nuevamente, desde la fragata les respondieron con la misma señal luminosa. Enseguida los marineros de la cubierta comenzaron a empujar el cabrestante y el cable se fue cobrando, al principio fácil y rápidamente, pero al tensarse el movimiento se volvió muy pesado y difícil. La primera vez la popa amagó con girar, pero el ancla se zafó y la operación tuvo que repetirse, esta vez más lejos de la fragata. De igual manera sucedió la segunda vez y por fin, al tercer intento la quilla se deslizó de forma áspera e intermitente hasta ceder, permitiendo que la banda de babor se pusiera paralela al enemigo, ahora invisible. En esta nueva posición la Hércules no estaba tan escorada, aunque su proa se elevaba ligeramente por sobre la popa. Enseguida los cañones de ese costado fueron cargados y dejados listos para iniciar el combate al día siguiente. Afortunadamente la operación había sido un éxito y no les había llevado tanto tiempo, pensaba Boss. La arena del banco estaba compactada pero era gruesa y enseguida se dejaba moldear. Al volver a bordo notó a sus compañeros colorados y sudados, tratando de recuperar el resuello—. ¡Al fin y al cabo, tampoco fue tan fácil como imaginé! —se dijo Alexander.

Caminó directamente a la cabina buscando al almirante pero lo encontró mucho antes, entre el cabrestante y el timón.

—¡Aquí estás! ¡Reúne a la tripulación del bote, iremos a dar un paseo! —Ante estas palabras el timonel se alarmó, recordando que Santiago era uno de los remeros del capitán.

—Aye… Aye, sir! —dijo con voz entrecortada.

Al caer el sol esa misma tarde, los comandantes de la Zephir, la Nancy y la Juliet advirtieron que las cañoneras se mantenían en posición de ataque, pese a la oscuridad. Por este motivo, decidieron acercarse y fondear cerca de la isla. El almirante enseguida había visto la silueta de sus cascos pero no les prestó atención hasta que logró poner en orden su propio barco. Recién entonces pidió a sus hombres que bajen el bote y se instalen contra sus regalas. Como faltaban algunos tripulantes, heridos o caídos, el timonel se encargó de llenar los espacios vacíos con otros marineros. Entonces dio las gracias a la providencia de que fuesen tantos los problemas que distraían al irlandés, que éste ni siquiera se percató de que faltaba Santiago en su lancha. Boss se sentó a popa junto a la caña del timón y Brown lo acompañó, mirando hacia el horizonte invisible. —A la Juliet —dijo el almirante y hacia allí apuntó el timonel la proa de la lancha, notando el silencio tenso de su amigo.

Una vez en cubierta, Brown, que había abordado solo, encontró a los oficiales y marineros esperándolo en actitud desafiante. Se mostraban orgullosos y ofendidos, aunque en el fondo de sus corazones sabían que se habían equivocado.

—¿Quién está al mando? —preguntó solemnemente el almirante. Enseguida apareció entre la muchedumbre el capitán de la Juliet.

—¡Richard Baxter, señor!

—¿Qué pasó con el comodoro Seaver? —preguntó sorprendido Brown, adivinando la respuesta.

—Cayó luego de la primera descarga de metralla. —A Guillermo se le hizo un nudo en la garganta—. Deseo reunirme con usted y sus oficiales en la cabina.

—¡A la orden, señor!

Inmediatamente el primer oficial Jacobo Landguist llamó al segundo teniente Thomas Danton y al teniente de infantería Miguel del Cerro. Los tres ingresaron a la cámara donde ya los esperaban el capitán y el almirante, sentándose por rango alrededor de la mesa.

—¡Señores, su actitud fue de lo más egoísta y cobarde!

—¡El comodoro había caído, señor, no supe cómo continuar la batalla! —interrumpió Baxter.

—¡Seaver cayó, es cierto, pero usted siempre fue el capitán de esta nave! —exclamó iracundo Brown—. ¡Deberían estar avergonzados! —Nadie replicó, el almirante sentía el fuego de su enojo apoderándose de él—. ¡Mientras yo esté al mando les ordeno que se mantengan en las posiciones de batalla y hagan frente al enemigo con todos sus recursos! ¡No debería estar hablándoles de valor y honor, caballeros! ¡El tiempo es muy valioso y no deseo perderlo aquí, en estas obviedades!

—¡Estamos listos para levar anclas e iniciar las reparaciones en Colonia, señor! —se apuró en decir el capitán.

—¡No haremos tal cosa! —gritó Brown—. ¡Aún no estamos perdidos, podemos salir adelante y abrazar la victoria!

—Con todo respeto, señor —continuó Baxter—. La Juliet está muy maltratada, hicimos reparaciones de emergencia pero no soportarán otro fuego como el de ayer.

—¡Capitán! —dijo el almirante mirándolo a los ojos—. ¡La Hércules está varada en el banco, con cien agujeros de bala en el casco y apenas un palo en pie y mañana aguantará todo lo que pueda hasta que se hunda o pueda zafarse! ¡La Patria nos necesita ahora, no mañana ni cuando terminemos las reparaciones! ¡Este es el momento, tenemos una chance!

—Los oficiales no supieron qué responder. Guillermo se dio cuenta que había duda en sus ojos y sabía que estaba perdiendo terreno, pero aún los creía hombres de honor—. ¡Deben prometerme que mañana se mantendrán en pie de guerra! —Pasó un segundo, luego otro, finalmente el capitán asintió y respondió por su nave.

—La goleta Juliet se esforzará al máximo, almirante... —Sus ojos se perdieron en el tablaje del suelo.

Los demás asintieron en silencio, sabiendo que por siempre habría una mancha sobre su querida goleta. Su almirante todavía creía en ellos y en la victoria, había ido personalmente a pedirles que no lo abandonaran nuevamente, que él iba a luchar a muerte y que todo sería más fácil si cooperaban. Ellos no tenían la misma fe, se sentían perdidos y derrotados, muertos en vida.

Guillermo bajó al bote decepcionado, rezaba para que sus palabras hubieran calado hondo en los corazones de sus oficiales, aunque tenía sus reservas. Se produjo la misma charla en la Zephir y luego en la Nancy, con los capitanes James King y Richard Leech rodeados de sus oficiales. El resultado había sido el mismo: temor, duda, una promesa arrancada de sus labios por pura obediencia.

Después de la última entrevista, Brown se dejó caer pesadamente en la lancha y ordenó a Boss dirigirse a la balandra Carmen. Aquí tenía una misión muy diferente, felicitar y ponerse a disposición del capitán Samuel Spiro, que con resolución había comandado su barco bajo el fuego enemigo. Primero soportó la artillería de las cañoneras españolas y después, maniobrando para acercarse a la fragata, hizo frente a la línea de navíos de Romarate. Ya próximo a abordar, el almirante notó que la balandra estaba muy dañada, pero también que habían aparejado nuevas vergas y los boquetes se estaban tapando y sellando. Antes del alba estaría en mejores condiciones para afrontar la dura jornada que le esperaba.

Una vez en la cabina, el griego le invitó un vaso de vino que Brown rechazó cortésmente. Se hicieron cumplidos y el almirante se puso al corriente de las provisiones de la balandra, la cantidad de pólvora y balas que aún guardaba en sus pañoles. Al notar que no había ninguna emergencia, se apresuró en partir hacia la Hércules, no sin antes comentarle al griego que el comodoro Seaver había muerto. Spiro, que había combatido junto a él unos meses antes en esas mismas aguas, esbozó una mueca de tristeza y se silenció un momento. Agradeció al almirante las noticias, aunque fueran amargas, y se quedó pensativo. Ya solo en su cabina, imaginó cómo habría sido el futuro de esa flota si Brown hubiese muerto también. Cuestiones de la suerte y del destino, que quisieron que el almirante viviera un día más.

Al volver a la Hércules, Guillermo y su timonel notaron que la cubierta estaba ordenada tanto como se podía. Aquí y allá yacían varios heridos, a quienes los ayudantes del cirujano repartían agua y cuidados mientras esperaban su turno para que Bernardo los atendiera. Supervisaron juntos la sentina y el trabajo de los carpinteros, quedando satisfechos de cómo habían tapado los agujeros más críticos. Las bombas aún funcionaban pero a un ritmo mucho menor, lo que significaba que la fragata no filtraba tanta agua como antes. Cuando todos los preparativos estuvieron listos, el almirante le dio permiso a Boss para echarse a descansar unas horas, antes del alba. Éste se negó y continuó a su lado visitando a los enfermos, dándoles unas palabras de aliento a los moribundos y hablando con el cirujano, que auguraba más pérdidas en las próximas horas. En todo ese tiempo Brown no se acordó de su grumete Villalba y el timonel aprovechó la distracción de su amigo para no pensar en el gran secreto que le estaba ocultando.

---

De las oscuras aguas surgió lentamente una figura humana, empapada de pies a cabeza. Tosía mientras trepaba por la orilla pedregosa con dificultad. Al llegar a tierra firme se tiró al suelo, intentado recuperar el resuello y enseguida vio dos infantes corriendo hacia él con los mosquetes listos para disparar.

—¿Quién anda ahí? —preguntaron los españoles.

—¡No disparen! ¡No disparen! —gritó el chico, cubriéndose los ojos para que la luz de los faroles no le diera de lleno—. ¡Soy un prisionero que logró escapar!

—¿De dónde vienes? —preguntó otro.

—¡De la fragata, la que está varada! —Enseguida se acercaron y lo tomaron de ambos brazos.

—¡Pues esa historia tendrás que contársela al alférez! —le dijeron, conduciéndolo a empujones hacia las barracas que quedaban sobre la costa oeste más allá del muelle de la isla. Cuando llegaron lo metieron en un cuarto iluminado con dos faroles a cada lado y permaneció de pie, custodiado por los soldados, hasta que Azcuénaga en persona lo recibió.

—¡Un desertor! —exclamó el alférez.

—¡Prisionero! —corrigió el chico.

—¿Dónde te tomaron prisionero?

—¡Era grumete en la San Juan y Ánimas! —mintió el muchacho.

—¿Y te dejaron en la prisión del barco desde entonces? —Azcuénaga, que estaba bien informado sobre las presas tomadas por los rebeldes, lanzó una carcajada—. ¡Es imposible! ¡Te habrían trasladado a alguna cárcel de tierra! —Al ver que el chico no respondía supuso que estaba en lo cierto. Pensó por un instante y volvió a hablar—. Tu acento es español, probablemente parte de tu historia sea real. Me importa un carajo, necesitamos chicos que puedan llevar provisiones a la batería de tierra, de modo que eres bienvenido. ¿Cómo te llamas?

—Belisario Rojas —dijo sin dudar—. El alférez se acomodó el sombrero y esbozó una sonrisa.

—¡Llévenlo con los civiles!

Los soldados lo guiaron por un camino de tierra y arena a lo largo de unas trescientas yardas, para luego mostrarle la puerta de una barraca de madera en malas condiciones—. ¡Entra! —le ordenaron, y entonces cerraron la puerta por fuera. Como el chico no escuchó los pasos de los soldados alejándose, supuso que estarían haciendo guardia en la entrada.

La habitación era espaciosa y había hamacas colgadas por todos lados, tanto como en la cubierta inferior de un barco de guerra. La tenue luz naranja de los faroles hacía difícil distinguir los rostros de los que estaban durmiendo, pero la mayoría eran hombres mayores. Los fue recorriendo con la mirada buscando uno en particular y al terminar volvió a comenzar, cada vez con menos esperanzas. Entonces una mano temblorosa se apoyó en su hombro derecho, haciéndole dar un respingo. Dio media vuelta y ahí estaba, Carlos Villalba, su abuelo. El viejo había engordado y tenía mejor semblante que la última vez que lo había visto, dos años atrás en Montevideo. Estaba por estrecharlo cuando se dio cuenta que el otro no lo había reconocido.

—¿Te has perdido, muchacho? —le dijo—. ¡Esta barraca es para la gente mayor, que ya no puede disparar ni luchar con los alfanjes!

—¡Me trajeron aquí! —dijo él y luego agregó en un susurro secreto—. ¿No me recuerdas? —Su abuelo hizo un esfuerzo mental casi doloroso, pero no logró reconocerlo.

—¡No! —dijo—. ¿Quién eres?

—¡Soy tu nieto! —Bajó aún más la voz y prosiguió—: ¡Santiago Villalba! —El viejo se lo quedó mirando, perplejo, para luego negar con la cabeza—. Tienes mi apellido pero no te conozco —le respondió—. No tengo nietos, vivo en esta isla desde que tengo memoria.

El chico rompió en llanto, era imposible que su abuelo no lo recordara, habían vivido muchísimas cosas juntos.

—¿No recuerdas la casa en Montevideo? ¿Nuestro perro Pepe? —Los ojos de Santiago estaban nublados por las lágrimas—. ¿A mi padre, tu hijo?

—¡No sabía que tenía hijos! —dijo el viejo—. ¡Vaya, hay muchas cosas que no recuerdo! —Entonces una anciana pelirroja que se encontraba en un rincón y había oído la última parte, se acercó y le dijo con suavidad—: ¡Este hombre sufre de vejez, hijo mío! ¡Se confunde todo el tiempo y a veces olvida su nombre o quienes somos nosotros!

—¡Pero es mi abuelo! —exclamó Santiago.

—¡Te sugiero que lo dejes descansar, hoy fue un día muy largo! ¡Intenta de nuevo mañana, quizás recuerde algo! —El grumete volvió su vista a su pariente que ya no estaba a su lado, pues se había acostado en una de las hamacas. Él se acercó y lo tapó con una frazada, aunque el viejo tenía ya los ojos cerrados y pareció no sentir su presencia. La señora le acercó una silla y el chico tomó asiento junto a él, temblando de frío por sus ropas todavía mojadas y llorando de tristeza al saber que aún no había encontrado a su abuelo.

## 11 de marzo

La batería principal de la fragata Hércules estaba atiborrada de hombres, aunque en la penumbra de las lámparas se veían solamente figuras confusas. Cada grupo debía atender un cañón ya preparado de antemano hacía varias horas. Esta vez la señal de fuego no sería el grito del comandante o su gesto al descender su sable, ahora cada quien dependía de sus propios ojos para decidir el instante oportuno y comenzar el ataque. Se esperaba que de un momento a otro el sol disipara las tinieblas de la noche y con la luz del nuevo día los marinos comenzarían a disparar a discreción. Mientras tanto el silencio era absoluto, las pupilas se dilataban en los ojos de los artilleros tratando de captar alguna imagen hacia donde poder descargar la furia del combate. El tiempo pasaba muy lentamente para estos hombres, acostumbrados a la acción inmediata y violenta, pero incapaces de mostrarse impasibles. Algunos tosían con nerviosismo, otros dejaban escapar el aire con rapidez. Más a popa se escuchaban los gemidos agonizantes de los heridos del día anterior, y los presentes sabían que cualquiera de ellos podía terminar en esa misma enfermería, con un miembro menos o una herida de muerte. Para ellos esperar la salida del sol era como aguardar el apocalipsis con los brazos cruzados.

—¡Ya no soporto más esta espera! —dijo uno malhumorado, su voz sonaba como el llanto de un niño impotente.

—¡Silencio, compañero! —susurró Boss con seriedad—. ¡Mantengan la calma! —En sus manos, sin embargo, la mecha retardada temblaba dibujando formas de luz en la penumbra. No había hombre, por valiente que fuese, que pudiera sobrellevar esa tensión como algo natural.

De pronto una imagen se formó en el horizonte cercano, eran como unas manchas oscuras con delgadas líneas negras que iban hacia arriba, meciéndose lentamente con el vaivén del agua. La silueta de la isla se recortó claramente a su derecha, con el muelle como una extensión de aquella tierra que permanecía inmóvil. Casi todos vieron lo mismo al instante, pero sus reflejos no eran iguales y por eso algunos reaccionaron antes que otros. El momento había llegado, ahí estaban las naves de los godos haciéndoles frente como el día anterior. Las mechas retardadas cebaron los negros cañones de fundición y sus explosiones no tardaron en hacerse oír. Al instante cada largo de veinticuatro y de dieciocho libras tembló arrojando una pesada bala lisa al enemigo, saltando sobre las cureñas al tiempo que la hacía retroceder con majestuosa potencia. El aire se enrareció con el olor de la pólvora negra y el humo impidió ver a los artilleros dónde habían caído sus balas. Más a la izquierda de la imagen, la cañonera Carmen los imitó disparando su único cañón de dieciocho libras en colisa. Su metralla iba dirigida directamente a la cubierta de la Lima, intentando barrer a cualquier marino que encontrara desprevenido. Entonces la flota realista respondió con andanadas precisas y mortíferas que llegaron a la Hércules y a la Carmen por igual. Luego, en el silencio de la recarga, dos cañones sonaron en la costa.
—¡Agregaron otro cañón a la batería de la isla! —se oyó decir el almirante mientras presenciaba la escena en cubierta—. ¡Señor Gibson! —El capitán se acercó inmediatamente al alcázar—: ¡Que apunten los dos cañones de proa a la batería de la isla! ¡Que sea metralla esta vez!
—¡A la orden!

Al rato todo ese ruido desordenado de disparos entró en régimen, con una cadencia que duró por mucho tiempo. Primero era la Carmen y las otras cañoneras patriotas atacando a los dos barcos más occidentales de la línea, luego disparaban las balandras españolas detrás de la misma. Entonces rugían los dos cañones de proa de la batería de la Hércules hacia la isla y después hacían fuego los navíos de la línea enemiga. El silencio duraba un instante y la cubierta de la fragata temblaba con el resto de los cañones dirigidos hacia las naves de los godos. Finalmente la respuesta provenía de la batería de Azcuénaga, que intentaba eliminar a la tripulación de la Hércules con sus dos disparos precisos. Todo volvía a comenzar, en una mortal secuencia en la que el metal, el fuego y el estruendo hablaban su propio idioma de guerra y donde el vencedor sería el que mayor daño lograra infligir en la carne y madera enemigas.

El resto de la flota patriota miraba desde la distancia, no obviando ningún detalle pero incapaz de sumarse a la batalla donde sus propios amigos valientes y decididos morían uno a uno. La fragata aún era prisionera de los fondos arenosos del río y las cañoneras apenas tenían poder de fuego para igualar el combate, pero ahí estaban, firmes en su estrategia.

En tierra, los civiles que alcanzaban metralla y pólvora a los cañones de Azcuénaga tenían el doble de trabajo que el día anterior. Portaban pesados carros de mano que llevaban del polvorín a la batería y de vuelta allí, presurosos, cargando lo necesario para alimentar la artillería. Al principio de la jornada se movían con bastante rapidez, pero luego de varias horas de combate el agotamiento los estaba afectando, a todos menos al nuevo integrante Belisario Rojas. El chico era ágil y fuerte, protegía a sus ancianos compañeros levantándolos cuando tropezaban y dándoles agua de su cantimplora cuando éstos caían rendidos de agotamiento. Era generoso con todos pero seguía especialmente a Carlos Villalba, el más anciano del grupo. Éste, por momentos se asustaba al tomar conciencia que estaba en un campo de batalla sin saber qué hacía allí, como si despertara de un profundo sueño y se viera inmerso en un infierno mortal. En esos momentos los otros civiles veían a Belisario tirándolo al suelo para protegerlo de la metralla rebelde, que surgía de la proa de la fragata y volaba a tres pies del suelo a pesar de las defensas de arena. El viejo no comprendía lo que sucedía hasta que con unas suaves palabras del muchacho, recordaba y volvía a tirar de su pesado carro. Nadie lo obligaba, aún en su distorsionado mundo senil sabía que su querida España estaba en apuros y que su deber era defender a su patria. Rojas, en cambio, se contentaba con marchar a su lado, sus pasiones reducidas y enfocadas en el mero hecho de proteger a ese viejo. Nadie excepto la anciana pelirroja sabía por qué razón el muchacho se comportaba de esa forma.

En la Hércules, los cañones seguían haciendo fuego, aunque en la última media hora la cubierta se había mostrado inestable, lo que complicaba la puntería de los patriotas. El almirante sabía que la marea estaba subiendo y que a cada minuto había más agua rodeando a la fragata.

—¡Señor Mac Dougall! —llamó al primer teniente—. Avise al grupo de gavieros para que a una orden mía suba a la arboladura… —Brown miró hacia arriba y vio solamente parte del palo trinquete y su vela aferrada en la única verga—. Quiero decir, a lo que queda de ella. Cuando yo lo ordene suelten la vela.

—¡Sí, almirante!

Brown no sabía con exactitud qué tan alta sería aquella pleamar, tal vez no fuera suficiente para reflotar la maltratada Hércules. Las bombas seguían funcionando y los principales boquetes habían sido tapados la noche anterior, pero todavía era de vital importancia ocuparse del casco de la fragata lo antes posible. Miró a Gibson que se encontraba junto al timón y le hizo una señal para que se acercara.

—¡Tendremos que vararla! —dijo sin preámbulos.

—¿Vararla, señor? —Los ojos del capitán se habían abierto de asombro porque el barco ya había varado—. ¿Dónde? —miró alrededor sin comprender.

—¡Allá! —respondió sin dudar el almirante, apuntando con su índice derecho un lugar a popa—. ¡En el banco de las palmas! ¡Es un fondo de arena suave que queda sobre el agua cuando la marea está baja!

—¡Tendremos todo el casco fuera del río para poder repararlo a gusto! —exclamó el capitán al entender la estrategia de Brown.

—¡Además estaremos fuera del alcance de los cañones españoles! —agregó el almirante.

Observó por un momento el fuego de mosquetes que los infantes hacían desde las cofas y entonces otra andanada de la línea enemiga impactó en el casco, girando la popa y cortando los cables del ancla que habían fondeado la noche anterior. Sin esta sujeción, la parte trasera de la fragata comenzó a ondular con el río que subía más y más. Luego la Hércules comenzó a escorar a babor, haciendo que los cañones de esa banda perdieran elevación y los disparos no pudieran llegar al enemigo. Guillermo ya había pensado las órdenes para corregir estos efectos y estaba a punto de formularlas en voz alta cuando una majestuosa ola elevó el casco, haciéndolo resbalar sobre el banco de Santa Ana que lo tenía cautivo. Las cuadernas crujieron y se oyó la quilla raspar sobre la arena, entonces el casco comenzó a moverse hacia atrás.

—¡Gavieros, desplegar la trinquete! —gritó Brown con todas sus fuerzas, colocándose detrás del timón.

En ese momento una descarga de metralla arremetió contra el sólido grupo de marinos que iban trepando por los obenques, derribando a dos con ímpetu. El resto siguió avanzando arriba y cuando estuvieron en la verga de la trinquete, doblados hacia adelante y aferradas sus piernas en los *marchapiés*, soltaron la vela y cazaron las escotas firmemente. La lona enseguida tomó el viento que venía de proa haciendo que la fragata reculara y cayera dentro del canal de Martín García, tan limpiamente que no dio tiempo siquiera a verificar si esto era bueno o malo.

—¡Hombres a las brazas! —aulló Brown—. ¡Orientar la vela para virar la proa!

Enseguida Boss y el resto de los artilleros, que habían suspendido los disparos desde el primer momento, se apresuraron a bracear la verga y cuando la trinquete embolsó el viento por su lado de popa, la fragata se alineó a sotavento.

—¡El timón ya responde! —gritó alegremente Brown y se lo cedió al piloto, que lo miraba codicioso, celoso de su barco—. ¡Vamos a vararla allí adelante, con la proa al norte! —agregó el almirante y al terminar su frase se oyeron nuevamente los cañones españoles, sintiendo debajo de sus pies el impacto de las balas en el casco.

Pero aquello no iba a durar mucho, apenas la maltrecha fragata abandonó las aguas españolas, el fuego enemigo se concentró en las cañoneras patriotas. Éstas también abandonaron su puesto, saliendo del alcance de los godos para acercarse a la Hércules, a la espera de nuevas órdenes.

Brown calculaba que las aguas habían alcanzado la máxima altura entre las nueve menos cuarto y las nueve y media de esa mañana, cuando su nave logró escapar a las garras arenosas del banco de Santa Ana. El banco de las palmas era incluso menos profundo, razón por la cual pronto los bajos saldrían a la superficie, reclinando la fragata y permitiéndoles comenzar las reparaciones. Una vez que la Hércules estuvo flotando por encima del banco, soltaron las anclas y todos se movieron con rapidez, pues no había un minuto que perder. Enseguida se bajaron los botes y se condujo a los heridos a las otras unidades de la escuadra, para que allí pudieran reponerse de sus dolencias. Se fijaron defensas en el lado que quedaría apoyado contra el borde agudo del banco y se cerraron bien las portas de las dos bandas. Esto lo hicieron en menos de una hora y como no había manera de bajar los cañones ni el lastre, el almirante decidió correr el riesgo de comenzar las reparaciones con todo el peso encima. Cuando las aguas se retiraron del banco, todos los hombres bajaron a analizar los daños.

El casco estaba muy maltrecho, a los agujeros del día anterior se sumaron los de esa jornada, unos tan cerca de otros que era imposible asegurar la resistencia del conjunto. Boss se paseaba alrededor de la gran mole oscura junto con Elsey Miller y Robert Smith, explicándoles la gravedad de los daños. Brown junto con el carpintero y los oficiales revisaban el *codaste* y el timón, buscando algún defecto en las cadenas. Enseguida toda la tripulación se puso manos a la obra, ayudando con las planchas de plomo y las lonas, la madera, los tapaboquetes y la brea, que calentaban en un horno de leña.

—¡Esto nos va a llevar un buen tiempo! —decía Brown al capitán Gibson—. Debemos darnos prisa para tener el lado de estribor listo antes de que las aguas vuelvan a subir. —Hizo un gesto señalando la línea hasta donde llegaba el río, que todavía seguía retirándose—. Una vez a flote viraremos la fragata y la pondremos proa al sur, para repetir las reparaciones en el lado de babor del casco.

—Serán por lo menos… ¡Dios mío! ¡Estaremos un día entero para arreglar solamente el casco y también debemos echarle mano a la arboladura!

—¡Y eso si trabajamos durante la noche, lo cual será más difícil por la falta de luz! —dijo el almirante con solemnidad, pensando luego que la arboladura no era algo prioritario—. ¡Al abrigo del banco los dons no se acercarán, y si lo hacen la Carmen de Spiro y las demás cañoneras nos protegerán! —agregó para tranquilizar a su capitán.

El anterior estruendo de los cañones y el reiterado clap clap de los mosquetes había sido reemplazado por el sonido seco e insistente de los mazos de madera, asegurando las planchas de plomo en los boquetes. Toda la tripulación estaba abocada a la tarea, los hombres lucían cansados pero felices bajo ese sol de marzo, tan provechoso cuando hay poco viento y sólo algunas nubes. Estaban agradecidos de continuar con vida luego de esa batalla tan desigual, en la que por momentos sentían que su única salvación era la muerte. Rendir la nave no estaba entre las opciones del almirante, ellos lo sabían y lo respetaban, aunque más de una vez se les había cruzado por la cabeza, sobre todo a los oficiales.

Mientras tanto las cañoneras aprovecharon el cese del fuego para iniciar sus propias reparaciones, no tan urgentes como las de la Hércules pero sí muy necesarias para volver a la acción cuanto antes. Los demás barcos se mantenían cerca, como una amenaza para el enemigo pero como un adorno para sus compatriotas, que ya no podían contar con ellos sin un atisbo de duda en su mente.

A eso de las dos de la tarde, una goleta que no formaba parte de la flota se acercó tanto como pudo a la fragata varada. Los absortos marineros la vieron cuando ya la tenían encima, pero los oficiales y el resto de las naves de la flota no dieron la alarma porque sabían de qué barco se trataba.

—¿La reconoce, señor? —gritó Boss con una sonrisa en su rostro gris de cansancio—. El almirante asintió alegre y dirigió la bocina hacia su goleta Hope, que se había puesto al pairo.

—Ahoy, Hope! —exclamó el almirante agitando el brazo que no sostenía la bocina, enseguida vio una figura acercarse al pasamanos de la goleta—. Mr Clay, do me a favour, sir![49]

—¡Lo que ordene, capitán! —respondió Clay—. ¡Quiero decir, almirante! —Brown hizo un gesto con su mano derecha desestimando la corrección.

—¡Diríjase tan pronto como pueda a Colonia del Sacramento! ¡Envíe mis saludos al capitán Vicente Lima y dígale que necesitamos soldados del cuerpo de Dragones!

—¿Soldados de qué? —preguntó Clay haciendo cuchara con la mano alrededor de su oreja.

—¡De Dragones! ¡Dragones! —insisitió Brown—. ¡Tráigalos inmediatamente!

---

[49]  ¡Señor Clay, hágame un favor!

—¡Entendido, almirante!

—¿Cómo están las cosas en Buenos Aires?

—¡Revueltas! ¡El pueblo escuchó la batalla y al no tener noticias las inventaron! ¡Corre el rumor de que su fragata ha sido hundida y la flota apresada por los godos! —El almirante bajó sus ojos y se dijo—: ¡Casi! —Luego saludó a Clay y vio cómo la goleta desplegaba las velas y se ponía en movimiento rumbo sudeste, para cumplir con su deber. Su mirada se posó en el timonel, que con los brazos en jarras se había apartado de sus labores para escuchar el diálogo. Su impertinencia le resultó jocosa a Brown, que ya sabía cómo era de metiche su amigo—. ¡La Esperanza, Alexander! ¡La goleta Esperanza! —le gritó y echó a reír mientras el resto de los hombres lo miraban con el ceño fruncido. ¿Cómo podía reír en la situación en la que se encontraban?

A las cuatro y media de la tarde tuvieron otra visita, más inesperada que la anterior. Un lanchón de buen porte se acercó remando por el sur del banco de las palmas y cuando tocó en la arena el oficial de mayor rango saltó y se dirigió a Brown.

—¡Don Francisco de Uzal, almirante! —Tocó su sombrero y prosiguió—: ¡Comandante de las fuerzas militares de San Fernando! —Brown tocó a su vez su gorro y miró con intriga al hombre que se le presentaba—. ¡Traigo despachos para usted del gobierno porteño!

—¡Los estaba esperando! —aseguró el almirante, que sabía que Larrea estaría preguntándose qué demonios había pasado con tanto cañoneo en Martín García y tanto silencio en Buenos Aires—. ¡Le agradezco! —dijo cortésmente. El recién llegado miró hacia su lanchón y enseguida una veintena de hombres bajó mientras uno de ellos se les unía.

—¡Le presento al subteniente Pedro Aguilar!

—¡Es un placer! —dijo el almirante, adivinando las intenciones de aquellos soldados, enviados por Dios.

—¡El placer es mío, almirante! —respondió Aguilar con satisfacción—. ¡Mis hombres y yo insistimos en venir a auxiliarlo en lo que usted disponga! ¡No somos marinos, pero como están las cosas supongo que es más valioso un par de manos ásperas que la puntería de mis valientes!

—¡Les agradezco, caballeros! —Guillermo no sabía cómo ocultar su alegría. Con aquellos hombres podría acelerar las reparaciones y cubrir los puestos vacantes que había dejado el fuego del enemigo—. ¿Quién los envió? —preguntó olvidando la etiqueta y aguardando por respuesta una explicación divina.

—Escuchamos esta mañana el intenso cañoneo, similar al de ayer, y nos apresuramos para acompañar a don Francisco, que debía entregarle los despachos. Para un soldado hecho y derecho no hay peor cosa que escuchar la acción desde lejos, sin poder hacer nada.

—¡Créame que para algunos marinos no es tan desagradable la inacción! —dijo Brown con desprecio y pronto se arrepintió de haberlo dicho, aunque Pedro no comprendía las palabras del almirante—. ¡Si les parece, señores, pongámonos manos a la obra! —Don Francisco de Uzal y Pedro Aguilar se acomodaron alrededor del casco, aguardando instrucciones para ayudar a los de la Hércules.

---

Desde la Zephir, el comisario Thomas Oxley miraba la Hércules varada y agradecía seguir con vida. Como tripulante de la flota eso era algo para celebrar, aunque la explicación de su integridad podía encontrarse en lo apartados que se habían mantenido del peligro. Cuando la Zephir viró a babor y abandonó la batalla cobardemente el día anterior, él se había apresurado en recurrir al capitán King para quejarse, utilizando el hecho de que eran conocidos. El comandante lo llamó aparte y por esa única vez en la vida, recordando viejos tiempos, le perdonó la insubordinación.

Sin embargo sus palabras fueron durísimas y los gritos muy altos, de manera que el comisario no olvidaría jamás la vergüenza de su castigo verbal.

Se obligó a pensar en otra cosa, alejando de su mente la actitud de King, un tanto hipócrita y exagerada, y para ello se dispuso a observar las reparaciones de la Hércules. Veía a los marinos de Brown en la distancia, rodeando la fragata como a un enorme cetáceo al que acabaran de arponear para quitarle el aceite. Como en su ser la escena se llenaba de música, tomó la guitarra y comenzó a puntear melodías para acompañar el rato. Podía escuchar diferentes notas en el caminar de aquellos valientes y en el murmullo del río, que ya volvía a subir de nivel. El sonido seco de los mazos de madera le marcó el ritmo, invitándolo a tocar y a cantar bajito:

> Los barcos, uno tras otro,
> a los godos han de buscar,
> y al bravo de Romarate,
> finalmente han de matar.
>
> Los cañones de la isla,
> contra Brown se aventuran,
> su fragata, ya lista,
> los enemigos trituran.

Repasó varias veces su canción y cuando se sintió satisfecho continuó con la tercera estrofa:

> Suena la orquesta en combate,
> ya no como un estropicio,
> a los godos los abate...

—¿Los delicados auspicios? —se preguntó—. No, no tiene sentido esa frase... —Siguió pensando y volvió a intentar—. ¡Se tiran de un precipicio! —Miró la isla plana, sus costas horizontales y negó rotundamente—. ¡Si algo no hay en todo este paisaje es un maldito precipicio para que esos condenados godos se tiren de cabeza, que los parió! —dijo enfurecido. Luego continuó toda esa tarde hasta la puesta del sol, pensando palabras que rimaran con "estropicio".

---

Un cuarto de hora después del ocaso la marea seguía subiendo sin pausa, a un ritmo lento pero constante. La superficie del banco descubierto se iba haciendo cada vez menor, reduciendo el espacio que tenían los de la Hércules para moverse. Al final, a eso de las siete menos cuarto de la tarde, el río alcanzó la fragata por primera vez y para entonces los tripulantes ya estaban en los botes, con todas las herramientas y materiales sobrantes a bordo. La oscuridad era absoluta, las últimas luces del día habían abandonado el cielo y la luna estaba oculta tras un velo de nubes pasajeras. Minutos más tarde el casco comenzó a zarandearse, primero casi sin vida y luego con mayor fuerza, como despertando de una siesta reparadora. Había que aguardar que los cabos de las anclas se tensaran un poco y las cubiertas recuperaran bastante horizontalidad como para abordarla evitando accidentes. Entonces, a una voz del almirante, un grupo reducido escaló el casco y subió a cubierta. La quilla no tardó en despegarse del fondo y la fragata recuperó su movimiento alegre, meciéndose con la marea que seguía subiendo, aunque a menor velocidad. Según lo acordado, se levaron las anclas y los botes remolcaron la Hércules para darle media vuelta, dejando la proa mirando al sur. En esta posición se volvieron a echar las anclas, justo en el momento en que la marea comenzaba a descender. Una hora después la Hércules reposaba nuevamente sobre la arena, esta vez exponiendo al aire húmedo de la noche su banda de babor.

El banco de las palmas se veía a lo lejos como una isla poblada de miles de luciérnagas. En realidad, eran los faroles de los patriotas, dispuestos alrededor del casco y donde se necesitasen para continuar las reparaciones durante la noche. Como no había suficientes linternas a bordo, los botes se encargaron de solicitar algunas más al resto de la flota. Además faltaban manos en la tarea, pero el almirante había decidido no pedir prestados hombres de otros barcos para no mezclar las tripulaciones. Quería evitar a toda costa tener que pedirles demasiados favores a los comandantes de su escuadra, pues sabía que eran celosos de sus tripulaciones y le pasarían factura a elevados precios en el futuro. También habían encendido dos o tres fogatas para calentarse un poco durante los breves descansos, donde los marinos comían algún trozo de carne salada con galleta y agua. En una de esas pausas el almirante y el timonel compartieron un breve refrigerio, apartados del resto, en secreta confesión de ánimos.

—¿Cómo va la proa, Alexander?

—¡Mejor de lo esperado, William!

—¿La popa?

—¡Va bien! —aseguró Boss—. ¡Las bandas también progresan, amigo! —se apresuró en decir el timonel.

—Lo siento, el cansancio no me permite conversar con lucidez. Los hombres están demostrando su valor pero el resto son problemas. —El almirante suspiró y se puso en cuclillas haciendo que su amigo lo imitase—. El comandante Francisco de Uzal me trajo hoy una nota donde el ministro de Hacienda me pide explicaciones sobre los sucesos de la batalla.

—¿Eso te preocupa? —Guillermo se dio cuenta que Alexander no comprendía la gravedad de aquello, y aunque estaba cansado, decidió exponer las verdaderas dificultades que atravesaba.

—Mira a tu alrededor, el gran sueño está a punto de convertirse en una pesadilla. En primer lugar, tomé por mi cuenta una decisión que nadie me ordenó, fui a buscar a los dons directo a su madriguera, aunque se suponía que debía esperar a que salieran. —El timonel no se sorprendió al oír aquello, conocía a su comandante lo suficiente para saber que tomaba riesgos, a veces desmedidos.

—Si todo sale bien, a nadie le importará cómo comenzó la batalla —opinó despreocupado Alexander.

—Lo que me trae al siguiente punto de mi desdicha, las cosas no vienen saliendo bien. —Guillermo hizo un ademán abarcando todo alrededor y prosiguió—: La Hércules fue acribillada a balazos, con cincuenta bajas e igual cantidad de heridos, desarbolada excepto por el trinquete y sus fondos como un colador. Parte de la flota no obedece mi mando y aunque lo hiciera ya no confío en el honor de esos hombres. No podría dejar en sus manos ningún plan sin temer que lo echen a perder con su cobardía, excusándose en mi temeridad. —Brown hizo una pausa y su amigo lo miró sin saber qué decirle. El almirante tenía razón, todo eso y mucho más estaba ocurriendo en contra de los patriotas, pero no sería Alexander quien aceptara sus palabras sin al menos mostrarle la contraparte.

—¡William, la flota está casi entera! ¡Cuando la Hércules esté reparada podremos volver al ataque, poniendo en la vanguardia a Samuel Spiro con las cañoneras, si desconfías de los demás!

—No es tan fácil. No funciona de esa manera, mi amigo...

—Boss no conocía la ciencia de la estrategia bélica—. Las cañoneras son buenas estando en la retaguardia porque su alcance y calibre es grande, pero no resisten el fuego enemigo de cerca y sólo tienen un cañón en la proa. —Guillermo negó con la cabeza—. Al margen de eso, no tengo nada feliz que contarle a Larrea en la carta y por eso no escribiré ninguna respuesta todavía. Si ha de enterarse de la derrota, que lo haga cuando de nuestros barcos sólo queden astillas y de nuestra existencia el recuerdo.

—Siempre es mejor escribir una victoria —afirmó Alexander.

—¿De otra forma quién sabe qué pasaría? ¡Los dons podrían gobernar estas aguas por miles de años! —Guillermo se quedó en silencio y luego volvió a hablar—: Tenemos que atacar por agua y por tierra al mismo tiempo, vengo pensando eso desde ayer. En la isla hay una milicia formada por un grupo de civiles que dispara muy bien, ya los has visto con sus mosquetes haciendo fuego a la fragata.

—Son sólo enfermos recuperados —minimizó el timonel y estas palabras encendieron el rostro del almirante

—¡Hey! ¿Dónde está Santiago? —exclamó.

—¿Santiago? —Alexander creyó que el mundo se le venía encima—. Pues… Déjame averiguar… —dijo con voz queda. Se acercó a Elsey Miller y le hizo la misma pregunta, aunque con voz nerviosa y mirada triste. El vigía le respondió que no lo sabía, que probablemente se encontrara entre las bajas del día anterior. Luego, cuando iba a agregar que a Billar Di Calia le había parecido ver al chico saltando al agua, el timonel lo cortó en seco.

—¡Sí, eso debió pasar! —exclamó Boss, volviendo junto a su amigo—. ¡Debe haber muerto, que en paz descanse!

—¿No lo has visto caer en la acción? ¿Nadie vio su cuerpo en la cubierta? —Brown se mostraba impaciente, dolido.

—¡No lo vi! ¡Pero es muy probable que haya caído! —Finalmente el almirante aceptó la opinión que le daba Boss y asintió con tristeza. Apenas estuviera nuevamente a bordo anotaría su muerte en el libro de bajas.

—¡Dios lo tenga en la gloria! —se limitó a decir y se alejó del timonel saludándolo con la cabeza.

Los valientes de la Hércules continuaron trabajando toda esa noche, hablando poco y haciendo mucho. Estaban agradecidos de que las tareas los mantuvieran ajenos al entorno hostil que los rodeaba, ignorando el cansancio de estar más de cuarenta y ocho horas sin dormir, a la vista de un enemigo implacable e inmersos entre los gemidos de los heridos. Pero todo tenía un límite, el almirante lo sabía bien y no rebasarlo era otro de sus tantos desafíos.

———

Jacinto de Romarate miró nuevamente a través de las ventanas de popa del Belén y mantuvo fijos sus ojos en el banco de las palmas. Al principio se había obligado a creer que los rebeldes repararían la fragata y volverían a Buenos Aires, con el rabo entre las patas. Los demás barcos de su escuadra parecían moverse en esa dirección cuando cayó el sol, lo que reforzaba sus primeras impresiones. Pero luego lo asaltó una idea, también era posible que se estuvieran reagrupando e intentaran volver al ataque. Las sombras de los marinos al moverse a lo lejos hacían que las luces de sus fuegos titilaran aquí y allá, como un millar de estrellas en el firmamento. Trabajaban rápido, intentando terminar el trabajo de una buena vez, pero el español no podía decir si esta velocidad era impulsada por el miedo a ser atacados en esa situación tan vulnerable o al deseo de volver al combate con fuerzas renovadas. Mojó la pluma en el tintero y continuó con su carta al general Vigodet.

> A las 9 menos cuarto de la mañana flotó la fragata enemiga y dio la trinquete para salir al canal, siendo ésta la única vela útil que le quedaba, aunque acribillada de metralla y balas. A las 5 de la tarde quedaban los enemigos fuera de la isla, con intenciones de dirigirse a Buenos Aires mientras la fragata seguía varada en el banco de las palmas. Considero que han tenido muchas bajas, mientras que en nuestros buques sólo ha habido 4 muertos y 7 heridos, que ya se encuentran en el hospital de la isla.

Entonces se dio cuenta que si daba por segura la victoria, Montevideo se abstendría de despacharle los refuerzos y municiones que esperaba tan ansioso. Por otra parte, si su pedido sonaba desesperado daría lugar a segundas interpretaciones, por ejemplo que su defensa era poco eficiente. Sutilmente expresó lo primero sin caer demasiado en lo segundo.

> Si como le he solicitado ha despachado a la Mercurio, Paloma, queche Hiena y Cisne, las fuerzas rebeldes están perdidas. Sino me será muy dolorosa su falta en esta ocasión tan crítica.

Espero que Su Excelencia me envíe pólvora y municiones tan pronto como le sea posible, para reemplazar las que gastamos en la acción.[50]

Releyó el texto y se mostró satisfecho, aunque la duda lo asaltó otra vez. —¡Ojalá los refuerzos ya se encuentren a la altura de Colonia! —pensó preocupado.

En tierra el alférez Don José de Azcuénaga escribía su propia versión de los hechos. El mensaje era muy parecido al del comodoro español, aunque con diferente letra y mayor optimismo.

El día 11 al amanecer rompieron el fuego los insurgentes contra mi tropa y marina, y se les contestó de ambas partes de la manera más acertada. Pero consiguieron a las 9 y media de la mañana dirigirse al canal y dar la vela, en cuyo momento se abrió tanto fuego de nuestra parte, que su fragata quedó muy maltratada, al punto de no poder dar ninguna lona. Además, vi que todos sus cabos estaban cortados. Yo dudo, señor general, que pueda llegar a Buenos Aires, pues la fragata y varios buques de la flota están considerablemente averiados. Por último, creo que los rebeldes han quedado escarmentados, para no volver a insultar otra vez a las fuerzas españolas.[51]

Aguardó que la tinta se secara sobre la última oración y sintió un pinchazo de duda en la boca del estómago. Entonces guardó la nota en el cajón de su escritorio y se dirigió al muelle, como había hecho las últimas noches. Se acercó a la nave insignia y pidió a un marino que llame al comodoro; éste no tardó en aparecer sobre la cubierta.
—¡Señor, vengo a pedirle dos piezas más de artillería del Belén! ¡Si es tan amable de…! —Romarate no le dejó terminar la frase.

---

50 Cita contextual de la carta del comodoro Jacinto de Romarate al comandante general de Montevideo Gaspar de Vigodet del 11 de marzo de 1814.

51 Cita contextual de la carta del alférez José de Azcuénaga al comandante general de Montevideo Gaspar de Vigodet del 11 de marzo de 1814.

—¡Tome todas las que quiera, alférez! —le respondió con voz grave y preocupada.

Enseguida Azcuénaga le agradeció a su superior y llamó a ese muchacho que demostraba ser tan capaz: —¡Rojas! —El grumete se acercó disgustado, recordando todo lo que le habían pedido que hiciera en apenas un día.

Esa misma mañana, a eso de las nueve y media, Santiago vio cómo la fragata Hércules izó su vela trinquete y se apartó de la isla. No obstante el trabajo continuó, llevando heridos al hospital, organizando y limpiando la batería de tierra y rehaciendo los parapetos. Como era el más joven y enérgico de aquel grupo todos lo llamaban para las diferentes labores que se iban presentando.

Muchas veces desconocía su alias, como cuando lo tomaban por sorpresa al grito de "Belisario" o "don Rojas" y él miraba a todos lados antes de recordar su engaño. Entonces se apresuraba en asistir al alférez Azcuénaga o a cualquier otro soldado que lo necesitara, sin perder de vista a su abuelo.

Carlos Villalba tenía momentos de lucidez que podían durar hasta una hora, no más que eso. Luego su memoria fallaba, sumida en lagunas de olvido que no alcanzaban los quince minutos. En ninguno de estos dos estados el viejo recordaba su vida en Montevideo: ni a su hijo Joaquín ni a su nieto Santiago. Para el grumete esto era muy frustrante, haciendo que se preguntara si alguna vez ese hombre volvería a ser como él lo conocía. —Por lo menos está vivo y sano del cuerpo, sin ninguna dolencia que lo aqueje —se decía el grumete—. Y yo estoy con él, aunque no me recuerde.

Por la tarde, después de una comida ligera que tomaron en la barraca, se les dio permiso de descansar hasta la puesta de sol, aunque a Santiago lo llamaron mucho antes para asistir a los soldados. Había que limpiar las armas ligeras y prepararlas para una nueva jornada, una ardua tarea que realizó primero con torpeza y luego con mayor técnica.

—¡Belisario Rojas! —Volvió a gritar Azcuénaga metiéndole prisa—. Ayude a estos hombres a montar los dos cañones del Belén en la batería de tierra.

—¡Sí, señor! —respondió Santiago dejando de lado sus recuerdos.

Recibieron las dos piezas de artillería de manos del alférez de fragata Francisco Paloma y sus marinos, ambas ya desmontadas de sus cureñas de madera. A éstas las trasladaron en primer lugar, levantándolas entre seis hombres cada una, y las fueron llevando por la playa con dificultad. A los diez o veinte pasos tomaban un descanso, recuperaban el aliento y volvían a levantar el carro de madera sin ruedas. Luego fue el turno de los cañones, que desprovistos de todos sus accesorios formaban dos masas cilíndricas y oscuras descansando en el suelo. Les ataron varios cabos alrededor de sus bocas, que cada dos hombres tomaron sobre su hombro derecho y asieron en sus dos manos, para luego empujar con fuerza llevándolos a rastras. Volver a montar todo el conjunto con las ruedas de hierro fue lo más difícil de toda la operación. A más de uno le quedó doliendo la ingle o algún dedo machucado entre las partes pesadas, ásperas y con bordes agudos. El resultado, sin embargo, había sido muy positivo. Daba gusto ver los cuatro cañones de seis libras apuntando al horizonte, donde el enemigo seguía moviéndose alrededor de lucecitas para arreglar la única fragata de aquellas aguas.

## 12 de marzo

En la primera labor de ese sábado 12 a la madrugada, el grumete fue solicitado por el alférez Paloma para asistirlo con un falucho que intentaba fondear al este de la isla. La tarea era muy difícil para el barco, el viento dejaba a la isla a sotavento y los peligros en el canal del infierno eran muchos. Por fortuna, luego de casi una hora remolcando el falucho a la espía y asegurando las amarras en tierra, el barco había fondeado. Pronto abordaron varios heridos que retornaban a Montevideo, seguidos del capitán Loaces, encargado de llevar despachos a la ciudadela española. No era la primera vez en esos días que el grumete veía marinos y soldados abandonar la isla, inutilizados por sus heridas o enfermedades. El campamento empezaba a quedar desierto y si no llegaban refuerzos de Montevideo, pronto no habría gente para la defensa de Martín García.

---

—¡Almirante! —gritó en la penumbra de una fogata el capitán Gibson, de la Hércules—. ¡Es la Hope! —Todos los presentes miraron alrededor, forzando sus ojos para ver algo en aquella oscuridad y entonces pudieron distinguir la silueta de una goleta—. ¡Es la Hope! —repitieron los hombres que habían navegado en ella, entre los que se encontraba Boss, riendo y saltando de alegría. Todos sabían que traería buenas noticias desde Colonia y así era, porque a bordo de la goleta tan querida por Brown llegaba el teniente Pedro Orona. El bote de la Hope fue lanzado al agua y enseguida toco el banco, permitiendo que cincuenta soldados y algunos hombres de la goleta pudieran desembarcar.
—¡Almirante Brown! —exclamó el teniente corriendo por la arena, feliz de formar parte de aquel grupo aguerrido y valiente. Una vez llegó frente a su comandante, le extendió la mano—. ¡Contaba las horas para unirme a sus esfuerzos!
—¡Llegaron justo a tiempo! —dijo Brown con el mismo entusiasmo, estrechando su mano y mirando más allá del teniente los hombres que desembarcaban.
—La mitad son Dragones de la Patria, el resto son soldados del 6° regimiento. —Señaló a tres hombres que se acercaban lentamente y agregó—: Ellos son los tenientes José Balbastro, Jaime Karney y Manuel Castañer.

—Es un placer contar con usted y sus oficiales, teniente. —Una vez los cinco estuvieron reunidos, el almirante los guio en una breve inspección del casco a medio reparar, mientras les contaba los hechos sufridos en las últimas jornadas.

Mientras tanto, los soldados recién llegados fueron conducidos por el capitán, el primer oficial y el contramaestre para indicarles dónde se precisaban más manos para las reparaciones. Todos tenían ganas de comenzar la tarea, en parte por la emoción de estar entre aquellos valientes, cuyas últimas acciones los habían asombrado. Por otro lado, la brisa fresca y húmeda del este los hacía desear entrar en calor con los arreglos que tan necesarios eran para la Hércules.

Dos soldados fueron puestos a disposición del cirujano Bernardo Campbell para ayudarlo con varias cajas que contenían seda blanca para ligaduras, paño para vendajes y muy poca tintura de opio, mejor conocida como láudano. El cirujano sabía que aquello era como una gota de agua en el desierto, pero agradecía tener algo con que salir del paso entre tantas heridas abiertas y sufrimiento de los hombres. En Colonia habían sido muy generosos y considerados al enviarle aquellas cosas, sobre todo en ese momento en que la ciudad era víctima de robos y emboscadas causadas por los secuaces de Artigas, un coronel que en otros tiempos no muy lejanos había servido a la causa patriota.

Bernardo miró a los dos soldados y sonrió, eran torpes y de mente corta, pero parecían de buen corazón. Mientras lo ayudaban mantenían una charla a los gritos, como cotorras en las ramas de los árboles.

—¡Oye, Manuel! —El soldado Gómez caminaba por la arena húmeda con una pesada caja de madera en sus manos, mientras miraba la oscura fragata que descansaba de lado—. ¡Ese barco es muy grande y está todo roto! ¿Cómo vamos a arreglarlo? —Miró atrás y se dio cuenta que el cabo no estaba a su lado, se había quedado con el cirujano—. ¡Manuel! —gritó mientras volvía sus pasos hacia él.

—¡No me digas "Manuel"! —exclamó el otro—. ¡No me hagas quedar mal delante de estos valientes!

—¿Y cómo voy a llamarte, Manuel?

—¡Dime "cabo"! ¡"Ca-bo"! —repitió separando en sílabas su rango para darle mayor énfasis, haciendo reír a Campbell.

—¡Está bien, cabo Manuel! —El cabo bufó furioso y se puso a caminar con el paquete de láudano en sus brazos, mientras el soldado Gómez lo seguía, sin entender lo que enojaba tanto a su amigo y superior.

En el borde del banco, el grumete Dumont permanecía junto al bote de la Hope, aguardando la orden para volver a la goleta. Al ver que tendría que esperar un rato más, se dirigió un momento a la Hércules para buscar a Santiago, pero después de un rato caminando alrededor de la fragata se desconcertó al no encontrarlo. En cambio, cruzó mirada con Alexander y fue rápido a su encuentro, temiendo lo peor.

—¡Monsieur Boss! ¡Qué alegría volver a verlo!

—¡No me digas "Monsieur"! —respondió cariñosamente el timonel—. ¿Cómo has estado?

—¡Bien, aprendiendo muchas cosas de la guerra! —dijo el pequeño francés—. ¿Y Santiago? ¡Seguro él tiene mucho para contarme, ahora que es un fogueado marino! —El timonel hizo una mueca y suspiró mientras pensaba qué decirle. Era cierto que las mentiras siempre terminaban por saberse, pero también era verdad que en una flota de guerra los secretos se repetían a viva voz, generalmente distorsionados. Prefirió seguir mintiendo, sólo así retrasaría momentáneamente la verdad sobre Villalba.

—Santiago ha caído… —dijo con una extraña emoción en su voz. Dumont lo miró sorprendido, de pronto su mundo se había derrumbado. Boss, al darse cuenta de la triste reacción del chico, sintió una punzada de dolor que hizo más creíble su mentira.

—¿Ha muerto? —El grumete francés tragó saliva, no entendía cómo alguien de su misma edad podía enfrentar un destino tan terrible. Las palabras "joven" y "muerte" combinadas surtían un efecto más potente en aquellos que recién se iniciaban en la vida de una armada—. ¿Cómo sucedió?

—Pues... —Alexander no esperaba la pregunta—. Pues, a decir verdad no lo vi caer, escuché comentarios... Yo estaba disparando el cañón durante la batalla y lo perdí de vista, al llegar la noche lo buscamos y no estaba...

—¡Pero se pudo haber perdido! —Dumont continuó buscando una explicación menos dolorosa—. ¡Pudo haber desertado!

—¿Estás loco? —se oyó exclamar Alexander para luego suavizar su voz—. ¡No permitiré que digas eso de un patriota como Villalba! ¡Que Dios se apiade de su alma! —El timonel se persignó para darle a sus palabras un profundo sentimiento religioso, pero como desconocía los rituales de la fe lo hizo al revés. Por fortuna el grumete no se dio cuenta.

—¡Que Dios se apiade de su alma! —repitió el francés con tristeza—. ¡Debo volver al bote, Alexander! ¡Si tienes la posibilidad de hablar con el almirante, dale mis saludos!

—¡Lo haré! —dijo el timonel saludándolo con la mano.

Unas horas después salió el sol, aunque su luz se retrasó por encontrarse el cielo ligeramente nublado. Apagaron las fogatas y todos los faroles que ya no se necesitaba tener encendidos pues la luz natural era suficiente para subir las herramientas y los pertrechos a los botes. Dos horas más tarde la fragata volvía a flotar, pero como todavía algunos boquetes seguían haciendo agua, se decidió esperar a que el banco volviera a resurgir para continuar con la labor. Se improvisó un pequeño campamento para que los marinos y soldados pudieran descansar unas cuantas horas, dado que las últimas jornadas no les habían permitido cerrar los ojos para dormir. Ahora que el grupo de Brown se había incrementado en número con los hombres de San Fernando y con los de Colonia, el almirante podía destinar a los más expertos marineros en la inspección de la arboladura, aunque dudaba que sin los palos necesarios la pudieran reparar. El otro problema que tenían en mente Brown y Orona era el hecho de que los Dragones no sabían luchar como no fuera montados a caballo, dado que eran un cuerpo de caballería. Conseguir esos animales era bastante improbable, de manera que estos valientes tendrían que dar lo mejor de sí a pie, por el momento no había otra alternativa.

El día les permitió ver el refuerzo de la batería de los españoles, que ya no contaba con dos sino con cuatro cañones de seis libras, un desafío mayor para el que intentara acercarse a la isla por el sudoeste. Por lo demás, el almirante estaba convencido de que los barcos de Romarate estaban muy golpeados por la artillería patriota y tratarían de mantenerse alejados de alguna acción fuera del muelle.

A la tarde, la escuadra de Brown fue testigo de cómo una goleta enemiga se acercaba a la isla navegando por el canal de Martín García. No era un barco de guerra y apenas artillaba dos cañones de cuatro libras por banda, algo que a los patriotas no le preocupaba en lo más mínimo. Enseguida el almirante llamó a su timonel y al capitán de la Hércules.
—Señor Gibson, abordaré la cañonera Carmen hasta próximo aviso. Continúe con las reparaciones del casco y no se preocupe por la arboladura. —El capitán asintió en silencio—. Apenas la Hércules flote nuevamente, remólquenla con los botes fuera del banco de las palmas. Yo estaré de vuelta para entonces.
—¡Sí, almirante!
—¡Boss, reúne a la tripulación del bote y trae mi insignia!
En un parpadeo estuvieron a bordo de la Carmen y enseguida se ordenó a la flota que ataque la goleta enemiga, ya fondeada fuera del alcance de las baterías españolas.
El largo de dieciocho libras de la cañonera hizo temblar la cubierta y la bala rasa salpicó de agua al enemigo, ya que el disparo había quedado corto. Boss se acercó a la proa y ayudó con la elevación del cañón, que al volver a disparar dio en el blanco. En ese instante la goleta hizo fuego con sus

dos cañones de babor pero las balas se perdieron en la altura. Un instante después arrió su bandera amarilla y roja y el bote de Brown fue bajado al agua nuevamente, esta vez para tomar posesión de la presa. Tras poner al mando de la goleta a un oficial de la Carmen, el almirante volvió a la cañonera con cuatro prisioneros, un portugués y tres italianos.

—Boss, ve a buscar a Di Calia y a Alvares —dijo Brown antes de abordar junto con los prisioneros.

—Alvares está gravemente herido, no podrá venir. Di Calia se recuperó ayer de sus lesiones y ya está en pie nuevamente.

—¡Tráelo de inmediato! —insistió el almirante.

—Aye, sir!

El piloto de la Hércules fue llevado ante la presencia de Brown y de los tres prisioneros italianos, callados y serios, mientras algunos infantes los apuntaban con sus bayonetas.

—Di Calia, quiero que les preguntes a estos hombres qué estaban haciendo aquí —dijo lentamente el almirante para que el piloto le entienda.

—Lei vuole che parle con questi uomini?[52]

—Yes, yes...[53] —dijo impaciente el almirante sin entender una palabra, mientras el piloto se dirigía a los prisioneros con total desenvoltura.

—Buon pomeriggio, signori! L'ammiraglio vuole sapere cosa stavano facendo qui![54] —Los hombres, asombrados al oír su lengua materna, enseguida se tranquilizaron y simpatizaron con el piloto.

—Ciao! Che piacere trovare un connazionale![55] —respondieron entre risas.

---

52  ¿Usted desea que yo hable con estos hombres? (italiano).
53  Sí, sí... (inglés).
54  ¡Buenas tardes, señores! ¡El almirante quiere saber qué hacían aquí! (italiano).
55  ¡Hola! ¡Qué alegría encontrar a un compatriota! (italiano).

—Proprio cosí, amici[56] —dijo el piloto muy alegre. Los cuatro comenzaron una conversación en voz muy alta, donde todos hablaban al mismo tiempo, reían y se daban palmadas. Ninguno había notado que el rostro del almirante se estaba avinagrando.

—D'you understand 'em, Boss?[57] —preguntó iracundo Brown al timonel, que se encontraba a su lado presenciando la escena, tan desconcertado como su amigo.

—Not a word, sir... Th' bastards 're talkin' nonsense, I think![58]

—You're bloody right![59] —replicó el almirante y dirigiéndose al piloto le ordenó—: ¡Vayan a lo importante, maldición!

—¿Qué hacían en estas aguas? —preguntó nuevamente Di Calia sin poder cortar del todo la algarabía de los prisioneros, que era la suya propia.

—Venimos de Montevideo —dijo el más viejo de los tres—. Allí dejamos el último grupo de los setecientos cincuenta heridos que transportamos desde Martín García.

—¿Tantos? —dijo el piloto—. ¿Y cuántos quedan en la isla actualmente?

—¡No lo sabemos! —respondió otro—. Pero han de ser muy pocos, el capitán Loaces la abandonó ayer. —El piloto miró a Brown y le explicó la situación, con mucha dificultad, hasta que el almirante estuvo al tanto.

—¡Muy bien! ¡Pregúnteles qué movimiento hay en Montevideo! —Di Calia estuvo otro rato hablando con los prisioneros, hasta que nuevamente fue interrumpido por la impaciencia de Guillermo.

—Si dice che stanno preparando...[60] —le comentó Di Calia al almirante.

—¡En español! —exclamó Brown.

---

56  Así es, amigos (italiano).
57  ¿Les entiendes, Boss? (inglés coloquial).
58  No sé, señor... ¡Los bastardos están hablando tonterías, o eso creo! (inglés coloquial).
59  Tienes razón (inglés).
60  Se dice que están preparando... (italiano).

—Preparando... —repitió el piloto.

—Creo que esa palabra es igual en español —le dijo el timonel en voz baja.

—Le forze militari... —continuó el italiano.

—¡Preparando una fuerza militar! —exclamó Brown aliviando a Di Calia, que no sabía cómo hacerse entender—. ¡Demonios! —Miró al capitán Spiro y le ordenó—: ¡Que lleven a los prisioneros abajo y les pongan grilletes!

—Ma per chè?[61] —exclamó Di Calia—. Sono amici![62]

—You, shut up![63] —le gritó el almirante, pensando en las fuerzas de Montevideo y en el peligro que representaban—. ¡Debemos movernos inmediatamente! —le dijo Brown a Spiro.

Al recuperar la calma, el almirante miró al italiano y lo vio dirigirse a proa rezongando, como hacía siempre.

—Italiani siamo tutti amici...[64] —murmuraba Di Calia tristemente—. Altrimenti come avrebbero detto di cavalli...[65]

—Cavalli! —repitió Boss mirando sorprendido a William, que le devolvió la mirada aún con más asombro—: ¡Caballos!

—¡Vuelva pronto, Di Calia, por favor! —El almirante se serenó y le preguntó con toda la cordialidad que pudo reunir en ese momento de tensión—: ¿De qué caballos hablas?

Lentamente y con mucha dificultad lograron interpretar el mensaje del piloto. A doscientas setenta yardas de la costa sur de la isla los españoles habían construido una caballeriza, donde guardaban por lo menos un centenar de animales. Los italianos habían tenido la bondad de contarle esto al piloto, entre tantas otras trivialidades y mientras se hacían bromas entre ellos.

---

61 ¿Pero por qué? (italiano).

62 ¡Son amigos! (italiano).

63 ¡Cállate! (inglés).

64 Los italianos somos todos amigos... (italiano).

65 ¿De qué otra forma nos habrían dicho sobre los caballos? (italiano).

—¡Los Dragones de la Patria han encontrado sus monturas! —exclamó Guillermo—. ¡Capitán Spiro! ¡Doble ración de aguardiente para Di Calia, si es tan amable!

El piloto intentó decir que no tomaba alcohol, pero nadie lo escuchó y siguió su camino hacia la proa, mudo y con la jarra de aguardiente en la mano.

## 13 de marzo

Cerca de Martín García

Sr Juan Larrea:

Por el comandante Francisco de Uzal recibí su nota solicitándome le redacte la situación y fuerzas del enemigo, lo que me apresuro a cumplir hasta donde tomé conocimiento. Éste tenía trece buques de guerra que nos hicieron un fuego incesante por largo tiempo. Entre ellos había dos bergantines, tres sumacas, goletas y balandras. Estos barcos se encontraban amarrados con sus proas hacia la entrada del canal, lo que les daba ventaja sobre la Hércules, sobre todo por haber varado ésta, lo que le impidió hacer funcionar toda su andanada. Solamente los tres cañones de caza pudieron usarse contra los barcos del enemigo y la batería de la costa fue obligada a cambiar de posición. Estoy seguro de que sus buques han sufrido considerable daño, pues los han desguarnecido y alejado hacia la costa.

En cuanto a darle una información correcta de la fuerza de tierra, no tengo otros informes que los recogidos de tres marineros italianos y un portugués que saqué de una goleta, a la que di fuego inmediatamente al haber fondeado ésta frente a la isla Martín García. Ellos dicen que han llegado a Montevideo 750 hombres, lo que habrá dejado muy pocos en la isla. Debemos atacarla esta noche si es posible, antes que venga una fuerza de Montevideo, donde tengo entendido que se trabaja activamente para aprontar una fuerza superior.

La tentativa, como dije antes, debe hacerse sin demora. Le ruego que tome precauciones con el resto de las naves de guerra en Buenos Aires, pues si nosotros tenemos suerte esta noche, no habría necesidad de correr el riesgo de enviarlas en nuestra protección.

Desde Colonia recibí 46 Dragones y otros más con un oficial llamado Pedro Orona, cuyos servicios nos serán ventajosos.

La Hércules está todavía varada por no haber repuntado aún la marea. Confío en que Su Excelencia aprobará el ataque proyectado, pues no hay otro remedio. Puedo asegurarle que todo se hará lo mejor que se pueda, aun cuando el resultado no fuese el esperado.

Si debemos culpar a alguien por las cosas que salieron mal al principio del combate, debe mirarse a los comandantes de la Zephir, Nancy y Juliet quienes, en lugar de fondear sus barcos o abarloarlos con el enemigo, huyeron de la manera más cobarde posible. Aunque debemos dejar eso por ahora, esperando compensarme con la toma de la isla y de la fuerza del enemigo.

Con prisa para despachar al comandante Uzal, tengo el honor de reiterarme su más obediente y humilde servidor.

Guillermo Brown[66]

Cerró la carta, colocó el lacre y tomó un nuevo papel. En él garabateó rápidamente una nota más sentimental y menos detallista.

Cerca de Martín García

Amada Eliza:

Estos días que no te escribí han sido para mí de desdicha absoluta, sabiéndote tan lejos y con la imposibilidad de narrarte los hechos vividos. Aprovecho esta ocasión, quizá la última hasta amarrar en Buenos Aires, para decirte que estoy

---

66 Cita contextual de la carta del almirante Brown al ministro Juan Larrea del 13 de marzo de 1814.

bien, que la victoria no nos abrazó todavía pero que la derrota tampoco quiso abordarnos. No tengo tiempo para entrar en detalles, solamente decirte que continuamos firmes ante un enemigo debilitado, con la esperanza de salir airosos y todas las posibilidades a nuestro favor. Dales un beso de mi parte a nuestros pequeños Elisa y Guillermo.

Siempre tuyo, GB

—¡Señor Uzal! —Brown llamó al comandante y aguardó a que se hiciera presente en la cabina—. He aquí las dos notas que necesito despachar, le agradezco infinitamente su generosidad.

—¡El placer es mío, señor! ¡Partiré ahora mismo y una vez en tierra enviaré a mi mensajero más veloz para entregarlas!

—¡Es usted muy amable! —respondió el almirante, acompañándolo hasta el portalón de la Carmen.

Uzal bajó por el costado y embarcó en su bote, que ya lo estaba esperando para llevarlo a San Fernando. Brown, por su parte, aprovechó que estaba en cubierta para recibir a los comandantes de la flota. Los observó un instante y notó que algunos se mostraban tensos y huidizos mientras que otros conversaban tranquilamente con el timonel. Como no faltaba nadie, el almirante decidió que era tiempo de invitarlos a su cabina.

—¡Caballeros, si son tan amables de seguirme…!

Los invitados se apresuraron a ingresar, teniendo especial cuidado de no golpear sus cabezas contra los baos del techo, ya de por sí bajo. Una vez que todos estuvieron de pie alrededor de la pequeña mesa, Guillermo tomó la palabra con seriedad y firmeza en su voz.

—Medité mucho sobre nuestra situación y comprendí que no podemos enfrentarnos a los dons con la flota. —El viento se llevó sus últimas palabras y algunos oficiales sintieron angustia, pensando que regresarían a Buenos Aires sin volver a combatir—. Mejor dicho, solamente con la flota —se corrigió el almirante, haciendo que ahora se preocuparan los demás—. Navegaríamos otra vez hacia ellos, encallaríamos o nos veríamos recibiendo fuego por ambos flancos y las únicas que nos respaldarían serían las valientes cañoneras. —Todos entendieron lo que Brown quería decir y algunos se avergonzaron de sí mismos—. Sin embargo, pienso que los barcos que huyeron temerosos de un combate naval pueden ser de utilidad para otro tipo de acciones, como desembarcando tropas o distrayendo al enemigo. —Los presentes asintieron con agrado. Si bien el almirante seguía enojado por la cobardía de algunos, continuaba apostando a la unidad de la escuadra considerando sus fortalezas y debilidades—. Debemos realizar un ataque por agua y por tierra al mismo tiempo, es la única forma de vencer al enemigo en su propio terreno. —Todos estuvieron de acuerdo.

Como los cuerpos de infantería procedían de lugares diferentes y cada uno tenía su propio comandante, Brown les propuso elegir uno que tomara el mando general de las tropas. Por decisión unánime eligieron al teniente de Dragones de la Patria Pedro Orona, que aceptó felizmente el cargo temporario que se le ofrecía.

—Señor Orona —dijo Brown frente a los demás oficiales—. Nuestras tropas deberán organizarse en tres divisiones comandadas por hombres de su confianza.

—¡Sí, almirante! —exclamó el teniente mientras pensaba rápidamente a quiénes delegaría en aquellos cargos—. Si quiere tomar nota, me parece apropiado elegir al teniente José Balbastro y al alférez Gervasio Espinoza para la primera división. La segunda estará al mando del teniente Manuel Castañer junto con el subteniente Luis Frutos. Por último el teniente Jaime Karney y Mariano Durán encabezarán la tercera.

—¡Lo anoté, muchas gracias! —le respondió Brown para volver a dirigirse a todos los invitados—. Ahora les comentaré mi estrategia —dijo captando la atención de los comandantes mientras desplegaba una carta de navegación sobre la mesa—. El único lugar de fácil desembarco y fuera del alcance de los cañones enemigos es el extremo sudeste de la isla —explicó mientras lo señalaba en el mapa con su dedo índice—. Lo llaman el "Puerto del Pescado", aunque en este lugar ya no queda nada relacionado con la pesca. Nuestro frente será el lateral izquierdo de la batería de tierra. Confío en que la tropa de la isla no nos moleste porque su único objetivo parece ser la protección del caserío y del muelle, al oeste. —Volvió a señalar otro punto sobre la carta—. Luego del desembarco, la escuadra fingirá un ataque a los barcos españoles, todavía amarrados entre sí en el fondeadero. Esto dará aire a la infantería, que en tierra deberá tomar la batería enemiga, girarla hacia el norte y disparar a la flota de Romarate.

—Los españoles no tardarán en rendirse, como están las cosas —exclamó Orona—. Si los italianos tenían razón, el enemigo no contará con la cantidad de soldados y milicia que solía tener.

—¡Ciertamente! —dijo Brown—. Por eso el ataque debe ser rápido, antes de que Romarate reciba algún tipo de refuerzo desde Montevideo.

—¿Y por el norte? —preguntó el capitán Gibson—. ¿No cerraremos la única vía que tienen los españoles para escapar?

—También medité sobre ese punto y decidí que no es conveniente dividir nuestra flota, debemos permanecer agrupados—. Hizo una pausa y continuó—: Si los dons quieren remontar el Uruguay que lo hagan, tarde o temprano deberán volver a estas aguas. —Posó sus ojos celestes en los rostros de los invitados, uno por uno, y pudo leer sus pensamientos—. ¡Aquí los estaremos esperando! —agregó, para infundir valor a los cobardes y esperanza a los valientes.

Horas más tarde, la reparación del casco de la Hércules estaba llegando a su fin, para felicidad de todos. Habían pasado el día entero ultimando detalles y al caer la noche los oficiales se mostraron satisfechos con el resultado. Alexander había aprovechado que su amigo no lo necesitaba más a bordo de la Carmen para volver a su querida fragata y ayudar al resto de los hombres. Fiel a su estilo, enseguida se había convertido en el hombre orquesta, lo que hizo que al caer el sol no pudiera moverse de lo cansado que se encontraba. Para entonces la Hércules, oscurecida por los remiendos de plomo y la brea impregnada en su casco, estaba lista para flotar. Fue a eso de las ocho de la noche que elevada por la pleamar levó anclas, para orgullo de los presentes que se encontraban en los botes.

Una vez libre de los fondos arenosos la Juliet se encargó de llevarla a la espía con rumbo noreste, dado que la fragata no era capaz de moverse por sí misma faltándole casi toda la arboladura. El viento se mostró favorable, soplando con la intensidad necesaria para hinchar el velamen de la goleta y permitir que la Hércules fuera remolcada. Dos horas después llegaron a media milla del Puerto del Pescado, donde anclaron junto con el resto de la flota que las seguía de cerca.

Una vez que los barcos se encontraron fondeados comenzó el trasbordo hacia la Juliet. La oscuridad amparaba a los patriotas, que se movían sigilosamente a espaldas de los españoles, iniciando el nuevo plan de su almirante. La maniobra era difícil debido a la falta de luz y se realizaba con lentitud para evitar accidentes, manteniendo en todo momento la cautela y el silencio.

Alexander enseguida se dio cuenta que aquello les llevaría muchas horas y se preparó para cuando le llegara el turno de bajar al bote rumbo a la goleta. Si bien en el barco de Baxter les repartirían armas para el combate, prefirió llevar las suyas propias. No confiaba en los alfanjes embotados de la dotación y por supuesto no esperaba encontrar pistolas en el barril del contramaestre. Pronto abandonó la fragata y un momento después abordó la Juliet, donde se mezcló con hombres de la Nancy y de la Zephir.

Horas después el capitán Baxter recibió el sobre de lona que le enviaba Brown con sus órdenes. Su impaciencia era tal que no tardó un segundo en romper el lacre y leerlo.

14 de marzo
Cerca de Martín García

Capitán Baxter, señor:

Por la presente, le ordeno reciba a bordo de su goleta Juliet tantos hombres de la fragata Hércules como puedan acomodarse convenientemente sobre su cubierta y prepárese para levar anclas rápidamente a mi señal, colocando su buque en la posición adecuada para desembarcar sus tropas sobre la isla. Así mismo, desembarcarán los marineros que puedan usar armas portátiles. Espero que los comandantes de toda la flota tengan sus fuerzas listas para bajar a tierra exactamente una hora después de mi señal a bordo de la Carmen. Si la acción se desarrolla durante la noche, ésta se compondrá de dos faroles en posición vertical y un cohete, y si es de día, será la señal 105, conforme a las instrucciones dadas. Si es posible, los buques deberán proteger el desembarco de las tropas.

Desearía particularmente que desembarquen veinte marineros de la Juliet, veinte de la Nancy, veinte de la Zephir y cincuenta de la Hércules, lo que suma 110 hombres más los 230 de tropa, un total de 340 combatientes, para ser empleados en la inmediata reducción de la isla.

El Nancy, la Zephir, la Juliet, la goleta que apresamos de los italianos, la Hope y las cañoneras irán por el través de los barcos enemigos y maniobrarán como si intentaran tomarlos al abordaje, lo que llamará la atención de los españoles.

Guillermo Brown

P.S. El señor Brown agradecerá mucho la cooperación de todos los capitanes, cuando la existencia misma de cada hombre de la escuadra depende de la captura de la isla y de la poderosa fuerza marítima de los enemigos.[67]

—¡Señor Jones! —gritó Baxter cuando terminó de leer las órdenes.

---

[67] Cita contextual de la carta del almirante Brown al capitán Baxter del 14 de marzo de 1814.

—¡Capitán! —El teniente se encontraba cerca y tardó muy poco tiempo en responder, lo que sorprendió al comandante de la Juliet.

—¡Confío en que las tropas ya se encuentran a bordo!

—¡Así es, señor! ¡Hace poco más de una hora terminamos el transbordo!

—¡Perfecto! ¡Reúna a los hombres en cubierta y reparta las armas de abordaje!

—¡A la orden, señor!

Nadie sabía cuándo el almirante daría la señal de desembarco y aunque todos pensaban que sería esa noche, debían estar preparados de antemano. Mientras tanto, la tripulación de la Juliet enlistaba su querida goleta de guerra para entrar en acción, cargando los cañones y golpeando las balas rasas para sacarles el óxido. Para cuando el sol se ocultó hacía rato que no había nada más por hacer, sólo esperar y rezar que finalmente los llamen a la acción.

## 15 de marzo

Los hombres del teniente Robert Jones estaban a proa de la Juliet cuando se divisaron dos faroles, uno encima del otro, en el mesana de la balandra Carmen. Entonces mientras a muchos de ellos les cosquilleaba el estómago y otros se encomendaban a Dios, un cohete brillante iluminó el cielo cercano, permitiendo que se pudieran ver los rostros unos a otros por escasos segundos. Era la señal convenida, el almirante Brown les ordenaba que comiencen el desembarco exactamente dentro de una hora.

Alexander Boss probó el filo de su alfanje una vez más, pasando su pulgar por el agudo acero inglés. A su lado, Elsey Miller acomodó el puñal en su faja y ajustó nuevamente sus botas, un talle más grande del que necesitaba. Robert Smith blandió suavemente el hacha de abordaje que llevaba en su mano derecha y palpó con su izquierda la pistola cargada que portaba en el cinturón. Thomas Oxley sintió el pífano en el bolsillo trasero de su pantalón y sonrió tranquilamente, el viento llevaría las agudas notas de su instrumento si fuera necesario. El compadre Rosendo López se mostraba serio e impasible, pero por dentro temblaba de miedo, recordándose a sí mismo que lo único que importaba era el bienestar de Rosendo. A su izquierda, el marinero que lo había salvado de tantas desdichas, pensaba que si veía al compadre escapando nunca más le salvaría el pellejo.

A popa de la Juliet se habían alineado los hombres del teniente Pedro Orona, en sus divisiones compuestas por los tres oficiales y segundos. Los Dragones de la Patria, paisanos de lucha que no sabían rendirse, portaban un sable sin vaina en su mano hábil y un freno de caballo guardado en un bolsillo. Algunos también echarían mano de su facón, escondido por el momento en la faja de su atuendo. Más allá destacaban los soldados del regimiento N°6, entre los que se encontraba el cabo Manuel Gutiérrez, con su espada de acero español enfundada y un mosquete, y su amigo el soldado Gómez, con su bayoneta calada y el puñal en su cinturón. Los voluntarios de San Fernando al mando del subteniente Pedro Aguilar se encontraban cerca del combés de la goleta, tan bien armados y preparados como el resto de aquellos valientes.

Eran alrededor de doscientos ochenta hombres en total, de los cuales doscientos veinticinco eran paisanos de tierra adentro seleccionados por su destreza con algún arma. La cubierta estaba tan llena que apenas había espacio para moverse y el silencio era tan absoluto que podrían haberse oído sus pensamientos de no ser por el oleaje del río chocando contra el casco. Todos aprovechaban esos últimos minutos de paz antes de la batalla para repasar el plan, visualizar los caminos que deberían tomar y las acciones que tendrían que desarrollar. El orden era fundamental, no debían permitir que el caos del enfrentamiento perturbe sus ideas o serían hombres muertos.

La luna no aparecería esa noche, la oscuridad sería su aliada en los primeros momentos de la acción, pero luego se convertiría en enemiga, al no permitirles reconocer el terreno durante la batalla. La flota apoyaría el desembarco, pero después viraría hacia el noroeste y quedarían solos, a merced de su valentía y buen criterio.

En el momento preciso, Richard Baxter, capitán de la Juliet y comandante del desembarco, ordenó bajar ocho lanchones y dio instrucciones a los comandantes de las divisiones para que comenzaran a embarcar a sus hombres. Una vez realizada esta primera maniobra, los lanchones de los Dragones se pusieron a la vanguardia, seguidos de cerca por los que llevaban a los hombres de Robert Jones, teniente primero de la goleta. Lentamente el resto los siguió, hacia una playa adornada de piedras graníticas, barro y escombros dejados allí por el fluctuante río. Al varar los lanchones, los Dragones se deslizaron sigilosos playa arriba, intentando ganar las primeras yardas rápidamente hasta dar con un pequeño bosque de árboles bajos. Para entonces, los marinos de Jones ya estaban desembarcando y seguían el ejemplo de sus predecesores, sin mirar atrás y con la mente fija en el objetivo. Los Dragones continuaron avanzando cuesta arriba, corriendo por un camino embarrado y muy empinado. Alrededor de doscientas veinte yardas tierra adentro llegaron a la caballeriza que habían confesado los italianos. Una vez ahí y en el mayor silencio posible, colocaron los frenos a los caballos que fueron eligiendo, ajustaron los arneses y montaron a pelo, sacándolos del corral y refugiándose nuevamente en el bosquecito cercano a la costa. El relincho de aquellas bestias era algo imposible de acallar y pronto los españoles notaron que algo raro estaba sucediendo. No tardaron en descubrir el desembarco y comenzaron a hacer fuego hacia los botes y los soldados que corrían por la playa. Enseguida los patriotas respondieron los disparos con sus propias descargas de fusilería, y cuando desde la Juliet entendieron lo que estaba sucediendo, el cazador de proa disparó hacia el enemigo. Pronto la caballería patriota fue al encuentro de los restantes centine-las, pasándolos a cuchillo y terminando rápidamente con la temprana resistencia de los godos.

Una vez que toda la infantería se encontró resguardada por la vegetación, los hombres de Orona continuaron hacia el norte, pasando junto al corral con destino a las barra-cas y caseríos españoles. Los marinos de Jones, en cambio, tomaron un camino paralelo a la costa rumbo a la batería de tierra. Se mantenían juntos, corriendo hombro con hombro mientras esquivaban un lodazal, apartaban ramas, sortea-ban rocas y obstáculos y pasaban junto a una cantera de piedra. Más de uno trastabilló, alguno cayó rodando al suelo abriéndose heridas en las manos o se lastimó los brazos o la cara con las ramas invisibles de los arbustos. Pero siempre había una mano para levantar al compañero, ayudándose unos a otros a continuar pese a las dificultades del camino.

Entonces divisaron la batería y el parapeto que la pro-tegía, y apenas se posicionaron frente a ella los cañones de Azcuénaga hicieron fuego con metralla, que voló por sobre sus cabezas silbando. Los fusiles tampoco se hicieron esperar, arrojándoles perdigones que zumbaban aquí y allá; perdidos en la oscuridad de la noche pasaban por entre los marineros con escasa puntería. A esa distancia, las armas todavía no eran certeras, pero en su carrera los patriotas se iban acercando rápidamente, volviéndose blancos más grandes y visibles para los mosquetes godos.

La defensa era casi imposible, el parapeto daba altura y resguardo al enemigo mientras que en el campo abier-to los hombres de Jones no tenían posibilidad de colocar una rodilla en tierra para hacer fuego con precisión. De intentarlo, seguramente caerían víctimas de la granizada de metal bajo la que eran sometidos por el implacable enemigo. La solución era correr, avanzar, llegar al parapeto, saltarlo y luchar contra esos endemoniados españoles. Sable en mano, a pica o a espada, arrancarles el corazón o entregar la vida con honor. Pero era lógico que no todos lo vieran de ese modo, el ánimo de los patriotas había comenzado a flaquear en ese momento tan crítico del ataque.

—¡Compadre! —dijo Rosendo—. ¡Nos están sacudiendo de lo lindo! ¿Qué objeto tiene este matadero?

—¡Sigue avanzando! —le respondió Elsey Miller—. ¡Debemos llegar a la batería!

—¡Ay, me dieron en la oreja! —exclamó un paisano que venía tras ellos—. ¡Españoles del infierno!

—¡Sigan adelante! —gritaba Boss—. ¡Continúen avanzando!

En el medio de la confusión, un marinero vio al compadre doblando a la derecha y queriendo escapar, entonces lo persiguió y lo tomó de un brazo.

—¡Hijo de puta! —le gritó—. ¿Te salve la vida, te aconsejé y protegí para que me abandones ahora? —Lo empujó hacia adelante y le puso la punta de su sable en la espalda—. ¡Vas a correr o te voy a atravesar, pedazo de mierda!

Sin embargo eran muchos los que reculaban, dudando de su valor. En ese momento Boss miró hacia atrás y gritó—: ¡Los paisanos podrán estar asustados, pero nosotros ya pasamos por esto! ¡En Francia, en Inglaterra y en Irlanda!

—El comisario Thomas Oxley, que se encontraba a su lado, lo escuchó y de pronto tuvo una idea que lo hizo feliz. Tomó el pífano de su bolsillo y sin dejar de avanzar sopló con fuerza una melodía bien conocida por la mayoría de los presentes. Las notas comenzaron a salir de su flauta y el viento las transportó por el espacio y por el tiempo, hacia una Irlanda lejana un 17 de marzo.

—¡Es Saint Patrick's Day In the Morning! —exclamó Boss mirando a Oxley y sonriéndole con cara de loco—. ¡Estás tocando Saint Patrick's Day In the Morning!

—¡Es el Himno de San Patricio! —dijo otro atrás, y a la derecha se oyó un redoblante. Un marino de la Nancy al que llamaban "El negro George" había dejado de marcar el paso para sumarse con su instrumento al pífano de Oxley. Así le dio cuerpo a aquella marcha ejecutada dos días antes de la fecha esperada. Al escuchar este himno, muchos de los soldados patriotas que eran irlandeses olvidaron el cansancio y el temor, recuperando su coraje. Se envalentonaron, gritaron y maldijeron, avanzando raudamente y llegando por fin al parapeto. Dispararon sus armas y se entregaron a la lucha cuerpo a cuerpo contra los españoles, que ahora miraban a los fanáticos con ojos de terror. El compadre entendió que para salir de esa situación había que matar godos, y demostrando valor por primera vez en toda la campaña, blandió su afilado cuchillo en las narices de los soldados enemigos. No tardó en clavárselo en un ojo a uno de ellos, al grito de—: ¡No mires mal a Rosendo! —y continuó avanzando, saltando el parapeto de la batería—. ¿Hacia dónde va este loco? —preguntó Elsey Miller sin aguardar respuesta, y terminando de una estocada con la vida de un oponente decidió seguirlo. Mientras tanto, un vivo cañoneo comenzó a sonar a la izquierda, iluminando las aguas y el muelle donde las naves de Romarate aún estaban amarradas. La flota del almirante estaba distrayendo al enemigo.

---

—¡Rápido, don Carlos! —repetía incesantemente Santiago, mientras empujaba al viejo y lo ayudaba a continuar—. ¡Se nos vienen los rebeldes encima! ¡Hay que alejarse!

—¿Qué rebeldes? —preguntaba el anciano—. ¿Qué hago aquí? —Los hombres de Brown habían llegado al parapeto y descargaban sus armas con una furia increíble. Las balas pasaban silbando por encima de las cabezas de los Villalba, que intentaban buscar refugio en una hondonada del terreno.

—¿Qué es esa música? ¿Son ingleses? —volvió a preguntar Carlos en su confusión.

—¡Son los rebeldes! —le respondió una vez más el grumete con mucha paciencia.

Entonces una bala perdida rozó el brazo izquierdo de Santiago y se hundió en el pecho de Carlos. Inmediatamente ambos estaban sangrando, pero la herida del primero era apenas un rasguño mientras que la del segundo lo condenaba a muerte.

—¡Abuelo! ¡Me rindo, abuelo! —gritó desesperado el grumete, depositando a Carlos en el suelo húmedo de la isla y arrodillándose ante él—. ¡Robé a la armada española y deserté de la flota rebelde, todo para protegerte y volver a estar contigo! ¡Y ahora que te encuentro no me recuerdas y te mueres! ¡Te mueres! —repitió llorando. Se tocó el brazo que le ardía y vio su mano ensangrentada—. ¡Esta sangre es tu sangre! ¡Eres la única familia que me queda, no me abandones! —El viejo comenzó a toser, su respiración era dificultosa y jadeaba, en agonía. Buscó con la mirada a su joven compañero y cuando logró verlo abrió grandes los ojos. Le sonrió tiernamente y posó su mano en la mejilla de su nieto—. ¡Santiago! ¿Qué haces aquí, querido mío?

—¡Abuelo! ¿Me reconoces? —exclamó aturdido el grumete, secándose las lágrimas con el puño de su chaqueta.

—¡Claro que sí! ¡Eres igual a tu padre! —dijo el viejo, pálido y visiblemente débil. Santiago lo abrazó pero Carlos lo apartó suavemente—. Tengo poco tiempo y necesito hablar contigo antes de morir. —Tosió y de su boca manó sangre—. Recuerdo los esfuerzos que hacías en Montevideo para conseguirme alimento, estando yo enfermo y débil. La última vez te vieron y casi te condenan a muerte por robo…

—Así es, abuelo, pero…

—Déjame terminar, querido. —El anciano tomó aire y prosiguió—: Ahora también te buscan por ayudar a escapar a un prisionero…

—¡Sí, a Alexander Boss! —dijo lentamente el muchacho.

—Eso lo complica todo —agregó Carlos—. Fui interrogado en esta isla por un capitán que no olvidará el asunto hasta que logre fusilarte. Así de oscuras están las cosas para ti en este bando. —Tosió y en su pecho se oyó el gorgoteo de la sangre ahogándolo.

—¿Un capitán? —preguntó furioso el grumete.

—¡El comandante Boza! —dijo en un susurro su abuelo. Era lógico que Luis Boza se quisiera compensar después de que el grumete lo dejara en ridículo, lo que asombraba a Santiago era que después de dos años la sed de venganza no se hubiera aplacado. Ahora el grumete sabía que el comandante estaba cerca, en alguno de los barcos de la escuadra española. El rostro del viejo se contrajo en una mueca de dolor—. Amo mi patria, pero aunque me duela debo aconsejarte correctamente. Tienes que dejar este bando, hijo mío.

—¿De qué hablas?

—¡Hazme caso! —exclamó insistente Carlos—. ¡Aléjate de Boza o te matará!

—¡No puedo! —gritó Santiago—. ¡Los rebeldes también me buscan por deserción!

—¡Pobre muchacho! —dijo en un suspiro el anciano—. ¡Todo esto por cuidar de su familia!

El silencio se apoderó de la mente del grumete, aunque alrededor los disparos continuaban. El choque de alfanjes y hachas con su característico tintineo, los estallidos de los cañones de la flota disparando contra las naves del muelle y el grito del pífano que continuaba sonando al viento. Todo era absorbido por una burbuja transparente dentro de la cual solamente los Villalba permanecían, uno llorando sin parar y el otro muerto en sus brazos. Santiago se olvidó de la batalla para permanecer lo que para él fue un momento eterno, mientras la brisa jugaba con sus cabellos y la oscuridad de la noche se iluminaba aquí y allá por el fuego de las escuadras. Durante ese instante nada le importó, tampoco sabía a dónde ir. Estaba en el tercer bando de una refriega muy polarizada, sin saber qué camino debería tomar ni a cuál de las dos partes servir.

De golpe la burbuja se rompió y su hipotética protección desapareció, si es que alguna vez había existido. En un instante, Rosendo López se acercó corriendo por detrás del grumete, todavía arrodillado, y blandiendo su cuchillo como un loco fuera de sí arremetió con fuerza contra la espalda de Santiago. El chico alcanzó a girar viendo las horribles facciones del atacante, entonces rápido como un rayo abrazó las piernas del compadre, haciéndolo caer hacia adelante con el gran impulso que traía. Atrás apareció Elsey Miller con la cara teñida por la sangre del enemigo y un hacha completamente roja en su mano derecha. Al principio su intención fue la de caer sobre el grumete para darle muerte, pero al reconocerlo se frenó en el acto, y al ver que el compadre se estaba incorporando presto a atacar lo empujó de una patada, protegiendo al grumete.

—¿Eres estúpido? —gritó Elsey a Rosendo—. ¿No ves que es uno de los nuestros?

—¿De los nuestros? —exclamó furioso el compadre—. ¡Una vez que Rosendo se pone loco no reconoce ni al mismo diablo! —Inmediatamente se puso en pie y siguió corriendo, buscando su próxima víctima mientras les gritaba—: ¡Váyanse a la mierda!

—¡Santiago! ¿Qué demonios haces aquí?

—¡Me tienes atrapado, Elsey! ¡Soy tu enemigo! ¡Anda, vamos, quiero sentir esa hoja de Buenos Aires en mi cabeza!

—¿De qué hablas, estúpido? —El vigía lo miraba sin comprender las palabras del grumete.

—¡Deserté de la Hércules! ¡Soy español, maldita sea! —continuó diciendo Santiago agitado y fuera de sí, mirando alrededor—. ¡Lo que debas hacer hazlo rápido!

—¡Escúchame! —le gritó Elsey—. ¡Escúchame! —le repitió tomándolo por los hombros y mirándolo a la cara—. ¡No todo está perdido para ti! ¿Me oyes? —El vigía hizo una pausa para pensar lo que iba a proponerle—. ¡Podemos decir que viniste a espiar al enemigo! —Santiago estuvo a punto de rechazar esa oferta pero el vigía se impuso—. ¡Podemos hablar con el almirante y explicarle que todavía eres de los nuestros!

—¿Estás seguro? —El grumete comenzaba a serenarse ante esa posibilidad—. ¿Querrá el almirante perdonarme?

—¿Cómo no habría de perdonarte? —Elsey bufó y dudó por un instante—. ¡Al menos lo intentaremos! ¡Déjame hablarlo primero con Boss, él sabrá qué decirle al comandante! —Entonces Santiago volvió sus pasos hacia el cuerpo de su abuelo y volvió a mirar al vigía.

—¿Qué haremos con sus restos?

—¡De eso se encargarán después, lo prometo! ¡Ahora sígueme, hay que combatir!

—¡Espera! —exclamó Santiago, recordando las últimas palabras de Carlos Villalba—. ¡No puedo ir contigo ahora! —Elsey no entendió lo que decía el muchacho—. ¡Adelántate! ¡Todavía tengo un asunto pendiente con el comandante Boza! —Y corriendo en sentido opuesto, se dirigió a toda velocidad hacia el muelle, a donde otros españoles avanzaban en busca de refugio.

El vigía continuó corriendo hacia el este hasta dar con unos soldados del 6° regimiento que iban hacia el norte.

—¡Manuel! ¿Este es de los nuestros o debo liquidarlo?

—¿Vas a hacerme esa pregunta todo el tiempo? —El cabo Gutiérrez se adelantó y tocó el hombro del vigía—. Te vi a bordo de la goleta, sé que eres un patriota —le dijo a Elsey. Entonces vieron pasar por su derecha un grupo de Dragones cabalgando hacia el caserío y las barracas cercanas al puerto viejo.

—¿Debemos seguirlos, Manuel?

—Sí, corramos, hay que evitar que los godos se reagrupen o que logren escapar en los barcos.

Se mantuvieron al trote por unos diez minutos sin cruzarse con ningún español, al final estaban tan cansados que bajaron su ritmo y continuaron caminando, atravesando una zona de árboles frondosos. De pronto, de la oscuridad del bosque sonaron unos mosquetes y las balas pasaron zumbando cerca de los tres hombres.

—¡Busquen refugio entre los árboles! —gritó el cabo, colocándose detrás de un tronco grueso y disparando su mosquete hacia los atacantes. El soldado Gómez se unió a la defensa, Elsey en cambio no tenía arma de fuego.

—¡Cúbranme! —dijo el vigía y comenzó a acercarse al enemigo yendo de un árbol al siguiente. Cuando su cuerpo reaparecía a la vista de los españoles, dos mosquetes hacían fuego, los que eran respondidos por el cabo y el soldado desde el otro extremo. Así el vigía fue acortando la distancia hasta que llegó a ver claramente a uno de los agresores detrás de un eucalipto. Corriendo como un rayo se le acercó y tomó el fusil del adversario por el cañón, desviándolo hacia un costado y golpeando en la cara al español con la culata del arma. Ya en el suelo, Elsey le clavó su cuchillo al tiempo que esquivaba una bala que le pasaba rozando la cara. Logró ponerse a salvo detrás de un ceibo de tronco grueso y entonces pudo ver cómo el otro español, corriendo hacia un costado, abría fuego contra el cabo Gutiérrez y le acertaba un perdigón directo a su cabeza. El soldado Gómez se apresuró en responder al disparo, con tan buena puntería que logró herir al español en un brazo. El godo cayó al suelo gritando de dolor y el vigía se le acercó corriendo con la daga en la mano. Sólo hizo falta un instante para que Elsey le clavara el cuchillo en el vientre, matándolo en el acto.
—¡Manuel! —gritó desconsolado el soldado—. ¡Manuel! —Corrió hacia su amigo y comprendió que no había error, el cabo había muerto. Elsey se unió a él y lo tomó por la casaca—. ¡Vamos! —le dijo—. ¡Debemos continuar hacia el norte! ¡Aquí somos presa fácil! —El soldado se resistió por un momento, pero luego acompañó al marino mirando hacia atrás mientras su compañero lo empujaba hacia adelante.

Al llegar a las barracas se dieron cuenta que habían sido abandonadas. Los faroles aún estaban encendidos y su luz escapaba por las puertas y ventanas abiertas de par en par, dándole al barrio el aspecto de una ciudad fantasma. Se oían disparos adelante, relinchos y chapoteos, lo que hacía acelerar el paso de los dos hombres. Cuando salieron al puerto viejo, Elsey Miller y el soldado Gómez se quedaron de pie, admirando la escena que se presentaba ante ellos. Por la izquierda se veía avanzar a las naves de Romarate, que escapando del fuego del almirante hacían el suyo propio, aunque débilmente y sin mucha insistencia. Los fogonazos de los cañones disparando se sumaban a las luces anaranjadas que lograban filtrarse por las portas abiertas de las cubiertas de artillería. Eran como estrellas brillando al ras del agua, deslizándose río arriba. De frente, el puerto viejo lleno de plantas acuáticas y muy descuidado, se veía invadido por varios barcos que ya habían logrado ponerse a la vanguardia de la flota española. Los Dragones, más cerca de la costa, se habían metido con el agua llegando hasta el pecho de sus caballos y desde esa posición hostilizaban una balandra que intentaba escapar. La caballería alcanzó por fin a la nave, resistiendo la fusilería que hacían desde la cubierta y meciendo ellos mismos el casco con las patas de sus caballos. Enseguida la balandra fue rodeada y peligrosamente escorada, al punto que los patriotas pudieron alcanzar a sus ocupantes y al grito de—: ¡A degüello! —los pasaron por las armas, respetando con cierta reticencia a los pocos que dejaron rendirse. Al rato volvieron a tierra firme, arreando con sus caballos a varios prisioneros que avanzaban a pie con el agua hasta el cuello. La escena dejó perplejo a Elsey y a su compañero, no había mucho más que hacer en ese lado de la isla.

---

—¡Señor Spiro! —gritó Brown desde la proa de la Carmen, mirando al griego—: ¡La señal!

—¡Sí, señor! —respondió el capitán de la cañonera, transmitiendo la orden a un grumete. Enseguida subieron a la arboladura dos faroles en forma vertical y fue encendida la mecha de la bengala. Un segundo después el cohete salía disparado al cielo, dejando una estela roja y culminando su ascenso en una estrella que débilmente se fue apagando al caer. Era posible que los españoles también hubieran visto el fulgor de la señal, esto poco le importaba al almirante. Desde el momento en que sus barcos se encontraron a la vista del enemigo, el factor sorpresa se había perdido y los godos esperaban un ataque naval en cualquier momento. No así un desembarco, que desde el sur de la isla era menos temido por los españoles.

La flota debía mantener su posición hasta una hora después, momento en el que los botes irían a tierra y desembarcarían las tropas. Las naves apoyarían este movimiento y cuando cada hombre estuviera a salvo en tierra, pondrían rumbo al muelle. Navegarían en un amplio arco desde donde se encontraban hacia el noroeste, virando por la proa. El viento era débil y no se mantenía de ninguno de los puntos del compás, lo que hacía pensar que el avance sería dificultoso.

Cuando por fin los primeros hombres tocaron tierra, las tripulaciones pudieron ver que los españoles, ocultos detrás de unos arbustos que crecían cerca de la costa, hacían fuego sobre ellos. Los disparos se hacían cada vez más nutridos y desde los botes patriotas que todavía bogaban hacia la playa comenzaron a responderles con su propia fusilería. El almirante permanecía impasible mirando la escena, apretaba fuertemente sus manos detrás de la espalda mientras sus ojos revelaban la intensa actividad de su mente. Su tensión se aflojó cuando desde la Juliet el cazador de proa abrió fuego, acallando súbitamente los disparos enemigos. Para asegurarse del éxito, la goleta volvió a disparar y entonces el silencio se mantuvo, tranquilizando al almirante.

—¡Capitán, avise a la flota que avance! ¡Nos pondremos a la vanguardia, si es tan amable!

—¡Muy bien, almirante!

La flota desplegó todo el velamen disponible, orientando las vergas lo mejor posible para tomar el viento escaso y caprichoso. Hicieron avante a una velocidad muy reducida, que debido a su ansiedad parecía aún más lenta, y solamente se dieron cuenta de que se estaban moviendo cuando los primeros fogonazos de la batería de la isla parecieron desplazarse hacia el través de estribor.

—¡Se oyen disparos! —exclamó el griego.

—¡Así es, señor Spiro! —dijo alegremente Brown—. ¡Los hombres están cumpliendo con su deber! ¡Desearía que el viento nos permitiera cumplir con el nuestro! —Miró hacia el timón y le indicó a Di Calia que virara un grado más a estribor, reforzando sus palabras con gestos para que el italiano no se confundiera.

—¿Bajo los botes, señor? —El capitán se mostraba un tanto agitado y Brown enseguida supo que ansiaba entrar en combate lo antes posible.

—¡De acuerdo, señor Spiro! —afirmó el almirante—. ¡Que remolquen la Carmen!

Enseguida se bajaron dos botes llenos de remeros y se pasaron cabos desde la proa de la cañonera hacia ellos. Pronto comenzó la pesada labor de remar para impulsar la Carmen que, casi sin viento, no podía propulsarse por sí misma. Los marineros bogaban con esfuerzo, manteniendo el ritmo y sintiendo en su propio bote cómo la espía se tensaba por momentos y se relajaba luego, comunicando el impulso al casco del barco. Era la única forma de hacer avante en esas penosas situaciones en las que el viento desaparecía cuando más se lo necesitaba.

Más cerca del enemigo, el almirante pudo ver cómo la gente de la isla iba abordando los barcos de Romarate. Corrían presurosos y atolondrados, huyendo de la amenaza de las tropas patriotas en tierra y demostrando que el teniente Pedro Orona y el subteniente Pedro Aguilar estaban haciendo gala de sus destrezas. El almirante esperaba que la resistencia del enemigo se diluyera y que la isla cambiara de manos sin un gran derramamiento de sangre, algo que los buenos comandantes apreciaban en silencio. Las bajas y los heridos del enemigo eran, de alguna forma, una manera de medir el éxito propio o la mediocridad del contrario. Aseguraban que el otro bando estuviera debilitado y no pudiera reunir fuerzas nuevamente, pero no dejaban de ser seres humanos que con su sufrimiento otorgaban al vencedor una victoria amarga.

—¡Remen, muchachos! —gritaba el contramaestre Demetrio Martínez a los de su bote—. ¡Los godos no nos van a esperar todo el día!

—¡Con más fuerza, rápido! —alentaba un marino en el otro bote, apoyando el peso de su cuerpo en el remo mientras en su rostro colorado aparecía una mueca de dolor.

—¡Estamos a tiro de cañón, capitán! —El grito desde el tope cambió el semblante preocupado del griego por uno mucho más alegre—. ¿Podemos empezar a disparar? —preguntó el griego a Brown.

—¡Con mucho gusto! —le respondió el almirante con seriedad, aunque por dentro le causaba gracia el arrojo del valiente Spiro—. Necesitamos más hombres como él —pensó el irlandés—. Cada uno vale por diez de los otros.

Entonces el largo de dieciocho libras abrió fuego, haciendo temblar la cubierta bajo los pies de los patriotas. La proa apuntaba directamente al Belén de Romarate, desde el que respondieron con solamente dos cañones de su batería de babor, casi a desgano.

—¿Qué pasa que no utilizan su andanada completa? —preguntó Spiro.

—¡Están faltos de municiones! —le respondió Brown—. ¡No los dejemos escapar! —Luego se acercó a la proa y gritó—: ¡Vamos, remen con todas sus fuerzas!

Los españoles, al ver la flota de Buenos Aires que se les venía encima, soltaron amarras y comenzaron a avanzar de la misma forma penosa en que lo hacían los patriotas. Bajaron sus botes y comenzaron a remolcar a la espía sus barcos, devolviendo con reticencia los disparos que le hacían la Carmen y las demás naves de Brown. Así se mantuvo la lenta persecución por aquellas aguas rumbo al norte, dejando atrás el muelle y con la isla al este.

—¡Carguen de metralla el cañón giratorio! —ordenó el almirante, supervisando él mismo la tarea—. ¡Disparen a la cubierta del Belén, vamos!

Tiempo después el sol ya estaba asomando y la claridad les permitió captar todos los detalles de ese campo de batalla líquido. Habían superado el extremo norte de la isla con el puerto viejo por la aleta de estribor, y a proa podían ver varios barcos civiles escapando por el canal, hacia el norte. No había necesidad de invertir esfuerzos en esas presas, poco valiosas en pleno combate, estando tan desvalidas las naves de Romarate. A pesar de este aliciente, el almirante vio que el resto de su escuadra no avanzaba con el ímpetu que debía.

—¡Señales a la flota! —gritó de repente—. ¡Avanzar hacia el enemigo!

Esto no hizo que las naves patriotas aceleraran su andar, por el contrario, nuevamente dejaban solo a Brown frente a los españoles. Entonces, sabiendo que no podría contar con sus comandantes, tomó el telescopio y lo enfocó a tierra. Su boca esbozó una sonrisa, sus ojos habían descubierto sobre la batería el objeto de su devoción. Poco después se oyeron cañonazos desde la isla, pero esta vez las balas perseguían al mismo bando que ellos.

---

—¡Tomen la batería! —gritaba Robert Jones—. ¡Giren esas cureñas!

La lucha cuerpo a cuerpo se mantenía alrededor de los cañones de la isla. Boss paraba una estocada con su alfanje y golpeaba con el puño la cara de su adversario. Robert Smith clavaba el pico de su hacha de abordaje en el pecho de un artillero enemigo y lo empujaba con toda su fuerza hacia adelante. En la confusión de la batalla se oyeron varios "¡Viva la Patria!" acompañados de ruidos de cascos al galope. Los que no estaban ocupados pudieron ver cómo avanzaba un destacamento de Dragones, en auxilio de los hombres de Jones que los recibieron con alegría.

—¡Cortarles el gañote! —decía un Dragón, blandiendo su sable y descargándolo con fuerza sobre las cabezas enemigas.

—¡A degüello! ¡Matar a estos perros españoles! —gritaba otro, persiguiendo a caballo a los artilleros a pie, que presas del pánico huían hacia el muelle.

Cuando la batería quedó libre de enemigos, el teniente Jones ordenó a sus marinos reorientar los cañones para apuntarlos hacia las naves de Romarate, pero en un instante se dio cuenta que varios de sus hombres se habían ido. Por fortuna permanecían los suficientes para ponerse a empujar las piezas con los espeques, pero aun así era su deber averiguar qué estaba pasando con el resto. Hizo dos pasos y entonces uno de los Dragones lo detuvo.

—¡Teniente! —le dijo en tono ceremonioso—: ¡Tome el paño de la Patria! —Sacó de un bolsillo un pedazo de tela doblado con la mayor prolijidad posible y lo desplegó, entregándoselo. La bandera era rectangular, con dos franjas azul-celestes horizontales y una blanca en el medio. En sus manos el teniente la sintió cálida y frágil, como un bebé recién nacido, y en su devoción hacia el objeto que los representaba no pudo menos que sentir un estremecimiento—. ¡Para que el almirante sepa que la batería es nuestra! —afirmó el Dragón—. ¡Y que viva la Patria, carajo! —gritó alejándose junto con sus compañeros.

—¿Quién me ayuda a enarbolar el pabellón? —preguntó tembloroso Jones y todos los presentes hicieron un alto en sus tareas para asistirlo. Unos buscaron un palo largo lo más recto posible, otros cavaron un pequeño hoyo en la tierra con sus espadas, y pronto la bandera de la Patria ondeó por primera vez en esa isla, sobre los hombres, por encima de sus grandezas y de sus miserias. Boss no era una persona apegada a las cosas materiales y por esto la vio con otros ojos. Era el primer objeto que sentía como parte de sí mismo, algo nuevo que no le había sido impuesto y por eso se sentía libre de adorarlo.

—¡Entre nosotros hay ingleses, franceses, griegos, irlandeses, portugueses... Incluso españoles patriotas de corazón! —dijo el teniente a sus hombres, con orgullo en su voz—. ¡Y sin olvidar nuestras banderas de nacimiento damos la vida por este hermoso pabellón, que representa para todos nosotros la libertad! —Cuando calló vio que la mayoría asentía con la cabeza, preparando las armas de fuego para hacer una salva en saludo a la bandera. Los disparos se efectuaron al mismo tiempo y el sonido rebotó en los edificios de la isla volviendo en forma de eco, mientras el humo persistente flotaba entre ellos, embriagándolos—. ¡Ya somos todos del mismo país! —pensó Boss, sosteniendo su alfanje hacia el cielo y apretando con gran fuerza la empuñadura sin darse cuenta.

Entonces prosiguieron con la tarea de reorientar los cañones y estaban en esto cuando aparecieron varios de los marineros que los habían abandonado, todos ellos ebrios y dando pasos con dificultad. Habían asaltado el pañol del aguardiente y se habían dado a la bebida, regresando sólo los más conscientes, aunque no sirvieran para mucho en el estado en el que se encontraban. Los recién llegados, lejos de sumar con su presencia, entorpecieron a los que se encontraban sobrios, demorando la orientación de las piezas. La batería logró apuntar hacia el norte cuando el sol comenzó a salir, lo que alegró al teniente Jones puesto que los marinos podrían aprovechar la luz para hacer un fuego preciso sobre el enemigo. Sin embargo, debido a la falta de hombres para atender las piezas, la cadencia de los disparos dejaba mucho que desear. Al rato se les unieron Elsey Miller junto con el soldado Gómez, transpirados y agitados por la carrera que habían tomado para volver. Era evidente que estaban angustiados, sobre todo el soldado, que parecía estar llorando. El vigía miró a Boss pero al verlo tan concentrado en el manejo de su cañón, prefirió acercarse a otra pieza y prestar su ayuda, dejando la conversación para después. Aun así, le resultaba muy difícil callar lo que sabía del joven grumete de la Hércules, Santiago Villalba.

Toda la mañana hasta el mediodía se mantuvo la misma situación: la Carmen hacía fuego con su cañón de proa y el giratorio y la batería sumaba sus disparos como podía, ya que cada vez más hombres abandonaban las piezas para descansar o sumarse al grupo de los ebrios. La escuadra de Romarate estaba acorralada, el comodoro no quería poner rumbo al norte porque eso lo alejaría de la isla, que él pretendía recuperar cuando recibiera refuerzos. Por otro lado le era imposible continuar hacia el este debido a los bajos que se extendían en toda esa zona. Sin otra cosa que hacer, resistía el fuego patriota haciendo el suyo propio sin mucho entusiasmo, para no malgastar las pocas municiones que tenía. Entonces ocurrió lo inesperado, el viento comenzó a soplar del sudeste y las aguas del río no tardaron en subir.

—¡Señor! —dijo el vigía de la Carmen desde el tope—. ¡Los godos se aventuran a través de los bajos!

—¡Es lo que me temía! —exclamó el almirante mirando a Spiro—. ¡Aprovecharán la creciente para atravesar los bancos!

Los españoles aguardaron y cuando estuvieron seguros de no encallar pusieron proa hacia el este, atravesando los bancos con suficiente fondo como para no varar. Los patriotas, en cambio, no podían aventurarse por aquellas aguas debido a la cantidad de cañones que artillaban, que hacía que sus barcos necesitaran mayor profundidad para navegar.

—¡El muy desgraciado colocó una barrera de arena entre él y nosotros! —dijo Spiro escupiendo por la borda.

—¡Si intentamos seguirlo tendremos dificultades! —opinó Brown—. ¡Este zorro de mar fondeará en el canal del infierno, a la espera de refuerzos desde Montevideo!

—¡Almirante, me fío de mi barco y de mis hombres! —exclamó el griego con total orgullo—. ¡Ordene cruzar el banco y la Carmen estará del otro lado, lista para combatir al godo!

—¡Lo sé! —le dijo con una sonrisa Guillermo—. ¡Pero debemos reagruparnos y consolidar nuestra posición! ¡Cuando los refuerzos de Romarate lleguen tienen que encontrarnos preparados para darles batalla!

Al ver que la flota se reagrupaba, los hombres de la batería de tierra dejaron los cañones y descansaron un rato, con el permiso del teniente Jones. La jornada había sido difícil, y esos valientes que se habían mantenido sobrios y despiertos merecían eso y mucho más. El comisario de la Zephir, Thomas Oxley, lamentaba no tener su guitarra con él en esos momentos. Sacó el pífano de un bolsillo y los que lo vieron sonrieron, recordando cómo la melodía de esa flauta había sacado fuerzas de sus extenuados cuerpos para vencer al implacable enemigo. De pronto la cara del comisario adoptó una expresión de sorpresa e inmediatamente comenzó a reírse sin poder parar, contagiando a sus compañeros.

—¿Qué ocurre? —le preguntó Boss, alarmado.

—¡Se me ocurrió el último verso! —respondió Oxley todavía riendo sin que el timonel comprendiera lo que decía. Cuando se recuperó de su ataque de risa le preguntó—: ¿Quieres oír una canción?

—¿Por qué no? —respondió Alexander.

—¡Muy bien! —exclamó el comisario, poniéndose de pie y mirando al grupo de marineros cansados y harapientos—. ¡Les dedico esta copla a ustedes!

> Los barcos, uno tras otro,
> a los godos han de buscar,
> y al bravo de Romarate,
> finalmente han de matar.
>
> Los cañones de la isla,
> contra Brown se aventuran,
> su fragata, ya lista,
> los enemigos trituran.
>
> Suena la orquesta en combate,
> ya no como un estropicio,
> a los godos los abate
> el himno de San Patricio.

—¡El himno de San Patricio! —gritaron todos, riendo y repitiendo algunas de las rimas—. ¡El himno de San Patricio! —repitió alegre Oxley, tomando asiento y charlando animado con el resto. A los divertidos marineros se les unió el soldado Gómez, que a su vez hizo algunas bromas y sugirió otras rimas. Entonces comprendió que su pérdida sería eterna pero su desdicha muy corta, porque en aquellas personas que había conocido estaba el alma de su amigo Manuel.

Elsey Miller se alegró de ver mejor a su compañero de escaramuza, pero luego fijó su vista en el timonel del almirante y recordó algo muy importante. Aguardó que el ambiente se calmara para acercarse a Boss y aprovechando un silencio que se hizo habló con él en voz baja.

—Escucha, Alexander. Hoy vi a Santiago Villalba... —El pelo de la nuca se le erizó al timonel que se puso pálido—. No murió en la Hércules como habíamos supuesto.

—¡Al menos dime que está bien! —exclamó Alexander.

—Sí, está bien. —El vigía hizo una pausa y continuó—: Desertó de nuestras fuerzas para unirse a los dons y al parecer encontró a su abuelo. Desafortunadamente el viejo murió en la acción de hoy.

—¡Maldición! —dijo apenado el timonel—. ¿Qué ha pasado después?

—¡Le dije que volviera con nosotros, que el almirante perdonaría su falta! ¿Piensas que puede ser posible eso? —Alexander bufó negando con la cabeza.

—No es muy probable —dijo apenado—. Conozco a William, es un comandante muy estricto en esos temas.

—Invité al chico a volver con nosotros y a ayudarnos a combatir contra los dons. Pensé que de esa manera se ganaría el favor del almirante, pero el grumete me dijo que tenía un asunto pendiente y se fue.

—¿Adónde?

—¡Dijo que iba a buscar a un comandante que le debía una cosa!

—¡Por favor, Elsey, haz memoria! —le pidió seriamente el timonel—. ¿Cuáles fueron las palabras que empleó Santiago antes de irse?

—¡Estoy seguro que fueron "comandante" y "cosa"! —Alexander se quedó pensativo un momento hasta que reaccionó de golpe, asustando al vigía.

—¡Mil demonios! —exclamó—. ¡Desea vengarse, Elsey! ¡Desea vengarse del comandante Boza! —repitió como para sí el timonel. Entonces se puso en pie y se alejó del grupo, rumbo al muelle. Las naves estaban regresando y entre ellas se distinguía claramente a la Carmen navegando amurada a babor.

—¡Espero que puedas perdonar mi torpeza, viejo amigo, y me ayudes con este chico! —se dijo Alexander con tristeza, pensando en el peligro que corría Santiago si, como suponía, Luis Boza estaba en la escuadra de Romarate.

———

Mientras los españoles continuaran en las proximidades de Martín García, la isla podía cambiar de manos nuevamente sin mucho esfuerzo para el enemigo.

Los barcos de Romarate ya estaban del otro lado de los bajos e intentaban ponerse a salvo en el Canal del Infierno, donde la navegación sería muy dificultosa para sus perseguidores. Allí permanecerían anclados, esperando los refuerzos que el comodoro español había solicitado a Montevideo.

—¡Nuestros compañeros nos abandonaron, almirante! —exclamó el capitán Spiro mirando hacia el sur. Brown observó un momento al griego y sonrió, no esperaba menos de aquellos hombres.

—¡No los necesitamos, nuestra pequeña balandra ahuyentó a los dons! —Guillermo apuntó con su mano derecha a uno de los barcos de Romarate—. ¡Da gusto que el enemigo sea tan cobarde como algunos de los nuestros!

—¡Eso empareja un poco las cosas! —agregó Spiro.

—¡Debemos regresar! ¡Que la Carmen vire en redondo!

—¡A la orden, señor!

Guillermo se sentía a gusto con el griego, era un hombre de valor y poseía conocimientos náuticos muy útiles para la flota. El hecho de que fuera temerario, lejos de contrariar al almirante, le causaba simpatía y afecto. Aun así, su deber como oficial al mando de la escuadra era claro, debía proteger a sus hombres incluso de sus pasiones y excesos.

Enseguida los gavieros subieron a las vergas y el timón viró a barlovento. El casco de la Carmen escoró y crujió mientras la popa realizaba un movimiento circular, pivoteando sobre la proa. Luego se estableció el rumbo sur sudeste, con el viento por el través de babor.

Al llegar al muelle donde el resto de la flota la estaba esperando, la balandra amarró y el almirante bajó a tierra. Su corazón explotaba de alegría, lo que hacía unos días atrás parecía imposible ahora estaba sucediendo. La isla era de las Provincias Unidas y esta situación iniciaba una nueva era, donde el poder de los españoles en esas aguas estaba siendo puesto en duda. Sin embargo, Guillermo sabía que Montevideo no se quedaría de brazos cruzados y que pronto enviaría refuerzos para recuperar aquel lugar estratégico. Mientras daba sus primeros pasos fue saludado por el teniente Jones y sus valientes marinos. Entre los rostros entusiasmados que se acercaban para felicitarlo o para expresarle el honor que sentían de estar bajo su mando, el almirante pudo distinguir otro que permanecía apartado y taciturno.

—¡Alexander Boss! —exclamó—. ¡Espero que todo marche bien! —agregó al notarlo sucio y cansado, producto de la dura batalla.

—¡Así es, señor! —dijo el timonel esbozando una tímida sonrisa—. La batería es nuestra, los Dragones están registrando la isla y encerrando a los prisioneros en una barraca, donde quedarán detenidos.

—¿Hay algún inconveniente? —insistió Guillermo, sorprendido por la actitud distante de Alexander.

—¡Eso es todo por ahora, William! —le dijo afectuosamente para convencer a su amigo de que nada le preocupaba, posponiendo la conversación sobre Santiago. Ése era el gran momento del almirante y él no quería echárselo a perder. Guillermo le sonrió y tocó su hombro en señal de aprecio, convencido de que su timonel callaba algo muy importante.

---

Al caer la noche, la oscuridad en el interior del casco se había vuelto tan absoluta que era imposible ver más allá de las propias manos. Hacía rato que la enorme cantidad de gente amuchada en la cubierta inferior había perdido la noción del tiempo, hipnotizados por el vaivén del barco, los murmullos y el crujir de las cuadernas.

Durante el día la nave había navegado a intervalos, algunas veces forzando sus velas y otras permaneciendo al pairo, mientras algún cañón de la flota respondía al fuego tenaz de los rebeldes, que los perseguían. Cuando el sol se ocultó, el barco fondeó inmediatamente para no varar en los bancos de arena que lo rodeaban. Los civiles que habían embarcado en el muelle de la isla se creyeron olvidados, cuando de pronto un marino bajó con una lámpara en sus manos. A medida que fue avanzando fue iluminando decenas de personas en su camino, desparramadas aquí y allá, nerviosas y asustadas.

La anciana pelirroja se apoyó contra un mamparo y sintió cómo su viejo y cansado cuerpo se recuperaba de los dolores. Entonces miró a su derecha y la luz de la linterna le permitió ver a un joven al que le costó reconocer. Hizo un esfuerzo y al rato se dio cuenta que se trataba de Belisario, el chico que había estado atendiendo los cañones de la isla. Sentado en un rincón de la cubierta lucía irreconocible, cabizbajo y triste como estaba. A pesar de que ella no había participado de la batalla, sabía de la muerte de Carlos Villalba y entendió que era eso lo que ponía tan triste al muchacho.

—¡Belisario! —Llamó una vez, sin que el chico se diera por aludido—. ¡Belisario Rojas! —volvió a exclamar, recordando el apellido del muchacho. Entonces el joven salió lentamente de su estupor para alzar la vista y posarla sobre ella.

—¿Qué desea, señora? —La anciana se sorprendió al oír la voz del muchacho, mucho más grave y quebrada que la última vez que la escuchó.

—¿Cómo te sientes? —preguntó mientras se acercaba con dificultad—. ¿Has recibido alguna herida?

—¡Ninguna en el cuerpo! —aseguró el muchacho, mirándose nuevamente para confirmarlo—. ¡Mi dolor está aquí dentro! —dijo tocándose el pecho.

—¡Lo sé! —contestó la anciana—. ¡Él era tu abuelo! ¿No es así?

—¡Sí! —exclamó el chico—. Aunque era como un padre para mí. Ese hombre me cuidó cuando me quedé solo en el mundo.

—Ahora comprendo mejor tu pena —dijo la mujer—. Lamento que tuvieras que verlo tan confundido. A veces la vejez hace que nuestras mentes se entorpezcan y no recordemos las cosas.

—Lo sé, pero al menos logró reconocerme antes de morir.

—Las últimas palabras de su abuelo volvieron a su mente y la mirada del chico se ensombreció—. ¿Adónde nos llevan?

—Parece que al norte, río arriba. Espero que cuando los rebeldes dejen de atormentarnos podamos desembarcar en alguna costa segura. —La anciana miró alrededor notando la cantidad de personas que se acomodaban dentro de ese pequeño casco—. No aguantaremos un viaje largo en estas condiciones, la mayoría somos viejos.

—¿Desembarcar en estas costas? ¡No creo que sea posible! —dijo Belisario pensativo—. ¡Este territorio ya no pertenece a los españoles, según entiendo!

—¡Sí, pero ahora estamos en los dominios de Artigas, él y su gente nos darán cobijo! ¡Mi hija que vive más al norte me contó de las buenas relaciones que hay entre artiguistas y españoles! —El chico no dijo nada, aunque le parecía muy extraño lo que le contaba la anciana. El día que escapó de Montevideo con Boss había oído que ese tal Artigas comandaba una partida de hombres rebeldes. Sería extraño que ahora su lealtad se diera vuelta, ayudando a sus enemigos en contra de sus amigos. La anciana continuó—: Si nos desembarcan cerca de Gualeguaychú me podré reunir con Carmela, será una grata sorpresa para ambas.

—¿Es el nombre de su hija? —preguntó Belisario para hacer conversación.

—Sí, Carmela Linares.

—¿Y usted es...?

—Mi nombre es Ana María León, encantada de conocerle, señor Rojas —le dijo dándole la mano y haciéndolo sonreír—. ¿Vendrás conmigo a la casa de Carmela, hijo?

—Le agradezco mucho su invitación, pero no puedo.

—No seas tímido, ya no tienes hogar y por lo que sé tampoco tienes familia. ¿Qué te impide aceptar mi propuesta?

—No tengo hogar ni familia, es cierto, pero tengo amigos que me esperan —dijo Belisario, sin entrar en detalles sobre sus otros planes.

—¡Te perderás la hacienda y los caballos de mi hija! —agregó Ana María en un falso tono de ofensa—. ¡Son los mejores al norte de Buenos Aires!

—¡Pasaré a visitarlas uno de estos días, es una promesa!

—¡Te estaremos esperando, querido!

Entonces la anciana cerró los ojos y al instante se quedó dormida, tan agotada como estaba. Belisario la miró con ternura, su vestido sucio y harapiento daban cuenta de lo mucho que había sufrido en esos días—. ¡Pobre vieja! —pensó—. Sus años le juegan una mala pasada. Si tuviera una hija en Gualeguaychú, con hacienda y caballos, no habría vivido sus últimos años en Montevideo, soportando el hambre y las enfermedades. Tampoco tendría que haber aguantado las miserias en la barraca de la isla ni en este barco de guerra. Es posible que sus datos sobre Artigas también sean erróneos —concluyó el grumete.

Al rato bajó por la escalinata un alférez seguido de un par de hombres de la dotación del barco. Traían un barril con agua que se apresuraron en apoyar en el suelo de tan pesado que era, mientras se formaba una fila de civiles sedientos adelante. Belisario se acercó lentamente y cuando le llegó el turno de beber aprovechó para hablar con el marino.

—¡Gracias por el agua, comandante! —dijo a propósito Rojas.

—No soy el comandante, soy el alférez de fragata Romero —respondió tomando a Belisario por un completo ignorante.

—¿Entonces quién es el comandante? —preguntó con picardía el muchacho—. Así sé a quién debo esta preciosa agua.

—El comandante es el alférez de navío Sebastián Butler, que está al mando de nuestra querida cañonera Perla. —Belisario suspiró aliviado, no había entrado a la boca del lobo después de todo. De haber estado Boza al mando habría tenido que mantenerse oculto hasta tocar tierra, y en caso de ser descubierto no le habría quedado otro remedio que tirarse de cabeza al río.

—¡Gracias por el agua! —dijo cortésmente Rojas, antes de volver a su lugar junto a Ana María. Aprovechó que la anciana seguía durmiendo para meditar un momento. Debía pensar qué plan seguiría cuando tocaran tierra.

En ese momento, a ciento quince millas náuticas al sudeste, el aviso del comodoro español Jacinto de Romarate llegaba a Montevideo. La carta, escrita el 11 a la tarde, no solamente hablaba de la victoria de los españoles sobre la flota rebelde y de la varadura de la Hércules, pedía también refuerzos y municiones. Gaspar de Vigodet la estudió con detenimiento, mientras el capitán de navío José Primo de Rivera lo aguardaba de pie, al otro lado de su escritorio.

—Según nos informa el capitán Romarate, la situación es favorable a los nuestros. —Lejos de alegrarse por las noticias Vigodet confirmaba sus sospechas, que ninguna flota improvisada podía contra el genio naval de España. El rostro de Rivera se relajó—. Sin embargo, para que las cosas se mantengan así, su colega nos pide refuerzos de manera urgente. —Primo de Rivera se puso tenso nuevamente, imaginando lo que su excelencia diría después—. ¡Usted y sus naves dejarán este puerto inmediatamente, el comodoro los necesita! —El capitán tragó saliva y asintió con la cabeza.

—¡Como ordene, señor! —respondió, haciendo un esfuerzo para ocultar su pánico. Vigodet lo miró esperando que Rivera abandonara su oficina, pero al ver que el capitán continuaba allí lo despachó de inmediato.

—¡Ya tiene sus órdenes, capitán! —Primo de Rivera se sobresaltó ante esas palabras, como despertando de una pesadilla. Lo saludó tocándose el sombrero y se apresuró en abandonar la sala. Al doblar el pasillo se ocultó en una esquina donde nadie lo veía y golpeó la pared con sus puños cerrados. Seguramente habría combate y él no estaba preparado para la acción, ni ahora ni nunca—. ¿Por qué esto? ¿Por qué ahora? —Se preguntaba insistentemente mientras daba vueltas de aquí para allá—. ¿Por qué a mí?

Allá afuera había una flota lista para cortarle el paso y presentarle batalla. Aquellos hombres que tanto había menospreciado ahora eran dignos enemigos, preocupando al mismísimo Romarate que solicitaba refuerzos de inmediato. Sonrió con tristeza al darse cuenta que su flota sería el apoyo del gran comodoro, pobre de él.

Intentó darse valor recordando la última vez que había entrado en acción, pero esa oportunidad no tenía nada que ver con ésta. El cañoneo a la ciudad de Buenos Aires había sido una tarea sencilla, los rebeldes no podían defenderse y sólo fue cuestión de abrir fuego desde una posición cercana para que los atemorizados porteños se escondieran en los sótanos de sus casas. —Las balas iban sólo en una dirección —pensó todavía agitado. Por su mente perturbada también pasó la escena de su triste muerte: la metralla enemiga clavándose en sus costillas y abriéndole la cabeza en dos, o el plomo de los fusiles rebeldes traspasándolo de lado a lado. Ante estas ideas comenzó a transpirar, mientras temblaba como una hoja de papel.

Al rato logró componerse y se dirigió al muelle, no podía demorarse más o Vigodet caería sobre él. Ya en el fondeadero, el aire fresco serenó sus ánimos y aprovechó la calma repentina de sus sentidos para no demostrar debilidad frente al jefe de bahía, don Castillo. Fue a su encuentro y le comentó sin preámbulos: —Saldré con la escuadra rumbo a Martín García, allí resisten nuestros barcos al mando de Romarate. Encárguese de avisar a todos los comandantes bajo mi mando, si es tan amable.

—¡Desde luego, señor! —le respondió el otro—. Si hay algo más que pueda hacer para ayudarle, estoy a sus órdenes.

—El capitán Rivera pensó que Miguel del Castillo podría ocupar su lugar y así contraería una eterna deuda de gratitud con él. Por el contrario, apretó sus labios y se limitó a agradecerle cortésmente con la cabeza.

A las diez de la noche la corbeta Mercurio, buque insignia de la flota de refuerzo española, levó anclas junto con la corbeta Paloma, el queche Hiena, el bergantín Cisne, el falucho Fama y el lugre San Carlos. Lentamente los barcos fueron avanzando hacia el noroeste, mientras el pueblo reunido en la costa agitaba sus sombreros y ondeaba sus pañuelos al viento, celebrando alegres la partida. La noticia de que Romarate resistía en Martín García se había esparcido como el fuego, y con la fe ciega que tenían los ciudadanos en su armada sabían que triunfarían sobre los rebeldes. Para ese momento el sitio de Montevideo ya se había cobrado más de cuatrocientas víctimas debido a la hambruna y las diversas enfermedades que derivaban de aquella. Todos esos infelices deseaban que la guerra terminara de una vez para poder vivir en paz.

Los marinos se habían contagiado de la dicha de sus espectadores y sonreían, contentos por la despedida y porque el viento del sudeste les era favorable. Tendrían una salida rápida y un viaje cómodo hasta el destino que debían defender. Fue así que, relajados como estaban los oficiales y mientras Primo de Rivera se martirizaba con sus ideas de muerte, sucedió lo inesperado. La corbeta Paloma, buque hospital de la flota, rozó con su quilla un banco de arena y quedó ahí, detenida por los bajos fondos. El comodoro ordenó a la escuadra que se detenga, sintiendo de pronto gratitud y alivio, y cuando comenzaron los preparativos para desencallarla suplicó a Dios que estuviera remachada al fondo del río. Por fortuna para él, la varadura había sido tan importante que tuvieron que prestar ayuda varios de los barcos de la flota, justificando la orden de Rivera de retrasar su partida.

Al principio los ciudadanos se lamentaron por el incidente de la flota, pero enseguida recobraron su alegría. Ya estaban acostumbrados a que los fondos engañosos del Río de la Plata hicieran de las suyas, circunstancia que por lo general no llegaba a mayores. Además confiaban en sus marinos, que sin duda podrían salvar el inconveniente y continuar el viaje algunas horas después. Poco a poco la gente fue abandonando la costa para irse a dormir, esperanzados y dichosos como estaban. Lo que ellos desconocían era que el pabellón de las Provincias Unidas ya ondeaba en la isla Martín García, y que al despertarse al día siguiente verían a la flota de Primo de Rivera todavía detenida en la bahía de Montevideo.

## 19 de marzo

Dos días atrás el pueblo de la ciudadela, que todavía rezaba para que las naves de Rivera zarparan de una vez, fue testigo de la llegada de un barco desconocido. A medida que se fue acercando a la bahía se dieron cuenta que era un falucho y que se encontraba en mal estado, su casco lastimado aquí y allá por algunos balazos. Apenas tomó amarras descendieron sus tripulantes y contaron la mala noticia que traían desde Martín García, que se esparció rápidamente. Los rebeldes, comandados por un hombre de apellido Brown, habían tomado la isla y el comodoro Romarate se había visto forzado a abandonar aquellas aguas navegando hacia el norte, a la espera de refuerzos.

Enseguida el pueblo, harto de tanta espera, cambió sus sentimientos nobles hacia sus amados marinos por otros que no eran para nada amistosos.

—¡Traidores! —les gritaban algunos, mientras otros sólo se contentaban con abuchearlos o tirarles piedras que se hundían en el río mucho antes de llegar a destino—. ¡Vende patrias! —decían otros—. ¡Ya es hora de zarpar, malditos corruptos!

Finalmente en las últimas horas de ese día los españoles lograron desencallar a la Paloma, pero al momento de zarpar el viento había rolado a una dirección desfavorable. A los comandantes no les quedó otra alternativa que aguardar a que cambiaran las condiciones meteorológicas, mientras recibían como premio a su paciencia dos nuevos integrantes: la balandra Castro y la goleta Mayol. En cierta forma, estas incorporaciones tranquilizaron al pueblo, que dejó de lado los insultos y se contentó con mirar desde la costa la inactividad de sus naves. Parecían tranquilos, aunque todavía se preguntaban si el viento era el único motivo que impedía a los marinos cumplir con su deber.

Finalmente, el 18 de marzo Primo de Rivera izó las tan ansiadas banderas de señales, ordenando que levaran anclas y se pusieran en movimiento. Las lonas blancas aparecieron junto a los mástiles, embelleciendo el paisaje de la bahía de Montevideo. Los vecinos, cansados de la escasez que generaba el sitio de Rondeau y hartos de tanta espera, recobraron las esperanzas y sintieron un renovado afecto por aquellos marinos.

Un día después, el comodoro de la escuadra de refuerzo todavía no se habituaba a la tarea que le habían encomendado. A cada instante temía escuchar la voz del vigía anunciando el avistamiento de alguna vela enemiga, y era tal su miedo que no fue capaz de comprender el poder bélico de su escuadra. Ésta superaba ampliamente la potencia de las naves rebeldes, sus hombres eran disciplinados y estaban habituados a las acciones de guerra. Si además tomaba contacto con las fuerzas de Romarate, el resultado podría ser devastador para su adversario. Nada de esto ayudaba a su mórbido temor: todo era imposible, oscuro y fatal para Rivera.

---

Durante las primeras horas de ese 19 de marzo, el almirante de la escuadra patriota se había trasladado en su bote a la goleta Juliet junto con su timonel. Apenas abordaron se presentaron ante el capitán Richard Baxter para intentar una maniobra de acercamiento al enemigo aprovechando la oscuridad, con el objeto de sorprenderlo con las primeras luces del día. Como el viento se había encalmado y en esa parte el río estaba salpicado de bajos, decidieron aproximarse a la espía, remolcando la goleta con botes mientras un sondador aseguraba la profundidad del canal.

Alexander había tomado el timón del primer bote y el teniente Landguist el segundo. Juntos se encargaron de guiar a las tripulaciones, marcándoles el ritmo para que remaran con fuerza y sincronismo, aunque la Juliet ignoraba sus esfuerzos. Brown y Baxter los miraban desde la proa de la goleta y pensaban cómo podrían hacer un mejor uso de la fuerza de los remeros.

—Probemos juntándolos más —le dijo el almirante al capitán—. De esa manera la componente lateral de ambas fuerzas será menor y aprovecharemos mejor el impulso.

—¡Como usted ordene, almirante! —Dieron la orden de arrimar las dos pequeñas embarcaciones tanto como era posible sin que los remos se estorbasen entre ellos. La goleta pareció querer vencer la inercia pero los esfuerzos siguieron siendo inútiles.

—¡Es imposible! —dijo Baxter—. ¡Pasaremos toda la noche en este ejercicio y no lograremos hacer avante para cuando salga el sol! —Brown lo miró y se sorprendió de lo rápido que el capitán se daba por vencido. Luego pareció tener una buena idea e inmediatamente posó su vista sobre la popa del primer bote.

—Boss, cédele el timón a algún marino y ponte en los remos.

—Aye aye, sir!

El capitán escuchó aquello y no pudo menos que sorprenderse, creyendo que lo que el almirante esperaba del timonel era absurdo. La fuerza de un solo hombre no podía hacer la diferencia remolcando la goleta cuando dos botes llenos de remeros habían fracasado en el intento. Lo que Baxter desconocía era que Brown valoraba otras virtudes de su amigo por sobre su potencia muscular. En esos doce años en los que navegaron juntos, el timonel había demostrado ser muy perceptivo, a tal punto que encontraba el defecto en una vela mal braceada tan solo escuchando la nota que producía el viento al hacerla vibrar.

Alexander cambió lugares, tomó el remo y se sincronizó con el resto. Entonces sintió la fuerza de sus brazos fluyendo hacia el agua y el impulso que se comunicaba primero al casco del bote y luego a la goleta a través de la espía. Al instante comprendió que el movimiento no era absorbido por la Juliet sino que la fuerza volvía, rebotando como un eco. El problema era evidente, el timonel paró de remar y miró ansioso a su amigo.

—What's wrong?[68] —le preguntó Brown.

—Th'cutter's very heavy, sir! Too much cannons, I think![69]

—Yes! Thank you, Boss![70]

---

68   ¿Qué hay de malo? (inglés).
69   ¡La goleta está muy pesada, señor! ¡Demasiados cañones, creo! (inglés).
70   ¡Sí! ¡Gracias, Boss! (inglés).

La respuesta de Alexander confirmaba la teoría del almirante, los nueve cañones de la Juliet sumaban once toneladas de fundición de hierro al peso de la goleta. No había mucho que pudieran hacer en esas circunstancias, el barco de Baxter no era el apropiado para esa tarea.

—¡Capitán, estoy de acuerdo en que espiar la Juliet es tarea difícil y no sirve a nuestros propósitos! —le dijo finalmente Brown a Baxter—. ¡Estamos empujando nueve cañones cuando sólo necesitamos el de proa!

—¿Desea que arrojemos los otros cañones por la borda, almirante?

—¡Por supuesto que no! —Brown hizo una pausa para terminar de digerir la ridiculez que había dicho el capitán y prosiguió más tranquilo—. Mi timonel y yo nos trasladaremos a la Carmen. Su tamaño reducido y su único largo de dieciocho nos serán más que suficientes para empujar a los dons al norte!

—¡Como ordene, señor! —exclamó enseguida el capitán, contento de deshacerse de aquella tarea engorrosa.

Enseguida Alexander y el almirante se dirigieron a la Carmen, que los esperaba al noroeste manteniéndose al pairo en aquellas aguas calmas. El griego Spiro salió a su encuentro con su acostumbrada alegría de recibir a Brown en su propio barco.

—Samuel, espiaremos la Carmen. La Juliet es como un lastre con aparejo —dijo el almirante apenas abordó.

—Un aparejo inútil sin viento, si me permite, señor—. Brown asintió ante las sabias palabras del comandante.

—Encárguese de bajar los botes y colocar un sondador —dijo a Spiro. Luego miró a Alexander que se encontraba junto al contramaestre Demetrio Martínez—. Repetiremos el ejercicio de recién, esta vez debe salir mejor.

—Aye aye!

Cuando los remos comenzaron a batir el agua, los botes lentamente se deslizaron y comunicaron el impulso a la balandra con una facilidad sorprendente. Los de la Carmen dieron un grito de alegría, orgullosos por primera vez de la pequeñez de su barco.

—¡Silencio! —exclamó Brown, temeroso de que los españoles los oyeran—. ¡Celebraremos cuando llegue el momento! —dijo, aunque en el entusiasmo él también había reído fuerte.

El sol iluminó nuevamente las aguas del Plata y el comodoro Jacinto de Romarate divisó una balandra a muy pocas millas náuticas de su escuadra, dispuesta a perseguirla. Más atrás, dos goletas parecían querer sumarse a la cacería, aunque la segunda se encontraba muy distante como para hacer algún daño. Se trataba de la Hope y la Juliet, en ese orden. La escasez de pólvora y municiones hizo que enseguida el español ordenara la fuga hacia el norte, poniéndose a resguardo de los disparos certeros que le regalaba Alexander desde el largo de proa de la Carmen. Mientras el timonel se movía alrededor del cañón y hablaba con la tripulación, el almirante lo observaba, preguntándose qué le había pasado a su amigo que se encontraba tan cabizbajo.

—¡Ya ven, compañeros, cómo conviene disparar esta clase de cañón! —explicaba Boss a los artilleros de la balandra, entre los que se encontraba el condestable Pedro Boa—. ¡Como el balanceo no afecta tanto a la elevación como el cabeceo, lo más recomendable es aguardar a que la popa baje para disparar! —Minutos después el cañón lanzó su carga mortífera y la detonación reverberó en todo el espacio, sin que esto hiciera sonreír al timonel, lo cual era inexplicable. En el último disparo la bala dio en la popa de la sumaca Gálvez, haciendo que los presentes festejaran con alegría. Sin embargo Boss permaneció inmutable, limpiando el ánima del cañón mientras el almirante se acercaba para felicitarlo.

—¡Excelente puntería, Boss! —dijo llamándolo por su apellido porque había treinta y seis almas pendientes de la escena. El timonel se limitó a agradecer seriamente y en ese momento Guillermo confirmó su teoría. Su amigo estaba siendo atormentado por algún suceso ocurrido la noche del desembarco. Y si esto era cierto debía tratarse de un recuerdo triste, porque esa noche habían muerto muchos compañeros de la Hércules.

La persecución continuó, la balandra forzó velas aprovechando la débil brisa del sudoeste pero el enemigo comenzó a aventajarlos cada vez más, huyendo del radio de tiro en el mayor desorden. De pronto el vigía de la Carmen les hizo desviar la atención, lanzando un grito que superó el tronido del cañón de Alexander.

—¡Cubierta! ¡Velas por la aleta de babor!

Tanto el almirante como el capitán Spiro corrieron a popa y escrutaron el horizonte por turnos, avistando un barco de dos palos que se acercaba viento en popa. Inmediatamente se dio aviso al resto de la flota, que se encontraba al pairo cerca del muelle de la isla.

—¡Rápido con esas banderas de señales! —ordenó el griego—. ¡"Barco desconocido al sudoeste"!

—¡Hay respuesta de la flota, señor! —gritó el vigía minutos después.

—¡El desconocido es uno de los nuestros! —exclamó Brown leyendo el mensaje a través de su telescopio—. ¡Tiene que ser la Santísima Trinidad! —agregó y todos se miraron ansiosos, porque seguramente traería noticias de Buenos Aires. Como Romarate ya se alejaba con determinación, el almirante no dudó en dar su siguiente orden—: ¡Señor Spiro, recibamos al recién llegado!

—¡A la orden, señor!

La balandra dejó de perseguir a los españoles para regresar a la flota, donde Brown quería darle la bienvenida al comandante de la sumaca Santísima Trinidad, Thomas Nother. El inglés tenía fama de ser buen marino y el almirante estaba seguro que podía contar con todo su apoyo.

Una hora más tarde, mientras Brown escribía una carta a Larrea en la cabina de la Carmen, sintió que tocaban la puerta y tuvo que dejar la pluma a un costado. A su voz de "Pase" se presentó Nother escoltado por Spiro, que se limitó a presentar al recién llegado para luego dejarlos solos.

—Welcome to the fleet, Mr Nother![71]

—Thank you, admiral Brown![72]

—Por los reportes que me trajo, tomó el mando de la sumaca el 15 de marzo.

—Sí, así es, señor. Apenas se terminó de armar en guerra me fue entregado el mando y zarpamos lo más rápidamente posible para unirnos a la escuadra.

—¿Tiene noticias de Buenos Aires? —agregó como por casualidad el almirante.

—Permítame ser el primero en felicitarlo, señor. La carta que envió a través del comandante Uzal ha llenado de orgullo a los habitantes de Buenos Aires, a tal punto que lo consideran un héroe. La Patria nunca antes había vencido una batalla naval y bajo su mando esto fue posible. —Brown se alegró al oír aquello, pero luego le pareció una frivolidad y se mantuvo serio e impasible. Nother continuó—: El ministro Larrea se mostró muy complacido por sus esfuerzos y me envió aquí para incrementar su flota.

—Le agradezco las noticias, aunque me parecen exageradas. Permítame recordarle que solamente cumplo con mi deber y espero de mis comandantes el mismo celo —dijo seriamente el almirante mientras Nother borraba la sonrisa de su rostro—. Podríamos haber capturado la flota española desde un principio de no haber sido por la... —Se contuvo y luego prosiguió cambiando las palabras—. Por la reticencia de los otros comandantes. —Al notar la incomodidad del recién llegado prefirió no seguir abrumándolo y cambió de tema—: Lo pondré al tanto de nuestra situación y luego le explicaré lo que quiero que hagamos.

---

71  ¡Bienvenido a la flota, señor Nother! (inglés).
72  ¡Gracias, almirante Brown! (inglés).

—¡Muy bien, señor! —respondió nervioso Nother.

—Después de una batalla donde casi somos derrotados y de un desembarco como última estrategia, logramos expulsar a los dons de la isla y tomar el control de todo el territorio, incluyendo la batería y las barracas. Sin embargo el enemigo todavía permanece en estas aguas a la espera de refuerzos que seguramente enviarán desde Montevideo, lo que me preocupa muchísimo. Romarate está sin pólvora y sin municiones, a juzgar por el fuego escuálido que nos hizo cuando lo perseguimos esta mañana. Obviamente, no es mi intención esperar a que sea reabastecido para tenerlo nuevamente presentándonos batalla, lo que deseo es empujarlo al norte tanto como sea posible. De esa manera, quedará fuera de este escenario y sin posibilidades de conseguir la pólvora que tanto necesita.

—¡En el norte ya no será una amenaza para nadie!

—Así es, y aprovechando esa circunstancia usted lo perseguirá y lo derrotará, con una pequeña escuadra que pondré bajo su mando.

—¡Sí, señor! —dijo satisfecho Nother, que aguardaba una oportunidad para demostrar que él era diferente de los otros capitanes.

—Lo acompañarán la Fortuna, la América, el San Martín y la Carmen, cuyo capitán es un patriota excepcional. Tome en consideración todo lo que el griego le sugiera, tengo plena confianza en sus juicios a la hora de comandar un barco y entablar un combate.

—¡Como usted diga, señor!

—Le pido encarecidamente que zarpe con su flota ni bien reciba mis órdenes por escrito —agregó Brown, poniéndose en pie para finalizar la entrevista. Nother estaba por retirarse cuando en la puerta se oyeron golpes y al abrirse apareció su timonel con el mismo semblante que llevaba hacía varios días.

—¡Señor Nother, Alexander Boss es mi timonel! ¡Llevo navegando con él por muchos años! —dijo Brown, presentando formalmente a su amigo. Alexander se llevó el nudillo del dedo índice derecho a su frente mientras el comandante de la Santísima Trinidad asentía cortésmente con la cabeza—. ¡Es tan inglés como usted! —agregó el almirante.

—¿De qué ciudad, Boss?

—¡De Dover, señor!

—¡Un pueblo muy hermoso, por cierto! —respondió Nother, alegre—. Yo soy de Falmouth.

—¡Navegué el río Fal en mi juventud y conozco la zona, señor! —Fue evidente que los hombres se habían caído bien desde un principio. El almirante se alegró de ver sonreír a su amigo por primera vez en muchos días, pero luego recordó sus órdenes y carraspeó para meterle prisa a Nother.

—¡Con su permiso, almirante! —dijo rápidamente el comandante—. ¡Boss! —saludó mirando al timonel para después abandonar la cabina. Brown lo siguió con la mirada hasta que desapareció y después se relajó.

—Cierra la puerta, Alexander y toma asiento.

—¡Sí, señor! —Guillermo lo miró sorprendido, el trato de su amigo para con él se había vuelto inexplicablemente formal.

—¿Está todo en orden?

—Pues… —El timonel miraba hacia la mesa sin atreverse a levantar sus ojos—. Pues no —dijo finalmente—. Es sobre Santiago Villalba. —Hizo un último esfuerzo y agregó—: El vigía lo vio en la isla durante la batalla.

—¡Me imaginé que esa noche había pasado algo grave! —exclamó el almirante, un tanto irritado por la noticia.

—El grumete luchó en el bando opuesto hasta que su abuelo murió, abatido por una bala perdida que presumo habrá sido nuestra. Fue ahí que el vigía lo vio y Santiago se entregó para que le diera muerte, como enemigo que era. Elsey Miller, en cambio, le perdonó la vida. Le dijo que si en ese mismo instante cambiaba de bando, posiblemente fuera perdonado por su torpeza.

—¿Perdonado? —preguntó el almirante con furia—. ¡Es un desertor!

—¡Lo sé! —exclamó Alexander tragando saliva—. ¡Lo vi escapando la primera noche que estuvimos varados frente al enemigo!

—¿Tú sabías? —El tono horrorizado con el que Guillermo había hecho la pregunta quedó flotando en el aire por unos segundos—. ¡La pena por deserción es la muerte y para aquellos que son cómplices hay muchos latigazos, Alexander! —El almirante prosiguió, cada vez más colérico—: ¿Cómo crees que mantendríamos tripulados nuestros barcos si el precio por abandonarlos no fuese tan alto? ¿Acaso piensas que los hombres eligen voluntariamente esta vida de sacrificios y penalidades, donde la muerte es moneda corriente? —El timonel asentía en silencio, mirando hacia el suelo—. Y ahora vienes y me dices que uno de los nuestros, de mi propio barco, se escapa frente a tus ojos. Y tú se lo permites y lo ocultas. —Guillermo se puso en pie y comenzó a caminar de aquí para allá—. ¿Cómo quieres que reaccione? ¿Esperas un premio?

—¡Estoy muy avergonzado por lo que ocurrió, William! ¡Sin embargo, creo que el muchacho merecía la oportunidad de ver a su abuelo y de unirse a la causa que más lo represente! —Al oír esto el almirante se serenó.

—También soy responsable por lo que pasó, Alexander. Sabía que el grumete tendría que elegir entre los dos bandos, pero me costaba creer que desertaría.

—¡La culpa es enteramente mía, William! ¡Merezco ser castigado por esto! —Guillermo suspiró y lo miró con tristeza, si este embrollo no se resolvía tendría que condenar a su amigo. De pronto tuvo una idea y se dirigió a la puerta.

—¡Sargento de marina! —exclamó—. ¡Llame a Miller a mi cabina! —Cuando el vigía entró y después de los saludos acostumbrados, el almirante le pidió que relatara con lujo de detalles su encuentro con Villalba. Inmediatamente Elsey le contó lo sucedido hasta que llegó a la última parte, que coincidía con lo que había dicho Boss.

—Le dije que tal vez sería perdonado de su deserción si cambiaba de bando ahí mismo. Él se mostró satisfecho con mi oferta, aunque no se quedó conmigo para continuar luchando sino que se fue corriendo hacia los barcos españoles.

—¿Con qué objeto? —preguntó Brown.

—¡No lo sé, señor! ¡Me dijo que tenía un asunto pendiente que resolver y corrió al muelle! —agregó Miller—. ¡Algo relacionado con un comandante Boza!

—¿Comandante Boza? —preguntó sobresaltado Guillermo, casi olvidando el resto de la historia—. ¿Qué barco?

—¡No lo sabemos! —se apresuró en contestar el timonel, para dejar a Elsey fuera de la furia del almirante.

—¡Muy bien, Miller, le agradezco sus palabras! —dijo Brown mirando al vigía—. ¡Puede retirarse!

Cuando estuvieron nuevamente solos Alexander continuó—: ¡No olvides, William, que tengo una deuda de gratitud con Santiago! ¡El grumete me ayudó a escapar de Montevideo cuando todo estaba perdido!

—¡Tu deuda es mi deuda y tu culpa es mi responsabilidad! —exclamó Guillermo—. Soy el almirante de esta flota y todo lo que sucede en ella me concierne. Tu castigo será saldar tu deuda y tu culpa yendo a rescatar a Villalba del teniente… quiero decir, del comandante Boza. —Alexander casi da un salto de alegría al oír esas palabras, que eran su deseo más profundo. Brown continuó furioso—: Te daré un bote de remos, viandas y las armas que necesites, pero irás solo. Ya perdí un grumete, no puedo darme el lujo de seguir exponiendo hombres en una causa que excede a esta guerra.

—¡Te lo agradezco mucho, amigo mío!

—¡Pero te advierto, Alexander! ¡Cuando Santiago esté con nosotros, juzgaré sus actos y aplicaré la pena que mejor se adapte según los artículos de guerra! ¡Si en su exilio sus acciones fueron las de un patriota, su castigo se verá reducido! —El timonel no agregó nada más, había conseguido la ayuda que necesitaba de su almirante y ahora todo dependía de él, como era su deseo—. ¡Y si no vuelve, tú ocuparás su lugar! —dijo Guillermo todavía enojado. Luego evitó su mirada mientras le daba la espalda—. Partirás mañana a primera hora, te deseo un buen viaje.

El timonel abandonó la cabina satisfecho por haber obtenido los medios para rescatar a Santiago, pero muy triste. Su amigo estaba furioso con él y según lo veía Alexander, tenía toda la razón del mundo. Su torpeza había puesto en peligro la vida del grumete, la reputación de su almirante y ahora exponía su propia seguridad, al ir al encuentro de los godos él solo y por un territorio desconocido. Si había una manera de pagar su culpa, era esa.

En cuanto al almirante, una vez que se quedó solo en su cabina, meditó largamente sobre la decisión que había tomado. Se sentía herido por el engaño de su amigo y triste por la situación en que lo había puesto. Él sabía que cuando se estaba al mando no existían las preferencias, las amistades ni los sentimientos. Estaba allí para hacer cumplir sus órdenes y las órdenes de sus superiores, y la disciplina era la única manera de que los hombres lo obedecieran en favor de la Patria. Deseaba de todo corazón que Alexander y Santiago volvieran sanos y salvos, que aprendieran la lección y no volvieran a ser tan torpes en el futuro. Pero en el fondo sabía el enorme desafío que se le presentaba a su amigo, y aunque Brown lo creía capaz de cualquier cosa, temía no volver a verlo nunca más.

—¡Esa es la parte difícil de mi castigo! —pensó amargamente.

Miró la carta que estaba escribiendo al ministro de hacienda e intentó retomarla.

El gobierno deberá juzgar si es importante mantener la isla guarnecida, pero de ser así se necesitarán inmediatamente municiones, tropas, artillería y provisiones. Si todo sale según lo planeado y Dios nos presta su ayuda, no habría necesidad de mantener un destacamento en la isla. Ya que hemos iniciado la lucha por el agua, debemos dedicar todos los esfuerzos y energías para que ello termine como debe. Si usted no desea que evacue la isla después de arrasarla, ruego me lo informe inmediatamente, porque mi intención es hacerlo así.[73]

Dejó de escribir, pensando que mantener tropas en Martín García era una pérdida de tiempo y de recursos, cuando el verdadero reto se encontraba en Montevideo. Según su parecer, había que concentrar todas las fuerzas para que el bastión español cayera de una vez. Con mucho esfuerzo retomó la escritura, apartando de su cabeza el rescate que Alexander emprendería al día siguiente y consiguió terminar por fin la carta. Su idea era que el subteniente Pedro Aguilar y sus hombres volvieran esa misma tarde a San Fernando, llevándose con ellos los informes para el gobierno y algunos prisioneros heridos.

Una hora más tarde, mientras el sacerdote Martínez se encontraba en cubierta mirando cómo se alejaba la balandra de Aguilar, fue llamado por la voz fuerte y estruendosa del sargento de marina.

—¡Padre Martínez! ¡A ver al almirante!

El cura se apuró en llegar a popa mientras pensaba con amargura que se perdería la puesta de sol. —¡Ojalá sea rápido! —dijo en un susurro.

---

[73] Cita contextual de la carta del almirante Brown al ministro Larrea del 19 de marzo de 1814.

# 6

# Honor y traición

**20 de marzo**

Cuando el cielo comenzó a aclarar, tres hombres se hicieron visibles en la orilla noreste de Martín García junto a un bote listo para zarpar. Aunque todos se notaban tristes y nerviosos, sólo uno de ellos emprendería el difícil rescate de Santiago Villalba. Se trataba de Alexander Boss, un inglés de Dover mitad granjero y mitad marino, timonel del almirante. Con su acostumbrada remera a rayas azules, pantalones blancos gastados y zapatos negros era un marino en todo su esplendor. La pistola que llevaba en el cinturón y el alfanje envainado al costado completaban el cuadro, agregando un toque guerrero a su atuendo.

El segundo hombre se quitó la cartuchera de la pólvora que llevaba en bandolera y se la entregó al primero. En sus movimientos se podía adivinar una persona ágil y flexible, cualidades que le eran muy valiosas en el desempeño de sus tareas como vigía. Se trataba de Elsey Miller, el único tripulante de la Hércules que encontró a Santiago en la isla y supo de la difícil situación que afrontaba. Habría sido el primero en ofrecerse como voluntario para acompañar al timonel si no fuera porque Alexander se lo había prohibido, siguiendo las órdenes del almirante.

El tercer hombre se mantuvo aparte mientras los marinos se despedían con gestos de aprecio y palabras de aliento. Luego posó su mirada sobre el timonel y lo bendijo, cumpliendo el ritual que la tarde anterior le había encomendado Guillermo Brown, persona de profundas raíces católicas.

Conservando su expresión compasiva, el padre Martínez se quitó el rosario que llevaba en el cuello y se lo entregó a Alexander. Éste lo recibió respetuosamente y le agradeció, en un intento por ocultar su naturaleza pagana.

Como ya no había nada más que hacer, el timonel aprovechó para mirar por última vez la isla que tanto les había costado conquistar. Observó el día despuntando con luces anaranjadas, las nubes corriendo por el cielo como velos de seda rosa y las aguas marrones del canal del infierno. Entonces, tras un último ademán de despedida, tomó el bote por la regala de babor y comenzó a empujarlo por la playa. Cuando la embarcación se zambulló en el río, Alexander acomodó su saco de provisiones y saltó a bordo, colocándose de espaldas a la popa. Rápidamente ubicó la brújula frente a sus ojos, tomó los remos y comenzó a bogar, mientras sus compañeros lo saludaban a la distancia.

A medida que el timonel se fue alejando comenzó a apreciar la isla en su totalidad, tanta hermosura reunida en el mismo paisaje mejoró su ánimo. El sonido de los remos golpeando el agua y las salpicaduras frías que mojaban sus brazos lo tranquilizaron, quitándole la tensión de los últimos días. Aun así el sentimiento de culpa lo seguía atormentando, estaba arrepentido de no haber parado la huida del grumete y preocupado por no saber cómo rescatarlo. No confiaba en la capacidad del chico para protegerse, apenas tenía catorce años y la ira del comandante español no era un peligro al que se pudiese enfrentar. Seguramente Boza estaría enfurecido, su prisionero más odiado había escapado con la ayuda de un grumete ladronzuelo de su propio barco, dejándolo en ridículo. El timonel no exageraba al pensar que cada minuto podía ser letal para Santiago Villalba.

A eso de las siete de la mañana Alexander tocó tierra, amarró el bote a un sauce de la costa y después de tomar su saco de provisiones se alejó caminando por la playa. Avanzó hacia el este hasta llegar a una cantera de piedra abandonada y dobló a la izquierda para rodearla. Cuando consiguió dejarla atrás pudo ver a la distancia una casa de madera con un corral a un lado y un granero al otro. Su entusiasmo se renovó, no esperaba encontrar pobladores tan pronto ni mucho menos un establo. Si allí se rentaban caballos habría resuelto la primera y más difícil etapa de su plan.

Al llegar golpeó la puerta y aprovechó la sombra para quitarse el sombrero, en parte para mostrar una actitud respetuosa, pero también para cubrir la pistola que asomaba de su cinturón. No tenía deseos de inquietar a nadie, todo lo contrario, necesitaba un favor de aquellos vecinos. La puerta se abrió súbitamente y frente al timonel apareció un gaucho[74] de unos veinte años, mirada firme y actitud altanera. Sus ropas eran las que solían vestir estos campesinos pero con un agregado, el joven llevaba un poncho atado a la cintura como si fuese un kilt escocés.

—¿Quién es? —preguntó el gaucho.

—¡Buenos días! —saludó Alexander con una sonrisa—. ¡Estoy necesitando un caballo!

—¡Aquí no se rentan! —respondió el otro malhumorado con intención de cerrar la puerta, pero enseguida el timonel interpuso su cuerpo y continuó hablando.

—¡Seguramente habrá escuchado el cañoneo de la flota! ¡La batalla dejó cientos de heridos y debo ir al norte a buscar un cirujano! —El gaucho no se inmutó, continuó mirando al timonel sin parpadear esperando mejores argumentos. De pronto pareció asaltarlo una idea y su tono se volvió más cordial.

—¿De qué flota es?

—¡De la que lucha contra esos malnacidos! —dijo Alexander con vehemencia, sin responder a la pregunta.

—¿De cuál? —insistió el joven.

—De... ¿Tiene un caballo o no? —El timonel se estaba impacientando.

---

74 Nombre que se daba en Argentina, Uruguay y sur de Brasil a los campesinos nómadas, generalmente solitarios, que se ganaban la vida en actividades ganaderas. Dejó de existir como tal a comienzos del siglo XX.

—¡Tengo cinco caballos, si es que aún siguen ahí! —exclamó el gaucho señalando el corral—. ¡Los cuatreros sobran en estos días! —Hizo una pausa y miró al timonel con expresión sugestiva. La indirecta había sido clara, el joven se estaba quejando de los hombres de Artigas. Alexander había escuchado hablar de esos bandidos en Colonia, donde asaltaban las caballerizas patriotas para debilitar sus fuerzas.
—¡Soy de la flota de Buenos Aires!—exclamó rápidamente el marinero.
—¡Haberlo dicho antes, mi amigo! —El gaucho se relajó completamente y esbozó una sonrisa—. ¡Había creído que venía de parte de los godos, malditos sean! —El timonel se sorprendió al oír aquello porque sus facciones no eran las de un español y su acento británico delataba su procedencia—. Mi nombre es Pedro Mónico —continuó el otro—. Estaré encantado de cambiarle un caballo.
—¿Y a cambio de qué me lo daría? —preguntó Alexander, sorprendido por la idea de trueque.
—Pues, supongo que usted llegó aquí en un bote.
—¡Sí, así fue!
—Bien, le cambio uno de mis caballos por su bote.
—¡No puedo, lo siento! —le respondió tristemente el timonel sacudiendo la cabeza—. ¡De esa forma no podría regresar a la flota cuando esté de vuelta!
—¡No se preocupe por eso! —dijo enseguida Pedro—. ¡Cuando vuelva le cambiaré el caballo por el bote, así tendré la garantía de que cuidará de mi animal! —Boss se quedó pensativo un momento, el canje parecía justo. El gaucho volvió a hablar—: La realidad es que necesito una embarcación para pescar río adentro, aquí en la orilla el bagre es chico y su carne tiene mal sabor. Prometo cuidarlo bien para cambiárselo cuando regrese.
—De acuerdo, compañero —aceptó el timonel de mala gana, estrechando la mano del otro—. Encontrará el bote atado a un árbol frente a la cantera abandonada. Espero estar de vuelta en dos semanas.

Inmediatamente Pedro lo guio a la caballeriza y le entregó las riendas de un hermoso animal, marrón con manchas blancas, que se encontraba ensillado y listo para partir. El timonel le agradeció, lo montó y cuando estaba por irse le preguntó cuál era el nombre del caballo.

—¡Gervasio, se llama Gervasio! —le dijo el otro riendo—. ¡Tenga cuidado! ¡Es tan brioso como un rebelde! —gritó a la distancia.

—¡Gervasio! —repitió confundido el timonel—. ¡Qué nombre tan extraño!

---

A medida que la cañonera Perla avanzaba por el río Uruguay con el resto de la flota, los civiles embarcados permanecían confinados bajo cubierta por órdenes del comandante. Era lógico, las personas sin facultades náuticas entorpecían las maniobras marineras y en ese momento había dos peligros latentes: el engañoso río y los rebeldes que los perseguían. Toda la escuadra estaba alerta, varar significaría ser alcanzado por el enemigo.

Por otro lado, los españoles parecían saber hacia dónde dirigirse y esto le llamó la atención a Belisario Rojas. Un marino, por muy experimentado que fuera, navegaría con extremada precaución en un río desconocido y peligroso. Dudaría, se equivocaría y tendría que cambiar el rumbo varias veces ante los escollos imprevistos. Por el contrario, Romarate conducía la flota con total seguridad y la guiaba sin tropiezos. —El muy astuto se dirige a un refugio secreto —pensó el grumete. Ana María le había contado que el comodoro conocía esas aguas a la perfección y que incluso había ganado un combate allí cerca años atrás. Belisario hizo memoria pero no recordó haber oído sobre una batalla naval en el río Uruguay y atribuyó ese comentario a la confusión mental de la anciana, de la que se había convencido.

Las horas pasaban tan lentamente que el chico decidió ir a proa con la esperanza de mirar a través de los escobenes del ancla. Al llegar a la pequeña cabina sintió la pestilencia de los cabos de fondeo ahí guardados, recubiertos del lodo hediondo de los puertos donde se habían usado. Buscó un lugar medianamente limpio y tomó asiento, colocando la cara frente al orificio y respirando el aire puro que entraba por él. Desde allí pudo mirar hacia afuera, a ese río que se iba ensanchando mientras la costa occidental se hacía más lejana y delgada.

Belisario todavía se encontraba allí cuando al mediodía se presentó el alférez Romero con la acostumbrada media ración de pan. El marino enseguida se dio cuenta que los civiles no tenían hambre, los que no estaban mareados y vomitando se encontraban asqueados por los olores nauseabundos. Un rato más tarde volvió para darles agua y esta vez tuvo suerte, la mayoría de los pasajeros se acercó para saciar su sed, algunos incluso arrastrándose. El grumete no tardó en comprender que todos ellos eran una carga pesada para la armada española, la flota no tenía suficientes suministros y los pasajeros se debilitaban cada día más. Sólo faltaba una epidemia a bordo para que Romarate tuviera que rendirse sin siquiera presentar batalla. Era evidente que pronto se librarían de ellos en algún lugar de la costa.

Cuando Belisario se convenció que el desembarco sería inminente se puso ansioso. Sus motivos iban más allá del deseo de estirar las piernas, respirar aire puro o descansar en una cama. En su cinturón todavía se ocultaba el puñal con el que pensaba ensartar al comandante Boza, ese hombre que tenía todos los defectos que el grumete odiaba: era altanero, codicioso, egoísta y fanfarrón. Dudaba que fuera valiente y eso le daba más ánimos al muchacho para ejecutar su venganza.

Belisario nunca había luchado cuerpo a cuerpo y con sus catorce años no sabía andar a caballo, llevar el timón ni disparar una pistola. Sin embargo era consciente de sus limitaciones y por eso había ideado el plan más simple que pudo, convencido que de esa manera tendría el coraje de llevarlo a cabo. El primer paso sería desembarcar, mezclarse con los demás civiles y espiar a Boza sin que éste lo viera.

Después tendría que ser paciente y esperar que el comandante se quede solo, entonces se le acercaría por la espalda y le hundiría el puñal debajo del omóplato izquierdo. Esperaba que con esto la muerte del español fuese inmediata, sin mucho ruido ni posibilidad de supervivencia. Por último limpiaría la hoja del cuchillo en un pañuelo que llevaba en el pantalón y se alejaría en silencio, tratando de no dejar huellas. Para cuando el resto encontrara el cadáver no habría pruebas para culpar al grumete. Repasó el plan varias veces y cuando volvió a la realidad se dio cuenta que estaba apretando la empuñadura del cuchillo con mucha fuerza, tanta que sus nudillos estaban blancos.

Mientras tanto, en la popa de la San Ramón el comandante Boza miraba la costa e imaginaba cómo levantar un campamento en esa tierra húmeda y blanda. Él también quería deshacerse de sus pasajeros, en iguales condiciones que los de la Perla, pero el comodoro todavía no lo autorizaba. Como respuesta a su carta le había explicado que los civiles de todas las naves desembarcarían en un mismo lugar, pero que por el momento debían continuar avanzando porque el enemigo se encontraba cerca.

—¡Tonterías! —pensó Boza con nerviosismo—. ¡Romarate debería ser más espontáneo y no tan apegado a las reglas! —Luego llamó al suboficial de infantería.

—¡Sargento Ramírez!

—¡Señor!

—¡Quiero que usted y sus hombres se preparen para montar un campamento! ¡Calcule cuántas tiendas debe levantar y qué cantidad de lona necesitará! ¡Apenas el comodoro nos autorice debemos desembarcar a los civiles y continuar nuestro viaje!

—¡Sí, comandante!

A Boza lo único que le importaba era conseguir pólvora, combatir a los rebeldes y vencer. Como se tenía por hombre virtuoso pensaba que le sería fácil ganar el dinero del botín, reputación y prestigio en la armada. Si antes no había gozado de estas recompensas había sido por la vileza de su oponente, la rigidez de su comodoro y la inutilidad de los pasajeros, pero ahora que era comandante labraría su propio destino. Lo que para el resto sería insubordinación para él significaría su pase a la gloria.

---

Antes de lanzarse a la aventura, Alexander había pensado detenidamente qué camino seguiría. No era probable que los españoles tomaran el río Paraná, reforzado por las Provincias Unidas en varios puntos de su curso, de manera que la opción lógica sería remontar el Uruguay. En cuanto a hacerlo en bote o a caballo, la idea de navegar contra la corriente en lentas bordadas había quedado descartada. Por fortuna Gervasio le estaba demostrando que era un animal veloz y que no se había equivocado en su decisión.

Hacía mucho tiempo que el timonel no cabalgaba a campo traviesa, la última vez había sido durante el escape de Montevideo con la compañía de Santiago Villalba. Ahora la vasta pradera de hierba crecida y suelo húmedo le parecía todo un desafío, tan desacostumbrado como estaba. En su ruta había optado por alejarse del Río de la Plata para evitar los lodazales cercanos a la costa y avanzaba con rumbo nornordeste a buen ritmo. La monotonía del paisaje era evidente pero Alexander no se cansaba de mirar a su alrededor, posando los ojos en algún árbol lejano o en chozas que divisaba a la distancia.

Tres horas y media después de comenzar el viaje se topó con un arroyo que no tardó en vadear. Una vez del otro lado consultó el papel grasoso donde había copiado la carta de navegación de la Hércules y decidió volver a un punto de la ribera del Plata donde su caballo encontraría suelos más firmes. Después de mirar la brújula espoleó a Gervasio hacia el noroeste, convencido de que esa era la dirección correcta. Por el momento el plan del timonel era avanzar río arriba hasta divisar la flota enemiga, entonces sabría cómo continuar o de qué manera luchar. Esta estrategia sería válida hasta llegar al Río Negro, después su mapa se volvería inútil y el caballo no podría seguir hacia el norte.

A eso de las dos de la tarde Alexander se topó con el Arroyo de las Vacas, un curso de agua que no podía cruzar directamente. Se incorporó en su montura y divisó el pueblo homónimo que se encontraba en la otra orilla, los corrales y las casas de los criadores distribuidas de forma azarosa por toda la pradera. Enseguida comprendió que debía seguir el arroyo hacia el este hasta ubicar el punto por el que los arrieros cruzaban las vacas. No tardó en encontrar el paso y se lanzó con Gervasio hacia las aguas, logrando salvar la orilla opuesta con total seguridad. Ya del otro lado observó brevemente el pueblo y le pareció deshabitado, no divisó a nadie en las cercanías ni tampoco se detuvo a indagar. En su apuro prefirió continuar su carrera hacia el noroeste, llamando la atención de los rumiantes que mugían nerviosos desde sus rediles.

Una hora después las patas de Gervasio pisaron un suelo mixto, tapizado de pasto pero formado en su mayoría de arena y conchillas rotas. Pronto apareció a su izquierda el inmenso Río de la Plata brillando esplendoroso bajo el sol. Tiró con fuerza de las riendas y el caballo se detuvo al instante, la escena era tan increíble que a pesar de la prisa que llevaba se regaló un minuto para admirar aquél espectáculo. Su vista recorrió el espejo de agua de sur a norte sin interrumpirse en ningún mástil, lona o casco. Sólo entonces comprendió que algo no andaba bien, no había ni una sola vela navegando el río.

Por un momento pensó que se había confundido, que se encontraba en un brazo secundario del Plata, pero enseguida desechó la idea porque le pareció imposible el error. Lo analizó un instante y se dio cuenta que la única razón por la que los comerciantes y los pescadores dejarían de navegar era que las armadas ya los hubiesen atemorizado con su paso por aquellas aguas. Si esto era verdad, estaba llegando tarde al momento más importante de su vida.

El timonel continuó viajando por la orilla, parando sólo para beber agua de su cantimplora o para refrescarse en el río mientras Gervasio disfrutaba de un breve descanso. El calor empezaba a apretar, el sol caía directo sobre su sombrero y hombros, lo que le producía una sensación de tremendo agotamiento. Por fortuna, alrededor de las seis de la tarde sucedió el ocaso y la temperatura bajó rápidamente. Unos minutos después ya no hubo suficiente luz para proseguir y Alexander consideró peligroso avanzar a caballo por un suelo desparejo, húmedo y con algunas piedras sueltas. Cualquier obstáculo podría lastimar a Gervasio, poniendo en riesgo el rescate que se había propuesto y el posterior recupero del bote.

Se alejó apenas cien yardas de la costa y encontró un lugar apropiado para que el caballo pudiera pastar y reponerse de sus fatigas. Antes de dejarlo tranquilo a su merced, tomó la precaución de atar la brida a una rama y desensillarlo. Muy cerca divisó un enorme eucalipto, en cuyo pie Alexander ubicó la estera para pasar la noche. Luego encendió un fuego utilizando muchas hojas alargadas y finas que se encontraban dispersas alrededor del árbol y se mostró satisfecho. Con esos recaudos podría descansar cómodo y seguro hasta el día siguiente.

Mientras cenaba una porción de carne salada de buey con galletas y agua, desplegó su mapa y calculó la distancia recorrida. Había avanzado unas veinte millas y tenía por delante otras cuarenta hasta el pueblo de Villa Soriano, que descansaba en la ribera sur del Río Negro. Le tomaría dos días cubrir esa distancia y si en ese tiempo no divisaba alguna vela de guerra su rescate se volvería imposible.

Después de comer, Alexander encendió su pipa y se abandonó a sus recuerdos. Eran muchos los motivos por los cuales no extrañaba la tierra, pero en ese momento se alegraba de estar allí, disfrutando de una soledad imposible de conseguir en un barco con doscientas cincuenta almas. El humo del tabaco lo relajó y no tardó en quedarse dormido, arrullado por el canto de los grillos y el crepitar de la hoguera.

Horas más tarde, justo antes del alba, el fuego que lo mantenía caliente se apagó y los ojos del timonel se abrieron buscando la causa del repentino frío. Fue entonces cuando, intentando salir del estupor que lo invadía, vio una luz muy brillante en la oscuridad de la noche. Se alegró al pensar que podía ser un barco con alguna linterna encendida, pero luego comprendió su error. El fulgor provenía del este sudeste, de tierra firme, y pronto una idea se apoderó de él. Colocó su mano en la pistola y permaneció inmóvil hasta que el amanecer hizo extinguir aquella luz, de la que no volvió a tener noticia. Entonces se puso en movimiento, temiendo que alguien lo pudiera estar siguiendo.

## 21 de marzo

Por fortuna aquel día comenzó despejado y se mantuvo de la misma manera, con un viento fresco del sudoeste y un cielo azul profundo. Cada tanto el timonel del almirante Brown, en su recorrido hacia el norte, giraba en su silla de montar para observar si era perseguido. Otro viajero en sus mismas condiciones levantaría una nube de polvo que lo dejaría en evidencia, pero en este caso el horizonte no daba indicios de que el supuesto enemigo existiera.

Para ese momento, Alexander ya se había convencido de que las armadas lo aventajaban y que debía apurarse. Necesitaba superar la distancia recorrida el día anterior y para ello decidió poner a prueba a Gervasio, espoleándolo para sacarle mayor velocidad, al tiempo que lo guiaba por un sendero más suave. Mientras ponía a funcionar su estrategia se preguntó qué tan al norte irían los españoles. Si en los próximos días no tenía noticias de los barcos que buscaba, tendría que establecer su propio punto de retorno para no continuar avanzando en esa peligrosa incertidumbre.

Además de incrementar la velocidad el timonel redobló su alerta, volteándose cada diez o quince minutos para verificar que nadie lo siguiera. Por fortuna, lo único que llamó su atención fueron unas pisadas de caballos y de otros animales en dirección sudoeste-noreste, que cruzó en las cercanías del pueblo de Dolores. Las huellas eran frescas y provenían directamente del río, lo que hizo suponer a Alexander que podrían ser arrieros moviendo vacas desde alguna balsa ganadera hacia el interior. Por un momento temió que fueran exploradores yendo tierra adentro para avisar del paso de las flotas, pero rechazó esta idea porque no explicaba las huellas del ganado.

Para cuando el sol tocó el horizonte el timonel se encontraba al sur de La Concordia, habiendo avanzado unas veinticuatro millas ese día y cuarenta y cuatro desde que montó a Gervasio por primera vez. Esto no había sido gratis, él y su caballo estaban extenuados pero debían continuar, resultaba imperioso descubrir la ubicación de las flotas.

A la noche, mientras el timonel meditaba sobre su situación acostado en la estera, creyó oír relinchos hacia el este que volvieron a ponerlo en alerta. Se esforzó por permanecer despierto haciendo guardia pero después de una hora sin novedades el sueño se apoderó de él. Su cuerpo enseguida se entregó a un descanso tan profundo que perdió toda noción del mundo, quedando a merced de las tinieblas.

---

Ese mismo día a la mañana, la flota española de refuerzo avistó las islas del delta y enseguida el capitán Primo de Rivera subió a cubierta con el telescopio en la mano. Se dirigió a la popa de su corbeta Mercurio y comenzó a otear el horizonte con aire preocupado, primero hacia el este y luego al sudoeste. De un momento para otro podía descubrir al enemigo y por esa razón concentraba todas sus fuerzas en observar con insistencia. Estaba tan absorto en su tarea que el llamado del primer oficial lo sobresaltó, haciendo que el telescopio casi cayera al suelo.

—¡Capitán! —llamó Carcuera.

—¿Qué desea? —exclamó Rivera asustado.

—El piloto desea saber… —El teniente se interrumpió y lo miró con asombro—. ¿Se siente bien?

—¡Perfectamente, gracias! —dijo el otro con acritud.

—¡Con los respetos del piloto, desea saber si remontaremos el río Paraná!

—¡De ninguna manera! —respondió su superior—. ¡No vamos a arriesgar esta escuadra yendo directamente al enemigo!

—¿Qué rumbo ordena, señor? —El capitán hizo una pausa, repasando todos los puntos cardinales.

—Hacia el este nos aproximaríamos demasiado a Martín García, donde ese demonio de Brown nos derrotaría en cuestión de segundos. Si vamos al norte, es posible que nos crucemos con alguno de sus barcos bloqueando el río Uruguay. Al oeste terminaríamos perdidos entre las islas del delta, atacados por los cañones del litoral. Al sudoeste llegaríamos a Buenos Aires, donde ahora mismo se encuentran preparando otros dos barcos de guerra.

—Entre ellos la Delfos —señaló Carcuera.

—Sí, por no mencionar a la fragata Nereus de Peter Heywood, que podría aliarse con los rebeldes en cualquier momento. —Luego agregó—: Al sudeste tenemos Colonia, otra ciudad que nos atacaría sin piedad. —El teniente lo miró y sintió pena, su comandante temblaba de pies a cabeza y sudaba como en una tarde de verano. Lo vio sacar un pañuelo del bolsillo y enjugarse la transpiración de la frente con mano trémula, notándolo al borde de la desesperación—. ¿Qué decisión puedo tomar que sea honrosa y al mismo tiempo segura? —se preguntaba Rivera. Entonces se le ocurrió una idea que le serviría para evitar su pánico—: Teniente, anclaremos aquí mismo —dijo por fin.

—¡Enseguida, señor!

—¡Llame al patrón de la lancha de la Paloma! ¡Deseo tener unas palabras con él!

Un rato más tarde Pedro Carcuera recibió al marino y lo envío directamente a la cabina del capitán.

—Prepare la barcaza para una larga travesía por el río Uruguay. Necesito que se aprovisione de víveres y agua suficiente para dirigirse al norte. Deberá explorar cala tras cala y puerto tras puerto hasta dar con el comodoro Romarate. Su lanchón será utilizado como transporte para hacerle llegar municiones y algunos de los soldados del cuerpo de Chain[75].

—¿Pólvora también? —preguntó intrigado el patrón.

—¡Sí, quince quintales y trescientos cartuchos serán suficientes! ¡No sea cosa que nos falte a nosotros! —El comentario del capitán terminó de asombrar al marino, al parecer tendría que auxiliar al comodoro él solo.

—¡Como usted ordene! —dijo mirando a Primo de Rivera con rechazo y agregó rápidamente—: ¡Señor! —para evitar ser reprendido.

Minutos después Carcuera lo vio aparecer en cubierta con expresión de disgusto y supo que algo no andaba bien. El patrón se le acercó y lo saludó respetuosamente, tocando su sombrero y dejando escapar un "¡Nos vemos a la vuelta, señor!" lleno de indignación. Entonces buscó con la mirada a Rivera y lo notó sonriente mientras le hacía señas para que se acercara.

—¡Este cagón nos meterá en problemas! —pensó el primer oficial acudiendo pronto a su llamado—. ¿Señor?

—¡Aguardaremos que el lanchón desaparezca en el horizonte y levaremos anclas inmediatamente!

---

[75] Benito Chain fue un militar español que participó con sus tropas en las guerras de independencia a favor de la causa realista.

—¿Qué rumbo, capitán?

—¡A la ciudadela, teniente! ¡Aquí no hay más nada que hacer!

—¡Maldición! —dijo el oficial para sus adentros—. ¡Volvemos a Montevideo!

En ese mismo momento, a cincuenta y cinco millas náuticas al norte, Jacinto de Romarate se encontraba a proa del Belén observando un punto más allá de la amura de estribor. Cuando estuvo conforme con lo que veía, miró a su capitán con aire resuelto y le ordenó: —¡Señal a la flota! ¡Seguir rumbo de buque insignia! —esperó que las banderas de señales estuvieran flameando al viento y agregó—: ¡Emboque el Río Negro, si es tan amable! —Luego se secó la frente con el puño de la camisa, el calor húmedo de la zona se estaba haciendo sentir.

—¡A la orden, comodoro! —El capitán Ignacio Reguera se apresuró en pasarle a su teniente las órdenes que luego llegarían al piloto y a los gavieros.

Con el viento desde una dirección favorable muchos de sus problemas estaban resueltos. Sin embargo no lo aprovechaban del todo, la velocidad que llevaban era apenas suficiente como para escapar del enemigo sin arriesgar las naves. El Belén viró y se quedó sin impulso, recibiendo ahora la brisa de tierra por el través de estribor. Lo mismo fue sucediendo con el resto de los barcos al copiar el rumbo de su capitana.

En breve estarían frente a Soriano, una importante villa portuaria donde tres años atrás sus habitantes se habían rebelado contra el poderío español, en lo que denominaron el "Grito de Asencio". Este levantamiento encabezado por Venancio Benavídez y Pedro Viera no sólo tomó el control del pequeño pueblo sino también de Villa Mercedes, en apoyo a las ideas de Buenos Aires. Meses después los rebeldes tuvieron que soportar el violento cañoneo de la flota española, al mando del capitán de navío Juan Ángel de Michelena, que se presentó en el mismo lugar donde ahora navegaba Romarate. Creyendo el pueblo rendido,

Michelena y sus hombres desembarcaron para incendiar los ranchos que aún quedaban en pie. Enseguida una tropa de doscientos hombres al mando del capitán Estanislao Soler rodeó a los españoles y los obligó a refugiarse en sus barcos tras una batalla sangrienta.

—En favor de la libertad se pelean las guerras, y en la guerra todo es válido —pensó el comodoro—. Esa es la lección que no debo olvidar.

Los mismos que ayer se levantaron contra España para ayudar a los rebeldes ahora recibían a los godos, pues estaban enemistados con el directorio de Buenos Aires. Mañana la situación podía volver a cambiar, de ahí que el comodoro se mostrara receloso con esas personas. Inmediatamente llamó al alférez del Regimiento del Fijo, José de Azcuénaga, para darle instrucciones sobre lo que quería que hiciera.

—Siéntese, señor Azcuénaga, por favor —dijo el comodoro mostrándole una silla—. No es mi deseo bajar a tierra y mezclarme con estas gentes que antaño atacaron a nuestra querida España. De hecho, no estaría aquí si pudiera elegir. —El alférez asintió compartiendo los sentimientos de su oficial al mando—. Pero usted sabe tan bien como yo que el orgullo no nos llevará a ningún lado, estando nuestra flota en la escasez en la que se encuentra. —Hizo una pausa para servir agua con jugo de limón en dos vasos y le ofreció uno—. Llevamos una cantidad importante de pasajeros, la mayoría son ancianos que han estado enfermos y que pueden volver a estarlo. Desafortunadamente nuestros barcos no son apropiados para los civiles y tampoco es prioridad de la armada cuidar de ellos en estos tiempos de guerra.

—¡Comprendo, señor! ¡El enemigo nos está pisando los talones, no hay manera de proteger a esas gentes!

—Así es, por eso le pido que baje a tierra y hable con el que esté a cargo del pueblo. Le daré mi bote con una guardia de infantes y marinos. Trate de lograr que acepte a los civiles con ellos, allí estarán mejor que con nosotros. —El comodoro hizo una pausa para ordenar sus ideas y prosiguió—. Tenemos víveres para ocho días y nuestra campaña puede durar mucho más que eso. Vea si puede conseguir algo de carne fresca y pregúnteles por la pólvora. Si hay algo más que ellos nos quieran ofrecer, juzgue usted mismo si corresponde aceptarlo. No se preocupe por el agua o por los pertrechos para los barcos, no son urgentes y el tiempo nos apremia. —Romarate miró a Azcuénaga y agregó preocupado—: ¿Ha comprendido, alférez?

—¡Sí, comodoro!

—¡Prosiga usted y que tenga éxito!

Enseguida Reguera se encargó de reunir a la tripulación del bote y cuando las naves estuvieron ancladas frente a Villa Soriano Azcuénaga partió hacia el muelle del pueblo. La mirada impasible del comodoro lo siguió a lo largo de todo el recorrido hasta que vio el bote amarrando, luego se dedicó a observar a los hombres que lo recibieron. Romarate era todo un caballero y aunque desconfiaba de esas gentes jamás habría usado el telescopio para hurgar a la distancia los rostros y gestos de esas personas. Cuando perdió de vista al alférez bajó a su cabina y continuó planeando su ruta al norte.

Unos barcos más atrás, el comandante de la cañonera San Ramón se encontraba a proa con un pie apoyado en el bauprés para mantener el equilibrio. En sus manos el telescopio estaba tan horizontal que parecía nivelado por un carpintero mientras observaba los rostros y los gestos de aquellos artiguistas. El hecho de que Azcuénaga fuera a parlamentar sin Romarate había sorprendido a Luis Boza, que quería conocer todos los detalles de lo que estaba ocurriendo. —Ojalá estos malnacidos nos den pólvora —dijo en voz baja y agregó en el mismo tono—: Aunque me doy por satisfecho si se encargan de los civiles, ese lastre inmundo. —La lente siguió revelándole lo que sucedía en el muelle, el alférez desembarcó y enseguida un gaucho fue a su encuentro. Su atuendo habría pasado desapercibido de no ser por una extraña y larga pluma roja que salía de su sombrero, que a Boza le pareció ridícula y lo hizo sonreír.

—¡Alférez José de Azcuénaga, del Regimiento del Fijo! —exclamó el español, dándole la mano.

—¡Teniente José Fernández, de la Liga de los Pueblos Libres! ¡Sea bienvenido! —dijo indicándole el camino mientras la custodia permanecía junto al bote.

Dejaron el muelle atrás y avanzaron por una calle hasta llegar a un pórtico, donde había una mesa redonda de metal labrado y dos sillas. El teniente le indicó que tome asiento mientras hacía lo propio y luego miró al hombre que permanecía en la sombra.

—Juan, trae aguardiente para nuestro invitado. —El otro ingresó a la casa y al rato salió con una botella a medio llenar y dos vasos. Los dejó en la mesa con la mejor cortesía que pudo y volvió a su lugar—. Sírvase en confianza y beba, alférez, que seguramente hay poco alcohol a bordo.

—Muchas gracias —dijo Azcuénaga llenando su vaso—. Y ya que lo menciona estamos escasos de víveres, señor. Algunos son un lujo, como el aguardiente, pero otros son una necesidad.

—¡Como la pólvora! —exclamó el teniente sorprendiendo al alférez—. ¡Vamos, los secretos son imposibles en este pequeño territorio! ¡Todo se sabe, mi amigo! —Azcuénaga dejó el vaso a un lado y estaba replicar cuando José continuó—: Los vimos entrar al Río Negro de prisa, con muchas velas dañadas y varios agujeros de bala en sus cascos. Nosotros también somos hombres de armas y sabemos lo que es perder una batalla. —Ante esas palabras el orgullo del español se mostró herido.

—¡Fue un combate difícil! ¡Nos tomaron por sorpresa!

—No estoy restándoles mérito —dijo el teniente con una sonrisa—. No me importa cómo hayan perdido, ustedes necesitan ayuda y nosotros vamos a dársela.

—¡Le agradezco en nombre de mi comandante! —respondió Azcuénaga, serenándose.

—Pero nuestra ayuda no puede ser exagerada porque, como ya le dije, todo llega a saberse y los artiguistas estamos bajo la mirada del directorio. Posadas nos quiere vivos o muertos y no vamos a darle el gusto.

—Está bien, no les venimos a pedir muchas cosas. Necesitamos pólvora, la agotamos toda durante el combate, como usted sabe. Además llevamos muchos civiles a bordo y la carne fresca escasea.

—Le diré qué haremos —dijo José—. Vamos a darles carne fresca en cuanto podamos traerla de Villa Mercedes y también admitiremos en nuestro pueblo todas las mujeres y niños que viajen con ustedes.

—¡No vamos a separar a las familias de ese modo! —exclamó Azcuénaga.

—No podemos recibir hombres aquí, sólo mujeres y niños —enfatizó José—. En cuanto a la pólvora, tal vez el coronel Fernando Otorgués se las pueda suministrar en el pueblo del Arroyo de la China. Aquí lo único que podemos ofrecerles, aparte de la carne que llegará más tarde, es cuerda para reparar sus barcos.

—La cuerda será de gran ayuda, junto con la pólvora, claro está —insistió el alférez.

—¡No hay pólvora en Villa Soriano, señor! —José Fernández se estaba poniendo molesto—. ¡Hablen con el coronel Otorgués en el Arroyo de la China! —En ese momento se le acercó su caporal para decirle unas palabras al oído. Éste asintió con la cabeza y miró al alférez con preocupación—. Lo siento mucho pero debo retirarme. Haré que mis hombres se encarguen de lo que hemos pactado.

—¡Muchas gracias por sus atenciones! —exclamó Azcuénaga, apurando el trago antes de incorporarse.

El español y el artiguista caminaron hacia el muelle, donde se saludaron respetuosamente hasta que el vocero de la flota embarcó en el bote. Luego José volvió sobre sus pasos y se dirigió al hombre que continuaba esperándolo a la sombra del pórtico. —Sígueme Juan, parece que tenemos otra clase de visitas.

Belisario Rojas, que observaba el muelle desde la cabina hedionda de la Perla, vio al alférez regresando cabizbajo hacia el Belén y supuso que no había conseguido la ayuda que buscaba. Se dirigió hacia Ana María y le explicó lo que había visto—. No nos van a desembarcar, seguiremos camino. —La anciana se decepcionó, pero no dijo nada. El grumete, en cambio, se alegró al comprobar que el puñal seguía en su cinturón, listo para la venganza.

A las tres de la tarde los civiles volvieron a abrazar la esperanza de que los bajaran a tierra. La flota española se demoró en Villa Soriano hasta que cargaron el cordaje, pero luego navegó por un tramo corto entre el continente y la isla Vizcaíno, saliendo nuevamente al río Uruguay frente a Puerto Landa. Allí los barcos anclaron y las tripulaciones comenzaron el lento y trabajoso desembarco. También aprovecharon para carnear las pocas reses que llevaban a bordo, la idea del comodoro era brindar una comida de calidad al menos por esa única vez.

A medida que los pasajeros descendían, los infantes de marina y algunos marineros ya les tenían preparadas las tiendas de campaña que habían improvisado con velas viejas y vergas rotas. Como estaban preparados de antemano, los hombres del sargento Ramírez fueron los primeros en terminar su tarea y luego prestaron ayuda a los demás. Al ver esto, Romarate le dio nuevas órdenes a Boza pensando que serían de su agrado:

Como usted se mostrara tan preocupado por sus pasajeros y habiendo trabajado sus hombres con calidad y velocidad, sé que mi orden de que permanezca en Puerto Landa le resultará un premio a su humanidad. Confío en que los civiles quedan en buenas manos mientras nosotros proseguimos al norte con las primeras luces de mañana. Espero que después de que el campamento esté levantado y el último civil se encuentre debidamente instalado pueda unirse a la flota nuevamente.

—¡Maldición! —exclamó Boza apenas terminó de leer la misiva—. ¿Por qué Romarate siempre se interpone en mis planes? ¿A quién puede preocuparle un manojo de civiles inútiles, viejos y enfermos? —volvió a gritar sin que nadie lo escuchara. Luego decidió ir a tierra para estar seguro que la tarea se terminaría rápido y permaneció allí hasta que el sol se puso. Nunca se había sentido tan irritado en toda su vida.

En la soledad de la cabina el comodoro español tomó la pluma una vez más, pero ahora no quería transmitir órdenes sino narrar cómo había perdido la isla frente a los rebeldes. Había una sola manera de expresar la gravedad de los hechos y ésta era diciendo la verdad, ninguna otra cosa causaría mayor angustia ni preocupación. Ordenó sus pensamientos y se dio cuenta que también debía narrar los últimos acontecimientos en Villa Soriano y Puerto Landa. —*Son las 9 de la noche y todavía no recibí contestación de Villa Mercedes por la carne fresca que solicitamos* —escribió en un borrador—. *He logrado carnear en Puerto Landa y cuando el tiempo lo permita fondearemos en el Arroyo de la China, para tratar con don Fernando Otorgués el tema de la pólvora y demás provisiones necesarias.* —Hizo otro guion en la lista y continuó—: *Van conmigo varios civiles que lograron fugarse de Martín García y que no han querido aceptar en Villa Soriano. Sólo pueden recibir mujeres y niños, pero de ninguna manera hombres.*[76] —Mojó la pluma y prosiguió—: *No separaré a las familias que buscaron protección en nuestros barcos, por eso prefiero dejarlos todos juntos en Puerto Landa.* —añadió, pero al leer la última línea decidió tacharla. Era demasiado sentimental para figurar en un parte de guerra.

---

[76] Cita contextual de la carta del comodoro Jacinto de Romarate al comandante general de Montevideo Gaspar de Vigodet del 21 de marzo de 1814.

El griego Samuel Spiro era valiente y decidido. Donde veía acción se lanzaba sin dudar, como había hecho bajo las órdenes de Seaver la noche que intentaron capturar el queche Hiena y como hizo con el almirante Brown durante el combate de Martín García. Pero ahora, siguiendo vagamente los pasos de una escuadra invisible, se sentía totalmente inútil. Agarrado del estay de trinquete con su mano izquierda y sosteniendo su pipa con la derecha, imaginaba al enemigo surcando esas mismas aguas. —¿Adónde habrán ido? —se preguntaba con insistencia—. ¿Qué otra cosa pueden hacer río arriba más que esconderse? —La idea le parecía ridícula, era difícil ocultar una escuadra tan grande en los pequeños recovecos que presentaba el Uruguay, pero además Samuel sabía que esa estrategia no duraría por siempre—. Sin pólvora, con escasos víveres y separados del resto de sus fuerzas, están esperando que les hagamos arriar el pabellón —masculló.

Existía una posibilidad remota de que, sorteando las islas del delta, hubiesen escapado nuevamente al Río de la Plata a través de la intrincada red de ríos y arroyos de la zona. Esto era lo que temía el almirante y el griego pensaría lo mismo de no ser porque habían dejado huellas. La estela de los españoles se había borrado ni bien abandonó la popa de las naves enemigas, en cambio el temor de los pescadores y balsas de la zona persistía, llamando la atención del griego al navegar por aquellas aguas desiertas. Cuando se lo comentó al comodoro Nother éste se mostró de acuerdo y ordenó mantener una estricta vigilancia. Por esa razón cada barco había apostado dos vigías en el tope en lugar de uno y la rotación de las guardias se hacía con mayor frecuencia, de manera que el cansancio no les jugara en contra. Aun así, habían pasado ya dos días sin tener noticias de la flamante escuadra española.

La Santísima Trinidad avanzaba a la cabeza de la flota con sus siete cañones por banda fuera de sus portas, preparados para el combate. Samuel la observaba y disfrutaba de su belleza mientras aspiraba el humo del tabaco e intentaba relajarse. La Carmen nunca podría verse así de hermosa ni tampoco como la goleta Fortuna que le venía pisando los talones, pero estaba seguro que el enemigo recordaría su barco por lo aguerrido de su ataque. —¡Ya verán esos godos lo que este griego es capaz de hacer! —se dijo con orgullo mirando hacia el horizonte.

## 22 de marzo

Cuando Alexander Boss era un marino de ley jamás se quedaba dormido. Pero ahora, cubierto por el polvo del camino y cansado después de dos jornadas a caballo, parecía más un convicto fugitivo que un respetable hombre de mar. El sol salió y se mantuvo en el cielo un par de horas antes que el timonel abriera los ojos y cuando finalmente se despertó salió corriendo hacia Gervasio, olvidando la estera donde había pasado la noche.

Durante el primer tramo del viaje el timonel giró la cabeza varias veces para ver si lo perseguían, pero su mayor atención estaba puesta en el río, donde esperaba identificar alguna vela de guerra. A pesar de sus esfuerzos sólo divisó muy pocos pesqueros y una balsa ganadera custodiada por numerosos baqueanos.

Al mediodía se topó con el río San Salvador, el primer obstáculo importante de su marcha y luego de observarlo detenidamente comprendió que cruzarlo sería un gran desafío. Como el cauce era ancho y caudaloso en aquella parte cabalgó primero al este y después al oeste, buscando un paso que fuera apropiado. Al no encontrarlo, intentó forzar a Gervasio para que avanzara en medio de las aguas, pero esto también fue inútil. El timonel se dio cuenta que el agotamiento y su impaciencia por llegar al otro lado del río le estaban jugando en contra, por ese motivo decidió bajar de su montura y tomar un breve descanso.

Unos minutos después escuchó cascos de caballos detrás de él y al girar vio dos jinetes acercándose. Ambos llevaban poncho sobre los hombros y el sombrero típico de los gauchos de la pampa, aunque uno de ellos lo había adornado con una pluma larga y roja que se encorvaba hacia atrás. Al parecer no venían en señal de amistad, en los últimos pasos tomaron sus trabucos y apuntaron al timonel mientras dejaban ver sus puñales en sus fajas.

—¿Qué te parece, Juan? ¡Nuestros vigías tenían razón! —le dijo el de la pluma en el sombrero a su compañero. Luego se dirigió al timonel—: ¡Quédese quieto y no le pasará nada!

—¿Qué sucede? —replicó Alexander llevando su mano a la pistola en un acto reflejo.

—¡Nada deso! ¡Arroje el arma y la espada, po! —le dijo el otro. El timonel obedeció a regañadientes.

—¡También el puñal! —dijo el primero que había hablado—. ¡Estos ingleses maricones llevan mil armas encima! —agregó con una sonrisa pícara en el rostro. Cuando Alexander se encontró totalmente desarmado, el tal Juan desmontó y se le acercó mientras el otro continuaba apuntándolo desde el caballo.

—¡Óigame bien, somos de la Liga de los Pueblos Libres! ¿Entiende el castellano usted?

—¡Sí, lo entiendo! —respondió el inglés con un marcado acento, que motivó una estrepitosa risa.

—¡Dice entender pero habla para el carajo, José! —exclamó Juan.

—Your mother doesn't care![77] —le respondió Alexander haciendo que el rostro de los hombres cambiaran de la risa a la ira.

—¿Que mi madre qué? —dijo irritado Juan, sacando su cuchillo.

—¿Lo ves, estúpido? —le respondió el timonel con la mirada desafiante—. ¡Ambos podemos jugar el mismo juego!

---

77 ¡A tu madre no le importa! (inglés).

—¡Pedazo de mierda! —gritó Juan abalanzándose sobre Alexander, éste se hizo a un lado y lo empujó al suelo. Luego se acercó dispuesto a darle una paliza cuando escuchó cómo José amartillaba el trabuco y se detuvo en seco.

—¡Ya basta, déjalo! ¡Juan, no seas tonto! —El otro se puso en pie y se arregló las ropas, acalorado y agitado como estaba—. ¡Después de todo no vinimos a hacerte daño, gringo! —Esperó a que Juan se pusiera a salvo y continuó—: ¡No hoy, al menos!

—¡Pero tendrá que responder unas preguntas este hijo de perra! —gritó sin aliento el otro, limpiándose con el revés de la mano un hilo de sangre que le brotaba del labio.

—¿Para qué vas al norte, inglés? —Alexander miró fijamente a José pensando qué responder, entonces decidió continuar con la historia que le había contado a Pedro Mónico, el dueño de Gervasio.

—Soy de la flota de Buenos Aires, el combate de Martín García dejó varios heridos y ningún cirujano para atenderlos. Me dijeron que hay un buen médico al norte.

—¡Es mentira! —exclamó Juan irritado—. ¡Es un maldito espía de Posadas, po!

—¡Déjalo hablar, estúpido! —lo interrumpió el otro mirando al timonel—. ¡No vamos a creerte esas bobadas, hombre! ¡Los mejores médicos están en Buenos Aires, equivocaste el camino o la excusa! —Atrapado como estaba, Alexander no supo qué responder. Su boca se abrió para continuar con la mentira cuando escuchó un tercer caballo relinchando detrás de los gauchos. Ellos también lo habían oído y de pronto se pusieron tensos—. ¡Mira gringo, nos importa un carajo lo que has venido a hacer a nuestras tierras, pero si quieres vivir da media vuelta ahora! ¡No cruces el río o serás hombre muerto!

—¡Bien muerto como la escoria que eres, po! —replicó Juan, escupiendo un gargajo con sangre.

Pronto los dos jinetes dieron media vuelta y se marcharon en la misma dirección que se había escuchado el relincho. El timonel los siguió un trecho para visualizar al recién llegado, pero al no descubrir nada decidió volver y recuperar sus armas. Luego montó a Gervasio y lo llevó sin rumbo fijo por algún tiempo, amagando con alejarse del río pero manteniéndose lo suficientemente cerca.

El encuentro de Alexander con los gauchos dejó en claro que lo estaban vigilando y por esa razón decidió ocultar sus verdaderas intenciones mientras fuese de día. Debía idear un plan que le permitiera continuar avanzando pero al mismo tiempo tenía que fingir su regreso para evitar represalias. Esos hombres eran peligrosos, se movían con total libertad por aquellas tierras y no dudarían en matarlo si lo creían necesario.

Pertenecían a la Liga de los Pueblos Libres, ese mismo grupo que asaltaba las caballerizas y los almacenes de Colonia del Sacramento, pero contrario a lo que el timonel se había imaginado no se trataba de simples ladrones sino de soldados profesionales. Al parecer, su líder Artigas les había ordenado atacar y debilitar a las tropas de Buenos Aires, dada su enemistad con el director general de las Provincias Unidas, Posadas. De este último Alexander sabía muy poco, su amigo William le había contado que el general Alvear era sobrino del director, pero no había dicho nada más.

Cuando se hizo de noche el timonel decidió desmontar y atar a Gervasio a un árbol, tomando precauciones para no olvidar dónde lo había dejado. Entonces puso en práctica el plan que venía pensando, era simple pero esperaba que funcionara bien. Juntó muchas ramas y algunos troncos secos que encontró a su alrededor y con ellos encendió una hoguera, muy lejos de donde había dejado el caballo. Una vez seguro de que el fuego no se apagaría, se dirigió a la oscuridad y tomó del saco de provisiones el mapa grasiento, el rosario y el compás, guardando todo en sus bolsillos. Luego formó un bulto con la bolsa de tela vacía y lo dispuso al lado de la hoguera, simulando una persona durmiendo. Cuando estuvo satisfecho con la escena que había montado fue a buscar a Gervasio, pero la noche era tan cerrada que le fue difícil encontrarlo.

Una y otra vez caminó en diferentes direcciones pero el caballo no aparecía. En medio de tanta oscuridad no era posible consultar el compás, entonces se le ocurrió mirar al cielo y vio la cruz del sur. No estaba familiarizado con esa constelación pero en sus viajes a bordo de la Hope había calculado la diferencia entre el sur real y el que indicaban las estrellas. Con ese dato en su cabeza no tardó en orientarse y pronto encontró a Gervasio, que lo miraba sin entender por qué había estado caminando tanto tiempo alrededor de él. —Podrías haber hecho algún ruido —le susurró molesto y mientras ignoraba la muda respuesta del caballo lo montó y se dirigió hacia el norte.

No tardó en encontrar el cauce del río San Salvador, que en ese punto estaba dividido en diferentes cursos de menor caudal. Aun así le resultó difícil cruzarlos, el barro entorpecía el avance de Gervasio y la oscuridad no permitía ver las piedras con las que se lastimaba el animal. Una hora después de abandonar la hoguera el timonel logró situarse del otro lado del río e inmediatamente puso el caballo a correr. Debía cubrir las diez millas que lo separaban de Villa Soriano en el menor tiempo posible.

---

La noche era tan espesa en Puerto Landa que Belisario Rojas festejó su triunfo antes de alcanzarlo realmente. —Eso es de mala suerte —dijo para sus adentros, dándose cuenta que la vida naval lo había vuelto supersticioso. Trató de no pensar en sus posibilidades de éxito y tocó el mango de su puñal, todavía en el cinturón. Sonrió con el brillo de la locura en sus ojos, sentía adentro el fuego de lo que estaba por venir y el deseo de vengar su pasado se apoderó de él.

Permaneció un minuto escuchando la respiración tranquila de los ancianos que dormían en el refugio y aprovechó también para calmarse. Entonces corrió la lona blanca de la tienda, que en esa oscuridad se veía gris, y comenzó a avanzar según lo había planeado durante el día. —Salgo y camino cinco pasos hacia la izquierda, luego vuelvo a doblar a la izquierda y hago quince pasos hasta el eucalipto de raíces anchas. Ahí me detengo, lo rodeo por la derecha y continuo otros ochenta pasos —murmuró mientras lentamente lo iba haciendo, concentrado en que todos los pasos fueran iguales.

Siguió el camino que recordaba en su memoria hasta llegar a la tienda de su enemigo, el comandante Luis Boza. Una vez allí, permaneció contra la lona para escuchar algún sonido que delatara la presencia de alguien en su interior. Cuando se convenció de que no había nadie, ingresó lentamente y se ocultó detrás de unas sillas que había al fondo. Allí permaneció media hora, tratando de mantenerse despierto en la noche calma que lo rodeaba. Varias veces le pareció escuchar sonidos, pero luego se daba cuenta que era el silbido de la sangre en sus tímpanos confundiendo sus sentidos.

Un poco más tarde, cuando el grumete ya había perdido la noción del tiempo, un hombre con una lámpara ingresó a la tienda. Todo el espacio se iluminó de repente y Belisario tuvo que acostumbrar sus ojos al deslumbramiento que lo ponía en desventaja. Cuando por fin recuperó la visión se dio cuenta que el recién llegado no era el comandante sino el sargento Ramírez.

—¡Maldición! —pensó el muchacho—. ¡Ojalá Boza venga pronto, ya siento cómo se me acalambran las piernas!

El suboficial colgó la lámpara y salió para impartir nuevas órdenes a los infantes de marina que custodiaban la tienda. Enseguida los soldados se apartaron y poco después apareció el comandante llevando de la mano a una pasajera de la San Ramón. Por la forma en la que caminaban era evidente que él la arrastraba contra sus deseos mientras ella luchaba inútilmente. Así entraron a la tienda, inmersos en sus asuntos, sorprendiendo a Belisario que se sentía entumecido y embotado por la larga espera.

—¡Vamos! —decía él con voz ansiosa—. ¡No es algo que puedas elegir, querida!

La muchacha forcejeó unos instantes mientras él la empujaba contra la mesa de madera y le besaba las mejillas. En varias oportunidades ella le corrió el rostro, haciendo fuerza para apartarse pero las manos del comandante hacían su trabajo y enseguida lograron someter a su presa.

Belisario no sabía qué hacer, entre su enemigo y él se encontraba la chica, haciendo que en esa posición su ataque fuera imposible. Esperó otro poco, aunque la escena se volvía cada vez más incómoda al ver cómo el maldito de Boza iba mellando el carácter de la prisionera. En un instante el comandante logró desabrocharle la camisa, exponiendo los pechos de la chica a su mirada lasciva y a la vista ingenua del muchacho, que seguía la escena detenidamente. Como el grumete nunca había visto una mujer desnuda, la inesperada imagen le hizo perder el hilo del plan.

Boza continuó con su infamia, tomó a la muchacha por la cintura y dando media vuelta la sentó en la mesa, haciendo que Belisario diera un suspiro de alivio. Finalmente su enemigo se había puesto de espaldas a él, facilitando el ataque. El único inconveniente era que la chica podría verlo acercarse, pero esperaba que no delatara a su inesperado defensor. Cerró los ojos, respiró profundo y visualizó su objetivo nuevamente. Ignoró los sollozos de la chica resistiéndose inútilmente a las caricias bruscas de Boza y tomó el puñal de su cinturón.

Lentamente se puso de pie sin ser visto y sintió cómo las piernas le flaqueaban de tan entumecidas que las tenía. Se acercó sigilosamente intentando no arrastrar los pies, mirando fijamente el brazo izquierdo de Boza y calculando dónde estaría su omóplato. Cuando logró ubicarse justo detrás del atareado comandante, Belisario levantó su brazo con el puñal apretado en su mano y el brillo de la lámpara en la hoja alertó a la muchacha. La prisionera se apartó hacia atrás avergonzada, intentando cubrir su desnudez con la camisa y haciendo que Boza cayera de cara hacia adelante. El cuchillo del grumete, que ya estaba descendiendo en una puñalada mortal, erró el blanco y se clavó en la mesa.

La chica aprovechó la confusión para escapar, abotonándose rápidamente la camisa mientras Boza se incorporaba y miraba desconcertado hacia atrás esperando ver a su agresor. Y allí estaba Belisario, tratando de sacar su cuchillo de la tabla de madera que lo había atrapado, sin tener éxito. Enseguida el comandante lo empujó hacia atrás y al enfrentarlo apareció en su rostro la expresión de haberlo reconocido. Bastó un segundo para que en un movimiento decisivo desenfundara el alfanje y apoyara su filo en la garganta del muchacho.

—¡Grumete Villalba! —gritó triunfante—. ¡Esperé este momento por mucho tiempo, mocoso estúpido! —dijo mientras presionaba la hoja de su arma cada vez más fuerte.

—¿De qué hablas? —le preguntó el chico jugando su última carta—. ¡Soy Belisario Rojas, vine a protegerte de esa mujerzuela que quería arrancarte una oreja con los dientes! —El comandante dudó un instante y el muchacho aprovechó ese momento para patearle la entrepierna y salir corriendo, con tanta mala suerte que sus pies entumecidos le fallaron y tropezó con una silla.

—¿Qué me dices ahora, imbécil? —preguntó el comandante recuperándose del dolor y apoyando la punta de su alfanje en la espalda del chico, despatarrado en el suelo—. ¿Pensabas que había olvidado lo torpe que eres? ¡Así fue como tropezaste con el barril de agua bajo la cubierta del queche! —exclamó sonriendo, luego se puso serio—. ¡Villalba, tenemos cuentas que saldar! —Boza lo tomó de un brazo y lo sentó en una silla, sin dejar de apuntarlo con la hoja de su sable—. ¿Dónde están tus amigos? —El grumete ya no podía seguir fingiendo su identidad pero estaba dispuesto a no revelar ningún dato que pusiera en peligro a los hombres de Brown.

—¡Ahora el torpe eres tú, maldito perro! —gritó el muchacho, provocando a su captor—. ¿Acaso no sabes que pasé la última semana luchando en tu mismo bando? ¡Serví al valiente Azcuénaga contra los rebeldes! —Al oír el nombre del alférez el comandante se calmó, buscándole una respuesta a todo aquello. No tardó en encontrar la excusa más peligrosa que se le podría haber ocurrido.

—¡Eres un maldito espía! ¡Y ya sabes lo que hacemos con los espías en la armada! —Hizo un movimiento con el dedo índice alrededor del cuello, en señal de muerte—. Ahora, si no quieres escupir sangre mañana por la mañana, dime qué es de tus amigos, el enorme timonel y el capitán rubio.

—¡Repito que no lo sé!

—¡Vamos! ¿A qué puerto van a emborracharse esos piratas malnacidos?

—¡No tienes idea de lo que dices! ¡Eres muy tonto, Luis Boza!

—¿Qué sabes que no quieres decirme? ¡Juro que mañana te fusilarán mis infantes de marina!

—¡Haz lo que quieras! —exclamó indiferente Santiago, tomando la hoja del alfanje con sus propias manos para apretarla contra su pecho—. ¡Nunca lo sabrás de mi boca!

—¡Tú lo quisiste! —dijo Boza llamando a Ramírez—. ¡Sargento, revise al prisionero y átelo de pies y manos! ¡Quiero que sea custodiado hasta su ejecución mañana temprano! —Luego abandonó la tienda y llamó a los hombres de su bote para que lo llevaran a la San Ramón.

Mientras tanto el sargento se acercó a Santiago y comenzó a hurgarle los bolsillos para desarmarlo completamente. Éste se resistió cuanto pudo y comenzó a pedir ayuda a los gritos pero sólo consiguió aturdir a Ramírez, porque no había nadie en el campamento dispuesto a ayudarlo. En ese momento el suboficial encontró un pañuelo en el pantalón del grumete y lo aprovechó para amordazarlo. Resultó difícil para Santiago saber que la tela con la que pensaba limpiar la sangre de su puñal ahora lo dejaba en el silencio más amargo de todos.

———————

Alexander se encontraba apoyado contra la pared húmeda que daba al salón de una pulpería. El frío de la noche estaba calando sus huesos y le hacía más difícil concentrarse en las voces que provenían de adentro, a través de la ventana. De todas formas era casi imposible escuchar una conversación en particular, el barullo de los gauchos gritando y bebiendo caña hacía que se confundieran sus voces en ruidos sin sentido.

Su mente buscaba palabras como "batalla", "godos", "Artigas", "barcos", pero hasta el momento solamente habían hablado de ganado, de bagres y de cueros. Se apoyó en el barril que tenía al lado sin saber que éste rebalsaba de agua y al moverlo sintió salpicaduras aquí y allá en su cuerpo, que le dieron aún más frío.

—¡Maldición! —murmuró y cuando estaba por ponerse de pie para escurrir su remera vio llegar a los hombres que lo habían amenazado en el río seguidos de un tercero. En la oscuridad le fue difícil ver sus rostros aunque por fortuna ellos tampoco lo reconocieron.

Pasaron cinco minutos, luego diez y desde esa posición era imposible escuchar a los recién llegados. Alexander comenzó a desesperarse, en el salón de la pulpería se estaban hablando cosas de vital importancia para él, pero si entraba lo descubrirían. El timonel era alto y de facciones extranjeras, llamaría demasiado la atención de los presentes. Tampoco podía quedarse ahí afuera toda la noche, tarde o temprano alguien vería su silueta recortada en la oscuridad y se acercaría para ver de quién se trataba. Decidió alejarse de la ventana y recorrer el perímetro de la taberna, esperando encontrar alguna puerta trasera por donde filtrarse y acercarse a las mesas sin ser visto. Por desgracia, comprobó que la única manera de ingresar era a través de la puerta principal. Se apoyó un momento en un árbol y al hacerlo pudo ver que una de las ramas pasaba por encima de la chimenea de la pulpería. Esto le dio una idea que lo hizo sonreír, porque si bien lo más probable era que la rama no aguantara su peso, él lo intentaría de todas formas.

Lo más difícil fue empezar a escalar, apoyando sus botas viejas y resecas en el tronco resbaladizo del enorme álamo. Sus manos se agarraron con fuerza a la madera y muchas veces fueron su único sostén, a medida que el hombre de mar intentaba con mucho esfuerzo y perseverancia trepar el árbol. Por fin llegó al punto donde terminaba el tronco y se bifurcaban las ramas, pero entonces tuvo que descansar allí un momento antes de proseguir. Sus músculos estaban adoloridos y se decepcionó al ver que después de tanto trabajo había ascendido tan poco.

Eligió cuidadosamente la rama por la cual se deslizaría, se apoyó en ella con el cuerpo oblicuo y comenzó a avanzar, reptando por la superficie irregular y áspera de la corteza. A medida que avanzaba la rama se iba adelgazando y su cuerpo se volvía cada vez más horizontal, hasta que comprobó que superado cierto punto su cabeza se ubicó más abajo que el nivel de sus pies. Le pareció escuchar la tierna madera crujiendo cerca del tronco, pero no hizo caso y continuó un poco más. A tres pies de la chimenea comprobó que el fuego estaba apagado y cuando logró colocar su cara justo por encima de la boca negra tuvo que apretar sus labios para no soltar un grito de triunfo. Ahí estaban las voces de los hombres, nítidas y amplificadas por la tubería que las guiaba directo a sus oídos. Habían pedido una botella de aguardiente y la acústica era tan buena que Alexander podía escuchar hasta los sorbos que le daban a las copas entre palabra y palabra.

—¿Qué más sucedió, compadres? —dijo el tercer hombre con voz apremiante.

—Llegaron ayer al mediodía, Pedro. Eran varias naves que provenían del sur y embocaron con decisión el Río Negro —respondió José.

—Se los veía desesperados, aunque no querían demostrarlo, po —dijo Juan.

—¿Cómo era Romarate? —Pedro parecía curioso sobre ese punto.

—Se veía como todo un caballero, de gesto serio y mirada serena, aunque no acompañó a sus hombres a tierra. —José bebió y el ruido de la copa al chocar contra la mesa demostró que el alcohol lo estaba entorpeciendo.

—¿Entonces cuál de ellos habló contigo, José?

—El alférez Azcuénaga se presentó como vocero de la flota —respondió—. Me dijo que estaban faltos de carne fresca —dijo recordando—. Además llevaban con ellos un grupo de civiles que deseaban desembarcar aquí. Le dije que les daríamos carne de Mercedes, pero le advertí que nuestra ayuda no sería ostensible, para cuidar las apariencias.

—¡José es un hombre prudente, po! —exclamó con sarcasmo Juan.

—¡No, has hecho bien! ¡Es lo que mi padre nos ordenó! —dijo Pedro seriamente, haciendo que Alexander se sorprendiera al oír esto—. ¡Debemos ayudar a los godos para que debiliten a los de Buenos Aires, pero no tanto como para que ellos mismos nos estorben!

Ante estas palabras hubo un momento de silencio que fue roto por José. —Les dije que recibiríamos a sus mujeres y niños pero no a sus hombres. Y en cuanto a lo otro, que vayan al norte a hablar con Otorgués —agregó con firmeza.

—¿Al norte? —preguntó Pedro.

—Iban a desembarcar civiles en Puerto Landa, pero lo demás no lo van a conseguir ahí sino en el Arroyo de la China, po. José se lo explicó varias veces al tonto español, que quería a toda costa cargarla aquí, en Soriano —dijo Juan, sin que Alexander llegara a comprender a qué se estaban refiriendo.

—¡Si los godos deciden ir al norte es porque confían en nuestra amistad abiertamente!—agregó Pedro en tono pensativo.

—¡Y el irlandés en Martín García, el muy perro! —exclamó José—. ¡Con su crucero en estas aguas nos perjudica cada vez más!

—¡Y aumenta el poder de Posadas y los suyos! —agregó Juan.

—¿Se avistaron los barcos de Brown?

—No hay rastros de ellos, Pedro. Nuestros exploradores estuvieron recorriendo la costa estos días, pero el río está más desierto que nunca.

—¡Los vecinos están alarmados, temen salir a navegar! —dijo Pedro—. ¡Pero ahora tenemos a uno de los de Brown en nuestro territorio!

—¿Qué puedes decirnos del gringo? —Esta vez era José el que preguntaba.

—No mucho —dijo lentamente Pedro, sus palabras se arrastraban por efecto del alcohol—. Llegó a mi rancho de Martín Chico en un bote y me pidió un caballo. —Al oír esto Alexander se estremeció de furia, haciendo que la rama crujiera un poco más en su base—. Le presté a Gervasio...

—¿Le prestaste tu mejor caballo? —preguntó asombrado José.

—¡Oye, hay que ponerle el nombre de tu padre a un caballo, Pedro! ¡Qué falta de respeto, po! —El silencio indicó que a Pedro no le habían gustado las palabras de Juan.

—¡Me lo regaló él y le puse su nombre para recordarlo! ¡Gervasio no es cualquier caballo, es fuerte y audaz, como mi padre! ¡Lo recuperaré mañana, emboscaremos al gringo y se lo quitaremos!

—¡Habría que matarlo, por mierda! —dijo Juan tratando de congraciarse con Pedro.

—¡No lo lastimaremos, ya bastante mal lo pasará cuando esté sin caballo y descubra en Martín Chico que su bote ya no existe!

—¡Sí, dejemos que los bandidos del camino terminen con esa escoria! —exclamó José despreocupadamente—. ¿Dónde está el gringo ahora?

—¡Lo tengo vigilado! —Pedro rio y continuó—: Acampó al otro lado del San Salvador. Hizo un fuego tan intenso que se veía desde Mercedes, según me dijeron.

—¡El muy estúpido! —agregó Juan.

En ese momento Boss pensó que había oído suficiente, tenía toda la información que necesitaba y continuar allí sería una pérdida de tiempo. Además, sus miembros comenzaban a acalambrarse y la rama había crujido dos veces más en los últimos minutos. Si no se apresuraba terminaría encima de los tres hombres, porque dudaba que el techo resistiera el peso de su caída.

En su torpe retroceso se lastimó los brazos con la corteza del álamo y una vez llegado al tronco se sintió como un gato que no sabe cómo descender a tierra. La única opción que consideró fue la de arrojarse al suelo y cayó con tanta mala suerte que su pie izquierdo sufrió el impacto. Se obligó a no gritar de dolor y se dirigió tan rápido como pudo, rengueando y dando saltos, en busca de Gervasio. Ya en la costanera miró hacia todos lados pero no pudo encontrarlo y después de unos minutos de intensa búsqueda lo dio por perdido. —Al fin y al cabo —se dijo— ya no me es útil en esta etapa del viaje.

Caminó sin rumbo por la orilla buscando algún bote abandonado, pero la oscuridad era tan profunda que apenas podía ver a su alrededor. Entonces escuchó pasos cerca y reconoció las voces a las que ya tanto se había acostumbrado.

—¡Gervasio! —exclamó Pedro—. ¿Qué haces aquí, mi amigo?

—¡El gringo anda cerca! —gritó José—. ¡Rápido, no puede andar lejos!

Juan sacó el puñal de su cinturón y se puso a dar pasos a ciegas entre los sauces y los ceibos de la orilla. Boss caminó lentamente para alejarse de él, con tanta mala suerte que tropezó con la raíz salida de un árbol y cayó al suelo, haciendo un fuerte ruido que alertó a sus perseguidores. Los hombres de Artigas enseguida se arrojaron sobre él. Uno disparó un trabuco, pero los perdigones pasaron zumbando al lado del timonel, el otro al ver que Alexander se incorporaba y se alejaba rengueando le arrojó unas boleadoras que se enredaron en una rama. Juan le dio alcance y se acercó aún más para hundirle su puñal, pero el timonel ya tenía el alfanje en la mano y la distancia le sobró para hundírselo en el vientre. José se detuvo un momento para buscar al gringo entre los árboles y fue entonces que escuchó el crujir de unas ramas detrás de él. De pronto el alfanje del timonel le pasó a unas pulgadas, clavándose en el tronco de un ceibo de tal manera que fue imposible sacarlo. Alexander tomó su puñal y arremetió contra el teniente, que arrinconado como estaba contra el árbol no tuvo tiempo de esquivarlo, recibiéndolo en el pecho. Luego, al ver la pluma roja que asomaba del sombrero de su víctima, la tomó y la guardó en su cinturón, pensando que un objeto tan extraño podría serle útil.

El timonel estaba alejándose de allí cuando al dar media vuelta vio a Pedro montado sobre Gervasio cabalgando a toda velocidad hacia él. Sin dudar un segundo corrió como pudo y se zambulló completamente en el río, desapareciendo de su vista. El frío del agua se apoderó de su cuerpo pero al menos calmó el dolor de su pie, lo que le permitió concentrarse en nadar con todas sus fuerzas para alejarse de la costa. Al rato cambió de posición flotando de espaldas para poder mirar hacia arriba, pero la oscuridad era tal que no le permitía ver nada a su alrededor y sus oídos estaban embotados con el murmullo de su propio chapoteo. Pronto perdió la noción del tiempo, y sabiendo que por mucho que se esforzara tarde o temprano se cansaría de nadar, prefirió guardar fuerzas y dejarse arrastrar por la corriente. Al rato de estar flotando le pareció sentir una ondulación en el agua y apenas tuvo tiempo de reaccionar cuando sintió una tabla golpeándolo, primero en un brazo y luego en la cabeza.

—¿Qué demonios sucede? —dijo una voz en el medio del río.

—¿Un tronco a la deriva? —preguntó otro.

—¡No, éste es un madero de carne y huesos! —exclamó el primero—. ¡Ven, ayúdame a meterlo en el bote! —Ambos tomaron al timonel por los brazos y lo sacaron del agua de un tirón. Aunque Alexander estaba atontado reunió fuerzas para agradecer a los dos hombres mientras observaba lo altos y flacos que eran.

—¿Quién es usted? —Le preguntaron casi al mismo tiempo, mientras alejaban del timonel sus redes de pesca hediondas.

—¡Dios los bendiga, amigos míos! —dijo lentamente Alexander persignándose, sin darse cuenta que lo había hecho al revés.

—¿Es usted cura?

—¡Sí, alabado…! —Titubeó un segundo y prosiguió—: ¡Alabados sean ustedes! —exclamó repitiendo la frase que oía decir a menudo al padre Martínez. Luego sacó de su bolsillo el rosario y se lo puso en el cuello, a partir de entonces ninguno de los pescadores se atrevió a dudar de su vocación.

—¿Qué hacía en mitad del río, padre? —le preguntó uno respetuosamente.

—Bapti… Baptizaba… Eh… —dijo el timonel.

—¿Estaba bautizando a esta hora?

—¡Bautismando, sí! —respondió mientras se incorporaba y se sentaba en uno de los bancos—. ¡El señor no tiene horarios!

Al tantear su cinturón descubrió que su pistola seguía ahí, totalmente mojada, y aprovechando la oscuridad la guardó en un bolsillo sin que nadie la viera. También comprobó que había perdido el compás, el alfanje y el puñal. Si tenía en cuenta que la bolsa la había dejado en el falso campamento, la estera la había olvidado el día anterior y su sombrero se había volado cabalgando, podía decir que viajaba con lo puesto. Por fortuna el mapa estaba tan grasiento que el agua no había podido mojarlo y se encontraba en su otro bolsillo, a salvo. La pluma podía agregarle a su atuendo un toque místico, decidió dejarla allí donde estaba.

—Si es su deseo lo acercaremos a la orilla… —continuó hablando amablemente uno de los pescadores.

—¡No, nada de eso! —Al darse cuenta que su reacción había sido brusca, se serenó para no llamar la atención y continuó hablando con más calma—. ¡El señor me dice que vaya a Puerto Landa!

—¿Puerto Landa? ¡Eso está a más de ocho horas de navegación!

—¡El señor dice que los peces se irán si no llego a Puerto Landa a rezar! —El timonel cambió el tono de su voz y preguntó—: ¿Quieren que el señor se enoje?

—¡Virgencita! —exclamó uno de los hombres, persignándose de manera correcta y enseguida los remos aceleraron su ritmo. Con satisfacción el timonel comprobó que la proa del bote se dirigía hacia el paso del Vizcaíno.

—En el río Uruguay es posible que los peces sean más grandes —agregó el otro, justificando el cambio de rumbo.

—¡Es la voluntad del señor! —agregó Alexander, sonriendo para sus adentros.

## 23 de marzo

Eran las dos de la mañana y una tormenta se cernía sobre ellos, levantando grandes olas que amenazaban con hacerlos zozobrar. Alexander se había recostado cómodo sobre los ponchos de sus nuevos amigos en su papel de sacerdote, pero al ver la gravedad de la situación decidió intervenir. Enseguida se puso de pie y calculando la dirección del oleaje se dirigió a popa.

—¡Padre, aunque hemos puesto proa a Puerto Landa Dios parece enojado! —gritó uno de los pescadores, haciendo sonar su voz por encima de los truenos y el viento.

—¡Toma los otros remos y sincronícense! —le gritó fuerte al que estaba en el timón para que lo escuchara.

—¡Pero padre, no puedo dejarle el mando de este bote a un hombre inexperto como usted!

—¡Tonterías, necesitamos velocidad y tomar las olas directo por la proa! ¡Ve a los remos y has lo que te digo, yo llevaré el timón!

El pescador dudó un momento pero luego lo obedeció, notando autoridad en la voz de Alexander. El bote se impulsó con mayor brío y el timonel lo sintió volar sobre el agua, orientándolo de tal manera que su proa rompiera las olas con decisión. Media hora después la tormenta comenzó a amainar y Alexander les pidió a los hombres que se relevaran en su puesto, para que uno pudiera descansar mientras el otro seguía remando. Cuando ninguno de ellos pudo continuar debido al agotamiento, él mismo bogó con todas sus fuerzas, indicándole al piloto de turno qué rumbo ir tomando. Así cruzaron el río Uruguay, que en esa parte medía dos millas náuticas y media de orilla a orilla, aunque teniendo en cuenta la corriente tuvieron que remar media milla más para contrarrestar la deriva.

Con las primeras luces del alba las nubes se disiparon y el viento se calmó, para entonces la costa de Entre Ríos se mostraba a cien yardas frente a ellos. Todos se sintieron aliviados, por un momento habían creído que el bote se daría vuelta en la mitad del agitado río, dejándoles pocas chances de sobrevivir a su furia. Más tranquilos, los pescadores se tomaron un momento para mirar al cura que, sentado nuevamente a popa, llevaba el timón de la embarcación. Con las primeras luces contemplaron su atuendo, sus movimientos y se convencieron de que era un impostor, aunque ninguno dijo nada. No habían perdido el respeto por aquel hombre, todo lo contrario, ahora lo admiraban por un talento que comprendían bien. El falso sacerdote era experto navegando y si el señor no lo hubiera enviado habrían muerto ahogados en el Río Negro, o al menos eso pensaban.

—¡Alabado sea Dios! —le dijo uno de los hombres a Alexander, para tantearlo. Éste suspiró y lo miró con una sonrisa.

—¡Me llamo Alexander Boss! ¡Soy el timonel del almirante Brown, de la flota de las Provincias Unidas!

—¡Le debemos la vida, señor! —agregó el pescador—. ¡Si hay algo más que podamos hacer por usted, no dude en avisarnos! ¡Aunque parece que el cielo lo aparta de los peligros! —dijo riendo.

Entonces al timonel le bastó con mirar por el través de estribor del bote para darse cuenta que el hombre estaba equivocado. Allí, a quinientas yardas al norte y frente a Puerto Landa, una cañonera española se mecía alegremente con las primeras luces del día. Era la San Ramón.

—¡Si tienen tiempo y ganas de ayudar a un servidor, escúchenme atentamente! —les dijo Alexander, tomando un poncho mojado del fondo del bote.

---

La tormenta de ese miércoles a la madrugada no había logrado tomar por sorpresa a las naves de Romarate. Sus oficiales se dieron cuenta enseguida que los barómetros bajaban sin pausa y dieron el alerta al comodoro, que ordenó ponerse a resguardo cerca de la desembocadura del río Gualeguaychú. Justo allí el Uruguay formaba una curva que protegería a las naves del fuerte viento. El verdadero problema vendría si las anclas garreaban y los barcos sotaventeaban demasiado hacia tierra, porque de esa forma encallarían sin remedio. Por fortuna esto no sucedió, pero el paso del temporal no había sido gratuito. Después de que el último soplo del sudoeste pareció confundirse con una brisa otoñal, la calma se hizo presente y cuando las velas españolas buscaron hincharse no encontraron suficiente viento para hacerlo.

—¡Estamos en calma, señor! —le dijo preocupado el capitán Ignacio Reguera.

—Esto también afectará a los rebeldes, aguas abajo —le respondió Romarate—. No hay motivos para correr como atolondrados, haga que bajen los botes tranquilamente y que extiendan los cabos de remolque.

—¿Nos pondremos a la espía?

—No hay otra forma, capitán —respondió tranquilamente el comodoro—. Reúna dos tripulaciones para cada bote, tendremos que relevarlos en turnos cortos si no queremos que los hombres se agoten pronto.

—¡Será una larga travesía! —exclamó Reguera viendo cómo su comandante asentía con la cabeza.

Un momento después la orden llegó a la cubierta del Belén. Enseguida el contramaestre y sus ayudantes hicieron sonar los silbatos para ordenar la maniobra de bajar los botes. Primero se izaron y luego se los fue bajando por los costados de manera lenta y coordinada, tratando de mantenerlos nivelados hasta que tocaran el agua. Una vez que estuvieron meciéndose con el río abordaron las tripulaciones, ubicándose cada hombre en su lugar acostumbrado con total orden y tranquilidad. A popa de uno se ubicó el timonel del capitán y en el otro el segundo oficial, ambos se encargaron de amarrar firmemente cada espía en sus respectivos botes y de guiarlos luego a proa del Belén. A una señal del primer oficial se levó el ancla y en ese preciso instante los remeros comenzaron su ardua labor de remolcar el bergantín antes de que la corriente lograra hacerlo retroceder. Al principio parecía que no lograrían hacer avante, pero lentamente y a fuerza de remo las espías se tensaron y el Belén empezó a ganar empuje hacia adelante. Los hombres a popa de los botes animaban a las tripulaciones pidiéndoles mayor ritmo y más fuerza. Les recordaban a sus madres o a sus queridas esposas y lo que los rebeldes les harían a ellas si alcanzaban a la flota. El piloto del bergantín movió la rueda del timón y sonrió—. ¡Ya responde! —exclamó alegremente y todos dieron un grito de felicidad. Romarate miró alrededor y vio la misma escena repetirse en cada uno de los barcos de su flota, y con satisfacción comprobó por qué la armada española era muy superior a la escuadra enclenque de los rebeldes.

—¡Aun así los perseguidos somos nosotros! —se recordó y enseguida la sonrisa desapareció de su rostro.

El Belén viró a babor y el resto de los barcos fueron imitando su rumbo por turnos, dejando espacio entre ellos para que los botes pudieran impulsarlos a fuerza de músculo. A veces una tripulación aventajaba a la otra, moviendo la proa del Belén hacia un lado o hacia el otro y haciendo que los responsables de cada bote volvieran a nivelar las fuerzas. Otras veces el agotamiento era tal que era necesario arrojar el ancla nuevamente para evitar que la corriente les hiciera perder el avante que con tanto esfuerzo habían podido ganar.

Debajo de la confianza que sentía el comodoro por sus hombres, era evidente que le preocupaban las cincuenta millas náuticas que todavía los separaban del Arroyo de la China. Su temor radicaba en el hecho de no saber dónde se encontraban los rebeldes, si era que todavía los estaban persiguiendo no quería ser sorprendido por ellos.

La realidad era que Nother, Spiro y los demás comandantes de Brown se encontraban lejos y no eran tan afortunados en sus maniobras. También habían tenido que avanzar a la espía pero la falta de coordinación y profesionalismo en sus tripulaciones hicieron que perdieran más avante del que habían ganado. Mientras fumaba su pipa, el griego se preguntaba si no sería mejor esperar que el viento volviera a hinchar sus velas.

—¡Es inútil, señor! —exclamó mirando al capitán de la Santísima Trinidad, mientras éste se deshacía en gritos para explicar una vez más que apenas izaran el ancla debían remar con todas sus fuerzas—. ¡Tal vez sea más fácil remolcar el ancla y ganar avante cobrando el cable!

Nother asintió con la cabeza, probaría ése método y todos los que tuviera a su alcance para cumplir con su deber. Aquellos paisanos que lo acompañaban eran unos "troncos de mar", como él los llamaba, pero no disponía de mejores marinos para enfrentar esa difícil situación. Cuando por fin las tripulaciones patriotas comprendieron lo que debían hacer y ya lo ejecutaban relativamente bien, el griego se retiró a su camareta a escribirle una carta a su esposa.

Amada María:

Como hago todas las mañanas, hoy recordé que cumplimos otro día más de casados y ya van 23 para ser exactos. Lamento profundamente haberte dedicado tan sólo los 8 primeros, que pasaron volando, pero estoy seguro que cuando todo esto termine podré compensarte el tiempo perdido. Es la primera vez que te escribo desde que zarpamos de Buenos Aires porque recién ahora encuentro un momento para dedicarle a la escritura. Tú sabes cuánto me cuesta esto, soy un hombre de acción y me aburre muchísimo estar quieto con todo lo que pasa afuera.

Espero que todo esté en orden en la casa, envíales mis saludos a tus padres.

Siempre tuyo, Samuel Spiro

---

Puerto Landa era apenas un asentamiento rudimentario donde la población original había sido superada varias veces en número por los civiles recién llegados. Por esta razón enseguida había perdido sus características originales para convertirse en un campamento español.

Por el sur se acercaron dos hombres flacos y altos, uno llevaba un sombrero con una larga pluma roja y el otro vestía un poncho húmedo y estropeado. Al llegar al campamento avanzaron entre las tiendas dispersas por todo el lugar, buscando la que perteneciera al jefe de la expedición. A medida que atravesaban el poblado iban captando la atención de los marinos, infantes y civiles que iniciaban sus labores diarias con la luz del nuevo día. Pronto un grupo de soldados salió a su encuentro para interceptarlos.

—¿Quiénes son ustedes? —preguntó el sargento de infantería de marina.

—¡Juan y José, de la Liga de los Pueblos Libres!

—¿Y eso qué carajo es? —preguntó el español, rascándose la oreja con un dedo.

—¡Su comandante debe saberlo bien! —respondió el que se hacía llamar José.

Enseguida los escoltaron hasta una tienda donde fueron recibidos por el comandante Luis Boza, de la cañonera San Ramón. Al ingresar, los dos hombres pudieron ver una pequeña mesa de madera con un agujero en el medio y algunas sillas dispersas. En una de ellas se encontraba sentado un prisionero, amordazado y atado de pies y manos. Al instante el capitán les dio la bienvenida como si no hubiese nadie más en el recinto y los invitó a tomar asiento.

—Díganme, caballeros, con quiénes tengo el gusto de hablar.

—Juan y José, venimos desde Villa Soriano.

—Ah... —dijo pensativo el comandante mirando la pluma que salía del sombrero de José—. Recuerdo haber visto su rostro a través del telescopio. A juzgar por sus ropas, estimo que la tormenta los ha puesto en una situación difícil.

—Así es, nuestro bote estuvo a punto de zozobrar, pero aquí estamos.

—¿Y a qué debo el honor de su visita? —El tono de voz de Boza no era del todo sincero—. ¡Nuestros asuntos en Soriano han terminado, teniendo en cuenta que se nos negó casi todo lo que les pedimos con tanta insistencia!

—Como bien sabe, usted y sus hombres están en territorio de Artigas, a quien debe considerar un amigo. Si no le ofrecimos ayuda en Soriano es porque no podíamos hacerlo, aunque la promesa sigue en pie y recibirá lo que tanto necesitan en... —Juan pareció dudar.

—En el Arroyo de la China —completó el otro rápidamente.

—Eso espera mi comodoro, el capitán Romarate, y por el bien de todos espero que así sea —respondió con altivez el comandante.

—Sin embargo —continuó José— nuestras relaciones podrían verse muy dañadas si ustedes no contribuyen a la captura y ejecución de un ladronzuelo y espía que estamos buscando.

—Su nombre es Santiago Villantes...

—Villalba —corrigió el primero—. Bajó a tierra en el bote del comodoro y mientras su alférez hablaba con nosotros robó la despensa del puerto.

—¡Santiago Villalba debe ser fusilado, Artigas así lo espera! —exclamó Juan con mucho ímpetu.

—¡Pero qué coincidencia, caballeros! —dijo alegremente Boza—. ¡Ahí tienen al muchacho, aguardando a que el sol suba un poco más para su ejecución! —Hizo un gesto con su mano hacia el grumete, que se encontraba sollozando mientras la mordaza ahogaba sus berrinches—. ¡Quiero terminar este asunto de una vez para unirme a la flota de mi comodoro, río arriba!

—¡Le haremos el favor de ocuparnos nosotros mismos, así usted puede continuar con sus asuntos! —dijo Juan.

—¡De ninguna manera! —exclamó el comandante—. ¡El prisionero pertenece a la armada real y será ejecutado de acuerdo con nuestras ordenanzas militares!

—¡No hay objeción que hacer! —se apuró en decir José—. ¡Siempre y cuando nos permita presenciar la ejecución para dar testimonio de la misma! —y agregó como en secreto—: Nuestros jefes son muy estrictos en este punto y querrán saber todos los detalles. —Boza asintió con la cabeza, en señal de complicidad.

—¡De manera que este pillo también les ha robado a ustedes! —dijo el español en tono pensativo—. ¡Espero que no nos culpen a todos por los desmanes de este incorregible grumete!

—¡Por supuesto que no! —exclamó Juan—. ¡Otorgués tiene muy buena opinión de los españoles! —El comandante agradeció con la cabeza y se propuso ser hospitalario con aquellos buenos hombres.

—¡Permítanme ofrecerles un trago, caballeros, mientras esperamos a que se enliste el pelotón de fusilamiento!

El ron les sentó bien, teniendo en cuenta la terrible noche que habían pasado los dos hombres navegando en medio de la tormenta. Al rato se presentó el mismo sargento que los había interceptado para avisar que sus hombres estaban listos.

—¡Sargento Ramírez, conduzca al prisionero a su lugar de ejecución y vigílelo bien! —Boza se puso de pie y miró a los hombres de Villa Soriano—. Por aquí, por favor.

El pelotón marchaba en dos columnas de cuatro soldados cada una, y al final de la misma avanzaba el prisionero con torpeza, seguido de cerca por el sargento, el comandante y los dos artiguistas. Atravesaron toda la extensión del campamento hacia el oeste y al llegar a una zona de árboles la columna se detuvo. El sargento se adelantó, tomó al prisionero por un brazo y lo colocó de frente a los soldados, que ya se habían puesto en formación para la ejecución. Le quitó el pañuelo de la boca y lo utilizó para cubrir sus ojos, luego se ubicó a un costado de la línea desenfundando su espada. El comandante Boza se paró a su lado y desplegó un documento, que el viento se encargó de doblar varias veces hasta que lo tomó con ambas manos.

—Por la autoridad que me confiere el Rey de España, declaro al prisionero Santiago Villalba ladrón, espía y enemigo de la patria. Por tanto, ha de ser ejecutado frente al pelotón de fusilamiento tal cual lo requieren las ordenanzas.

—Las manos de Juan estaban temblando, José tragó saliva y Boza continuó—: ¿El prisionero tiene algo que decir en su defensa?

—¡Sólo espero que ardas en el infierno, maldito Boza hijo de perra! —gritó el muchacho con todas sus fuerzas.

—Sin más que agregar —prosiguió el comandante sin inmutarse—, ordeno que comience la ejecución. ¡Sargento Ramírez!

—¡Aguarde un momento! —gritó José con toda la entereza que pudo reunir—. ¡Este chico no ha recibido la extremaunción ni confesión religiosa! ¡No puede ser ejecutado de esta manera!

—¡Maldición, hombre! —exclamó Boza—. ¿Qué tan necesario puede ser?

—¡Nuestro jefe lo puntualizó varias veces, el condenado tiene derecho a ser absuelto de sus pecados antes de la ejecución!

—¿Y de dónde demonios voy a sacar un cura que le de los sacramentos?

—¡Nos acompaña un fraile a tales efectos! —le dijo Juan, su voz temblaba tanto como sus piernas. Boza se inquietó por la pérdida de tiempo y estuvo a punto de negarse, pero recordó la pólvora que le darían y aceptó de mala gana.

—¡Está bien, si tienen un cura tráiganlo ya mismo!

A una señal se acercó un hombre alto vestido con un poncho, unos pantalones blancos mojados y botas de marinero. En su cuello un rosario se movía de aquí para allá al son de su renguera, y aunque su cabeza estaba oculta por un repasador marrón de pescador, era obvio que miraba a Boza mientras avanzaba. El comandante lo observó risueño y no dijo nada, estaba acostumbrado a la vestimenta ridícula de algunos gauchos y hombres de aquellas tierras. Cuando el cura pasó a su lado, la pestilencia que emanaban sus ropas hizo que el español se alejara unos pasos con el rostro agriado por el hedor. José aprovechó la pausa para explicarle a Boza que la confesión era secreta, y que si le parecía bien el condenado y el cura se adentrarían en la arboleda por cinco minutos. El capitán estuvo de acuerdo si además permitían al sargento Ramírez mantenerse cerca del grupo y José aceptó si Juan acompañaba al sargento. Al momento de separarse los cuatro del resto, José se apartó con ellos.

—¿A dónde demonios va, hombre?

—La naturaleza me llama, comandante —respondió avergonzado José y Boza maldijo en voz baja. La ejecución se estaba demorando demasiado.

Cuando el cura y el condenado llegaron a la arboleda, el primero se acercó y le preguntó con voz actuada si se arrepentía de algún pecado. El grumete hizo una mueca de asco por el olor del fraile mientras se acomodaba la venda de los ojos.

—¡No me arrepiento de nada!

—¿Sientes que has herido o defraudado a alguien, hijo mío?

—Santiago hizo una pausa y se ablandó.

—Defraudé a Alexander Boss y a mi comandante, Guillermo Brown. Espero que puedan perdonar mi deserción. Ojalá mi mala conducta sirva de algo para la causa que persiguen.

—¿Desearías tener una segunda oportunidad con ellos?

—¡Ya es muy tarde para desear, padre! —El prisionero inclinó la cabeza y sollozó—: ¡Es triste pensar que ahora que tengo claras las cosas ya no puedo volver atrás!

Entonces el cura puso una mano en la boca del condenado para evitar que haga ningún sonido y le quitó la venda. Los ojos del muchacho tardaron en adaptarse a la luz, pero cuando pudo ver al hombre que tenía enfrente supo que no todo estaba perdido.

—¡Escúchame bien! ¡Quédate aquí quieto y no hagas ningún ruido!

El cura lo dejó solo y se acercó a Ramírez, que se encontraba a diez pasos descansando contra un árbol.

—¿Durmió suficiente anoche, sargento?

Ramírez se sorprendió ante la pregunta y el sacerdote aprovechó su confusión para golpearlo fuerte en la cabeza con su pistola, desmayándolo en el acto. Enseguida los pescadores que se habían hecho pasar por artiguistas se unieron a Boss, el cura. Los tres corrieron hacia Santiago, le cortaron los cabos que ataban sus extremidades y huyeron con él a toda velocidad. Había que apurarse, en unos minutos Boza se inquietaría e iría a investigar, y cuando viera al sargento tendido en el suelo los perseguiría por todo Puerto Landa.

Después de correr durante unos minutos sin tener noticias de los españoles, los cuatro fugitivos no pudieron mantener el ritmo y se arrojaron al suelo, agitados y cansados. Se arrastraron hacia una hondonada y recuperaron el aliento allí, fuera de la vista de cualquiera que los estuviese siguiendo. Boss aprovechó para deshacerse de su poncho, el repasador hediondo y la pistola, de esa manera podría avanzar con mayor comodidad. Le pidió la pluma de regreso a José y la enganchó en su cinturón, tal como la llevaba antes. Cuando recobraron las fuerzas miraron precavidos alrededor y al ver que el campo parecía solitario echaron a andar rápidamente hacia adelante. Apenas se irguieron se oyó una detonación de fusil a un cuarto de milla, señal de que sus enemigos los habían visto y esto les dio ánimos extra para correr con mayor velocidad. Treinta segundos después volvió a sonar otro disparo, pero al parecer no los estaban persiguiendo, solamente les advertían que ese no era un adiós sino un hasta pronto. Los fugitivos, lejos de preguntarse por qué los dejaban escapar, siguieron corriendo con todas sus fuerzas sin atreverse a hablar para no perder el aliento.

—¡Cese el fuego, sargento! —le ordenó el comandante Boza al todavía aturdido y adolorido Ramírez—. ¡No permitiremos que esta gentuza nos retrase en el cumplimiento de las órdenes! ¡Nuestro deber es unirnos a la flota y eso haremos de inmediato! —El comandante no estaba apurado por cumplir con su deber, como él decía, sino para estar presente en el momento del combate. Si conseguían la pólvora de manos de los artiguistas seguramente la victoria abrazaría a España, él se beneficiaría del botín y se cubriría de gloria tan solo por situar su barco entre los de Romarate. Villalba y sus amigos podían irse al infierno, como siempre la prioridad la dictaban sus propias ambiciones.

Los fugitivos continuaron corriendo durante una larga hora después de escuchar el último disparo. Entonces sin poder dar un paso más, se desplomaron agitados en la hierba reseca que los rodeaba. Si en ese momento hubiese vuelto a sonar el fusil les habría importado muy poco, tan exhaustos como se encontraban. Uno de los pescadores se alejó del grupo para vomitar, los otros tres se acercaron arrastrándose para darle un sorbo a la cantimplora. Recién unos minutos después recuperaron el aliento y fueron capaces de articular palabra, en ese momento Alexander y Santiago se sonrieron mutuamente y se abrazaron con felicidad.

Los dos habían estado perdidos en ese largo viaje que casi terminó en tragedia para ambas partes y ahora que estaban a salvo no lo podían creer. Sin embargo, la felicidad del grumete no era del todo completa, su venganza había quedado trunca revelando a Boza su paradero e intenciones. Para Alexander, en cambio, saber que su pequeño amigo no se había convertido en homicida completaba la dicha que sentía, porque sabía que una cosa era matar a un desconocido en la guerra y otra muy diferente atacar a alguien que se odiaba. En la primera había igualdad de condiciones, reglas y necesidad de supervivencia. En la otra había traición, desquite y mezquindad.

—¡Lo siento! —Alcanzó a decir el chico ni bien se soltó del fuerte abrazo—. Quería reunirme con mi abuelo, identificarme con la patria de mi familia y vengarme de Boza por obligarme a abandonar Montevideo. Ahora veo que lo primero era imposible debido a una enfermedad mental, lo segundo es algo que ya no deseo en realidad y lo de Boza fue un completo fiasco.

—No hay nada que perdonar, amigo mío, pero si quieres cuéntame cuál es la causa de tu desencanto con España.

—La noche que encontré a Elsey y me perdonó la vida comprendí que ustedes luchan por la libertad, algo que yo también quiero conquistar. Los españoles se han encaprichado con estas tierras y pretenden imponer sus reglas cuando en su propio país reina un extranjero. ¿No es eso absurdo?

—Ellos tienen su verdad y nosotros la nuestra, es un error creer que puede existir comprensión entre bandos. Deja que los españoles sean españoles, nosotros trataremos de ser diferentes. —Las palabras de Alexander eran sabias y calmaban la mente juvenil del grumete, que poco a poco iba comprendiendo la naturaleza humana en sus propias reacciones infantiles—. ¡Ahora cuéntame cómo te fue con los dons!

—¡No sabría por dónde empezar! —exclamó Santiago—. ¡Mi comandante era un alférez muy listo y valiente! ¡Me hospedé con unos ancianos en una barraca y ayudé también a los soldados de la batería! ¡Una vez vi a Romarate en su barco y me impresionó su expresión inteligente y audaz! ¡Aprendí a trasladar un cañón entero y a protegerme de las balas enemigas! —Ante esa última frase el grumete dejó de hablar súbitamente y miró hacia abajo, comprendiendo que esos enemigos habían sido sus compañeros de barco y que el cañón trasladado había generado muchas bajas a bordo de la Hércules. El timonel dejó pasar aquellas palabras pensando que el abuelo del chico había sido víctima de un disparo rebelde, así las ofensas estaban saldadas.

—¿Y qué más? —preguntó en el mismo tono alegre de antes.

—¡Después me embarqué en una cañonera y tuve un viaje terrible! —agregó el grumete sonriendo—. ¡Con decirte que el armario de los cabos olía mejor que la cubierta inferior! —Ambos rieron ante ese comentario—. ¿Y tú cómo llegaste aquí?

—A caballo hasta Villa Soriano, un hermoso animal llamado Gervasio.

—¿Gervasio? —preguntaron los pescadores y el grumete mirándose asombrados.

—¡A mí también me sorprendió ese nombre! —exclamó con ingenuidad el timonel.

—¡Gervasio es el segundo nombre de José Artigas!

—¡Qué demonios! —gritó confundido Alexander—. ¡Es imposible!

—¡No lo es! —le afirmó uno de los pescadores.

—¡Eso significa que Pedro Mónico es el hijo de Artigas! —agregó Boss apretando los puños, sin que nadie comprendiera de quién hablaba—. ¡Caí en la trampa de esos artiguistas, maldición! ¿Cómo pude ser tan ingenuo?

—¿Llegaste hasta aquí en un caballo de la gente de Artigas y encima te quejas? —le preguntó riendo Santiago, notando que Alexander estaba avergonzado de su torpeza—. ¡Eso es algo digno de contar! —Hubo una pausa donde el hombretón se recuperó y continuó hablando.

—La otra parte del viaje la hice con estos caballeros —añadió señalando a sus dos colaboradores.

—¡Tenemos algo que confesarte, Alexander! —dijo uno de los pescadores—. ¡Parte del engaño que montamos para rescatar a Santiago fue verdad!

—¿No serán artiguistas? —preguntó el timonel con desconfianza ahora que todo le parecía posible.

—¡No, esa parte sí es mentira! —dijo el otro riendo—. Lo que mi amigo quiere decir es que realmente nos llamamos Juan y José. Yo soy Juan Hany y él es José Marciano, ambos comerciantes caídos en desgracia.

—Ahora nos ganamos la vida pescando por temporadas, cuando no logramos cazar suficientes pieles —agregó José.

—¡Déjenme decirles que son hombres muy valientes! —aseguró Alexander—. ¡La elegancia y naturalidad con la que se expresaron me dejó atónito!

—¡Y sobre todo el dramatismo de esperar hasta último momento para rescatarme! —protestó entre risas Santiago—. ¡Ya me creía muerto ahí mismo! —Todos compartieron la alegría del muchacho recordando diferentes momentos del engaño. Luego hicieron silencio, volviendo a la realidad de su situación.

—Por nuestro bien será mejor que continuemos viaje.

Todos estuvieron de acuerdo con Alexander y lentamente se pusieron de pie recordando los dolores, el calor y el cansancio. El timonel y los pescadores se orientaron rápidamente y comenzaron a caminar hacia el sur, lo que sorprendió a Santiago, que había hecho lo mismo pero hacia el norte.

—¿Alexander, por qué vas al sur?

—¡Iba a preguntarte por qué te dirigías al norte!

—¿Cómo? ¿Es que no sabes nada? —El timonel se detuvo y lo miró sorprendido, entonces el grumete se dio cuenta que su amigo no conocía la parte más importante de la historia—. ¡Romarate, Boza y el resto de los españoles van al Arroyo de la China a buscar pólvora para defenderse de los nuestros! ¡Hay que evitar que eso pase! —Alexander, que hasta ese momento no sabía qué era lo que tanta falta les hacía a los godos, comprendió todo en un momento.

—¡La flota de Nother corre peligro! —exclamó mirando a los pescadores y dirigiéndose hacia donde estaba el grumete—. ¡Debemos ir al norte!

—¡Los acompañaremos para ayudarles! —dijo Juan sin dudar.

—¡Si no me equivoco, Gualeguaychú está a doce millas hacia allá! —agregó José, señalando en la misma dirección que ya habían tomado sus compañeros.

---

Eran las once de la noche cuando la señora de la hacienda se despertó súbitamente al escuchar el relincho nervioso de sus caballos en uno de los establos. Al principio pensó en seguir durmiendo, convencida de que su caporal estaría encargándose de aquello, pero luego recordó que Yamandú no era el empleado ideal y se apresuró en abrir los ojos. Hacía tiempo que por las noches sufrían visitas indeseables, la zona se estaba volviendo insegura y los artiguistas que en otro tiempo los protegían ahora eran los que más daño causaban. A veces robaban sus caballos, otras sólo rompían los cercos para molestar o lastimaban a los animales.

—¡Alguien tendría que parar a esos bribones! —pensó. Para colmo, todo esto había comenzado luego de que su marido falleciera de fiebres el año anterior. Ahora debía valerse por sí misma, sobre todo a la noche cuando los empleados regresaban a sus ranchos y en toda la hacienda sólo quedaban ella y su caporal.

Tanteó en la oscuridad su chal blanco bordado con ribetes marrones y se lo puso sobre los hombros, luego abandonó su habitación rumbo al pasillo. En el camino tomó la escopeta de su marido y bajó de memoria las escaleras hasta encontrar la lámpara del recibidor que siempre se hallaba encendida. No se preocupó por ninguna otra cosa, a pesar de encontrarse en pijama, pantuflas y gorro de dormir.

Salió de su casa sigilosamente y cerró la puerta detrás, iluminando su camino con la luz oscilante de la lámpara, que al moverse con su caminar le producía mareo. Pisó el pasto húmedo y enseguida sintió el frío en sus pies, miró hacia arriba y vio el cielo como un enorme tapiz negro con puntos brillantes mientras a su alrededor sólo se oía el sonido de la soledad. Entró al primer establo y allí no vio ni escuchó nada extraño, los caballos se encontraban tranquilos. Hurgó con su vista entre las montañas de heno para ver si alguien se había escondido detrás pero su búsqueda fue en vano. Continuó por el sendero de tierra hasta la otra caballeriza, mientras la brisa nocturna jugaba con su camisón floreado y con sus cabellos castaños—. ¿Dónde estará Yamandú? —se preguntó al dirigirse a la tercera caballeriza, apartada del resto y cerca de uno de los límites de la hacienda. De pronto sintió miedo al creerse repentinamente sola e indefensa, la casa iba quedando muy atrás y la noche le resultó perversa.

Al llegar al último establo descubrió los primeros indicios de que algo no andaba bien. En el suelo la paja estaba revuelta, y al acercarse a los caballos los notó agitados y nerviosos. —¿Quién está ahí? —preguntó con voz decidida, amartillando la escopeta y apuntándola a la oscuridad. Un ruido repentino la sobresaltó y al iluminar hacia un costado vio el reflejo verde de los ojos de una rata, que se alejó corriendo a toda velocidad—. ¡Maldición! —exclamó bajando el arma. Caminó unos pasos hacia adelante y creyó ver un objeto largo y rojo sobresaliendo entre el heno amarillento. Fue directamente hacia él y lo levantó, era una pluma del color de la sangre, de un pie de largo. Si antes sospechaba que alguien se escondía en la caballeriza ahora estaba completamente segura de que así era. En la desesperación que sentía tomó valor y levantó la lámpara para ver más allá de la oscuridad, entonces creyó ver la figura de cuatro hombres agazapados detrás de las palas y las horquillas colgadas en la pared. La visión la perturbó pero apretó fuerte el arma mientras intentaba calmarse.

—¡Por su propio bien les sugiero que salgan de ahí y se pongan donde pueda verlos! —gritó apuntando la escopeta directo a la mitad del grupo.

—¡Está bien! —dijo el más fornido en un tono grave—. ¡No dispare, por favor!

—¡Eso depende de ustedes y de cómo se comporten! —repitió la voz femenina—. ¡Los quiero aquí adelante ahora mismo o abriré fuego! —Entonces la voz de un muchacho brotó de la figura más enjuta.

—¡Carmela! —exclamó como recordando un nombre que estaba buscando en su memoria—. ¿Es usted Carmela Linares? —Al oír esto la mujer se puso tensa y acercó la lámpara al chico para verlo mejor.

—¡Sí! —respondió ella—. ¿Quiénes son ustedes? ¿Artiguistas que vienen a atemorizarme en mitad de la noche?

—¡No, doña! —dijo el muchacho dando unos pasos al frente, dejando que la luz develara su imagen. Enseguida los demás lo imitaron y Carmela pudo ver que el primero que había hablado era un hombre grandote y de pelo oscuro, mientras que los otros dos eran altos y flacos. Todos lucían harapientos, sucios y cansados, sus ropas hechas jirones y sus rostros agotados. La mujer se sorprendió al verlos tan maltrechos—. Somos fugitivos de los españoles, le traemos noticias de su madre, Ana María León —continuó diciendo el chico.

—¿Qué le pasó a mi madre? —preguntó ella bajando por fin el arma—. ¿Le sucedió algo en Montevideo?

—¡Ya no se encuentra en la ciudadela sino aquí cerca, en un campamento que los españoles levantaron en Puerto Landa! —respondió seriamente el muchacho, sus palabras asombraban cada vez más a la mujer.

—¿Y cómo sé que no me estás engañando?

—Conozco a su madre, es una anciana pelirroja y de baja estatura, amistosa y habladora. En una de nuestras conversaciones me dijo que está distanciada de usted, que hace años que no tienen trato. Tenía la esperanza de venir a su hacienda ahora que se encuentra tan cerca, pero sin un caballo no podría resistir el esfuerzo de viajar a pie.

—¿Y ustedes cómo llegaron hasta aquí? —Los hombres notaron que la mujer estaba bajando la guardia ante las respuestas firmes que le daba el chico y se preguntaron de dónde había sacado él tanta información. Como la última pregunta era fácil de contestar, el hombre de voz grave se apuró en abrir la boca.

—¡Corriendo y caminando! —respondió, haciendo que Carmela reconociera en su voz el mismo acento británico de los comerciantes con los que hacía negocios. Lo miró y descubrió que él la observaba con idéntica curiosidad.

—¿Y por qué no tocaron la puerta en vez de venir a esconderse a las caballerizas como cuatreros?

—¡Es una historia muy larga para explicarla ahora! —agregó el hombretón—. Me llamo Alexander Boss y estos son mis compañeros de la flota de Buenos Aires. Por nuestra apariencia se dará cuenta que necesitamos ayuda, nos persiguen los españoles y los artiguistas.

La mujer se ablandó y estaba por darles una respuesta cuando afuera se escucharon pasos cada vez más cercanos. De pronto apareció en la puerta la figura de un hombre armado, que sin mediar palabra exclamó—: ¡Ahí están, hijos de puta! —y enseguida apuntó con su rifle y disparó. Alexander dio un alarido de dolor y cayó al suelo, agarrándose con las dos manos el hombro izquierdo, que le sangraba profusamente.

—¡Yamandú, eres un completo estúpido! —gritó Carmela, corriendo al lado del herido con la lámpara en la mano mientras el chico se agachaba a su lado para revisar juntos la lesión. Por fortuna ésta no era inmediatamente mortal, aunque podría infectarse y costarle la vida al desdichado. Mientras tanto los pescadores corrieron hacia el agresor y lo retuvieron para que no pudiera escapar.

—¡Suéltenlo! —ordenó Carmela apuntando su trabuco a los hombres que forcejeaban con Yamandú—. ¡Es un bruto y un borracho, pero es mi caporal! —Esperó hasta que los pescadores la obedecieron y luego miró al chico sin bajar su arma—. ¡Ayúdame a llevarlo a la casa, ahí tengo vendas y alcohol!

El grupo emprendió la marcha en un completo silencio. Carmela iba a un costado iluminando el camino y manteniendo la escopeta alerta por si debía utilizarla contra aquellos desconocidos. Los pescadores caminaban adelante sosteniendo a Boss, que se dejaba caer en sus brazos completamente débil y vulnerable. Por último el caporal cerraba la procesión avanzando detrás del muchacho mientras le apoyaba su rifle en la espalda. Santiago estaba intranquilo, no sabía cómo acabaría esa terrible situación que ponía en peligro la vida de su amigo y la misión que debían cumplir.

Al llegar a la enorme casa de dos plantas la mujer los guio hacia una habitación del primer piso, donde recostaron gentilmente a Alexander y se acomodaron alrededor. Mientras Yamandú se quedaba custodiando a los forasteros, Carmela fue a buscar unas lámparas y las encendió, iluminando aún más el cuarto. Luego tomó una jarra y les fue sirviendo agua uno por uno, apenándose al descubrir lo sedientos que se encontraban.

Un momento después el herido lanzó un alarido de dolor y se desvaneció completamente. La mujer se le acercó dedicándole una mirada de preocupación al tiempo que se debatía entre dos ideas igualmente valederas. Por un lado sabía que si la bala continuaba en la herida el desdichado podría morir de gangrena. Enseguida apoyó su mano en la frente de Alexander y notó que tenía fiebre, el proceso infeccioso había comenzado. Por otra parte no se animaba a mandar a su caporal en busca del médico porque temía quedarse sola con aquellos desconocidos. Permaneció en silencio pensado lo que haría hasta que unos minutos más tarde sucumbió a su humanidad.

—¡Yamandú! —le dijo irritada por la situación—. ¡Ve a casa del doctor Morales y dile que venga de inmediato! ¡Luego continúa hasta Landa y trae a mi madre!

—¿Está segura, señora? —La mujer miró fijamente a Yamandú como hacía siempre que le daba una orden.

—¡Completamente! —El caporal se puso en marcha y ella aprovechó para tomar la escopeta y apuntar a los forasteros—. ¡Mientras tanto, ustedes se quedarán aquí y me explicarán todo esto!

## 24 de marzo

Carmela escuchó durante más de una hora a Santiago, que le contó con lujo de detalles cómo llegó a Martín García y lo que ocurrió después. Algunos momentos del relato le resultaron muy emotivos, sobre todo cuando supo las condiciones en las que se encontraba su madre cuando el grumete la conoció y la difícil situación de la que escaparon embarcándose en la Perla. Luego el chico le explicó las circunstancias en las que había caído prisionero de Boza y al llegar a ese punto se sumaron José y Juan para complementar la narración. Los pescadores le comentaron cómo había sido el rescate del grumete y la posterior fuga del campamento español hasta que llegaron a la hacienda. Carmela se sorprendió al saber la enorme distancia que recorrieron a pie escapando de sus enemigos y fue comprensiva cuando le confesaron sus verdaderos propósitos en la caballeriza.

Antes de que ella los sorprendiera, los fugitivos habían tratado de robarle dos caballos para continuar su carrera hacia el norte. Según le contaron, debían llegar lo antes posible al Arroyo de la China para impedir que los españoles recibieran pólvora de manos de Otorgués. Si por desgracia esto ya había ocurrido, su deber era prevenir a la flota patriota del enorme peligro que significaba un enfrentamiento con los godos en esas condiciones. Al oír estas palabras Carmela se conmovió, era tan grande la lealtad de aquellos hombres que estaban dispuestos a arriesgar sus vidas para proteger la de sus compañeros. Esta actitud heroica y la charla amena que estaban teniendo hicieron que la mujer comenzara a simpatizar con sus huéspedes, relajándose y dejando el arma apoyada contra la pared, fuera de su alcance.

Cuando los pescadores y el grumete terminaron de narrarle los hechos Carmela giró la cabeza y le dedicó una tierna mirada al timonel, que yacía inconsciente víctima de la fiebre. Ahora que conocía su historia entendía un poco mejor su estado demacrado y sucio, sus ropas rotas y su semblante agotado. Un viaje tan largo sin compañía y frente a todos esos peligros mortales habían deslucido su apariencia, pero a los ojos de la mujer llevaba el mejor traje que se podía tener, el del honor. El timonel había saldado con creces la deuda que tenía con Santiago, esa actitud era algo que Carmela apreciaba en un hombre.

—¿Me dijeron que es amigo del almirante Brown? —Volvió a preguntar con curiosidad a sus compañeros—. ¡Escuché hablar muy poco de ese caballero!

—¡No tardará en saber de él! —exclamó Santiago—. ¡La manera en la que venció a Romarate lo hará muy popular, ya verá!

Carmela se descubrió mirando nuevamente al herido y la invadió un sentimiento de culpa que luego se transformó en vergüenza. En el dedo anular de su mano izquierda había dos sortijas, una más grande que la otra, que significaban para ella lo más importante del mundo. Aprovechó los golpes en la puerta de abajo para salir de esa situación embarazosa, bajando rápido la escalera mientras intentaba dejar atrás sus pensamientos.

Por fortuna el doctor Morales había llegado y apenas entró a la casona fue directo a la habitación, donde el herido se encontraba totalmente desvanecido. Tras una inspección profesional, se dio cuenta que la bala todavía seguía en la herida y que sacarla le costaría cierto trabajo. Abrió su maletín y sacó el bisturí junto con otros elementos, como las pinzas, las lentes y el láudano. Les pidió ayuda a los forasteros y le rogó a Carmela que los dejara solos. La operación sería complicada, habría mucha sangre y el médico creía que las mujeres no eran lo suficientemente fuertes para soportar una escena semejante. La señora Linares había asistido a muchos partos, tanto de otras señoras como de sus propios caballos y tenía el temple necesario para presenciar cualquier operación. Pero hacía tiempo había aprendido que los hombres solían subestimar a las mujeres y lo dejó hacer, apartándose a la sala de la planta baja.

Carmela tomó un libro de su biblioteca para evitar pensar en el sufrimiento del timonel, pero al no poder concentrarse comenzó a ponerse nerviosa, rogando que todo saliera bien. Horas después oyó el caballo de Yamandú que regresaba y tuvo una excusa para enfocar su mente en algo que no fuera la desdicha de Alexander.

Inmediatamente la puerta se abrió y apareció una anciana pelirroja, que al ver a la dueña de casa se detuvo por completo, sin saber si podía seguir avanzando. Fue Carmela quien se le acercó y le dio la bienvenida, dejando a un lado el enojo y el rencor de tantos años. Su madre la abrazó y las dos comprendieron la cantidad de buenos momentos que habían perdido.

—¡Madre! —exclamó Carmela cuando pudo hablar.

—¡Hija mía, qué suerte que has mandado a buscarme! ¡Tenemos tanto de que hablar!

—¡Con gusto, quiero saber qué fue de ti en todo este tiempo! —La mujer miraba a su madre y le costaba reconocerla en el rostro de aquella anciana maltratada por la guerra—. ¡Pero primero déjame contarte que arriba hay un muchacho que dice conocerte! ¿Es eso posible? —Ana María León enseguida comprendió todo y sonrió.

—¡No te preocupes, ese joven es amigo mío! ¡Es buena persona, un español de pura cepa!

—¿Español? —preguntó Carmela, temiendo que la mente anciana de su madre estuviera desvariando—. Que yo sepa no es español y no lo digo por contradecirte. —No deseaba caer en una discusión sobre españoles e independentistas, motivo por el que se habían distanciado. La madre lejos de enojarse le sonrió con afecto, segura de que su hija se estaba equivocando.

—¡Querida, conozco muy bien a Belisario Rojas! ¡Luchó como un valiente defendiendo a España!

—¿Belisario qué? —preguntó alarmada Carmela.

—¡Rojas! —respondió Ana María, sintiendo de pronto la misma corazonada que su hija. Al parecer había un impostor en el cuarto de arriba, y si su relato era tan falso como su identidad, pronto estarían él y sus amigos en la cárcel del pueblo.

—¡Madre, debes estar hambrienta! —dijo de pronto la mujer tratando de calmar a la anciana—. ¡Ve a la cocina y cena todo lo que quieras, yo regresaré enseguida! —Carmela esperó hasta quedarse sola, entonces subió la escalera mientras la furia se apoderaba de ella. Dobló hacia la izquierda, tomó el pasillo de los cuartos y cuando estaba por abrir la puerta fue sorprendida por el doctor Morales, que salía triunfante de la operación. Llevaba el delantal manchado de sangre en varios lugares y se secaba el sudor del rostro con un pañuelo blanco.

—¿Dónde está? —le preguntó la mujer totalmente enfurecida.

—¡Está descansando, ya saqué la bala, lo vendé y le armé un cabestrillo en el brazo! —dijo el médico hablando de su paciente. Carmela apartó al doctor de la puerta y entró a la habitación a toda velocidad, tomó la escopeta que seguía apoyada contra la pared y la amartilló, apuntándola directo al muchacho.

—¡Dime quién demonios eres o te arrancaré la cabeza de un disparo! —El grumete se puso pálido, no entendía la reacción de la mujer.

—¡Santiago! ¡Me llamo Santiago Villalba! —exclamó levantando las manos—. ¡Por favor, no dispare!

—¿De qué bando eres? —Al notar que el chico tardaba en contestar se irritó aún más—. ¡Contesta, rata inmunda!

—¡De los rebeldes! ¡De los rebeldes! —repitió el chico mientras los pescadores miraban atónitos sin saber qué hacer.

—¿Conoces a un tal Belisario Rojas?

—¡Ah...! —pronunció el grumete, comprendiendo el malentendido—. ¡Lo conozco, sí! —dijo buscando las palabras para explicarse—. ¡También soy Belisario Rojas! —Carmela colocó la mira del arma en su ojo derecho y levantó el codo, decidida a dispararle al mentiroso que tenía enfrente. En ese momento la mano huesuda y arrugada de Ana María presionó hacia abajo el cañón de la escopeta, desviando la mira hacia el piso.

—¡Sí, él es Belisario Rojas! —le dijo triste la anciana, que había subido las escaleras después de escuchar los gritos.

Santiago tuvo tiempo de explicar por qué había tomado ese alias, lo que hizo que Carmela comprendiera la situación y disculpara al muchacho por la confusión. Ana María, en cambio, se sintió engañada en cuanto al bando definitivo que había elegido el grumete y decidió no volver a hablarle. La división entre españoles e independentistas estaba muy arraigada en su ser.

—¡Hija mía, en esta casa hay demasiados rebeldes! —dijo enojada la anciana mientras se alejaba hacia las escaleras. Carmela cerró la puerta de la habitación del lado de adentro y notó que Alexander seguía dormido, totalmente ajeno a lo que estaba sucediendo.

—Señores, ustedes tienen un deber que cumplir y no es mi intención retrasarlos, aunque si lo desean pueden pasar esta noche aquí. Aprovechen para asearse, comer y dormir bien. Daré instrucciones a Yamandú para que ensille dos caballos que pondré a su disposición.

—¡Le agradecemos mucho, pero no podemos irnos sin Alexander! —le dijo Santiago.

—¡Él está bajo mi custodia, después de todo mi caporal casi lo mata! —respondió Carmela con firmeza—. ¡Lo cuidaremos bien y podrán venir a visitarlo cuando gusten, pero deben partir mañana! —Los rebeldes comprendieron la situación y aceptaron de buena gana. La mujer por su parte les deseó buenas noches y después de ubicar a su madre en un cuarto se fue a acostar, perturbada por todo lo que había pasado.

Su ideología se identificaba mejor con los marinos de Buenos Aires pero Ana María tenía razón en que había demasiados rebeldes en esa casa, lo que podría ser peligroso. Si los artiguistas se enteraban de la ayuda que les estaba prestando no tardarían en tomar represalias y Carmela dudaba que los fugitivos la pudieran proteger llegado el momento. Además, si quería recuperar la relación con su madre, era preciso no disgustar a Ana María con la presencia de quienes ella consideraba sus enemigos naturales.

Carmela no pudo dormir mucho, a las siete de la mañana ya se encontraba nuevamente de pie para despedir a los marinos. Los hombres le agradecieron las atenciones recibidas, dichosos de haberse recuperado de las fatigas de la jornada anterior y ella también aprovechó para dar las gracias por la información sobre su madre. Ahora podrían reconciliarse, aunque eso no sería una tarea fácil ni inmediata.

Pensaba en esto mientras veía cómo José y Santiago se alejaban en un caballo y Juan en el otro, y permaneció observándolos hasta que los jinetes desaparecieron en el horizonte.

Luego se dirigió a las caballerizas para rastrillar un poco el heno y darle de comer a los caballos. Al ingresar al establo más apartado, revivió el momento tenso que había sucedido la noche anterior con los cuatro desconocidos y recordó el objeto que los había delatado. Enseguida lo buscó por todas partes, rastrilló en diferentes lugares con insistencia, pero la larga pluma roja no aparecía por ningún lado. Finalmente la dio por perdida, pensando que tal vez los marinos la habían recuperado y se la habían llevado consigo rumbo al norte—. Para ellos debe significar algo importante —pensó Carmela, restándole importancia al asunto.

Un rato más tarde vio llegar a los peones y al notar que su caporal no se presentaba para recibirlos se encargó ella misma de repartirles las tareas. La mujer creyó que Yamandú se encontraría en la casa custodiando al herido y agradeció que así fuera, pero cuando subió las escaleras no lo encontró en la habitación de Alexander. Éste se encontraba solo, desvanecido por la fiebre y su semblante era el de un hombre moribundo. Sin demora la mujer se sentó en la cama y mojó un paño de algodón en un recipiente con agua, humedeció la frente caliente del timonel y lo oyó decir unas palabras sin sentido, producto de su confusión.

—William, tell me how lieutenant Coghlan and you captured HMS Cerbere![78] —murmuró Alexander. Carmela no sabía inglés y por eso no logró comprender ni una palabra de aquello. Al rato el herido volvió a decir en tono de súplica—: Please, tell me about sir Edward Pellew! Did you serve under his orders?[79]

---

[78] ¡Guillermo, cuéntame cómo el teniente Coghlan y tú capturaron la HMS Cerbere!

[79] ¡Por favor, cuéntame sobre sir Edward Pellew! ¿Serviste bajo sus órdenes?

Era evidente que la fiebre estaba muy alta y que el pobre marino deliraba. La mujer sabía que si la temperatura subía más el hombre podría morir, por eso salió desesperada de la habitación y llamó a gritos a su caporal. Lo buscó por toda la casa y no lo encontró, les preguntó a los peones si lo habían visto pero ellos tampoco tenían noticias de él. Entonces decidió no seguir perdiendo el tiempo, ensilló su caballo y se dirigió al río Gualeguaychú, donde estaba segura de encontrar algún sauce blanco con el que fabricar un remedio casero.

No tuvo que buscar demasiado, la costa del río era el lugar favorito para esa especie de árbol y cuando dio con un ejemplar le sacó una buena cantidad de corteza y volvió presurosa a la hacienda. Enseguida colocó las tiras leñosas en un mortero, les echó agua caliente y comenzó a machacarlas hasta convertirlas en una pulpa blanquecina, que lentamente se iba haciendo marrón al contacto con el aire. Una vez que la mezcla fue homogénea le agregó láudano, la filtró con un pedazo de tela y le dio de beber la preparación al timonel, apretando su nariz y abriendo su boca. El enfermo tragó un par de veces y tosió sin salir de su inconciencia, pero el efecto no se hizo esperar.

Media hora después, Alexander abrió los ojos enrojecidos por la fiebre e intentó sentarse en la cama para estar más cómodo. La mujer le prohibió que hiciera movimientos bruscos pero se alegró de verlo mejor. Tocó su frente y descubrió que la fiebre había bajado, aunque su preocupación volvió cuando notó el aspecto putrefacto de la venda que le cubría el hombro izquierdo.

—¿Dónde están mis compañeros? —preguntó el timonel un tanto inquieto.

—Se fueron al amanecer en unos caballos que les di —respondió la mujer mientras acomodaba un poco la habitación y la cama.

—¡Dios la bendiga, señora! —exclamó el hombre—. ¿Se fueron hacia el norte?

—¡Así es! ¡No se mueva tanto, iré abajo por un nuevo vendaje y unas tijeras!

—¡Lamento causarle estas molestias! —Alexander sentía que su cabeza iba a estallar de dolor y se la tomó con ambas manos. Carmela adivinó su malestar inmediatamente.

—Le administré un remedio casero que hizo bajar la fiebre y pronto le calmará también el dolor de cabeza. Pero en cuanto su efecto pase, en unas horas, todos los síntomas volverán. Debe descansar, señor.

—Lo intentaré —respondió el timonel, no muy seguro de sus palabras. La mujer bajó y al instante volvió a subir con los apósitos en una mano y el alcohol en la otra. Apenas Alexander vio el líquido incoloro se mostró inquieto—. ¿Va a ponerme eso en la herida?

—¡Hay que mantenerla desinfectada! —Al verlo tenso sonrió—. ¿El flamante timonel del almirante Brown le teme al alcohol? —Alexander suspiró, desconcertado por las palabras de la mujer.

—¡Algunas veces he sufrido esa sustancia, sobre mi cuerpo y dentro de él!

—¡Espero que haya aprendido la lección, evite que le disparen y no se emborrache! —le dijo la mujer en tono de sermón.

—¡Ojalá fuera tan fácil! —exclamó Alexander pensando en la cantidad de veces que lo habían lastimado en combate. Carmela, en cambio, entendió que el timonel era dado a la bebida y frunció el ceño, desilusionada. Comenzó a cortar la venda ensangrentada con las tijeras y cuando tuvo la herida frente a sus ojos se horrorizó. El hombro del marino estaba deshecho, la carne se veía desgarrada aquí y allá por las esquirlas de la bala, pero aun así no había olor a gangrena y todo parecía limpio. El doctor Morales había hecho un buen trabajo, era lo que la mujer esperaba después de haberle pagado sus altísimos honorarios.

—¡Colóquelo en su boca y muerda con fuerza! —le recomendó, dándole un pedazo de cuero que sacó de entre las gasas limpias—. ¡Esto va a dolerle! —Pronto le quitó el corcho a la botella con decisión y vertió un chorro de alcohol sobre la herida. Al instante el enfermo se convulsionó en un movimiento de dolor y gritó fuerte mientras mantenía su mandíbula rígida y su respiración se aceleraba. A la mujer pareció dolerle tanto como a él, pero se mantuvo firme y aprovechó para cambiar la venda y ajustarla en un solo movimiento. El timonel continuó gritando hasta que de pronto el dolor se fue, dejando sus últimos gemidos en ridículo—. Es el efecto del alcohol, de pronto se evapora y deja de doler. —Carmela lo miró y volvió a compadecerse del pobre hombre—. ¿Desea tomar algo? —le preguntó y luego se arrepintió, temiendo que le pidiera un trago de whisky o de aguardiente.

—¡Sí, gracias por preguntar! —exclamó Alexander mientras la mujer se maldecía por lo bajo—. ¡Un poco de sopa, si no es molestia! —Carmela suspiró aliviada.

—¡Toda la que usted quiera!

———

Hacía más de una hora que la flota patriota al mando de Thomas Nother había llegado a la desembocadura del Río Negro. Luego de que enviaran un esquife a reconocer las cercanías de Villa Soriano, decidieron continuar por el río Uruguay para no retrasarse. Era evidente que los españoles no se habían internado en ese brazo que pronto se angostaba al adentrarse hacia el este. Los hombres de los botes enseguida retomaron la pesada y cansadora tarea de remolcar las naves contra la corriente, relevándose para mantener sus fuerzas en pie.

—¡Capitán Nother! —gritó el griego a través de la bocina—. ¡Capitán Nother! —volvió a exclamar moviendo el brazo derecho en el aire. Cuando Thomas apareció en la popa de la Santísima Trinidad Spiro le señaló un punto a babor—. ¡Es un campamento! —Enseguida el comodoro tomó su telescopio y lo observó un rato largo.

—¡Un campamento improvisado! —le gritó a su vez—. ¿Qué opina, comandante? ¿Investigamos para saber de qué se trata?

—¡Le sugiero que sigamos camino, señor! —respondió el griego negando con la cabeza—. ¡Será una pérdida de tiempo innecesaria!

—¡Está bien! —dijo el comodoro—. ¡Al menos sabemos que han pasado por aquí!

—¡Así es! —respondió Samuel, alegre de encontrar rastros tangibles del enemigo.

—¡Teniente Smith! —llamó Nother a su primer oficial. Enseguida Michael Smith subió las escaleras y apareció por la escotilla de popa—. ¿Tenemos referencias de nuestra posición?

—¡Sí, señor! ¡Aquello que ve a babor es Puerto Landa y por la otra banda aparece la isla Vizcaíno!

—¡Muy bien! ¡Con mis respetos al teniente Hubac, dígale que anote en la bitácora "Divisamos campamento español en Puerto Landa"!

—¡A la orden, señor!

Les llevó gran parte del día alejarse de la zona del campamento y para cuando se encontraron en la desembocadura del río Gualeguaychú estaba anocheciendo, entonces decidieron anclar para darle un descanso a la tripulación. Por su parte, los españoles continuaban navegando de la misma manera que los patriotas, a fuerza de remo y espía. Habían hecho en poco más de una singladura unas quince millas náuticas y ahora el piloto del Belén tenía problemas para encontrar el verdadero cauce a seguir. En ese punto se sucedían varias islas que dividían el río en dos y hasta en tres brazos distintos.

Sin que ninguno de los dos bandos lo supiera, el otro se encontraba a dieciocho millas náuticas, una distancia considerable si se tenía en cuenta que navegaban a menos de un nudo de velocidad. Hacer avante les costaba tanto sudor y esfuerzo que daba lo mismo que una flota se encontrara en el Cabo de Hornos y la otra en el estrecho de Bering.

Tampoco era posible que se viesen, no sólo por la distancia sino porque los meandros que formaba el río en aquella parte y la vegetación de las islas impedía el contacto visual entre las dos escuadras.

—¿Cuándo demonios los encontraremos? —se preguntó Spiro, fumando tranquilamente su pipa.

———

—¡Señora Linares, la sopa estuvo deliciosa y el baño repuso mis fuerzas! —dijo alegre el timonel, ajustando el cabestrillo que sostenía su brazo izquierdo mientras sentía una punzada de dolor al mover el hombro—. ¡Es hora de continuar mi camino!

—¿De qué? —exclamó sorprendida la mujer—. ¡De ninguna manera! ¡Usted se queda aquí, acostado y descansando!

—¡Lo siento, madame, pero en el lugar de donde vengo el deber es lo primero! —retrucó Alexander, intentando ponerse la remera.

—¡No lo dejaré ir! —Carmela se interpuso en la puerta y se cruzó de brazos—. ¡Soy responsable por usted! —Hizo una pausa para buscar otras razones y continuó—. ¡Sus amigos llegarán a tiempo y cumplirán la misión, le llevan casi siete horas de ventaja!

—¡Debo alcanzarlos y ayudarlos, es una tarea peligrosa! —Alexander intentó pasar nuevamente el brazo herido por la manga de la remera, pero otra vez lo atacó una punzada de dolor. La mujer sonrió al saber que tenía el control de la situación.

—¡Cuando pase el efecto de mi medicina el malestar se le hará insoportable y la fiebre lo dejará inconsciente! ¿Qué hará entonces, señor? —El timonel bufó y se sentó en la cama, sintiendo que alguna de esas molestias parecía volver.

—¡No lo sé! —dijo—. ¡Pero voy a averiguarlo! —Por tercera vez trató de ponerse la remera, pero al no poder soportar el dolor, tomó las tijeras de una mesita y cortó la manga de tal forma que pudo terminar de vestirse. Amagó con quitarse la toalla que lo cubría de la cintura para abajo y miró a

Carmela—. ¡Ahora, si no me deja solo seguiré cambiándome! —Esta vez fue la mujer la que bufó y se retiró, cerrando la puerta de la habitación detrás de sí. Alexander esbozó una sonrisa de triunfo.

Cuando salió del cuarto y bajó las escaleras sintió un fuerte mareo y tuvo que agarrarse de la baranda para no caerse. Enfocó su vista en los peldaños y los fue bajando lentamente para que Carmela no sospechara de su debilidad. Al llegar a la sala de estar escuchó pasos detrás de él y la figura femenina se presentó vestida de una manera completamente diferente. Con unos pantalones de denim con chaparreras, zapatos de montar, camisa de algodón y sombrero redondo, llevaba también una alforja al hombro. El timonel se quedó mirándola con la boca abierta durante un instante que le pareció eterno.

—¡Si usted se empecina en ir al norte tendré que acompañarlo! —le dijo ella mirándolo fijamente a los ojos en actitud desafiante—. ¡No se crea que llegué a comandar esta hacienda machacando corteza y cocinando sopa, señor! —Alexander tragó saliva y por un momento se le fueron los dolores y el mareo, intentando capturar esa imagen para siempre.

—¡Está bien! —se limitó a responder—. ¿Qué hay en la alforja?

—Viandas, agua, gasas y medicina, además de la escopeta. También llevaré esto —dijo sacando del mueble un fusil, una caja de balas y dos cuernos de pólvora. El timonel se sorprendió por todo aquello, preguntándose quién era la mujer que tenía enfrente—. Ya le avisé a mi madre que me ausentaré algunos días, y aunque le desagrade mi decisión es su oportunidad para aprender a manejar la hacienda. Sobre todo ahora que Yamandú desapareció.

—¿Desapareció? —preguntó asombrado Alexander—. ¿Ya había ocurrido antes?

—Sí, algunas veces, pero solía volver para el mediodía. Ahora parece que la borrachera le duró más tiempo. —El timonel la miró y la mujer se explicó mejor—. Suele ir a la cantina del pueblo a tomar aguardiente. Por lo general vuelve para el turno de la mañana, pero en algunas ocasiones no se recupera tan fácil. —Carmela pareció recordar algo y se dirigió a la escalera—. ¡Voy por el alcohol!

—¡No se lo vaya a olvidar! —le dijo con sarcasmo Alexander, pensando en lo doloroso que le resultaba el antiséptico.

—¡No, sé lo mucho que le gusta! —respondió ella en igual tono. El timonel sonrió por la ironía y mientras esperaba que Carmela volviera revisó la alforja. De pronto recordó aquel objeto que con tanto valor había ganado y quiso saber dónde lo había puesto. Para él era como el trofeo de una batalla ganada.

—¿Ha visto una pluma roja, como de un pie de largo? —dijo cuando la mujer volvió a bajar con una botella marrón en sus manos.

—¡La vi ayer en la caballeriza! —exclamó Carmela—. ¡Hoy la busqué y no la encontré, supuse que sus compañeros la habían tomado!

—¡No es muy probable! —dijo Alexander frunciendo el ceño—. ¡No se preocupe, es sólo una tontería! ¡Vayamos saliendo, tenemos un largo viaje por delante y el tiempo apremia!

———————

—¡Vamos! ¡Apuremos el paso! —exclamaba cada tanto el grumete.

—Te repito que estos son nuestros únicos caballos, Santiago. Debemos cuidarlos o les haremos daño—le explicó otra vez José.

—¡Es que la flota patriota ya debe estar ahí! —dijo una vez más el chico con insistencia—. ¡Los godos deben haber recibido la pólvora que les prometieron!

—¡Hacemos lo mejor que podemos, muchacho! —le respondió Juan desde el otro caballo—. Además debes comprender que si en el río escasea el viento tanto como aquí, lo más probable es que las dos escuadras estén detenidas sin poder avanzar. —Santiago se calmó al oír eso pero enseguida se volvió a inquietar por otro motivo.

—¡No debimos dejar a Alexander con esa mujer! ¿Qué tal si le pasa algo? —Los hombres se miraron guiñándose los ojos y rieron, poniendo de mal humor al grumete que no comprendía lo que querían decir.

—¡Seguro que ya le regaló esa hermosa pluma roja que llevaba consigo! —dijo Juan para hacerlo enojar más a Santiago—. ¡No te irás a poner celoso por eso!

—¡Cállate, estúpido! —exclamó ofendido el grumete.

—¡Vamos, Juan está bromeando! —dijo José alegremente—. ¡Deja tranquilo al chico, grandulón!

—¡Está bien! —respondió el otro todavía riendo. Entonces miró el sendero y de pronto se puso serio—. ¿Ven lo mismo que yo? —En el camino habían aparecido huellas de un caballo que parecía seguir la misma dirección que ellos. José detuvo su animal y desmontó enseguida.

—¿Qué ocurre? —les preguntó Santiago.

—¡Son huellas frescas, el caballo parece ir poco cargado y lleva prisa! —dijo José—. ¡Mira aquí, Juan! ¡La herradura se marcó mucho más adelante que atrás y arrancó un pedazo de tierra!

—¡Debe ir a la carrera! —exclamó el otro—. ¿Quién llevaría tanta prisa y para qué?

—¡Tal vez sea un explorador! —dijo preocupado José—. ¡Debe llevar algún mensaje importante!

—¡Mantengámonos en alerta! —agregó Juan mientras volvían a montar.

Al poco tiempo vadearon el río Guleguaychú, que en ese punto era un curso de agua angosto y poco caudaloso, y se refrescaron con su agua cristalina. Luego prosiguieron la travesía, guiándose con las huellas que continuaban directo hacia el norte. Por fortuna esa tarde no surgió ningún imprevisto y pudieron cabalgar sin novedad hasta la puesta de sol, momento en el que buscaron un terreno seco y cómodo para pasar la noche. Armaron una fogata, comieron de los víveres de la hacienda y a continuación se quedaron profundamente dormidos.

Al despertar con las primeras luces del alba, Santiago abrió sus ojos y enseguida se quedó quieto donde estaba, sin emitir ningún sonido.

—Shh... —le dijo un hombre, apuntándolo con su rifle. El grumete lo miró sorprendido y pensó que su imagen desentonaba con aquel lugar. Su rostro bien afeitado, las patillas largas y el pelo peinado en un jopo le daban la apariencia de un patrón de estancia y no la del simple forastero que viaja por el campo. Estaba vestido de pantalón largo y casaca azul con guardas rojas, poncho marrón y sombrero redondo colgando de su cuello. Sus ropas lucían impecables, sus botas negras brillaban y su porte era el de un hombre dado a hacer ejercicio. También había algo en su manera de sostener el fusil que demostraba una gran pericia en el uso de las armas.

A su lado lo acompañaban dos sujetos, uno guardaba cierto parecido con el primero aunque era notablemente más joven, el otro era de estatura normal y en su silueta desgarbada el grumete pudo reconocer a Yamandú. La presión de los rifles contra los pescadores hizo que éstos a su vez se despertaran y miraran sorprendidos a los atacantes. Recién entonces el caballero tomó la palabra con total naturalidad.

—¡No se debería encender un fogón cuando no se quiere llamar la atención! —dijo en rima mientras sacaba del bolsillo de su casaca una larga pluma roja—. ¿Alguno de ustedes perdió esto?

—¡La pluma! —exclamó Santiago, comprendiendo al instante que había hablado de más. El hombre frunció el ceño y esbozó una sonrisa.

—¡Tenías razón, Yamandú! —le dijo al caporal—. ¡Es de ellos!

—¡No, señor! —respondió enseguida el grumete.

—¡Pero la habías visto antes! ¿No es así?

—¡Pues sí, así es! —dijo el chico con firmeza.

—¡Qué casualidad, yo también la había visto antes! —exclamó el hombre con sarcasmo—. ¡La última vez iba adornando el sombrero de uno de mis mejores tenientes! —Hizo una pausa y continuó el interrogatorio mientras movía la pluma en el aire—. ¿Debo creer que tú o tus amigos se la robaron?

—¡Ninguno de nosotros hizo tal cosa, ni siquiera sabemos de qué está hablando! —respondió enfurecido José, mirando a su captor a los ojos.

—¡Está bien! —dijo el caballero—. ¡Con ese ímpetu debería creerles! ¡Sin embargo, si esta pluma no está con su dueño es porque mi amigo está muerto, no hay ninguna duda al respecto! ¡Y ya que ustedes sabían de este objeto, eso los convierte en sospechosos!

—¡Señor! —exclamó Santiago, reuniendo el valor y las palabras necesarios para enfrentarse a ese hombre fuerte y distinguido—. ¡La última vez que vi esa pluma la llevaba un muy buen amigo mío! ¡Si ahora no está con él, yo también puedo creer que le pasó algo y que ustedes son los sospechosos!

—¡De acuerdo! —El hombre sonrió nuevamente y miró a sus compañeros—. ¡La única diferencia es que nosotros estamos de este lado de los fusiles! —Los demás rieron, asintiendo con la cabeza—. ¡Pedro, revísalos y quítales todas las armas que tengan!

—¡Sí, padre! —respondió el que se le parecía mucho.

—¡Esto es lo que haremos! —agregó después de pensar unos instantes—. ¡Nos vamos a quedar aquí hasta que este asunto se aclare! —Miró a sus acompañantes y les ordenó que bajaran las armas, invitando a sus rehenes a tomar asiento cómodamente sobre la hierba. Luego repartió agua y todos bebieron, en señal de confianza. Una vez hecho esto, volvió a hablar—. ¿Quién es ese amigo tuyo que tenía la pluma?

—¡El gringo! —exclamó Pedro.

—¡Deja hablar al muchacho!

—¡Se llama Alexander! —dijo lentamente Santiago—. ¡Cuando nos reencontramos él ya tenía la pluma consigo, no sé dónde la pudo haber conseguido!

—¡Pero yo sí! —La voz de Pedro sonaba como un trueno debido a la furia con la que hablaba—. ¡Yo estuve ahí cuando el gringo mató a mis amigos, Juan y José! ¡Y también habría terminado conmigo si no fuera porque monté a Gervasio y lo enfrenté! ¡El cobarde huyó, maldito infeliz! —El caballero hizo un gesto con la mano para que su hijo se calmara, luego miró a los rehenes y prosiguió.

—¡Los hombres de Pedro le advirtieron a tu amigo que no continuara al norte, pero él desobedeció sus órdenes! ¿Alguno de ustedes puede decirme por qué haría una cosa así?

—¡Para rescatarme! —exclamó Santiago inmediatamente—. ¡En mi deseo de venganza no medí el peligro de enfrentarme a un perverso comandante español! ¡Alexander sabía que no tendría oportunidades contra él y me rescató!

—¡Vaya! ¡Hay honor en estos hombres! —les dijo a Pedro y a Yamandú con sinceridad en su voz—. ¡El único que puede confirmar lo que dicen es ese tal Alexander! ¡Esperemos que pase por aquí y le preguntaremos!

—¡No pasará! —gritó el grumete—. ¡Ese hombre que está ahí lo hirió de bala y ahora se encuentra enfermo en la hacienda! —dijo señalando a Yamandú.

—¡Sí que pasará, ya lo verás! —insistió el caballero sin dejar de mirar al caporal.

---

—¡Estás mejor de la fiebre! —le dijo Carmela al timonel llevando las riendas del caballo mientras él recostaba la cabeza sobre uno de sus hombros—. ¡Pero no sé qué haremos cuando ya no tengamos medicina!

—¡Puedes hacer más! —respondió él con voz débil, recuperándose del ataque de calentura que había sufrido—. ¡Eres una mujer llena de recursos!

—¡No hables, debes conservar tus fuerzas! —le respondió ella con firmeza, pensando que no tenía láudano encima para fabricar más remedio.

La noche anterior los había sorprendido en pleno cruce del río Gualeguaychú y la oscuridad apenas les había dado tiempo de llegar a la otra orilla. Con mucho trabajo consiguieron acampar y encender un fuego para secar las botas y mantenerse calientes a la luz de la hoguera, luego tendieron unas mantas en el suelo y se recostaron. Entonces todo el esfuerzo que Alexander había hecho durante el día le pasó factura y enseguida el malestar y la fiebre se apoderaron de él. Carmela lo cobijó con una frazada, recostó su cabeza en la silla de montar y le dio de beber mucha agua junto con un poco de carne y pan que traían de la hacienda. Aprovechó la cena para administrarle el remedio casero y se apenó al ver la poca cantidad que quedaba en el frasco, pero aun así fue generosa con la dosis. Cuando ella misma sació su hambre, rellenó la cantimplora en el río y utilizó el líquido fresco para humedecer unos paños con los que mojó la frente del timonel. A partir de ese momento la mujer supo que la noche sería larga y mientras continuaba cuidando al enfermo se convenció que apenas saliera el sol debían regresar a la hacienda.

Sin embargo, apenas Alexander se despertó esa mañana le suplicó a Carmela que continuaran la marcha. Se sentía totalmente recuperado de sus dolencias, algo que se notaba en su rostro, mucho más saludable. La mujer, que había estado toda la noche en vela y no podía más del cansancio, negó con la cabeza. Estaba preocupada porque la herida del timonel no parecía mejorar y aquello le traería fiebre nuevamente. Entonces hubo algo en la forma de implorar de Alexander que tocó una fibra sensible en Carmela y de pronto ella se descubrió cediendo a sus ruegos. —¡Por lo menos se siente mejor! —pensó tratando de convencerse antes de ayudarlo a montar y subir ella misma al caballo.

Luego espoleó al animal con fuerza y lo puso a la carrera, pensando que si querían encontrar a sus compañeros antes de llegar al Arroyo de la China tenían que apurarse.

La brisa suave y fresca pareció animar a Alexander, que poco a poco fue irguiéndose en la silla para luego tomarse con más fuerza de la cintura de Carmela y así evitar caerse de la montura. Horas después hicieron una pausa para tomar agua y se refrescaron, esto mejoró inmediatamente sus ánimos un poco caídos. En ese estado de soledad se sintieron mutuamente acompañados y sus labios hasta entonces mezquinos se relajaron en una conversación amena.

—¡Espero que mi madre pueda cuidar la hacienda estos días! —dijo ella recordando el poco tiempo que había estado con Ana María luego del reencuentro.

—¿Confías en ella para una tarea tan delicada?

—Sí… —contestó la mujer en tono de duda—. Mi madre nos ha sabido criar a mí y a mis hermanos con los pocos recursos que tenía. Llegó a Montevideo desde las Islas Canarias sin un centavo y logró sobrevivir a la escasez casi toda su vida.

—Noto un dejo de incertidumbre en tus palabras —le indicó el timonel, haciendo que Carmela se sincerara.

—Quiero mucho a mi madre pero a veces es un tanto exasperante. Cree que por ser vieja tiene razón en todo lo que dice y eso me irrita muchísimo. Sobre todo si hablamos de política, ella es sin dudas una vicentina[80] de ley. Yo, en cambio, simpatizo más con las ideas revolucionarias.

—¡Eso no debería separarlas!

—¡Por supuesto que no! ¡Pero llega el día que una no soporta tanta necedad y explota!

—¿Qué decía ella?

---

[80] Así se llamaba a los realistas fanáticos que creían en victorias inexistentes o en refuerzos que nunca habían llegado de España, exagerando el éxito de la causa que defendían.

—Que llegaron tropas desde la península, que en Montevideo se estaba viviendo mejor, que alcanzaba más el alimento. Que la gente moría menos de enfermedades, que era mentira que había una guerra en el río, eso seguramente era un invento de los rebeldes para desmoralizar a los realistas. ¡Basta! ¡Ella misma cayó enferma por la vida miserable que se lleva en Montevideo! ¡Ella misma se vio envuelta en la guerra que tanto negó que existiera!

—¡Tal vez ahora comprende mejor las cosas!

—¡No, señor! —exclamó con dolor la mujer—. ¡La noche que los vio en la hacienda se puso irritable, a tal punto que me vi obligada a despachar a sus amigos enseguida para evitar problemas!

—¡Todos pensamos que tenemos la razón pero vemos lo que queremos ver! ¡No lo hacemos a propósito, simplemente ponemos el foco en lo que creemos cierto y desestimamos lo que no va con nuestra ideología! ¡Así condicionamos nuestra manera de pensar! —Suspiró—. ¡El único remedio es la tolerancia, algo poco común estos días!

—¡Tienes razón, Alexander! ¡Para discutir hacen falta por lo menos dos personas! —Carmela se quedó pensativa unos instantes mientras reanudaban la marcha y la conversación se interrumpió. La mujer continuó reflexionando mientras perdía su vista en la pradera que brillaba con el verde de los árboles y del pasto. El timonel aprovechó el silencio para recostarse levemente sobre su espalda, sintiéndose cada vez más mareado y aturdido.

Al mediodía el calor se volvió insoportable y recurrieron al agua de la cantimplora para refrescarse, pero pronto se les terminó. Entonces se dieron cuenta que debían encontrar algún bosquecito para descansar a la sombra y darle un respiro al caballo. Al rato divisaron una arboleda adelante y se encaminaron directamente hacia allí, contentos de haber tenido tanta suerte, cuando de la misma vieron salir un jinete que se les acercaba rápidamente.

—¡Alexander! —exclamó Carmela haciendo que el timonel volviera en sí—. ¿Es posible que el hombre que viene hacia nosotros sea Yamandú?

—¡Lo siento, no tuve oportunidad de verlo cuando me disparó! —La mujer continuó mirando al viajero hasta que terminó de identificarlo.

—¡Sí, es él! —Unos minutos después el hombre los saludó a la distancia.

—¡Doña Carmela! —gritó—. ¡Qué milagro que la encuentro aquí!

—¡Yamandú, te busqué por toda la hacienda! ¿Qué demonios estás haciendo en este lugar?

—¡Anoche un caballo escapó! ¡Escuché su relincho mientras huía del establo y lo seguí hasta aquí! ¡Al parecer el muy tonto se rompió una pata y está echado detrás de esos árboles!

—¡Maldición! —dijo la mujer, que odiaba que sus animales sufrieran—. ¡Llévanos hacia él!

—¡Enseguida, señora! —El caporal se adelantó lo suficiente para guiarlos y apenas llegó al bosquecito se internó en su espesura. Alexander y Carmela lo siguieron, y cuando ya se encontraron al abrigo de las sombras Yamandú dio vuelta su caballo y sacó de su alforja un rifle, con el que los apuntó.

—¿Qué significa esto? —le preguntó la mujer, enfrentándolo—. ¿Estás borracho de nuevo?

—¡No, señora, nunca estuve borracho! —respondió alegremente el caporal—. ¡Esas son las excusas que pone un artiguista para reunirse con sus jefes!

—¡Basta de tonterías y llévanos con el caballo! —insistió Carmela.

—¡Esa es otra patraña, el único herido aquí es el gringo! —dijo mirando a Alexander, que se encontraba apoyado contra la espalda de la mujer en un estado de gran debilidad—. ¡Ahora tiren sus armas y desmonten, mi jefe quiere conocerlos!

Una vez en tierra la mujer tomó al timonel por los brazos y lo sostuvo para que no se cayera de tan mareado que se encontraba. Avanzaron con torpeza mientras eran apuntados por el caporal, que los seguía de cerca. Al llegar a un claro los estaban esperando Santiago, José, Juan y dos hombres más.

—¡Santiago, muchachos! —dijo débilmente Alexander reconociendo a sus compañeros—. ¿Qué está sucediendo? —Mientras sus amigos se acercaban para ayudarlo uno de los desconocidos lo desafió.

—¿Me recuerdas, gringo? —preguntó Pedro Mónico esbozando una sonrisa de venganza—. ¡Yamandú me hizo justicia, aunque no tanta!

—¡Cierra la boca! —le ordenó el caballero a su hijo. Luego posó la mirada en Carmela, atraído por su belleza—. ¡Es usted muy hermosa! —le dijo cuando pasó junto a él—. ¡Póngase cómoda, señora! ¡Usted también, marinero! —agregó mirando a Alexander—. ¡Tenemos un tema que aclarar! —Enseguida los tres rodearon a los rebeldes y a la mujer, descansando sus armas contra el suelo para no intimidarlos demasiado.

—¿Cómo es su nombre? —preguntó Alexander en un susurro.

—¡Soy el coronel José Gervasio Artigas y protejo este territorio! —Los ojos de los presentes se abrieron bien grandes, el timonel en su debilidad apretó los puños con fuerza y amagó con ponerse de pie para luego caer de bruces. El coronel le dedicó una mirada firme pero compasiva—. ¡Marinero, permítame terminar de hablar! —Hizo una pausa y prosiguió—. ¡Esta pluma que ven aquí perteneció a uno de mis hombres, un teniente de gran valor y a quien yo quería mucho! —les dijo mostrando el objeto—. ¡Quiero saber quién lo asesinó y por qué!

—¡Yo fui quien le quitó la vida a su teniente! —exclamó Alexander mirándolo a los ojos, sintiéndose más fuerte por momentos—. ¡Su hombre me impedía el paso a estas tierras, a las que debía llegar!

—¿Una misión de guerra? —preguntó Artigas.

—¡No, señor! ¡Una cuestión de honor!

—¡Ah, sí! —dijo con sarcasmo el coronel—. ¡La historia que me contó el muchacho!

—¡Es la verdad! —gritó Santiago.

—¡En su inexperiencia el chico quería vengarse de un comandante español, era mi deber rescatarlo de su torpeza! —respondió Alexander, restándole importancia al grumete para dejarlo fuera del asunto. Luego hizo una pausa y cambió el tono de voz—. ¡Pero no me extraña que piense que miento, señor! ¡Supongo que un hombre que traicionó a su propia gente no sabe lo que es el honor! —Ante estas palabras el caballero se puso rojo de furia y apretó fuerte el fusil, que seguía apoyado en el suelo.

—¡Es posible que mis hombres y yo seamos unos salvajes, pero por fortuna no somos tan civilizados como para mandar a matar con un decreto a quienes nos estorban! —Artigas dio unos pasos alrededor y prosiguió—: ¿Honor? ¡Yo conozco esa palabra! ¡Abandonar el sitio de Montevideo, cansado de defender una causa que beneficiaba sólo a Buenos Aires es un acto de honor! ¡Proteger a los que quisieron acompañarnos en nuestra marcha, cansados de la guerra, del hambre y de las enfermedades para mí es un acto de honor!

—¿Qué me dice de los ataques de su gente contra las casas de este territorio? —le preguntó Carmela.

—¡Impartí justicia contra todos aquellos que bajo mi protección han robado y violado! —exclamó el coronel inmediatamente.

—¿Y esos villanos que patrullan noche y día molestando en las haciendas?

—¡Esto es la guerra, señora! —le dijo Artigas cortando sus palabras—. ¿Acaso ustedes piensan en los hijos de quienes matan cuando disparan un cañón? ¿O Posadas detiene sus ejércitos cuando bombardean Montevideo, hiriendo a miles de civiles? —¡Mis hombres también necesitan alimento, caballos y armas para enfrentar el combate! ¡La causa de los pueblos no admite la menor demora!

—¿Cuál es su lucha? —preguntó Alexander.

—¡Peleamos para defender la libertad de estas provincias contra la tiranía de Buenos Aires, que quiere centralizar el poder oprimiendo al resto de los pueblos! ¡Yo creo que debemos ser una república, donde exista un gobierno central que administre pero que no anule la libertad ni el poder propio de cada territorio! ¡Todas las provincias tienen igual dignidad e iguales derechos! —El coronel suspiró negando con la cabeza—. ¡Pero cuando mis diputados se presentaron ante la asamblea con estas instrucciones, no los dejaron participar! ¡Dijeron que habían sido elegidos bajo mi influencia militar y los desestimaron! —Sonrió tristemente—. ¡Para mí no hay nada más sagrado que la voluntad de los pueblos, pero ellos no los han dejado expresarse! ¡Es lógico que quieran callarnos! —agregó luego—. ¡Uno de los requisitos que solicitamos era que el gobierno se encuentre fuera de Buenos Aires! ¿Ahora entienden por qué no podían aceptar nuestras ideas? —Sus palabras quedaron retumbando en los oídos de los presentes durante un buen rato en el que nadie se animó a hablar. Entonces Artigas retomó el tema que los reunía—. ¡Basta de esto! ¡Marinero, usted confesó haber matado a mi teniente por causas personales, ajenas a la guerra! ¡Lo reto a duelo!

—¿Un duelo a muerte con un hombre enfermo? —dijo horrorizada Carmela—. ¡De seguro lo matará, Alexander está muy débil!

—¡Acepto! —exclamó el timonel sintiendo renovadas energías—. ¡Nunca me he negado a dar satisfacción por mis propias acciones! ¡Esta también es una cuestión de honor!

—¡No lo hagas! —le suplicó Carmela—. ¡Te matará!

—¡El duelo en estas condiciones es injusto! —agregó José—. ¡Usted puede usar los dos brazos mientras que Alexander sólo puede mover uno!

—¡Eso es cierto! —aceptó Artigas—. ¡Para igualar los tantos, le pediré a mi hijo que me ate el brazo izquierdo bien pegado al cuerpo! —Mientras Pedro usaba una faja para cumplir los deseos de su padre, el coronel continuó con su cometido—. ¡Elija el arma!

—¡El sable! —exclamó Alexander, sabiendo que tampoco había mucho para elegir.

—¡Perfecto! —dijo Artigas—. ¡Denle al marino una espada y despejen el área!

Los presentes enseguida se apartaron y permanecieron expectantes mirando cómo los contendientes se preparaban para el duelo. Carmela sollozaba preocupada, Santiago y los pescadores estaban tensos, todos pensaban que ese sería el fin de Alexander. Cuando el sombrero arrojado por Yamandú tocó el piso, el caballero y el timonel se acercaron y chocaron espadas.

El coronel mantenía su cuerpo erguido, tenía el brazo izquierdo atado fuertemente mientras sujetaba el sable con el derecho, ayudándose con las piernas para mantener el equilibrio. El marino tenía su mano izquierda atada al pecho para inmovilizar el hombro herido y se movía arrastrando sus pies en el césped con actitud cansada. Hicieron dos o tres toques y se retiraron, caminando en círculos sin perder de vista al oponente.

—¡Su honor lo trajo hasta aquí para salvar al muchacho! —gritó Artigas—. ¿Por qué no volvió a Buenos Aires luego de rescatarlo? —Las espadas chocaron nuevamente, cada vez con mayor ímpetu.

—¡Supe de una traición y quise ayudar a los míos! —le respondió el timonel, trabándose con su rival y empujándolo para liberarse.

—¿De qué habla? —preguntó el coronel dando un rodeo y volviendo al ataque con el sable directo al pecho del timonel. Éste adivinó el movimiento de su oponente y giró sobre su eje, luego lo bloqueó con su cuerpo y lo empujó contra un árbol. Entonces apoyó el filo de la hoja en el cuello del caballero que permanecía inmutable.

—¡Sus hombres ayudaron a los malditos españoles! —le gritó furioso el timonel—. ¡Nuestros compañeros no saben esto y caerán en la trampa! ¡Morirán como perros por culpa de ustedes, traidores! ¿Dónde está el honor en eso?

—¡Sus colegas caerán en la trampa sólo si pierden la astucia, señor! —respondió Artigas, impasible a pesar de encontrarse en inferioridad de condiciones.

—¡Usted ha hecho suficiente para ayudar a los españoles, déjenos ir al Arroyo de la China a intentar equilibrar las cosas! —Entonces el caballero golpeó con la rodilla la entrepierna del timonel y se zafó de su sable, volviendo al ataque con gran destreza.

—¡Maldición! —exclamó Alexander adolorido y agitado, repeliendo a su adversario con dificultad—. ¡Tal vez ahora mismo mis compañeros se estén acercando a la trampa! —insistió el timonel mientras sentía cómo el mareo y la debilidad lo invadían.

—¡Sus amigos deberían cuidarse! —dijo Artigas cambiando su estrategia y embistiendo por la izquierda.

—¡Eso debió decirle a su teniente!

El coronel volvió al ataque y golpeó la espada de su rival, quitándosela de la mano. Las piernas del timonel fallaron y cayó boca arriba sin fuerzas mientras esquivaba el sable de Artigas con desesperación. En ese momento la punta de la espada del adversario osciló varias veces cerca del rostro de Alexander hasta quedar justo sobre su garganta. Era el fin para el timonel de Brown, en su lucha contra lo inevitable utilizó hasta lo último de sus fuerzas, pero enseguida la debilidad lo invadió y la visión se volvió negra.

—¡Mi teniente habría perdonado un acto de honor! —le dijo Artigas, hundiendo su sable rápidamente y retirándolo para luego dar media vuelta y alejarse sin mirar atrás. Inmediatamente Carmela lanzó un grito y se acercó corriendo donde el timonel yacía inerte, arrodillándose junto a él y poniéndose a llorar sin comprender lo que estaba ocurriendo. Entonces en un acto de locura volvió sobre sus pasos y persiguió al caballero, que ya con sus dos brazos libres se alejaba acompañado de sus hombres.

—¡Es usted un maldito! —le gritó fuera de sí—. ¡No conoce ni la mitad de lo que fue el hombre que acaba de matar!

—¡Señora, usted me recuerda mucho a mi madre! —dijo risueño el coronel—. ¡Ella era igual de impetuosa! —Entonces miró a Santiago que se acercaba dispuesto a enfrentarlo con la espada de Alexander en la mano—. ¡Muchacho, dile al marino cuando despierte que me convenció! —El grumete se detuvo sin comprender las palabras del caballero—. ¡Soy una persona justa y creo que merecen su oportunidad! ¡Mientras no ataquen a los nuestros, son libres de ir y alertar a sus compañeros!

El grumete se quedó allí parado, y no fue hasta que notó el barro en la hoja del sable de Artigas que entendió lo que había pasado.


## 25 de marzo

Ese viernes los ciudadanos de Montevideo se despertaron temprano en la mañana y se dirigieron todos juntos a la iglesia Matriz, donde por resolución del Cabildo habían sido convocados. En los primeros bancos, la alta sociedad aguardaba impaciente que el resto de la gente se fuera ubicando detrás, mientras sus voces eran interferidas por el repicar insistente de las campanas.

Cuando por fin fueron las ocho y media, el sacerdote atravesó el pasillo atestado de fieles y se abrió camino hacia el altar, precedido por dos monaguillos que iban agitando los botafumeiros para arrojar incienso a diestra y siniestra. Al verlos, los presentes se pusieron de pie y aguardaron en profundo silencio las primeras palabras del ministro religioso.

—¡Oremos! —dijo el sacerdote, alzando las manos a la altura de los hombros en señal de plegaria—. ¡Hemos sido convocados para pedir por el feliz arribo de las tropas que se esperan desde España! ¡También para que los barcos rebeldes sean vencidos y sobre todo para que Dios conceda el éxito a las fuerzas navales salidas de este puerto! —Hizo una pausa y prosiguió—. ¡Oremos a Dios, padre, todopoderoso por nuestros hermanos atrapados en el litoral bajo las órdenes del comodoro Romarate y por aquellos que en la expedición de Primo de Rivera irán a auxiliarlos! ¡Amén!

—¡Amén! —respondieron al unísono los fieles. Cuando el eco de sus voces se disipó pudo escucharse en la puerta de la iglesia el alboroto que causaban unos recién llegados.

—¿Qué sucede? —se preguntaban todos, haciendo que el murmullo se extendiera a las filas de adelante, impidiendo al sacerdote continuar con la misa—. ¿Qué es ése escándalo?

—¡Es la flota de Primo de Rivera! —dijo la voz de un hombre, que logró escucharse claramente hasta el altar—. ¡Está entrando en balizas!

—¡Dios mío! —exclamaron algunos—. ¿Qué les pudo haber pasado a los pobres para volver a buscar refugio?

—¿Cómo se encuentran los barcos? —preguntaban otros—. ¿Están muy dañados?

—¡Vayamos al Baño de los Padres! ¡En el mercado del puerto sabremos lo que les ha sucedido a nuestros muchachos!

La iglesia enseguida quedó vacía, hasta el propio sacerdote había querido ir a consolar a los valientes marineros. Caminaron rápidamente hacia el río y unas cuadras antes advirtieron que los barcos tenían todos sus palos y velas intactos. A medida que avanzaban se revelaba la visión de sus cascos inmaculados, sin un rasguño ni huella que pudiera haber dejado algún combate.

Los ánimos del pueblo se fueron transformando, al principio reinaba la incertidumbre y la compasión pero cuando finalmente llegaron al puerto sus sentimientos eran de indignación y de reproche. Entonces comenzaron a insultar y a lanzar frutas y verduras que robaban del mercado, arrojándolas hacia aquellos a quienes llamaban cobardes.

—¡Traidores! —se escuchaba decir a los más cautos—. ¿Les ha pagado el enemigo?

—¡Hijos de puta! —gritaban los más enérgicos, olvidando que minutos antes habían estado en la iglesia en actitud solemne, rezando por aquellos mismos hombres—. ¡Nos han defraudado, corruptos! —El sacerdote al presenciar la ira del pueblo se alejó presuroso, rogando a Dios que todo aquello terminara pacíficamente.

A bordo de la corbeta Mercurio, Primo de Rivera no había querido aparecer en cubierta y se mantenía en su cabina. Pensaba que allí estaría más seguro de la ira del pueblo, sin comprender que esa era otra de sus falsas creencias. Era muy poco probable que alguna de las verduras que le arrojaban lograra llegar al alcázar, pero aunque así fuera, no había forma de resultar herido con tales objetos. En cambio, no se daba cuenta que la opinión pública ya lo había condenado y contra eso no podían protegerlo ni las gruesas tablas de roble ni los cañones de la cubierta inferior.

En su lugar daba la cara el primer oficial Pedro Carcuera, parado firme con su uniforme completo y asiendo con fuerza el sable que colgaba de la vaina.

—¿Corruptos? ¿Traidores? —se preguntaba el teniente—. ¡Aquí sólo hay cobardía! —añadió enojado para sus adentros—. ¡Esta es la segunda vez que ese hombre me hace partícipe de su incompetencia, y por Dios que no habrá una tercera!

A ciento diez millas náuticas de allí, el hombre más importante del otro bando se encontraba en el puente de mando de la fragata Hércules. Vestido con sus ropas de trabajo diarias, sucias por las tareas desempeñadas en la isla Martín García, se preparaba para dar las últimas órdenes antes de levar anclas.

—¡Señor Gibson! —exclamó llamando al capitán, que enseguida se acercó sosteniendo con una mano los papeles y con la otra su sombrero.

—¡Sí, almirante!

—¿Cuál es la cuenta de los prisioneros?

—¡Cincuenta y seis hombres, cincuenta mujeres y catorce niños, señor! —Brown alzó una ceja y bajó la voz, cambiando su tono por otro más cordial.

—¿Los pequeños están solos o van acompañados de sus familiares?

—¡Sólo tres tienen tutor, almirante! —respondió Gibson con idéntica amabilidad. Guillermo se quedó en silencio un momento, recordando la soledad que había sentido a los dieciséis años cuando su padre murió en Filadelfia, dejándolo huérfano tan lejos de su Irlanda natal.

—¡Muy bien! —dijo con énfasis para borrar las imágenes de su memoria—. ¡Pídale a Alexander Boss que se encargue de llevarlos a las prisiones de la flota sin separar a las familias!

—¡Señor, el timonel hace ya cinco días que partió y todavía no ha regresado! —le explicó Gibson por segunda vez esa mañana.

—¡Maldición, es cierto! —respondió con amargura el almirante—. ¡Que los infantes de marina se hagan cargo, capitán! —agregó sin más.

—¡A la orden, señor!

Apenas Alexander había partido en busca de Santiago, Guillermo comenzó a transitar por diferentes estados de ánimo. Al principio se sentía enojado, convencido de que tenía razón y orgulloso de haberse mostrado frío y distante con su amigo. Pero con el pasar de los días el enojo se había transformado en dolor y lo que alimentaba ese otro sentimiento no era lo que había hecho el timonel, sino su propia decisión de dejarlo ir sin siquiera despedirse.

Su amigo había traicionado su confianza, ayudando a escapar a un desertor y ocultando información sobre el hecho. Eso era cierto y Brown lo sabía, pero aun así como almirante no dejaba de ser responsable del asunto. Él había previsto que aquello sucedería y sin embargo no había tomado ninguna acción para evitarlo. Por empezar, podría haber quitado al grumete de las guardias nocturnas, minimizando su oportunidad de escapar. Luego le podría haber puesto una pareja permanente en sus actividades, como el bueno de Dumont o Elsey Miller.

Ahora que veía todo diferente, esperaba ansioso que Alexander regresara con el muchacho y trajeran consigo una historia valiente para contar. Si prendieran fuego algún barco enemigo, prestaran ayuda a la flota de Nother o atacaran por sorpresa un campamento español, inmediatamente quedarían libres de culpa y aceptados nuevamente en la Hércules.

—¡Ojalá me den una excusa para no tener que desterrarlos para siempre de esta naciente y pequeña armada! —pensó muy triste Guillermo, negando con la cabeza.

Entonces volvió a la realidad y se dio cuenta que los prisioneros estaban siendo embarcados según sus instrucciones. Era el momento que estaba esperando, miró hacia la costa y le hizo señas con el brazo al grupo de marinos que lo miraban desde allí. Éstos comprendieron enseguida la orden y se dirigieron presurosos a las barracas de la isla, de las que comenzó a brotar un humo negro y espeso. Lo mismo sucedió cuando prendieron fuego las defensas previamente desmanteladas, asegurando de esa forma que el enemigo no volviera a usarlas.

—¡Si estuvieras aquí te agradaría esta visión de fuego y cenizas! —pensó con nostalgia Guillermo recordando a su amigo. Luego miró a Gibson y exclamó—: ¡Hemos terminado, capitán! ¡Los dons no volverán a usar esta isla para sus propósitos!

—¡En buen momento, señor! —le respondió éste con inquietud—. ¡La Hércules está filtrando mucha agua y las bombas ya no tienen capacidad para achicar!

—¡Levemos anclas! ¡Avise a la flota que nos siga hacia la Colonia! —le ordenó Brown.

—¿Colonia, almirante?

—¡Sí, sellaremos bien las juntas de esta fragata y nos quedaremos unos días a la espera de dos barcos que se nos unirán!

—¡A la orden, señor!

Los pitidos de los contramaestres no se hicieron esperar, al instante la maltratada Hércules se puso en movimiento seguida por la Juliet, la Zéphir y el Nancy. El mismo viento que arremolinaba las columnas de humo de la isla se lanzaba sobre las velas de los barcos patriotas, empujando con firmeza los palos y comunicando a los cascos la energía suficiente para deslizarse por el agua. La corriente ayudaba desde abajo, facilitando el desplazamiento de la flota que con la proa apuntando al sudeste se abría paso hacia Colonia del Sacramento. Así y todo, el buque insignia apenas pudo hacer más de tres nudos de velocidad, obligando al resto de los barcos a reducir trapo para mantenerse cerca.

Martín García todavía se podía ver por el través de babor cuando se relevaron los hombres de las bombas por otros descansados. El carpintero medía con su regla de madera la altura alcanzada por el agua en la sentina, pensando preocupado qué más se podía hacer para retrasar el ingreso de líquido.

—Three feet, four inches, sir![81] —le dijo al teniente Mac Dougall que lo observaba expectante.

—Thank you, Mr Kelley![82] —le respondió el primer oficial, sabiendo que la situación de la fragata era crítica. Luego subió las escaleras y comentó el dato con el capitán Gibson y con el almirante Brown.

—¡Que los ociosos hagan una cadena humana desde la sentina hasta la borda y que se pasen cubetas! —ordenó Guillermo—. ¡De otra forma nos hundiremos antes de llegar a Colonia!

—¡Sí, almirante!

Así fue como los hombres que no se encontraban de guardia ni en las bombas se movieron con entusiasmo y rápidamente la estrategia tuvo éxito. Al principio el nivel dejó de subir y cuando incorporaron a la ronda algunas cubetas más la sentina comenzó a vaciarse. Después de

---

81 ¡Tres pies, cuatro pulgadas, señor! (inglés).
82 ¡Gracias, señor Kelley! (inglés).

algunas horas en este ejercicio las fuerzas de los marinos empezaron a flaquear, pero el triunfo estaba asegurado. Para entonces ya podía verse Colonia del Sacramento en todo su esplendor, iluminada por el sol que se ponía frente a ella.

El almirante aprovechó que todas las actividades de la Hércules estaban encaminadas para ocuparse de aquello que tanto le estaba molestando. Era evidente que le pesaba la ausencia de su amigo y decidió hablar con el vigía para ver si eso lo ayudaba a calmar sus ánimos.

—¡Centinela, mande llamar a Elsey Miller, por favor! —le ordenó al infante que se encontraba apostado junto a su puerta.

—¡Enseguida, señor!

Cuando el vigía ingresó respetuosamente a la cabina, agitado y transpirado por estar cargando cubetas de agua, miró al almirante y se llevó el nudillo del dedo índice derecho a la frente en señal de saludo. Guillermo lo invitó a tomar asiento mientras él se quedaba parado, ordenando las ideas en su mente.

—¿Desea un poco de grog, Elsey? —le invitó cortésmente.

—¡Sí, muchas gracias, señor! —respondió enseguida el vigía, que como la mayoría de los marinos sentía devoción por aquel licor.

—Lo mandé llamar para preguntarle si tiene alguna noticia de Alexander Boss.

—Ninguna, señor. Lo último que sé es que partió el veinte con rumbo al norte, fue al encuentro de Santiago Villalba.

—¡Sí, esa parte también yo la conozco! —El almirante suspiró y se apoyó con las dos manos en el respaldar de su silla—. ¿Cómo era la expresión de su rostro al partir? ¿Estaba asustado o temeroso por algo?

—¡El timonel no es un hombre que se ande con vueltas, señor, si me permite la expresión! —Elsey se mostró tímido mientras daba su versión de los hechos—. Por supuesto no estaba alegre, sabía que le esperaban muchos riesgos y peligros. Además… —El vigía se detuvo un momento, buscando las palabras correctas.

—¿Además qué?

—Se sentía muy apenado por lo que había pasado entre ustedes, señor. Tal vez esperaba irse sabiendo que todo quedaba en paz aquí. —El almirante no respondió y el vigía pensó que debía decir algo más—. Él pensaba que tal vez no podría regresar, ya sabe, que moriría en el camino.

—¿Y tú qué piensas ahora que todavía no ha vuelto?

—Creo que es pronto para preocuparse, señor. Usted entiende mejor que yo de geografía, seguro comprenderá que un recorrido de cincuenta y cinco millas por tierra hasta Villa Soriano, solo y en un caballo rentado, puede llevar entre tres y cuatro días de marcha. Y eso si no se aventuró más al norte, sin contar el cruce de los ríos y la hostilidad de los habitantes. Yo no lo esperaría antes del veintiocho de este mes, y eso si no surge ningún contratiempo entre medio. —Guillermo se quedó pensando en las palabras del vigía, las analizó lentamente y comprendió que el hombre estaba en lo correcto. No había manera de que Alexander volviera tan pronto, era físicamente imposible.

—¡Muchas gracias, Elsey! —le dijo con franqueza—. ¿Ya terminó su turno en el tope?

—¡Sí, señor! ¡Estaba en la sentina ayudando a achicar!

—¡Tómese un momento para descansar aquí mientras termina su grog! —dijo complaciente el almirante—. ¡Pronto amarraremos en Colonia y no habrá un momento de ocio!

—¡Gracias, señor! —Entonces Guillermo se retiró a cubierta, donde los oficiales lo estaban esperando.

—¡Prepárense para fondear! —ordenó.

—¡Preparados para largar el ancla! —gritó a su vez Mac Dougall dirigiendo la maniobra—. ¡Hombres al cabrestante! ¡Bracear las vergas! ¡Orzar la nave!

En ese momento Blas José Pico fue informado de la llegada de la flota y se dirigió presuroso a su encuentro. Al acercarse al muelle se sorprendió al ver la Hércules escorada a babor, maniobrando pesadamente para fondear.

—¡Mi Dios! —exclamó el teniente coronel—. ¡Sabía que estaba maltrecha pero nunca imaginé esto!

Su casco ennegrecido por las planchas de plomo, los cueros y la brea con que lo habían emparchado explicaba por qué al barco lo llamaban "la fragata negra". Lo escoltaban una goleta, una corbeta y un bergantín, todos en mejores condiciones aunque también castigados por la batalla.

—¡Vamos, terminen de amarrar! —suplicó Pico en voz baja, sufriendo de impaciencia. Tenía tantas ganas de estrechar la mano del almirante y conocer los detalles del combate que no podía esperar un minuto más. Entonces se acercó lo más que pudo al buque insignia y se quitó el sombrero, agitándolo en el aire para captar la atención de los recién llegados.

—¡Hay un hombre que saluda desde el muelle, señor! —le avisó Mac Dougall al almirante.

—¡Es el teniente coronel Blas Pico! —respondió Guillermo asomándose por una banda y devolviéndole el saludo—. ¡Iré a su encuentro enseguida! —Miró alrededor y llamó a gritos a su timonel—. ¡Alexander Boss! —exclamó, para luego recordar por quinta vez ese día que su amigo continuaba ausente—. ¡Señor Harris! —dijo al contramaestre—. ¡Que despejen y ordenen la cubierta! ¡Prepárense para recibir pertrechos e inicien las reparaciones de emergencia!

—Aye aye, sir!

Mientras bajaba por el costado continuó escuchando la voz estridente de Harris, que empujaba a los hombres al trabajo con frases demasiado inocentes. Se notaba que el marino era nuevo en su puesto, Brook ya habría tomado el cabo de tres puntas para picarles los tobillos, entre groserías y empujones.

—¡Pónganse a trabajar, parecen marineros de agua dulce! —dijo el contramaestre atinando por primera vez a una frase que podía ofender a los hombres de mar, aunque seguía siendo desacertada porque todo el río era un espejo de agua dulce. Pese a sus preocupaciones Guillermo sonrió abiertamente y ese fue el rostro de felicidad que vio Blas Pico cuando fue a su encuentro.

—¡Tantos problemas y Brown sonríe! —pensó el teniente coronel, envidiando la tranquilidad del comandante—. ¿Habrá algo que logre preocuparlo? —continuó diciendo para sus adentros—. ¡Almirante, al fin tengo el privilegio de recibirlo nuevamente!

—¡El placer es mío, señor! —le respondió Brown, borrando la sonrisa de su rostro al recordar todo lo que debía hacer en Colonia antes de partir.

—¡Nuestro pueblo no encuentra manera de felicitar su inmensa gloria! ¡Cuando ya pensábamos que los godos venían por nosotros, usted y los suyos los ahuyentaron bien lejos!

—¡Agradezco sus palabras, señor, pero los dons no están derrotados! ¡Tal vez Romarate ahora que carece de pólvora sea vencido fácilmente por los barcos de Nother, pero vendrán refuerzos desde Montevideo y debemos estar preparados para hacerles frente! —Guillermo miró atrás y le señaló la Hércules—. ¡La fragata da pena, espero que White se dé prisa con esos barcos que el ministro me prometió! —dijo mientras pensaba que la celeridad de la que se jactaba el armador siempre dejaba bastante que desear.

—¡Le ofrezco toda la ayuda que este pueblo pueda brindarle, señor! —le respondió preocupado Pico, desconociendo en detalle los planes del almirante.

—¡Le estoy sumamente agradecido! ¡Necesitamos pertrechos para calafatear las juntas de la Hércules, cabos y lonas para reparar las jarcias y mucha madera!

—¡Enseguida daré la orden de que lo provean de esos materiales!

—¡También debo renovar la aguada y cargar provisiones! ¡Algunos barriles de carne salada, galleta y limones me serán muy útiles! —Ante estas palabras el rostro de Pico se ensombreció.

—¡Lamento decirle que no encontrará en nuestros almacenes mucho alimento para abastecerse, señor! ¡En toda Colonia escasean los víveres a causa de los reiterados robos que venimos sufriendo!

—¿Quiénes les roban?

—Los secuaces de Artigas, partidas de varios hombres que se mueven en las cercanías, acechando y atacándonos. Abren los almacenes o los establos y se llevan comida, caballos, municiones y armas.

—¿Artigas, dice? —El almirante hizo memoria, recordando vagamente la historia del caudillo que se levantó en armas primero contra los españoles y luego contra las Provincias Unidas. Era evidente que el coronel renegado debía asaltar el puesto de Colonia para mantener las tropas de su ejército—. ¿Y sus soldados no pueden contener a estos ladrones?

—Difícilmente, almirante. Son unos salvajes que dominan a la perfección el cuchillo y los fusiles, además de montar a caballo como los mil diablos. Arrasan con los sitios que visitan y dejan desolación a su paso.

—¿Le han hecho daño a los civiles? —preguntó alarmado Brown pensando en la seguridad de Alexander Boss si, como imaginaba, se encontraba atravesando el territorio controlado por Artigas.

—¡Generalmente no, señor! ¡Sólo se meten con los centros militares que ellos consideran enemigos! —El almirante se calmó, al parecer los salvajes de los que hablaba Pico razonaban más como soldados que como bárbaros—. Por fortuna recibí las tropas de Orona que usted mandó aquí hace una semana, pero aun así estos valientes no dan abasto para defender todo el territorio.

—¡No se preocupe, puedo destinar varias partidas de mis infantes para ayudar a proteger Colonia! ¡El resto de mis hombres son calificados para las tareas de reparación y los necesito a cada uno de ellos! —Brown suspiró con pesar—. ¡Lamento no poder hacer más! ¡Tal vez Larrea acceda a enviar tropas desde Buenos Aires, incluiré esto en mi reporte!

—¡Le agradezco toda la ayuda que pueda proporcionarme, almirante! —respondió con cortesía Pico para después abordar otro tema que le preocupaba—. ¿Qué haremos con los prisioneros? ¡No nos sobra espacio en las barracas!

—Mañana con las primeras luces haré que los desembarquen y los pondré a su disposición para que construyan ellos mismos una cabaña donde puedan alojarse. Tal vez luego puedan levantar algunas trincheras para ayudar a la defensa del pueblo. Cuídelos bien, por favor, la mitad son mujeres y niños.

—¡No se preocupe, tendremos piedad de esos infelices! —respondió el teniente coronel para luego mirar alrededor y descubrir que se había hecho de noche—. ¡Pero ahora permítame invitarlo a cenar, tenemos mucho de qué hablar! ¡Mis comandantes y yo esperamos ansiosos que nos relate los hechos del combate!

—¡Será un placer, señor! —dijo Guillermo aceptando con pesar. Tenía mucho trabajo por delante y como todo hombre de acción prefería estar donde su deber lo llamaba.

—¡Perfecto! ¡Venga con uno de sus oficiales, será un honor contar con su compañía!

—¡Muchas gracias! —respondió el almirante pensando en el capitán Gibson. Estaba seguro que a él tampoco le agradaría abandonar la cubierta de la Hércules con todo lo que había por hacer.

# 7

# El Combate del Arroyo de la China

**28 de marzo**

Eran las seis de la mañana cuando la flota de Romarate llegó por fin a la desembocadura del Arroyo de la China, en la costa occidental del río Uruguay y frente a la isla Cambacuá. Al ritmo de los remos y con la cantinela del sondador como coro, las naves se fueron agrupando una tras otra a ambos lados de la boca del arroyo, crecido por las recientes lluvias.

El comodoro ya se encontraba en el alcázar del bergantín Belén con su mejor uniforme, observado las maniobras y asintiendo complacido. Prestaba especial atención al momento en que cada nave anclaba para luego comenzar con los preparativos que le permitieran recibir las provisiones. Miró hacia la rueda del timón de su propio barco y vio al experimentado piloto soltar las cabillas y dirigirse al mueble de la bitácora con la intención de marcar el punto donde había fondeado. A su lado el capitán Reguera también se mostraba satisfecho de haber llegado a destino, ya que los últimos días habían sido de una gran actividad, agotadores y largos. Ahora comenzaba un nuevo desafío donde tendrían que estar listos para dar lo mejor de sí en el arte de la guerra naval.

—Señor Reguera —dijo Romarate acercándose—. Debo ir al pueblo a entrevistarme con don Fernando Otorgués. Le ruego que tome las medidas que considere necesarias para no ser sorprendidos por ninguna fuerza rebelde. Queda usted al mando mientras me encuentre ausente. —El capitán tragó saliva, comprendiendo la gran responsabilidad que recaía sobre sus hombros. Debía ocuparse no sólo de su barco, que estaba acostumbrado a mandar desde hacía mucho tiempo, sino también del resto de la flota.

—¡Descuide, comodoro! ¡Deja la escuadra en buenas manos! —dijo queriendo convencerse. Inmediatamente Romarate llamó a su timonel y a los hombres del lanchón Luisa y no tardó en abordarlo, poniendo rumbo al pueblo artiguista.

Ignacio Reguera miró la boca del arroyo y le pareció un lugar ideal para una emboscada. Las dos riberas se encontraban tapizadas de árboles y arbustos que se apiñaban en la orilla hasta casi caer al agua. La profundidad no estaba señalizada en ninguna carta pero no hacía falta ser un marino experto para darse cuenta que los fondos no se encontraban muy lejos. El sol todavía estaba bajo y eso le agregaba un tono melancólico a la escena, empañada por la niebla que agrisaba los colores y mojaba los cabos y las velas en las jarcias. Miró a las tripulaciones y las notó cansadas, había sido muy grande el esfuerzo de remar todas aquellas millas para hacer avante contra la corriente y esperaba que ahora tuvieran un par de días para descansar. Lo importante era recordar que si los rebeldes los estaban persiguiendo intentarían tomarlos por asalto, probablemente de noche con sus botes, y por eso debían estar muy alerta.

Volvió a mirar los árboles en las orillas y recordó que en Villa Soriano le habían dado muchas brazas de cabo de amarre, a pesar de que el comodoro le había dicho que no aceptara pertrechos. Ahora toda esa cabuyería que al principio pareció servirles sólo de lastre tendría un papel crucial en la estrategia que se estaba imaginando. Llamó al contramaestre y cuando estuvo cerca le comentó lo que quería que hiciera.

—Necesito que tome un bote y le reparta al resto de la flota algunas adujas del cabo de amarre que nos dieron en Soriano. Las suficientes para que cada barco se acodere a los árboles de la costa, de tal manera que la batería de su banda quede apuntando a la boca del arroyo.

—¡A la orden, capitán! —dijo el contramaestre asintiendo con agrado—. ¡Es una muy buena idea, si me lo permite, señor!

—¡Eso lo sabremos cuando dé resultado! —respondió humildemente Reguera.

Mientras el contramaestre y sus ayudantes se apresuraban en cumplir sus órdenes, el capitán se terminó de convencer de que la tierra al borde del arroyo era lo suficientemente firme y plana como para su siguiente estrategia.

—¡Sargento! ¡Llame al condestable y súmese usted también, si es tan amable! —Cuando estuvieron los tres reunidos en el alcázar de la nave, el capitán tomó la palabra—. Cada barco amarrará sus palos a los árboles, quedando firmemente atado y presentando la banda de estribor a la boca del arroyo. Cualquier nave enemiga que atraviese el río en esta parte recibirá nuestros mortíferos y certeros disparos, pero en esa situación no podremos movernos si el enemigo es muy potente o numeroso. Por lo tanto, debemos asegurarnos de contar con muchos cañones disponibles para defendernos. Lo que quiero que hagan con sus hombres es desembarcar algunas de las piezas de artillería de babor, que por su posición serán inútiles ahí donde están. Montar una batería en tierra es una buena alternativa, siempre que se pueda.

—¡A la orden, señor! —respondió el condestable. El sargento se limitó a asentir con la cabeza y se apresuró en reunir a sus hombres más corpulentos para comenzar la difícil tarea de desembarcar los cañones.

Con la pólvora que habían recibido de Primo de Rivera podrían cargar los cartuchos para la primera descarga. Luego había que rezar para que el comodoro obtuviera la ayuda que le habían prometido los hombres de Otorgués, algo que todavía no era seguro.

Poco a poco el bergantín Aránzazu, la sumaca Gálvez y las balandras Americana y Murciana se fueron acoderando, mostrando sus bandas de estribor a un lado y al otro de la boca del Arroyo de la China. Su propio barco encabezaba la columna, proa al norte como los demás, orgullosamente recostado sobre su banda de babor y permitiendo que las bocas de sus cinco cañones de estribor más los dos de proa apuntaran a un enemigo todavía invisible. Las cañoneras Lima, Perla y San Ramón se limitaron a anclar sobre el arroyo, apuntando su único largo en colisa también hacia la zona de la desembocadura, que había pasado a ser un punto extremadamente peligroso dado que allí se concentraría todo el fuego español.

El comandante de la San Ramón, Luis Boza, iba de un lado al otro de la cubierta dando órdenes estériles a la tripulación, que podía continuar sus tareas normalmente sin que él les estuviera encima. Cada tanto miraba más allá de la amura de babor para ver si el comodoro, o en todo caso el capitán Reguera, tomaba nota de su intensa actividad y elocuencia a la hora de comandar el barco. Él creía que lo estaban observando pero lo cierto era que en cada nave los hombres se encontraban demasiado atareados como para mirar a los demás. La San Ramón era un barco pequeño, con apenas veinte hombres y un solo cañón, y por eso no tenía que desembarcar aquellas enormes moles de hierro de más de una tonelada cada una.

La zona que solía encontrarse deshabitada se mostraba ahora repleta de hombres que iban y venían en botes de diferente tipo y tamaño, llevando cabos y accesorios para los cañones de tierra. Cuando Reguera tuvo un momento de descanso en el Belén, miró alrededor y le pareció que aquello era un enorme zafarrancho de combate, en un río que hacía las veces de cubierta y con una tripulación que era varias veces la habitual. Pronto el escenario estaría ordenado y listo para cualquier combate pero todavía faltaba el actor principal, la pólvora. Ignacio se preguntó cómo le estaría yendo al gran comodoro español en su negociación con los hombres de Artigas.

A menos de dos millas náuticas del fondeadero, Jacinto de Romarate tocó el extremo norte del pueblo del Arroyo de la China bajo bandera parlamentaria. Enseguida fue recibido por el coronel Otorgués con mucha calidez y palabras amables. El pueblo entero se había reunido en la orilla pese a lo temprano de la hora, admirando al personaje español tan conocido por sus famosas proezas.

—Espero que haya tenido una navegación apacible, señor —le dijo Fernando desconociendo la calma que se había presentado los últimos días.

—Para serle sincero, don Otorgués, la verdad es que llegamos a fuerza de remo y espía desde Puerto Landa. Tardamos siete días en recorrer una distancia que por lo general no lleva más de treinta horas de navegación.

—¡Válgame el cielo! —exclamó el otro—. Le pido disculpas, no sabía que le había resultado tan difícil llegar. Eso explica su tardanza.

—¿Tardanza?

—Es una manera de decir, lo esperábamos algunos días antes —dijo el coronel, demostrando estar informado de la visita de la flota española.

—Le agradezco la molestia de recibirme. —El comodoro miró atrás y la bandera blanca fue guardada, ya no era necesaria.

Se pusieron a andar por una calle de tierra hasta un despacho muy pintoresco que daba a la vereda. Al llegar, la escolta española del cuerpo de Chain permaneció en la puerta y los dos caballeros ingresaron para seguir con su conversación.

—¿Cómo estuvieron las cosas en Martín García? —le preguntó el coronel sirviéndole un poco de vino.

—¡Difíciles! ¡Brown nos tomó por sorpresa en un desembarco audaz, pero podríamos haberlo repelido si no nos hubiesen faltado municiones y pólvora! —Otorgués hizo un gesto con la mano para que el comodoro se tranquilizara.

—Ya se lo deben haber dicho en Villa Soriano pero quiero repetírselo yo mismo. Nosotros vamos a proveerle todo lo que esté a nuestro alcance. —Llamó a uno de sus hombres de confianza y le ordenó que se dieran prisa en enviar varios barriles de pólvora negra a la desembocadura del arroyo, donde había fondeado la escuadra realista. El otro asintió y salió presuroso a cumplir con su deber—. Estimo que mi fallecido teniente los debe haber provisto de carne y vegetales.

—¡Así fue, pero mi gente aún sigue a media ración! —El comodoro reaccionó tarde ante la noticia del difunto—. ¡Lo siento, no sabía que el teniente había muerto!

—¡Un infortunado suceso con un rebelde! —dijo el coronel desestimándolo, pero luego recordó algo interesante—. ¡Aunque por él sabemos que la flota de Buenos Aires los está acechando!

—¡Imaginaba que nos perseguirían hasta aquí! —exclamó Romarate—. ¿Quién es ese rebelde del que habla?

—¡No tiene importancia, también ha muerto! —agregó Otorgués con una sonrisa en la boca para luego tomar un sorbo de vino—. ¡Por favor, beba mientras sigue fresco!

—¡Muchas gracias!

—Como le decía: pólvora, municiones, galleta, todo lo que necesite está a su disposición hasta que logre reunirse con el refuerzo que espera de Montevideo. Si necesita enviar alguna carta a la ciudadela, puedo hacer que uno de mis hombres la lleve por tierra.

—¡Es usted muy amable! ¡Lo que más me preocupa ahora es la falta de carne para alimentar a mis tripulaciones!

—¿Le parecen suficientes seis reses por día? —El coronel volvió a sonreír con picardía—. ¡Son suyas, para su gente!

—¡De veras le estoy sumamente agradecido!

—¡Por favor, mi más profundo deseo es poder unirme con Montevideo en una causa que nos sea provechosa a ambos!

—Romarate se lo quedó mirando sorprendido, como despertando de un sueño. Por mucha ayuda que le prestara y aunque se mostrara cordial y afectuoso, representaba la otra facción de esos mismos rebeldes. ¿Qué tanto podía confiar en el coronel y sus hombres cuando habían traicionado hasta a sus mismos hermanos revolucionarios? El tiempo lo diría, por lo pronto no estaba en posición de rechazar ninguna oferta.

Mientras tanto, en el fondeadero se oyó un ruido sordo acercándose a la margen izquierda del arroyo y el capitán del Belén lo escuchó por encima de los mazazos y gritos de la flota.

—¿Qué es eso? —le preguntó a un marino que se encontraba en la arboladura.

—¡Parecen carretas acercándose, señor!

—¡Señor Paloma! —dijo al alférez de navío—. ¡Envíe infantes a investigar! ¡Es posible que se trate de la pólvora!

—¡A la orden, señor!

Así era, varias carretas se habían acercado a la orilla norte del arroyo con toneles repletos de pólvora negra. Los oficiales se alegraron y enseguida mandaron botes a buscarla, cuanto antes estuviera a bordo mejor. El capitán del Belén esperaba que también hubiese balas de distintos calibres, pero eso era pedir demasiado. Para su sorpresa al rato llegaron unos hombres arriando seis vacas—. ¡Al comodoro le fue de maravillas negociando!—pensó Reguera.

—¡Alférez Paloma!

—¿Señor?

—Pase la voz al resto de la flota, que carguen inmediatamente los cañones de las cubiertas. En caso de que el enemigo se acerque haremos las primeras descargas con metralla para mermar su tripulación, así en caso de que se les ocurra abordarnos no tendrán el número para vencernos. Cuando las baterías de tierra estén montadas las aprovecharemos para cargarlas con balas rasas, así con la elevación apropiada podremos desarbolar a los rebeldes sin mucho esfuerzo. Desearía tener balas de cadena o de barras para dañar mejor la arboladura del enemigo, pero así están las cosas.

—A quemarropa no hará falta elevarlos mucho —dijo el alférez sonriendo—. Aunque a esta distancia tan corta cualquier balazo bajo la línea de flotación podría hundirlos. ¿No sería mejor eso, señor?

—¿Y taponar la delgada vía de escape con varios naufragios? ¡Preferiría mandar a pique mi propia nave, señor Paloma! —El alférez asintió mirando a Reguera como si fuera de otra especie, admirando el conocimiento técnico de su superior. —¡A la orden, señor!

Eran las once de la mañana y todo lo que se podía hacer para enfrentar al enemigo se había hecho ya. Sólo restaba aguardar a que se presentara, y entonces cómodamente le darían batalla.

———————

Los tres caballos se acercaban a la carrera, deshaciendo por fin las últimas yardas de ese viaje de cuarenta y dos millas desde la hacienda Linares. En uno venían José y Santiago, en el otro Juan y en el tercero Carmela cuidando de Alexander. Éste había quedado muy débil luego del desmayo durante el duelo y como la fiebre lo seguía acosando se mantenía en un estado de confusión que parecía empeorar.

De pronto la vista entrenada del grumete divisó a lo lejos unos palos altos que parecían la arboladura de una flota, y más cerca, la figura de varios hombres caminando alrededor de algunos cañones. Santiago comprendió enseguida lo que estaba pasando y gritó lo suficientemente fuerte para advertir a sus compañeros pero no tanto como para delatar su presencia.

—¡Doblen a la izquierda y detengan los caballos! ¡Pronto!

—¿Qué sucede? —preguntó José mientras sentía cómo el muchacho le zamarreaba el hombro para que le prestara atención.

—¡No hay tiempo para explicaciones! ¡Doblen a la izquierda!

Juan, José y Carmela desviaron los caballos y luego los detuvieron detrás de unos arbustos. Todavía no comprendían lo que estaba sucediendo.

—¿Qué demonios pasa, Santiago? —le reprochó Juan.

—¡Si es una broma no tiene gracia! —dijo seriamente Carmela.

—¡Por supuesto que no es una broma! ¡Adelante hay una batería de cañones españoles apuntando al río Uruguay!

—¡Demonios! —dijo José, que al igual que sus compañeros no esperaba que los godos bajen piezas de artillería a tierra—. ¡Eso significa que están en situación de atacar!

—¡Ya deben contar con la pólvora que les había prometido Artigas! —sentenció Juan—. ¿Y los barcos?

—Me pareció ver sus topes un poco más al norte —dijo el grumete—. Tal parece que fondearon en la boca del arroyo.

—¿Qué haremos? —preguntó nerviosa la mujer.

—Somos cinco viajeros contra toda una escuadra española lista para combatir —explicó José—. Puedo decirles qué no haremos. No nos enfrentaremos al enemigo directamente, sería suicidio. —El grumete miró a su compañero un tanto decepcionado y continuó con su vista hacia donde el timonel yacía dormido boca abajo sobre el caballo.

—¿Carmela, queda algo de tu remedio en el frasco? —preguntó Santiago.

—¡Sí, pero lo estoy reservando para una ocasión especial!

—¡Creo que no habrá momento más importante que éste! —le dijo el grumete—. ¡Por favor, necesitamos que Alexander nos ayude con su experiencia y conocimientos!

Carmela buscó enseguida la medicina y se la administró al timonel con dificultad. No era mucha, pero algún efecto tendría sobre el pobre hombre enfermo. Al rato su mente confundida tomó contacto con la realidad y momentos después se encontró lo suficientemente fuerte como para susurrar.

—¿Dónde estamos? —La voz que salía de su boca no parecía la suya.

—¡Hemos llegado, amigo mío! —le respondió Santiago mirándolo con mucha pena—. ¡El Arroyo de la China está a unos pasos, custodiado por una batería de cañones y por toda una flota española!

—¡Debemos acercarnos al río Uruguay!

—¡Pero hay un pequeño arroyo que corre paralelo y que nos entorpece el avance! —le explicó José.

—¡Todavía podemos hacer algo! —dijo Alexander recuperando lentamente sus energías—. Si cruzamos el arroyuelo y nos apostamos sobre la costa del Uruguay, es difícil que los godos nos vean o pretendan atacarnos. Ese sería un buen lugar para avisarle a los hombres de Nother del peligro al que se acercan. —Los presentes sonrieron mientras afirmaban con sus cabezas. Era exactamente el tipo de consejo que esperaban del timonel.

—¡Es posible! —agregó Juan—. ¡Si nos mantenemos agachados y sólo nos ponemos de pie cuando veamos a los patriotas estaremos a salvo! —Poco a poco el grupo comenzó a entusiasmarse y su ánimo mejoró después de tantos días de complicaciones.

—¡Démonos prisa! —exclamó convencido José—. ¡No sabemos cuándo avistaremos a los patriotas, pero debemos caminar casi una milla para llegar a ese punto!

—¡Atemos aquí los caballos y avancemos con precaución! —dijo Santiago—. ¡Alexander, tal vez convenga que te quedes aquí y cuides de los animales!

—¡Él irá conmigo al paso que pueda! —agregó Carmela—. ¡No lo dejaré solo en su debilidad con todos los peligros que nos rodean! —Los presentes estuvieron de acuerdo.

—¡En marcha! —José se agachó y tomó la delantera, guiando al resto.

Alrededor de cuatro millas náuticas al norte, sobre el cauce principal del río Uruguay, la flota patriota avanzaba rumbo sudoeste en la bordada que la acercaba a la margen derecha del río. El viento provenía del sur y lo tomaban por la amura de babor, logrando así una velocidad no mayor a medio nudo. Al acercarse a lo que parecía la boca de un canal el grito del vigía de la América sorprendió a todos, rompiendo la monotonía del viaje.

—¡Cubierta! ¡Un lanchón directo por la proa!

Enseguida el capitán Francisco Seguí se acercó corriendo con su telescopio en la mano y luego de una minuciosa observación miró a su primer oficial, que aguardaba sus palabras con gran expectativa—. ¡Tenemos al enemigo justo por la proa! —exclamó—. ¡Sea tan amable de tomar la bocina y dar aviso a la Santísima Trinidad, Nother nos dirá qué hacer!

No hizo falta que el primer oficial de la América dijera nada, aunque lo hizo. Thomas Nother ya se encontraba a proa de la sumaca observando a su vez el feliz hallazgo.

—¡Señor Smith! ¡Señal a la flota: "Enemigo a la vista"! —Luego miró al contramaestre y le gritó—: ¡Llame a todos a sus puestos!

—¡Sí, señor!

Las banderas de señales treparon el mástil y enseguida el griego Spiro y Santiago Hernández, que por estar en la retaguardia no se habían enterado de nada, apuraron el paso de sus respectivas naves y las prepararon para la acción.

—¿Sus órdenes, señor? —le preguntó Smith a Nother volviendo a la proa.

—Si no aprovechamos la boca del canal que se abre delante de nosotros no tendremos otra oportunidad de ingresar, como no sea varias millas más adelante. Persigamos al maldito español ahora mismo y tal vez nos conduzca al resto de la escuadra enemiga.

—¿Tendremos suficiente espacio para cambiar de bordo? —dijo con cierto temor el primer oficial.

—¡Habrá que averiguarlo! ¿No le parece, señor Smith?

—Aye, sir!

Al traspasar la boca del canal y ubicarse justo por la aleta del lanchón, los comandantes patriotas pudieron reconocer con sus telescopios la tripulación. También divisaron una figura que iba a popa vestida de casaca azul con dos charreteras doradas en ambos hombros, puños y solapas rojas y sombrero de dos puntas.

—¡Si no me equivoco, ahí va el jefe de los godos! —exclamó el capitán Pablo Zufriategui de la goleta Fortuna, pasándole el telescopio al teniente Miguel Teodoro—. ¡Véalo usted mismo!

El hombre apoyó el lente en el ojo y cuando hizo foco el tronido de un cañón lo asustó, haciéndole perder el equilibrio. Miró avergonzado a su comandante y notó que el otro no le había prestado atención mientras se alejaba rápidamente para treparse de un salto a los obenques, con el deseo de poder ver mejor desde arriba.

—¡Nos han reconocido! —dijo seriamente Nother a Smith—. Si tenía usted alguna duda sobre el paradero de la escuadra realista, espero que ya sepa dónde se encuentra. —Entonces se dirigió a la bitácora y consultó la carta de navegación. Le resultó obvio que los españoles se habían apostado en la desembocadura de un pequeño curso de agua que recibía el nombre de "Arroyo de la China"—. ¡Señor Ceretti! ¡Que los hombres preparen sus mosquetes! ¡Quiero tiradores en las cofas!

—¡A la orden, señor!

—¡Señor Jorge! ¡Extienda las redes de combate, por favor!

—¡Sí, capitán! —exclamó Nicolás Jorge apurando el paso.

—¿Están cargando cartuchos en la santabárbara? —le preguntó al teniente Hubac. Al notar la expresión de duda que puso el hombre le espetó—: ¡Encárguese de eso inmediatamente!

—¡Sí, señor!

Mientras tanto, el primer oficial Smith se ocupó de configurar las velas por si era necesario entrar en combate. Ordenó arriar las mayores para que no les quitaran visibilidad ni les estorbaran en el fragor de la batalla. En lo alto del tope, el vigía de la Santísima Trinidad se deleitaba viendo cómo el resto de la flota copiaba las maniobras del buque insignia, al que usaban de ejemplo para llegar al combate en el mismo estado. Luego volvió a mirar con su telescopio la costa derecha y le pareció ver las vergas y los palos de la flota enemiga confundiéndose entre las ramas de los árboles. —¡Han de tener enredaderas! —pensó confundido y enseguida hizo el anuncio correspondiente.

—¡Cubierta! ¡La flota enemiga por el través de estribor! —Tomó coraje y dijo lo que le parecía ver—. ¡Sus palos tienen enredaderas!

Nother apuntó el telescopio hacia el lugar que le indicaba el marino y sonrió, no por lo que vio sino porque terminaba de comprender lo que estaba ocurriendo.

—¡Están acoderados, con sus mástiles atados a los árboles de la costa para tener mayor estabilidad en las baterías! —Smith lo miró entendiendo la estrategia del enemigo, sus cañones tendrían una puntería extraordinaria. Luego recordó que los godos contaban con muy poca pólvora y se tranquilizó.

—¡Harán dos o tres disparos certeros antes de arriar el pabellón! —dijo desestimando la situación. Nother asintió en silencio, no había nada que objetar.

Continuaron persiguiendo al lanchón y enseguida tuvieron que cambiar de bordo, tomando el viento sur por la amura de estribor y apuntando la proa hacia el sudeste. Los comandantes estaban impacientes por abrir fuego pero todavía les faltaba alrededor de una milla para tener alcance con sus cañones. En ese momento el primer oficial de la América creyó ver movimiento al final del canal, más allá de las naves del enemigo, y enfocó su telescopio hacia ese punto. Eran dos hombres y un muchacho que movían sus brazos como locos y parecían estar gritando algo.

—¿Ya vio esos hombres, comandante? —le preguntó a Seguí, haciendo que éste les dedicara un breve instante.

—Gente del pueblo insultándonos, supongo —dijo sin prestarles el menor interés.

Los dos hombres y el muchacho seguían vociferando, sintiendo cómo sus gargantas se desgarraban en la desesperación de no ser oídos. —¡Los españoles tienen pólvora! —gritaban—. ¡Los godos van a dispararles! —Entonces Juan se sacó la remera y la movió en el aire como si fuera una bandera, esperando llamar la atención de los marinos, pero nada.

—¡Mira esos locos! —exclamó Nother, descubriéndolos sin querer mientras oteaba el horizonte—. ¿Qué estarán gritando?

—¡Seguramente improperios! —le respondió Nicolás Jorge—. ¡Debe ser gente del pueblo que quiere reírse de nosotros! ¡Uno hasta se ha quitado la remera! —Thomas negó con la cabeza, le resultaba difícil creer las palabras de su teniente. Si eso fuera cierto debería ser todo un grupo de personas insultándolos y no solamente tres hombres. Nother se mostró curioso, por un momento consideró muy importante tratar de leer sus labios, pero le resultaba imposible hacerlo con el movimiento del barco. Esforzó sus oídos al máximo, se dirigió a la proa para ver si podía captar alguna palabra pero sólo pudo oír el viento, las lonas y el casco.

—¡Tal vez no sea nada importante! —dijo finalmente.

El momento se acercaba, las dos escuadras ya se encontraban muy próximas y el enfrentamiento era inevitable. Los patriotas estaban confiados, seguros de sus barcos y de la superioridad de sus fuerzas. Los godos caerían pronto, sería una desgracia para ellos acabar así la campaña. De pronto se oyó un disparo de fusil y cuando los comandantes buscaron el humo de la detonación descubrieron que provenía del final del canal. Allí pudieron ver que a los tres sujetos de antes se les habían unido un hombre de buen porte y una mujer con un mosquete. Los cinco se mantuvieron haciendo señas y gestos que Nother optó por ignorar con cierto desencanto.

—¡Ahora sí le creo que son gente del pueblo! —le comentó a Smith—. ¡La mujer acaba de dispararnos!

—¡Es lo que Jorge decía, son unos dementes!

—¡La América está por entrar en rango, señor! —gritó el vigía, atento a las distancias.

—¡Señal a la flota! —gritó por fin Nother—. ¡Fuego a discreción! —ordenó, pensando que aquél combate sería muy simple.

Apenas las banderas de señales aparecieron en la arboladura de la sumaca, la cañonera que iba a la vanguardia disparó con su largo de proa alcanzando a la balandra Murciana. En ese momento, mientras la Fortuna se preparaba para hacer lo propio, el Belén y el Aránzazu hicieron fuego con sus costados completos, siendo imitados luego por la batería de tierra.

—¡Tienen mucha pólvora! —gritó sorprendido el capitán Nother y un segundo después fue alcanzado por una metralla de cuatro onzas que le destrozó el costado izquierdo, matándolo en el acto. Smith lo vio caer y se quedó petrificado, asombrado por la violenta respuesta del enemigo que había sido fatal para su comandante.

—¡Fuego! —gritó cuando se recuperó, y las siete piezas de artillería de la sumaca dispararon todas juntas, haciendo saltar astillas de los costados del Aránzazu. Miró adelante y se preparó para que sus oídos soportaran el tronido de los disparos de la Fortuna, que a esa altura ya debería haber hecho alguna descarga. Por el contrario la vio virando a estribor, presentando la proa al enemigo y luego su otro costado, regresando a la boca del canal mientras finalmente hacía algún que otro disparo inútil—. ¡Estúpidos cobardes! —exclamó Smith y luego miró al contramaestre con los ojos desencajados—. ¡Fuerce las velas, debemos acompañar a la América! —Caminó por el callejón de combate esquivando algunos fusileros y llegó a la popa justo cuando la Trinidad recibía otra descarga del enemigo, esta vez en la arboladura. Se apartó para evitar ser golpeado por algunos trozos de vergas y masteleros que caían por todos lados para luego acercarse al teniente Bartolomé Ceretti—. ¡A la flota: "Cerrar formación"!

—¡Sí, señor!

En ese momento escuchó el largo de dieciocho libras de la Carmen haciendo fuego y vio más allá un agujero que se abrió en la banda del Belén. La América imitó el movimiento y logró lastimar el mastelero de velacho de la Murciana, que quedó colgando de unas ramas, hamacándose. Su propio barco tembló cuando una nueva y furiosa andanada se dirigió nuevamente a la Aránzazu, unificando algunas portas y barriendo la cubierta.

La batería de tierra se ensañó con la balandra del griego, arrojando balas que silbaron sobre la cabeza de Spiro, invisibles y peligrosas. Una golpeó el tope del mayor, otra agujereó la cangreja y una tercera mató a un gaviero que se encontraba bajando por los obenques.

—¡Malditos bastardos! —gritaba enfurecido Samuel, corriendo de aquí para allá con su pipa en una mano y su alfanje en la otra.

—¡Señor, nos disparan con balas de dieciocho libras! —le dijo desesperado un infante—. ¡No soportaremos mucho tiempo!

—¡Maldición! ¡Vuelva a su puesto y haga funcionar su fusil! —le gritó mientras se enfurecía aún más al mirar hacia la arboladura—. ¿Qué pasa que no hacen fuego desde las cofas? ¡Disparen esos mosquetes, por el amor de Dios!

—¡Fuego! —gritó el comandante del San Martín, Santiago Hernández—. ¡Disparen al condenado Belén! —En ese momento se oyeron dos tronidos y se vio salir humo blanco de la proa del falucho, que navegaba detrás de la Carmen—. ¡Disparen de nuevo, un poco más a estribor esta vez!

—¡Nos estamos quedando atrás! —exclamó el oficial Picón desde la popa—. ¡Fuercen un poco el velamen! ¡Quiero que nos acerquemos más a nuestros compañeros de adelante!

La América ya había atravesado la boca del arroyo y era el turno de la Santísima Trinidad, que llevaba muy poco impulso por haber perdido muchas velas.

—¡Mantengan un fuego nutrido! —exclamó Smith, comprendiendo que la desembocadura era el punto más crítico del combate—. ¡Desplieguen la mayor! —volvió a gritar—. ¡Timón un punto a babor, bracear la cangreja! —La sumaca ganó algo de velocidad para atravesar el peor lugar de la batalla lo antes posible—. ¡Fernández, reemplace al paje de la pólvora! ¡Vamos, muevan el culo!

—¡Estos godos hijos de perra no se saldrán con la suya! —exclamó Spiro ajustando una escota. Luego caminó hacia su camareta, dejó la pipa sobre una bandeja que descansaba en la mesa y volvió a cubierta. Tomó un mosquete y comenzó a devolver el fuego que hacían los infantes españoles desde las cofas del Aránzazu—. ¡Venderemos caras nuestras vidas! —gritó. Dos o tres balas pasaron muy cerca de él, aullando como avispas furiosas. Una de ellas cortó un cabo y arrojó un motón sobre el brazo derecho del piloto.

—¡Maldición! —dijo el marino mientras volvía a aferrar las cabillas de la rueda del timón.

Smith miró a proa y luego a popa, las naves de sus compañeros estaban tan maltrechas como la suya. Podía oír las bombas trabajando incesantemente muy abajo en el casco y se imaginaba al carpintero y a sus ayudantes corriendo de aquí para allá, tapando las vías de agua. Entonces el buque insignia de Romarate disparó una descarga completa directo al falucho San Martín, que se encontraba justo enfrente. El teniente de la Santísima Trinidad pudo ver cómo su casco se llenaba de agujeros y las astillas volaban como un enjambre de insectos gigantes. La verga de mayor se rompió tras el impacto de una bala, sus cabos se enredaron entre ellos y ataron firmemente la vara de madera a lo único que quedaba en pie, el palo macho. Enseguida una brigada de gavieros subió con hachas y desprendió el molesto objeto, dejando la obra viva libre de obstáculos. En la tarea algunos hombres fueron alcanzados por las balas de mosquete, quedando enganchados sin vida en los flechastes o cayendo de cabeza al agua.

—¡Qué bien nos la hicieron! —dijo tristemente Smith. Fue entonces que una bala de mosquete lo hirió de muerte en el pecho y cayó a cubierta, sin vida.

En ese momento la América se encontraba frente a la Murciana y la Santísima Trinidad estaba saliendo de la desembocadura del arroyo, enfrentando sus cañones a la Gálvez. Por su parte la Carmen ingresaba al lugar que le cedía la sumaca, dejando atrás al Aránzazu y el falucho San Martín ya abandonaba al Belén para pasar a su siguiente verdugo.

La cañonera San Ramón disparó a la balandra del griego, derribando una verga y dándole espacio a la Paloma para que intente el mismo ejercicio. Por su parte Spiro probó la misma maniobra que había visto en la Santísima Trinidad. Ordenó al contramaestre Demetrio Martínez que braceen las vergas y *arriben* un poco la nave para ganar velocidad. Con esto esperaba tardar menos en cruzar la boca del arroyo. Luego sintió el cañón de proa de la Carmen disparando con furia—. ¡Ahí tienen, malditos godos del infierno!

Poco después el San Martín atravesó la desembocadura del arroyo y su comandante aprovechó para ordenar mover el cañón de la otra banda. Entonces el teniente Nicolás Picón vio las banderas de señales trepando por el mástil de la Trinidad y buscó de prisa su telescopio.

—¡Es para la América! —exclamó—. ¡Virar en redondo! —El capitán Hernández bufó con desagrado.

—¡Justo ahora que casi terminamos de mover el cañón! —dijo sabiendo que tendrían que regresarlo nuevamente a su lugar.

A la vanguardia la América se apresuró en cumplir las órdenes del buque insignia y como venía amurada a babor viró la popa de tal forma que quedó tomando el viento por la aleta de estribor. Ahora su proa apuntaba a la margen de la isla Cambacuá y el enemigo le quedaba por su banda de babor. En esta situación le resultaba incómodo disparar con su único cañón, en cambio pudo alcanzar una velocidad de dos nudos que le permitió cambiar de bordo enseguida y tener su pieza apuntando a las cañoneras del arroyo.

Al llegar el turno de la Santísima Trinidad, el teniente Ceretti, comandante en funciones, dio las órdenes necesarias para que la sumaca virara en redondo. Una vez terminada la maniobra comenzó a hacer fuego con su costado de babor, esforzándose por no lastimar a la Carmen que en ese momento se interponía entre el enemigo y ella. El griego se dio cuenta de esto y decidió virar antes de tiempo para no estorbar a la batería del buque insignia.

—¡Todo a estribor! —exclamó—. ¡Cruzar la popa por el viento!

La maniobra se demoró más de lo esperado y la combinación entre la corriente y el viento hicieron que cuando por fin la Carmen logró regresar al combate lo hiciera desde un punto más cercano a la costa.

Para cuando el falucho viró y retomó la acción la sumaca Trinidad ya se encontraba de nuevo atravesando la desembocadura del arroyo, esta vez casi desarbolada y con una dotación menos numerosa. La cañonera Lima realizó un disparo bajo y la bala de dieciocho libras golpeó el casco del buque insignia, destrozando el pasamanos y clavándole una enorme astilla en el muslo al comandante en funciones Ceretti.

—¡Rodríguez, Dubois, lleven al teniente a la enfermería! —exclamó Nicolás Jorge señalando al herido y pasando a ocupar su puesto en el gobierno del barco—. ¡Continúen haciendo fuego! —gritó, viendo que de los cinco cañones tres habían sido desmontados y los otros dos tardaban mucho en recargar. Miró a popa y de casualidad fue testigo del momento en el que una bala enemiga golpeaba el palo trinquete de la Carmen, haciendo que el velacho cayera a cubierta y la balandra virara repentinamente a estribor.

—¡Arriar la cangreja! —gritó Spiro desesperado, pero entonces un golpe en la quilla detuvo por completo la embarcación, haciendo que varios hombres cayeran a cubierta.

—¡Hemos varado, señor! —dijo el contramaestre Demetrio Martínez—. ¡No podemos movernos!

—¡Maldita sea mi suerte! —exclamó el griego—. ¡Hombres a las brazas! ¡Tal vez podamos liberarla! —gritó tirando de los cabos él mismo para orientar las velas.

—¡Es inútil, capitán! —respondió el piloto justo antes de ser alcanzado por una bala que lo partió en dos. El griego miró alrededor y vio cómo caían el resto de sus hombres, diezmados por la violenta metralla que barría la cubierta.

—¡No soportaremos mucho más, señor! —le dijo el condestable Pedro Boa, sucio por la pólvora y transpirado por el ejercicio. Samuel comprendió que no había opción, su barco estaba casi desarbolado, su casco agujereado y varado. Mientras él se tomaba ese instante para pensar la tripulación seguía muriendo bajo las furiosas balas enemigas.

—¡Todos a los botes! —rugió por fin—. ¡Abórdenlos de inmediato! —Entonces se dirigió abajo y llamó al ayudante de contramaestre Mansilla para que lo ayude a desalojar el barco. Enseguida los marinos comenzaron a abandonar la Carmen, que temblaba cada vez que recibía nuevas descargas contra sus costados maltrechos.

—¡Suba, capitán! —le gritó Demetrio Martínez desde el bote—. ¡Ya no falta nadie!

—¡Debemos partir ahora, señor! —decía un gaviero—. ¡Lo estamos esperando!

—¡Esta bien! —dijo tristemente—. ¡Hagan espacio, muchachos!

Enseguida los hombres remaron un trecho muy corto hasta llegar a la orilla de la isla Cambacuá, donde pisaron tierra después de muchos días navegando.

—¡Oh, por Dios! —exclamó de pronto Spiro—. ¡Olvidé un objeto que aprecio mucho a bordo!

—¡No se preocupe, capitán! ¡No creo que los godos se animen a tomar la Carmen, a la noche lo recuperaremos! —le dijo Pedro Boa.

—¡Debo ir a buscarlo ahora! —Subió al bote, tomó los remos y puso proa nuevamente a la balandra. En el corto viaje se fue diciendo que no podía abandonar la lucha, que sería una vergüenza no pelear hasta el final como todo capitán de guerra debía hacer.

Mientras tanto, a bordo del San Martín, el comandante Hernández vio dos botes españoles zarpando de la Gálvez con intenciones de apresar el barco del griego.

—¡Dos puntos a babor! —ordenó enseguida—. ¡Cortémosles el paso a esos hijos de perra!

El capitán de la Santísima Trinidad también adivinó las intenciones de los godos y ordenó que bajaran dos botes con fusileros para impedir que los españoles la tomaran al abordaje.

—¡La Carmen está varada y confía en nuestra ayuda! —les dijo Jorge desde la popa—. ¡Vayan a defenderla!

Cuando Spiro llegó a la cubierta de su querida balandra vio los botes de la sumaca todavía lejos y supo que tenía una oportunidad. —¡Pero no hay tiempo que perder!—se dijo. Caminó rápidamente hacia la camareta y una vez allí tomó su amada pipa, ese objeto que tantas veces lo había acompañado en sus años de servicio. La pitó dos o tres veces comprobando que aún estaba encendida y se detuvo cuando vio la carta para su esposa todavía sobre la mesa. La observó un momento con devoción y luego abandonó la recámara.

Sus pasos lo guiaron por las escaleras hacia abajo, a esas entrañas oscuras donde nunca llegaba la luz del sol. Su corazón anhelaba volver a ver a su amada María, pero su mente le recordó el compromiso que había tomado por Buenos Aires, cuando aquel 25 de mayo le juró fidelidad a las ideas independentistas del cabildo. Ahora, a medida que sus pies recorrían la cubierta inferior de su querida balandra en agonía, juró que ningún español pisaría esas viejas tablas nunca jamás. Ese sería su legado, el enorme favor que devolvería a quienes confiaron en él y lo pusieron al mando de la Carmen. Abrió la puerta de la santabárbara con decisión, buscó un tonel de pólvora abierto y volcó rápidamente el contenido ardiente de su pipa sobre el oscuro polvo que rellenaba por completo el barril.

Una explosión gigantesca ensordeció a los presentes, que tomados por sorpresa se agacharon instintivamente. Las ramas de los árboles se movieron como péndulos, impulsadas por la onda expansiva mientras cientos de despojos comenzaron a caer del cielo. Los hombres buscaron refugio y esperaron que el humo se disipara, luego posaron sus miradas en la desembocadura del arroyo esperando ver la balandra y encontrando solamente una montaña humeante de escombros. El griego podía descansar en paz, los cañones de la Carmen nunca serían utilizados contra su amada patria adoptiva.

Luego del estallido hubo un momento de silencio, que cada bando utilizó para volver a organizarse. Entonces una nueva andanada de la Santísima Trinidad dio por terminada la breve y tácita tregua. Uno tras otro los buques patriotas continuaron su segunda pasada río arriba, presentando batalla al enemigo con la misma determinación que al principio pero cada vez más debilitados. En el estado en el que se encontraban era fácil comprender que pronto quedarían desarbolados y con los cascos deshechos. La sangre que manaba de sus imbornales contaba el resto de la historia.

No habría una tercera pasada. Las naves de Buenos Aires habían sido derrotadas y se alejaban lentamente hacia el norte para escapar de aquel canal de pesadilla, donde el destino quiso que perdieran la vida tantos hombres valientes. Nicolás Jorge sabía que a pesar de haberlo intentado todo para salir victoriosos habían subestimado al enemigo, un error muy común y generalmente fatal. Recién ahora comprendía lo que aquellos desconocidos les habían querido advertir antes del triste combate.

—¿Quiénes habrán sido esos locos? —se preguntó por un instante, antes de sumirse en las reparaciones de su barco.

---

Recién al mediodía Romarate pudo terminar sus asuntos en el pueblo y embarcó nuevamente en el lanchón Luisa con sus soldados. Al poco rato de haber soltado amarras el alférez que comandaba la embarcación reconoció a popa toda una flota que se les acercaba.

—¡Comodoro, tenemos a los rebeldes detrás nuestro!

—¡No permitiremos que nos alcancen! —respondió su superior—. ¡Oriente mejor la vela, necesitamos más velocidad!

—¡A la orden, señor!

Al rato escucharon el disparo de un cañón y Romarate supo al instante que se trataba de uno de los cazadores de proa del Belén.

—¡El capitán Reguera los ha visto! —le informó al alférez—. ¡Espero que haya preparado nuestra escuadra para el combate que se aproxima!

Apenas el lanchón llegó a la flota con los rebeldes pisándole los talones, el comodoro se alegró de ver que las naves estaban acoderadas a los árboles y que habían apostado cañones en tierra. Pasó directamente al buque insignia a felicitar a su capitán.

—¡Señor Reguera, estoy muy satisfecho con los preparativos! —le dijo sonriendo, algo que no ocurría con frecuencia en ese hombre tan serio—. ¿Recibió la pólvora?

—¡Sí, señor! ¡También las reses!

—¡Me alegro! —le respondió, temiendo escuchar una negativa. Entonces tomó su telescopio y miró largo rato hacia el enemigo que se acercaba lentamente—. ¡No quiero que abran fuego hasta que estén encima de nosotros! ¡Pase la orden a los demás capitanes de la flota, si es tan amable!

—¡A la orden, señor!

Unos momentos más tarde se oyó un disparo de fusil que provenía del final del canal, al otro lado de un pequeño arroyuelo que corría paralelo al río.

—¿Quién demonios abrió fuego? —preguntó sorprendido el comodoro.

—¡No son de los nuestros! —exclamó Reguera—. Es posible que sean hombres de Otorgués, aunque también los acompaña una señora.

—¡La mujer no me preocupa en lo más mínimo! —dijo tranquilamente Romarate.

—¡Sin embargo, fue ella la que disparó!

—¡Présteme el telescopio! —El comodoro enfocó el grupo y se sorprendió al verlos gesticular y gritar—. ¿Es mi imaginación o están tratando de hablar con los rebeldes?

—¡Eso creí yo también, señor! ¿Quiere que envíe una partida de soldados a investigar?

—¡No hace falta, desde su posición jamás serán oídos! —sentenció el comodoro—. ¡Pero si vuelven a disparar habrá que detenerlos!

—¡Muy bien, señor!

Al poco rato los españoles pudieron ver una serie de banderas de señales subiendo por el mástil de la sumaca que navegaba en medio de la formación y un instante después la cañonera que venía a la vanguardia abrió fuego. La bala golpeó el casco del Belén a la altura del pasamanos y le arrancó un pedazo. La contraofensiva no se hizo esperar.

—¡Fuego! —gritó Romarate, y un segundo después la batería de estribor del bergantín lanzaba una terrible descarga de metralla mientras el Aránzazu y la batería de tierra lo imitaba—. ¡Ahora ya lo saben! —exclamó seriamente el comodoro refiriéndose a sus reservas de pólvora.

—¡Pobres diablos! —exclamó Reguera, que en el fondo esperaba que sospecharan algo al respecto.

El infierno había sido desatado, las dos escuadras disparaban sus cañones a una distancia muy escasa y era evidente que los rebeldes estaban en desventaja.

—¡Maldición! —exclamó Alexander, mirando la escena con horror—. ¡Hemos fallado en nuestra misión!

—¡Hicimos un viaje tan largo, con tantas dificultades y fracasamos! —dijo Santiago al borde de las lágrimas—. ¿Es que no sirvió para nada nuestro esfuerzo? —El timonel escuchó aquellas palabras y se sintió muy triste, pero luego recordó que Carmela llevaba la escopeta aparte del rifle que había disparado.

—¡Podemos hacer algo mejor que mirar! —dijo de pronto—. Lo primero será retirarnos de este lugar, aquí estamos demasiado expuestos y alejados. Ayúdenme a pararme, por favor.

Entonces cruzaron el arroyuelo lentamente para no dejar al timonel atrás y al rato se agazaparon en un bosquecito que se encontraba muy cerca de la batería de tierra.

—¡Presten atención! —les dijo Alexander—. José disparará el rifle y Carmela la escopeta. Juan y Santiago tomarán el cuerno de la pólvora y se encargarán de recargar las armas. La estrategia está en disparar cuando haga fuego la flota patriota, de esa manera nadie nos escuchará y pensarán que los artilleros mueren debido a la fusilería del capitán Nother.

—¿Y si ven el humo en este lugar? —preguntó Carmela.

—¡Cuando esta batería enemiga comience a disparar se cubrirá de una nube tan grande que ocultará nuestro rastro! —le aseguró el timonel—. ¡Además, el viento no es muy fuerte y el humo de la pólvora suele ser bastante espeso!

—No había nada que discutir, lo único que restaba era esperar que los artilleros españoles comenzaran con su tarea para iniciar el plan.

Mientras tanto un poco más cerca del arroyo toda la escuadra de Romarate hacía fuego a discreción con una cadencia admirable. Se notaba que eran tripulaciones profesionales, acostumbradas al ritmo de la guerra. A cada segundo la superioridad de los españoles aumentaba y la flota rebelde se mostraba cada vez más improvisada pero también valiente, sacando fuerzas de sus propias convicciones.

El comodoro sintió pena por aquellos hombres, dignos de respeto y admiración, pero su deber como comandante de una escuadra del rey era continuar la batalla hasta que el adversario rindiera su pabellón o fuera terminado. Él creía que esas tierras eran de la corona española por derecho, porque las había conseguido con el esfuerzo y la sangre de sus hijos. Ahora nuevamente se disputaba la soberanía de aquellos parajes con la vida de los aguerridos contrincantes, sean del bando que fueran.

La cañonera rebelde que se encontraba en la vanguardia llegó entonces a la altura de la batería de tierra, que enseguida hizo la primera andanada y luego continuó haciendo fuego a discreción, enviando una lluvia de balas macizas hacia la arboladura del enemigo.

—¡Es nuestro momento! —exclamó Alexander en su rol de comandante del grupo—. ¡Carmela, José, disparen ahora!

El sonido de sus armas se vio enmascarado por el de la batería y los mosquetes de la América les dieron la excusa perfecta para abrir fuego. La mujer hizo el primer disparo y entregó la escopeta a Juan, que apenas la recibió ya estaba colocando los perdigones y la pólvora para la siguiente descarga. Uno de los artilleros cayó al suelo con un brazo destruido por el impacto, sus compañeros miraron hacia adelante creyendo que la cañonera había sido la culpable. José hizo su propio disparo y falló, la distancia era tal que no aseguraba la precisión de las armas.

—¡Santiago! —llamó José entregándole el fusil y el grumete lo recargó mientras Juan le devolvía la escopeta a Carmela para que abriera fuego de nuevo.

—¡Malditos godos! —exclamó ella antes de disparar, sorprendiendo a Alexander que se encontraba sentado observando la escena—. ¡Arderán en el infierno! —Miró al timonel y se sonrojó—. ¡Son unos malditos! —El hombretón se limitó a sonreír mientras veía caer otro artillero, esta vez del cañón siguiente.

—¡José! —llamó Santiago pasándole el fusil recargado al pescador, que nuevamente colocó su rodilla derecha a tierra, alineó la mira y levantó el codo antes de hacer fuego.

—¡Te di! —gritó triunfante al ver que el artillero caía con el atacador en sus manos.

—¡Muchachos! —les dijo Alexander a Juan y a Santiago—. ¡No gasten toda la pólvora del cuerno, dejen algo para defendernos en caso de que lo necesitemos!

—¡Sí, señor! —respondió sin pensar el grumete.

—¡No me digas "señor"! —le pidió el timonel, dándose cuenta que el chico se estaba volviendo un marino de ley.

Cuando la América se alejó hacia el sur Alexander ordenó el cese al fuego. Debían esperar que la Santísima Trinidad se acercara para continuar con la charada, o los artilleros se darían cuenta del engaño y no tardarían en lanzarles metralla con sus cañones de nueve libras.

—¡Buen trabajo, descansen un poco! —El timonel alzó la vista y notó que Carmela lo estaba observando con los ojos brillantes—. ¡Si estás cansada cambia lugares con Juan! —le dijo en tono imperativo, como se daban las ordenes en un barco de guerra.

—¡Está bien! —respondió nerviosa mientras jugaba con los anillos de su mano izquierda.

A bordo del Belén, el capitán Ignacio Reguera seguía el desempeño del combate, atento a las necesidades de sus hombres. Los rebeldes habían optado por virar al final del canal y volver a pasar atacando con su otra banda, lo cual era digno de admiración dado el estado desesperante en el que se encontraban. Escuchó el tronido de los largos de dieciocho libras de su barco y se llenó de orgullo, cuánta potencia tenía la escuadra española.

—¡Cada vez que siento los cañones saltando sobre la cubierta me invade una sensación indescriptible! —le comentó Romarate, sincerándose con su compañero de armas.

—¡Casualmente estaba pensando lo mismo, señor! —le respondió Reguera—. ¡Cuánto poder nos confieren las armas!

—Ahí es donde se equivoca, capitán —le respondió el sabio comodoro—. Hoy, por ejemplo, llegamos listos al combate debido a una combinación de sucesos que poco tuvieron que ver con nuestro armamento. A usted se le ocurrieron dos ideas brillantes: acoderar las naves y montar baterías en tierra. Yo tuve la suficiente entereza para pedirle pólvora a Otorgués y él la necesaria astucia política para ganar un aliado importante. Como ve, los cañones no tuvieron nada que ver en este resultado.

—¡Tiene razón, señor! ¡Como el humilde marino que soy, me cuesta pensar que la guerra es más política que combate y armamento!

—Los que nos hemos hecho de abajo a veces creemos que el buque mejor equipado, con la mejor tripulación y el viento a favor gana las batallas. Eso no es cierto, no crea que tendremos por siempre el favor de Otorgués, los cañones más potentes o el barlovento. Muchos de los hombres de Brown no saben lo que es la disciplina y sin embargo el almirante enemigo ha sabido quitarnos la isla de las manos. —Reguera se quedó pensando, lo que su superior le decía era la clave de todo aquello. La astucia resultaba más valiosa que las armas, una idea era más poderosa que la fuerza, la influencia otorgaba más privilegios que la capacidad.

—¿Dónde juega el honor en todo esto? —preguntó el capitán sintiéndose de nuevo un grumete.

—¡Ahí está el honor, capitán, justo frente a usted! ¡En esos barcos que aunque están deshechos pegan la vuelta y regresan al combate, vencidos pero dignos! —Reguera miró adelante un momento y se conmovió.

—A algunos sólo les queda morir con honor, señor.

—¡Son los más afortunados! —exclamó Romarate—. ¡Ojalá todos sepamos lo que es eso!

A bordo de la cañonera San Ramón, el comandante Luis Boza seguía el combate con entusiasmo, escuchando cómo el cañón de su barco hacía fuego con una buena cadencia.

—¡Sigan disparando! —gritaba desde el palo trinquete—. ¡Que los rebeldes se pudran, maldita escoria! —Caminó unos pasos hacia popa y el viento le trajo el olor acre de la pólvora—. ¡Qué suerte que los artiguistas nos ayudaron! —pensó—. ¡Este combate habría sido muy distinto sin los suministros de esos vendidos! —Al llegar junto a la rueda del timón divisó una de las partidas de Otorgués y se cruzó de brazos para observarla con comodidad—. ¡A esos infelices también les llegará su turno!

—¡Atención! —exclamó Alexander mirando hacia el río, esperando el momento preciso en que la sumaca Trinidad abriera fuego para que los suyos hicieran lo propio—. ¡Ahora! —gritó.

José y Juan dispararon y el sonido se confundió con las descargas patriotas, continuando con el engaño que les venía resultando de maravillas. Mientras Santiago y Carmela recargaban, el timonel hacía un recuento de los hombres que habían matado en la batería enemiga.

—¡Le dimos a seis, nos quedan treinta! —dijo enseguida—. ¡Traten de distribuir los disparos a todos los hombres y no sólo a los de la pieza más próxima! ¡De esa forma no sospecharán!

De nuevo abrieron fuego y otro artillero cayó, herido en el abdomen. Alexander calculó que había tiempo para hacer una última descarga y dejó que sus compañeros siguieran con el ejercicio sin decir nada. Entonces notó que la Santísima Trinidad se alejaba pero la balandra Carmen todavía no estaba en posición.

—¡Alto el fuego! —exclamó, levantando su mano derecha por instinto. Pasaron unos segundos y entonces oyó el tronido de la escopeta en manos de Juan y el alarido de dolor de un artillero próximo—. ¡Maldición, dije que detengan los disparos! —gritó enojado el timonel, pero ya era tarde.

—¿Quiénes son esos? —preguntó alarmado un español a su compañero mientras se hacía visera con la mano para ver mejor—. ¡Hay rebeldes escondidos en los árboles! ¡Tomen las armas ligeras y abran fuego, rápido!

—¡Giren este cañón y cárguenlo de metralla! —agregó el encargado de esa pieza—. ¡Para hoy!

—¡Debemos escapar! —exclamó Alexander y enseguida sus compañeros se prepararon para huir—. ¡Ayúdenme a incorporarme!

Antes de partir José hizo un disparo contra la batería para ganar tiempo y se sumó al resto, que ya escapaban sosteniendo al timonel.

—¡Más rápido! —decía Santiago.

—¡Cuidado con Alexander! —repetía Carmela.

En la batería ya habían comenzado a disparar sus pistolas y las balas pasaban zumbando muy cerca de los fugitivos, que trataban de esquivarlas aunque la torpeza con la que se movía el timonel les jugaba en contra.

—¡Deben dejarme aquí y seguir ustedes! —les pidió Alexander.

—¡Eso nunca! —le respondió la mujer.

—¡Si es necesario moriremos todos juntos! —exclamó el grumete.

Un instante después el cañón español se encontraba en posición y podían ver a la distancia cómo los artilleros lo preparaban para lanzarles una descarga de metralla. No hacía falta que tuvieran mucha precisión, a esa distancia les darían con total seguridad. El resto de las piezas de la batería comenzaron a disparar nuevamente, al parecer la Carmen de Spiro había entrado en rango y los godos estaban concentrando el fuego en ella.

Entonces el artillero perforó el cartucho, colocó pólvora en el oído del cañón y cuando estaba aproximando el botafuego con la mecha retardada para dispararlo una impresionante explosión lo arrojó al suelo, quedando atontado y adolorido.

———

—¡Ave María purísima! —se escuchó decir Reguera en la cubierta del Belén—. ¡Pobres diablos!

—¡Un disparo de nuestros dieciocho libras debió ingresar a su santabárbara! —aseguró Romarate mirando con su telescopio lo que quedaba de la balandra—. ¡De todas maneras habían abandonado el barco, confío en que no hubo víctimas! —Cerró la lente y miró a su capitán—. ¡Detengan el fuego mientras el enemigo decide si desea continuar!

En la batería los artilleros se pusieron en pie lentamente, lastimados y golpeados por la caída debida a la explosión. Cuando recordaron el hilo de la batalla miraron hacia la arboleda buscando a los rebeldes que les habían estado disparando, pero en su lugar no había nadie.

—¡Maldición! ¡Los perdimos de vista!

—¡Dispara el cañón por las dudas! —ordenó el encargado.

—¡No lo hagas! —dijo otro—. ¡Romarate ordena el alto al fuego!

Los fugitivos no se encontraban lejos de allí. Como les había pasado a los artilleros, a ellos también la explosión los había derribado, pero se arrastraron hacia un lugar donde el bosque era más espeso y continuaron alejándose fuera de la vista del enemigo.

Cuando la sumaca Trinidad volvió a disparar Romarate entendió que los patriotas querían continuar la contienda y ordenó abrir fuego nuevamente. Entonces el artillero español aprovechó para hacer la descarga de metralla hacia donde habían huido los rebeldes. Las feroces esquirlas atacaron el bosque cortando ramas, lastimando troncos, haciendo volar hojas y zamarreando las copas de los árboles. Los pájaros huyeron en bandada, asustados por la repentina furia del cañón y los artilleros festejaron, seguros de que su metal había alcanzado al enemigo.

Pero sin embargo los fugitivos estaban a salvo. Alexander había previsto que eso pasaría y apenas escuchó los cañones de la Santísima Trinidad haciendo fuego les ordenó a sus compañeros que se acuesten en el suelo y que no se levanten por nada del mundo. La metralla les pasó por encima a escasas pulgadas pero fue incapaz de hacerles daño, al igual que las pequeñas ramas que les cayeron desde los árboles. Una vez pasado el peligro se incorporaron y continuaron la lenta caminata hacia los caballos sin que el enemigo volviera a dispararles. Al parecer los artilleros se habían concentrado en la batalla, olvidándose de ellos.

Cuando por fin llegaron a los caballos los montaron y se dirigieron al trote con rumbo sur, para alejarse rápidamente de la presencia de los españoles. A la media hora de comenzado su regreso se toparon con una partida de dragones artiguistas que apenas si les prestaron atención. Santiago pudo oír la conversación que se dio entre dos de ellos mientras pasaban a su lado.

—¿Y éstos? —preguntó uno.

—¡Son los hombres del gringo! ¡No debemos tocarlos!

—¡Sigamos, pues!

Ya podían estar tranquilos, los españoles no se alejarían tanto de sus barcos y los hombres de Otorgués tenían órdenes de no hacerles daño. Artigas había cumplido su palabra, tuvieron su oportunidad para intentar salvar a Nother y a los suyos, pero habían fracasado. Tal vez el coronel sabía esto y por eso los había dejado probar suerte, nunca lo sabrían con certeza. Por lo pronto el grupo estaba apenado pero satisfecho de sus acciones y lo único que todos querían era regresar.

—¡Debemos cruzar el río Uruguay y llegar a la isla Cambacuá! —les dijo Alexander, nuevamente débil y enfermo. El efecto del remedio estaba desapareciendo y pronto volverían la fiebre y los malestares—. ¡En poco tiempo, cuando el sol se esconda, las flotas dejarán de combatir y los patriotas volverán a Buenos Aires, aguas abajo! ¡Debemos interceptarlos para regresar con ellos!

—¿No prefieres ir a la hacienda y permanecer allí algunos días hasta que te recuperes? —le propuso Carmela.

—¡Me encantaría, pero no puedo! —respondió el timonel con pesar—. El almirante espera que vuelva junto a Santiago. Además, lo que vieron hoy no cambió la situación de ninguno de los dos bandos. La flota patriota todavía tiene una oportunidad para vencer a los españoles y yo debo estar junto a mi amigo Brown cuando eso suceda.

—¡Está bien! —Carmela aceptó con tristeza la decisión de Alexander—. ¡Al menos permítanme acompañarlos hasta un punto donde sé que hay botes para cruzar!

Continuaron la marcha y enseguida llegaron a un muelle improvisado donde había dos botes de madera y una pequeña choza. La mujer desmontó, golpeó una puerta de madera medio podrida y enseguida fue atendida por un viejo pescador de la zona que al parecer conocía a Carmela.

—¡Don Felipe! ¿Cómo se encuentra?

—¡Mal, doña, muy mal! —respondió el viejo—. ¡Asustao por la guerra allá arriba!

—Mis amigos necesitan cruzar el río, pensé que usted podría…

—¡De ninguna manera, mhija! ¡Hoy no salgo pa ningún lado, no señó! —La mujer se desesperó y estaba por responder cuando Santiago tomó la palabra.

—Si le parece podemos usar uno de sus botes y dejarlo amarrado del otro lado. Cuando usted decida puede ir a buscarlo con el otro.

—¡Ahh, eso está muy bien! —dijo el viejo convencido.

—¿Podemos? —le preguntó entusiasmada Carmela.

—¡Sí mhija, sí! —agregó don Felipe, contento de no tener que moverse de su casa.

—¡No sabe cuánto se lo agradezco!

Sin perder un instante, Santiago, José y Juan fueron a buscar el bote mientras Carmela se dirigía hacia Alexander, que se encontraba echado sobre el caballo. Al verla, el hombre hizo un esfuerzo y se incorporó trabajosamente para luego tomar la mano que ella le ofrecía, mirándose ambos sin hablar. Le resultó evidente que la mujer trataba de decir algo sin animarse a hacerlo y en un acto de generosidad prefirió hablar él, porque además no deseaba partir sin despedirse.

—¡Pronto el efecto de tu medicina me dejará y ya no tendré noción de la realidad! —le dijo el timonel—. ¡Por eso quiero aprovechar este momento para agradecer todo lo que has hecho por nosotros!

—¡Estoy muy contenta de haberlos conocido, sobre todo a ti, Alexander! —Las lágrimas brotaron de sus ojos y se acercó al jinete para ayudarlo a desmontar con delicadeza—. ¡Antes de que sigan viaje quiero que se lleven el fusil, balas y un cuerno de pólvora! ¡Pueden necesitarlo!

—¿Y tú?

—Yo me quedaré con la escopeta, me resulta más fácil de disparar. —Una vez que Carmela le entregó el arma con las municiones recordó algo y fue a buscar su alforja, de la que sacó la botella marrón—. ¡Aborrezco que los hombres beban, me parece el peor de los vicios, pero en este caso mis sentimientos son distintos! ¡No sé por qué, pero cuanto más te conozco menos me importan tus defectos! —Extendió la mano y le ofreció el recipiente, esperando que Alexander lo agarrara.

—¿Y eso qué es? —preguntó éste totalmente confundido.

—¡Te traje ron, temí que la abstinencia te volviera loco! —El timonel se olvidó de pronto de sus malestares y rompió a reír. Su reacción hizo que la mujer se avergonzara de sus palabras y que estuviera a punto de apartarse, ofendida.

—¡Escucha! —dijo Alexander reteniéndola y correspondiendo al regalo—. ¡No sé qué habré dicho para generar este malentendido, pero lo cierto es que no bebo alcohol! ¡Si lo hiciera te lo diría abiertamente, pero no es así!

—¿Ah, no?

—No, la última vez lo lamenté tanto que en adelante preferí beber agua con limón. —Alexander se echó a reír de nuevo y esta vez Carmela lo imitó alegremente—. Pero agradezco esta confusión, porque ahora sé que eres capaz de aceptar un defecto en mí que en otros te costaría consentir. Siento que soy especial para ti y no quisiera perder ese privilegio, porque el sentimiento es mutuo. Me gustaría volver a verte en circunstancias más felices.

—¡Sería un placer! —exclamó ella casi al instante.

—¿Estarás bien de camino a la hacienda?

—¡Conozco la zona como la palma de mi mano! ¡No te preocupes, llegaré a salvo!

Entonces se acercaron al bote y Carmela se despidió de los demás, deseándoles buena suerte y pidiéndoles que cuidaran del timonel lo mejor que pudieran. Luego le dio un beso a Alexander en la mejilla, que notó caliente por la fiebre que empezaba a subir.

—¡Te deseo lo mejor! —le dijo ella.

—¡Nos volveremos a ver cuándo esta guerra termine! —le aseguró él—. ¡Mucha suerte con tu madre!

Así Carmela volvió donde estaban los caballos y los ató entre ellos, emprendiendo luego el regreso a su hogar. Alexander embarcó con dificultad y se quedó observándola hasta que la distancia la hizo desaparecer de su vista. Antes de que el sol se escondiera la hacendada y el timonel comenzaron a extrañarse. Ella pensando que tal vez ya era tiempo de quitarse las sortijas y guardarlas en el arcón de los recuerdos. Él creyendo que quizás había encontrado el motivo por el cual los marinos preferían quedarse en tierra.

# 8

# El retorno de los Héroes

**29 de marzo**

Santiago y los pescadores sabían que la flota patriota había huido aguas arriba y que tarde o temprano tendría que volver a pasar por la zona del combate. También estaban seguros de que los barcos de Nother navegarían por el lado este de la isla Cambacuá, para evitar enfrentarse nuevamente a los godos. Por esa razón, una vez que el grupo logró desembarcar y atar el bote al tronco de un árbol, caminó una milla a través de la húmeda vegetación de la isla hasta llegar a su otro extremo.

Ya sobre el río Uruguay los hombres se prepararon para pasar la noche. Arroparon bien a Alexander que nuevamente había perdido la conciencia y mientras Juan se encargó de ponerle paños fríos, José y el grumete se dispusieron a hacer una fogata. Enseguida se dieron cuenta que las ramitas del suelo, las hojas y todo el combustible que habían podido reunir estaban húmedos y que les sería muy difícil encender la hoguera con aquellos elementos.

—En la alforja de Alexander debe haber algo que nos sirva —dijo Santiago. No tardó en encontrar la botella marrón y se propuso destaparla, descubriendo así el delicioso aroma del ron añejo que se dispersó en el aire para embriagar sus narices.

—Se está poniendo fresco, sería bueno mojar un poco el gañote para recuperar el calor —propuso Juan y José estuvo de acuerdo.

—Dos o tres tragos estará bien —aseguró Santiago—. Pero no más que eso. Es un regalo de Carmela para Alexander, usemos lo necesario y volvamos a guardarla.

—De acuerdo —dijo José—. ¿Vas a tomar?

—No —respondió el grumete, acomodando las ramas en forma de pira—. Usaré mi parte para rociar con licor esta leña y espero que eso me permita iniciar el fuego. —Luego tomó una varilla recta de entre las ramas y comenzó a frotarla rápidamente contra un pequeño tronco cubierto de hojas.

—Ojalá tuviéramos un poco de yesca —opinó Juan.

—Seguiré probando con esto, tengo toda la noche para lograrlo.

Los primeros intentos de Santiago fueron inútiles, pero con el tiempo la madera tomó temperatura y comenzó a humear débilmente. Esto entusiasmó al grumete, que aceleró la fricción hasta que logró ver una débil y pequeña llama brillando en la noche. —¡Rápido, dame aquellas hojas embebidas en ron! —le pidió a José. Las acercó lentamente tratando de no respirar cerca y de repente el alcohol se inflamó, encendiendo la madera con una llama azulada. Los pescadores gritaron de alegría, felicitando al joven por su perseverancia y astucia. Un momento después, la enorme pira iluminaba la oscuridad y los resguardaba del frío de la isla.

Una vez protegidos por el calor de las llamas decidieron extender sus mantas alrededor del fuego y echarse a descansar, mientras Juan repartía unas viandas que traían de la hacienda. Obligaron al timonel a beber un poco de agua fresca, pero apenas si tomó dos sorbos en un momento en que recobró el sentido. Ya era de madrugada y estaban terminando de comer cuando de pronto unas figuras surgieron de las sombras y los sorprendieron, rodeándolos.

Se trataba de un grupo de veintitantos hombres vestidos como marineros, con sus ropas sucias y en muchos casos rotas. En sus manos sostenían pistolas, mosquetes y alfanjes y su actitud era sumamente hostil. El que parecía su jefe era un hombre de estatura normal y contextura fuerte, pelo enrulado y barba negra. Se mantenía apuntando a José sin moverse mientras miraba todo el campamento con ojos asustados.

—¿Quiénes son ustedes y qué hacen aquí? —les preguntó.

—¡Soy el grumete de la fragata Hércules y ese que ven ahí acostado es el timonel del almirante! —respondió Santiago sin dudar.

—¿El timonel de Brown? —preguntó sorprendido el hombre—. ¿Ese Alexander no sé qué? ¡Es imposible! —afirmó con vehemencia—. ¡Conocí al marino en la cubierta de la cañonera y dudo que sea él! —dijo señalando a Boss.

—¡Si lo desea puede acercarse y comprobarlo usted mismo!

El hombre dio unos pasos y se agachó junto al timonel. Entonces asintió lentamente con la cabeza mientras le devolvía la mirada a Santiago.

—¡Es él! —exclamó, y enseguida todos bajaron las armas—. ¿Qué demonios están haciendo aquí?

—¡Llevamos adelante una misión en tierra! —respondió secamente José para evitar entrar en detalles—. ¿Ustedes quiénes son?

—¡Soy el contramaestre de la Carmen, Demetrio Martínez, y éstos son veinticuatro náufragos que vienen conmigo!

—¿Y el capitán? —preguntó sorprendido el grumete.

—¡El comandante Spiro abandonó el barco con nosotros cuando la balandra encalló! —les explicó Demetrio—. ¡Pero una vez en tierra dijo que había olvidado algo muy querido a bordo y regresó! ¡Entonces la Carmen explotó, es imposible que se haya salvado!

—¡Dios mío! —exclamó Juan—. ¡Ese debe haber sido el estallido que escuchamos mientras huíamos de los godos!

—¡Fue una detonación increíble! —agregó el contramaestre—. ¡Desde entonces nos refugiamos en esta isla, viendo cómo el resto de la flota escapaba al norte!

—¡Estamos convencidos de que regresarán, pasarán por aquí y nos levantarán! —comentó otro de los náufragos.

—¡Les presento al condestable Pedro Boa y al segundo contramaestre John Mansilla! —dijo Demetrio, señalando al hombre que acababa de hablar y a otro que se encontraba apartado.

—¡Siéntense, por favor! —Santiago tomó la alforja y les repartió viandas—. ¡Deben estar hambrientos luego del combate!

—¡Sí, muchas gracias! —El contramaestre les indicó a los hombres que tomaran asiento y luego buscó un lugar cerca del grumete—. ¡Vimos su hoguera desde lejos y decidimos venir a investigar! ¡Pensamos que podía ser alguna partida de artiguistas acechándonos!

—¡Son muy astutos como para encender fuego en la noche! —le respondió José. Luego, sin poder ocultar su intriga, les preguntó cómo había sido el combate a bordo de la Carmen.

—¡Un infierno! —describió el contramaestre—. ¡Desde el principio estábamos convencidos de que el enemigo se encontraba indefenso, sin pólvora y con pocas municiones! ¡Entonces, cuando la América abrió fuego y la flota española contestó con ímpetu, no dimos crédito a lo que veíamos!

—¡En todo momento nuestra balandra fue atormentada por los disparos de los godos! —explicó Pedro Boa—. ¡En cambio nosotros nos defendíamos con un solo cañón, aunque los fusileros aportaron mucho en el desquite!

—¡Pasamos una vez haciendo bordadas con el viento por la amura y entonces el buque insignia nos ordenó virar en redondo! ¡Ya con el viento a popa volvimos al combate, tratando de apuntar el cañón de proa sin ser un obstáculo para nuestros compañeros! —indicó John Mansilla.

—¡Cuando estábamos atravesando la boca del arroyo, con todo el fuego español encima, la Carmen encalló y nos vimos perdidos! ¡Los hombres comenzaron a morir como en un matadero y finalmente el comandante Spiro dio la orden de abandonar el barco! —En las palabras de Demetrio había tristeza.

—¡No había nada más que hacer! —agregó Mansilla—. ¡Aunque el capitán encontró una última acción de guerra para evitar que los godos se apoderen de nuestra querida balandra! —Todos hicieron silencio por un instante, honrando al valiente griego. Luego Demetrio miró a Alexander y se interesó por su salud.

—¿Cómo se encuentra?

—¡La herida que tiene en el hombro izquierdo le produce mucha fiebre y debilidad, sobre todo de noche! —le explicó Santiago.

—¡Déjenme ver! —exclamó Pedro Boa, quien dijo tener algunos conocimientos de enfermería. Apenas quitó la venda se sorprendió por lo que vio, pero enseguida supo qué se debía hacer—. ¡Hay que cauterizar mientras todavía no haya signos de gangrena!

—¿Cauterizar? —preguntó el grumete desconociendo el término.

—¡Calentar un hierro al rojo y quemar la herida! —le explicó Demetrio—. ¡Eso hará que cicatrice pronto sin comenzar a pudrirse!

Inmediatamente varios hombres de la Carmen tomaron al timonel por los brazos y piernas y lo sujetaron con fuerza. Expusieron la herida al aire de la noche y colocaron un alfanje al fuego de la hoguera. Cuando su hoja se puso al rojo vivo, Pedro Boa la quitó y con mucho cuidado la apoyó entera en la carne lastimada de Alexander. Éste aulló de dolor y se retorció, luchando con los marinos que lo sujetaban. Cuando el condestable estuvo satisfecho, quitó la hoja y le preguntó a Santiago si había algo para desinfectar la herida.

—¡Tenemos este ron! —respondió ingenuo el muchacho. Entonces Boa vertió bastante líquido sobre el hombro lastimado de Alexander para luego tomar un trago y pasar la botella. El chico estuvo a punto de protestar, pero comprendió que era el precio que debía pagar por la ayuda que le estaban brindando. Además conocía a los marinos y sabía que ese elíxir era su mayor debilidad.

—¡Tu amigo se repondrá muy pronto, ya verás! —le aseguró el condestable.

—¡Ahora, todos a descansar! —ordenó Demetrio, tomando el control del campamento—. ¡Mansilla y yo haremos esta guardia! —Miró a su segundo y le explicó—: ¡Es necesario mantenernos alerta para que la flota no pase inadvertida, sobre todo durante la noche! —El grumete suspiró aliviado, otra vez se encontraban entre amigos.

Más de diez horas después Alexander Boss entreabrió los ojos y supo que era mediodía. Sentía en su cuerpo el vaho caliente y húmedo de la isla elevándose desde el suelo, volviendo el aire insoportable. Movió la boca para decir algo e inmediatamente Santiago fue a su encuentro para asistirlo.

—¡Tengo sed! —murmuró sin fuerzas el timonel—. ¡Dame agua!

Enseguida el grumete arrimó la cantimplora a los labios resecos del herido y contempló satisfecho cómo el timonel ingería el líquido con gran devoción.

—¡Ya estás mejor, amigo! ¡Toma toda el agua que quieras!

—¡No tan de prisa! —exclamó Pedro Boa que se había detenido al ver la escena—. ¡Que beba lentamente y no más de dos sorbos por vez! —le recomendó a Santiago. Entonces siguió caminando hacia la orilla, y al llegar pudo ver río arriba unas velas agujereadas y desaliñadas acercándose—. ¡Ahí vienen los barcos! —gritó, alegre de que la flota se presentara durante su guardia.

Esas palabras fueron mágicas para los marinos, que sin perder un minuto se amontonaron junto al condestable para echar una mirada hacia la flota patriota. Allí estaba lo que quedaba de la escuadra de Nother, un conjunto de cascos en ruinas que avanzaban con dificultad, escorados y desarbolados como enormes botes de remos.

La primera de la fila era la sumaca Trinidad, seguida por la América y el San Martín. Ante esa vista tan querida ninguno dejó de vitorear, saltando alegres y riendo, ansiosos por ver a sus compañeros de armas. Pero un instante después apareció en el horizonte la goleta Fortuna, virando para seguir a sus compañeras y de pronto el júbilo de los náufragos se ensombreció. Cuando los buques estuvieron más cerca les resultó evidente el perfecto estado en el que se encontraba la goleta, lo que despertó el odio en los sobrevivientes de la Carmen.

—¡Qué sorpresa! —dijo Juan Santos Enquesa, marinero de primera—. ¡La Fortuna apenas si tiene daños!

—¡Debe ser muy cómodo ir por este mundo escapando del deber! —agregó Martín Coloma, infante de marina, escupiendo al piso.

—¡Ya basta ustedes dos! —exclamó Demetrio Martínez—. ¡Lo importante es que los nuestros vienen a rescatarnos!

No olvidaron sus rencores, pero al menos se concentraron en hacerle señas a la capitana para asegurarse que los habían visto. Entonces la Santísima Trinidad se puso al pairo con las pocas velas de emergencia que le habían envergado y sus hombres bajaron un bote. Pronto los remeros la condujeron hacia la costa, donde los náufragos esperaban sonrientes.

—¡Ahoy! —saludó Demetrio al timonel de la sumaca—. ¡De la Carmen!

—¡Buenas tardes, señor! —le respondió el marino.

—¡Sólo soy el contramaestre! —dijo el primero restándose importancia—. ¡Somos veintinueve contando al herido! —explicó.

—¿El hombre puede sentarse?

—¡No, tendremos que llevarlo acostado!

—¡Muy bien, lo subiremos ahora! —exclamó el timonel de la Trinidad mirando a sus remeros—. ¡Ayúdenme, muchachos!

Enseguida tumbaron a Alexander sobre el fondo del bote y permitieron que Santiago, los pescadores y algunos de los náufragos abordaran. En esas condiciones tendrían que hacer dos viajes para transportar el grupo completo a la sumaca.

—¿Estás bien, amigo? —le preguntó el grumete al timonel, que mantenía sus ojos entrecerrados, soportando el movimiento del bote.

—¡Sí! —le dijo sonriendo débilmente—. ¡Había olvidado lo que es estar embarcado!

Una vez que la lancha se enganchó en las cadenas de la sumaca aparecieron unos marinos que tomaron a Alexander de los brazos y lo izaron a cubierta, para después llevarlo directo a la enfermería. El resto fue recibido por el teniente Nicolás Jorge, comandante en funciones.

—¿Todos son de la Carmen? —preguntó el teniente.

—¡No, señor! —dijo Santiago—. ¡El herido, estos dos hombres y yo somos de la fragata Hércules!

—¿Cómo? —preguntó extrañado—. ¡No es posible!

—¡Llevamos adelante una misión en tierra! —explicó José, por segunda vez ese día—. ¡Órdenes del almirante! —agregó.

El teniente no se notó convencido pero prefirió enfocarse en lo urgente. Mandó a los náufragos abajo para que se les diera un almuerzo ligero y ordenó continuar con la navegación río abajo. Recién entonces volvió a mirar a los dos hombres y al muchacho, que permanecían en cubierta aguardando que terminara de hablarles.

—¿Cómo se llama el herido?

—Alexander Boss, timonel de la Hércules —dijo Santiago.

—¡Lo conozco! —exclamó Nicolás Jorge haciendo memoria—. ¿Está muy mal de salud?

—¡Todo lo contrario! —le respondió el cirujano Ametran, que justo aparecía en cubierta—. ¡Tiene una herida de bala que se curará muy pronto, no tiene fiebre y está consciente!

—¡Qué buena noticia! —dijo Santiago.

—¡Ahora se encuentra en la enfermería, acompañando al comandante Hubac! —agregó Ametran, bajando nuevamente.

—¡Muy bien! —continuó el teniente—. ¡Después anotaremos sus nombres en el libro de a bordo y serán incorporados a la tripulación de la sumaca hasta que toquemos en Buenos Aires! ¡Vayan abajo y coman el rancho!

—¡Sí, señor! —respondieron los tres, hambrientos y cansados.

En ese mismo momento Alexander se encontraba en su hamaca de la enfermería, mirando aquí y allá las huellas que había dejado el combate. El cirujano, en su incesante paseo alrededor de los pacientes, se acercó para asegurarse que el timonel seguía despierto.

—¡Los dons tenían mucha pólvora! —le susurró el timonel.

—¡Así es! —le respondió Ametran—. ¡Ha sido una masacre!

—¡Cuánto lo siento! —agregó Alexander, entonces vio cómo el herido más próximo se giraba para mirarlo y notó la venda ensangrentada que apretaba una de sus piernas.

—¡Necesito más apósitos! —se apuró en decir el cirujano—. ¡Iré a ver si encuentro alguno!

—¡Soy el comandante Hubac! —dijo el herido presentándose—. ¡El capitán Nother ha muerto y también el primer oficial Smith! —Al ver que el timonel llevaba su nudillo a la frente en señal de saludo se apresuró en agregar—: ¡Tranquilo, hombre! ¡Deje las formalidades para después! —Suspiró y continuó hablando—. ¡Los godos nos tomaron por sorpresa!

—¡Pero tratamos de avisarles, señor! —exclamó Alexander recuperando la fuerza en su voz—. ¡El grumete, los pescadores, Carmela…! ¡Todos nos encontrábamos en la orilla!

—¿De qué rayos habla, hombre?

—¡Estábamos al final del canal, gritándoles que era una trampa! ¡Hasta disparamos un fusil, señor!

—¡Eran ustedes! —soltó el teniente, dando sin querer una palmada en su pierna lastimada y aullando de dolor. Cuando se repuso prosiguió—: ¡Maldición, no sabíamos lo que decían! ¡No entendíamos el mensaje!

—¡No sabíamos cómo alertarlos! —respondió Alexander.

—¡La distancia era muy grande, marino! —dijo Hubac negando con la cabeza—. ¡La suya era una causa perdida!

Los dos heridos hicieron silencio un momento, quedándose a solas con sus recuerdos. El comandante volvió al momento en el que Nicolás Jorge subestimó a las personas de la orilla. El timonel, en cambio, recordó vívidamente el rostro de la hacendada disparando su escopeta contra los españoles.

—¿Y qué hicieron luego de escapar al norte, señor? —le preguntó Alexander cuando volvió al presente.

—¡Tiene razón, la palabra indicada es "escapar", aunque suena terrible! —Hubac pensó un instante—. ¡Amarramos en Paysandú y pasamos allí la noche, reparando los daños más importantes y tratando de envergar algunas velas para volver a casa!

—¿Y nadie intentó perseguirlos o dispararles desde la orilla?

—El infante de guardia me comentó que nos confundieron con barcos españoles—. Rio un buen rato y continuó—: Como nosotros tuvimos que navegar próximos a la costa, los hombres de Artigas pensaron que éramos sus aliados y nos felicitaron por haber derrotado a los rebeldes. Nos dijeron con orgullo que durante la batalla se habían escondido en el monte para disparar al enemigo. Obviamente sus adversarios éramos nosotros.

—¿Y qué les respondieron, señor?

—¡El infante les dio las gracias, no estamos en posición de volver a pelear!

—¡Por supuesto que no!

—¡Esta mañana el teniente Jorge se encargó de enterrar a nuestros muertos en la playa, cerca de la calera de Basquin! —continuó el comandante—. ¡Y aquí estamos! —En ese momento entró Santiago a la enfermería, ya había almorzado y tenía tiempo libre hasta la próxima guardia. Al ver a Hubac y sospechar de quién se trataba, se acercó respetuosamente saludando con una inclinación de cabeza—. ¿Este es el grumete que intentó alertarnos junto a ustedes?

—¡Sí! —contestó el timonel mirando a Santiago con afecto—. ¡Él se enteró que a los godos les darían pólvora y tuvo la iniciativa de avisarles a ustedes!

—¡Te felicito, muchacho! —le dijo Hubac con énfasis—. ¡Si sigues así, algún día llegarás a capitán!

—¡No lo tome a mal, señor, pero ahora mi único deseo es llegar a casa! —El comandante rio ante el juego de palabras.

—¿A casa? —le preguntó Alexander, sabiendo que el chico no tenía un hogar en tierra.

—¡Sí, amigo! —respondió Santiago—. ¡Llévame a la Hércules, quiero estar en casa!

---

En el campamento español del Arroyo de la China la actividad continuaba sin cesar, pese a la victoria obtenida el día anterior. Romarate había ordenado a los comandantes de su flota que vuelvan a embarcar los cañones, que reparen las averías que les habían causado los rebeldes y que liberen los mástiles de las naves. Su intención era navegar de vuelta al Río Negro y permanecer en las cercanías de Villa Soriano, donde esperaría los refuerzos que Montevideo le había prometido. Por el momento no debían preocuparse por los víveres ni por la seguridad de sus naves, los hombres de Otorgués continuaban siendo fieles a su palabra y ayudaban abiertamente a sus aliados.

Luis Boza no estaba de acuerdo con la decisión de su superior. Hacía tiempo que consideraba al sabio comodoro demasiado conservador y apegado a las reglas como para servirle de ejemplo. Él en cambio tomaba decisiones temerarias sin demasiado análisis, pensaba que era mejor un capitán arrojado que arriesgara todo por una victoria que otro caballeresco, reglamentario y calculador que se pase el resto de la campaña alejado de la acción.

Romarate confiaba en que los refuerzos llegarían de un momento a otro y en eso Boza también difería con el comodoro. El comandante conocía a Primo de Rivera y sabía que si la flota de auxilio no había llegado ya era porque nunca vendría. Este punto estaba muy claro en la mente de Boza, que veía pasar sus oportunidades de hacer carrera de la misma forma que transcurrían los días.

El comandante estaba subordinado a las órdenes de Romarate, pero en esas circunstancias sentía como mandato supremo luchar por su país sin importar otra cosa. Si el enemigo estaba en Martín García o en Montevideo, era su obligación como capitán de un barco del rey lanzarse directamente a la batalla y probar fortuna. Sin embargo, su ideología no respondía totalmente al fervor por su nación ni al amor por su patria, detrás de esa máscara de fanatismo se ocultaban sus propios intereses personales.

Él sabía muy bien que si permanecía junto al comodoro su último ascenso peligraba, porque había sido un nombramiento sin confirmación de las autoridades de la península. De esa manera, al terminar la guerra volvería a ser un simple teniente y si no conseguía un barco donde prestar sus servicios sería arrojado a la playa con media paga.

Por todas esas cuestiones el comandante de la cañonera San Ramón tomó una decisión drástica: debía alejarse de Romarate y navegar río abajo hacia Montevideo. Por supuesto que era mejor hacerlo con el consentimiento del comodoro, pero si no, cualquier noche de tormenta o el avistamiento del enemigo le serviría de excusa para cumplir sus propósitos. Lo único que necesitaba era templanza para aguardar el momento adecuado sin desesperarse.

Al almirante Brown, en cambio, le resultaba muy difícil mantenerse tranquilo ante el retraso de los barcos que esperaba. Ya habían pasado cuatro días desde que la Hércules y el resto de la flota amarraron en Sacramento y las reparaciones del buque insignia estaban terminadas. No había ningún otro propósito por el que permanecer en ese puerto, habiendo tanta necesidad de partir para continuar hostilizando al enemigo.

Guillermo se sentó a la mesa de su cabina, tomó la pluma y comenzó a redactar una carta dirigida al ministro Larrea, en la que pretendía descargar el malestar que sentía por la demora de la Belfast y la Agradable.

Estimado señor:

Habiendo hecho la Hércules un poco de agua, me vi obligado a recalar en la Colonia para taponar mejor algunos agujeros de bala, donde permanezco fondeado con la Zéphir, el Nancy y la Juliet. Tengo la intención de zarpar esta tarde para aquella banda con la esperanza de encontrar a la Belfast y la Agradable, naves que lamento no haber visto llegar a este puerto a pesar del viento y marea favorables de ayer. Mucho temo que se me unan tarde, a pesar de la necesidad de proceder con la mayor rapidez posible. Mi opinión es que estos barcos le darían una paliza en regla al enemigo.

Entonces tomó la pluma con fuerza y la mojó repetidamente en el tintero sintiendo cómo lo iba invadiendo el enojo.

Por el amor de Dios, señor, no me obligue a volver por cualquier omisión o descuido del departamento naval.

Luego respiró hondo y prosiguió con mejor ánimo.

Con sentimiento debo informar a usted del infortunado estado de la Colonia y sus alrededores, amenazados por fuertes y numerosos grupos de bandidos artiguistas. Como consecuencia de sus reiterados ataques escasean los víveres, pero habiendo tantas tropas sobrantes en Buenos Aires pienso que el remedio puede aplicarse pronto. Trescientos o cuatrocientos hombres de la capital enseguida limpiarían la costa de estas pandillas, que causan tanto perjuicio a los nuestros mientras ayudan al enemigo a escapar río arriba. Me vi obligado a prestar tropas de la escuadra para mantener la seguridad en la ciudad, juzgue usted si no es un asunto importante enviarnos refuerzos.

Tengan confianza en sus barcos y en ustedes mismos, no mantengan una fuerza inútil en Buenos Aires y envíenla donde pueda ser de utilidad para la causa. Así inspirará agradecimiento en los verdaderos patriotas.

Guillermo Brown[83]

Entonces envolvió la misiva en un sobre lacrado y la despachó inmediatamente a la balandra que hacía de correo.

—¡Señor Gibson! —gritó desde la puerta de su cámara.

—¡Almirante! —le respondió un rato después el capitán, agitado por correr desde la proa.

—¿Ya terminaron de cargar el agua?

—¡Sí, señor! ¡En cuanto bajen los peones de Colonia estaremos listos para partir!

—¡Muy bien, prepare la fragata para cruzar el río y avise a la flota que partimos al atardecer rumbo a Ensenada!

—¡A la orden, señor!

—¡Y por favor, dígale al comandante del puerto que si en estos días se presenta Alexander Boss le avise adónde nos dirigimos!

—Aye, sir!

## 30 de marzo

Eran las cuatro de la tarde y Buenos Aires parecía un horno. El viento fresco que se había mantenido del sudeste había rolado al norte, acelerando el regreso de los buques provenientes del Arroyo de la China pero rodeándolos también de un vaho irrespirable.

---

[83] Cita contextual de la carta del almirante Brown al ministro Larrea del 29 de marzo de 1814.

Alexander se sentía mucho mejor, no había vuelto a tener fiebre en las últimas veinticuatro horas y la herida comenzaba a cicatrizar bajo una nueva venda. Así y todo mantenía el brazo en cabestrillo para inmovilizar el hombro, siguiendo las recomendaciones del cirujano del buque.

Al notar que sus fuerzas regresaban, aprovechó para trasladarse con dificultad hasta la cubierta, donde se alegró de ver por el través de estribor el fuerte y los barcos fondeados en la aduana. Ya faltaba poco, pronto llegarían al Puerto de los Tachos donde era posible que la Hércules o algún miembro de la flota se encontraran anclados, aguardando alguna reparación o cargando víveres.

Santiago lo vio avanzar y fue a su encuentro para ayudarlo. El timonel lo saludó y juntos se ubicaron al lado del palo trinquete de la Santísima Trinidad, que navegaba con el viento en popa y todas las velas sanas hinchadas. Enseguida se les sumaron José y Juan, que parados en el castillo de proa se deleitaban con el paisaje.

—¡Qué alegría, estamos llegando! —exclamó Alexander—. ¡Hace casi tres meses que no vemos este horizonte!

—¡Todo parece muy ameno y tranquilo de este lado, salvo por aquella inmensa fragata que navega en la distancia! —le señaló José haciendo un esfuerzo por verla, de tan lejos que se encontraba—. ¡Parece acompañar la balandra que va más adelante!

—¡Es la HMS Nereus! —explicó el timonel—. ¡Hace ya varios años que permanece en estas aguas, protegiendo los intereses británicos y mediando entre españoles y porteños para que haya paz!

—¿Estará en otra de sus misiones? —preguntó Santiago.

—¡Es posible! —dijo Alexander encogiéndose de hombros—. ¡En mi experiencia la paz se gana con la guerra, pero ojalá tengan éxito!

Una hora después la sumaca fondeaba en el Puerto de los Tachos, la seguían la cañonera América, el falucho San Martín y la goleta Fortuna. El comandante del puerto enseguida subió a un bote y se acercó a la capitana, mirando con curiosidad las marcas que el combate había dejado en los cascos de las naves.

—¡Capitán Nother! —llamó el comandante.

—¡Estoy de guardia en esta sumaca, señor! ¡Soy el teniente Nicolás Jorge, lamento informarle que el capitán Nother, el primer oficial Smith y el segundo teniente Ceretti han caído en batalla!

—¡Cuánto lo siento, teniente! —El hombre ojeó unas planillas y agregó—: ¡En el parte me figura un tercer oficial cuyo apellido es Hubac! ¿Qué ha sido de él?

—¡Es el comandante interino de este buque, señor! ¡Se encuentra en la enfermería, reponiéndose de una herida en la pierna!

—¡Confío en que esté bien!

—¡Así es, señor, gracias! —respondió Jorge—. ¡Se encuentra lúcido y al mando de esta nave!

Mientras el teniente hablaba reclinado sobre la borda, Alexander y Santiago divisaron al instante dos corbetas armadas en guerra con al menos veinte cañones cada una, a las que estaban terminando de abrirle una porta más por banda.

—¿Esos barcos son nuestros? —preguntó extrañado el grumete, impresionado por el porte y la potencia que demostraban las naves.

—¡Sí, la primera es la Belfast y la otra es la Agradable! —le respondió el timonel, preguntándose a su vez qué hacían ahí en vez de estar con la flota de William.

—¡Son preciosas! —dijo Juan—. ¡Tienen líneas impecables!

—¡Lo importante es que lleguen a tiempo adonde hacen falta! —gruñó Alexander, bajando el entusiasmo de los presentes—. ¡Pero sí, lucen bien! —agregó para no dar la nota amarga.

En ese momento se acercó el teniente Jorge y todos lo saludaron con respeto.

—Lamento informarles que no podré dejarlos ir a todos, dos deberán quedarse. Estamos faltos de tripulación y las reparaciones son muchas. Decidan ustedes quiénes permanecerán en la Santísima Trinidad.

—¡Nosotros! —dijo enseguida José señalando a Juan—. ¡El timonel y el grumete deben presentarse en la Hércules porque el almirante los está esperando, señor!

—¿Es eso cierto? —preguntó sorprendido el teniente, desconociendo el tipo de relación que guardaban aquellos marineros con el gran jefe de la expedición.

—¡Si, así es, señor! —respondió humildemente Alexander—. ¡A estas horas debe estar preocupado por nosotros!

—¡Muy bien! —exclamó Jorge—. ¡Debo dirigirme a tierra para presentar los libros de a bordo y detalles sobre la batalla! ¡Si desean puedo dejarlos en el muelle!

—¡Muchas gracias, señor! —respondieron ambos.

Entonces se miraron los cuatro recordando la enorme aventura que habían vivido juntos y se apenaron al tener que separarse.

—¡Nada de todo esto habría pasado de no ser por su ayuda, amigos! —les dijo Alexander a los pescadores mientras estrechaba sus manos—. ¡La fortuna los puso en mi camino justo cuando pensé que moriría ahogado en aquel Río Negro!

—¡Y yo los conocí cuando estaban a punto de fusilarme! —agregó Santiago con gran emoción—. ¡También han salvado mi vida y se los agradezco!

—¡Fue un placer haberlos ayudado! —dijo Juan en tono melancólico—. ¿Nos volveremos a ver?

—¡Por supuesto, haré lo posible para que los trasladen a la Hércules, pero sino de todas formas nos cruzaremos en los puertos! ¡Esta es toda una misma escuadra! —Santiago advirtió que el teniente Jorge estaba subiendo al bote y le hizo una seña al timonel para que se apresurara.

—¡Vaya con Dios, padre! —exclamó José mirando a Alexander—. ¡Y no se olvide de sus fieles!

—¡No se preocupen! —respondió sonriendo el timonel mientras recordaba cuando se había hecho pasar por sacerdote—. ¡Siempre hay alguien que necesita confesión! —agregó tocando el hombro del grumete, que no pudo evitar reír a carcajadas.

Ya en tierra acompañaron al teniente hasta la dependencia del puerto y al llegar les llamó la atención una muchacha de unos catorce años aguardando a la entrada con expresión nerviosa. Llevaba un vestido amarillo pálido, una enorme peineta encima de la cabeza y un tul blanco que le cubría el pelo y los hombros. Se abanicaba con insistencia tratando de combatir el calor insoportable, aunque también lo hacía como una manera de calmarse.

—¡Disculpen, señores! —les dijo reconociendo el uniforme del teniente—. ¿Saben algo del comandante Samuel Spiro? ¡Veo los barcos desde aquí pero no logro identificar el suyo entre los que acaban de llegar! —Nicolás Jorge la miró sin saber cómo reunir el valor y las palabras indicadas para responderle. La mujer continuó hablando—: ¡Soy su esposa, María Troli de Spiro, y me preguntaba si él ya ha desembarcado!

—¡Señora! —dijo titubeando el teniente—. ¡Lamento ser yo quien le comunique esta terrible noticia! —Los ojos de la muchacha se humedecieron ante el obvio significado de esa frase. Inmediatamente el abanico cayó al suelo y su rostro se petrificó en una mueca de dolor mientras intentaba ocultarlo con sus delgadas manos—. ¡El comandante Spiro murió en cumplimiento del deber! —En un instante el llanto de la mujer se había vuelto incontenible, las lágrimas brotaban como un manantial de tristeza y sus hombros temblaban en espasmos de sufrimiento.

Alexander y Santiago miraban la escena sin saber qué hacer. Compartían el dolor de la joven pero no había nada que ellos pudieran decirle para calmar su padecimiento. Entonces el teniente la invitó adentro de la dependencia, donde podría tomar asiento y refrescarse con un vaso de agua. Una vez que cruzaron la puerta se acercaron otros oficiales para prestar ayuda a la señora, que parecía a punto de desmayarse.

—La guerra tiene diferentes rostros —dijo Alexander.

Santiago, que tenía la misma edad que la muchacha, recordó por un instante lo que dolía una pérdida tan grande cuando se era así de joven.

—La mayoría de esos rostros sufren —agregó el grumete pensando en su abuelo.

Los tres continuaron avanzando por el edificio y enseguida se hallaron frente a un infante de marina que les franqueó el paso para identificarlos.

—¿Barco? —les preguntó.

—Soy el teniente Jorge de la Santísima Trinidad y ellos son marinos de la Hércules retornando al servicio.

—¡Bienvenido, señor! —le respondió el infante sin tomarse la molestia de mirar a los otros dos—. Lo esperan en la sala para dar cuenta del libro de a bordo y la dotación de su barco. La Hércules, sin embargo, no se encuentra en este fondeadero. Según nos informó el ministro de Hacienda, tenía planeado tocar en Ensenada hoy a la mañana. Si el viaje salió de acuerdo a lo esperado debe encontrarse allí junto al resto de la flota.

—¿Hay algún barco del armador que se encuentre próximo a levar hacia Ensenada? —insistió Jorge.

—¡No, señor! ¡Las corbetas aún no tienen fecha para dejar este fondeadero!

—¡Es usted muy amable! —le dijo el teniente para luego volverse hacia sus acompañantes—. ¡Lo siento, deberán acercarse por sus medios!

—¿Ensenada? —preguntó el muchacho.

—¡Es un importante puerto mercante a unas veintiocho millas al sur! —le explicó el timonel, para luego dirigirse al teniente—. ¿Sabe cuánto cuesta la diligencia? —Jorge captó la indirecta y hurgó en un bolsillo de su chaqueta.

—No, pero esto seguro les servirá —respondió, dándole una moneda al timonel.

—¡Muchas gracias, señor! —respondieron los marinos, saludándolo respetuosos y abandonando el edificio. Jorge les devolvió el saludo y les deseó buena suerte antes de dirigirse con los libros puertas adentro.

De nuevo en la calle caminaron hacia la taberna La Botavara y continuaron hasta llegar al arsenal La Maestranza. Allí doblaron y a unas pocas cuadras dieron con la oficina de la diligencia, donde aguardaron que saliera la siguiente a las seis de la tarde. Una vez en viaje se sintieron tan cansados que no tardaron en dormirse, imitando a los otros dos pasajeros que los acompañaban. El constante traqueteo de la carreta actuaba como el mejor somnífero.

## 31 de marzo

Era de madrugada y el almirante Brown todavía continuaba a la mesa de su cabina, iluminada por la luz amarilla del farol. Estaba muy cansado, de vez en cuando restregaba sus ojos para aclarar la vista y continuar escribiendo cartas, leyendo documentos y revisando los informes del contador. La tarea era tediosa pero muy necesaria, porque de esa manera conocía el abastecimiento real de los barcos de la flota, los faltantes en las dotaciones y los arreglos que aún debían hacerse, entre otras cosas.

El sueño lo estaba invadiendo pero sabía que si abandonaba aquello en ese momento después no sabría dónde había dejado y tendría que comenzar desde el principio. Se puso en pie y dio unas vueltas por la cámara para despejarse, al rato tomó asiento otra vez e intentó recuperar la concentración en los papeles. Era inútil, cualquier crujido en las cuadernas o el chillido de alguna rata en la bodega lo hacían salir de la lectura, en la que su mente no quería estar inmerso.

Entonces oyó un chapoteo en el agua y voces susurrando afuera. Esto no le preocupó porque la Hércules había mantenido las guardias durante la noche a pesar de encontrarse en puerto.

—¿Quién va? —escuchó decir al vigía por el través de babor. Hubo respuesta, pero la voz no había podido atravesar los tablones del casco y Brown permaneció en silencio, tratando de captar otro sonido. Al rato se oyó el golpeteo de un bote chocando contra el costado de la fragata y patadas que terminaron en pasos sobre la cubierta. Al parecer alguien había abordado en mitad de la noche, lo que luego fue confirmado por los gritos extraños de Elsey Miller, que no parecían de sorpresa ni de espanto sino de alegría.

El almirante tomó su pistola ya cargada y la sostuvo en la mano mientras aguzaba el oído para asegurarse de lo que estaba sucediendo. Se incorporó y caminó hasta la entrada de la cámara en puntas de pie, y cuando estaba por abrir fue sorprendido por golpes en la puerta.

—¡Adelante! —gritó apuntando a la abertura que se iba haciendo cada vez más grande, revelando del otro lado la imagen de Elsey Miller—. ¡Maldición, hombre! —exclamó irritado bajando su pistola—. ¡Creí que habíamos sido tomados al abordaje!

—¡Lo siento, señor! —dijo el vigía sin el menor atisbo de culpa—. ¡El timonel Boss y el grumete Villalba acaban de abordar y quieren hablar con usted!

El rostro cansado y preocupado de Guillermo cambió completamente, sus facciones se relajaron y su boca esbozó una sonrisa de alivio y de alegría. Antes de responder se calzó la pistola en el cinturón y movió la boca varias veces sin lograr articular palabra. Elsey lo miraba esperando alguna orden, pero el jefe de la flota era incapaz de decir nada. El silencio duró un instante y entonces el almirante recuperó la compostura.

—¡Alabado sea Dios! —dijo por fin, dejando caer la frase de sus labios—. ¡Miller, haga que pase Boss! ¡Lleve a Villalba a cubierta y manténgase con él hasta que yo lo llame!

—Aye aye, sir!

A la luz del farol apareció la enorme figura de Alexander ingresando a la cabina con torpeza mientras se agachaba para no golpear su cabeza con los baos. Una vez adentro, se acomodó el brazo izquierdo en el cabestrillo y llevó su nudillo a la frente en señal de saludo.

El almirante lo miró de hito en hito y notó que vestía las mismas ropas que solía usar en cubierta, sólo que ahora lucían desgastadas y rotas por el viaje. Le sonrió y el timonel le devolvió la sonrisa con picardía, entonces Guillermo se acercó y le dio unas palmadas en el hombro sano.

—¡Bienvenido a bordo, amigo mío! —le dijo emocionado—. ¡No sabes la falta que le has hecho a esta fragata!

—¡Muchas gracias, compañero! —le respondió el timonel, tomándolo también por el hombro con cuidado de no maltratar la charretera—. ¡Ha sido un viaje muy largo, más de trescientas millas por un camino que afortunadamente me trajo de vuelta a la Hércules!

—¡A tu hogar, querido Alexander! ¡Y volviste sano y salvo, habiendo cumplido tu objetivo!

—¡No tan sano y estuve cerca de no poder regresar! —exclamó moviendo levemente el brazo herido—. ¡Por no hablar que casi matan a mi "objetivo"!

—¡Lamento no haberte despedido como merecías, te pido disculpas por eso! —El almirante soltó el hombro de su amigo y le acomodó el pañuelo que colgaba de su cuello.

—¡No puedo reprocharte nada, William! ¡Estabas en todo tu derecho de enojarte, no me comporté de la mejor manera!

—¡Está bien, dejemos eso para después! ¡Ven, toma asiento y cuéntame qué fue de ti estos últimos días!

—¡De acuerdo! —dijo Alexander adelantándose hacia la silla más próxima mientras su amigo se sentaba al otro lado de la mesa—. ¡Fue un viaje muy largo y lleno de peligros, donde más de una vez estuvimos a punto de morir! —comenzó diciendo el timonel—. ¡Allá en el norte todo es hostil, amigo mío!

—¿En qué sentido lo dices?

—¡El pacífico río allí era un cauce violento, los campos floridos se convertían en cálidos desiertos al mediodía y la hermosa arena de las costas lastimaba las patas de mi caballo! ¡Es una tierra salvaje, donde españoles y artiguistas acechan al forastero y lo expulsan de su territorio sin escuchar razones!

—¡Veo que fueron días difíciles! —respondió preocupado Guillermo—. ¡Pero si no me equivoco, algunas cosas salieron bien o ahora no estarías aquí!

—¡Así es! —asintió conmovido el timonel, mirando fijo a su amigo—. ¡Un par de buenos hombres me asistieron cuando casi me ahogo en el Río Negro y una excelente mujer cuidó de mí en los momentos más difíciles! —Alexander hizo silencio recordando a Carmela Linares. El almirante captó el mensaje y sonrió, era obvio lo que dejaba sin palabras a su compañero—. ¡Pero antes de continuar hay algo que debes saber! —exclamó de pronto el timonel, recordando la mala noticia que tenía para darle.

—¿Tiene algo que ver con la derrota de la flota de Nother? —preguntó con tristeza Guillermo.

—¡Sí! ¿Ya lo sabías?

—¡Llegó un aviso a últimas horas del día con una breve descripción de lo sucedido! —El almirante tomó su rostro con las dos manos mientras suspiraba de cansancio—. ¡Me siento terrible, Alexander! ¡Si hubiera sospechado que corrían peligro los que perseguían al enemigo, no habría mandado tras él ni un solo buque!

—¡Lo sé, amigo! —respondió con seriedad el timonel—. ¡Santiago y yo estuvimos ahí en el momento del combate!

—¿En serio? —preguntó sorprendido Guillermo, corrigiendo su postura—. ¿A bordo de la Trinidad?

—¡No, en tierra!

—¿En tierra? —dijo aún más extrañado—. ¿Qué hacían ahí?

—¡Sabíamos que el enemigo tenía pólvora suficiente para sostener un combate!

—¿Cómo? —El tono del almirante se tensionaba cada vez más—. ¿Ustedes sabían?

—¡Sí, el grumete Villalba lo averiguó en su estadía con los dons y me lo contó justo después de que lo rescatamos! ¡El valiente muchacho tuvo la idea de advertir a la flota de Nother y eso fue lo que tratamos de hacer! —Guillermo mostró interés en las acciones de Santiago, asintiendo satisfecho con la cabeza.

—¿Y qué pasó luego?

—¡Aparecieron por el norte en lugar de aproximarse por el sur, que era lo que nosotros esperábamos! ¡Aun así les gritamos, hicimos señas y hasta disparamos al aire para llamar su atención, pero todo fue inútil!

—¡Maldición! —exclamó el almirante—. ¡Eso podría haber cambiado el curso de los acontecimientos!

—¡Lo lamento tanto como tú, William!

—¡Lo sé, lo sé! —repitió Brown pensativo—. ¿Y los españoles no trataron de detenerlos?

—¡Creo que no sabían que estábamos allí o no les importó!

—¿Los artiguistas tampoco? —preguntó el almirante sin darle tiempo a responder—. ¡En Colonia las huestes de Artigas están asaltando los almacenes para llevarse todo lo que pueden! ¡Son unos rapaces sin control, deberíamos enviar tropas allí inmediatamente!

—¡Lamento oír eso! —dijo apenado el marino—. Respondiendo a tu pregunta, cruzamos una partida de dragones pero tenían órdenes de no atacarnos.

—¿Cómo es eso?

—¡Ah, olvidé mencionarte la parte más importante! ¡Conocimos a José Artigas!

—¿Lo vieron en el campo de batalla?

—¡No, mucho antes! ¡De hecho, me retó a duelo!

—¿Qué? —preguntó fuera de sí el almirante—. ¿Lo mataste?

—¡No, por supuesto que no! —dijo riendo el timonel—. ¡Afortunadamente me perdonó la vida!

—¡Rayos, Alexander, desearía haber estado contigo esos días! ¡Te vas una semana y vuelves con una historia increíble para contar! —El almirante hizo una pausa sin creer lo que le narraba su amigo y continuó hablando de Artigas—. ¡Debe ser un salvaje!

—¡Todo lo contrario, es un caballero!

—¿Un caballero, dices? ¿El hombre que traiciona a los españoles y luego a los porteños? ¿El mismo que le da pólvora y comida al enemigo?

—¡El coronel ha hecho eso, sí, pero es un idealista! ¡Haría lo que fuera por proteger a los pueblos de la región, que han quedado afuera de los bandos de la guerra! ¡Para ellos son tan injustos los españoles como los porteños, nadie reconoce sus derechos!

—¿Esa es tu opinión?

—¡Artigas sabe que sus huestes atacan a los nuestros, pero él lo considera una acción de guerra! ¡Después de todo, ahora somos sus enemigos! —Guillermo entendió lo que su amigo trataba de explicarle pero aún estaba muy dolido por la derrota de Nother y la muerte de Spiro como para opinar a favor de aquel hombre—. ¡Conmigo se comportó como un hombre de palabra! —continuó diciendo Alexander.

—¡Tú lo conociste, debes tener tus fundamentos! —le respondió el almirante—. ¡Tal vez con el tiempo pueda comprender mejor su carácter! —dijo antes de cambiar de tema—. ¿Cómo te has hecho esa herida?

—¡Entramos a una hacienda para robar caballos y el caporal me disparó!

—¿Los vio entrar?

—Al principio creí que sí pero cuando unos días más tarde se reveló como un espía artiguista, me generó desconfianza. Ahora pienso que nos venía persiguiendo para luego informar a Otorgués. Afortunadamente Carmela Linares escuchó nuestra historia y sintió compasión por nosotros—. El almirante notó el leve rubor en las mejillas del timonel y se hizo el despistado.

—¿Carmela…?

—¡La dueña del lugar! —aclaró enseguida Alexander como hablando de cualquier cosa—. Ha sido muy generosa con nosotros y me ha cuidado bien cuando me vi atacado por la fiebre.

—Es la segunda vez que nombras a esa mujer en menos de cinco minutos —dijo Guillermo riendo. El timonel terminó de ponerse rojo y no dijo más nada, sonriendo a su vez—. Por mi parte bajaré unos días a tierra para ver a Eliza, a quien por supuesto ya le envié un aviso después de fondear. La extraño mucho y también a los niños, aunque temo alguna de sus rabietas, sobre todo porque casi siempre tiene razón en lo que reclama.

—Disculpa, pero esto me recuerda la escena que presenciamos ayer con Santiago y el teniente Jorge. Sé que estamos evitando hablar de un tema que nos produce un dolor muy profundo: la muerte del comandante Spiro. —Guillermo se puso serio y asintió con la cabeza—. Permíteme, sin embargo, contarte lo que pasó en el Puerto de los Tachos.

—Antes déjame decirte que hemos perdido al capitán más valiente de la flota. —Al almirante siempre le generaba pasión hablar de hombres con agallas y esta vez la demostraba golpeando la mesa con un dedo para remarcar cada palabra—. Fue uno de los pocos que permaneció junto a nosotros cuando los demás se pusieron a resguardo.

—¡Lo sé, yo estuve allí! —afirmó el timonel—. El caso es que acabábamos de desembarcar y nos dirigíamos a la dependencia del puerto cuando vimos a una niña vestida de mujer, pues apenas si tendría la edad del grumete. La pobre no podía ocultar su nerviosismo, miraba a la distancia los barcos y no lograba ver la Carmen. Se acercó y nos preguntó por su esposo, Samuel Spiro.

—¡La conozco! —dijo el almirante—. ¡Pobre niña! —agregó.

—¡Entonces me di cuenta que deberíamos ser muy afortunados para morir de viejos enfrentando a diario esta clase de peligros! ¡Después recordé a Carmela y me di cuenta que nos estamos perdiendo una parte muy importante de la vida!

—¡Sí, amigo, así es! —le respondió Guillermo sin inmutarse, extrañado por el planteo que le hacía su compañero—. ¿Estás pensando en retirarte? —le preguntó alarmado.

—¡No lo sé! —Las palabras del timonel fueron como un cañonazo para el almirante.

—¡Hace unos meses tuvimos una conversación parecida en La Botavara, pero en ese momento era yo el que quería dejar la escuadra! ¿Lo recuerdas?

—¡Por supuesto!

—¡Esa noche me dijiste que al menos me dedique al armado de la flota, donde no habría riesgos, y luego expresaste que tú eres un marino que sigue a su comandante! —Guillermo lo miró a los ojos con total franqueza—. ¡Tu comandante necesita que te reincorpores a la rutina de la Hércules, amigo! ¡Tienes muchos años de servicio por delante, no puedes retirarte ahora que tus faltas han sido perdonadas! —El timonel bufó para después sonreír.

—Aye aye, sir! —dijo Alexander, aceptando el pedido de su almirante—. ¡Estaré contigo mientras me necesites! —Hizo una pausa y preguntó temiendo abordar el tema—: ¿Qué será de Santiago?

—Eso lo resolveremos inmediatamente —respondió Guillermo—. Tú sígueme la corriente. —Se puso en pie, fue hasta la puerta y abriéndola gritó—: ¡Villalba! —Enseguida apareció el grumete con el rostro tenso por el miedo y la preocupación—. ¡Pasa y siéntate, por favor! —La tensión había vuelto aún más torpe al chico, que se tropezó con la pata de la mesa y casi tira la silla donde pretendía sentarse. Con mucho trabajo acomodó los muebles en su lugar y logró tomar asiento antes de que Brown perdiera la paciencia.

—¿Villalba, sabe que desertar de un barco de la armada es un delito muy grave?

—¡Sí, señor, lo sé!

—¿Entonces por qué demonios se lanzó por la borda y nadó hasta la costa enemiga?

—¡Sólo quería ver a mi abuelo y estar con él, señor!

—¿Y por eso aprovechó la ocasión para ayudar a los españoles contra nosotros? —El almirante hizo una pausa calculada y prosiguió—: ¡Fue la peor noche a bordo de la Hércules y mi grumete se encontraba asistiendo al enemigo! ¡Luego, cuando tuvo la oportunidad de redimirse uniéndose a Elsey Miller, decidió huir a los barcos como un maldito español!

—¡Abordé un buque enemigo en busca del comandante Boza, que había estado interrogando a mi abuelo para dar conmigo! ¡Fui a matarlo, señor, para vengarme de todo lo que nos ha hecho!

—¿Comandante de qué barco? —preguntó interesado el almirante haciendo un paréntesis.

—La cañonera San Ramón, señor.

—¡Ya veo! —exclamó recuperando la furia Brown—. ¿Y le dio muerte?

—¡No, señor, casi hago que me fusilen! —respondió avergonzado el grumete—. ¡Boss y unos pescadores me salvaron justo a tiempo! —Guillermo miró al timonel con más calma.

—¿Quiénes son esos hombres?

—¡Se llaman José Marciano y Juan Hany, señor! —dijo Alexander—. ¡No estaríamos aquí de no ser por la gran ayuda que nos brindaron! ¡Se encuentran como parte de la dotación temporal de la Santísima Trinidad!

—¡Muy bien, veré de incorporarlos a la Hércules! —Luego miró a Santiago y prosiguió en un tono más enfático—. ¡Al parecer no ha hecho nada bien! ¡Abandonó este bando y se alió al enemigo, luego quiso dar muerte a un español y por poco lo matan! —Brown estaba realmente molesto con aquella situación y sin darse cuenta comenzó a elevar el volumen de su voz hasta el punto de gritar—¡Le recuerdo que la pena por deserción es ser fusilado y por ahora no encuentro motivos para salvarlo de eso! ¿Tiene algo que decir en su defensa?

—No, señor —respondió Santiago apretando los dientes.

—¿Boss?

—¡Sí, señor! ¡El grumete proporcionó información vital para socorrer a la flota de Nother! ¡Él sabía que el enemigo tenía pólvora en sus naves y que los patriotas corrían un grave peligro! ¡Fue su idea ir a ayudar a los nuestros!

—¿Algo más?

—¡Se comportó como un patriota luchando contra los españoles en la batería del Arroyo de la China y me protegió cuando la fiebre me dejó inconsciente en territorio hostil!

—¡Muy bien! —dijo por fin el almirante luego de una pausa, dirigiéndose a Santiago—. ¡Dime qué has aprendido de toda esta aventura!

—Después de casi dos años cumpliendo órdenes sin cuestionarlas, fue asombroso tomar la decisión de escapar y hacer lo que quería, señor. Cuando salté por la borda y nadé hacia la orilla me sentí libre, fue una sensación increíble. —El almirante lo escuchaba y asentía en silencio con seriedad, por dentro comprendía perfectamente lo que el grumete le estaba diciendo—. Pero cuando estuve en la isla y me llevaron con el alférez Azcuénaga, entendí que ahí empezaba la paga por lo que había hecho. Además, mis acciones pusieron en peligro la vida del timonel y faltaron a mi deber para con ustedes, mis compañeros de armas.

—¿Te arrepientes de lo que has hecho?

—No, señor, al contrario. Lo que hice me ayudó a entender que este es el bando que representa mis ideas, porque defiende la libertad que yo probé aquella vez y que tanto me gustó. Si no me hubiese escapado, no sabría que el precio de la libertad es la responsabilidad con la que debemos enfrentar nuestras acciones. Por eso me pongo a su disposición, almirante, para que me fusile si es lo que debe hacer. Escapé una vez, ahora estoy a su disposición. —Brown se tomó un momento para pensar, era obvio que no lo fusilaría pero debía cumplir con las ordenanzas lo mejor que pudiera, teniendo en cuenta las buenas acciones de Santiago. Además, él tampoco había sido un santo en su juventud.

—¡Esto es lo que haremos! —dijo por fin—. ¡Te esforzarás en cumplir día a día tus tareas y yo te estaré vigilando! ¡No habrá lugar para errores, quiero que mi grumete sea perfecto en todo y aprenda rápido el arte de esta profesión! ¡Los conocimientos que adquiriste en tierra te servirán, para lo demás tienes a Boss que será tu maestro!

—¡De acuerdo, señor! —respondió nervioso Santiago.

—¡Cuando yo considere que estás preparado volveremos a hablar! —agregó rápidamente el almirante para luego dirigirse a ambos con preocupación—. ¡A pesar de nuestros esfuerzos el enemigo sigue en pie y nunca será derrotado si no lo atacamos en su propio refugio! ¡Le expliqué al ministro Larrea la importancia de bloquear el puerto de Montevideo y obligar a los dons a luchar! ¡Por fortuna el político comprendió mis razones y me autorizó a llevar la escuadra a ese punto, sólo espero que la Belfast se nos una para proceder de inmediato! —Los miró seriamente y continuó hablando—. ¡Tengo a bordo los mejores marinos del mundo! ¡Es hora de combatir y vencer, muchachos!

—¡Sí, señor! —repitieron ambos.

—¡Bienvenidos nuevamente, pueden reincorporarse a sus tareas! —dijo para dar por terminada la reunión. Santiago se alejó primero y esto le dio oportunidad a Guillermo para guiñarle un ojo al timonel, que asintió con la cabeza en señal de complicidad.

Cuando el almirante quedó solo se puso en pie y se dirigió al ventanal de popa. Desde allí pudo ver salir el sol y comprendió que un nuevo día estaba comenzando. Ya no se sentía embotado como antes, al contrario, tenía energías suficientes para enfrentar otra jornada más. Esperó que terminara de amanecer y se dirigió a cubierta, sintiendo en la cara el viento fresco de la mañana. Al llegar al alcázar miró con detenimiento hacia el combés y descubrió toda la tripulación de la fragata reunida alrededor de los recién llegados.

Alexander no sabía a quién saludar primero y Santiago trataba de hablar con todos al mismo tiempo, era un momento de agradable confusión. A su vez los marinos querían saber cómo les había ido en el viaje y reían ante los sucesos que les narraban, dándoles palmadas y sacando a colación anécdotas que habían vivido en el Industria, la Hope o la Hércules.

El almirante los miraba con simpatía mientras trataba de dar con sus nombres. Entonces se dio cuenta de que los conocía a todos y entre ellos destacó al vigía Miller y al nuevo contramaestre Harris. Luego sonrió al escuchar a Di Calia hablando en italiano sin que nadie lo comprendiera y más allá estaban los marineros Álvares y Smith, ya repuestos de sus heridas. También recordó a los que ya no estaban y creyó ver a Manuel Ferreira sonriendo desde el timón, a Francisco Guevara cargando uno de los cañones y a Richard Brook organizando a los hombres. El propio capitán Elías Smith apareció en cubierta con su telescopio en una mano y su sombrero en la otra.

En ese momento Guillermo se dio cuenta de todo lo que habían logrado juntos y se sintió muy orgulloso. Desde el ataque en el Industria hasta ese día habían cambiado muchas cosas, pero lo principal era que ya no temían navegar por aquellas aguas marrones. Habían conquistado el Río de la Plata y la aventura apenas estaba comenzando.

# Glosario de términos navales y otros utilizados en esta obra

**Alcázar:** Espacio que media en la cubierta superior de los barcos entre el palo mayor y la popa o la toldilla, donde está el puente de mando.

**Aletas:** Maderas curvadas que forman la última cuaderna de popa y van unidas a las extremidades de los yugos. Tercio posterior del barco.

**Amarrar:** Sujetar una embarcación por medio de amarras, sobre todo en los puertos.

**Amura:** Parte de los costados de un buque donde éstos se estrechan para formar la proa.

**Ancla:** Objeto de hierro, generalmente en forma de arpón o de anzuelo con las puntas rematadas en ganchos, que va sujeto a una cadena o cabo y se echa desde una embarcación al fondo del mar, de un río o de un lago para asegurar la nave y evitar que ésta derive.

**Andanada:** Conjunto de disparos que realiza una batería de cañones al mismo tiempo.

**Arboladura:** Conjunto de palos y vergas de un buque.

**Arribar:** alejar la proa de la dirección del viento virando a sotavento, aumentando el ángulo que forma con el viento. Es lo contrario a orzar.

**Artillería:** Conjunto de cañones, morteros, obuses y máquinas de guerra similares pertenecientes a un ejército, a un buque o a una plaza militar.

**Babor:** Banda o costado izquierdo de un barco, mirando de popa a proa.

**Balandra:** Buque de vela pequeña con un palo con vela cangreja y foque. Cutter.

**Balsa:** Estructura construida a partir de la unión de maderos que se utiliza como embarcación.

**Banda:** Costado de una embarcación.

**Bao:** Cada una de las piezas que unen los costados del barco y sirven de asiento a las cubiertas.

**Barlovento:** Lado de donde viene el viento.

**Bauprés:** Palo grueso que sale de proa con inclinación de 30 a 50 grados que sirve para hacer firmes los estayes de trinquete, para laborear las bolinas o montar las cebaderas y foques. Sobre él se monta el botalón y el tormentín.

**Bayoneta:** Arma blanca, afilada y puntiaguda, que se fija en la parte final del cañón de un fusil y sobresale de su boca.

**Bergantín:** Buque de dos palos, mayor y trinquete, de velas cuadradas, de estay y foques.

**Bitácora:** Armario o cajón fijo a la cubierta del barco y cercano al timón, en que se pone la brújula.

**Bolina:** Cabo con que se cobra la relinga de barlovento de una vela, hacia proa, cuando se ciñe el viento. // **Navegar de bolina:** La disposición del buque ciñendo el viento.

**Borda:** Canto superior del costado de una embarcación.

**Botalón:** Palo o percha redonda que se arma en prolongación hacia afuera de las vergas, bauprés o costados.

**Bote:** Embarcación de pequeña eslora con capacidad para flotar y moverse en el agua.

**Braza:** Cabo que sirve para mantener fijas las vergas y hacerlas girar horizontalmente. // Unidad de longitud que equivale a seis pies (1,8288 metros).

**Cable:** Cabo grueso. // Unidad de longitud náutica equivalente a 182,88 metros en el sistema inglés.

**Cabo:** Todas las cuerdas que se emplean a bordo.

**Cabrestante:** Aparato montado en los buques para levar sus anclas, cuya posición del eje de giro es vertical.

**Calado:** Distancia desde la flotación hasta la parte inferior de la quilla.

**Cangreja:** Vela de cuchillo trapezoidal que se iza en el palo mesana.

**Cañón:** Arma de artillería que dispara proyectiles de gran calibre a través de un tubo largo dispuesto sobre una base generalmente móvil.

**Casco:** Cuerpo o armazón de una embarcación sin los aparejos.

**Catalejo:** Instrumento óptico monocular que se emplea para ver de cerca objetos lejanos.

**Cazador (de proa o de popa):** Los cañones que se utilizaban durante una persecución, ya fuera para atacar o para defenderse.

**Cazar:** Tensar la escota hasta que el puño de la vela quede lo más cerca posible de la borda.

**Chillera:** Barra de hierro doblada en ángulo recto por ambos extremos que sirve para sujetar contra la amura varias cosas, como balas de cañón.

**Codaste:** Pieza de acero o de madera que se levanta vertical a la quilla en su extremo de popa y en la que se monta el timón.

**Cofa:** Plataforma colocada en algunos de los palos del barco para maniobrar las vergas altas o para vigilar.

**Compás:** Nombre genérico que recibe el instrumento náutico utilizado para determinar direcciones y rumbo de un barco.

**Corbeta:** Buque de guerra parecido a la fragata con menos de 32 cañones.

**Cornamusa:** Aparejo para sujetar un cabo.

**Corredera:** Cordel sujeto en un extremo por un carretel y por el otro a una barquilla que sirve para medir la velocidad del barco.

**Cuaderna:** Cada una de las piezas curvas que, arrancando de la quilla, forman la armadura del barco.

**Cubierta:** Suelo de un barco, especialmente el de la planta superior.

**Cureña:** Armazón compuesta de dos tablones fuertemente unidos y colocados sobre ruedas, sobre la cual se monta el cañón de artillería.

**Cruceta:** Elemento en forma de cruz situado por encima de la mitad del mástil cuya misión es trasmitir la fuerza lateral a los obenques.

**Deriva:** Es la distancia que recorre un barco por efecto de la corriente, es decir, por el desplazamiento de la masa de agua en la que se encuentra.

**Desplazamiento:** Peso de un barco para una condición determinada de carga.

**Driza:** Cabo con que se suspenden o izan las velas, vergas y picos.

**Encallar:** Quedar detenida una embarcación al tropezar con arena o piedras.

**Envergadura:** Ancho de la vela mayor de una embarcación a vela.

**Escobén:** Agujero en la roda (proa) para dar paso a los cabos de amarre o del ancla de un barco.

**Escorar:** Inclinarse un barco hacia una de las bandas.

**Escota:** Cabo sujeto a los puños bajos de las velas y que permite cazarlas.

**Escotilla:** Abertura en el armazón de un barco que comunica con un espacio interior.

**Espeque:** Palanca de madera, redonda por un extremo y cuadrada por el otro, que usan los artilleros.

**Estay:** Cabo que sujeta un mástil para evitar que éste caiga hacia popa.

**Estribor:** Banda o costado derecho de un barco, mirando de popa a proa.

**Falucho:** Pequeño buque de un palo caído a proa y vela latina. Los faluchos de guerra además llevaban un palo mesana con una cangreja y a proa un botalón con un foque.

**Filar:** Arriar progresivamente un cabo, cable o cadena que está trabajando.

**Flechaste:** Cada uno de los cordeles horizontales que, unidos a los obenques, sirven de escalones para subir a lo alto de los palos.

**Fondear:** Maniobra en la que se larga el ancla y cadena suficiente para que el barco permanezca inmóvil en una zona determinada.

**Foque:** Vela triangular que se larga a proa del trinquete, amurándola en el bauprés.

**Fragata:** Buque menor que el navío con aparejo similar de tres palos y una sola batería con 32 a 58 cañones.

**Gavia:** Vela que va en el mastelero mayor de un barco.

**Goleta:** Pequeño buque raso y fino de dos palos, con velas cangrejas.

**Guiñada:** Giro o desvío brusco de la proa del buque con relación al rumbo que debe seguir.

**Jarcia:** Conjunto de cabos de un buque.

**Juanete:** Nombre del mastelero, verga y vela que van por encima de las gavias. Vela más alta.

**Lanzapedrero:** Cañón de pie, pequeño, que estaba montado sobre una horquilla de hierro cuyos extremos remataban en los muñones de la pieza.

**Lona:** Vela.

**Manga:** Medida de un barco de una banda a otra (de estribor a babor) en la parte más ancha.

**Marchapiés:** Cabos dispuestos en las vergas de las gavias sobre los que se paran los gavieros.

**Mástil:** Palo vertical que soporta el velamen.

**Mayor:** El palo principal en los veleros de tres o más palos, situado hacia el centro del buque. // Las velas de dicho palo, especialmente la más baja.

**Metralla:** Conjunto de pequeños pedazos de metal con que se cargan ciertos proyectiles, bombas o artefactos explosivos.

**Mosquete:** Arma de fuego antigua parecida al fusil, pero mucho más larga y de mayor calibre, que se cargaba por la boca.

**Navío:** Gran buque de guerra con más de 60 cañones, de tres palos y bauprés, con dos o tres baterías. Único capaz de mantenerse en la línea de combate.

**Obenque:** Cabo grueso con que se sujeta un palo macho o mastelero desde su cabeza a la cubierta.

**Orzar:** llevar la proa del buque en dirección hacia donde viene el viento, disminuyendo el ángulo que forma el barco con el viento. Es lo contrario a arribar.

**Pasamanos:** Paso que hay en los barcos de popa a proa.

**Perilla:** Extremo superior del mástil.

**Pistola:** Arma de fuego de cañón corto y pequeño calibre, que se sostiene y dispara con una sola mano.

**Popa:** La parte trasera del barco, donde se coloca el timón y están las cámaras principales.

**Porta:** Abertura o tronera de las que hay en los costados del buque para ventilar, dar luz y para asomar las bocas de los cañones.

**Portalón:** Abertura en forma de puerta que se hace en el costado de un buque para que puedan entrar personas o cosas.

**Proa:** La parte delantera del barco.

**Quilla:** Pieza alargada de madera o de hierro, que va de proa a popa por la parte inferior de una embarcación, y en la que se apoya toda su armazón.

**Regala:** Tablón que termina por arriba el costado de una embarcación.

**Rezón:** Ancla pequeña de una sola pieza con 4 brazos terminados en uñas. // Gancho de abordaje.

**Santabárbara:** Pañol destinado a guardar la pólvora en los barcos.

**Sentina:** Cavidad inferior de una embarcación donde se recogen las aguas.

**Sonda:** Cuerda con un peso en uno de sus extremos que sirve para medir la profundidad de las aguas.

**Timón:** Pieza articulada de hierro o madera situada en la parte trasera de una embarcación, que sirve para conducirla o controlar la dirección.

**Tope:** Extremo superior del mástil.

**Través:** Es cada lado o costado del barco en la mitad de la eslora.

**Trinquete:** Primer palo después de la proa en aquellos barcos que tienen más de uno.

**Varar:** Quedarse detenida una embarcación al tocar su fondo con las rocas o con la arena.

**Vela:** Conjunto de varias lonas cosidas que se larga en una verga, palo o estay.

**Verga:** Elemento longitudinal de madera o metal, que sirve para envergar una vela. Se cuelga y se sujeta de cualquiera de los palos o masteleros, tomando el nombre del palo de la vela.

**Virar:** Cambiar el rumbo de un barco. Virar por avante, cuando se cambia haciendo pasar el viento por la proa. Virar en redondo, cuando se hace pasar el viento por la popa.

# Bibliografía consultada


Argüero, L. E. (1968), *El combate naval de Martín García*, Buenos Aires, Argentina, Comando en Jefe de la Armada.

Aguinis, M. (1981), *El combate perpetuo*, Buenos Aires, Argentina, Altaya.

Bamio, J. R. (2005), *La Casa Amarilla del Almirante Brown*, Buenos Aires, Argentina, Comisión de Estudios Navales del Instituto Nacional Browniano.

Carranza, A. J. (1962), *Campañas navales de la República Argentina*, Volumen I, Tomos 1 y 2, Buenos Aires, Argentina, Secretaría de Estado de Marina.

(1962), *Campañas navales de la República Argentina*, Volumen III, Tomos 1 y 2, Buenos Aires, Argentina, Secretaría de Estado de Marina.

Enguix, A. (2006), *Curso de vela – Tripulante*, Buenos Aires, Argentina, Granica.

Oyarzábal, G. A. (2014), *Guillermo Brown*, Buenos Aires, Argentina, Instituto de Publicaciones Navales.

Este libro se terminó de imprimir en agosto de 2018 en Imprenta Dorrego (Dorrego 1102, CABA).